F.N.A.C le 22 Août 2009 - V.B

JUSTIN CRONIN

# *Quand revient l'été*

ROMAN TRADUIT DE L'ANGLAIS (ÉTATS-UNIS)
PAR PIERRE CHARRAS

MERCURE DE FRANCE

*Titre original :*

THE SUMMER GUEST


ISBN : 978-2-253-12428-3 – 1re publication LGF

*Pour Leslie et pour Iris.*

*Je te chercherai dans cette vieille Honolulu,*
*À San Francisco, à Ashtabula,*
*Il va falloir que tu me quittes, je le sais bien.*
*Mais je te verrai dans les cieux,*
*Dans l'herbe haute, dans celles que j'aimerai,*
*Je vais me sentir si seul quand tu t'en iras.*

BOB DYLAN,
*Je vais me sentir si seul quand tu t'en iras.*

# *Prologue*

Ils longeaient la mer, au nord de Boston. Un jour de janvier 1947 ; le wagon était presque vide. Il n'y avait qu'eux trois, l'homme et sa femme qui tenait le petit garçon sur ses genoux ; et loin devant, un homme seul en uniforme, la tête fléchie en avant par le sommeil. À travers la vitre, ils regardaient défiler la côte mal équarrie : les grosses plaques de glace, soulevées et fracassées contre la rive ; les marécages gelés, figés ; les promontoires rocheux fouillant une mer hivernale. De temps en temps, le contrôleur passait dans l'allée, murmurant paresseusement le nom des villes à l'approche, avec un pas lourd et assuré malgré la vieille voie qui faisait tanguer le wagon comme un bateau.

Tandis qu'Amy et le bébé dormaient, Joe se leva pour se dégourdir les jambes. Trente et un ans : il avait été avocat, puis soldat, mais maintenant il n'était plus ni l'un ni l'autre. Il parcourut le train vers l'avant, traversant trois voitures jusqu'à la locomotive et retour, puis s'arrêta à la porte pour contempler le spectacle. L'homme en uniforme était assis, le menton posé dans sa main, une lourde mèche brune pendant mollement sur son front, dans son sommeil. Il était très jeune, se dit Joe, dix-huit ans à peine ; il avait dû s'engager à la toute fin de la guerre et n'avait jamais participé aux combats. Son autre bras était déployé en travers de son sac militaire, à côté de lui, sur le siège. Avait-il déjà donné une telle image, se demanda Joe, tant d'aisance, si épargné par la vie ? Mais c'est alors que le soldat endormi bougea et étendit une jambe dans l'allée, et Joe se rendit compte, dans un haut-le-cœur, qu'il se trompait. Entre les sièges, le pied gauche du garçon reposait selon un angle étrange, pas naturel : une prothèse. Les cheveux longs : il aurait dû deviner. Joe s'était lui aussi laissé pousser les cheveux, à l'hôpital.

Il retourna s'asseoir. Amy dormait toujours, la tête appuyée sur une veste repliée contre la fenêtre, mais le petit garçon avait ouvert les yeux et regardait autour de lui. Joe le prit dans ses bras et l'installa sur ses genoux. L'odeur d'urine et la consistance de la couche l'informèrent qu'il allait falloir le changer sous peu ; ses premières protestations n'étaient pas loin, les appels et les grognements qui s'élèvent en désordre comme un orchestre qui s'accorde, un avertissement qui ne tarderait pas à se muer en un mur sonore qui ne représenterait pour Joe rien de moins qu'un chagrin cosmique inextinguible. De toute façon, sa femme allait bientôt se réveiller. Il cala l'enfant sur son genou, chantonnant à mi-voix un air doux dont les notes provenaient anarchiquement d'une dizaine de chansons différentes.

— Tu vas adorer le Maine, murmura-t-il dans la minuscule oreille au délicat parfum ; il y a une forêt où tu pourras jouer, et un lac pour te baigner et pêcher. Je t'apprendrai tout ça quand tu seras assez grand, d'accord ?

Le train oscillait et émettait des claquements ; Joe contemplait le paysage. Des kilomètres de rivage dégagé, puis des petites villes pressées près de l'eau où l'on apercevait des éclats de vie tandis que le train frôlait les clôtures qui protégeaient maisons et jardins.

Ils franchirent un passage à niveau à la barrière baissée et aux feux clignotants ; au bord de la route, malgré le froid, un groupe d'enfants à vélo faisait des signes de la main. À travers la vitre, le monde s'ouvrait et se refermait comme les pages d'un livre. Un plaisir simple, pensa Joe, réservé aux vivants : être assis là, avec son fils sur les genoux, aux côtés de sa femme endormie, dans un train qui vous emmène vers une existence nouvelle qu'on ne peut encore qu'imaginer.

Dès que le bébé commença à s'agiter, Amy se réveilla pour le changer, et lorsque ce fut terminé, ils ouvrirent le panier de pique-nique : des sandwiches, des œufs durs, une Thermos de café, des gâteaux secs achetés à la boulangerie italienne où ils se servaient depuis des années.

— J'ai dormi longtemps ? dit-elle en bâillant dans sa paume. J'ignorais que j'étais fatiguée à ce point.

Ils avaient passé plusieurs jours à préparer leur départ, à mettre leurs affaires en ordre, à faire leurs adieux. Pas étonnant qu'elle fût épuisée.

— Plus d'une heure.

Joe écalait un œuf dans une serviette sur ses genoux.

— Dors un peu plus si tu veux. Tu en auras besoin. Nous sommes encore loin.

Ils avaient fini de manger et rangeaient le matériel lorsque le contrôleur apparut.

— Portland, prochain arrêt Portland.

Il avait un profond accent du Maine et prononçait non pas « Portland » mais « Pôt-lant ». Enfant, lorsqu'il était en vacances à Bar Harbor avec ses parents, Joe s'était demandé comment quelqu'un de sensé pouvait s'exprimer de cette façon, bien que son propre accent, il en était conscient, ne différât qu'en intensité. Le contrôleur s'arrêta près d'eux, désireux de voir leurs titres de transport.

— Vous descendez à Portland, m'sieurs-dames ?

— À Augusta.

Joe avait pris les billets avec lui lorsqu'il s'était déplacé dans le train. En les tendant au contrôleur, il inclina le visage, comme il avait appris à le faire, de façon à ce que son œil valide s'aligne sur sa prothèse de verre. Il avait eu du mal à se plier à cette discipline, au début, mais c'était bientôt devenu un réflexe ; il n'y avait pas d'autre moyen de regarder quelqu'un en face.

— Nous changeons à Augusta, précisa-t-il.

— Vous n'y êtes pas encore.

Le contrôleur se désintéressa des billets et les reglissa dans leur pochette. Sur les genoux d'Amy, le bébé gazouillait d'aise et le contrôleur lui ébouriffa les cheveux de sa main rougie par le froid.

— Tu es bien sage, toi. Tu aimes le train, pas vrai, mon petit gars ?

— C'est dans combien de temps, Augusta ? demanda Amy.

Le contrôleur consulta sa montre, disque d'or au bout d'une chaîne qu'il sortit d'une poche ventrale de son gilet.

— Quatre-vingt-treize minutes. Mais ça risque d'être plus long à cause de la neige. On ne sait jamais à cette époque de l'année.

— La neige ?

Sa montre claqua lorsqu'il la referma.

— Elle descend du nord et tout droit sur nous, à ce qu'on dit.

Après Portland, les premiers flocons firent leur apparition, en petits éclairs cotonneux qui effleuraient la vitre comme des étoiles filantes. Les maisons, les arbres, tout s'effaça sous une pellicule blanche. Le train vira vers l'intérieur des terres ; au nord-ouest, des montagnes surgirent des tourbillons denses. Joe ressentit les premiers assauts de l'inquiétude ; il n'avait pas prévu la neige. C'était idiot, mais ça ne lui était pas venu à l'idée. S'ils rataient leur correspondance, ils allaient devoir passer la nuit quelque part. Il se pouvait aussi qu'ils arrivent trop tard à Waterville pour faire en voiture les quatre-vingts derniers kilomètres.

Lorsqu'ils parvinrent à Augusta, il était plus de deux heures. Joe attendit leurs bagages sur le quai glacial pendant qu'Amy entrait dans la gare avec le bébé. Ils n'avaient pris que quelques sacs avec eux, le reste suivrait plus tard, par la route : les meubles et les ustensiles de cuisine, des malles de vêtements, de livres et de linge, et même le piano d'Amy. Le jour semblait se dissoudre dans la neige qui tombait ; déjà dix centimètres sur le sol. Joe donna cinquante cents au porteur pour qu'il transporte les sacs dans le bâtiment où il retrouva Amy assise sur un banc, le bébé sur les genoux. Dans la salle d'attente, une bonne chaleur s'échappait d'un poêle à bois ronflant ; le sol était tout glissant de neige fondue. Joe alla au guichet se renseigner sur le temps.

— Tous les trains roulent.

Derrière le guichet, l'employée, une femme plus très jeune en vêtements de travail, tamponnait des documents d'une mine absente. Une cigarette allumée pendait au coin de sa bouche ; l'écarlate de son rouge à lèvres semblait constituer le seul point coloré de tout l'État du Maine.

— Le train pour Waterville est-il à l'heure, s'il vous plaît ?

— Tous sont en retard, avec cette neige.

La femme leva les yeux sur lui. Son tampon resta immobile en l'air.

— Seigneur Dieu.

Il songea que c'était un soulagement lorsque les gens étaient tellement surpris qu'ils ne pouvaient pas dissimuler. Et malgré tout il n'avait jamais su quoi dire, hormis les faits tout crus.

— J'ai reçu une balle à la guerre, expliqua-t-il.

Elle continuait à le regarder, impassible, et c'est d'une voix calme qu'elle prononça la phrase qui, il le pressentait, allait forcément suivre.

— Mon fils a été tué.

— Où ?

Elle hocha légèrement la tête, les yeux toujours rivés sur son visage.

— Salerne.

— J'ai été tout près. En Sicile, avec le 142e.

Il se toucha la joue.

— Mais c'est arrivé plus tard, au nord de Rome.

— Attendez une minute.

La femme quitta son tabouret et disparut au-delà d'une porte située derrière elle. Il entendit le bruit d'un vieux téléphone, puis elle parla à quelqu'un ; après quoi elle revint.

— Le chef de gare de Bosun dit que le train sera ici dans trente minutes.

Si les conditions ne s'aggravaient pas, ils seraient dans les temps.

— Merci.

Elle le regarda se diriger vers la salle d'attente.

— Votre famille a besoin de quelque chose ? En attendant ?

Il en avait assez de la générosité des gens. Elle ressemblait trop souvent à de la pitié. Mais dans ce cas, il n'y avait pas de raison de se cabrer.

— Un endroit plus calme ne serait pas de refus, osa-t-il. Il va falloir encore changer le bébé.

Elle lui fit un signe.

— Venez donc par ici, tous les trois.

Ils passèrent derrière : une pièce austère avec un énorme bureau double et, au-dessous de la fenêtre couverte de givre, un canapé défoncé avec des pieds en forme de pattes de lion. Au mur, il y avait un grand tableau noir où s'alignaient départs et arrivées avec l'origine ou la destination : les petites villes du Nord, ainsi que Boston et New York, mais également Chicago et même Los Angeles. À partir de cette gare minuscule, on pouvait aller partout, songea-t-il, en prenant un train, et disparaître dans les longs couloirs de ce continent. Amy changea le bébé sur le canapé, puis fit chauffer un biberon sur un réchaud pendant que Joe rinçait la couche souillée dans le lavabo de la salle de bains. Lorsqu'il revint dans le bureau, la couche enveloppée dans du papier journal, la femme avait préparé du thé. Dans la lumière hivernale dispensée par les hautes fenêtres, son visage avait pris des pâleurs. Elle avait de grands yeux humides et des cheveux couleur de bois sec, d'un blond pas encore tout à fait gris. Elle lui tendit une tasse, avec précaution, de peur d'en renverser dans la soucoupe. Pendant que Joe buvait, elle préleva sur son bureau une petite photo encadrée et la lui présenta.

— Voici mon fils, dit-elle. Earl junior.

Joe posa sa tasse pour examiner la photo. Un jeune homme en maillot de corps et en jean, au torse mince, avec encore des traces d'acné sur les pommettes saillantes : il chevauchait un vélo à l'arrêt et se penchait légèrement en avant, les bras étonnamment musclés croisés sur le guidon et les yeux louchant un peu en direction de l'objectif. Joe voyait dans le visage du garçon une certaine ressemblance avec sa mère, principalement l'ossature et la distance un peu trop grande entre le nez et la lèvre supérieure. Il avait lui aussi des cheveux blonds presque nordiques. (*De la couleur qu'elle devait avoir dans sa jeunesse*, se dit Joe. Ce n'était pas, dans l'ensemble, une ressemblance frappante, c'était davantage un vague air de famille ; même si sans doute tout le monde répétait qu'il tenait d'elle.)

— On l'appelait Skip, pour ne pas confondre. Et il avait horreur de ça.

Elle secoua la tête rêveusement ; elle parlait de son fils et une partie d'elle-même s'en était allée ailleurs.

— Je l'ai prise en 42, l'été avant qu'il rejoigne l'armée.

Joe garda encore un moment la photographie en main avant de la montrer à Amy qui opina d'un air neutre puis de la rendre à la femme.

— Vous disiez qu'il était dans quelle unité ? demanda-t-il.

La femme redressa la tête. Elle répondit fièrement :

— 82e compagnie d'aviation. 509e.

Donc, songea Joe, le garçon à la bicyclette avait sauté en parachute. C'est fantastique que la guerre ait rendu possible de telles choses ; avant cette époque, Joe lui-même n'avait jamais tenu, et encore moins utilisé, un fusil. Il repensa au fils de la femme – comme cela avait dû être étrange pour lui, de plonger du haut d'un rocher dans l'eau d'un lac pour impressionner des copains ou une fille assise sur une couverture sur la rive, et quelques jours plus tard de se retrouver dans les entrailles d'un C-47 avec un barda de cinquante kilos, l'habitacle tanguant et piquant dans l'atmosphère violente et dense, prêt à se précipiter par l'ouverture dans un ciel tout illuminé de fusées antiaériennes pour sauter au-dessus d'un pays dont il avait appris l'existence en théorie mais qu'il aurait pu ne pas connaître physiquement de toute sa vie. Et pourtant, c'était là qu'il était mort : à Salerne, le 509$^{e}$ avait sauté derrière les lignes allemandes, en plein sur une division de panzers. C'est du moins ce que Joe croyait avoir entendu dire. Ceux qui avaient atteint le sol étaient restés isolés pendant des jours, certains sans même une arme. Il y avait toujours des histoires comme celle-ci. Faute de mieux, Joe avait trouvé plus simple de les considérer toutes comme vraies.

— J'ai rencontré des gars de la 82$^{e}$. Tout le monde disait que c'étaient des durs.

La femme replaça la photo sur le bureau.

— Eh bien (elle s'éclaircit la voix), j'ignore ce que c'est qu'un dur.

Elle s'assit sur le canapé, près d'Amy et du bébé. Le visage de l'enfant était attentif et satisfait, comme toujours après qu'on l'avait changé.

— Quel âge a votre fils ?

— Sept mois, répondit Amy.

Amy avait déshabillé le bébé pour le nettoyer. La femme inclina le visage vers lui et, le prenant aux chevilles, appliqua sa bouche maquillée sur la plante de ses pieds nus. Elle avança les lèvres et fredonna un petit air ; le bébé se mit à rire, les yeux fouillant la pièce, à la recherche de l'origine de cette merveilleuse sensation.

— Ça te plaît ? lui demanda la femme.

Elle souffla de toutes ses forces contre la peau tendre. Le bébé la découvrit enfin et agita les bras en hurlant de plaisir. Elle le maintint et souffla à nouveau.

— Tu aimes ? C'est rigolo ? C'est rigolo ?

Ils ne connaissaient même pas son nom. Et pourtant un sentiment d'intimité s'était installé entre eux, une sorte de savoir partagé. Joe se dit que ce serait le bonheur de demeurer avec elle à jamais dans ce bureau chaleureux, à boire du thé et à regarder rire son petit garçon pendant que l'extérieur était peu à peu gommé par la neige. Lorsqu'il repensa à ce moment, des mois plus tard, il se rendit compte à quel point il avait été près de faire demi-tour.

— Quelle douceur, dit la femme.

Elle embrassa une dernière fois le bébé avant de se relever.

— Je me rappelle ce temps-là. Quoi qu'il puisse se passer par la suite, vous savez, c'est un cadeau qui vous reste.

Il ne se souvenait que d'incidents minuscules de la période de la guerre : la douleur aiguë causée par une pierre dans sa chaussure ; le goût du café froid et des œufs en poudre ; un pan de ciel aperçu depuis le pied du citronnier où il fumait une cigarette, et cette façon qu'avait la fumée chassée de ses poumons de se suspendre devant lui en une brume immobile avant que la brise ne l'emporte. C'étaient des souvenirs agréables ; ils auraient pu appartenir à une autre époque, à une autre vie. Sa section, trente-six hommes sous ses ordres, se trouvait en Maremme, à cinq kilomètres au sud de Magliano, et progressait vers une grappe de bâtiments de pierre adossés à des montagnes qui, peu avant l'aube, étaient encore enveloppées de bandes de nuages vaporeux. À deux cents mètres sur la gauche, on voyait une vieille église presque effondrée sous les coups de mortier autour de son modeste clocher qui restait étonnamment dressé ; et au-delà, serpentant sur une hauteur, un mur de pierre bas, protégeant un bosquet d'oliviers noueux. C'était un mardi, un mardi de juin. C'était curieux, avait-il pensé, comme les jours de la semaine avaient perdu toute signification, et malgré cela, il savait qu'on était mardi. Ils tenaient Rome depuis une semaine ; le bruit courait qu'on allait les ramener à Anzio dans quelques jours et les envoyer dans le nord, en France, où la véritable guerre se poursuivait.

Il terminait sa cigarette lorsque le sergent de la section vint vers lui. À trente-cinq ans, Torrey était l'homme le plus âgé de l'unité, un exemple d'autorité tranquille que Joe, même si c'était lui le chef, n'espérait pas égaler un jour. On racontait que, avant la guerre, Torrey était professeur de danse.

— Tireurs de soutien en position.

Joe jeta son mégot par terre et l'écrasa sous son talon.

— Bon, dit-il d'un ton las. Dis-leur de ne pas tirer. C'est juste une opération de reconnaissance. D'après le S2, il n'y a personne.

Torrey se renfrogna.

— Putain de bataillon. J'ai horreur de ça. Il y a trop de couvert à gauche.

— Ça sera ajouté à la liste des récriminations.

Joe se leva et mit son arme à l'épaule.

— Tu prends par la droite avec la première escouade, je prendrai le centre avec la deuxième. Qu'Anselmo garde la troisième en réserve et attende mon signal. Et Mike ?

— Quoi ?

— Dis à ton éclaireur de rester vigilant. Moi non plus, je n'aime pas ça.

Ils avancèrent en deux colonnes de douze hommes à travers champs, avec le soleil bas du matin dans le dos. Au-dessous d'eux, le village semblait endormi, pas un seul mouvement, pas même le caquètement d'une poule pour signaler que des gens vivaient là. Des sauterelles crissaient dans l'herbe qui montait jusqu'aux genoux, et fuyaient devant leurs bottes à chaque pas. L'adrénaline du combat donnait d'ordinaire à Joe une conscience très vive de ce qui l'entourait, comme s'il voyait en même temps les événements sous différents angles, mais pas ce matin. Les sauterelles bondissantes, l'herbe bruissante et trempée de rosée, le village muet et ses constructions de pierre aux toits de tuiles qui renvoyaient une lueur orangée dans le soleil matinal : tout concourait à parer le tableau d'un climat d'irréalité onirique. Il était sous les drapeaux à se battre depuis 412 jours, dont 342 comme chef de section, sans compter aujourd'hui, ce mardi matin de juin. Ça n'avait rien de très surprenant qu'il connaisse ces chiffres ; tout le monde les connaissait. Mais au fil des jours, les chiffres changeaient de sens : tout ce qu'ils signifiaient maintenant, c'était « je ne suis pas encore mort ».

Ils se trouvaient à moins de cinquante mètres de l'église quand ça se produisit.

— Couchez-vous !

Reynolds, l'éclaireur, plongea vers le sol et les hautes herbes se refermèrent sur lui. Tout le monde mordit la poussière.

Personne n'avait tiré ; tout se déroula en silence, vingt-quatre adultes se jetant à terre. Reynolds avait vu quelque chose, pensa Joe : un reflet lumineux sur la lentille d'un viseur, un mouvement derrière une fenêtre, un camouflage qu'on soulève au-dessus d'un pied de mortier ou d'un canon de MG-42. Il se redressa lentement sur les mains jusqu'à avoir le front au ras de la pointe des herbes, regarda sur la droite et aperçut Torrey. Leurs yeux se rencontrèrent et Joe mima les mots : « Qu'est-ce qui se passe ? » Torrey désigna le clocher.

— Merde.

Joe s'aplatit contre le sol. C'était à lui de jouer : il fallait qu'il avance pour rejoindre Reynolds. *Merde pour le S2. Merde pour le bataillon. Merde de merde de merde.*

Joe avait relevé la tête une deuxième fois pour se repérer lorsque le tireur embusqué dans le clocher (le fils d'un professeur de musique de Brême) l'eut dans sa ligne de mire : la balle lui troua la joue, lui projetant des débris d'os et de dents dans l'œil gauche, traversa la moiteur intérieure de la bouche et alla ravager ses molaires du fond, y pratiquant une deuxième explosion d'os et d'argent avant de lui briser la mâchoire. « Lieutenant ! entendit-il. Lieutenant ! » Puis ce furent encore des détonations, des MG et ensuite le gros 88 allemand qui se mettait en œuvre et ses tirs de mitrailleuse en guise de réponse, et des pièces de mortier qui pleuvaient tout autour, mais personne ne semblait attendre ses ordres ; ses hommes s'étaient repliés, l'abandonnant pour mort, et il se retrouva tout seul. Sa douleur était bizarrement diffuse ; il se demanda si c'était là un signe que sa fin approchait, ou qu'elle avait d'une façon ou d'une autre déjà eu lieu. Le premier médecin qui arriva près de lui prit ses jambes à son cou ; cet homme défiguré, un œil noyé dans une poche de sang, comment serait-il encore vivant ? Il resta gisant dans l'herbe toute la journée, à suivre les combats lointains pour le contrôle de Magliano, à regarder de son œil unique le ciel sans relief, et ses pensées n'allaient pas vers la guerre, ni vers les hommes avec qui il avait combattu (ailleurs, désormais bloqués par les tirs ennemis ou endormis à même le sol dur de quelque ferme ou progressant entre les arbres à la sortie de la petite bourgade) ni non plus vers ceux qu'il avait laissés chez lui à Boston. Amy, ses parents, sa sœur Eileen, qui apprendraient bientôt sa mort, se dit-il, dans une semaine ou même plus tard. Rien de tout cela. Il ferma son œil valide et ce qu'il vit alors, ce fut un lac, et des montagnes, et un cours d'eau qui traversait un champ dégagé avant de s'enfoncer dans les bois. Était-ce le Paradis ? Mais c'était un lieu bien réel qui se dessinait dans son esprit ; s'il survivait, il le trouverait et le revendiquerait pour sien.

Ils roulaient vers le nord, et lorsqu'ils parvinrent à Waterville, un crépuscule gris était déjà descendu. Ils sortirent de la gare déserte accablés de fatigue ; au moins il ne neigeait plus. Sur le parking les attendait le camion compris dans le contrat, un Ford 32 avec une aile rouillée et le plateau jonché de brins de paille. Il inspecta la cabine : aucun message, mais une carte avec un itinéraire à suivre pour atteindre le domaine scotchée sur le volant et un épais trousseau de clés suspendu au rétroviseur. Comme Amy s'asseyait sur le siège du passager, il fut pris d'une soudaine terreur : et s'il refusait de démarrer ? Mais dès qu'il pressa le bouton après avoir mis le contact, le vieux moteur ronronna servilement.

Amy enveloppa dans son manteau le bébé qui était resté très calme, somnolant.

— C'est loin ?

Il déplia la carte sur le volant.

— Environ deux heures. Je suppose que ça va dépendre de l'état des routes.

Il n'avait fait le trajet que durant l'été, par beau temps et sans que l'heure soit un problème, mais maintenant son seul souci était d'arriver avant qu'il soit trop risqué de rouler. Vers le nord, il le savait, il n'y avait aucune ville. Là où ils allaient, il était parfaitement possible de se perdre dans le noir, de rester en plan et de devoir attendre des heures, et même un jour entier, avant que quelqu'un ne vienne vous dépanner. Le train était reparti, autour d'eux le parking était vide, et il n'y avait même pas de traces de pneus dans la neige. Il pensa un moment chercher une chambre jusqu'au lendemain matin, mais écarta cette idée : quand c'est parti, c'est parti. Il repoussa lentement le starter et écouta le moteur s'installer doucement dans son régime normal.

— Voici ton nouveau camion, dit-il d'un ton optimiste. Est-ce qu'il te plaît ?

— De toute ma vie, je n'ai jamais espéré *posséder* le moindre camion.

Amy regarda à l'extérieur.

— Bon, où sont passés les gens ?

— Chez eux, je suppose. Au chaud.

— Ils savent peut-être des choses que nous ignorons.

Les routes étaient dégagées, et hors des ornières, il n'y avait que quelques centimètres de neige. Finalement, la tempête s'était éloignée vers le sud. Ils roulèrent deux heures et il faisait nuit lorsqu'ils arrivèrent. D'énormes congères se succédaient au long du chemin, après qu'ils s'étaient enfoncés sur dix kilomètres dans les terres en suivant le fleuve. Le domaine était fermé depuis trois ans, mais les propriétaires avaient posté un gardien, l'homme qui, supposa Joe, avait dégagé la route d'accès et laissé le camion à leur intention à la gare. Une dizaine de bungalows s'alignaient au bord du lac, les volets clos et barricadés de planches. Plus loin, la maison d'habitation formait une masse sombre et inhospitalière. Le tout leur appartenait, ainsi que le terrain adjacent ; cent hectares le long du fleuve et du lac ; il l'avait acheté pour quarante mille dollars.

Au bout du chemin, Joe gara le camion et coupa le moteur. Dans le silence soudain, ils restèrent un moment sans rien dire, stupéfaits d'être là. Tant de mois de préparatifs et voilà qu'ils y étaient.

Il saisit la main de sa femme.

— Entrons.

L'atmosphère de la maison était moisie et dense, avec une vague odeur animale. Joe essaya d'allumer des lampes, mais rien ne se produisit. Des plombs avaient dû sauter, à moins que les souris n'aient grignoté des fils. Le chauffage ne fonctionnait pas non plus ; leur souffle les précédait en épais nuages.

— Est-ce qu'il y a un cadavre là-dedans ? murmura Amy.

— J'y vois que dalle.

Joe avança en se protégeant le visage de ses mains. Presque aussitôt son genou heurta quelque chose de dur et pointu : le coin d'une table.

— Merde de merde de merde !

Il tenta de faire marche arrière, mais son pied droit se prit dans celui de la table. Un lourd objet de verre tomba bruyamment sur le sol. Il roula au loin sans se casser, mais rencontra une volée de marches (*des marches ?* se dit-il ; *quelles marches ?*) et dégringola en rebondissant au loin, gagnant de la vitesse pour finalement exploser quelque part en dessous.

Derrière lui, Amy se mit à rire.

— Ce n'est pas drôle !

— C'est vrai, dit Amy sans cesser de rire, ce n'est pas drôle.

— Il y a sûrement une torche ou des bougies dans la cuisine. Ne bouge pas.

— Fais attention de ne pas casser autre chose en y allant, lança-t-elle.

Entre-temps, il s'était habitué à l'obscurité ; au moins il pouvait maintenant distinguer les plus gros obstacles. Il parvint à atteindre la pièce principale, traversa l'espace dînatoire et poursuivit son chemin jusqu'à la cuisine en poussant des portes battantes. L'odeur animale était plus riche, plus présente. Où pouvaient bien être les bougies ? Dans un placard ? Dans un quelconque débarras. Mais il remarqua, sur le buffet, une forme sombre qui lui sembla être une lampe à pétrole. Il la souleva et la secoua : un clapotis d'essence. Pas en grande quantité, peut-être pour une heure, mais suffisamment pour s'installer pour la nuit.

— Joe ? Joe, où es-tu ?

— Une petite minute ! J'ai trouvé quelque chose !

Il tira son briquet de sa poche et alluma la lampe. Un petit disque de cuivre permettait de régler la mèche. Il le positionna de façon à économiser l'essence puis leva la lampe au-dessus de sa tête, éclairant la cuisine d'une lueur vacillante. Des placards et des étagères, une cuisinière et un évier, une grande table en bois : exactement ce dont il se souvenait, à dix ans d'intervalle. Un sac de farine était éventré sur le sol, son contenu répandu en une large traînée qui conduisait à un des placards du bas resté ouvert. La farine était parsemée de traces de pattes ; des éclaboussures constellaient le sol tout autour.

— Joe ? Il fait noir ici, tu sais !

Il suivit le son de la voix d'Amy jusque dans la pièce principale : une sorte de séjour avec un canapé et des fauteuils disposés en U devant une énorme cheminée. Les meubles étaient recouverts de draps blancs. Le comptoir d'accueil se trouvait près de l'entrée avec, fixé au mur juste au-dessus, un calendrier arrêté en avril 1943. Près de l'âtre, du bois coupé était proprement empilé dans un râtelier en fer forgé.

— On va dormir ici cette nuit, dit Joe. Installons le bébé. On s'organisera demain matin.

Ils découvrirent que le poêle fonctionnait : heureusement, comme promis, les bouteilles de propane étaient pleines. Les placards ne contenaient absolument aucune nourriture, mais dans la réserve Joe trouva quelques boîtes de sardines ainsi que, dans un bocal hermétiquement fermé, des cubes de bouillon séché. Sans eau courante (les tuyaux avaient été purgés), ils firent fondre de la neige dans une casserole cabossée et réchauffer du lait en conserve pour le bébé. Pendant qu'Amy disposait les coussins du canapé pour la nuit, Joe s'occupa du feu ; et bientôt la pièce fut remplie de lumière mouvante. Demain, il vérifierait les plombs, allumerait la cuisinière, rétablirait l'eau courante, ferait la chasse à ce qui avait causé des saletés partout, quoi que ce fût. Pour le moment, ce dont ils avaient besoin, c'était de se reposer.

Ils se glissèrent sous les couvertures. À côté d'eux, le bébé dormait bruyamment, inconscient de l'inconfort.

Ils étaient enfin arrivés, et pourtant Joe gardait les yeux grand ouverts, l'esprit encombré d'inquiétude. Les rigueurs du voyage avaient tenu ses craintes à distance, mais maintenant, une fois ce long parcours accompli, un flot de doutes bouillonnait en lui. Qu'avait-il fait ? C'était une idée vraiment stupide ! Il pensa à Amy, endormie à ses côtés. Elle était fille de médecin, cultivée, une femme avec des amis et des relations. Rien dans sa vie ne l'avait préparée à ceci : le froid, la maison enténébrée, le vent qui gémissait dans les arbres, personne à des kilomètres alentour, un paysage aussi vide qu'une toile vierge – ni magasins ni restaurants, ni musique sur laquelle danser, ni femme comme elle. Où allait-elle se créer des amis ? À qui allait-elle parler ? Elle était pianiste, avec une bonne oreille et de longs doigts faits pour jouer ; elle aurait pu se lancer dans une vraie carrière, et se produire en public, mais elle avait préféré s'orienter vers l'enseignement, se réservant le plaisir de la musique pour elle seule. Où allait-elle trouver des élèves par ici ? Dans un endroit pareil, qui pouvait éprouver le besoin de jouer du piano ?

Au matin, il s'éveilla dans un soleil aveuglant, et un froid si intense qu'il semblait avoir figé le temps. Le feu était maintenant éteint, réduit à un cône de cendres. Amy et le bébé dormant encore, Joe fit chauffer une casserole d'eau sur la cuisinière et passa dans la salle de bains pour se raser. Son visage ravagé : il aurait parfois voulu se raser les yeux fermés. Le creux dans sa joue, de la dimension d'une grosse pièce, était entouré de cicatrices en étoile, comme les branches d'une galaxie ; à moitié enfoncée, sa mâchoire était maintenue en place par des armatures métalliques. Seules ses dents de devant lui appartenaient : le reste, c'était de la porcelaine rapportée à grand renfort de fils et de crochets. Il étala la crème sur sa peau, s'immobilisa, le rasoir à la main, puis entreprit de se racler la barbe. Bientôt, Amy parut derrière lui et leurs regards se rencontrèrent dans le miroir.

— Bonjour, dit-il.

Elle avait les traits tirés. Il se demanda si elle n'avait pas pleuré.

— Joey dort encore, dit-elle doucement.

— Il se réveillera bien assez tôt.

Il finit de se raser puis se sécha avec de rapides coups de serviette.

— Si tu veux un petit déjeuner, je vais aller chercher les provisions dans le camion. Il nous faut aussi du bois. J'en ai vu un tas derrière la maison.

Il y avait quelque chose de changé en elle ; il se retourna.

— Ça va être...

Il s'interrompit pour la fixer dans les yeux.

— Ça va aller. Tu verras.

— Embrasse-moi, dit-elle.

Son corps la désirait, jusqu'à la douleur. Et pourtant il hésita : sa bouche détruite. Même lorsqu'ils faisaient l'amour, il gardait son visage loin d'elle. C'était comme si cette partie de lui n'était pas encore revenue de la guerre.

— Non, ordonna-t-elle.

Elle posa un doigt sur ses lèvres.

— Ça n'a pas d'importance. Embrasse-moi.

Il obéit ; ils s'embrassèrent. Du temps passa qui se mit à flotter autour d'eux. Puis, derrière, ils entendirent les premiers mouvements du bébé, suivis par un cri violent lorsque l'air emplit ses poumons.

— Comment a-t-il pu deviner ? plaisanta Amy, et elle se dégagea en riant. Il va falloir que vous appreniez à partager, je le crains.

Elle alla prendre l'enfant pour lui donner à manger, et Joe, après avoir enfilé pardessus et chaussures, sortit. Il faisait un froid à couper le souffle ; dès sa première inhalation, le métal vibra dans sa bouche, pincé comme des cordes par l'air glacial. Et pourtant, sous le soleil matinal, des plaques de neige fondaient sur le toit ; de longues stalactites de glace qui pendaient de la gouttière comme des couteaux brillaient d'humidité. Il rapporta du camion le coffre à provisions (il n'y en avait que pour quelques jours ; ils allaient devoir se rendre au magasin très bientôt) puis il ressortit. Sous l'appentis, à côté du bois, il trouva une masse et un coin et se mit au travail. Il avait mangé dans de grands restaurants, lu des livres sérieux, défendu diverses causes face à des juges ; et maintenant il vivait dans la forêt et coupait du bois, comme un personnage de conte de fées. C'était là, il le savait, l'accomplissement de son désir le plus profond : une existence pure dans un monde pur. Sa masse s'éleva et retomba : un coup, deux coups, pas plus ; le bois était sec et se fendait facilement. À l'hôpital, il avait appris à viser avec un seul œil, à faire de menues rectifications quant à la distance et à ne pas rater sa cible. La première fois qu'il avait fumé, il avait manqué le cendrier de plus de dix centimètres. Mais maintenant il avait résolu ce genre de problème. Il s'interrompit pour enlever son manteau et son chapeau qu'il suspendit à un clou planté dans la porte de l'appentis. Il avait les muscles douloureux, sa respiration créait un nuage de vapeur autour de sa tête, il se sentait trempé de sueur. Son esprit, lui, était libre, dégagé, débarrassé du moindre souvenir. Jusqu'à la fin de ses jours, cet instant resterait enchâssé dans ses pensées comme un diamant : cette heure glorieuse où il fendait du bois, avec encore le goût du baiser d'Amy sur les lèvres, à l'aube de sa nouvelle vie.

Il remplit un panier de bûches et retourna à la maison. En entrant, la première chose qui le frappa, ce fut l'odeur : la senteur sèche et poussiéreuse de l'air confiné qui montait entre les lattes du plancher sur les vagues de chaleur. Il trouva Amy près de la table de la cuisine, avec Joey sur les genoux ; elle enfournait des cuillerées de céréales à l'eau dans la bouche du petit garçon.

— Comment as-tu réussi à... ?

Elle leva les yeux, les lèvres serrées dans un sourire

mal contenu ; il vit qu'elle était ravie de lui faire cette surprise.

— Ce n'était pas si difficile, dit-elle avec désinvolture, et elle essuya le menton du bébé avec une serviette. Il y avait des instructions près du brûleur. Le réservoir est quasiment plein. Et regarde.

Elle alla avec le bébé dans ses bras de l'autre côté de la pièce jusqu'à une étagère supportant un vieux poste de radio en forme de cathédrale gothique. Le cadran était jauni par des années de chaleur dispensée par les lampes intérieures. Elle tourna le bouton et Joe entendit des grésillements pendant la période de chauffe puis, se diffusant derrière comme une brume, une musique étrange et lointaine : des violons, un accordéon ou un orgue, des cloches qui résonnaient avec un son creux et troublant. C'était une musique comme il n'en avait encore jamais entendue. Si haut dans le Nord, la station devait être canadienne.

Amy tenait le bébé contre sa poitrine ; elle prit sa main minuscule dans la sienne, le gardant toujours plaqué contre elle, et elle se balança d'avant en arrière, dansant sur place.

— Qu'est-ce que tu en penses ? demanda-t-elle à l'enfant. Que dirais-tu d'une petite valse avec ta mère ?

Elle regarda Joe, la mine ravie.

— Il y avait une boîte de plombs à côté du compteur, expliqua-t-elle. J'ai deviné lequel convenait et je l'ai installé.

Il ôta ses gants et s'assit à table, sonné. La pièce était déjà suffisamment chaude pour qu'on se mette en bras de chemise. Tenant toujours le bébé, Amy fit trois pas en avant en rythme avec la musique, tourna sur elle-même avec une révérence et recula de trois pas.

— Eh bien, tu m'as l'air d'avoir tout juste.

— Ne reste pas là, bouche bée, lança-t-elle sans cesser de danser. Je ne suis plus une enfant, tu sais. Qu'est-ce qu'il lui arrive, à Papa ? dit-elle au petit garçon. Il s'imagine peut-être que Maman est un bébé ? Tu crois ? Est-ce que c'est toi, le bébé ? Ou bien Maman ? Hein ?

Joe rit et secoua la tête. Il avait été absent si longtemps ; elle avait bien dû apprendre à faire un tas de choses. Il se souvint que dans une de ses lettres, elle avait noté mine de rien, mais avec une fierté très lisible, qu'elle avait changé une roue de la voiture.

— Pardonne-moi. Je sais bien que non.

— Oh, pour l'amour de Dieu, je te fais grâce de tes excuses.

Elle le poussa hors de la cuisine.

— Allume-nous un bon feu pendant que je prépare le petit déjeuner.

Ils prirent des œufs en poudre et du café, et du lard frit dans du beurre sur le fourneau. Ils débarrassaient la table lorsque de l'eau commença à goutter du plafond.

— La glace s'est accumulée sur le toit !

Il réquisitionna tous les récipients qu'il put trouver dans les placards et les disposa par terre.

— Comme on a chauffé, tout se met à fondre et s'infiltre entre les bardeaux. Bon sang !

Ils firent le tour de la maison en s'efforçant de parer au plus pressé, mais l'eau semblait provenir de partout en même temps : des fenêtres, des moulures et même des entrées électriques. Le problème dépassait l'accumulation de glace, comprit-il. Le toit était une passoire.

— Bon, alors, tu t'y connais en toiture ? lui demanda-t-il.

— Seulement en chauffage et en électricité, répondit-elle en lui tendant une bassine (tout à coup, c'était une grande aventure, un jeu sans conséquence). Pour le reste, je suis désolée de te le dire, c'est à toi de nous montrer ce dont tu es capable.

Il sortit dans la neige et dénicha dans l'appentis un pied-de-biche et une vieille échelle en bois. À l'à-pic de l'avant-toit, il y avait au moins un mètre de neige ; il y planta le bas de l'échelle, puis posa le pied sur le premier barreau apparent et monta, pied-de-biche en main. Amy le regarda, l'enfant dans les bras, faire sauter la glace amassée dans la gouttière. Des éclats sautaient partout comme des diamants dans le soleil. Il avança sur toute la longueur, brisant la glace en mille morceaux, puis dégagea la neige à la pelle.

— Fais attention, Joe.

Le toit était en pente, mais sa nature lui assurait une sorte de sécurité. Des zones entières étaient totalement pourries. Çà et là, quelqu'un avait recouvert le pire d'une bâche, mais ce raccommodage lui-même était presque parti, rongé par l'usure.

— C'est un désastre, ici, lança-t-il. On va sans doute être obligés de tout remplacer.

— Bon, alors, reviens, Joe, en attendant. Tu vas te rompre les os, là-haut.

C'était presque drôle : après tout ce qui s'était passé, elle avait peur qu'il tombe d'un toit. Il grimpa jusqu'au faîte et osa se mettre debout, un pied de chaque côté de la crête. Il voyait le lac gelé s'étendre comme un immense plat de porcelaine, le soleil s'y réfléchissant avec une telle force que c'était difficilement soutenable ; sur la rive opposée, une épaisse forêt escaladait la montagne jusqu'au glacier et, au-delà, jusqu'au néant, jusqu'au sommet du monde. Le ciel sans nuages avait la couleur du cobalt, si bleu qu'il avait l'impression de pouvoir l'aspirer tout entier, s'en emplir les poumons et s'y dissoudre.

— Joe, je t'en prie. Redescends.

— Quel spectacle ! s'écria-t-il. C'est incroyable !

— On s'en fiche ; reviens.

Il finit par se laisser glisser sur les fesses jusqu'au bord du toit et reprit l'échelle, à bout de souffle.

— Il va falloir appeler quelqu'un pour retaper tout ça. Au moins pour boucher le plus grave.

Il était stimulé à un tel point que la sensation était presque insupportable. Bien sûr, il allait essayer de réparer lui-même le toit. Le marteau dans une main, la ceinture à outils autour de la taille, lestée de clous, les heures entières de travail acharné ; le moindre épisode se précisait dans son esprit comme s'il avait déjà eu lieu. Remettre un toit à neuf : qu'est-ce qu'il pouvait y avoir de compliqué là-dedans ?

— Amy, il faut que tu voies ce panorama.

— Tu es fou ? Pas question que je monte là-haut.

Il réfléchit un moment.

— Il y a peut-être un autre moyen.

Il lui enleva le bébé des bras.

— Allez, viens.

Il la précéda à l'intérieur de la maison et jusqu'en haut de l'escalier, à l'étage des employés, qu'ils n'avaient pas encore visité. Cinq minuscules chambres sous les combles : il choisit une porte au nord, du côté du lac, et l'ouvrit. L'état de la pièce était catastrophique : un petit animal, un écureuil ou un tamia, ou même seulement un raton laveur, s'était introduit là et avait semé partout des touffes de poils et des déchets. Sur le bureau, il y avait une bouteille de whisky vide et, à côté, un cendrier plein de mégots. Le matelas était nu et taché. C'était la pièce dans laquelle Joe avait passé son dernier été avant la fac de droit, lorsqu'il avait travaillé au domaine à la plonge.

— Quelle horreur, dit Amy en fronçant le nez.

Une expression inquiète apparut sur son visage, elle reprit précipitamment le bébé et se replia vers la porte.

— Tu penses qu'il est encore ici ?

Il désigna le plafond où l'on avait cloué des lattes de bois pour boucher un trou qui donnait, Joe le savait, sur une niche et au-dessus, sur le toit ravagé.

— J'en doute. Quoi que ça ait pu être, c'est parti depuis longtemps.

Il entra, baissant la tête pour éviter les bandes de plâtre qui pendaient et avança jusqu'à l'unique fenêtre de la pièce. Au-dehors, il y avait un large replat, comme une terrasse ; il y était resté d'innombrables nuits d'été, assis, à fumer, seul ou en compagnie d'autres employés du domaine, des jeunes gens comme lui, dans l'incertitude entre l'université et l'inconnu qui les attendait, à parler des filles ou de leurs projets professionnels ou encore, comme le croyaient certains, de la guerre inévitable. Il avait même embrassé une fille, là, une fois, une serveuse ; pendant une heure langoureuse, ils avaient écouté les bruits du lac et s'étaient embrassés sous les étoiles, comme dans un film, mais elle avait un petit ami en ville, et les choses n'avaient pas été plus loin. En réalité, il avait réussi à se persuader qu'il était amoureux d'elle, et il s'était lamenté pendant des semaines. Mais plus tard, vers la fin de l'été, il était allé avec d'autres en voiture à un bal à Blue Hill et il avait discuté toute la soirée à une table avec la cousine d'un copain, une fille de Back Bay aux intenses yeux gris qui étudiait le piano au Conservatoire. Dès son retour à Boston, la semaine suivante, il lui avait téléphoné et, moins d'un an plus tard, Amy et lui étaient mariés et vivaient ensemble à la cité universitaire, près de Harvard Stadium.

La pièce possédait un petit bureau et un fauteuil ; il tira celui-ci jusqu'à la fenêtre qu'il ouvrit, puis il baissa la tête pour passer dehors. Le surplomb, en plein soleil, n'était pas couvert de neige. Il faisait près de deux mètres de large et pourtant il fut pris de vertige ; il sentit une faiblesse le saisir aux genoux, et il éprouva la certitude absurde qu'il allait forcément basculer dans le vide. Il repoussa cette impression et se redressa, remplissant d'air ses poumons : au-dessous de lui et à perte de vue, il pouvait contempler une nouvelle fois le lac et la forêt, et au-delà, invisible mais bien présente, la frontière qu'avait franchie cette étrange musique, ce matin. Il l'entendait encore mentalement, avec les notes hautes du violon qui dansaient au-dessus et autour de la ligne basse des cloches lancées à toute volée. Il se retourna et tendit la main dans la fenêtre pour aider Amy à le rejoindre.

Elle fronça les sourcils, incrédule.

— Tu plaisantes.

— Pas le moins du monde.

— Tu crois que je vais marcher là-dessus ? Pas question.

— Ne sois pas ridicule. On y montait tout le temps.

Le bonheur qu'il avait ressenti toute la matinée s'épanouissait en lui. On aurait dit qu'il courait dans ses veines. Il pouvait tout faire : tout était possible.

— Donne-moi Joey, d'abord. Ensuite, quand tu auras les mains libres, je te tirerai.

Elle se haussa sur la pointe des pieds pour regarder dehors. Elle finit par capituler en ronchonnant et lui passa le bébé.

— Fais attention, Joe, je t'en supplie.

Il s'empara du bébé. Le petit garçon portait une

combinaison de ski bleue décorée d'une farandole de rennes, ainsi qu'une casquette qu'Amy lui avait enfoncée jusqu'aux oreilles si bien qu'on ne distinguait que son museau. Il avait les mains nues et des moufles pendaient de ses manches où elles étaient attachées. Joe assura sa prise au creux du coude puis il se pencha devant la fenêtre pour tendre sa main libre à Amy. Mais elle déclina l'offre et, l'imitant, elle empoigna le cadre de la fenêtre et engagea seule le buste à l'extérieur.

— Attention de ne pas le lâcher, le prévint-elle.

Elle expulsa l'air de ses poumons et se rejeta en arrière, un pied encore sur le fauteuil.

— C'est incontestablement la chose la plus idiote que nous ayons jamais faite, je peux le jurer.

Il avait envie de rire.

— Tu vas voir.

Elle se lança et aussitôt se retrouva dehors et debout, à côté de lui. Il vit la peur s'évaporer dans ses yeux. À la place apparut le pur rayonnement de sa surprise.

— Pour l'amour de Dieu, Joe.

C'était leur premier jour, se dit-il. Toute la vie, aux heures sombres comme aux minutes heureuses, ils se souviendraient de ce jour-là. Dans ses bras, sous le soleil étincelant, son petit garçon posait sur lui un regard interrogateur, comme pour demander : « Qu'est-ce que je fais sur ce toit ? »

— Regarde, lui dit Joe, et il le tint au plus haut, pour qu'il voie bien ce qui lui appartenait.

# Une fille peut bien parler
# de petits pois avec son père

# 1

# Jordan

Tout le monde a une histoire, alors voici la mienne ; mon histoire et celle de Kate et du vieil Harry Wainwright, et celle des bois et du lac où se passe tout cela. Mon nom : Jordan Heronimus Patterson junior, fils du défunt capitaine Jordan Heronimus Patterson senior, de l'US Navy, tous deux originaires de Virginie et y ayant grandi, même si maintenant c'est ici que je vis, dans la forêt du nord du Maine, où je gagne mon pain comme guide de pêche. Mon père, pilote de la Marine, aimait le ciel, et moi, c'est ce qui se trouve en dessous que j'aime : le soleil, la lumière et la neige, et les montagnes de cette région isolée, et la grosse truite sous la surface de l'eau. À première vue, vous pourriez penser que je suis un peu demeuré, ou que je n'ai aucune ambition, ou plus simplement que je suis un parfait paresseux, un adulte qui pêche pour gagner sa vie ; c'est-à-dire un homme qui s'amuse. Quand j'emmène un groupe sur le lac, ou sur le fleuve au moment du frai, quand ils se croient encore malins, il arrive que l'homme me demande, ou la femme si c'est une femme : « Et qu'est-ce que vous faites dans la vie, à part ça ? » Ou bien : « Vous restez vraiment ici tout l'hiver ? » Je ne leur en veux pas de poser pareilles questions, parce que je suis jeune, tout juste trente ans, et ici on est loin de tout, et la rigueur de l'hiver se voit à l'œil nu, même par le plus doux des après-midi d'été, juste à la façon tourmentée qu'ont les pins de pousser ; ils s'interrogent sur les films, les restaurants et les grands magasins, bien sûr, toutes ces choses qu'ils apprécient, il est donc naturel qu'ils posent cette question : Qu'est-ce que je fais d'autre ? Alors je leur parle de l'entretien des bateaux et des bungalows, et des parties de chasse de l'automne, mais seulement quand j'y suis forcé parce que je m'en fiche un peu ; et il arrive que je lâche une ou deux allusions à l'université, à mon état d'esprit de l'époque (Université du Maine à Orono, promotion 1986, diplôme en économie, option eaux et forêts, s'il vous plaît) ; alors l'homme hoche la tête, ou la femme, et se dit : « Bon sang, ce type est tout simple ! » Et l'espace d'une seconde, en silence, ils s'identifient à moi et ils en sont heureux ; et puis ils me demandent où ils doivent pêcher et comment équiper leur ligne, et ils attrapent quelque chose grâce à mes conseils et ils rentrent à Boston ou à New York ou même à Los Angeles, et moi je reste ici sous la neige qui s'accumule, incapable d'expliquer pourquoi à quiconque, pas même à moi.

Et si j'ai l'air de ne pas aimer ces gens-là, c'est complètement faux. Le camp est très haut dans le Nord, à quatre heures de Portland en voiture et très difficile à atteindre, et les gens disposés à faire un tel voyage sont des fous de pêche. Ils sont riches, pour la plupart, et ne peuvent le cacher : on en voit des preuves dans leurs voitures, leurs vêtements, la qualité du cuir de leurs bagages et de leurs chaussures. Il y a un gouffre entre nous, ne vous y trompez pas, et je suis bien conscient que pour eux je ne suis pas autre chose qu'une location de commodité, tout comme les nourrices qui élèvent leurs enfants, le courtier qui s'occupe de leurs opérations en Bourse pour qu'ils gagnent encore plus d'argent ou l'avocat qu'ils engagent lorsqu'ils désirent divorcer. Mais parce qu'ils sont assez riches pour s'offrir tout cela, ils sont agréables avec moi, ils me respectent, même, car je sais ce qu'ils ignorent : où se cache le poisson qu'ils sont susceptibles de capturer. Pour cette raison, ils me louent, corps et âme, deux cent cinquante dollars par jour, cent cinquante pour la demi-journée, ce qui constitue une affaire des plus pures, et sacrément bon marché, pour dire la vérité.

Il y a aussi les habitués, ceux qui reviennent chaque année à leur saison préférée : au début de l'été pour les éclosions massives d'éphémères, ou encore lors des longues journées sèches d'août, après la disparition des mouches noires, les jours sont alors aussi immobiles qu'un papillon épinglé, et les poissons sont moins bêtes et en plus pas tellement affamés (ce qui fait que ce n'est pas l'époque idéale pour les attraper, mais ce n'est pas pour cela que ces gens-là sont ici, ni moi d'ailleurs). Ce qui m'amène au dernier été où j'ai vu Harry Wainwright – le fameux Harrison P. Wainwright, celui des trente étés consécutifs et plus, celui du classement *Forbes* des plus grosses fortunes, de Wall Street et de tout le reste – qui a voulu revenir ici avant de mourir.

On met les petits plats dans les grands pour les habitués tels que Harry Wainwright, ce qui est juste une façon de parler par ici, puisqu'il n'est pas question de sophistication. Les bungalows sont tous identiques, rustiques et spartiates, avec deux lits de camp grinçants, un poêle et une petite terrasse sur l'eau d'où on peut contempler la montagne. Ce que je veux dire, c'est qu'on l'attend, qu'on est sacrément contents de le voir, parce que les mordus comme Harry sont pain bénit dans un endroit comme le nôtre ; on ne peut pas se permettre de faire de la publicité, et ce n'est d'ailleurs pas notre truc, on n'a jamais eu cette velléité. À l'époque dont je parle, Harry devait avoir soixante-dix ans, même si avant sa maladie il paraissait moins que son âge, comme un riche qu'il était. Il possédait une chaîne de parapharmacies dans le Sud et le Middle West (on racontait que si vous achetiez un tube d'aspirine entre Atlanta et Omaha, il y avait de grandes chances pour qu'un pourcentage aille à Harry Wainwright), et un tas de choses annexes, un véritable empire de biens de consommation et de services dans lequel je n'avais pas la moindre part, en dehors de ce qu'il me versait en tant que guide. Il n'en avait pas vraiment besoin ; il venait pêcher ici quand Kennedy était à la Maison-Blanche et connaissait le coin mieux que personne. Ses pourboires, toujours énormes et gênants, n'étaient qu'une manière supplémentaire d'exprimer son pur bonheur d'être ici.

Est-ce qu'il m'impressionnait ? Qui n'aurait pas été impressionné par Harry Wainwright ?

Donc, l'histoire : voici Harry, dont nous savions tous qu'il allait mourir d'un cancer – un après-midi d'août de l'an de grâce 1994 – accompagné de sa deuxième (et donc plus jeune) épouse, de son fils et de sa petite-fille encore enfant, tous entassés dans une grosse limousine de location avec leurs bagages depuis l'aéroport de Portland : la plus belle famille que j'aie vue de ma vie. La journée tire à sa fin, c'est l'heure idéale pour arriver, et la saison est suffisamment avancée pour que les bouleaux et les érables déploient leurs larges couronnes jaunes et rouges sur le bleu du ciel bien bleu. Harry est étendu sur le siège médian, le dos calé contre la portière par des oreillers, comme le vieux Ramsès en personne ; Harry Junior (qui répond au prénom de Hal) est au volant ; la deuxième épouse, Frances, est à la place du passager ; January (ainsi prénommée parce qu'elle est née en janvier ou qu'elle a été conçue en janvier, au choix) est nichée dans son confortable siège pour bébé fixé à l'arrière ; la voiture parcourt la longue distance. Tout le monde adore les dix derniers kilomètres : lorsqu'on s'arrête enfin, c'est un peu comme si l'on avait déjà commencé quelque chose, comme si le plaisir était déjà là.

Nous l'attendions, bien sûr. La veille au soir, on s'est tous réunis, après que Hal eut annoncé à Joe au téléphone que Harry avait décidé de venir, qu'il reconnaissait qu'il s'y prenait très tard, mais y avait-il encore de la place et cetera. Nous nous sommes retrouvés dans la salle à manger après le dîner : moi, Joe, sa femme Lucy qui s'occupait de la cuisine et des comptes, et leur fille Kate, qui étudiait à Bowdoin et travaillait l'été comme guide, et Joe nous a dit ce qu'il savait : que Harry avait un cancer et désirait pêcher. Le reste, la mort possible, jouait un rôle dans cette décision, mais il n'osait pas en parler. Le lendemain après-midi, Hal nous appelait d'une cabine publique de la ville pour nous informer qu'ils arriveraient dans une demi-heure, aussi quand la voiture s'est engagée dans l'allée, Kate, Joe et moi étions-nous là pour l'accueillir.

Tout de même, quand Hal a ouvert la portière, ça nous a fait un choc, et pendant une minute j'ai pensé qu'on avait mal compris et qu'ils avaient transporté son corps jusqu'ici pour qu'on l'enterre – pourtant un homme tel que Harry Wainwright devrait rejoindre sa dernière demeure vêtu comme un pharaon et non dans ces vêtements militaires élimés, ces chaussures de tennis et ce pull bleu délavé, le tout terne et trop grand pour lui. Le tableau de la mort d'un homme riche suffit à jeter le doute sur toutes vos belles certitudes sur l'économie de marché ; voilà tout un secteur – la vie, la santé, un nouvel ordre de bataille pour des cellules folles qui ont perdu le nord – qui ne s'achète pas. Lorsque Hal a ouvert la portière en grand, nous avons tous retenu notre souffle, pour trouver une attitude normale, fascinés par les chaussures, blanches comme le ventre de deux truites fraîchement sorties de l'eau. Hal serra la main de Joe, puis la mienne, énergiquement (comme je l'ai déjà dit, c'était un bel homme aux cheveux prématurément gris retenus en catogan, avec de jolies rides autour des yeux à force de cligner à longueur d'année au bord de toutes les eaux du monde chauffées par le soleil), puis il lança très fort, à moi et à tout le monde :

— P'pa ? Jordan va nous aider à te sortir de là.

Ce qui s'avéra coton : le cancer, qui avait commencé dans le poumon, s'était étendu aux os du dos. Le pauvre homme était raide comme un bâton. Ces dix derniers kilomètres, aussi accidentés qu'un concours de rodéo, avaient dû être une torture pour lui. Je me précipitai vers la portière arrière ; Frances était penchée par-dessus le dossier pour lui saisir les mains et l'aider à se redresser, et je n'eus qu'à ouvrir pour le recevoir dans mes bras. Depuis le côté opposé, Frances et Hal poussaient ses pieds vers moi, et lorsque je le tirai dehors, le vieux se déplia comme un couteau de poche ; en un éclair il fut debout, avec moi qui le soutenais par-derrière, pas très sûr que je n'allais pas le lâcher. Il ne pesait presque rien, le pauvre moineau, et pourtant il me semblait que, s'il tombait, le sol risquait bien de trembler, et ce serait alors le pire moment de ma vie.

— Merci, Jordan.

Je jetai un coup d'œil au-delà de son oreille et compris qu'il fallait que je le tienne jusqu'à ce que Frances ait fait le tour avec le déambulateur. Frances devait avoir une cinquantaine d'années, et je l'avais toujours trouvée un peu virile, bien que très agréable à regarder : elle était robuste, et épaisse, mais comme on dit d'un bon livre qu'il est épais. Fixé d'un côté du déambulateur, il y avait un récipient chromé étincelant, environ de la grosseur d'une bouteille de propane, avec un tube en plastique transparent relié au masque en forme de cœur que Frances passa pardessus la tête de Harry pour l'installer contre les plis de son cou.

— Je suis, comme vous pouvez le voir, extrêmement diminué, et je vous remercie.

C'est ainsi que parlait Harry ; il aimait employer des expressions telles que « extrêmement diminué » pour signifier qu'il était malade comme un rat empoisonné. C'est facile de dire un tas de bêtises sur les riches, mais Harry Wainwright était vraiment différent de tous ceux que j'ai pu rencontrer. Si vous avez lu la presse, vous êtes amplement renseigné – Harry assurait de bons tirages – l'histoire classique du self-made-man américain pleine d'initiatives et d'huile de coude, les années de vaches maigres, l'idée géniale et la trajectoire impeccable de sa vie fascinante ; mais enfin, il avait bien le droit de s'exprimer comme il l'entendait. Ce qui ne l'empêchait pas de jurer, et il est certain que cela lui procurait plus de plaisir qu'à la plupart des gens. Lorsque Harry Wainwright traitait un poisson de « satané enfoiré de sa mère », je savais que c'était vrai.

— Je suis réellement content de vous revoir, monsieur Wainwright, dis-je. Parole.

Silence, et je fus étonné qu'il ne me reprenne pas. La plaisanterie durait depuis huit étés : je l'appelais monsieur Wainwright et il disait : « Pour l'amour de Dieu, Jordan, appelle-moi Harry », ce que je n'ai jamais réussi à faire. Je me demandai s'il avait oublié, puis s'il était possible qu'il fût trop malade pour se souvenir de qui j'étais. Mais il m'avait pourtant appelé Jordan. C'était une question idiote, bien sûr, mais je me la suis posée : Combien de Jordan pouvait-il connaître ? Mon propre père, qui est mort lorsque j'avais trois ans, était le seul autre Jordan dont j'aie entendu parler, et je l'ai à peine connu, avant que ses moteurs ne le lâchent une nuit d'été au-delà de Newport News et qu'il ne disparaisse en mer. (Plusieurs mois de suite, à l'université, alors que j'étais tombé dans une profonde dépression sans cause évidente, j'ai consulté la psychologue du campus, une jeune femme sans humour avec un sourire ressemblant à ce qu'on doit apprendre dans les écoles de sourires. Elle s'était mis dans la tête que le fait qu'on n'ait jamais retrouvé le corps de mon père était sans doute à l'origine de tous mes malheurs – pas faux mais pas vraiment pointu non plus. De toute façon, un beau jour, mes sombres pensées se sont dissipées et ne sont jamais revenues.)

Pendant ce temps, la petite January avait été extraite de son siège-baquet et trottinait dans l'allée, une peluche à la main. Je dois préciser tout de suite que Sally, la femme de Hal, venait rarement au domaine ; j'avais dû la voir deux fois en tout, car c'était une sorte d'avocate financière et elle devait avoir trop de travail. C'était bien qu'un homme amène avec lui un enfant de dix-huit mois dans une excursion impromptue dans les North Woods, mais il était visible que Hal était exaspéré. Il empoigna sa fillette et nous considéra, l'air de dire : « Ça a assez duré, et ce n'est pas une idée à moi, si on en finissait et qu'on fasse entrer le vieux. » Il leva un sourcil en direction de Kate.

— À vous de jouer.

Kate avança vers lui et prit January dans ses bras, en gazouillant des promesses sur une visite aux canards, sur le lac ; Hal, les mains libres, contourna le déambulateur et plaça le masque devant la bouche de Harry.

— Votre dîner vous attend dans la salle à manger, Harry, dit Joe. Nous allons transporter vos bagages dans votre bungalow, vous n'aurez plus qu'à vous installer.

Harry ne répondit pas : pendant un moment, tout le monde resta là, à le regarder inhaler comme s'il respirait une fleur hors de prix. C'était pénible de le voir ainsi ; personne ne devrait avoir à prendre garde à sa *respiration*, ce que nous faisions tous désormais.

Puis, sortant du masque :

— Jordan ?

— Oui, monsieur ?

— Bon sang de bonsoir, appelle-moi Harry, Jordan.

Qu'est-ce que je pouvais faire d'autre ? J'ai éclaté de rire, sacrément soulagé. Et Kate a ri elle aussi, l'un des sons que je préfère au monde, puis Hal, puis tous les autres (y compris la petite January), chacun de nous heureux dans l'immédiat d'entendre une plaisanterie, de permettre au champ de mines de la journée et à la mort qui nous enveloppait de sa présence de se dissoudre comme une brume matinale.

Harry regarda autour de lui comme si nous avions tous perdu l'esprit.

— Qu'est-ce qu'il y a de si drôle, j'aimerais bien le savoir ?

Hal posa tendrement la main sur l'épaule de son père.

— Personne ne se moque de toi, P'pa.

— Eh bien, vous pourriez, si vous vouliez.

Harry enleva le masque de devant sa bouche et le laissa pendre. Son regard humide parcourut les arbres puis redescendit vers moi, et il demeura ainsi, debout, une main sur le déambulateur, se demandant quoi faire maintenant.

— Jordan, je suis venu ici pour attraper une truite avant de claquer. Tu vas m'aider ?

Je jetai un coup d'œil vers Joe qui s'occupait des bagages, puis vers Kate qui tenait compagnie à January avec la peluche, et je sentis qu'ils pensaient la même chose que moi : personne d'autre que Harry n'avait eu cette idée. C'était un pur caprice, de quelque façon qu'on retourne l'affaire : Harry souffrait le martyre, il aurait dû être à l'hôpital, ou au moins couché, plutôt qu'à traîner sur le lac avec moi, en plongeant absolument tout le monde dans l'angoisse.

Et puis je me dis : une dernière truite. C'était bien compréhensible, et c'était évidemment son souhait le plus fort. Plus précisément, qu'importait ce que Harry voulait, du moment qu'il voulait *quelque chose* ? Cela aurait pu être un séjour à Disney World ou un grand moment avec une pute à trois cents dollars (bien que je n'aie pas l'impression que Harry ait pu être attiré par l'un ou l'autre), du moment que c'était une chose à vivre.

— Bon Dieu oui, monsieur Wainwright. On peut faire ça pour vous.

Je lui lançai mon meilleur hochement de tête de défi.

— Et pourquoi une seule ?

Harry se composa un sourire malin.

— À la mouche sèche, Jordan.

Là, c'était une autre paire de manches. Je ne voyais pas comment Harry pourrait patauger dans le fleuve, le moyen le plus efficace de s'assurer une prise. Quant au lac, l'été avait été chaud, il n'avait pratiquement pas plu, et les truites qui avaient pu y traîner avaient émigré depuis longtemps vers des eaux plus froides, et restaient inaccessibles parmi tant de matériel militaire abandonné (comme par exemple, pour mémoire, un Phantom F-4 très vieux et tout couvert de coquillages, englouti au large de Newport News). On pouvait s'en tirer en prenant son temps, en laissant dériver un appât sous la surface ; mais pêcher au lancer comme le voulait Harry demandait une chance insolente et un coup de main de premier ordre, en plus, pour que la mouche atterrisse, aussi légère qu'un baiser de bébé, sur le nez de quelque débile passant là par hasard. Tout cela, comment en douter, Harry le savait parfaitement.

— Au lancer ?

Je songeai que la perspective de longues heures d'attente sur le lac sans espoir particulier allait le décourager.

— À mon avis, ce serait mieux en profondeur. Ce n'est pas l'époque idéale pour la mouche sèche.

Harry secoua la tête.

— Ce qui me manque, Jordan, c'est le temps. Hal m'a autorisé une sortie de vingt-quatre heures, c'est tout.

Joe, qu'on n'avait pas encore tellement entendu jusqu'ici, et qui faisait tinter sa monnaie au fond de sa poche en jouant du bout de la chaussure avec les graviers de l'allée, me lança un regard signifiant que nous en reparlerions plus tard, qu'il y avait des choses que j'ignorais sur ce chapitre.

— Ce que Jordan voulait dire, je pense, intervint Joe, c'était que c'est tout à fait possible.

— Vingt-quatre heures, Jordan, répéta Harry. Ensuite, c'est le retour à l'hôpital, où ils me brancheront sur une de leurs machines qui me balancera de telles doses de morphine que je m'en ficherai de mourir.

Harry s'interrompit, avec l'air d'être sur le point de tousser (une perspective que je redoutais presque physiquement), replaça le masque devant sa bouche et aspira longuement à deux reprises avec un bruit sifflant. Frances avança à son côté en le prenant au coude et observant son visage tandis qu'il inhalait. On voyait bien la longue et pénible épreuve qu'elle traversait. On imagine sans peine le pire lorsqu'un homme riche comme Harry épouse une femme plus jeune au soir de sa vie, et on y lit un calcul cynique de plus – et dans ce cas précis une dévotion de la onzième heure avec en point de mire une bonne part du gâteau des magasins de Harry. Mais à la regarder accompagner Harry dans ses efforts pour attirer, à chaque respiration, un peu de douceur oxygénée dans ses poumons détruits, il était évident qu'elle s'inquiétait sincèrement pour lui et qu'elle revenait de l'enfer.

— Harry ? Ça va ?

Frances le fixa intensément et il hocha imperceptiblement la tête. Tout le monde attendit tandis que, petit à petit, un peu de couleur lui remontait aux joues. Le soleil avait plongé derrière les montagnes, de l'autre côté du lac, et tout à coup ce fut la nuit sur les North Woods, la température chutant comme une pierre. Un frisson me parcourut la colonne vertébrale, et j'eus envie de faire entrer Harry.

Il retira enfin son masque, entraînant un spaghetti de bave. Frances l'épongea aussitôt avec un mouchoir.

— Ils ont de bonnes intentions, Jordan, et ça ne me pose aucun problème. Mais ce n'est pas ma façon de fonctionner.

Je ne savais pas très bien s'il voulait parler des médecins ou de Frances et de Hal ; ou peut-être des trois. De toute façon, je comprenais clairement qu'il souhaitait mourir avant son retour, et que ce qui le terrifiait le plus, c'était que ça allait sans doute se passer différemment.

— Bon, alors c'est convenu, dis-je. C'est ce qu'on va faire.

— Vingt-quatre heures, dit Harry, et il entreprit son interminable ascension vers la salle à manger, Hal et Frances le soutenant chacun d'un côté.

Kate avait toujours January dans les bras. L'enfant nous avait tous roulés en s'endormant.

— Un poisson, Jordan. À ma manière. C'est notre marché.

# 2

# Joe

Lorsque Hal m'a téléphoné pour me dire que son père allait mourir, je n'ai pas pu me retenir. Ma première pensée a été : *Merci mon Dieu*.

Il est possible de détester quelqu'un qu'on aime, comme moi j'aimais et je détestais à la fois Harry Wainwright, bien que ce ne soit pas Harry qui m'ait enseigné cette leçon, mais mon père, le grand héros de guerre. Il m'a enseigné cela le jour de la mort de ma mère, lorsqu'il m'a exhorté, alors que j'avais neuf ans, à être courageux quand j'en étais incapable, et de nouveau, trois jours après Halloween, en 1968, alors que j'étais enfin devenu un homme, du moins le croyais-je, et que j'ai dû renoncer à cette maturité pour être définitivement un lâche et un criminel.

J'ai demandé à Hal dans combien de temps.

— Plusieurs mois. Cela dépendra. Il est solide, tu sais.

Hal s'est raclé la gorge.

— Une solide tête de mule. Il a un marché à te proposer, Joe. Un marché qui devrait te plaire.

Ce qui signifiait qu'il me ferait également horreur.

— Les marchés, c'est son fort.

— Il veut que tu fasses un saut à New York. On enverra un avion te chercher. Excuse-moi une seconde.

Le brusque puits sans fond de l'attente. Assez longtemps pour que j'aie le loisir d'imaginer qu'il m'avait oublié. Puis il fut de retour.

— Joe, je suis désolé, mais j'avais des gens à voir. Pour des stupidités qui ne souffrent pas de délai, mais enfin tu es là. Où en étions-nous ?

— Tu projetais de m'envoyer un avion.

— Je n'essaie pas de faire mon intéressant, Joe. J'essaie juste de faire avancer les choses. Ça va te plaire, je crois. Si tu es gentil avec le pilote, il te laissera t'installer à l'avant et tripoter les boutons.

Il s'éclaircit la voix.

— Et puis, puisque nous sommes amis, et pour ne pas rester dans le flou total, je vais aussi te dire qu'il se pourrait bien que tu veuilles avoir un avocat sous la main.

— Sally est bien avocate, non ?

Sally était l'épouse de Hal, un vraie as du barreau à ce qu'on m'avait raconté, même si pour moi elle était surtout une jolie femme en chemise de flanelle qui propulsait son hameçon dans les arbres au-dessus de sa tête. La dernière fois que je l'avais vue, deux étés plus tôt, la chemise de flanelle était une de celles de Hal et lui descendait jusque derrière les genoux mais remontait à l'avant sur son gros ventre de femme enceinte.

— Oui, mais dans ce cas Sally serait plutôt l'avocate de la partie adverse.

— Donc, on aura tous besoin d'un avocat, c'est ce que tu insinues. Pour le tour de cochon que tu me prépares.

Hal soupira.

— Tu connais Harry, Joe. Il aime l'intrigue. Je t'en

dirais davantage si je pouvais. J'ai un cousin qui vient de finir son droit. Il n'est pas brillant et ses références sont nulles, mais il a de la bonne volonté et il a besoin de ce travail. Je vous mettrai en contact. Comment va Lucy ?

— Tu connais Lucy.

— Tant mieux, alors. On l'embrasse, d'accord ? Et Kate aussi.

— Il y aura ces petits machins dans ton avion ? Tu sais bien, en sachets de papier d'argent ?

Je le vis presque hocher la tête.

— Des cacahuètes au miel.

— C'est ça. Des cacahuètes au miel.

— C'est plus que des cacahuètes qui sont en jeu pour toi dans cette affaire. Je te le répète. Réfléchis-y. Mais réfléchis-y vite. Il est mourant, Joe. Ils disent « des mois », mais ça peut signifier qu'il est en train de mourir en ce moment même.

C'était au mois d'avril, avant que Harry ne sorte sa grosse surprise de son chapeau ; j'étais encore à Big Pine Key avec Lucy, à boucler notre troisième saison d'hiver dans un soleil immérité. C'était une belle vie qui prenait forme pour nous : j'avais deux bateaux qui tournaient, une solide liste de clients, en augmentation, et un bronzage qui m'aurait inquiété si j'étais du genre à me soucier de pareilles choses, le tout nous rapportant suffisamment pour que nous ne nous sentions pas en vacances. Notre logement, que j'avais acquis pour presque rien dans une vente publique, était, comme tout à Big Pine, en matériaux légers et sonores comme les jouets d'enfants, mais il remplissait son office : deux chambres, dont une que j'utilisais comme bureau pour les registres et la paperasse, une coquette petite cuisine et une terrasse devant le salon avec vue sur l'appontement où attendaient les bateaux et, au-delà, de l'autre côté de la baie, sur la Key Highway qui faisait du saute-mouton en direction de Marathon. Nous n'avions pas l'impression d'être chez nous, mais nous n'éprouvions pas de dépaysement non plus, et les soirs où nous ne louions pas un film ni ne rôdions près du téléphone dans l'espoir d'un coup de fil de Kate (qui, soyons honnête, avait survécu brillamment à douze années de scolarité avec le tableau d'honneur six semestres consécutifs et un diplôme à la clé), Lucy et moi restions assis des heures sur la terrasse à boire quelque chose, et parfois à discuter un peu, mais surtout à regarder planer au-dessus de l'eau, comme des anges lointains, les lumières des phares des automobiles, stupéfaits qu'un tel endroit puisse exister.

Ce soir-là, installé près de Lucy, je lui rapportai l'appel de Hal. Elle se mit à pleurer en apprenant la nouvelle, comme je m'y attendais, même si elle essaya de se cacher : elle contrôla l'expression de son visage et laissa couler ses larmes en silence, puis elle revint sur moi et je compris qu'elle s'était ressaisie.

— Tu devrais y aller, me dit-elle.

— À New York ?

Elle soupira et s'essuya les yeux du bout des doigts.

— Il veut te voir, Joe. À moins que ce ne soit Hal qui le veuille. Franchement, quel mal cela peut-il faire, maintenant ?

— C'est la question que je me pose. Hal m'a dit que j'allais avoir besoin d'un avocat, pour commencer.

— C'est typique de Hal, pas de Harry. Il ne laisserait pas son père lever le petit doigt sans passer par le tribunal.

— Même. C'est une raison de plus pour être prudent, tu ne crois pas ?

Sur la route, des phares d'automobiles flottaient

comme des rêves ; en observant de l'autre côté, vers la passe et la pleine mer, je pouvais distinguer la lueur vacillante d'un bateau de croisière, ses cheminées pavoisées d'ampoules, en route vers Miami tel un arbre de Noël chaviré. Un soir pareil, il se rendait sûrement à Key West où l'on s'amusait, à ce qu'il paraît, sans désemparer.

— Luce...

Elle m'interrompit d'un geste de la main.

— Joe, dit-elle. Joe. C'était il y a longtemps. Va voir ce qu'il a en tête.

Et nous savions tous deux que c'était ce que j'allais faire, car c'est ainsi que ça marche lorsqu'on est mariés depuis vingt ans et qu'on reste la plus grande partie de son temps coupé de tout comme un couple d'ours du Yukon : la plupart des discussions se résument à décrire le contexte et récapituler des choses que nous connaissons l'un comme l'autre. Le cousin de Hal appela le lendemain matin, exactement comme prévu, mais je lui répondis que j'étais débordé et que je le rappellerais, sans en avoir le moins du monde l'intention. J'aime bien les avocats (et blague à part, ce sont en général des gens comme les autres qui travaillent), mais quelle que fût la proposition de Hal, c'était à moi seul qu'elle était adressée. Un de mes bateaux était sorti pour la journée ; Tyrell, mon unique employé, était parti dans le plus petit des deux avec un groupe que nous avait envoyé le gros domaine de Hawk's Cay. Mais le second, le *Mako*, que j'utilisais pour le large, avait besoin d'une révision, et donc je consacrai l'après-midi à le bricoler en vue de la sortie du week-end tout en guettant le retour de Tyrell. Mon accord avec Tyrell était honnête ; sauf si quelqu'un tenait absolument à moi, il se chargeait de toutes les sorties, et nous partagions les bénéfices, lui gardant tous les pourboires. Chaque jour, il passait au moins quatre heures sur l'eau, à gagner de l'argent pour nous deux et le plus souvent à épouvanter notre clientèle bien élevée avec ses dreadlocks, son accent jamaïcain et ses pétards (il croyait que je n'étais pas au courant ; mais si, bien sûr), même si, au retour, ils étaient tous ravis, débordant d'anecdotes sur les énormes poissons qu'ils avaient attrapés ou laissé filer, et pétris d'une admiration sans bornes pour le talent miraculeux de Tyrell pour leur indiquer où lancer la ligne. Presque tous mettaient cela sur le compte d'un savoir insulaire ancestral, ou alors sur l'effet de la drogue, mais moi je savais la vérité. En réalité, Tyrell sortait de Corpus Christi et était titulaire d'un master en biologie marine à l'université du Texas. Quant à l'accent, purement forgé, il l'avait appris dans le Mouvement pour la Paix.

À deux heures, il n'était toujours pas rentré, ce qui était bon signe puisque son groupe ne s'était inscrit que pour une demi-journée et que, à l'évidence, il avait opté pour la sortie complète en cours de route, aussi décidai-je de tuer le reste de l'après-midi en prenant la voiture pour aller jeter un coup d'œil au bateau que j'espérais acquérir. Je dis « espérais » parce que je ne voyais pas qui, dans les verts pâturages du bon Dieu, allait accepter de me prêter un sou, et avec Kate qui se destinait à la médecine (elle hésitait entre l'UCLA et la Dartmouth Hitchcock), je ne pouvais entrevoir qu'un resserrement de mon budget dans l'avenir. Mais ce bateau ! Un douze mètres Chris-Craft Constellation de 1962 avec un MerCruiser Blue Water 350 couplé, entièrement restauré avec du teck brillant de la poupe à la proue, davantage de bois verni dans le poste de pilotage que dans tous les pubs de Dublin réunis, avec des appareils sophistiqués du sol au plafond et suffisamment de matériel électronique sur le tableau de bord pour commander la Septième Flotte tout entière : de ma vie, je n'avais vu un bateau comme celui-là. Ce n'était pas l'idéal pour la pleine mer, ni pour la pêche quelle qu'elle soit, puisque j'aurais passé mon temps à éponger les traces de sang et à rappeler aux gens de faire gaffe. Mais on veut ce qu'on veut, et je voulais ce bateau, quel qu'en puisse être le prix, et à vue de nez ça avoisinait les deux cent vingt mille dollars, à peu près l'équivalent de quatre années d'école de médecine sous le soleil de Californie ou dans la neige du New Hampshire, au choix. Il était amarré à Marathon, et la seule raison pour laquelle il n'était pas encore vendu, c'était que le propriétaire, un ancien chef d'entreprise de Providence, se trouvait alors à l'étranger pour un délai indéterminé et qu'il avait confié la vente au bassin où il était à quai. C'était un marché de dupes type, car les frais de mouillage et d'entretien pour un bateau pareil correspondaient à trois fois le prix demandé, si bien qu'un été et un hiver s'étaient écoulés sans qu'il y ait eu à ma connaissance la plus petite offre.

Je garai le camion sur le parking, allai prendre la clé au bureau et descendis à l'embarcadère où il s'ennuyait dans toute sa gloire évanouie. J'avais rencontré Frank Demizio, le propriétaire, une seule fois, alors que je faisais un tour au chantier naval – un petit homme râblé et solide avec un visage tanné et suffisamment de poils sur le dos pour le tenir à l'ombre. Il avait pour tous vêtements une casquette des Red Sox et un slip de bain bleu marine, et lorsque je me suis présenté et que je lui ai dit que j'étais venu regarder le bateau, il ne me tendit pas la main, mais se contenta de grogner en se remettant à nettoyer ses boîtes d'appâts avec une peau de chamois.

— *Félicité*, dis-je, en lisant le nom sur la proue.

— Ça veut dire « foufoune » en latin, répondit-il.

— Je crois plutôt que ça veut dire « bonheur ».

Il haussa ses grosses épaules et lança son chiffon dans un seau.

— C'est pareil, non ?

Puis il se leva et posa sur moi, debout sur le quai, des yeux durs.

— Alors, comme ça, vous ne lâchez jamais le morceau, enfoirés ?

— Pardon ?

— Putains de percepteurs. Vous n'en avez jamais assez, parasites.

— Je ne suis pas percepteur. Interrogez Carl.

Carl était le patron du chantier ; il connaissait mon travail, il savait qui j'étais.

— Cette saleté de menteur ?

Il croisa ses bras épais sur sa poitrine.

— Il est pire que j'ai jamais été. Dites donc à l'agent Tortorella de jeter un coup d'œil dans ses registres, s'il veut se marrer un bon coup.

Je tirai une carte professionnelle de mon portefeuille et la lui tendit par-dessus le plat-bord.

— Écoutez, c'est vrai que je ne suis pas percepteur. Je dirige un service de bateaux-taxis à la sortie de Big Pine.

Il leva les yeux au ciel, puis prit la carte et la lut.

— Joe Crosby.

Il fronça les sourcils et me regarda.

— C'est vous ?

— Tout à fait. Je viens de vous le dire.

Son expression s'adoucit.

— Non, merde alors. C'est bien vrai ?

Il se rassit lourdement sur le coffre aux appâts et secoua la tête d'un air désolé.

— Mille excuses. Mais il faut me comprendre, j'ai sans arrêt ces types-là sur le cul. Je ne peux même pas chier sans qu'un de ces fédéraux ne jaillisse de la cuvette pour m'arracher le papier des mains.

— N'en parlons plus. Si vous ne voulez pas que je voie le bateau aujourd'hui, je peux revenir un autre jour.

— Mais non, merde alors.

Il m'ouvrit les bras comme si nous étions de vieux amis.

— Qui sait si un autre jour se lèvera, du train où vont les choses. Vous feriez mieux de monter à bord et de vous en mettre plein les yeux.

Il me montra tout en détail, allant même jusqu'à démarrer le moteur pour nous emmener piquer une pointe rapide au large de Key Vaca ; au retour il semblait avoir oublié tous ses soucis. Assis à l'arrière, il m'offrit une ou deux bières et me raconta comment il avait découvert ce bateau, neuf ans plus tôt à l'extrême ouest du Connecticut, tombant en ruine dans une grange, et comment il l'avait restauré pièce par pièce avec l'espoir de se retirer quelque part un beau jour et d'y passer le restant de sa vie à le bichonner. Il était veuf depuis longtemps, ses enfants étaient grands et envolés. En dehors d'une petite maison de ville merdique à Providence et d'une Cadillac de dix ans d'âge, le bateau était son seul bien. Il avait poussé le luxe jusqu'à l'amener jusqu'ici depuis Newport, par l'East River et sous le Pont Verrazano-Narrows, seul aux commandes. Et puis un jour, en entrant dans son bureau, il l'avait trouvé grouillant de flics, pas seulement des locaux mais le Fisc et le FBI, avec ses placards, sa table de travail et son ordinateur scellés par des collants jaunes et transportés sur une charrette vers un camion garé dans l'allée.

— Je vais te dire un truc, poursuivit Frank, en allumant une de ces cigarettes brunes qu'il avait fumées tout l'après-midi, tu crois que ces salopards de Kennedy ont été mis le moins du monde en examen ? Ils ont pourtant rien fait de moins que moi.

— Je ne sais pas, Frank. J'en ai juste entendu parler.

— Eh bien moi, je te le dis.

Il secoua la tête et fuma.

— Des saloperies d'Irlandais du Sud. Ils ne valent pas mieux que moi et regarde dans quelle merde je me retrouve.

Il garda le silence pendant un moment, puis jeta son mégot par-dessus bord.

— Alors, ça t'intéresse ?

Il s'était passé tant de temps que j'avais presque oublié que le bateau était à vendre. J'eus un petit accès de honte de ne pas avoir l'argent, et de loin. Je n'étais là qu'en badaud.

— Deux cent vingt, c'est un paquet de blé, Frank. En tout cas pour un type comme moi. Mais c'est quand même un joli bateau.

— Joli, ça ne convient pas, corrigea-t-il. Joli, c'est un mot qu'on emploie pour une gonzesse. T'es jolie, ma douce, parole.

Il caressa le plat-bord d'une main pataude.

— *Ça*, mon pote, c'est une putain d'œuvre *d'art.*

— Quel dommage que tu sois obligé de le vendre. Il me semble que je m'en voudrais de t'en priver.

— Ouais, tu l'as dit.

Il jeta un regard sombre du côté de l'eau en clignant de l'œil dans la lumière déclinante. Il s'était écoulé près de quatre heures depuis mon arrivée.

— Écoute. Fais-moi plaisir, d'accord ?

Je hochai la tête.

— Bien sûr.

— Sois gentil et barre-toi.

Avec sa bière, il désigna le parking, maintenant complètement vide en dehors de mon camion.

— Vas-y. Retourne d'où tu viens.

Il plissa le front et contempla ses mains.

— Laisse-moi tout seul, bordel.

J'obtempérai, l'abandonnant à ses pensées mélancoliques ; et quand je téléphonai au chantier un mois plus tard pour commander un moteur neuf pour le *Mako* et que je demandai à Carl si le *Félicité* était toujours à vendre, il me répondit que Frank avait levé le pied. Il n'y avait aucune menace sur le bateau, ni de la part des impôts ni d'ailleurs, à sa connaissance ; les factures d'entretien étaient envoyées à une boîte postale de Coral Gables et réglées par un compte offshore, douteux en diable, mais probablement légal et en tout cas difficile à localiser. Depuis, le bateau était resté là un été et un hiver complets, à crouler sous les frais d'entretien et les fientes d'oiseaux et à se dandiner sur place au gré des remous. Ce qui était bizarre, c'était que la seule fois où Carl avait discuté avec Frank, et qu'il lui avait appris que je venais de temps en temps juste pour regarder le bateau, Frank lui avait dit qu'il était d'accord pour que je l'utilise. D'après Carl, Frank avait déclaré qu'il était bien triste et que ce serait une honte qu'un beau bateau comme ça ne serve pas, surtout à quelqu'un qui l'appréciait à sa juste valeur.

Cet après-midi-là, avec Tyrell encore en piste et l'esprit vacant (sauf bien sûr l'histoire de l'avion de Hal et pas mal d'idées noires qui tournoyaient dans ma tête), je me rendis à Key Vaca à bord du *Félicité*, comme je l'avais fait avec Frank, ce fameux jour de l'année précédente. Malgré son calibre, il filait un bon quinze nœuds qui fendait joliment les vagues, et il était facile de comprendre, assis au gouvernail, la séduction d'un tel engin – pourquoi Frank l'avait voulu, et pourquoi il avait peut-être fait une ou deux choses pas très nettes pour l'acquérir. (D'accord, pas peut-être, et pas juste une ou deux ; mais je me plaisais à penser qu'il n'avait rien commis de vraiment grave, du genre tuer quelqu'un, là-haut, dans la sale Providence.) C'était une embarcation de plaisance d'une valeur de près d'un quart de million de dollars, mais en même temps c'était aussi un petit objet ; quand on est sur un bateau en pleine mer, c'est cette petitesse qu'on ressent et c'est ce sentiment dont on se souvient. Dans sa précipitation, Frank avait laissé une carte dépliée sur la table : les îles Caïman, bien sûr, paradis fiscal de première classe. À côté, il y avait un bloc de papier avec des itinéraires et des calculs de distances dans une écriture fine presque féminine. « Trop loin, bordel », avait écrit Frank, en soulignant deux fois et avec assez de force pour casser sa mine. En réalité, ce n'était pas du tout trop loin pour un bateau comme celui-ci, à condition de bien savoir ce qu'on faisait. C'était seulement trop loin pour Frank.

J'appelai Kate depuis une cabine publique de l'embarcadère. C'était le début de la soirée, peu après dix-neuf heures, et j'espérais qu'elle serait de retour dans sa chambre après avoir dîné. Si elle ne répondait pas, j'étais prêt à raccrocher et à rentrer à la maison, mais elle décrocha après la troisième sonnerie, légèrement essoufflée.

— Salut, fifille.

— Papa ? Attends une seconde. J'arrive juste.

— Prends ton temps, Kats.

Elle couvrit le récepteur de la main pour adresser quelques mots à quelqu'un, puis revint en ligne.

— Excuse-moi. J'y suis.

— Tu y es.

— Est-ce qu'il fait froid, chez toi ? Parce qu'ici, bon sang, il neige. *Encore*. En *avril*.

Elle rit en direction de quelqu'un, dans la pièce.

— Ça me fait plaisir de t'entendre, enfin.

— Comment ça ?

— Papa, Papa, Papa.

Elle émit un soupir théâtral.

— La Californie. Les billets d'avion. Tu te *souviens* ? Nous étions censés nous en occuper la semaine dernière.

Nous en étions convenus à propos de ses vacances de printemps : fin mai, nous avions l'intention d'aller tous les deux à Los Angeles en avion pour faire le tour des écoles de médecine : USC, UCLA, UC de San Diego. Avec peut-être une excursion en voiture de location jusqu'à San Francisco, pour voir Stanford et UCSF.

— C'est vrai. Ça a dû me sortir de l'esprit. Je vais m'en occuper, Kats, c'est promis.

— Je ne veux pas avoir l'air de gémir, mais tu comprends, c'est important. Ça engage toute ma vie, à franchement parler. Je ne suis pas contre la visite des Studios Universal, dans la foulée. Je pourrais en tirer profit, du coup.

— D'accord. En tirer profit. Toute ta vie. Reçu cinq sur cinq.

— Papa ? Ce n'est pas pour ça que tu m'appelais, n'est-ce pas ?

— Si, bien sûr. Je préparais la Californie. Je m'en occupe, Kats.

— *Papa !*

— Bon, tu as gagné. La vérité, c'est que je suis

allé faire une petite virée avec le bateau de quelqu'un et que ça m'a donné envie d'entendre ta voix.

— Tu as pris le Chris-Craft du bandit pur et dur.

— Nickel, Kats, nickel. Et sympathique, en plus, abstraction faite du caractère bourru et des poursuites judiciaires.

Kate marqua un silence pour s'adapter.

— Papa ? Ce ne serait pas un de ces appels du genre ta-mère-et-moi-avons-décidé-de-nous-séparer-momentanément, au moins ? Parce que c'est la mode par ici. Et excuse-moi de te le dire, tu m'as l'air un peu bizarre.

— Ne t'inquiète pas, Kats. Ta mère et moi allons très bien, sauf si tu sais une chose que j'ignore. Mais j'ai quand même l'intention de m'offrir une petite tranche d'ailleurs.

— Je croyais que Big Pine était une petite tranche d'ailleurs.

— Alors, disons une tranche différente de ma tranche habituelle. Du genre voyage d'affaires.

— Hum. Que de mystère.

— Je t'en dirai davantage, mais c'est classé top secret, je le crains. Du moins dans l'immédiat.

— Je ne sais pas quoi en penser, Papa. Ne *fais* pas dans le top secret. Ce n'est pas ton truc, le top secret.

— N'en sois pas si sûre. Je pourrais bien te surprendre, Kats.

— À propos, figure-toi qu'il y a une fille, dans mon dortoir, qui croit que son père travaille pour la CIA.

Kate baissa la voix, réprimant un rire.

— Il paraîtrait qu'il est agent-comptable au Département d'État. On ne le voit plus pendant des semaines entières. Elle croit aussi l'avoir vu sur CNN, dans le fond d'un plan tourné quelque part en Turquie ou ailleurs. Il portait des lunettes de soleil et un turban.

— Quelle histoire à dormir debout.

— C'est ce que je me suis dit. Est-ce qu'ils ont des comptables, à la CIA ?

— Quelqu'un doit bien tenir leurs registres à jour. Kats ?

— Oui, Papa ?

— Tu te souviens de l'été où tu faisais pousser des haricots ? Je crois bien que c'étaient des haricots.

Mon esprit vagabondait, me prenant par surprise.

— Des travaux pratiques, pour l'école.

— C'étaient des petits pois, Papa. Bien sûr que je m'en souviens. Et alors ?

— Alors rien, sans doute. J'y repensais, c'est tout. Tu étais très excitée. Quel âge tu pouvais avoir ? Quatorze ans ?

— Eh bien, c'était en sciences, en troisième, avec M. Weld. Ça doit être à peu près ça. On l'appelait Weld-Face-de-Rat.

— Phil Weld, je me rappelle.

Je revoyais ma Kats de quatorze ans, en short, avec une grande chemise et le chapeau de paille de sa mère, en train de fouiller la terre du Maine. Le souvenir était tellement précis qu'il avait presque une odeur.

— Tu sais, c'est à ce moment-là que je me suis dit : cette fille sera une scientifique.

— Tu es sûr que ce n'est pas un de ces coups de fil tordus, Papa ? Tu n'aurais pas un truc, comme une tumeur au cerveau ou quoi ?

— Je t'assure, Kats. Ta mère est à la maison. Appelle-la si tu veux qu'elle confirme.

— Mais non. Comme ils disent à la télé : « nypensonsplus ». Une fille a bien le droit de parler de petits pois avec son père si ça lui plaît.

— Et vice versa.

Pendant que nous bavardions, le soir était tombé et le ciel tout entier avait tourné au violet avec les dernières lueurs du jour.

— Retourne vite travailler, d'accord ? Nous te verrons dans un mois.

— Porte-toi bien. Et Papa ? N'oublie pas, cette fois, je t'en supplie.

— Oublier quoi ?

Nouveau soupir et ça me revint, mais trop tard.

— Papa, *les billets*. Seigneur, tu es un cas *désespéré*. Ne m'oblige pas à passer par-dessus ta tête et à appeler Maman.

— Reçu cinq sur cinq, dis-je. Deux billets d'avion pour un seul père-cas désespéré.

Ce n'est pas nécessairement ce qu'il y a de mieux d'être l'ami d'un homme comme Harry Wainwright. Il y a sa fortune, pour commencer, tellement plus importante que celle de la plupart des gens qu'on ne peut même pas comparer, une masse d'argent si imposante que c'est une véritable force de la nature et qu'il est plutôt dangereux de se trouver à côté ; une montagne prête à s'écrouler sur vous à tout moment. Dans un métier comme le mien, on a constamment affaire à des gens fortunés – ce qui est bizarre, d'une certaine manière, parce que la pêche n'est pas une activité qu'on pourrait classer naturellement en haut de l'échelle, avec tout ce sang et ces mauvaises odeurs – et ce qu'on apprend très vite, c'est que les riches ne sont pas arrivés là où ils sont en étant toujours gentils. Presque tous les ans je suis en butte à quelqu'un qui menace de me traduire en justice ; le plus souvent, ce sont juste des paroles en l'air, une façon d'éponger une protestation du genre je-ne-me-suis-pas-suffisamment-amusé qui bout à l'intérieur ; et moi je pense que ce n'est pas cher payer pour une vie indéniablement meilleure que n'importe quelle autre. Même dans ces conditions, il faut se méfier de Harry Wainwright ; à tort ou à raison, il a les moyens de vous créer de graves ennuis. Ça ne signifie pas que vous risquez de vous retrouver dans le coffre de votre voiture en pleine nature (bien que j'aie rencontré plus d'un type pas clair – dont mon ami de Providence, je suppose). Ce que je veux dire, c'est qu'un homme comme Harry Wainwright peut acheter ce qui lui plaît, et si l'idée lui était venue de m'acheter, moi, il le pouvait sans problème.

Je pris l'avion pour New York le dernier vendredi d'avril. J'étais seul à bord avec le pilote et, grâce à Hal, avec un grand carton plein de sachets de cacahuètes au miel. Fixé à l'emballage, un billet disait : « Bon voyage ; c'est meilleur avec du scotch. » J'ignorais combien je devais en manger pour avoir l'air reconnaissant, aussi fis-je un sort à deux paquets avec l'aide d'un verre de malt de trente ans d'âge dégoté dans le bar bien garni de l'appareil, puis j'en jetai une bonne quantité dans les toilettes avant l'atterrissage – pas sur l'un des gros aéroports de New York, mais sur un plus petit du New Jersey. Hal avait envoyé une limousine (encore une première pour moi, même si après un vol privé, une limousine était bien peu de choses) et je mis ma cravate sous le tunnel Lincoln qui menait à Manhattan et au centre-ville.

Depuis toutes ces années que je connaissais Harry Wainwright, je ne m'étais pas une seule fois frotté à son monde. J'étais déjà allé à New York, bien sûr, mais pas depuis des années (mes parents m'y avaient emmené à l'occasion d'une foire commerciale quelconque) et mes souvenirs de la ville étaient ceux d'un enfant : la sensation d'être minuscule et terrifié au milieu des rues animées, la fête d'une course en taxi, la raideur embarrassante de mes vêtements neufs et l'émerveillement sauvage devant mon déjeuner, un sandwich au beurre de cacahuète, jaillissant d'un distributeur automatique de Times Square. Les bureaux de Harry étaient situés sur Wall Street, au quatorzième étage d'une tour rutilante donnant sur Battery Park et, pour peu qu'on prît la peine de se tordre le cou, sur la Bourse de New York. Le hall d'accueil était une citadelle de granit et de marbre polis ; c'était la pause déjeuner, et des hommes et des femmes élégants et bien coiffés, avec pour beaucoup un téléphone portable plaqué à l'oreille, couraient de droite et de gauche. Je me sentais un peu gêné avec ma cravate fripée et mon veston usé jusqu'à la corde, comme un petit jeune qui s'est mis sur son trente et un pour son premier entretien d'embauche ; la cravate, la seule que je possédais, d'un bleu marine passe-partout, devait avoir plus de vingt ans et je la réservais aux mariages et aux enterrements.

Au poste de sécurité, on me donna un laissez-passer de visiteur et on m'indiqua l'ascenseur express qui me conduisit au quatorzième étage. Les portes s'ouvrirent en glissant sur une deuxième réception de pierre brillante, dont le mur du fond s'ornait de l'inscription : H P WAINWRIGHT HOLDING, INC. Au-dessous, la réceptionniste était assise derrière un large comptoir. C'était une jeune femme noire avec des tresses plaquées et un casque téléphonique. Vous êtes sous le soleil de Floride, à préparer la saison de pêche en pensant à la bière bien fraîche qui vous attend dans le réfrigérateur, quand tout à coup quelqu'un vous envoie un avion et vous voilà qui débarquez sur Mars.

La réceptionniste prit mon nom et m'invita à

m'asseoir, mais j'étais encore debout lorsque le mur situé derrière elle s'ouvrit (une porte que je n'avais pas remarquée, que personne n'était censé remarquer, je suppose) et que Hal fit son apparition, pas en complet-veston comme je l'avais imaginé, mais en tee-shirt noir avec un jean et des santiags qui n'étaient sans doute pas en vache ordinaire mais en un cuir plus exotique (du wapiti ou peut-être de l'autruche). Je dus me remettre en mémoire que c'était ce même Hal que je connaissais depuis notre enfance ; Hal avait juste huit ans de moins que moi et il avait toujours accompagné son père au domaine.

— Sois le bienvenu, Joe. Je suis heureux que tu aies pu venir.

Il me tendit la main.

— Le vol s'est bien passé ?

— J'ai été un peu chahuté, vers la fin. Tes pilotes boivent toujours autant ?

— Seulement quand leur salaire n'est pas versé.

Il jeta un coup d'œil par-dessus mon épaule et se rembrunit.

— Bon, où est donc l'avocat dont nous avons parlé ? On en a bien parlé, non ?

— On en a parlé. Mais j'ai décidé de m'en passer.

Il marqua sa désapprobation d'un hochement de tête. Nous en faisions un peu trop tous les deux, mais il le fallait.

— Joe, Joe. Vous êtes sacrément têtus, vous autres dans le Maine. Écoute mon conseil, tu veux ? Laisse-moi contacter quelqu'un pour toi par téléphone. Je peux arranger le coup en un rien de temps.

— C'est sérieux, Hal. Je n'en veux pas.

— Sally n'est pas du genre qu'on affronte sans avocat.

— Tu dis ça parce que c'est ta femme. Autant que je sache, moi, elle m'aime bien.

Hal soupira.

— Bon, tu es mort. Tu peux aussi bien faire demi-tour. On va tous te faire ta fête.

— Harry aussi ?

— Il va n'y avoir que Sally et moi, je le crains. Il n'a pas passé une bonne semaine. Il a tendance à se terrer à Bedford en ce moment.

Il me précéda à travers tout un réseau de bureaux et de box, tous très nets et impersonnels, puis dans un deuxième ascenseur jusqu'à un long couloir menant à son bureau où nous attendait sa secrétaire.

— Zoé, voici monsieur Crosby.

Il se retourna vivement vers moi.

— Joe, voici la personne à qui t'adresser, quel que soit ton problème. C'est elle la tête pensante de la boîte.

Zoé se leva pour me saluer et je fus submergé par une vague familière : nous nous étions parlé des dizaines de fois au téléphone, lorsqu'elle appelait pour réserver, ou pour dire tout simplement « Je vous passe M. Wainwright » en parlant de Hal. Je m'étais fait une image mentale d'une femme plus âgée avec des lunettes et, évidemment, j'avais tout faux : la femme dont je serrai la main n'avait pas plus de trente-cinq ans, avec une masse de cheveux noirs et une minijupe. Au moins, je ne m'étais pas trompé sur les lunettes, encore que les siennes avaient des verres en forme d'œuf et une monture soit en or soit en argent, selon la direction dans laquelle elle tournait la tête sous les plafonniers fluorescents.

— Il est trop gentil, dit-elle. Je ne sais rien de rien. Sauf l'endroit où les corps sont enterrés. Désirez-vous que j'aille vous chercher un café, ou de l'eau, monsieur Crosby ?

Hal plissa le front.

— Vous faites encore les courses ?

— Seulement pour les gens qui me plaisent. Alors, monsieur Crosby ?

— Appelez-moi Joe, je vous en prie. Et non, rien, merci.

— Ça doit être quelque chose, chez vous, dans le Maine. Hal et Sally délirent littéralement quand ils en parlent.

Je haussai les épaules.

— J'ai de la chance.

— Encore plus que tu ne crois, dit Hal.

Puis il tendit le doigt vers l'autre côté de la pièce.

— Bon, assez de déclarations d'amour. Réglons notre problème. Nous sommes demandés en salle de conférences.

— En salle de conférences, dis-je.

Je jetai un coup d'œil à Zoé.

— C'est plutôt bizarre, non ?

— C'est comme ça qu'on fait les choses, chez nous. Tu n'as pas encore compris, Joe ? On essaie de t'impressionner.

Sally nous attendait, vêtue d'un ensemble strict bleu et assise au bout d'une longue table. Une poignée de main ne convenait pas, aussi la serrai-je contre moi avant de reculer d'un pas pour la regarder. Hal était beau gosse, ça ne faisait aucun doute, mais son mariage était une performance : même en tenue de législatrice, Sally était sans doute la plus jolie femme que j'aie pu approcher.

— On dirait que la maternité vous va bien, Sally. Je verrais bien une photo.

Cette demande la fit sourire.

— Eh bien, par le plus grand des hasards...

Elle sortit son portefeuille et y pêcha l'instantané classique : un bébé gras et satisfait, si dodu qu'il avait des bourrelets au milieu des avant-bras. On l'avait affublé d'un nœud sur le front pour que personne n'ignore que c'était une fille, et j'aimais bien ce souci.

— Elle est vraiment magnifique, dis-je. Je suis content pour vous.

Sally récupéra sa photo et la replaça dans son portefeuille.

— Elle est déjà démodée. Maintenant elle marche et se cogne partout. Hal a passé son week-end à sécuriser tout l'appartement.

— C'est vrai, Hal ?

Il eut un petit rire embarrassé, mais j'étais certain qu'il était fier de lui.

— Je parie que tu ne savais pas que j'étais si bricoleur.

— Viens me voir en août, il y aura plein de trucs à faire si tu veux.

— Ne te moque pas, Joe. Je pourrais te prendre au mot.

Nous nous installâmes, Hal et Sally d'un côté de la large table et moi de l'autre. La salle était impersonnelle : il n'y avait que cette table, un énorme machin luisant, et, derrière Hal, un autre plan de travail surmonté d'un ordinateur et d'un téléphone. Entre nous, un pichet d'eau et des verres sur un plateau et une chemise en cuir que Hal ouvrit.

— Bien, la première chose à préciser, pour mémoire, c'est que Sally est présente en tant qu'avocate-conseil privée de mon père. L'offre que mon père désire te faire n'engage que lui et non l'entreprise. On est bien d'accord ?

Je hochai la tête.

— Oui. Ça semble clair.

— Il fallait quand même le dire.

Hal se versa un verre d'eau.

— Bon, venons-en directement aux faits. Voici de quoi il s'agit. Mon père désire te faire une offre d'achat pour le domaine, Joe. Il veut l'acheter, en réalité. Et il veut l'acheter tout de suite, ou le plus tôt possible.

C'était, évidemment, exactement ce que j'avais prévu. L'avion, les cacahuètes, la limousine : tout cela mis à part, en fin de compte, un type qui sonde les eaux pour gagner sa vie sent instinctivement certains événements, comme moi dans ce cas.

— Qu'est-ce qu'il propose ?

Hal releva un sourcil.

— Ne prends pas cet air stupéfait, Joe.

— Je ne suis pas stupéfait. Tout va bien.

Il but une gorgée d'eau.

— Comment ça, tout va bien ?

— Tout va bien, je vous écoute.

Je fis un signe du menton à Hal puis à Sally.

— Si l'offre est intéressante, on pourra en parler.

Hal sortit les documents et les fit glisser sur la table.

— La somme est plus que généreuse, à mon avis. En tout cas, dit-il en désignant la liasse de papiers, elle est indiquée là-dessus.

Je baissai les yeux. Tout compris, Harry Wainwright me proposait 2,3 millions de dollars pour le domaine (les bâtiments, la terre, le droit de passage le long du fleuve, les concessions autour du lac, tout, jusqu'aux canots percés et la batterie de cuisine). Au cours des jours précédant mon départ de Big Pine, je m'étais livré à quelques estimations. Il y avait beaucoup de terrain, mais sans grande qualité, et en tant que commerce, le domaine n'avait jamais rapporté des fortunes. Le chiffre de Harry était, de mon point de vue, le double de la valeur réelle, peut-être un peu plus.

— Je vais être honnête avec toi, Joe, disait Hal. Je ne suis pas enthousiaste, du point de vue de notre intérêt. Mais nous savons tous que ce n'est pas de cela qu'il s'agit.

— Bon sang, Hal.

Je feuilletai le document, surtout pour garder les yeux et les mains occupés, en négligeant des pages entières de détails dont j'aurais dû me soucier ou au moins que j'aurais dû consulter.

— Deux millions de billets, c'est une somme. Ça valait le coup de faire le voyage.

Hal hocha sérieusement la tête. L'heure n'était plus aux galéjades de copains.

— C'est une base, Joe. Mon père tient à ce que ce marché soit conclu. Qu'est-ce que tu en dis ?

C'est là que je me suis mis à réfléchir : qu'est-ce que j'en disais, *en fait* ? Tout homme a un prix et Harry avait deviné le mien ; et plus encore, en réalité, parce qu'un million et demi aurait provoqué à peu près le même effet émotionnel : une bouffée violente de pure cupidité, suivie de la conscience bouleversante que tous les problèmes de ma vie se trouvaient résolus sans la moindre peine en un instant. Mais là était le problème, justement. Quelqu'un vous propose quelque chose dont vous ne pouvez soudain pas vous passer, mais dont vous ignoriez la nécessité la seconde d'avant... eh bien, il y a un piège quelque part, et l'évidence c'est que ce que vous ressentez comme un coup de chance est en réalité la baguette magique d'autrui qui vient de se lever au-dessus de votre existence.

— Juste une question, Hal. Qu'est-ce qu'il a l'intention d'en faire ?

— Du domaine ?

Hal se laissa aller en arrière dans son fauteuil.

— Le conserver dans la famille, je suppose. Il n'y a pas grand-chose d'autre qu'il *puisse* en faire. C'est vraiment à lui de décider, Joe.

— Non.

Je secouai la tête.

— Il faut que je sache.

Il jeta un coup d'œil à Sally, qui répondit par un hochement d'avocate, puis il revint sur moi.

— Il est en train de modifier son testament, et il tient compte de cet élément. C'est tout ce que je peux dire pour l'instant. Et inutile d'interroger Sally, elle ne pourra pas te répondre. Tu as entendu parler d'un truc qu'on appelle la confidentialité. Même à *moi*, elle ne peut rien dire.

— Tu m'as affirmé toi-même que ce n'était pas seulement une tractation commerciale.

Il soupira.

— Écoute, je ne peux pas t'en dire davantage. Il veut *t'aider*, Joe. Excuse-moi, mais on a mené une petite enquête, et nous connaissons ta situation. Tu as beaucoup emprunté, ces dernières années...

— Les études, coupai-je. Pour Kate.

— C'est bien. Mais il y a aussi la propriété de Floride, et les nouveaux bateaux. Tu as le dos au mur. Je sais que tu voudrais t'y retirer, et tu as raison. Tu l'as mérité. Toi et Lucy l'avez mérité. Avec suffisamment d'argent pour démarrer, vous pourriez tous les deux mener la belle vie, là-bas. Je sais aussi que tu as fait des approches pour vendre une des concessions au Maine Paper. C'est exactement le genre de choses que veut éviter Harry.

Je sentis le rouge me monter au front.

— C'est ici que tu enfiles le costume du marchand, Hal ? Parce que là d'où je viens, parler à un homme de ses dettes, c'est quitter le terrain de l'amitié. Et si tu veux savoir toute la vérité, c'est *eux* qui ont pris contact avec *moi*. Et ça fait des années qu'ils me tannent. Et nom de Dieu – excusez-moi Sally – j'ai toujours tenu le coup, nom de Dieu. La réponse a toujours été non.

— Mais pendant combien de temps, ça sera non ?

Hal aspira profondément et se frotta les yeux.

— Écoute, Joe, ce n'est pas moi qui vais te dire comment diriger ton affaire. Tu as complètement raison, et je te présente mes excuses. Je viens de passer une semaine terrible, un mois pourri, vraiment. Tu ne peux pas imaginer. Et du coup, je me suis exprimé brutalement, je suis désolé. Mais je ne veux pas non plus faire insulte à ton intelligence. Nous nous connaissons depuis trop longtemps, tous les deux. C'est un accord honnête. Bon sang ; c'est un accord *du tonnerre*. Tu le sais aussi bien que moi. Tu ne trouveras jamais un autre acquéreur prêt à mettre cette somme sur le tapis. Et avec Harry, il n'y a aucun risque que l'ensemble soit démantelé et vendu à la découpe aux locataires. C'est la vérité, Joe. Si tu veux, je peux te donner ma parole sur ce point.

Je regardai Sally qui jusque-là s'était tue. Elle était assise, les mains croisées sur la table, avec l'air impénétrable d'un sphinx.

— Sally ? Qu'est-ce que vous pensez de tout ça, vous ?

Elle eut un sourire qui me parut circonspect.

— C'est à vous de décider, Joe. Je ne peux pas vous dicter votre conduite.

— Vous semblez un peu fatiguée, Sally. Votre petite fille vous empêche de dormir ?

— Un peu, oui.

Elle émit un petit rire las.

— Je suis sûre que vous vous souvenez très bien de ce que c'est.

— Effectivement. Mais si vous voulez connaître le véritable ulcère, il vous faudra attendre jusqu'à la fac. Vous savez ce qui est à la mode chez les jeunes en ce moment ? Les tatouages. La moitié des copains de Kate ressemblent à des bourlingueurs de la marine marchande, ou à des gitans, avec leurs piercings. Mais lorsque la vôtre aura cet âge, ce sera autre chose.

— Je suis certaine que Kate est plus intelligente que ça.

— Évidemment, dis-je. Elle est intelligente. Sans doute beaucoup plus que Papa.

Je m'interrompis un instant pour méditer ce mot : « papa ». *Reçu cinq sur cinq. Deux millions trois pour un pauvre papa.*

— Écoute, Joe, disait Hal, personne ne cherche à te bousculer. Réfléchis. Emporte tous ces documents et, je t'en supplie, montre-les à un avocat. Discutes-en avec Lucy, avec Kate. On a retenu une chambre pour toi au St Regis. Restes-y aussi longtemps que tu veux. Visite l'Empire State Building, va voir un spectacle, n'importe lequel. Tout est à notre charge. L'avion peut te ramener dès que tu te sentiras prêt.

— Lucy m'a conseillé d'aller voir *Cats*.

Hal eut un large sourire d'encouragement.

— Voilà une bonne idée. Bien sûr, va voir *Cats*. Attends une seconde.

Il pivota avec son fauteuil et décrocha le téléphone.

— Zoé, est-ce qu'on pourrait avoir un billet pour *Cats* au nom de M. Crosby pour...

Il me regarda et m'adressa un coup d'œil interrogateur.

— ... la séance de ce soir ? Bien placé, n'importe où au milieu de l'orchestre. Non, qu'ils la tiennent à sa disposition au contrôle.

Il raccrocha avec la mine d'un homme qui obtient facilement tout ce qu'il veut.

— Et voilà, dit-il en se frottant les mains. C'est réglé.

— Merci, Hal. Tu es gentil.

Il se mit debout pour signaler la fin de l'entretien.

— Bon, il paraît qu'il faut avoir vu ça une fois dans sa vie. Si tu désires quoi que ce soit d'autre en ville, tu appelles. Je peux même t'avoir des places pour les Knicks.

Je lui serrai la main et pressai à nouveau Sally contre moi.

— Embrassez bien Lucy pour nous, Joe, d'accord ? dit-elle. Et Kate aussi.

— Promis.

— N'oublie pas ça, dit Hal en me tendant les papiers. Je suis sérieux, Joe. Fais-les lire à quelqu'un. Harry veut que tout le monde soit heureux.

Il frappa des doigts sur la table ; au son profond et net, je supposai que c'était de l'acajou. Il était sans doute aussi soulagé que moi de laisser les choses en suspens.

— Alors, le lac est bientôt sorti des glaces ?

Je tenais les documents un peu maladroitement ; ce n'était pas le genre de papiers qu'on plie et qu'on fourre dans sa poche, et je n'avais pas pensé à prendre un attaché-case. Je me décidai à les replacer dans leur chemise et à glisser celle-ci sous mon bras.

— Normalement oui. C'est l'époque. Mais je n'ai pas eu Jordan au téléphone depuis quinze jours.

— Je me demande comment il fait pour tenir le coup là-haut, tout seul. Un jeune comme ça. Je deviendrais fou.

— Il dit qu'il en profite pour lire beaucoup.

— Ça, je veux bien le croire. Si tu l'as au téléphone, dis-lui que mon père espère qu'il aura la force d'y aller pêcher un peu. Je doute qu'il puisse, mais ce serait son rêve le plus cher. Il en parle tout le temps.

Sally nous quitta, et Hal m'accompagna jusqu'à l'ascenseur où il me serra à nouveau la main.

— Ça nous a vraiment fait plaisir que tu viennes, Joe.

— J'ai été content, moi aussi.

— Bon, maintenant, tu sais tout.

Le signal sonore de l'ascenseur retentit ; les portes s'écartèrent sur une cabine vide.

— Une dernière chose, Joe.

Je m'y attendais aussi. Où était passé le vrai Hal ? Maintenant que Sally n'était plus là, j'avais la quasi-certitude de le retrouver.

— Je t'écoute.

Il jeta un rapide coup d'œil par-dessus son épaule pour s'assurer que nous étions seuls.

— Je n'ai rien voulu dire devant Sally parce que c'est une sorte de fan. Mais tu devrais y regarder à deux fois avant d'aller voir *Cats*.

Au cours des années qui ont précédé la mort de ma mère, avant que le caractère de mon père ne se durcisse comme une couche de glace et qu'il ne soit devenu le genre d'homme que les gens respectent sans vraiment chercher à s'en approcher, il aimait raconter l'histoire de son arrivée au domaine. C'était juste après la guerre, *sa* guerre, une guerre dans laquelle il avait perdu la moitié du visage et un œil vert-émeraude au profit du Reich millénaire par la grâce d'un tireur isolé allemand, et bien qu'on puisse penser qu'une telle expérience fut l'événement majeur d'une existence, celui qui constitue la charnière entre un avant et un après, pour mon père tel ne fut pas le cas. (Mais ça le devint plus tard, lorsque ma mère mourut d'un cancer des ovaires, trois mois avant son trente-huitième anniversaire.) Ce tireur a rendu un service à mon père, on peut le dire : il n'y pas de doute que, s'il avait mal visé, j'aurais grandi en fils d'un avocat de Boston à guêtres qui aurait passé sa vie, comme la plupart des gens, à se demander ce qu'on attendait de lui dans la société.

Ils sont arrivés au domaine par un jour d'hiver de 1947, épisode dont je ne me souviens pas, bien qu'on m'ait dit que j'étais là, et que j'avais sept mois. Même si au fil des ans les blessures de mon père se sont estompées (avec l'âge, l'empâtement de ses traits combla si bien ses cicatrices et sa mâchoire déformée qu'on ne pouvait plus parler de ravages), au cours de ces premières années, c'était un spectacle stupéfiant, le genre de visage qui plonge des salles entières dans le silence et pousse les parents à faire taire les enfants ; et je crois que c'est pour s'éloigner des autres qu'il s'est exilé dans le Maine avec ma mère. Mon père avait été un bel homme, pas comme une vedette de cinéma, mais d'une beauté qu'apprécient tout simplement les femmes et à laquelle aspirent les hommes ; et bien qu'il ne tirât aucune vanité de son physique, il a dû souffrir que la pitié et même la peur remplacent l'ordinaire curiosité ravie dans le regard des gens. En dehors de cela, tout de même, un visage comme celui de mon père a une histoire – une histoire qui appartient à tout le monde – et je crois qu'il en a eu assez de la raconter. Aussi longtemps qu'il a eu les traits de la guerre, il est demeuré quelqu'un d'à la fois plus petit et plus grand que celui qu'il s'imaginait être : il n'était pas Joe Crosby, mais Joe-Crosby-le-Héros-de-Guerre. Il m'a fallu des années pour comprendre l'importance de cet élément, mais la blessure de mon père était inhabituelle dans la mesure où il ne la voyait pas lui-même ; s'il avait perdu un bras ou une jambe, ou si une balle s'était logée dans sa colonne vertébrale, comme c'était arrivé à tant d'hommes qu'il connaissait, il aurait vécu la situation différemment. Sa blessure, il ne la voyait pas, mais il voyait l'effet qu'elle produisait sur autrui, et le fait que le monde qu'il percevait était en grande partie inchangé, mis à part les regards apitoyés qui se posaient sur lui, lui donna envie de se construire une vie où le seul spectateur, ce serait lui. Il passa près de deux ans à l'hôpital ; lorsqu'il en sortit enfin, en mars 46, il reprit ses études de droit, mais à contrecœur. Quelques années plus tard, un oncle lui ayant laissé un petit héritage, mon père mit la somme de côté, avec le projet de l'employer à l'achat d'une part de cabinet, le moment venu, mais lorsqu'il apprit que le domaine était à vendre (les derniers propriétaires avaient fait de mauvaises affaires et s'apprêtaient à le céder au comté pour payer le retard d'impôts), il s'empressa de rédiger le chèque.

Il avait visité l'endroit à la fin des années trente, frais diplômé de Harvard se confrontant au réel pendant les mois d'été en lavant des assiettes et en flirtant avec les serveuses avant la rentrée en faculté de droit, et puis, lors d'une soirée à Blue Hill, il avait rencontré ma mère ; même s'il ne me l'a jamais dit, je suis persuadé que ces deux événements se mêlaient dans son esprit, si bien que le domaine et ma mère étaient, d'une certaine manière, une seule chose et l'opportunité d'acheter l'endroit avait dû lui apparaître comme un signe du destin. L'histoire qu'il m'a racontée est des plus simples, peut-être un peu bizarre : tout ce qu'il disait, c'est que le lendemain de leur arrivée, ils avaient grimpé sur le toit de la maison et qu'ils avaient regardé le lac, et que là il avait su qu'il avait découvert sa voie. J'étais encore enfant quand il m'a confié cela, aussi ses paroles n'avaient pas eu grand sens pour moi. Découvrir sa voie. Comment pouvait-on découvrir quelque chose qui se trouvait tout autour de vous, quelque chose qu'on n'avait jamais perdu, pour commencer ? Il aurait aussi bien pu dire qu'il avait déniché le soleil à midi ou la lune en pleine nuit. Et la pensée, en plus, de mon père debout sur le toit rien que pour le plaisir (un endroit où il m'avait interdit d'aller, de peur que je ne tombe et ne me rompe le cou) m'excitait et me rendait perplexe. Même à cette époque, avant la mort de ma mère, mon père était un homme réservé. Il n'était pas enclin à montrer ses émotions, parlait peu, et dirigeait sa famille avec la même méticulosité dépassionnée qu'il mettait dans ses affaires. Il n'était pas infirme quant aux sentiments : il avait des amis, aimait la plaisanterie, et était profondément épris de ma mère. Mais autant que je sache, il n'était pas du genre à monter sur un toit et sentir une onde cosmique le parcourir. Ça, c'était bon pour ma génération, pas pour la sienne, et même s'il m'arrive de rester des heures entières sur ce toit, je n'y ai jamais rien ressenti de comparable. Comment un même homme pouvait-il abriter de tels contraires ?

J'avais huit ans quand ma mère est tombée malade, et bien qu'elle ait tenu plus d'un an avant de mourir, j'ai très peu de souvenirs de cette période. Pendant des années, mes parents avaient essayé d'avoir un autre enfant – j'étais à des kilomètres de tout camarade de jeu potentiel, et me laisser traverser la vie sans la compagnie d'un frère ou d'une sœur leur semblait pure cruauté. Mais après une série de fausses couches, ils renoncèrent. Que cet échec ait ou non joué un rôle dans le cancer qui devait finalement emporter ma mère, personne ne peut le dire ; mais les dates me font supposer que ce fut le cas. Lorsque mon père aborda enfin ce sujet, dans les derniers mois de sa vie, il affirma qu'il avait oublié le nombre de ces fausses couches (trois ou quatre, dit-il, personne n'en savait plus rien), mais la dernière fut particulièrement impressionnante, sanglante et horrible. Ma mère était enceinte de près de six mois lorsqu'elle se produisit, une hémorragie soudaine se déclarant alors qu'elle étendait du linge sur la corde pour que le soleil d'automne le sèche, et le temps de regagner la maison, distante d'une centaine de mètres, sa jupe et son tablier étaient gorgés de sang. Je jouais alors quelque part dans les bois, aussi ne vis-je rien de ce qui se passa ensuite.

Avant même que mon père ait pu entrer en contact avec l'hôpital situé à une bonne heure de là, à Farmington, la fausse-couche se déclencha, au beau milieu de la cuisine : un bébé d'un kilo qui, selon toute vraisemblance, avait cessé de vivre la veille lorsque le placenta s'était désolidarisé de la paroi utérine. Mon père en avait assez appris pendant la guerre pour savoir, ou du moins deviner, quoi faire : il coupa le cordon, l'attacha avec de la ficelle, et fit tout son possible pour tarir l'hémorragie, bien que l'origine en fût loin à l'intérieur, à l'endroit du déchirement, hors d'atteinte. Puis il enveloppa le bébé de ma mère dans une serviette, appela les voisins les plus proches, les Rawling, un couple qui habitait à quinze kilomètres, pour leur demander de s'occuper de moi pendant qu'il conduisait ma mère à l'hôpital avec le camion.

Lorsqu'ils y arrivèrent, ma mère avait perdu tant de sang que sa vie était en danger et que cette journée risquait d'être marquée par deux décès au lieu d'un. Cela ne se produisit pas, mais c'est vrai aussi qu'elle ne devait jamais se remettre. Elle rentra à la maison trois semaines plus tard, pâle et faible, au point que je la reconnus à peine. J'avais séjourné chez les Rawling, à manger des quantités monstrueuses de gâteaux que Mme Rawling avait l'air de sortir sans arrêt de son four et à me sentir la plupart du temps abandonné parce que personne ne m'avait encore donné la moindre explication. Je m'étais même persuadé qu'elle allait revenir avec le petit frère ou la petite sœur qu'on m'avait promis. Dans mon cœur, c'était un frère, et pas juste un bébé mais un garçon de mon âge, tant j'étais ignorant des réalités de la vie. Cependant tout espoir s'évanouit à la vue de mon père soutenant ma mère pour descendre du camion et entrer dans la maison. Il n'y aurait pas d'enfant, pas cette fois, ni jamais. Elle pouvait à peine marcher, et sa peau était si décolorée qu'elle semblait transparente, comme l'image que je me faisais des fantômes. Elle me serra sans force contre elle et je montai me coucher ; et au cours de l'hiver qui suivit, cette fatigue ne désarma pas mais parut s'élargir autour d'elle en cercles concentriques, au point que la maison tout entière tomba dans une sorte de transe hypnotique, comme si nous étions tous trois perdus en pleine forêt, sans pour autant être ensemble. Elle n'arrivait plus à lire ses romans, ni à jouer du piano, ni à faire quoi que ce soit qui lui plaisait, et lorsque, en août, elle commença à tousser puis à saigner de nouveau, ça ne nous parut pas être un événement nouveau mais plutôt la suite du même glissement.

Elle mourut au mois de janvier suivant, dans la chambre de mes parents, un après-midi inondé de soleil et au froid mordant ; une journée qui, à mon avis, n'était pas très différente de celle, huit ans plus tôt, où mon père était monté sur le toit et avait découvert son destin. On m'avait envoyé pour l'après-midi chez les Rawling (à cette époque, je passais tellement de temps dans leur maison que j'y avais une chambre à moi) et lorsque mon père vint me rechercher à cinq heures, l'heure prévue, et que, au lieu de klaxonner depuis l'allée des Rawling comme d'habitude, il entra dans la cuisine, s'assit au bord de la vieille table de chêne et ôta son chapeau et ses gants sans un mot, le froid extérieur accroché à son manteau comme l'odeur de cigarette qui le suivait partout, je compris ce qui était arrivé sans le comprendre vraiment – je le ressentis à l'intérieur de mes os. J'étais en train de monter le modèle réduit de la forteresse volante B-17. Je le lui montrai, avec le train d'atterrissage qui jaillissait du ventre de l'appareil pour se mettre en place, les mitrailleuses tournantes, les ailerons et les trappes d'expulsion des bombes. Au départ, je m'étais attaché aux jouets guerriers pour lui faire plaisir, avec l'idée que ce serait une chose que nous pourrions partager. Mais au cours de l'année de la maladie de ma mère, je me retrouvai tout seul à m'y intéresser, tout comme je me retrouvai seul dans tous les domaines.

Mon père jeta un œil indifférent sur l'avion, ne dit rien, puis le reposa sur la table. Je me rendis compte alors que Mme Rawling avait quitté la pièce, nous laissant seuls.

— Il s'est passé quelque chose, Joey.

J'avais saisi un minuscule pinceau et me mis à appliquer de la peinture sur le fuselage.

— Joey, est-ce que tu m'écoutes ?

— Je veux faire la guerre, dis-je, en continuant à peindre.

Il eut un bref rire de surprise.

— Mais non, tu ne veux pas ça, fais-moi confiance. C'est la dernière chose qu'on puisse vouloir.

— Mais toi, tu l'as bien faite.

— C'est pourquoi je sais. Joey, pose ça, bon sang, je t'en prie.

J'allais le poser, du moins le croyais-je, mais avant que j'eusse terminé, mon père m'arracha l'avion des mains et le jeta sur le journal avec une telle violence que les roues se détachèrent et filèrent à l'autre bout de la cuisine.

— Tu l'as cassé !

— Joey, oublie cet avion. Sacré bon Dieu ! C'est un putain de jouet.

Je ne l'avais jamais entendu parler de cette manière : pas seulement les termes mais la colère rentrée qui les véhiculait, produisant le bruit d'une hache grinçant sur une pierre. J'eus l'impression qu'il aurait pu me battre, chose qu'il n'avait encore jamais faite non plus.

— J'ai quelque chose à te dire. Ta maman vient de mourir. Est-ce que tu comprends ce que ça signifie ? Elle était très malade, et elle est morte.

— Tu as cassé mon avion, salaud !

Et là, il me frappa, du dos de la main. Il était très fort, et s'il avait lâché la bride à sa colère, il m'aurait sans doute cassé le nez. Mais à l'instant où sa main toucha ma joue – un beau revers qui me fit fermer les yeux et m'arracha à ma chaise – je sentis derrière le coup non seulement sa colère, mais également son sang-froid, car ce qu'il contrôlait était encore plus terrifiant que ce qu'il s'autorisait. « C'est exactement ce que tu mérites », semblait-il dire.

— Lève-toi.

Je me redressai et vit Mme Rawling dans l'embrasure de la porte de la cuisine. Ce qu'il y a de drôle, c'est que je me la suis toujours représentée plus âgée : une vieille femme. Mais lorsque j'y repense maintenant, elle ne devait même pas avoir quarante ans. Son mari, qui installait des lignes téléphoniques, était un homme enjoué et maigre qui portait toujours des bretelles et adorait faire des tours de magie avec les verres et les serviettes de table, et le fait qu'ils n'avaient pas d'enfants (situation très exceptionnelle dont je n'ai conscience qu'aujourd'hui) rendaient sans doute mes visites aussi douces que les échos d'une vieille chanson dont on connaît chaque note par cœur sans pour autant pouvoir la nommer. Je détectais derrière leur gentillesse un amour composé pour moitié de tristesse, et une fois, alors que je dormais chez eux et que j'avais eu un accès de fièvre, je m'étais réveillé au milieu de la nuit et les avais découverts tous deux assis à mon chevet, profondément endormis.

— Qu'est-ce qui se passe, ici ?

Les yeux de Sarah Rawling étaient deux globes blancs d'angoisse. Elle me regarda, par terre, puis elle revint sur mon père, toujours assis devant la table de la cuisine avec mon avion miniature éparpillé sur le journal.

— Joe, est-ce que vous êtes ivre ?

— Il va bien, Sarah. Vous voyez bien. Ne vous inquiétez pas pour lui.

Elle s'approcha de moi, me caressa la joue et s'agenouilla en face de moi.

— Est-ce que ton père t'a frappé, Joey ?

— C'est à moi de décider ce qui lui convient, Sarah. Ça suffit, maintenant, fils. Lève-toi.

Je me mis péniblement debout. Tout ce que je voulais, à ce moment-là, c'était me jeter dans les bras de Sarah Rawling, et la prendre pour mère à partir de ce jour et pour toujours. Mais j'avais trop honte pour seulement poser les yeux sur elle et je détournai le visage.

Mon père se leva et se racla la gorge.

— Aujourd'hui, Joey, ta maman est morte. Désormais, il faut que tu te conduises en homme. Ce qui signifie que si tu me parles comme tu viens de le faire, tu auras exactement ce que tu mérites. Je suis désolé de te le dire, mais c'est comme ça. Maintenant, va chercher ton manteau.

Je n'ai jamais remis les pieds chez les Rawling, et j'ai eu droit à la guerre que j'appelais de mes vœux. Ce jour-là, une vie d'un genre nouveau commença entre mon père et moi, dans laquelle, telles deux armées ennemies engagées dans une lutte âpre dont l'une et l'autre ont oublié la cause originelle, nous nous lancions sans arrêt des obus depuis des bunkers séparés par un terrain ravagé. J'allais à l'école et jouais avec mes camarades, et je faisais ma part au domaine, mais au fond de mon cœur j'aurais pu tout aussi bien être à des milliers de kilomètres, tant je me sentais indifférent à tout cela. Je suis devenu un bon guide – aussi bon que lui, sinon meilleur – ce qui m'a valu une dose de respect de la part de mon père. Mais je n'avais que faire de son respect. Ce que je voulais, c'était trouver mon chemin, comme il avait trouvé le sien.

C'est exactement ce qui s'est produit, bien sûr, et c'est là que Harry Wainwright entre en scène, et c'est pourquoi j'étais à New York, prêt à lui transmettre mon bien, moyennant toutefois davantage d'argent que la plupart des gens peuvent espérer en voir dans toute leur vie. Hal avait raison. J'aurais pu me dispenser de *Cats*. Je passai tout le premier acte à m'ennuyer et à me tortiller sur mon siège (ça m'évoquait une série télé pour les enfants, le genre de truc imaginé par des adultes bien intentionnés, mais qui n'ont jamais côtoyé d'enfants réels), même si certaines chansons n'étaient pas si mauvaises et que, dans l'ensemble, ce n'était pas si désagréable de rester deux heures dans une salle obscure sans la moindre pensée sérieuse à retourner dans ma tête, surtout si l'on songe à l'éventualité qui consistait à traîner dans ma chambre d'hôtel, à m'empiffrer de douceurs dénichées dans le minibar et à jouer avec la robinetterie plaqué or de la salle de bains. J'avais décidé de m'attarder un ou deux jours à New York ; avec deux millions de billets en jeu, je ne voulais surtout pas avoir l'air ingrat. Mais j'espérais également que quelque chose arriverait qui me dirait quoi faire.

À l'entracte, je quittai le théâtre et longeai huit pâtés de maisons en direction du centre, puis entrai dans Times Square. C'était bien avant la reprise en main, à l'époque où, dans Manhattan, on butait tous les trois pas sur un pauvre type enroulé dans une couverture crasseuse et où toute l'activité économique des rues se réduisait à des peep-shows ou à des « galeries » pour adultes avec à leur porte un jeune rabatteur assis sur un tabouret harponnant les passants – tableau plutôt déprimant pour un père de famille, et qui ne faisait que m'inciter davantage à me préoccuper des vingt-deux mille billets par an que je devrais payer pour envoyer Kate dans une fac se vantant d'un « niveau de sélection très strict » et l'y maintenir, aussi protégée qu'un chaton. J'aurais voulu assister au passage à l'année nouvelle ; Lucy et moi, et Kate dès qu'elle a été assez grande, nous sommes toujours sortis dans ces occasions-là, une boisson à la main, du fort pour les adultes et du léger pour Kate, afin de vivre ce moment ensemble. Mais nous étions en avril et j'ai vite dû admettre que cet événement ne se produisait qu'une fois par an. En plus, il s'était mis à pleuvoir ; j'arrêtai un taxi, dis « Au St Regis, s'il vous plaît » au chauffeur (j'avais déjà compris qu'il n'était pas indispensable de préciser l'adresse) et rentrai à l'hôtel.

Le concierge me remit mes messages, un de Lucy, un de Hal. Je décidai qu'ils pouvaient attendre jusqu'au matin et me dirigeai vers le bar pour un dernier verre, avec l'idée que ça m'aiderait à me libérer des rengaines du spectacle qui s'étaient montrées d'abord un peu collantes mais qui maintenant me torturaient littéralement. En déposant devant moi un petit napperon et des cacahuètes, le barman me demanda si je désirais un Bloody Mary ; j'appris à la lecture d'une affichette que le breuvage avait été inventé là. Je préférai prendre un Dewar avec de l'eau et en pivotant sur mon tabouret, je vis pénétrer dans la pièce Zoé, la secrétaire de Hal.

Nos regards se croisant, elle m'adressa un petit signe de la main et s'approcha de moi.

— Monsieur Crosby.

Elle changea son attaché-case de côté pour me serrer la main. Ses cheveux et ses lunettes étaient trempés de pluie.

— C'est Joe, souvenez-vous. Simplement Joe.

Ce que je pensais, c'était ce que n'importe qui aurait pensé à ma place : aucun hasard – à suivre – jolie femme – homme marié un peu perdu – loin de chez lui. Mais cela semblait sortir tout droit d'un roman que je n'avais aucune envie de lire, avec le message de

Lucy que m'avait remis le concierge toujours dans ma poche.

— Ils font la promotion des Bloody Mary.

— À cette heure-ci ?

— Les leurs sont célèbres, on dirait.

Elle s'ébroua un peu avant d'appeler le barman.

— Un Jack Daniel's avec de l'eau, s'il vous plaît.

Lorsqu'elle eut son verre en main, elle agita le breuvage une ou deux fois.

— Hal se doutait que je vous trouverais ici. Il a parié que vous ne tiendriez pas au-delà de l'entracte.

— Ça ne le fatigue pas de toujours avoir raison, Hal ?

Elle rit, avec un peu de gêne, me sembla-t-il, et dans le mouvement l'or de ses montures de lunettes vira à l'argent et retour.

— C'est la seule chose dont notre bon Hal ne se lassera jamais.

— Vous avez l'air de savoir de quoi vous parlez.

— C'est le cas, mais ce n'est pas très intéressant.

Elle fit tournoyer son glaçon et porta le verre à ses lèvres.

— Hal et moi, nous... eh bien, la formule exacte serait « nous sortions ensemble ». C'était bien avant sa rencontre avec Sally, qui est une merveille, par ailleurs, et une très bonne amie, et qui vous estime au plus haut point.

— C'est agréable à entendre.

Elle rit à nouveau.

— Quel passage est agréable ?

— Celui sur Sally et vous.

Mon esprit me livra une idée qui ne m'avait pas arrêté sur le moment.

— Vous savez, au bureau, cet après-midi, en vous regardant avec Hal, j'ai vaguement imaginé que...

— Et vous n'avez pas été le premier. Mais non. C'est fini, bien fini, qu'on se le dise.

Elle hissa son attaché-case et en sortit une enveloppe blanche ordinaire, gonflée de papiers pliés en quatre.

— Un cadeau de la part de Hal.

Je la pris et la retournai entre mes doigts. Dessus, on avait écrit mon nom, et je reconnus l'écriture de Hal.

— Est-ce que je l'ouvre ici ?

— Hal préférerait que non. Il m'a aussi demandé de vous dire de jeter le tout après avoir lu ce que l'enveloppe contient.

Je la fourrai dans ma poche. *Papa, ne fais pas dans le top secret. Ce n'est pas ton truc, le top secret.*

— Si Hal le demande, alors, dis-je.

— Son deuxième conseil était de vous faire parler. Ce sont ses termes exacts. Qu'il parle, qu'on sache ce qu'il a derrière la tête.

— Je croyais que Hal était au courant de tout.

— Pas dans ce cas, apparemment.

Elle haussa les épaules.

— Je sais ce qui s'est passé aujourd'hui. Et personnellement, je suis contente. Il faut leur rendre les choses un peu difficiles.

— J'étais vraiment décidé à vendre. J'avais plus ou moins deviné ce qu'ils voulaient. Il n'y avait pas vraiment autre chose qu'ils *aient pu* vouloir.

Je levai les yeux vers le tableau qui dominait le bar. Je n'y avais pas encore accordé un regard, mais je compris tout de suite que ce n'était pas banal : un authentique Maxfield Parrish – c'est du moins ce qu'affirmait la petite plaque – intitulé *Le Vieux Roi Cole*. En réalité, l'œuvre avait tout d'une fresque, presque aussi large que le bar lui-même, et constituée de plusieurs panneaux : le vieux roi Cole sur son trône, pas enjoué du tout mais plutôt las de la vie et prêt à lâcher la rampe, avec trois hommes à ses pieds qui exécutaient une sorte de danse. Trois hommes, pensai-je : trois hommes au service du roi. Reçu cinq sur cinq.

— J'ignore pourquoi je n'ai pas accepté.

Je regardai à nouveau Zoé.

— Ils m'offraient beaucoup d'argent. Beaucoup plus que ça ne vaut, vraiment, mais je ne devrais pas vous dire ça à vous.

— Ça vaut ce qu'ils paieront pour l'avoir, Joe. Et à mon avis, ça vaudra peut-être encore un petit peu plus pour vous, non ?

Et là était bien la véritable question, au bout du compte ; et pourtant, bizarrement, j'en revenais toujours au même point. Est-ce qu'à mes yeux 2,3 millions de dollars suffisaient, oui ou non ?

Zoé vida son verre et se leva pour s'en aller.

— Je vais vous dire un truc, Joe. Hal veut régler cette affaire. Ça signifie que vous pouvez faire tout ce qui vous plaît. Je vous dis cela parce que je vous aime bien, et que les gens ont l'air de penser qu'un type comme Hal a toutes les cartes en main. Dans ce cas, il ne les a pas. C'est vous qui les avez.

Elle observa alors la peinture ; une expression de compréhension passa sur son visage.

— Oh, bien sûr. Le vieux roi Cole. Comme dans la chanson.

Elle secoua la tête.

— Hal est un marrant.

— Les trois violoneux, dis-je. Bien. Un et deux : c'est Hal et moi. Le roi, c'est évident. Ce que je n'arrive pas à saisir, c'est qui est le troisième musicien.

En souriant, elle approcha son visage du mien. L'espace d'un instant je crus vraiment qu'elle allait m'embrasser, et je me préparai à réagir à l'événement ; comme si j'avais les cartes en main. Mais elle s'arrêta avant (j'aurais juré qu'elle était au bord de me faire un clin d'œil) et elle désigna ma poche du menton.

— Lisez ça et vous saurez.

Je tins la promesse que je m'étais faite et attendis vingt-quatre heures supplémentaires avant d'examiner les papiers que m'avait envoyés Hal. On ne peut pas vivre de la pêche comme guide sans avoir la patience de laisser les choses se déployer naturellement, et je passai ma journée comme un touriste : lèche-vitrines sur la Cinquième Avenue, longue contemplation du plafond de Grand Central, métro jusqu'à la pointe de l'île, histoire de pouvoir dire que j'avais au moins vu la Statue de la Liberté. C'était agréable de penser à l'enveloppe de Hal, posée sur le bureau Louis XIV de ma chambre hors de prix du St Regis. Je rentrai à l'hôtel pour le dîner, mangeai un steak sous le regard trouble du roi Cole et tuai une ou deux heures en prenant le frais avec deux cadres supérieurs venus du Minnesota pour un salon commercial (d'après ce que j'ai compris, leur entreprise fabriquait un petit engin qui permettait de conduire un tracteur à distance), empruntai l'ascenseur jusqu'à ma chambre, pris une douche et me mis en pyjama, après quoi je m'installai enfin sur le grand lit pour ouvrir l'enveloppe. Le document qu'elle contenait était la photocopie d'un avenant au testament de Harry, qualifié de « projet », avec un Post-it jaune collé dessus : *Tu n'as jamais vu ceci.* Je le lus, téléphonai à Lucy pour lui dire ce que je venais d'apprendre et comment, d'après moi, nous devions réagir, puis fis des confettis avec l'ensemble et les évacuai dans la cuvette des toilettes.

Le matin, je me réveillai tôt, à l'heure des pêcheurs, et m'accordai un tour à pied dans Central Park alors que le soleil pointait juste au-dessus de l'horizon. Pendant la première demi-heure, je fus presque seul, mais les allées ne tardèrent pas à se peupler : des joggers coiffés de casques à écouteurs, des chiens flanqués d'accompagnateurs sagement munis d'une pelle et de sachets en papier, des patineurs à roulettes qui me dépassaient en courant d'air, quelques nourrices poussant des voitures d'enfants et discutant entre elles en espagnol. Je contournai le lac et me remémorai ma vie, l'époque de la mort de ma mère, du retour de Kate à la maison, au sortir de l'hôpital, et tout le reste, et lorsque je revins au St Regis, un peu après neuf heures, j'avais pris ma décision. J'avalai un café et un croissant au buffet du bar et montai dans ma chambre pour appeler Hal.

— Deux millions cinq, dis-je.

— Est-ce que tu veux bien patienter une seconde ou deux, Joe ? Je dois aller virer Zoé.

Un moment de silence suivit, pendant qu'il posait le récepteur pour faire, je ne l'ignorais pas, ce que fait d'ordinaire un homme comme Hal lorsqu'il va lâcher une grosse somme d'argent à la suite d'un mouvement du cœur, et même pas de son cœur à lui.

— C'est entendu, mon ami. Nous disons deux virgule cinq. Et si tu racontes à qui que ce soit quel genre de poire je suis, je te réduis en poussière. Fais-moi confiance. Je connais des gens qui connaissent des gens. Tout est réglé ?

— Je pense. Rédige le nouvel accord, mais veille à ce qu'il ne prenne effet qu'en septembre, après la fin de la saison. Je lui vends le domaine, mais je ne tiens pas à être son employé. Ça n'a rien de personnel, c'est seulement que je n'ai jamais travaillé pour quiconque dans ma vie et ce n'est pas maintenant que je vais commencer.

J'entendis Hal soupirer.

— Bien sûr que c'est personnel, Joe. Toute cette affaire est personnelle. Et septembre, c'est trop tard, pour des raisons tellement évidentes que je suis certain que tu n'es pas sérieux. Voici ce que je te propose : mi-juillet, mais nous trouverons une formulation pour que tu puisses garder le contrôle jusqu'au bout. Direction effective repoussée au moment de sa mort, quelque chose dans ce genre. Sally trouvera les termes exacts. Est-ce que, comme ça, tu te sentirais mieux ?

Je ne pouvais pas aller plus loin.

— D'accord. C'est gentil de ta part.

Il n'y eut plus un mot de prononcé pendant un long moment.

— Joe, ce n'est pas tous les jours qu'on peut satisfaire les vœux d'un mourant. Je ne veux pas trop insister là-dessus, mais c'est exactement ce que tu es en train de faire et ce n'est pas rien. Ça compte beaucoup, pour nous tous. Et je suis sincère.

— Je sais que tu l'es.

Le récepteur s'alourdissait dans ma main, et je compris que si je restais une seconde de plus en ligne, j'allais probablement changer d'avis.

— Tu n'as qu'à m'envoyer l'avion, s'il te plaît, Hal. Je veux rentrer chez moi.

## 3
## Harry

Quand on m'a appris que j'avais ce que je me suis habitué à nommer « le cancer », et que j'ai dit à ma nouvelle épouse, Frances, que j'allais sans aucun doute en mourir, elle m'a répondu une chose qui aurait surpris n'importe qui d'autre que moi. Elle m'a dit que les médecins se trompaient.

— Le cancer ne va pas te tuer, Harry, dit-elle en me prenant tendrement la main, parce que, mon doux chéri, c'est moi qui vais te baiser à mort.

Il est vrai que les hommes de mon âge (entre soixante-dix ans et Mathusalem), de mon état marital (veuf depuis les années Nixon) et de ma situation sociale (plus riche que ce radin de Midas) voient s'ouvrir devant eux nombre d'options, et ne subissent pas la moindre heure de solitude si la solitude ne leur convient pas. Il y a plus qu'assez de vendeuses de parfums, de mannequins croates, et d'anciennes-monitrices-de-ski-recyclées-dans-le-massage qui rôdent dans les parages, et j'ai vu plus d'un camarade de vacances emprunter cette route du bonheur.

Mais ma Frances n'est pas de ces épouses qu'on trouve dans les pochettes-surprise. Pour commencer, elle a cinquante-deux ans : jeune pour moi, mais pas selon les critères de l'emploi. Elle n'est pas non plus ce qu'on appelle d'ordinaire séduisante, ni même, par euphémisme, « agréable à regarder » ; ma Frances est une fille musculeuse, robuste, aux os épais, avec un visage large et des mâchoires volontaires évoquant davantage l'éloquence ou, peut-être, le ring de boxe. Ses cheveux, qu'elle ne teint pas, sont gris comme de l'eau de vaisselle ; elle a de grandes mains et de grands pieds. Elle est, en résumé, bâtie à peu près comme un immeuble de bureaux de banlieue, ramassée et effacée, capable de tenir au vent, à la pluie et au soleil et de vous pousser à travailler utilement, son entière personne physique ne dégageant rien de plus et rien de moins qu'un état de pur esprit pratique du Middle West. Voyez Kansas City. Voyez Detroit. Voyez Cleveland d'où elle vient. Si Dieu avait été un agent immobilier de l'Ohio, Ève aurait été la copie conforme de ma Frances.

Et pourtant derrière cet habile camouflage de simplicité se cache une femme totalement différente, une compagne sensuelle si sensible et si généreuse qu'on ne peut la comparer qu'à une force de la nature. Elle dit ce qu'elle a envie de dire, se frotte contre moi avec un abandon plein d'allégresse, a compris le rôle bénéfique que peuvent jouer les dessous surprenants et elle ne m'a jamais déçu sur ce chapitre ; une fois, lors de mon premier séjour à l'hôpital, elle est arrivée près de mon lit nue sous un trench-coat, en veuve joyeuse, avec des chaussures que je ne décrirai pas pour laisser fonctionner votre imagination et qui n'ont pas quitté la mienne. Dans la pénombre de la chambre, et malgré l'environnement aigre et désexualisé de l'hôpital, elle agite son corps massif d'avant en arrière au-dessus de moi, selon une ligne doucement ondulatoire qui rappelle les paraboles cosmiques – la lune, les marées et la navigation des paquebots – et lorsqu'elle parvient enfin au sommet, elle crie mon nom, enfouit visage et souffle dans mon vieux cou flétri, et m'emporte avec elle.

Je ne suis pas idiot. Ça ne peut pas être rigolo à ce point de baiser avec un vieil homme, surtout s'il est mourant. Elle a eu trois maris avant moi, y compris, et je ne me fiche pas de vous, un plongeur professionnel en eaux profondes ainsi que l'homme qui a inventé les emballages à bulles, alors qui pourrait lui faire des reproches si, derrière ses yeux fermés, elle revit en réalité une aventure charnelle de son passé ? Honnêtement, on ne peut pas dire non plus que nous nous aimons, au vrai sens du terme. Parmi toutes les concessions que nous devons faire à l'âge, j'ai découvert que c'est cela le plus facile à affronter, parce que son problème n'est pas le vide mais le trop-plein : nous avons tout simplement aimé trop de monde – épouses, maîtresses, enfants, chiens, ainsi que toutes les heures et tous les jours glorieux de notre vie – pour en rajouter encore. Il y a bien de l'amour entre nous, mais c'est un type d'amour impersonnel, davantage un souvenir d'amour que la chose elle-même, et ce que nous avons à nous offrir l'un à l'autre, c'est l'occasion de poser ensemble nos lèvres sur la coupe de la mémoire.

Et mes pensées à moi, où vont-elles ? Vers quel site de souvenirs d'amour m'entraîne mon esprit ?

Avant ma Frances, il y a eu ma Meredith : la mère de mes fils, l'un encore en vie, l'autre non. Je l'aimais suffisamment pour l'aider à mourir, lorsque son mal, bien plus cruel que le mien, eut privé son corps de tout, à part le souffle et la parole. Je me suis convaincu qu'il s'agissait là d'une autre façon de faire l'amour, d'un ultime voyage qu'on entreprend ensemble, d'une partie de la toile humaine au même titre que le contact du drap humide et que la lumière qui baissait, cet après-midi au cours duquel on a conçu un enfant. Et même si je suis sûr que c'est une expérience peu commune, je n'en ai jamais parlé.

Tout commence avec une cigarette. Une Lucky Strike, sans filtre, le genre capable de se consumer jusqu'à l'extrême limite. Ce que tout le monde fumait dans cette période de consommation intense : aussi inoffensive, croyions-nous, qu'une confiserie. Mais ce n'est pas cette cigarette qui fut à l'origine de tout.

L'été 1951. Nous avions passé la soirée dehors avec des amis ; Sam avait six mois, Hal n'était pas encore né. Nous vivions à Philadelphie, deux jeunes mariés dans notre premier logement, une maison de briques alignée sur ses semblables dans une rue où, toute la journée, femmes et enfants entraient et sortaient de chez leurs voisins en un flot incessant : avec jouets, vélos et patins à roulettes partout sur les trottoirs, les bruits domestiques en arrière-plan, rien que des jeunes enfin lancés dans l'existence. J'étais alors salarié, nouveau cadre dans une usine d'interrupteurs électriques. Peu importait ce que nous produisions : de l'aspirine, des enjoliveurs ou de la soupe en boîte. Ç'aurait pu être n'importe quoi. Je n'étais guère plus qu'un employé de bureau, même si à l'époque j'avais l'impression d'être chanceux et même important. Nous n'avions pas un sou : je n'avais jamais été aussi heureux.

Ce soir-là, nous sommes rentrés tard à la maison, presque à minuit ; la baby-sitter, une vieille voisine dont le mari était jardinier au golf municipal, était profondément endormie sur le canapé, la radio jouait en sourdine sur la table près d'elle. Une sortie, même chez des amis, était un luxe pour nous. Je l'éveillai doucement, la payai et la raccompagnai à la porte.

De retour dans la cuisine, je trouvai Meredith assise près de la table, en train de fumer.

— Sam va bien ?

— Il dort comme un loir.

Elle mit son poing devant sa bouche pour bâiller.

— Il faisait un peu chaud dans sa chambre. J'ai ouvert la fenêtre.

— On devrait aller se coucher. Il ne va pas se réveiller tout de suite.

— Je sais.

Elle hocha la tête, somnolente.

— Mais c'est si bon de rester assis là alors que tout est tellement calme.

Je me détournai pour prendre une bouteille de lait dans le réfrigérateur et je me remplis un verre. Tout n'avait pas été simple, avec Sam ; il attrapait froid sans arrêt, des infections d'oreille le tenaient éveillé des nuits entières ; et il avait parfois des accès de fièvre si forts que son petit corps brûlait comme une bûche. Même dans ses périodes saines, il avait toujours des croûtes de pituite entre le nez et la lèvre supérieure. Mais c'était des inconvénients mineurs : à cette époque, nous avions surtout peur de la polio, principalement en été. Au mois d'août précédent, une petite fille l'avait contractée à deux blocs de chez nous : la fièvre, la douleur dans les reins, et puis la brusque paralysie, et le départ en trombe vers l'hôpital pour entendre le diagnostic que tout le monde connaissait déjà. Elle l'avait attrapée, à ce qu'on disait, lors d'une excursion en famille sur la côte de Jersey. La petite fille, qui s'appelait Marie, avait survécu, mais avait dû passer trois mois dans un poumon d'acier. Pas un seul parent du quartier n'avait pu souffler jusqu'à ce que la dernière feuille des arbres fût tombée.

Ce furent mes dernières pensées avant que je ne la

sente : une odeur âcre et acide qui semblait provenir de partout dans la pièce. Mon corps se tendit soudain d'angoisse : quelque chose brûlait. Un arôme légèrement électrique, mais pas seulement. Je me retournai et m'apprêtai à parler, à demander à Meredith si elle sentait la même chose, lorsque je m'aperçus qu'elle avait les yeux fermés ; elle s'était endormie sur place, sa cigarette encore serrée entre deux doigts de sa main toujours posée sur la table, la fumée s'élevant verticalement en point d'interrogation. J'entendis un petit grésillement, et aussitôt une senteur plus accentuée se répandit dans la pièce autour de moi. Je compris enfin d'où venait cette odeur. Je l'avais déjà sentie, pendant la guerre.

— Seigneur, M., réveille-toi, tu es en train de prendre feu.

Je lui saisis la main et la secouai pour en faire tomber la cigarette. Des lambeaux de papier et de tabac s'étaient mêlés à sa chair. Je ramassai ce qu'il restait de la cigarette et l'écrasai dans le cendrier.

— Lève-toi, vite.

Je l'entraînai vers l'évier et fis couler de l'eau froide sur sa main. Mais l'eau qui sortait du robinet était tiède. *De la glace*, me dis-je ; de la glace, pour rafraîchir plus vite la brûlure. Je l'abandonnai contre l'évier et allai fouiller comme un dément dans le réfrigérateur, vidai un bac à glaçons, et lui apportai un cube pour qu'elle se l'applique sur la main. Des ampoules s'étaient formées à l'endroit du contact avec la cigarette, des petites cloques sous la peau, pleines de sang brun.

— Voilà, tiens ça.

Ayant coincé le glaçon entre ses doigts, je refermai ma main sur la sienne. Pendant tout ce temps, Meredith n'avait pas prononcé un mot. Autour de nous, l'odeur aigre flottait comme un tulle. Une brûlure suffisamment grave pour qu'on puisse la sentir, pensai-je.

— Seigneur Dieu, M., tu ne t'es aperçue de rien ?

— Non, apparemment.

Elle avait une voix calme, comme pour s'excuser.

— J'ai dû boire un peu trop.

— Tu n'as pas l'air saoule à ce point. Tu n'as pas l'air saoule du tout.

Je maintins le glaçon contre ses doigts encore un moment, puis je la conduisis à la salle de bains et la fis asseoir sur le couvercle des toilettes. Elle avait l'air étourdie, plus fatiguée qu'inquiète, et pourtant la douleur devait l'élancer, suffisamment pour inonder d'adrénaline son système nerveux. Comment était-il possible qu'elle n'ait rien senti ? Je lavai soigneusement la blessure avec un linge humide, puis l'enduisis d'une épaisse couche de crème (un produit pour bébé, mais la notice indiquait qu'elle pouvait convenir aussi pour les brûlures) avant de l'entourer de gaze.

— Il faudrait peut-être qu'un médecin voie ça.

Je lui tournai le dos pour me rincer les mains. Dans le miroir, je la regardai considérer ses doigts bandés avec une expression totalement stupéfaite.

— Je n'arrive pas à me l'expliquer, dit-elle enfin. Je ne ressens pas la moindre douleur.

— C'est sans doute à cause du choc. Le corps qui se défend.

Je me retournai vers elle et fis de mon mieux pour sourire. En bas, Sam cria, s'arrachant au sommeil ; dans une seconde il aurait les yeux grand ouverts et agiterait les bras, et je devrais m'occuper de lui. Je me séchai les mains avec une serviette et déposai un baiser sur le front de Meredith. Sa peau était chaude et légèrement moite ; peut-être avait-elle souffert plus qu'elle ne l'avait cru. Mais ça n'avait pas de sens non plus. Je pense plutôt qu'à ce moment-là, je me suis convaincu qu'il n'y avait pas à s'inquiéter.

— Tu as de la chance, tu sais, dis-je. Tu aurais pu souffrir le martyre. C'est de ma faute. Jamais je n'aurais dû te laisser t'endormir comme ça.

À la guerre, je n'ai pas été soldat. Mes biographies mentent par optimisme sur ce point, l'affirmation la plus répandue étant qu'un homme d'un certain âge et d'une situation sociale avantageuse n'a pu que faire son devoir. Je ne peux pas dire non plus que j'étais courageux et que, voulant à tout prix servir, j'en ai été privé par un quelconque défaut physique ou un accident de vie douloureux : souffle au cœur, pieds plats, mère veuve avec une exploitation agricole sur les bras. J'étais vigoureux, en forme et suffisamment, sinon passionnément, patriote : un gars tout à fait apte, capable de porter son sac et d'utiliser son arme et même de mourir pour son pays si nécessaire.

J'avais seize ans lors de l'entrée en guerre des États-Unis. Nous vivions alors, mes parents et moi, car j'étais fils unique, dans un quartier ouvrier de Scranton, Pennsylvanie. Nous avions quitté Des Moines lorsque j'avais douze ans, mon père, professeur d'histoire et d'instruction civique, étant nommé directeur adjoint du lycée local. Toute ma famille maternelle était de Scranton (les Chernesky), et constituait un très gros clan de catholiques lituaniens qui, à l'exception de ma mère, ne s'était jamais éloigné de plus de cinq pâtés de maisons, ce qui fait que notre déménagement n'avait pas tant été une aventure dans un monde nouveau que la fin radicale d'un cycle : chaque été je rendais visite à mes grands-parents, mes tantes, mes oncles et mes cousins, et considérais la Pennsylvanie, avec ses paysages déprimants de forêts impénétrables et ses puits de mine abandonnés inondés d'une eau noire, comme une sorte de second chez-moi, très séduisant parce que totalement différent des terres dégagées et des vastes horizons oppressants du Middle West.

À la déclaration de guerre, je fis ce qu'aurait fait n'importe quel gamin de seize ans dans une ville de province, fils d'un éducateur respecté : je me mis à attendre mon dix-huitième anniversaire, jour où, pensais-je, je pourrais enfin m'engager. Ma peur principale était que la guerre ne finisse avant que j'aie l'occasion d'y participer. Et puis, en mai 42, un garçon que je connaissais vaguement (nous avions combattu ensemble en classe de lutte au lycée) trouva la mort dans son avion, un Mustang P-51, abattu lors d'une mission au-dessus de Berck-sur-Mer, sur les côtes françaises. Et tous les deux mois, jusqu'à l'hiver suivant, les morts se succédèrent dans le voisinage, deux en Tunisie et un troisième au cours de la bataille navale de Guadalcanal.

Le dernier des trois était mon cousin issu de germain : un gosse timide et maigre avec une mauvaise peau, qui était magasinier à l'épicerie en gros et aimait bricoler sa vieille Ford dans l'allée de ses parents qui habitaient au coin de mon pâté de maisons. Charlie avait deux ans d'avance sur moi à l'école, comme moi il était fils unique. L'été précédant son vol fatal, il était revenu passer une semaine de permission chez lui, dans son uniforme blanc empesé avec sa casquette négligemment posée sur sa tête ; il m'avait paru totalement transformé, sûr de lui et tranquille, comme un enfant qui a franchi la frontière des adultes. Même sa peau allait mieux. Il était l'assistant d'un ingénieur ; toutes ses simagrées avec la Ford avaient dû lui apprendre un ou deux trucs. Je décidai sur-le-champ que la marine était ma vocation.

La nouvelle de sa mort nous parvint un samedi après-midi et fit en quelques heures le tour des salons et des cuisines du quartier. Une torpille japonaise avait frappé son bateau par le travers, le pulvérisant comme un œuf et le coulant en moins de deux minutes. Personne ne pouvait le dire avec certitude, mais il était probable que Charlie, ainsi que nombre de ses camarades, avait été piégé dans l'épave. Je pensai à la manière dont il était mort, ce qu'avaient dû être pour lui ces deux minutes, le chaos et les froides ténèbres de la mer s'engouffrant partout, avec ces cris tout autour. Lorsque l'eau avait pénétré dans sa cabine, avait-il essayé de nager ? Avait-il empli ses poumons de tout l'air possible avant de plonger sous la surface pour atteindre une sortie ? À moins qu'il ne se soit trouvé près de l'impact et n'ait été tué sur le coup, avec toutes ces années non encore vécues anéanties en une seconde ? J'espérai pour lui que ça s'était passé très vite, puis je me sentis coupable d'avoir espéré quoi que ce soit.

C'est peut-être à cause de Charlie que mon courage s'est envolé ; c'est peut-être d'imaginer ses parents accablés de chagrin, désormais sans enfant, comme seraient les miens si je mourais, qui me guida dans mon choix. Je n'avais pas droit au sursis et n'en cherchais pas, et comme tout le monde parlait à l'époque – nous étions au printemps 43 – d'un débarquement en Europe, l'infanterie était hors de question. Le Pacifique était devenu un cauchemar avec la progression d'île en île, dans le sang ; avec des Japonais fous, camouflés par des feuilles et des branches, un couteau entre les dents, terrés dans des grottes et combattant jusqu'à la mort. J'étais encore tenté par la mer, mais je ne voulais pas d'une fin comme celle de mon cousin Charlie, et c'est pourquoi au mois de juin de cette année-là, une semaine après mon diplôme, mon père me conduisit en voiture à Castine, dans le nord du Maine, où je m'engageai dans l'Académie de Marine. On nous appelait les « accélérés », et c'est ce que nous étions : six mois de bourrage de crâne, après quoi je pris la mer en tant qu'élève officier naviguant sur un cargo transportant cent mille barils d'essence entre la raffinerie de Port Arthur, au Texas, et les bases navales tout au long de la côte Est.

Bizarrement, après toute cette excitation et toutes ces inquiétudes, la guerre elle-même se révéla l'une des périodes les plus pacifiques de ma vie. Le travail était pénible, et ponctué d'accès d'activité frénétique à chaque fois que nous accostions ; mais un bateau en pleine mer, surtout un gros cargo, est l'un des endroits les plus oniriques qui soient, un genre de nulle-part flottant. Je passai ces deux ans dans une brume paisible de temps limpide, mes journées et mes nuits s'imbriquant les unes dans les autres, rythmées par les tours de quart et par la pulsation de nos moteurs, un battement de fond qui semblait se transmettre du sol métallique du pont jusqu'à l'intérieur de mes os. Même si nous ne nous éloignions jamais au-delà de cinq cents miles des côtes (très largement à l'intérieur du périmètre de sécurité), j'avais vraiment l'impression d'avoir quitté le monde réel. Mon itinéraire favori était la traversée directe du golfe depuis le dépôt de Port Arthur jusqu'aux installations navales de Key West ; ces nuits-là, lorsque je n'étais pas de service dans la timonerie, j'allais fumer à l'avant, en contemplant la mer et en respirant l'atmosphère tiède du golfe – toujours, même très loin de la terre, chargée d'une douceur florale – et si seul que je ne sentais pas du tout la solitude, comme si je n'avais eu besoin de personne ni de rien dans ma vie. C'était une sensation que j'adorais instinctivement ; elle semblait, tout comme le roulement des machines, s'être introduite en moi, et bien que je n'en eusse pas conscience à l'époque, j'allais passer ma vie à essayer de la retrouver.

J'aurais pu rester dans la marine marchande si je n'avais pas rencontré Meredith, un soir, juste après la fin de la guerre, alors que nous relâchions au port de Philadelphie, que j'étais descendu à terre avec des amis et que nous étions allés dans un restaurant où elle dînait avec deux collègues de bureau à la table voisine. (Elle était secrétaire à l'usine General Electric où je devais travailler plus tard pendant trois ans.) Mais ceci est une autre histoire – pas une histoire de guerre, comme celle que je voudrais raconter maintenant. Ma seule histoire de guerre authentique est la suivante :

30 avril 1945. Nous venions d'accoster à Brooklyn et toute la matinée nous avions transvasé le contenu de nos soutes dans les grosses cuves alignées sur le quai. Nous devions attendre deux jours à New York avant de reprendre la mer, à vide et à grande vitesse, en faisant un arc vers le sud jusqu'à Port Arthur pour tout y recommencer à zéro. La guerre avait déjà l'air terminée, comme une fête longue et moche qui vit ses dernières heures. Quelques jours plus tôt, nous avions appris qu'une patrouille américaine avait rencontré une unité soviétique sur l'Elbe, et des rumeurs circulaient selon lesquelles Hitler était déjà mort, ou fou, ou les deux. Tout ce qui subsistait, c'était Berlin, mais le Japon posait encore problème. Roosevelt était mort depuis trois semaines, et personne ne faisait encore confiance à Truman, ce mercier du Missouri devenu président, mais rien de cela ne semblait avoir d'importance ; la guerre allait bel et bien finir, quel que soit l'ultime décideur.

En tant qu'officier de marine, surtout le plus jeune, je n'avais pas grand-chose à faire pendant la manœuvre ; je passai l'après-midi sur le pont, à regarder les bateaux sortir du port et y entrer, sous un ciel d'un bleu hors de saison et un épais duvet de nuages poussé par un vent vivifiant d'avril. Un nouveau porte-avions, le *Coral Sea*, venait d'être mis à flot, et maintenant il était à l'ancre, énorme ville flottante d'acier gris de près de trois cents mètres de long et d'une hauteur de vingt étages au-dessus des eaux sales du port. J'avais suffisamment de patriotisme pour éprouver une bouffée d'orgueil presque viscéral à sa vue, et quelque chose d'autre en même temps : ce petit pincement de honte, presque irrépressible, d'avoir traversé la guerre entière loin de tout danger réel. Chaque fois que nous étions à quai, et surtout dans les grands ports comme Norfolk et New York, je me retrouvais au milieu d'hommes en uniforme, marins descendus en permission ou fantassins prêts à embarquer. Ils se pressaient dans les bistrots, les restaurants et les cinémas, rendant minuscule le moindre espace avec leurs voix puissantes et la dense brume de leurs cigarettes. Ce qui les parcourait était totalement électrique, comme une sorte de lien subatomique. Dans la marine marchande, nous étions très largement considérés comme des marins de second ordre – techniquement nous étions classés 2B, employés d'une industrie vitale – et personne ne m'a jamais accusé directement d'être un planqué. Mais je savais la vérité ; je *sentais* la vérité. Dans ces mêmes bistrots, un marin pouvait me bousculer par accident ou je pouvais m'accouder au bar à côté d'un groupe de combattants profitant de leur dernière soirée de détente avant l'embarquement ; et même s'il nous arrivait d'échanger un ou deux mots polis dans ces occasions, leurs yeux ne s'attardaient jamais sur moi comme si je n'étais pas complètement visible.

Je contemplais le *Coral Sea* depuis le pont, en réfléchissant à tout cela et en ressentant malgré tout une joie chaleureuse à passer quelques heures vacantes sous le soleil du printemps, lorsqu'un marin me rejoignit, un homme nommé Mauritz. Je ne le connaissais pas très bien et ne l'aimais pas tellement. C'était un vieux marin, trente ans de navigation, tanné tel le whisky qu'il buvait férocement et, comme les autres professionnels, considérant les engagés temporaires comme un mal nécessaire lié à la guerre, au même titre que les restrictions d'essence et le café infect. La seule chose qui me plaisait chez lui, c'était qu'il jouait de la guitare jazz et pas seulement bien, mais en virtuose – dans une autre vie, il avait dû être musicien. Parfois, le soir, il prenait sa guitare au mess ou dehors sur le pont et il jouait pour nous, ses doigts tirant de son instrument des mélodies si tendres que l'air qui l'entourait en semblait modifié, allégé. Avait-il une famille ? Il me semblait que la profondeur des sentiments s'échappant de sa musique provenait d'un attachement humain intense, mais je ne l'ai jamais interrogé, pensant également qu'il pouvait aussi bien être seul. Je songeai à la nuit où je lui avais demandé le titre de ses morceaux.

Il s'était assombri comme si ma question était ce qu'il avait entendu de plus stupide dans sa vie et il avait fait un geste avec ses doigts pour retendre les cordes.

— Ils n'ont pas de titre.

Je m'étais dit que la conversation était close, mais avec un clin d'œil il s'était mis à rire.

— Si tu as une idée, dis-le-moi.

Mauritz avait trimé toute la matinée à la manœuvre,

parmi la dizaine d'hommes assurant le transbordement de l'essence. Il avait le visage et les bras tellement tachés que la cigarette coincée sur son oreille paraissait blanche comme une cicatrice.

— Comment ça s'est passé, en bas ?

Il s'essuya le nez du dos de la main.

— Un sacré bordel. C'était du boulot, mon pote. Avec ces putains de joints qui pétaient de partout.

En plissant les yeux, il suivit mon regard vers le large.

— C'est le *Coral Sea* ?

Je hochai la tête.

— Ouais, c'est lui.

Il s'appuya à la rambarde et siffla entre ses grandes dents noircies.

— Ils ont des gros calibres sur cette saloperie. Pire qu'un destroyer. Ils l'ont rebaptisé *Roosevelt*, à ce que j'ai entendu dire.

Il prit la cigarette sur son oreille et la tapota sur l'ongle de son pouce.

— Tu as lu les journaux ?

Je répondis que non.

— Hitler s'est marié.

Il lâcha un petit rire impitoyable.

— Lui et cette connasse sont terrés quelque part. Tu parles d'une lune de miel !

Nous restâmes accoudés un moment. Mauritz tapota à nouveau sa cigarette, la ficha entre ses lèvres et alla pêcher son briquet dans la poche de poitrine de sa chemise. Autour de nous, l'air était chargé d'une odeur d'essence. Nous baignions dedans, elle était omniprésente, comme l'oxygène ou l'incessant tangage du bateau. D'habitude, je n'y faisais pas attention, mais là, à côté de lui, l'odeur semblait plus violente et presque anormale. J'allais dire quelque chose de spirituel sur les joints qui pétaient qu'il avait évoqués, lorsqu'il frotta son Zippo sur sa jambe de pantalon et alluma sa cigarette.

— Putain... de merde.

Mauritz regardait sa jambe ; une flamme bleue enveloppait sa cuisse droite. Le temps sembla se ralentir pendant que nous observions tous deux la flamme bleutée dansant délicatement sur son corps, tableau merveilleux et étrange, aussi hypnotique, dans un sens, que les airs sortis de sa guitare.

— Maur...

Et il prit feu tout entier : il s'embrasa comme du papier, l'essence qui imbibait son pantalon, sa chemise et même ses cheveux s'enflamma d'un coup au point qu'il n'avait pas l'air d'être *en* feu mais d'être *du* feu, comme une langue de feu de la taille d'un homme. La chaleur et la commotion me rejetèrent en arrière sur le pont, et lorsque je le regardai à nouveau, je ne vis que ses yeux, disques blancs de pure stupéfaction, et l'image incongrue de sa cigarette, toujours collée, plus ou moins, à ses lèvres qui noircissaient. J'aurais voulu crier, mais aucun son ne sortit ; j'avais tout à coup la gorge bouchée, scellée par la chaleur et la fumée qui s'échappaient de Mauritz qui se consumait, et à l'instant même où j'aurais pu faire quelque chose (arracher mon veston pour l'en couvrir ou le jeter à terre sur le pont et m'étendre sur lui), ce fut lui qui agit à ma place : il avança d'un pas vers la rambarde, se plia en deux à la taille – un chef d'orchestre saluant le public – et plongea dans l'eau du port.

Il mourut, évidemment, après qu'on l'eut tiré de là et emmené ; les dégâts que ne causèrent pas les flammes, les eaux malsaines s'en chargèrent. Mais ce dont je me souviens surtout, c'est de l'odeur : d'essence, de diesel, d'eau sale, et cette douceur écœurante d'un être humain qui brûle. En tombant, Mauritz emporta avec lui la fumée comme la queue d'une comète, et lorsque je me penchai au-dessus de la rambarde pour le voir, et que mes appels au secours sortirent enfin de ma bouche, un nuage âcre monta jusqu'à moi, m'anéantissant si radicalement que je ne pus que me détourner, épouvanté. C'est cette même odeur que j'ai sentie, des années plus tard dans ma cuisine, lorsque Meredith, déjà malade, mais l'ignorant encore, s'est endormie en se brûlant les doigts avec sa cigarette ; et j'ai vu ce même regard dans ses yeux, lorsqu'elle était assise sur la cuvette des toilettes de notre salle de bains, à l'étage, et qu'elle contemplait sa blessure miraculeusement indolore ; une expression du plus pur étonnement ; comme si, à ce moment même, elle en avait saisi la signification.

C'est l'été maintenant, avec ses longues journées, toutes interchangeables. Des visiteurs arrivent et repartent dans la lumière laiteuse. J'ai été admis à l'hôpital pour la dernière fois en avril – un point de pneumonie, cette vieille amie – et maintenant personne ne parle plus de mon départ d'ici. Hal a veillé à tout ; ma chambre ressemble à celle d'un hôtel. Et pourtant ce sont les restrictions, les ultimes clartés qui nous tiennent à cœur. J'ai de l'oxygène en secours, de puissants analgésiques pour mon confort, des antibiotiques pour tenir les infections en respect ; j'ai une infirmière qui me lave et s'occupe de moi, des serviteurs qui m'apportent mes repas, spécialement étudiés, sur leurs chariots métalliques à roulettes. Du bœuf coupé en fins morceaux et des blancs de poulet trop durs ; de la salade cuite et des petits pois tout mous blanchis par la vapeur ; des desserts insipides : une tranche de cake ou de brownie, une coupe de gélatine tremblotante, des sablés secs comme des chips de bistrot. Le tout me parvient écrasé par un film transparent, ou chapeauté de cloches de métal argenté qui semblent sortir d'un passé depuis longtemps révolu. Les serviteurs, pour la plupart noirs mais pas toujours (je reconnais que je pense à eux comme à une seule personne, à un être unique), soulèvent ces protections avec un plaisir encourageant, bien que fabriqué, comme un magicien qui, en tirant un rideau, révélerait la présence d'une colombe roucoulante.

— Voyons, monsieur Wainwright, qu'est-ce que nous avons prévu pour vous, aujourd'hui ? Du bon steak grillé, on dirait. Et de la tarte aux cerises. Pas mal, pas mal du tout.

À une époque, mon estomac ne supportait pas la plus infime miette (des mois de médicaments, de rayons et autres cures bien intentionnées et inutiles), mais maintenant je mange tout, jusqu'à la dernière bouchée. Je suis déjà nostalgique, pour la nourriture.

Et finalement, Franny n'a pas réussi à me baiser à mort. C'est la pneumonie qui a ruiné son plan glorieux. Nous avons bien essayé une fois ou deux après, mais nous avons fini par nous prendre la main et nous endormir. Comme des adolescents, ai-je songé, et j'en ai été heureux.

Mon médecin s'appelle Grosscup. Au cours de ma maladie, j'en ai eu beaucoup : des chirurgiens, des oncologues, des spécialistes du poumon, et même un diététicien. Maintenant il n'y a plus que lui, comme le dernier invité de la fête qui n'arrive pas à retrouver ses clés de voiture. Sous un fauteuil ? Dans la cour ? Dans la cuisine, oubliées distraitement lorsqu'il s'y est rendu pour flirter avec l'une des employées du traiteur ? Dès qu'il aura mis la main desssus, il repartira, lui aussi. Dick est un spécialiste de la vieille école, loyal comme un labrador, un homme qui porte des bottines et un complet-veston même en plein été et range ses outils dans une serviette de cuir noir s'ouvrant comme une bouche. Il a un visage large et bon et des sourcils broussailleux. Tous les soirs, il place son stéthoscope dans le freezer.

— C'est faux, Harry. Je m'en sers pour remuer mon martini.

C'est l'après-midi, un après-midi de juillet. Il promène çà et là l'extrémité de son instrument glacial dans mon dos.

— Ce satané truc est un véritable glaçon.

— Ne vous en faites pas pour ça. Et maintenant soufflez. Voilà.

Un moment se passe. Il rabat ma veste de pyjama, m'ordonne de m'asseoir et me prend doucement le poignet. Son pouce est rêche comme du papier de verre sur ma peau. Un calme encore plus grand s'installe dans la pièce ; on n'entend même pas un oiseau chanter. Lorsqu'il s'estime satisfait, il va se pencher sur mon dossier et y inscrit quelque chose de son épouvantable écriture.

— Où en est la douleur ?

Nous avons établi une échelle à dix barreaux.

— Cinq.

— Je vous connais, alors j'écris sept.

Il a un froncement de sourcils optimiste en relisant le document.

— Je vois que vous mangez bien. J'ignore comment vous faites, avec la daube qu'ils servent. Ça donne trois étoiles aux plateaux d'avion.

Dick plisse son large front.

— Et la respiration, comment ça va ?

— À peu près pareil.

J'ignore pourquoi je lui mens sans arrêt.

— Légèrement pire, peut-être.

Il se remet à écrire. Finalement, il laisse le document de côté et vient s'asseoir près de mon lit. Toujours le même problème : le lit est surélevé, comme un autel. Le rapport rend la conversation malaisée.

— Voilà où nous en sommes, Harry. Acceptez-vous de rentrer chez vous ? Parce que si vous acceptez, on peut faire certaines choses.

Il hoche la tête.

— Sur le plan du confort.

Ce qu'il me demande, bien sûr, c'est où je veux mourir. Ce n'est pas le genre de question qu'on a envie d'entendre. Et pourtant je suis heureux qu'il l'ait posée.

— Quelles choses ?

Il se baisse vers le sol où attend sa serviette, bouche grande ouverte. Il en sort un fascicule glacé à trois volets qu'il me tend en se redressant. « Hôpital du Bon Berger », est-il écrit, et au-dessous, « Information pour la famille ». Illustré d'un arbre en ligne claire.

— Ce n'est pas le seul. Mais c'est celui-ci que je préconise.

Je suis trop fatigué pour le lire. Excellente idée, de bonnes intentions jusqu'à un certain point, mais les détails vont me déprimer, je le sens.

— Est-ce que vous avez parlé de ça avec Meredith ?

Il se rend compte avant moi de ce que je viens de dire.

— Meredith, Harry ?

Dick s'agite sur son siège.

— Ne me regardez pas comme ça.

Je ferme les yeux et respire.

— Avec Franny, je veux dire. Est-ce que vous en avez parlé avec Franny ?

— Nous en avons discuté, oui. Elle pense que c'est à vous de décider. Une infirmière viendra chez vous tous les jours, pour organiser votre confort. Et de plus en plus, suivant l'évolution.

Tout à coup, je suis épuisé. Plus qu'épuisé : j'ai l'impression d'être une tasse renversée par quelqu'un. Mes yeux refusent de s'ouvrir ; l'air semble tourner sans but dans ma poitrine, sans trouver d'issue. Respirer, tout simplement, ne me paraît pas valoir vraiment la peine. C'est ce que signifie, je suppose, l'évolution soudaine des choses.

— Harry ?

Très loin j'entends la voix de Dick, qui me demande si je désire dormir... si je dors, plus exactement. Mais ce n'est pas seulement dormir ; et brusquement le bruit de ses bottines qui craquent sur le parquet tandis qu'il sort. Des murmures dans le couloir : la voix de Hal et celle d'une femme : de Sally ? de Frances ? Les voix se mêlent comme des parfums ; j'entends qu'on s'active autour de moi, et pourtant je me sens coupé du reste du monde, tout plein d'un calme indicible. Du temps passe, est passé. Mon esprit va de-ci de-là, ressassant ses routines habituelles – c'est bizarre – telles que la mort de Sam, et celle de Meredith, et Mauritz en feu, et Joe et Lucy et ce qui a existé entre nous... mais également des images plus triviales : je verse du lait sur mes céréales dans la cuisine de mes parents par un matin d'hiver où mon père avait prévu de m'emmener faire du patin à glace ; je cours aux côtés de Hal sur son vélo dans notre rue pour la première fois, ses coudes frémissant au-dessus du guidon, avec tant de plaisir et d'inquiétude sur le visage ; je suis près du comptoir d'un grand magasin de Philadelphie, à Noël, en train de choisir un foulard pour Meredith ; le lac et les montagnes et cette heure parfaite, il y a des années, et je lance la ligne au-dessus d'une eau aussi étale que si Dieu retenait son souffle.

Je me déplace parmi ces souvenirs comme un fantôme, jusqu'à ce qu'ils cessent d'être des moments différents les uns des autres ; ils n'en forment qu'un seul, indivisible et continu, et la conscience que j'en ai se déverse sur moi en un flot de douceur comme je n'en ai encore jamais éprouvé.

Lorsque j'ouvre les paupières, le ciel est noir comme de l'encre, derrière la fenêtre. Je ne saurais dire combien de temps s'est écoulé. Une femme est assise près de mon lit ; une infirmière, à ce que je vois, même si c'est une nouvelle tête. Elle est jeune, le visage rond et les cheveux bruns ; elle est un peu maquillée, ce qui assombrit ses traits et en même temps attire l'attention sur leur délicatesse. Sous sa blouse, je devine le léger renflement de sa grossesse. Le réveil posé sur la table de nuit indique qu'il est une heure passée : une heure du matin. Le milieu de la nuit, mais quelle nuit ? J'ai l'impression de m'être absenté pendant plusieurs jours.

Elle lève les yeux vers moi et m'adresse un joli sourire.

— Alors, on se réveille.

Elle a quelque chose dans les mains ; des aiguilles à tricoter, et une pelote de laine blanche. Elle pose le tout sur ses cuisses.

— Eh bien. Comment vous sentez-vous ?

— J'ai...

Ma langue est plus lourde que du bois dans ma bouche.

— ... soif.

Elle se débarrasse de ses aiguilles et se lève pour remplir une tasse à l'aide de la carafe à disposition sur la table de nuit. Elle se penche vers moi et m'aide à boire par petites gorgées. Il flotte tout autour d'elle une odeur de feuillage d'été.

— Voilà. Ça suffit ?

Je parviens à hocher la tête, et elle retourne à son tricot.

— Vous avez fait un sacré somme, dit-elle sans me regarder.

Je suis le mouvement binaire de ses aiguilles. Le tableau est fascinant à un point que je ne puis exprimer : on dirait qu'il franchit les frontières de mes sensations, comme si je contemplais une symphonie ou écoutais des roses. Les gens connaissent-ils cela ? Pourquoi n'ai-je pas pensé plus tôt à regarder quelqu'un tricoter ? Je sens cette nouveauté dans mon corps tout entier, de même qu'il me semble, étrangement, que nous sommes les deux seules personnes présentes dans l'immeuble. Plus que « il me semble » : je le sais absolument. C'est une réalité de la nature. Nous sommes seuls.

— Ça doit être à cause de la morphine, dit-elle.

— Comment ?

Elle ramène sa laine. L'image est si belle que j'ai envie de pleurer.

— Où sont passés les autres ?

— Ici et là.

Elle brandit une de ses aiguilles et la fait tournoyer.

— Tout autour, tout autour.

— Quel... jour sommes-nous ?

Mais elle ne répond pas. Ses aiguilles cliquettent et s'interrompent et recliquettent. Elle tire une longueur de laine contre une des aiguilles et je comprends ce qu'elle fait : des chaussons.

— C'est très bien de dormir si vous en avez envie. Moi, je veille sur vous. Dormez seulement. C'est ce que vous pouvez faire de mieux.

— C'est pour votre bébé que vous tricotez ces chaussons ?

— Oh, je ne suis pas enceinte.

Et je vois bien qu'elle ne l'est pas. Pourquoi ai-je pensé qu'elle l'était ? Elle est bien trop vieille pour ça ; elle a soixante ans, peut-être même soixante-dix. Elle a mon âge.

— Moi, j'ai un fils.

Ses mains s'immobilisent.

— Je connais votre fils. Sam ? C'est un bon fils.

— Vous le connaissez ?

— Vous devez être fatigué, Harry. Tout va bien. Dormez. Si vous avez besoin de quoi que ce soit, je suis là.

Mes yeux se sont refermés. On dirait que ses paroles ont parcouru une grande distance pour m'atteindre, comme une voix venue de l'autre côté d'un fleuve. Dans le siège près de mon lit, le bruit du tricot s'estompe.

— Franny ne va pas tarder. Ça, vous pouvez en être sûr. Et Hal. Tout le monde.

— Tout le monde.

L'expression est une friandise dans ma bouche.

— C'est vrai. Tout le monde. Meredith, et Sam. Tous. C'est comme ça, Harry. Mais tu le savais, non ?

— Je le savais.

Je ne suis pas certain d'avoir prononcé ces mots à haute voix.

— Je crois que je le savais.

— Parce que c'est ça, le secret, Harry, me dit-elle. Qu'il n'existe pas de secret. Pas sur ce sujet.

# 4

## Jordan

Pourquoi cette bizarre insistance de Harry pour la mouche sèche ? Il faut reconnaître qu'on a affaire à un tas de maniaqueries dans le domaine de la pêche à la mouche, complètement idiotes, la plupart du temps. On a eu des types, ici, qui ne voulaient pêcher que le saumon, et seulement dans le courant ; d'autres qui n'avaient rien contre les perches mais qui auraient épousé une truite si ça avait été possible. Il y a les tenants de la bonne vieille canne en bambou contre les partisans du graphite, bien sûr, les anciens contre les modernes ; pour chaque banquier huppé débarquant avec une ligne en graphite dernier cri et suffisamment de mouches montées à la main pour payer une promesse de vente dans une résidence chic, il y en a toujours un (on l'appelle « le professeur », qu'il exerce ou non ce métier, bien que, le plus souvent, ce soit le cas) qui vient pêcher pour la « vérité historique » (je ne plaisante pas), en arpentant les forêts avec un bâton de marche d'un mètre de long et un exemplaire du *Parfait Pêcheur à la ligne*, de Walton qui, si vous ne l'avez pas déjà lu, est indispensable, abstraction faite de l'orthographe, pour peu que vous vous trouviez dans l'Angleterre du XVIIe siècle avec un peu de temps libre à consacrer à la pêche.

Mais si on est dans ce sport depuis un petit moment, et qu'on a appris la pratique de quelqu'un pour qui c'est surtout une manière intéressante d'attraper du poisson (dans mon cas, Vince, mon beau-père, employé au bureau du patrimoine du Maine), alors on sait ce que c'est que la bêtise : une façon supplémentaire qu'ont trouvée les gens compliqués pour compliquer davantage les choses. Pour eux, c'est la moitié du plaisir, et comme mon travail consiste, plus ou moins, à veiller à ce que tout le monde soit content, loin de moi l'idée de m'opposer à eux. Si vous voulez pêcher en costume d'époque, je serai le premier à aller chercher vos hauts-de-chausses au pressing.

Tout de même, cette insistance de Harry pour pêcher exclusivement à la mouche sèche m'avait désarçonné. C'est vrai que la guerre mouche sèche-mouche noyée est la controverse esthétique la plus ancienne dans notre discipline, et il ne se passe pas un an sans qu'un rigolo n'écrive un article dans une revue pour défendre la « pureté » de la mouche sèche en insinuant le plus souvent que pêcher avec une nymphe ou un leurre est encore pire que piquer un morceau de fromage sur une épingle de nourrice. Mais Harry n'a jamais été du genre à se préoccuper de ces choses-là. C'est possible d'aimer les deux, comme il l'avait toujours fait, en laissant au poisson, à l'eau, à la météo, et à l'époque de l'année le soin de choisir à sa place – en s'en remettant aux circonstances pour atteindre le plaisir, ce qui est d'après moi la meilleure attitude à adopter et se rapproche le plus de ce que pourrait être ma philosophie de la vie. Que Harry ait voulu taquiner la truite une dernière fois, mais en ayant tout faux, m'épouvantait presque. Peut-être recherchait-il seulement, loin des médicaments, des médecins et du cancer lui-même, un ultime et génial coup de chance avant que le rideau ne retombe.

Harry et sa famille n'étaient pas les seuls résidents du domaine ; nous étions quasiment complet, et lui consacrer une journée complète pour l'accompagner allait demander un peu d'organisation. Après les avoir installés dans leur bungalow, je retournai avec Kate au bureau pour revoir l'emploi du temps du lendemain. Ça menaçait d'être serré ; nous avions deux groupes qui nous quittaient, mais trois nouveaux arrivaient, et une demi-douzaine de personnes envoyées par le Lakeland Inn, le seul hôtel de la ville, devaient se présenter tôt le matin pour le petit déjeuner et une randonnée en canoë sur le fleuve avec pique-nique sur place tout compris. C'était normal pour un samedi, et à trente-cinq billets par tête, nous y étions de notre poche, mais c'était aussi un bon placement au bout du compte, car la moitié de ceux qui prenaient l'excursion tombaient amoureux de l'endroit et revenaient l'année suivante pour une semaine à plein tarif.

Un mot ou deux sur Kate. Je l'avais connue huit ans auparavant, alors qu'elle avait treize ans et que c'était la première fois que je venais au domaine, et mis à part un malaise au début, il n'y avait jamais eu quoi que ce soit de moche entre nous. On peut trouver assez logique que nous ayons fini par nous intéresser l'un à l'autre, mais il y avait aussi un tas de raisons pour que rien ne se passe. Je m'entendais très bien avec Joe et Lucy qui me traitaient comme un membre de la famille, et je savais qu'ils s'étaient endettés jusqu'au cou pour l'envoyer étudier à Bowdoin et qu'ils formaient plein d'espoirs pour sa vie future, y compris probablement un jeune anesthésiste brillant ou un directeur commercial de Boston, plutôt qu'un ermite bouseux comme moi.

Mais pour être franc, et contrairement à toute sagesse, je me mis à la voir autrement – à penser à elle tout le temps. Ce que je veux dire, c'est que je ne la voyais plus seulement comme la fille de Joe et Lucy, mais comme une personne indépendante, et j'aurais voulu être sans arrêt près d'elle à écouter le son de sa voix et à la regarder coincer ses cheveux derrière ses oreilles ; et j'avais l'impression, à y réfléchir, que la terre n'était finalement pas si grande que ça, et que je l'habitais, moi aussi. Le dernier hiver passé loin d'elle fut comme une sorte d'hibernation, et pendant deux semaines de février, je fus sur le point de sauter dans le camion et d'aller à Bowdoin sous la neige, la surprendre dans son dortoir, l'emmener le long de la côte pour le week-end ou même de rester à Boston, à envisager complètement différemment ma vie et, avec un peu de chance, la sienne.

C'était, bien sûr, un vœu pieux, et naturellement je n'en fis rien ; je savais qu'elle avait des petits amis à Bowdoin, et je sentais bien que j'appartenais à un compartiment de sa vie et qu'il ne me serait pas facile d'accéder à l'autre. Que pouvais-je faire ? J'abandonnai cette pensée comme un livre dont je devinais qu'il ne finissait pas bien et m'en tins là.

Le résultat, ce fut que lorsque Kate revint au domaine en juin, j'étais littéralement fou d'elle. J'avais si peur qu'elle me repousse (ou pis, que ses parents se chargent de nous séparer) que je ne mis pratiquement pas le nez dehors jusqu'au 4 Juillet, sortant juste pour faire mon travail et rentrant plus vite qu'un lapin me coucher sur mon lit et broyer du noir pendant des heures. Lucy ne me lâchait plus ; elle me demandait sans arrêt ce qui n'allait pas et me laissa entendre une ou deux fois que Kate se faisait aussi du souci. La seule chose qui me vint à l'esprit, ce fut de dire que peut-être les hivers commençaient à me travailler. Pour avouer la vérité, j'avais décidé que le mieux – étrange terme, mais approprié – était de partir à la fin de l'été. Mais pour aller où et pour faire quoi, je n'en avais pas la moindre idée.

En attendant, nous avions à organiser la journée et dans le bureau encombré, je me penchai sur le planning avec Kate. Nous devions compter avec l'arrivée des randonneurs en canoë ; si c'était la cohue, nous pourrions faire patienter un groupe ou deux dans la salle à manger, le temps pour Kate de revenir du lieu de pause, à huit kilomètres en amont, en quarante minutes, à la vitesse d'une fusée. Nous avions tout juste terminé lorsque Joe entra, Hal sur ses talons. Je ne fus pas surpris ; il était clair qu'il y avait pas mal de détails à mettre au point, et j'avais moi-même une ou deux questions à poser concernant Harry et ce que j'étais censé faire avec lui, puisque j'avais d'ores et déjà compris que toute pêche ne pouvait être que fabriquée. Hal me tapota le bras et prit de mes nouvelles, mais son visage était rongé par l'inquiétude. Il dit bonjour à Kate et lui demanda amicalement comment se passait sa vie à Bowdoin (Hal était lui-même diplômé de Bowdoin et à le regarder, on comprenait qu'il y avait fait tourner plus d'une tête), puis se laissa entraîner par Joe vers le vieux canapé.

— Asseyons-nous tous, dit Joe. Reste toi aussi, Kate. Ça te concerne au même titre que les autres.

Nous formâmes un cercle et Joe fit ce qui convenait, c'est-à-dire qu'il sortit du bureau à cylindre une bouteille à moitié pleine d'un pur malt très ancien. Il trouva quatre tasses à café sur l'étagère, les essuya avant de les remplir de scotch, puis fit la distribution. Je respirai le scotch, il avait exactement l'odeur de sa couleur : le brun lumineux du très vieux bois.

— Si je ne me trompe, dit Kate en fixant le fond de sa tasse, il y a anguille sous roche, non ?

Joe la fit taire d'un froncement de sourcils, but une gorgée puis hocha la tête dans ma direction.

— Jordan, Hal a quelque chose à te dire.

Hal posa sa tasse sur la table à sa droite et se donna une petite claque sur les genoux.

— Eh bien. Je pense que la nouvelle principale, c'est que mon père est mourant. Les détails sont sans importance, Jordan, mais les médecins affirment qu'il est très proche de la fin. Ça n'a aucun sens qu'il soit ici et j'ai essayé de le dissuader, mais il est venu pêcher ici pendant trente ans et c'est sa volonté. Il était hospitalisé encore hier matin lorsque le médecin m'a appelé pour m'annoncer qu'il était en train de signer une décharge. Il avait pris une décision irrévocable et aucune loi n'oblige à rester à l'hôpital si on ne le veut pas. Sally n'était pas en ville, aussi tout ce que j'ai pu faire, c'est prendre January à la crèche et rappliquer ici en vitesse.

Hal s'interrompit et passa une main sur ses joues empoussiérées d'une barbe argentée d'un jour.

— Frances est bouleversée et c'est bien normal. Mais je comprends aussi mon père : mourir à l'hôpital est affreux.

— J'aurais réagi comme lui, dis-je, en pensant : *Bien joué, Harry. Mets un écriteau sur la porte de ta chambre d'hôpital, avec un dessin idiot représentant une vieille carpe qui bâille et « Je suis parti à la pêche » comme légende*. Si ça ne tenait qu'à moi, je dirais qu'il faut le laisser faire.

Hal prit son scotch sur la table, parut prêt à boire, puis s'immobilisa.

— Je ne suis pas sûr, Jordan, que tu saches à quel point tu comptes pour lui. Mais une grande partie de cette affaire te concerne. Il attend quelque chose de toi, quelque chose que je n'arrive pas vraiment à définir. Ce n'est peut-être pas nécessaire et, quoi qu'il en soit, ça se résume à ceci : demain, tu devras l'accompagner et faire l'impossible pour qu'il passe un bon moment, son ultime bon moment. Si cela signifie qu'il attrape un poisson, parfait. Sinon, je ne crois pas qu'on doive trop se lamenter. Assure-toi seulement qu'il est bien et s'il y a le moindre problème, rentre directement ici. Il est très malade, aussi inutile de te lancer dans quoi que ce soit que tu ne pourrais pas maîtriser.

— C'est entendu, Hal. Je serai heureux de le faire. Ne vous inquiétez pas.

— J'insiste, n'oublie jamais à quel point il va mal. Et pour le cas où tu te poserais des questions, dis-toi que, moi non plus, je ne sais pas quoi penser de cette affaire de mouche sèche. Mon impression est que ça n'a pas grande importance. Le simple fait de sortir quelque chose de l'eau représenterait déjà beaucoup pour lui.

Je me tournai vers Kate, à l'autre bout de la pièce, assise sur une chaise pliante près du poêle froid, mais elle avait les yeux fixés sur Hal et je ne parvins pas à croiser son regard.

— Il veut peut-être seulement agir en partie dans les règles, dis-je.

— Peut-être, répondit Hal (mais je sentis qu'il n'était pas convaincu). Comme je l'ai dit, il compte sur toi pour comprendre certaines choses qui m'échappent.

Là, il regarda Joe qui sembla approuver.

— Je ferai de mon mieux, Hal, dis-je. C'est tout ?

— En fait, non, dit Joe.

Il leva la main pour m'imposer le silence.

— Une minute, Jordan. Ce n'est pas tout. Continue, Hal.

Hal se pencha en avant sur le canapé. Il considéra l'extrémité de ses doigts, puis revint sur moi.

— La deuxième chose que j'ai à te dire, Jordan, et ça risque de te surprendre, c'est que mon père a acheté le domaine, il y a quatre semaines. Il lui appartient en toute propriété. Et il a l'intention de te le léguer.

Alors c'était ça, et la première pensée qui m'est venue à l'esprit, c'est : fin du mystère. Puis : Il a acheté le domaine. Il me le lègue. Par testament ? Oui, par testament, par les dernières volontés du fameux Harrison Wainwright, celui de *Business Week* et de *Fortune* et du classement *Forbes* des cinq cents plus grosses réussites et de tout le reste, l'inventeur des chaînes de supermarchés pharmaceutiques à bas prix : *le* Harrison Wainwright. Une cascade d'idées si parfaitement inattendues, si folles, en fait, que je fus incapable, sur le coup, d'ouvrir la bouche et de prononcer le moindre mot. Et puis – soudaine intuition – je jetai un coup d'œil à la pendule pour noter l'heure : 21 heures 03. Dimanche 19 août 1994, un peu après neuf heures, par une belle soirée froide dans les forêts du nord du Maine.

— Alors ?

Joe me tapota le genou du dos de la main.

— Jordan ? Qu'est-ce que tu en dis ?

— Seigneur, Joe.

Je regardai Hal.

— Il me le lègue ?

— C'est vrai, Jordan. À sa mort, ce sera à toi, officiellement. On a prévu une somme pour assurer les droits de succession et nous nous en chargeons. Sally a tout mis noir sur blanc et, connaissant Sally, je suis sûr que rien n'a été laissé au hasard. Et il faut que tu saches que Frances et moi sommes d'accord. Je mentirais si je prétendais que je n'ai pas essayé de dissuader mon père et on pourrait toujours objecter qu'il était très malade lorsqu'il a pris sa décision, qu'il n'avait plus sa tête, ainsi de suite, et nous finirions peut-être par gagner. Mais au bout du compte, ce serait moche, et faux en plus. Mon père a beau avoir un cancer, il a beau même être un peu excentrique, il n'est pas fou. Alors, si on examine bien la situation, il y a beaucoup à dire, et tu reçois un joli cadeau, un bon petit paquet, vraiment, mais rien qui puisse justifier une bataille juridique indigne et coûteuse. Nous sommes d'accord ?

Je hochai la tête. En fait, j'avais du mal à suivre.

— Je crois que oui.

— Entre parenthèses, il ne veut pas que tu sois mis au courant. Moi, je pense, et Sally et Frances sont toutes les deux de mon avis, que ces cachotteries n'ont pas de sens. Tu n'as aucune obligation et tu pourras faire ce qu'il te plaira de cette propriété. Mais son espoir, c'est que le domaine reste ce qu'il est aujourd'hui et que tu y vives toute ta vie. Ce qu'il veut, c'est ton *bien*, Jordan.

Je me tournai vers Joe.

— C'est vrai que vous l'avez vendu ?

Joe haussa les épaules, avec une expression un peu douloureuse. Je me dis qu'il était peut-être sur le point de pleurer, et qui aurait pu le lui reprocher ? Même si Harry lui avait donné un milliard de dollars pour la propriété, le domaine était resté dans la famille de Joe pendant près de cinquante ans. Je levai les yeux sur le mur au-dessus de sa tête, couvert de vieilles photos, y compris un cliché fané en noir et blanc de Joe lui-même, gamin de six ou sept ans avec une dent en moins sur le devant et une coupe de cheveux qui avait l'air d'avoir été faite avec un sécateur, brandissant un saumon de l'Atlantique plus grand que lui avec une expression hilare de dément. Joe senior, le père, se tenait à côté de son fils, une main sur le front, et l'autre, grande comme un gant de base-ball, ébouriffant les cheveux du petit Joe. La photo avait été prise sur le ponton, en bas de la maison ; je suppose par Amy, la mère de Joe. En regardant cette image, on comprenait que c'était là, incontestablement, le plus beau jour de la vie de Joe, comme celui-ci était sans doute le pire.

— Il m'en a donné un bon prix. Mieux que bon. Tu sais que Lucy et moi, nous avions depuis longtemps l'intention de le vendre, de toute façon.

Le coin de sa bouche trembla imperceptiblement, ses yeux brillèrent sous un infime voile de larmes et j'aurais remué ciel et terre à ce moment-là pour lui faire savoir que, dans le fond, je l'aimais. Il vida son whisky d'une seule gorgée.

— Je suis bien content qu'on n'ait pas dû le vendre à la découpe. Ou à quelqu'un qui l'aurait saccagé.

— Je ne le saccagerai pas, Joe. Seigneur. Je le jure.

— Nous le savons bien, dit Hal. C'est même là *l'essentiel*.

Je regardai Kate, assise avec les jambes croisées, qui nous observait. Sa tasse pendait au bout de sa main d'une manière qui indiquait qu'elle était vide, mais son expression était indéchiffrable.

— Tu savais ?

— En partie.

Elle hocha la tête.

— Que le domaine avait été vendu.

Je réfléchis à ce qu'elle venait de dire.

— Mais pas le reste.

— Que c'était à toi ?

Elle leva les sourcils.

— Je reconnais que non. Ça, je l'ignorais.

— Et tu trouves que c'est bien ?

— Bon sang, Jordan.

J'aurais bien aimé un sourire, juste là, mais je n'y eus pas droit.

— Bien sûr que je trouve que c'est bien. Pourquoi je ne trouverais pas que c'est bien ?

— Je n'en sais rien précisément.

Et c'était la vérité. Jusqu'ici, tout le monde avait obtenu ce qu'il voulait, et cela sans même avoir à le demander.

— Il va me falloir du temps pour digérer tout ça, dis-je.

Hal quitta le canapé et je remarquai pour la première fois à quel point il était grand, près d'une tête de plus que Joe, ou que son propre père. Il me regarda dans les yeux, clignant légèrement dans la lumière faible et jaune du bureau.

— Tout ça donne à penser. Mais tu as aussi le droit de te réjouir, Jordan. C'est un superbe cadeau.

Ce qui était vrai, bien sûr. Très exactement vrai.

Je dis :

— Merci.

Il eut un sourire las. J'eus l'impression qu'il allait me serrer la main, pour sceller le marché, mais il se contenta de poser la sienne sur mon épaule et d'y exercer une pression.

— Pas de quoi, Jordan.

# 5
# Lucy

C'était un homme magnifique, Harry Wainwright. C'était mon avis avant même que je sache qui il était, avant qu'il n'amasse la fortune qui l'a rendu célèbre, du moins célèbre aux yeux de certains. J'étais serveuse, j'avais dix-sept ans, si réservée que n'importe qui aurait pu croire que j'en avais douze : une fille arrivant d'une ville repliée sur elle-même du nord-ouest du Maine où, disait-on, la moitié des habitants parlait français et l'autre moitié hurlait. L'été commença au mois de mai, lorsque Joe m'embrassa derrière l'atelier de mécanique de l'école. Mes parents, qui possédaient la scierie de Norbeck Pond, étaient amis avec le père de Joe ; quand Joe me dit qu'ils cherchaient une serveuse au domaine, je savais que j'aurais leur autorisation. Ce fut donc l'été des premières fois : premier vrai travail, premier baiser de Joe, première vision de Harry, car ce fut vraiment cela : une vision.

En plus, j'étais devenue jolie, et je le savais. J'étais entrée à l'école comme une fille banale parmi d'autres, sortie de nulle part, avec une solide charpente et un gros nez, tellement laide et mal partie avec ma peau terne et mes cheveux gras qu'on ne m'aurait même pas remarquée devant un mur repeint à neuf. Mais entre la chute de la dernière feuille et l'envol de la première mouche, quelqu'un, quelque part, avait prononcé la formule magique, et cette nouvelle chose qui m'arrivait, cette beauté, je pouvais soudain en voir la preuve partout où j'allais : dans les flaques d'eau et dans les vitrines, dans les sourires dont s'éclairaient lentement les yeux des garçons, à l'école, et ceux des hommes qui travaillaient à la scierie familiale – un regard différent, plus respectueux mais aussi plus craintif, comme si j'étais une bombe menaçant d'éclater à tout moment. Je la voyais dans la façon dont mes amis me traitaient, comme si j'étais quelqu'un qu'ils n'auraient pas honte de devenir, et comme s'ils projetaient de s'y employer, très bientôt. Je la vis aussi chez Harry, ce jour-là.

Donc, entrée de Harry pour le petit déjeuner, un matin de juin 1964 ; il resta un moment immobile dans l'encadrement de la porte ouverte, parcourant la salle du regard, me laissant tout le loisir de le contempler. Pas exceptionnellement grand, mais j'eus l'impression que si ; mince et robuste, la peau rosée par l'air frais, une bonne nuit de sommeil et une matinée passée au milieu de l'eau, avec des yeux tellement bleus que de nos jours j'aurais juré qu'il portait des lentilles de contact. Je suivis ces yeux alors qu'ils balayaient toute la salle à manger comme deux projecteurs bleus, enregistrant le moindre détail ; il avait quelques fils d'argent dans les cheveux qu'il portait légèrement plus longs que les hommes respectables de ma connaissance, mais pas aussi longs que les poivrots de chez Wiley, notre seul bar mal famé, ou que les trappeurs qui descendaient en ville deux fois par an, malodorants, pour faire provision de munitions avant de battre en retraite dans les bois d'où ils étaient sortis.

L'expression qui aurait pu me venir à l'esprit tandis

que je l'observais, c'est *bel homme*. Ou même *mignon*, enfin ce qu'on dit des garçons qu'on apprécie, un résumé de tous ces nouveaux sentiments de désir qui dansent à l'intérieur de nous comme des feux d'artifice du 4 Juillet. Joe était mignon ; c'est certain qu'il l'était, avec sa petite barbe naissante et sa façon de se pavaner dans la maison, au courant de tout, et même un petit peu bel homme.

Harry était magnifique.

— La porte-écran, mon chou, dis-je.

Je donnais du « mon chou » et du « chérie » à tout le monde cet été-là, un tic que j'avais piqué à une vraie serveuse du Pine Tree Cafe, en ville. Il se tourna vers moi et je pus le lire sur son visage : le regard dont je parlais.

— Pardon ?

— Les mouches.

Je désignai la porte grillagée d'un geste de la main.

— Vous les laissez entrer.

— Oh, excusez-moi.

Un rire froissa sa peau, autour de ses yeux.

— Que je suis bête. Tout de suite.

Il recula laissant la moustiquaire se refermer et je l'entendis appeler, dans l'allée :

— Hal ? Hal, où es-tu passé ?

J'ai pensé qu'il appelait peut-être un chien, ce qui n'aurait pas posé de problème ; un tas de gens étaient accompagnés de chiens, et ils étaient toujours les bienvenus dans la salle à manger pourvu qu'ils ne sentent pas trop mauvais et qu'ils sachent se tenir. Mais la porte pivota à nouveau et un garçon entre huit et onze ans fit son entrée, en jean, sweat-shirt et chaussettes rouge vif, les cheveux tout ébouriffés, Harry sur les talons. Ils prirent une table près de la grande baie et je me précipitai avec menus et cafetière pour m'occuper d'eux.

— La crème est là, sur la table, indiquai-je en versant.

Je tins la cafetière au-dessus de la tasse du gamin, comme pour plaisanter.

— Qu'est-ce que tu en dis, mon chou, du café pour tous les deux ?

— Qu'en penses-tu, Hal ?

Le garçon rougit et marmonna quelque chose. Harry releva la tête vers moi et haussa les épaules.

— Juste du lait pour lui, à mon avis.

— Je veux du chocolat.

Harry lui lança un regard courroucé, purement artificiel, qui m'était destiné :

— Écoutez-moi ça, *je veux*.

Il donna au coude de son fils une chiquenaude du dos de la main.

— Ça te ferait mal de te montrer poli avec cette jeune dame ?

Hal soupira en levant les yeux au ciel.

— Pourrais-je avoir du lait chocolaté, s'il vous plaît ?

— Des progrès.

Harry releva une nouvelle fois le visage vers moi.

— Il faut l'excuser. Pour vous parler franchement, c'est un gosse que je viens de trouver dans les bois.

Il se pencha sur la table dans ma direction et baissa la voix.

— Élevé par des loups, à mon avis.

— Papa !

— Quoi ?

Il écarquilla les yeux avec une fausse inquiétude.

— Je viens de trahir un secret ? On a pourtant intérêt à dire toute la vérité, Hal.

C'était maintenant moi qui riais.

— Il n'y a pas de souci, on n'est pas à cheval sur les principes, ici.

Je pointai le menu de mon crayon.

— J'ignore si vous avez très faim, mais tout le monde apprécie nos tartes à la framboise. Fruits frais de la ferme, un peu plus loin sur la route.

— Et vous ?

Toujours avec ses yeux bleus de bleu sur moi.

— Comment moi ?

Il s'éclaircit la voix : est-ce que je l'avais mis mal à l'aise ?

— Vous aimez la tarte aux framboises, vous ?

Trente secondes de papotage et j'avais l'impression d'être assise sur une balançoire, sans chaussures. Je me déhanchai en haussant les épaules :

— J'ai une petite préférence pour les myrtilles. Mais il n'y en a pas avant le mois d'août.

Il jeta un coup d'œil à Hal qui acquiesça en silence.

— La tarte aux framboises, alors, dit Harry.

Ils me rendirent leurs menus que je glissai sous mon bras.

— Vous ne le regretterez pas, on n'a jamais eu de réclamations. Votre matinée sur le lac a été agréable, messieurs ?

Il prit le temps de m'adresser un sourire et ça me retomba dessus. Même moi, je voyais jusqu'où il était décidé à aller.

— Magnifique, dit-il.

De retour en cuisine, je passai leur commande à Mme Markham, la cuisinière. J'avais le cerveau un peu embrumé, comme si j'avais fumé une cigarette, la nausée en moins. Joe était installé devant le plan de travail, à préparer des pains au lait au miel, et une bouffée de culpabilité me traversa : notre situation évoluait, nous étions encore dans les premières semaines de nos relations amoureuses et je me retrouvais là, le souffle à moitié coupé d'avoir flirté avec un homme qui aurait pu être mon père.

— Qu'est-ce qui t'arrive ? me dit Joe en me voyant.

— De quoi tu parles ?

Il me désigna du doigt.

— Tu es toute rose.

Il avala une bouchée et but une gorgée de café. L'air de la pièce était lourd comme si on avait été enfermé dans une ruche, encore épaissi par la graisse de ce qui rôtissait dans le four.

— Tu n'aurais pas attrapé le virus qui traîne dans le coin ?

— Ne t'inquiète pas pour moi. Je vais bien.

Je jetai un coup d'œil derrière moi : deux nouveaux groupes arrivaient. Pendant environ une heure, alors que les couche-tard cédaient la place aux lève-tôt qui étaient sortis dès l'aube, je n'eus plus une minute à moi. Mme Markham disparut dans la réserve, laissant tout bouillir et fumer sur les fourneaux, et Joe s'approcha dans mon dos et me serra la taille.

— J'aurai un peu de temps libre après déjeuner, murmura-t-il. Qu'est-ce que tu dirais d'un petit pique-nique en amoureux ? Nous pourrions emprunter un canoë pendant une heure ou deux.

Je m'abandonnai contre lui et lui répondis par un « Hum » qui ne m'engageait à rien. Lorsque les choses avaient commencé à changer pour moi au cours de l'hiver, ma mère m'avait prise à part un soir après dîner devant une assiette de gâteaux maison pour que nous abordions ce qu'elle nommait « le problème des garçons », et tout ce dont je me souviens c'est que je ne devais pas accepter d'emblée les propositions du genre de celle de Joe ; un peu d'hésitation, m'expliqua-t-elle, faisait partie du jeu. C'était un bon conseil, et même si j'en avais entendu mille versions, la sienne me plut : « le jeu », comme si toute l'histoire des rapports homme-femme, de la crèche à la tombe, n'était qu'une partie de dominos par un après-midi pluvieux. C'était un genre dans lequel ma mère excellait, vous guérir de vos terreurs avec une expression bien trouvée et une assiette de gâteaux opportune, même si en l'occurence je savais qu'elle n'évoquait pas que mon cas particulier : jeu ou pas, elle avait épousé mon père dès sa sortie du lycée et mon frère aîné, Lucius (Lucy et Lucius, je n'en suis toujours pas revenue), a vu le jour à peu près neuf mois et dix minutes plus tard.

Je repensais à tout cela en regardant, au fond de la salle à manger, Harry penché au-dessus de la table, en train de parler avec véhémence à Hal qui, sortant de son humeur maussade, souriait enfin. Première grande sortie avec Papa, à mon avis. Des histoires de poissons au petit déjeuner.

— Dis-moi, qui est ce type ?

Je remarquai avec plaisir à quel point j'avais l'air détaché.

— Là-bas, près de la fenêtre.

Joe suivit mon regard.

— Qui, Harry ?

— Oui, Harry.

Je lui donnai un petit coup d'épaule.

— S'il s'appelle Harry. Et éloigne cette barbe de mon cou. Ça pique.

Joe fit un pas en arrière, gêné mais pas vraiment, et se passa la main sur les joues.

— Seigneur, ce que tu es de mauvais poil, aujourd'hui. Je croyais que tu aimais ça.

À ce moment, Mme Markham revint de la réserve.

Pendant l'année, Daphné Markham était bibliothécaire à l'école primaire. C'était une femme à la taille épaisse avec des lunettes au bout d'une chaîne capable de vous réduire au silence d'un seul de ses regards d'acier qui vous transperçaient comme une lance. Elle nous terrifiait tous et nous pensions qu'elle n'était pas mariée parce qu'elle était trop méchante, mais j'appris par la suite que ce n'était pas le cas : elle avait été mariée, il y a longtemps, en Afrique, où elle et son mari étaient missionnaires. Je n'ai jamais su ce qu'était devenu ce mari, mais au début de cet été-là, elle m'avait montré une photo d'elle, beaucoup plus jeune, mince comme un fil, debout devant une petite église en bois et coiffée, bizarrement, d'un casque colonial.

Pour une femme corpulente, elle était étonnamment vive et pouvait faire face à un coup de feu, en cuisine, avec la froide précision d'un pilote de guerre ; dans le même mouvement, elle allait aux fourneaux, retournait une rangée de crêpes, mettait deux tranches de pain dans le toaster, sortait une assiette de croissants du four, et cassait deux œufs dans un bol pour faire une omelette.

— Lucy, ta commande va être prête. On se dépêche un peu, s'il te plaît.

Je regardai Joe, qui était retourné à la table préparer ses pains au lait. C'était une spécialité de la maison, débordante de miel et complètement irrésistible.

— Bon, je te promets d'aimer ta barbe si tu réponds à ma question.

Joe haussa les épaules, bien disposé à jouer le jeu sans être intéressé pour autant.

— C'est juste un ami de mon père. Un habitué, qui vient tous les étés. Je lui ai servi de guide deux ou trois fois. Je suppose que c'est son gamin.

Je jetai un nouveau coup d'œil par la porte. Harry

faisait de grands gestes vers la vitre, pour montrer quelque chose à Hal. À l'une des autres tables, un homme leva la tête et parcourut la salle des yeux. Où est passée ma serveuse, bon sang ?

— D'accord, c'est vrai qu'il n'est pas mal, dit Joe en éclatant de rire. Arrête de languir.

Je sentis le rouge me remonter aux joues et reculai précipitamment.

— Je ne languis pas.

— Bien sûr que non. Il a l'âge de ton père. C'est aussi une sorte de gros bonnet, à ce que m'a dit papa. Et généreux, avec ça. En général il me donne au moins dix dollars. Il plie le billet et me le glisse en douce, comme si je pouvais être gêné de l'accepter.

Je voyais bien le tableau.

— Et sa femme ? Elle est généreuse, elle aussi ?

Joe eut une grimace d'impatience et je sentis mon estomac se contracter. Pourquoi avais-je posé cette question ? Et à Joe, surtout ?

— Comment le saurais-je ? Il vient toujours seul, d'habitude.

Il prit un air songeur et s'essuya les mains avec une serviette.

— En fait, on m'a raconté que sa femme était malade ou quelque chose comme ça. Il faut d'ailleurs que ce soit lui qui me l'ait dit pour que je le sache.

Il leva les yeux vers moi et sourit, prêt à changer de conversation.

— Alors, qu'est-ce que tu décides ?

— Qu'est-ce que je décide sur quoi ?

Joe regarda au-dessus des fourneaux. Il me montra du doigt, puis se désigna lui-même, et articula silencieusement « le pique-nique ».

Derrière lui, Daphné eut un soupir exaspéré et donna un coup de spatule sur une poêle.

— Lucy, pour l'amour de Dieu ? Ta commande *est prête*.

Deux nouvelles tables attendaient de commander, et j'avais oublié le chocolat de Hal.

— Oh, merde.

Daphné se retourna et me poignarda, très durement, d'un de ses regards de libraire.

— Lucy, je ne supporte pas ce genre de langage dans ma cuisine. Passe encore dans la bouche d'un homme, mais pas dans la tienne, non. Et toi, Joe, poursuivit-elle, la spatule menaçante, tu n'as rien de mieux à faire ? Va aider ton père. Et tout de suite, file.

J'allai prendre du lait et du chocolat dans le réfrigérateur, préparai un verre pour Hal avec une rasade de sirop en cadeau (*sapristi, si je pouvais m'en faire un allié, au bout du compte*) et mis le tout sur un plateau en glissant des menus sous mon bras pour les nouveaux arrivants. Je me demandais comment j'allais réussir à sortir, ainsi chargée, lorsque Joe se précipita pour me tenir la porte. Il leva les sourcils à mon passage.

— D'accord, dis-je en émettant un petit rire de flirteuse.

Il y avait chez lui, à cet instant, cette douce gentillesse qui me faisait de l'effet à chaque fois, et je l'aurais embrassé sur-le-champ si j'avais pu, barbe piquante ou pas, même si pendant un moment il fut clair pour moi que je pensais aussi à Harry et que je m'étais laissé troubler.

— D'accord pour quoi ? dit-il avec un large sourire.

— Juste d'accord, répondis-je en lui donnant un coup de hanche pour qu'il comprenne bien, et je sortis avec mon plateau.

Et ils sont restés tous deux mêlés dans mon esprit : Joe et Harry, mon joli chéri et cet homme magnifique qui avait surgi de nulle part. J'allai en pique-nique avec Joe, donnant parfaitement le change pendant l'heure de détente à l'ombre des bouleaux, et tout au long de cette semaine-là, je servis le petit déjeuner, le déjeuner et le dîner à Harry, nourrissant mes stations à sa table de bribes joyeuses de conversation à propos de rien. Même Hal comprit ce qui se passait, et il essaya de me séduire avec ses histoires de pêche et ses bonnes manières toutes neuves, comme un garçon qui cherche à impressionner une amie de sa sœur aînée. Et quand, mon service terminé, je retrouvais Joe, j'avais encore la tête toute pleine de Harry : la meilleure recette du monde pour ne pas savoir où l'on en est. Vers la fin de la semaine, la barbe de Joe s'était adoucie, à moins que la peau de mon visage ne se fût habituée ; et puis un samedi, à six heures du matin, en entrant dans la salle à manger, je trouvai une enveloppe portant mon nom et contenant ce mot : « Nous sommes repartis à 5 heures. Merci pour les conversations. À l'année prochaine. Sincèrement, Harry Wainwright. » Je le pliai comme un billet de banque, le glissai dans la poche de mon tablier et l'y gardai jusqu'à la fin de l'été. Pensez ce que vous voulez, mais je n'étais encore qu'une gamine ; ça me faisait l'effet d'un baiser secret.

Je connaissais l'existence de Meredith, bien sûr, comme Harry connaissait celle de Joe. Morceau par morceau, au cours des étés suivants, nous nous dévoilâmes nos vies – parce que nous le voulions bien et parce que nous n'avions aucune raison de les cacher. Harry était Harry et moi, j'étais moi, le détail le plus frappant étant une simple réalité mathématique : nous avions vingt-deux ans d'écart. Joe avait dit juste. En fait, Harry avait *précisément* l'âge de mon père, à un mois près. Plus tard dans ma vie, la différence d'âge n'eut pas d'importance, et je ne suis pas sûre que cela en ait vraiment eu un jour, mais c'est une femme de quarante-sept ans qui parle, aussi tenez-en compte ; pourtant à cette époque ce n'était pas rien, c'était même beaucoup, puisque j'avais dix-sept ans et Harry trente-neuf et qu'il était le père d'un fils pas tellement plus jeune que moi et le mari d'une femme qui mourait à petit feu, cet homme que je voyais très exactement sept jours sur trois cent soixante-cinq. D'une certaine manière nous étions amoureux l'un de l'autre depuis le début, je crois, selon une loi naturelle que nous ne commandions pas, mais ce fut toujours un amour tricoté avec d'autres amours et c'est là la réalité de notre histoire, à Harry Wainwright et à moi.

Et c'est pourquoi je n'ai pas voulu le voir comme il était, ce soir d'août où il est arrivé ; je n'ai pas voulu voir ses os si fragiles, ses muscles fondus, ses cheveux devenus ternes ou tout simplement disparus à cause de la chimio ; je n'ai pas voulu voir l'éclat éteint au fond de ces yeux bleus. Je n'ai pas voulu le voir se faire aider pour sortir de la voiture, ni s'appuyer sur le déambulateur, ni aspirer l'oxygène ; je n'ai pas voulu voir non plus le tremblement de son menton lorsqu'il parlait. J'étais certaine aussi qu'il ne voulait pas que je le voie, que je sois témoin de ces choses-là, aussi lorsque Joe me dit que Hal avait appelé d'une cabine publique pour prévenir qu'ils seraient là dans moins d'une demi-heure, je trouvai un prétexte pour me rendre à l'étage (des draps et des serviettes à plier, du ménage à faire) et j'assistai à tout depuis la fenêtre.

Harry s'y attendait et je savais qu'il s'y attendrait. Lorsqu'il leva la tête en sortant de la limousine, tout le monde affairé autour de lui, ce fut pour me chercher moi, et il me découvrit immédiatement : ses yeux bleus me frappèrent là où j'étais, à la fenêtre, ils m'atteignirent et me transpercèrent aussitôt ; toujours le même bleu de glacier, malgré le cancer, comme des lumières éclatantes au milieu d'une maison en ruine.

*Tu es venu voir qui, ici ?* lui demandai-je en pensée. *Moi ?* Puis : *Je suis heureuse que tu sois là, Harry.*

Et je l'entendis qui répondait : *Oui, toi. Mais je suis mourant, Lucy. Et donc pas seulement toi : tout le monde.*

Malgré tout, j'étais incapable de me résoudre à descendre ; je terminai mes petits travaux et m'en inventai d'autres, je mis les registres à jour, j'avalai un sandwich et bus un verre de lait dans la cuisine avec Joe, comme d'habitude. Le plus souvent, les soirs d'été, nous avions trop de travail pour nous asseoir à table, aussi, lorsque nous mangions ensemble, c'était comme ça, léger et tard, et nous étions tous deux trop fatigués pour parler. Tous nos longs hivers passés l'un avec l'autre nous avaient appris à manier le mutisme, un savoir-faire, je crois, que bien des couples mariés pourraient nous envier. Il y avait des semaines entières de neige au cours desquelles ni l'un ni l'autre ne se souvenait d'avoir prononcé une phrase complète. Et pourtant, bien sûr, beaucoup avait été dit.

Nous avons fini notre collation et lavé notre vaisselle, et j'ai mis de l'eau à chauffer pour le thé. Il était tard, près de dix heures – pratiquement le milieu de la nuit dans un endroit où tout le monde est debout avant cinq heures du matin. Pendant que l'eau ronronnait sur la cuisinière, je regardais le lac sombre par la fenêtre. Tout cet été-là, depuis que nous avions décidé de vendre, j'avais cherché un moyen de lui dire au revoir, et j'avais fait toutes sortes d'essais. J'avais conclu que la meilleure façon était d'y renoncer et de penser à n'importe quoi d'autre, à la place. Je laissais flotter mon esprit à sa surface chaque fois que j'avais une minute, et lorsque mon attention était mobilisée par autre chose, je sentais toujours qu'un petit morceau s'était introduit au fond de moi et qu'il allait y rester.

— Tu le fais encore, dit Joe depuis la table, et je sursautai.

— De quoi tu parles ?

— Ce truc. Tu sais bien. Tu le regardes et on dirait que tu disparais.

Il était accoudé à la table, penché en avant.

— C'est bien d'ailleurs. Je comprends.

La bouilloire siffla ; je préparai le thé et l'apportai avec du sucre, car Joe l'aimait extra-doux.

— Comment Jordan a-t-il pris la nouvelle ? demandai-je.

Joe agita son sachet dans l'eau fumante. L'odeur du scotch se dégageait encore de lui. Lorsqu'il fut satisfait de la couleur de son thé, il y ajouta trois cuillerées de sucre, essora le sachet et le posa proprement sur sa cuillère. Ça m'a toujours étonnée qu'il réussisse à dormir avec tout ce sucre dans le corps.

— Pour te dire la vérité, je ne suis pas certain qu'il réalise vraiment. Comment se sentirait n'importe qui à sa place ? Ça va être un énorme changement pour lui. Il est passé de guide à propriétaire en deux minutes chrono.

— Tu crois qu'il peut y arriver ?

Joe souffla la fumée au-dessus de sa tasse.

— Si quelqu'un en est capable, c'est Jordan.

Pendant un moment, on laissa le thé nous réchauffer sans rien dire. À quoi pouvait penser Joe ? J'étais sûre qu'il ne regrettait pas d'avoir vendu le domaine, au fond : nous avions soigneusement examiné le problème, en considérant toutes les données, et nous savions que c'était ce qu'il fallait faire. Tout cet argent en banque était rassurant : on voit tous ces zéros sur les relevés, alignés comme des œufs sur un présentoir, et les soucis qu'on peut avoir se volatilisent. Désormais, il y aurait de l'argent pour Kate, pour sa résidence universitaire et son école de médecine – Dartmouth Hitchcock tenait la corde ; son voyage dans l'Ouest l'en avait plus ou moins convaincue, il y avait trop de monde, là-bas, et pas vraiment de saisons ; et personne ne s'intéressait sérieusement *à quoi que ce soit*, disait-elle – et de l'argent pour la Floride, pour le nouveau bateau du gangster et pour les projets de Joe ; et aussi de l'argent pour des choses auxquelles nous n'avions pas encore réfléchi puisque nous n'avions encore jamais espéré être assez riches pour y songer : des plaisirs tels que des voyages et des bons restaurants, et d'autres postes comme des meubles ou un camion neuf lorsque le vieux rendrait l'âme et peut-être une voiture supplémentaire, une belle limousine ou l'un de ces gros machins à quatre roues motrices que tout le monde avait. Alors je savais qu'il ne regrettait pas, pas vraiment, mais je savais aussi que la voie la plus évidente n'est pas toujours aussi facile qu'on croit ; et Joe en avait conscience. C'était une nuit glaciale, et les fenêtres de la cuisine étaient ouvertes, remplissant l'atmosphère de l'odeur cuivrée du lac et des petits bruits qui s'en échappaient après le coucher du soleil : l'eau sombre léchant la rive ; le soupir des courants qui l'effleuraient comme des fumées ; les clapotis irréguliers que j'aurais dû prévoir mais qui me faisaient toujours tressaillir, comme Kate, quand elle était petite, sortant du sommeil le plus profond pour pousser un cri dans son lit de bébé. Nous tendîmes l'oreille ensemble, Joe et moi, car des voix s'élevaient : une voix d'homme, celle de Jordan ou celle de Hal, ou peut-être d'un autre résident, et ensuite des bruits de pas sur l'un des vieux pontons devant les bungalows. Puis une porte-moustiquaire qui grinça en s'ouvrant et qu'on referma brutalement.

Puis il y eut autre chose, un son étouffé par les fenêtres et les murs, mais un son particulier tout de même : quelqu'un qui toussait. Pas une simple toux : imaginez quelqu'un coincé dans une pièce obscure sans issue et qui essaie de s'échapper. Cela continua, pendant au moins une minute, et lorsque le silence revint enfin, il semblait instable comme le calme inconfortable qui suit un bris de verre.

— Seigneur Jésus.

Joe frissonna, soudain très pâle. Il se leva pour mettre sa tasse vide dans l'évier.

— Si un jour, je tousse comme ça...

Il se frotta la nuque.

— Il ne devrait même pas être là. Qu'est-ce qui est passé par la tête de Hal ?

— Où voudrais-tu qu'il soit ?

Joe s'appuya sur l'évier.

— À l'hôpital, par exemple. Ou bien n'importe où près d'un hôpital.

La toux reprit, nous forçant à nouveau à retenir notre souffle ; il n'y avait rien à faire, qu'à attendre, ce qui m'abattait encore plus : désolée pour Harry, désolée pour moi-même, désolée pour Joe, et coupable au plus haut point, en plus.

— Mon Dieu, tu entends ça. Il risque de mourir ici, tu comprends. Dans son bungalow, cette nuit même.

— C'est peut-être ça qu'il veut.

Joe croisa les bras sur sa poitrine.

— Probablement. En fait non, je n'ai pas la moindre idée de ce qu'il veut. Le grand Harry Wainwright.

Comment pourrais-je deviner les désirs d'un type comme lui ?

— Il va mourir, Joe. Il est malade et il va mourir. Quelle importance ?

La question le prit à contre-pied ; je regrettai de l'avoir posée, ou du moins posée de cette façon, avec cette impatience, comme si tout était simple. Joe lava les tasses dans l'évier, en me tournant le dos.

— Excuse-moi, Joe. Laisse, je vais m'en occuper.

Il mit les tasses sur l'égouttoir et regarda par la fenêtre. Est-ce que, comme moi, il envoyait son esprit dehors pour dire adieu ?

— N'en parlons plus, dit-il enfin. Tout est joué.

Il se retourna pour se sécher les mains avec un torchon.

— Tu sais, c'est finalement très bien qu'il soit le propriétaire. Au moins, comme ça, nous ne serons pas responsables s'il arrive quoi que ce soit.

— Je te connais et ce n'est pas ce que tu penses.

Je me levai et allai vers lui.

— Tu veux que je te dise autre chose ? Tu es bon, d'accepter tout ça. Tu l'étais avant, tu l'as toujours été, et tu l'es aujourd'hui.

Il ne me regardait pas, aussi l'y forçai-je avec un baiser au goût de thé et de scotch.

— Et maintenant, va te coucher. Demain, nous avons une grosse journée.

— Tu viens ?

— Un peu plus tard. J'avais l'intention de leur préparer un panier et de le leur porter dans leur bungalow.

Ses yeux se rétrécirent.

— Luce...

— Un panier, Joe. Où est le mal ?

— Ce n'est pas la question.

Sa voix était douce. Il passa délicatement son pouce sur ma joue et me le montra : il était mouillé. Je n'aurais pas pu dire depuis combien de temps je pleurais, ni même pourquoi.

— Des larmes mystérieuses, dis-je enfin. Pour cet endroit. Pour Harry. Pour nous tous, en fait. Ce ne sont pas de mauvaises larmes.

Je tentai de sourire et m'aperçus que j'y parvenais.

— Seulement les larmes d'une épouse qui a sommeil.

Il écarta quelques cheveux de mon visage.

— Hal connaît le chemin de la cuisine. Laisse-les se débrouiller. Viens te coucher.

J'enfouis mon visage dans sa poitrine. Sa chemise sentait le poisson, et la fumée, et le déodorant qu'il utilisait toujours, un mélange de citron et de cannelle : l'odeur habituelle de Joe, le soir.

— Tu sais, j'ai l'impression que Jordan et Kate... dis-je, mais je ne finis pas ma phrase.

Son dos et ses épaules se tendirent un peu : un ours veillant sur sa progéniture, songeai-je, et j'aimais qu'il réagisse ainsi, comme chaque fois.

— Est-ce que Kats t'a confié quelque chose ?

— Non.

Je respirai dans sa chemise. C'était peut-être à cela que je pensais, depuis le début.

— C'est seulement une idée, en réalité. L'intuition maternelle. Cette sorte de vibration qui émane d'elle, tu vois ?

— Une vibration, hum.

Je lui enfonçai un doigt dans le torse.

— Ne te moque pas.

— Qui se moque ?

Il secoua la tête au-dessus de moi.

— Jordan et Kate. Je crois qu'il va falloir que j'y

réfléchisse. Ou plutôt non. C'est leur affaire, après tout.

— Elle reste notre Kats. C'est normal de s'y intéresser.

Je me serrai un peu plus fort.

— Est-ce que le problème de la différence d'âge te gêne ?

— On ne sait même pas s'il y a effectivement quelque chose, Luce.

— À supposer qu'il y ait. Il a trente ans. J'ai vérifié.

— Tu as vérifié ?

Je m'entendis soupirer.

— Le fichier des employés, Joe.

— Tu plaisantes ? Tu veux dire qu'on lui verse un *salaire* ?

— Oui, et franchement j'ai du mal à croire que ce soit aussi peu. Ce garçon mérite une augmentation depuis longtemps. Mais il me semble que désormais c'est un point hors sujet. Arrête de faire l'imbécile.

— D'accord.

Il me donna une petite pression aux épaules.

— Non, ça ne me gêne pas.

— Très bien. Il n'y a pas de raison. C'est de *Jordan* qu'il est question, là. Et nous adorons Jordan, non ?

Il réfléchit à nouveau.

— Je dois reconnaître que je suis légèrement surpris, tout de même. Je ne l'aurais jamais imaginée avec un type comme lui. Avec quelqu'un d'ici, je veux dire.

Ce fut à mon tour de rire.

— Seigneur, Joe.

Je m'écartai de lui et fixai son visage troublé.

— Tu peux encore demeurer l'homme le plus borné de la terre.

Il plissa le front avec bonhomie, et ouvrit en grand ses yeux sombres, toujours sans comprendre.

— De quoi tu parles ?

Vingt ans. Comment pouvait-il ne pas savoir ?

— C'est toi que j'ai choisi, non ?

À entendre Harry tousser, je me doutais que quelqu'un, sans doute Hal, devrait rester debout le plus gros de la nuit pour s'occuper de lui, aussi fis-je une Thermos de café très fort que je mis avec du poulet frit et une ou deux parts de tarte à la rhubarbe qui restaient du dîner dans un panier contenant assiettes, tasses et serviettes, et je sortis.

La lune était basse et l'air frais et tranquille. Je me faufilai entre les bungalows, presque tous plongés dans le noir, leurs occupants profondément endormis. La seule exception était le numéro 12, qui avait été loué par un groupe d'avocats réunis là pour une sorte de retraite : en approchant, j'entendis les voix graves et rugueuses des hommes qui bavardaient et buvaient sur la terrasse, et des effluves de la fumée sèche et douceâtre de leurs cigares me parvinrent. C'était un arôme que j'aimais en secret, même si je m'attendais à des protestations de la part d'autres résidents le lendemain. « Quelqu'un a fumé *le cigare*, hier soir ? » interrogerait l'un d'eux dans la salle à manger, assez fort pour que le sacrilège, s'il était présent, puisse se repentir publiquement. Autant que je sache, pourtant, il était tout à fait légal de fumer le cigare dans les forêts du Maine – Joe ne s'en était pas privé jusqu'à ce que je réussisse à le convaincre de cesser – et ça ne me regardait pas. J'eus envie de m'arrêter pour les prier de parler plus bas, mais à mon passage ils se turent ; trois d'entre eux me firent un signe de la main et me lancèrent presque simultanément un « Bonsoir » poli, comme une bande d'adolescents éméchés se donnant des airs sobres. Une brochette de bons garçons, ces avocats, et donc je leur retournai leur salut et poursuivis ma route.

Le bungalow numéro 10, où j'avais installé Hal et sa petite fille, était sombre, January étant couchée depuis longtemps, mais la lumière du numéro 9, où se trouvaient Harry et Frances, était allumée. En atteignant le coin, je découvris Hal, assis dans un fauteuil à bascule sous un cône de lumière et d'insectes tourbillonnants, en train de lire un magazine, les pieds posés sur la rambarde. Un cigare aurait chassé ces bestioles et j'eus presque envie d'aller en demander un aux avocats. Mais Hal avait déjà relevé la tête avec une expression inquiète et avait mis sa main en visière devant son front pour voir dans le noir, au-delà de la terrasse éclairée.

— Franny ?

J'approchai avec mon panier.

— Bonsoir, Hal.

Hal se leva et vint à ma rencontre, se cassant en deux pour m'embrasser rapidement sur la joue.

— Où donc étiez-vous passée, Luce ?

— Oh, tu sais (je m'efforçai de sourire), des choses à faire. Désolée de n'avoir pas été là à votre arrivée.

Le bungalow, derrière lui, était plongé dans l'ombre et je parlais à voix basse.

— Comment va ton père ?

Hal inspira lentement et se gratta le crâne.

— Il a fini par s'endormir. Mais pour être franc, je ne suis pas certain que ça s'appelle vraiment dormir. Disons qu'il s'est retiré un moment. Je prends le premier quart pendant que Franny fait une petite sieste.

Je lui montrai le panier.

— Je t'ai apporté de quoi te soutenir.

— Ce ne serait pas du poulet frit, par hasard ?

Je hochai la tête.

— Avec un peu de tarte.

Il se pencha en avant, souriant.

— Seigneur Dieu, Lucy, vous êtes géniale. Donnez vite.

Il tendait déjà les mains, et je lui passai le panier par-dessus la balustrade. Hal souleva le couvercle et fit l'inventaire avant d'en sortir une cuisse de poulet et une serviette de table, puis il se versa une tasse de café de la Thermos. Une volute de fumée se déroula dans l'air glacé.

— Vous lisez dans les pensées, Luce. J'attendais justement que Franny vienne me remplacer pour me glisser dans votre cuisine et y faire une razzia.

— Tant mieux.

Je restai un moment à le regarder manger.

— J'ai vu ta petite fille, Hal. Elle est vraiment superbe.

Il sourit fièrement malgré une grosse bouchée de poulet et s'essuya la bouche avec la serviette.

— La pauvre petite, elle ressemble à sa mère. J'ai dit à Sally que dès qu'elle aurait seize ans, je commencerais à creuser des douves autour de nous.

— Je ne suis pas tout à fait d'accord, Hal. Je vois pas mal de toi chez elle. Rappelle-toi, quand on s'est connus, tu étais encore un gamin.

Il laissa échapper un petit rire.

— Un gamin, mon œil.

Il prit une deuxième cuisse de poulet et la brandit pour souligner ses paroles.

— À onze ans, on n'est plus un gamin, Luce. Onze ans, c'est l'incandescence du désir, chez l'adolescent. Les autres serveuses et vous me perturbiez tellement que je n'arrivais plus à aligner deux pensées.

Je ressentis une décharge de satisfaction, espérant qu'il excluait Daphné Markham du lot (et j'étais sûre que c'était le cas), ainsi que les deux femmes qui partageaient le service avec moi, des femmes qui avaient l'âge de ma mère et même un peu plus. J'étais la seule employée dont il devait se souvenir.

— C'était le bon temps, dis-je.

— Meilleur qu'aujourd'hui, en tout cas.

Il termina sa deuxième cuisse, enveloppa les os dans la serviette et referma le panier.

— J'ai intérêt à garder le reste pour plus tard. Il se peut que Franny ait faim, elle aussi. Et qui sait ? Mon père surprendra peut-être tout le monde en voulant manger quelque chose.

— Il y en a assez pour toute une armée en campagne. Mais si tu as besoin de quoi que ce soit, tu sais où se trouve la clé de la cuisine.

— Porte de service, un pas à droite, et on tend la main vers le clou.

Il hocha la tête.

— Fastoche.

Il leva les yeux pour contempler le lac dans mon dos et eut un petit mouvement du menton pour me désigner ce qu'il fixait. Je me retournai et vit, sur le ponton, à cent mètres de nous, deux personnes assises au bord de l'eau, les pieds ballant dans le vide. Il me fallut un moment pour que mes yeux réussissent à identifier ce que mon cerveau avait déjà admis : Jordan et, à ses côtés, en pull gris, Kate.

— Ils sortent ensemble, tous les deux ?

— Je suppose qu'ils se sont toujours appréciés.

Mon intonation prudente me surprit.

— Ils se connaissent depuis des années.

Pendant un moment, il n'y eut plus de paroles. Le

silence du lac et l'heure tardive semblèrent se refermer sur nous.

— En vérité, murmura Hal, je pense que mon père a juste voulu donner le domaine à quelqu'un à qui il appartenait déjà.

Il regarda un instant ses mains puis releva le visage vers moi.

— C'est le plus beau des cadeaux. Je vous dis cela, vous comprenez, uniquement pour le cas où vous en douteriez.

— Nous adorons tous Jordan. Tout le monde est content pour lui. Joe aussi.

Hal se mit debout et se saisit du panier.

— Bon, je crois que je ferais bien d'aller voir notre malade. Ça m'inquiète toujours, quand il est si calme.

Il fit le tour de son fauteuil puis s'immobilisa, soudain plongé dans ses pensées.

— Cet endroit, il en est fou, Lucy. C'est la raison de tout. Lorsque ma mère est morte, je sais que c'est ce qui l'a sauvé, d'une certaine manière. Il me l'a dit, un jour. L'été qui a suivi sa mort, il est venu ici, et c'est ce qui lui a permis de tenir. Je me souviendrai toujours de ses paroles. « Il y a là la beauté pure, comme si le monde vous avait oublié. » C'est ainsi qu'il parlait d'ici. Il me l'a encore répété ce matin.

Mes yeux s'étaient à nouveau remplis d'eau. Je ne voulais pas que Hal s'en aperçoive, aussi m'écartai-je de la balustrade, hors de la zone lumineuse.

— Luce ?

— Tout va bien.

Ma voix tremblait un peu et j'inspirai pour l'affermir, comptant sur l'air de mes poumons pour chasser mes larmes. Mais ce n'était que reculer pour mieux sauter, et encore. Dans une seconde, j'allais pleurer pour de bon, avec le genre de larmes qu'on a retenues si longtemps qu'on ne sait plus précisément à quoi elles correspondent, si ce sont des larmes de joie, de tristesse, ou les deux, mais seulement qu'il faut qu'elles sortent ; tant qu'elles coulent, elles vous prennent, corps et âme, et je ne voulais pas que ça se produise en présence de Hal, ou de Joe, ou de quiconque. Je voulais trouver une pièce obscure, quelque part, où m'abandonner, sans personne à des kilomètres à la ronde pour m'entendre, et sangloter jusqu'à ce que je sois sèche.

— Il est tard, parvins-je à articuler. Il faut que j'y aille. Bonne nuit, Hal.

Vingt pas jusqu'au sentier, une centaine d'ici la maison, à travers les ombres compliquées des arbres, les éclats de rire et la fumée de cigare. *La beauté pure, comme si le monde vous avait oublié*, pensai-je, et je ne pus me retenir plus longtemps.

Au moins, je réussis à dépasser les avocats avant de lâcher la bride à mes pleurs.

# 6

# Jordan

On pourrait croire que la seule apparition de votre nom sur le testament d'un homme riche suffit à vous anéantir, mais ce n'est pas ce qui m'est arrivé. J'ai été surpris, évidemment, stupéfait même, et le plus heureux du monde, mais je n'ai pas passé une seule seconde à ronronner sur ma chance ou à me demander ce que j'avais pu faire pour la mériter. (Puisque je n'avais rien fait du tout.) Voici comment j'ai réagi, juste après : Hal étant allé rejoindre sa famille et Joe et Kate étant repartis fermer la cuisine pour la nuit avec Lucy, je me suis dirigé vers le lac et me suis assis sur le ponton, le dos contre la balustrade. J'ai ouvert une cannette de bière que j'avais prise dans le réfrigérateur – je n'avais pas voulu toucher au scotch – et je me suis mis à réfléchir.

J'avais assez longtemps tenu les registres avec Lucy pour être au courant de la situation financière. Kate avait obtenu une bourse, mais Bowdoin n'était pas donnée ; ses parents avaient déjà dû lâcher quarante mille dollars et ce n'était qu'un début. Sans ces frais d'études, et sans propriété en Floride, je me dis que je pourrais très rapidement faire des bénéfices. D'ici un an, je devrais être solidement installé hors du rouge : pas de quoi pavoiser, mais avec assez pour m'offrir quelques placards publicitaires dans la section vacances du *Times* ou du *Globe*, et peut-être une ou deux descriptions bien senties dans un magazine haut de gamme, histoire de prendre sa part du prétendu boom des vacances-découverte. Il faudrait, bien entendu, augmenter le nombre des employés. J'aurais besoin de deux guides supplémentaires, au moins, et peut-être d'un instructeur à plein temps. Et puis il faudrait s'occuper des bungalows, des aménagements raisonnables étant à l'évidence le stade suivant. Je n'excluais pas non plus un peu de luxe, des vélux dans les chambres, de la menuiserie en bois du Danemark et des baignoires à remous, pour attirer la clientèle aisée, et pendant que j'y étais, pourquoi ne pas rester ouvert toute l'année ? (Peu importait que je n'aie aucune expérience dans la gestion d'une station de ski.) Mes réflexions étaient purement hypothétiques, un peu comme les gens parlent de ce qu'ils achèteront s'ils gagnent au Loto, mais plus je retournais ces idées, plus elles me paraissaient cohérentes, et concrètes, comme si le domaine avait déjà été à moi.

Et bien sûr, j'attendais Kate, voilà ce que je faisais réellement sur ce ponton, même s'il y avait autant de chances que ce soit Joe qui vienne me chercher. C'était avec Kate que j'avais envie d'être, ce soir, là, au bord du lac, dans le premier vrai froid de l'été, en ruminant tous mes projets. Mais une heure passa, la bière tiédissant et diminuant dans mon poing serré, et j'étais toujours seul. À la surface du lac, les plongeons d'oiseaux, rares depuis le coucher du soleil, se multipliaient. Le bungalow de Harry était toujours éclairé ; des silhouettes se mouvaient derrière les fenêtres et il me sembla voir Hal sortir sur la terrasse, avec January dans les bras. Ça risquait d'être une nuit éprouvante pour eux tous, je le savais bien. Et quand je repense à cette soirée, comme j'aime le faire, mes souvenirs démarrent à ce moment-là, avec Hal sur sa terrasse, sa fille dans les bras, et le bruit des plongeons dans l'eau, fantomatique, emplissant d'échos le soir plein d'étoiles.

J'allais abandonner et rentrer quand j'entendis des pas dans l'allée gravillonnée qui conduisait à la passerelle, derrière moi. Un pied léger que je reconnus : Kate.

— Comment va, étranger ?

Elle s'affala à côté de moi, et je remarquai qu'elle s'était changée pour un jean et un pull trop grand (PROPRIÉTÉ DU GYMNASE DE BOWDOIN). Elle releva les genoux sous son menton et rabattit son pull par-dessus jusqu'à ses chevilles.

— Joli spectacle, dit-elle. Tu n'as pas froid ?

— Un peu.

Je renversai ma cannette vide.

— Je t'aurais bien offert une bière, mais je l'ai bue.

— J'aurais dû en apporter une. Ou du champagne, peut-être ?

— Les nouvelles sont bonnes à ce point ?

Kate soupira et regarda la surface de l'eau.

— Disons que j'aurais préféré que mes parents ne me laissent pas en dehors de cette histoire. Et j'en veux un peu à mon père pour son numéro avec le scotch. Mais oui, dans l'ensemble oui. C'est ce qu'ils voulaient. Que ce soit toi qui hérites du domaine c'est... eh bien, c'est chouette. C'est un plus.

— Et toi ?

— Bon, c'est une vraie question, Jordan.

Sa voix était grave.

— Et moi ?

Je suivis son regard de l'autre côté de l'eau. La

terre située sur la rive opposée ne faisait pas officiellement partie de la propriété de Harry, mais c'était tout comme puisque le domaine possédait un bail de quatre-vingt-dix-neuf ans accordé par l'État du Maine concernant plus de cent hectares sur les rives nord et ouest du lac. Je serais très vieux à son expiration. Je n'en connaissais pas avec précision les limites, mais c'était inutile. Cela représentait tellement de terrain que ça n'avait pas d'importance.

— Je crois que je m'étais dit que peut-être tu resterais. Comme guide, l'été, tu vois ?

— Il n'y a pas de peut-être, Jordan.

Elle se ramassa sur elle-même dans le froid.

— Dis ce que tu as sur le cœur. Tu veux vraiment que je sois *guide ?*

— Ce n'est pas ce que j'avais en tête.

Je ne savais plus quoi dire. Je songeai à l'hiver que je venais de traverser, aux longs mois passés à penser à elle et au vide douloureux que cela avait creusé en moi. Jusqu'à ce soir, jusqu'à il y avait une heure ou deux en fait, j'avais été prêt à tout laisser tomber : le domaine, ma vie ici, moi-même.

— Tu me manquerais.

Elle me donna un coup d'épaule.

— C'est mieux. Maintenant dis-moi à quel point.

— Eh bien. Beaucoup. Tu me manquerais énormément.

— Ce serait différent sans moi, quelque chose dans ce genre ? Je n'influence pas le témoin, au moins ?

Je hochai la tête. Il faisait trop sombre pour que je puisse voir nettement son visage, mais il me sembla qu'elle souriait. Elle adorait être vive de cette manière, son esprit fonctionnant un peu plus rapidement que celui de tous les autres.

— Non, ce ne serait pas pareil. Pas du tout pareil.

Kate dégagea les jambes de son pull et les laissa pendre au bord du ponton, en se balançant sur ses mains plaquées au sol.

— Mon intention n'est pas de parler à ta place, Jordan, mais sans doute ce coin du nord du Maine occupe trop de place dans ta vie. C'est peut-être à force de passer les hivers ici, je ne sais pas, mais c'est parfois épuisant d'attendre que tu t'exprimes.

— C'est très calme, ici, dis-je. On reste pas mal de temps sans même penser vraiment.

— Jordan, dit-elle avec un peu d'irritation, je te connais. J'ai eu huit ans pour me faire une idée. J'admets que certaines choses m'échappent encore, mais de là à ne pas penser...

Elle secoua la tête.

— Je ne te crois pas une seule seconde.

Il s'écoula un moment et du bungalow de Harry, brisant le silence, s'échappa une toux étouffée. Je revis le masque à oxygène, la bouteille rutilante montée sur roulettes. Son interminable nuit n'en était qu'à son début. Kate avait tout à fait raison en ce qui me concernait, évidemment. Je me demandai comment j'avais pu me figurer que personne ne s'en apercevrait. Mais maintenant j'étais fixé.

— L'hiver dernier, j'ai failli aller te voir à l'école. J'avais pratiquement tout préparé dans le camion et puis j'ai renoncé.

— Eh bien, tu aurais dû venir, Jordan.

Elle eut un bref mouvement du menton.

— Si tu m'avais appelée, je t'aurais dit de venir.

— Je regrette de ne pas t'avoir appelée.

— Nous avançons, il me semble. Permets-moi de te poser une question. Qu'est-ce que tu regrettes d'autre ? Peut-être de ne pas m'avoir embrassée ?

Je voulus parler, mais n'y parvins pas, et Kate eut un petit rire.

— Excuse-moi si je te secoue un peu, Jordan, mais tu en as besoin.

J'eus envie de boire une gorgée de bière, mais ma cannette était vide, je l'avais oublié.

— J'y ai souvent pensé, dis-je.

— Moi aussi, Jordan. Moi aussi. Mais ça ne s'est pas produit. Vois-tu, la plupart des hommes qui veulent m'embrasser se lancent au moins, ils essaient.

— Et qu'est-ce qui se passe ?

— Oh, ça dépend. Certains sont embrassés en retour. Ceux qui ne le sont pas... Eh bien, je suis sûre qu'ils s'en remettent. Il ne se passe jamais rien de vraiment affreux, tu sais. Toi *non plus*, tu ne risquerais rien d'affreux.

— Ce n'est pas aussi simple, dis-je. Je ne suis pas sûr que tes parents seraient fous de joie.

Je l'entendis soupirer.

— Oh, Jordan, il n'y a peut-être rien qui pourrait leur faire plus plaisir. Tu le sais aussi bien que moi.

Est-ce que je le savais ? Je n'avais pas de souvenir sur ce sujet et je n'aurais pu dire si, depuis la Kate garçon manqué de treize ans que j'avais rencontrée la première fois jusqu'à la Kate qui était assise à mes côtés (la Kate qui était, sur tous les plans, une femme libre et adulte, belle et spirituelle, et fondamentalement intéressante), Joe et Lucy m'avaient un jour adressé le moindre signal, dans un sens ou dans un autre.

— En plus, Jordan, je n'ai pas besoin de leur autorisation. Toi, tu crois que si, parce que tu es un gentleman. Et c'est une raison supplémentaire, si tu veux le savoir.

À la surface du lac, les piqués reprirent de plus

belle ; pas les longs bruits funèbres de l'obscurité naissante, mais une rumeur folle qui semblait rebondir sur la rive opposée avant de revenir, avec l'éclaboussement belliqueux des ailes sur l'eau. Il fallut attendre une minute entière avant que le calme se réinstalle.

— Alors c'est d'accord ? dit Kate. Tu m'embrasseras, un de ces jours ? C'est juste une envie que j'ai.

Nous nous tenions par la main, mais je n'aurais pu dire comment nous en étions arrivés là.

— C'est une très bonne envie.

— Et des enfants, beaucoup d'enfants. J'étais fille unique et ce n'était pas l'idéal.

— Dieu tout-puissant, Kate !

Elle éclata de rire à nouveau. Elle s'amusait.

— Un peu rapide ? D'accord, je comprends ton point de vue. En réalité, je ne peux même pas t'embrasser maintenant, alors que je le voudrais tellement. Tu serais fichu de penser que c'est uniquement parce que tu es riche.

— Je ne suis pas riche.

— Oh, si, tu l'es, Jordan. Tu es sans doute trop bien pour en avoir conscience, mais tu l'es.

Elle se tut et se redressa.

— C'est pourquoi je ne ferai rien. J'aurais aimé que quelqu'un ait embrassé quelqu'un d'autre par ici, il y a bien longtemps, mais maintenant il va nous falloir attendre.

J'étais totalement désemparé ; j'avais l'impression qu'on me faisait tomber d'un cheval, et pourtant j'étais heureux... plus qu'heureux.

— Si tu trouves que c'est mieux comme ça.

— Et je ne suis pas la prime, non plus, d'accord ? Je ne suis pas obligatoirement comprise dans le contrat avec Harry.

— Je n'ai jamais imaginé une chose pareille.

Elle leva les yeux vers moi.

— Donc tout est clair. Et il faut aussi que je m'occupe de ma médecine. On ne le dirait pas, mais c'est mon principal souci, à l'heure actuelle.

Je hochai la tête.

— Je comprends.

— Parfait.

La porte de Harry venait de s'ouvrir. Une forme sombre sortit sur la terrasse : encore Hal. Les mains sur les reins, il s'étira longuement ; nous apercevant, il nous fit un petit signe pour nous dire que tout allait bien. Il s'assit dans un fauteuil, les pieds sur la balustrade, puis je vis quelqu'un d'autre dans l'allée qui s'approchait de lui. On aurait pu croire, à la silhouette, que c'était Frances, mais lorsqu'elle pénétra dans la lumière, je reconnus Lucy. Elle portait un panier de pique-nique, un en-cas, sans doute, et elle le donna à Hal par-dessus la barrière. Ils discutèrent un moment tous les deux puis Lucy repartit à pas vifs. Hal s'attarda un instant, immobile, avant de rentrer avec le panier. Puis la lumière s'éteignit.

— Je m'inquiète pour elle, dit enfin Kate. Elle vit ça très mal.

— Tu parles de ta mère ?

Kate hocha la tête.

— Elle l'a toujours apprécié. Ça n'a pas toujours été très facile pour elle, ici, mais Harry faisait partie des bonnes choses.

Nous restâmes une seconde là, assis, à nous regarder. Je sentais son pouce caresser le dos de ma main : un geste minuscule, léger comme l'air.

— Bon sang, Jordan.

— Quoi ?

— C'était là qu'il fallait tenter un truc.

— Maintenant ? Tu as dit que nous devions attendre.

— C'est vrai, mais je n'ai pas dit combien de temps.

Elle secoua la tête, mais j'eus l'impression qu'elle était sur le point d'éclater de rire, puis elle leva les yeux aux ciel et les ferma.

— Encore une occasion manquée, gronda-t-elle.

— C'est compliqué, dis-je.

— Oui et non.

Kate se leva et lâcha ma main pour passer derrière moi, puis elle s'accroupit et m'entoura la poitrine de ses bras, le menton niché dans le creux de mon épaule. Elle me faisait un peu mal, et je crois que c'est ce qu'elle voulait.

— Mon adorable solitaire, dit-elle, tout contre mon oreille. Tu *es* vraiment cet endroit. Harry le sait, je le sais, mes parents le savent. Tout le monde le sait, sauf toi.

Puis elle pressa sa joue contre la mienne – rapide et violente bouffée de Kate – et elle s'en alla.

# La part de moi qui manque

# 7
# Joe

Je m'éveillai en sachant que ce serait une matinée de l'ultime : pas *l'*ultime matinée, mais une matinée des choses ultimes.

J'ai toujours été un gros dormeur. Mes nuits sont longues et paisibles, et je peux compter sur elles comme sur un outil fiable. Les inconvénients que rencontrent d'habitude les hommes de mon âge – remontées gastriques, crampes et insomnies qui vous poussent à arpenter les couloirs, à ressasser les buts non atteints, les fiascos et autres bourdes – je les attends encore et même si je me doute que le moment ne peut plus tarder, qu'une nuit prochaine le barrage va céder, pour l'instant je jouis encore du sommeil sans rêve des défunts. À en croire Lucy, je ne ronfle même pas. Je pousse seulement de temps en temps des sortes de soupirs dans l'oreiller, comme un bon chien de chasse.

Je m'éveillai donc ce matin-là comme d'habitude, à cinq heures dix précises sans le secours de la moindre sonnerie, la sensation de la rotation de la Terre remplissant son rôle, avec la tête vide comme un seau percé, et la première pensée qui me vint, alors que j'étais encore couché sous les couvertures dans la chambre glaciale, fut que Harry n'était pas mort, parce que dans le cas contraire, quelqu'un serait venu me prévenir ; puis cette deuxième impression, très étrange : celle des choses ultimes.

Lucy était déjà debout et active ; j'entendis couler la douche, puis les vieux tuyaux protester lorsqu'elle coupa l'eau. Lucy n'était pas du genre à lambiner dans la salle de bains, et elle aurait détesté me trouver encore au lit. Je me levai et m'habillai en vitesse pour la journée. Pantalon kaki et chemise en jean élimée au cou et aux poignets, blouson Synchilla offert par Kate à Noël, chaussettes de laine et des bottes en caoutchouc que j'échangerais contre de vraies chaussures lorsque les conditions seraient meilleures ; à la ceinture, un couteau de chasse et un de ces outils tout-en-un dans son étui de cuir, mes seuls gadgets. Dès que nous aurions fermé, à la fin de la saison, j'avais eu l'intention de m'occuper de ces tuyaux bruyants et peut-être de démonter la salle de bains une fois pour toutes et de l'améliorer, avec carrelage et robinetterie neufs. Je suis le genre d'homme qui peut se contenter d'un trou dans le sol, mais la réfection des toilettes était un projet qui me plaisait et qui aurait représenté un joli cadeau pour Lucy. Mais désormais, ces louables intentions tombaient à l'eau – un soulagement, dans un sens, mais aussi, bizarrement, un grand regret. Dehors, le ciel pâlissait, sans passer du noir au gris, mais glissant dans une sorte de délicate teinte ocre qui augurait une journée bien dégagée, et chaude : la dernière véritable journée d'été.

Je me tenais devant la fenêtre lorsque Lucy pénétra dans la chambre en peignoir de bain et en train d'essorer sa queue-de-cheval avec une serviette.

— Alors, dit-elle, le regard interrogateur. La nuit a été bonne ?

— On dirait que Harry va pouvoir réaliser son

vœu. J'imagine qu'on serait au courant s'il était arrivé quelque chose.

— C'est ce que je me suis dit.

Elle s'assit lourdement sur le lit et contempla ses pieds.

— Seigneur, je n'ai presque pas fermé l'œil de la nuit.

À son expression, je compris qu'elle pensait à son père, mort quatre ans plus tôt. À cette époque, mes beaux-parents, Phil et Maris, avaient vendu la scierie et déménagé à Orchard Beach, dans une résidence qui se défendait d'être une maison de retraite mais qui évidemment en était bel et bien une : enfants interdits, aucun résident de moins de soixante ans, des rampes à tous les escaliers et des poignées de maintien dans les chiottes. L'arthrite de Phil avait pas mal empiré à ce moment-là, à cause de tous ces hivers du Maine qu'il avait passés dehors, et il était sourd comme un pot, en plus, à force de rester près des scies ; comme ces joueurs de hockey du temps jadis qui ne mettaient pas de casque, Phil n'avait jamais utilisé de protège-tympans, bien qu'il en ait décrété le port obligatoire pour tous. Maris et lui avaient envisagé l'Arizona et même Las Vegas, un endroit plus chaud et plus sec pour les genoux de Phil, mais ce n'étaient que des paroles en l'air ; ils n'avaient jamais été nulle part, à ma connaissance, même juste pour voir. Phil Hansen et moi n'étions jamais sortis de notre réserve au fil des ans. Je crois que nous nous ressemblions trop pour être vraiment à l'aise ensemble, et je lui en ai souvent voulu de ne pas s'occuper davantage de lui. Mais, au bout du compte, le temps a fait son œuvre et lorsqu'il est mort d'une attaque – en réalité de trois attaques successives au cours de plusieurs semaines, le diminuant peu à peu jusqu'à ce qu'il soit usé comme le tranchant d'une vieille hache – j'ai été un des porteurs de son cercueil, et j'ai pleuré depuis l'église jusqu'au cimetière. Le plus étonnant, c'est qu'il n'avait pas fallu plus de six mois à Maris pour qu'elle parte s'installer à Scottsdale, où elle s'était mise en ménage avec un dermatologue veuf et avait atteint un bon classement au golf. J'étais bien certain que Phil n'y aurait pas vu grand mal, mais Lucy fulminait chaque fois que nous recevions une carte postale de sa mère, représentant toujours un parcours de golf et porteuse de deux ou trois phrases joyeuses signifiant, plus ou moins, pourquoi diable n'ai-je pas fait ça plus tôt ?

Je vins m'asseoir sur le lit à côté de Lucy. Elle enfila un jean et lorsqu'elle se mit debout pour le monter jusqu'à la taille, je restai où j'étais. Je me sentais la tête étrangement lourde et j'eus même envie pendant une seconde de me recoucher.

Lucy passa un pull et consulta sa montre.

— Cinq heures et demie, Joe. Tu as une sortie, non ?

Je hochai la tête.

— Les avocats, bungalow 5.

— Inutile de te presser, alors.

Lucy leva brièvement les yeux au ciel.

— Je pense que tu t'apercevras qu'ils n'ont rien contre un petit rab de sommeil.

Je les avais entendus, moi aussi, en allant me coucher. Ils étaient arrivés l'après-midi précédent de Springfield ou de Worcester ou d'une quelconque autre ville moyenne de Nouvelle-Angleterre, et ils étaient restés le plus clair de la journée en ville à s'extasier devant le paysage et à engloutir assez d'amuse-gueules, de bière et de sorbets pour nourrir une soupe populaire. Ils m'avaient demandé après le dîner si je pouvais les emmener en randonnée le lendemain matin, « dans un coin extra ». Un groupe de gars plutôt sympathiques, à mon avis, même si plus tard, je devais découvrir qu'il s'agissait d'avocats de pollueurs. Ils avaient dit qu'ils souhaitaient partir tôt, mais tout le monde dit toujours ça.

— S'ils veulent se saouler, c'est leur problème.

J'eus conscience que ma voix charriait de la mauvaise humeur et je ne me retins pas.

— Ils ont dit tôt et ce sera tôt. J'avais l'intention de les emmener au vieux barrage Zisko. C'est le seul endroit où quelque chose risque de se passer.

Devant le miroir, Lucy refaisait sa queue-de-cheval.

— Il faut que le spectacle continue, je suppose. Je vais leur préparer un déjeuner à emporter. Tu prendras la radio, d'accord ?

J'interrogeai son reflet dans la glace.

— La radio ? Pourquoi est-ce que j'aurais besoin de la radio ?

Elle se retourna vers moi et me regarda sévèrement en enfilant ses chaussures.

— Pour Harry, Joe. Pour Harry.

Lorsque le camion fut chargé, il était six heures avec un ciel déjà lumineux de bout en bout bien qu'on fût encore quelques minutes avant l'aube. J'estimais que je devais accorder un petit supplément de sommeil aux avocats, et donc je bus en vitesse une tasse de café dans la cuisine en compagnie de Lucy. Nous avions deux étudiantes pour nous aider en salle, cet été-là, mais elles n'arriveraient pas avant six heures et demie, pour prendre leur service. Je donnai un coup de main à Lucy pour le pique-nique – si les avocats désiraient quelque chose de plus consistant, ce serait à leurs frais – que je mis dans le camion avec le matériel, et roulai jusqu'à leur bungalow.

D'après moi, les avocats allaient se sentir un peu moins gaillards ce matin que la veille au soir : je dénombrai vingt-six canettes de bière vides sur la terrasse, et suffisamment de mégots de cigares et de cigarettes pour appeler le SAMU. Une bouteille vide de Jack Daniel's Label Vert était posée par terre, et à côté, une fiasque de ce qui me sembla être du schnaps ou pis encore. Cela ne me perturba pas le moins du monde : nous sommes loin d'être le Ritz ou, pour être au goût du jour, le St Regis ; on peut bien se saouler comme une bête chez nous, si on en a envie, mais il faut quand même s'efforcer de rester discret. À vrai dire, le foutoir qu'ils avaient semé était exactement l'entrée en matière qu'il me fallait : mettre de l'ordre ne prendrait que quelques minutes et ferait suffisamment de bruit pour tirer mes avocats du lit tout en leur signifiant qu'un peu plus de civisme serait le bienvenu. Je pêchai un sac-poubelle dans le camion, le fixai à l'un des piliers et y jetai les cadavres. J'avais presque terminé lorsque la porte s'ouvrit et que l'un d'eux sortit, un type corpulent avec une couronne de cheveux gris, faisant claquer ses lèvres et clignant des yeux dans la lumière. Je suis très fort pour les noms et je me souvenais du sien : Bill Owens. Il avait réservé à son nom bien que la carte American Express qu'il m'avait donnée pour confirmer correspondît à une entreprise, la compagnie chimique à laquelle ils appartenaient tous, un complexe à l'enseigne de Sentocor Industrial Lubricants. Si quelqu'un avait un urgent besoin de passer un moment dans les bois, c'étaient bien ces gars-là, à mon avis.

— Salut, Joe.

Il vit l'ampleur des dégâts et ramassa vivement une cannette.

— Excusez le désordre. Je crois qu'on était tous en pleine forme, hier au soir.

Quelqu'un avait laissé un cigare se consumer sur la balustrade, ce qui avait creusé un sillon brun dans le bois. Je pris ce qu'il en restait entre pouce et index et le jetai dans le sac.

— Pas de problème. Vous êtes là pour vous détendre. Je vous ferai apporter un seau de sable pour vos mégots.

Il eut un sourire gêné.

— D'accord. Bonne idée.

— Comme je vous le disais, il n'y a pas de problème.

Je fermai le sac et le transportai dans le camion. Lucy m'avait rempli une Thermos de café, mais Bill avait l'air d'en avoir davantage besoin que moi. Je retournai à la terrasse et lui en servit une tasse.

— Voilà, ça devrait vous remettre d'aplomb. J'espère que vous pouvez vous passer de lait et de sucre, moi c'est comme ça que je le bois. Mais on ferait bien d'y aller. On trouvera toujours l'occasion de prendre un petit déjeuner en chemin.

Il avala une gorgée de café comme une rasade de whisky et s'ébroua tel un cheval. J'étais sûr qu'il se sentait plutôt mal, bien qu'une part de lui appréciât la réalité du moment ; sa douleur était la preuve par neuf qu'il vivait un séjour exceptionnel.

— Ce putain de bourbon, dit-il gaiement. Qui a pu avoir cette idée pourrie ?

Il leva la tasse pour porter un toast imaginaire.

— Mais je dois dire que je n'aurais rien contre une petite larme dans le café, juste là.

À l'intérieur du bungalow de l'eau coula, des pas résonnèrent, ainsi que des murmures d'hommes se plaignant de leur gueule de bois tout en s'en amusant.

Bill prit une seconde gorgée de café, rejeta la tête en arrière, et se gargarisa. On peut toujours tirer un garçon du pensionnat, pensai-je, trente ans plus tard il continuera à se gargariser avec son café et à mâcher ses comprimés d'aspirine à sec.

— C'est tout bon.

Il secoua la tasse par-dessus la balustrade et l'y posa en se mettant au garde-à-vous.

— Nous sommes parés, sergent. Je vous demande juste une minute pour réunir les troupes.

— Prenez le temps que vous voudrez. C'est votre journée.

— Bon sang, vous avez raison. Vous avez raison *à cent pour cent*.

Il avança vers la balustrade, les mains dans les poches et balaya le lac d'un long regard gourmand, tel un général romain contemplant la campagne gauloise. L'atmosphère s'était épaissie avec la chaleur du jour qui augmentait, et je sentis se former sur mon front les premières gouttes de transpiration, prêtes à me couler dans les yeux. Il allait falloir que j'ôte chaussettes et gilet de laine.

— Quel putain d'endroit, déclara-t-il. C'est vraiment incroyable. On dirait la Suisse ou un truc dans le genre. Pourquoi personne ne le connaît ?

— Quelques-uns le connaissent. Mais ils ne sont pas nombreux, c'est vrai.

Il resta un moment là, à me tourner le dos et à remuer quelque chose au fond de sa poche, des clés ou des pièces de monnaie, puis il pivota et me lança un regard qui me fit m'interroger sur ce qu'il croyait avoir découvert me concernant.

— Eh bien, l'expression qui convient, c'est notre « mère nature », mon cher ami, dit-il en m'adressant un clin d'œil complice.

C'était sans doute le truc professionnel typique qui faisait merveille sur un tas de jurés tâchant d'établir si ses employeurs avaient oui ou non empoisonné la cour de récréation.

— Vous avez des gosses, Joe ?

— Une fille unique. Kate. Elle vient d'entrer à Bowdoin. C'est elle qui vous a reçus quand vous êtes arrivés.

Il hocha la tête.

— Bien sûr. Kate. Très bien. Voyez-vous ça ?

Je m'attendais à ce qu'il me parle de sa famille (le fils faisant son droit pour suivre les traces du père, la grande fille mariée à un architecte et enceinte de jumeaux), mais il se contenta de se croiser les bras et de secouer la tête avec une sorte d'émerveillement.

— Bon.

Il se frappa dans les mains.

— Comme vous disiez, les aiguilles tournent.

J'avais dit exactement le contraire, mais qu'importait ; c'était ce qu'il avait eu besoin d'entendre.

— Je vais aller secouer les gars.

Je dus patienter cinq minutes près du camion avant qu'ils fassent leur apparition. Poignées de mains et prénoms pour tout le monde : en plus de Bill, il y avait Mike, la cinquantaine, un type nerveux aux membres flottants avec une barbe tondue et qui évoquait ces coureurs de marathon de l'Antiquité ; Pete, un jeunot de trente-cinq ans tout bouffi (sans doute le benjamin de la bande), qui semblait le plus mal en point, à en juger par la moiteur de ses paumes ; et Carl, gras et heureux comme un hamster, qu'ils appelaient tous Carl Junior. Bill, Mike, Pete et Carl : quatre avocats d'affaires d'âge moyen au regard noyé, appointés par un fabricant de poison, victimes d'acidité gastrique et de violentes migraines, légèrement distancés au départ mais disposés dans l'ensemble à faire une vraie tentative et à donner toutes ses chances à la journée.

— Vous n'étiez pas cinq ?

J'en avais compté cinq la veille.

Ils se regardèrent et éclatèrent de rire tous ensemble.

— Vous avez raison, dit Bill en me tapotant le dos. Mais j'ai l'impression que vous n'êtes pas près de le voir. On a cru que la pauvre tache allait *mourir*.

À l'épicerie du bourg, on acheta des sandwiches aux œufs, des beignets sucrés, et du café pour tous, puis on prit la direction du sud par la 21. Ce n'était pas un trajet particulièrement agréable, la voie étant bordée des deux côtés de landes marécageuses, mais j'avançais à petite allure ; les nombreux trous d'eau étaient autant de pièges à rats, et il était rare qu'un été se passe sans qu'un conducteur malchanceux (pas du coin : nous, nous connaissons) ne ruine sa voiture, et parfois ne se mette lui-même en péril, sur cette route. Un taureau adulte avec ses cornes complètes, c'est un spectacle à ne pas manquer, même lorsqu'on en a déjà vu, mais ce n'est pas la taille de la bête qui fait de la casse ; c'est la géométrie. Pratiquement tout ce qui est lourd est soutenu par quatre pattes aussi fines que des cure-pipes, et lorsqu'on en prend un de plein fouet au volant, disons du dernier modèle de Ford Taurus, avant d'avoir le temps de grogner « Putain de merde », trois cent cinquante kilos de viande vous sautent sur le capot et traversent votre pare-brise : c'est ce qu'on appelle par ici le « baiser du Maine ». Et en plus, il n'est même pas besoin d'un taureau ; un simple veau de l'année peut causer des dégâts sérieux.

Bill était avec moi à l'avant du camion, ses copains nous suivaient à bord de la BMW de Pete. Il est conseillé de ne pas dépasser le soixante, à l'aube comme au crépuscule, et je voyais dans le rétroviseur la tête d'emplâtre de Pete poussant des soupirs exaspérés et tambourinant sur son volant. Je pus lire aussi sur ses lèvres quelque chose comme : « Mais avance donc, bordel ! » Je commençais à me dire qu'il y avait des chances que je n'adore pas ce type-là, et que je n'étais pas le seul.

À côté de moi, Bill s'offrait une deuxième sucrerie et arrachait le couvercle d'une nouvelle tasse de café. Il leva les yeux vers le rétroviseur et fronça les sourcils.

— Oh, ne vous occupez pas de ce petit connard. Il ne sait pas profiter du bon temps.

Il avala son café et descendit sa vitre pour fumer.

— Ça vous dérange ?

Je fis non de la tête et il sortit une Pall Mall d'un paquet rangé dans la poche de poitrine de sa chemise avant d'utiliser l'allume-cigare du tableau de bord.

— Oh, Pete n'est pas un mauvais bougre. Il faut juste qu'il mûrisse un peu. En plus, il a un divorce assez moche sur le dos, ce qui n'est d'ailleurs pas une excuse.

Il désigna le bord de la route de sa cigarette.

— Arrêtez-vous là une seconde, voulez-vous ?

Je me rangeai sur le bas-côté et attendis dans la cabine que Bill ait fini sa petite affaire. Dans le rétroviseur, Pete et Carl Junior secouaient la tête et se moquaient de l'étroitesse de la vessie de leur chef. À fumer et à boire du whisky comme il le faisait, Bill ne pouvait pas échapper aux problèmes de prostate, encore que nous soyons tous concernés, tôt ou tard.

— Ce qu'il y a de magnifique, aussi, par ici, s'émerveilla Bill en reprenant sa place, la cigarette toujours fichée entre les dents, c'est qu'on peut pisser n'importe où.

Nous fîmes les quinze derniers kilomètres sans échanger un mot. Le paysage que nous traversions était typique du Maine du Nord, assez peuplé bien qu'on ne puisse le deviner depuis la route, avec un réseau de chemins ne figurant sur aucune carte. Passé la ville de Pine Stump Junction (trois pâtés de maisons en ruine, une poste quasi déserte et un supermarché fermé depuis plus de dix ans), je quittai la route pour entrer sur un parking de terre. Quelques voitures étaient déjà garées là n'importe comment : un ou deux camions vétustes et des 4 × 4 que je reconnus, mais également l'assortiment habituel de camionnettes et de limousines immatriculées dans d'autres États, la plupart surmontées de coûteux coffres à bagages suédois et décorées des autocollants habituels : « Philips Academy Andover », « Les bras servent à s'étreindre », « Middlebury College », et mon préféré : « Attention aux pois sauteurs ». Dans le fond du parking, à côté d'une benne-poubelle toute rouillée où, le soir, les gens des environs venaient voir les ours sortir de leur tanière (Kate adorait ce spectacle quand elle était petite ; elle appelait ça « Télé-Ours »), la végétation s'écartait comme la porte d'un jardin sur un chemin de terre invisible pour qui ne le cherchait pas.

— Bon, dit Bill, et maintenant ?

Je coupai le moteur et glissai les clés sous le siège.

— Nous continuons à pinces. Le barrage se trouve à près d'un kilomètre et demi.

— Le barrage ?

— Le vieux machin qui relie le Zisko supérieur au Zisko inférieur. Il est désaffecté depuis des années, depuis que le comté en a construit un plus important en amont et a démonté les turbines. Il est bloqué en position ouverte, et donc il y a des tonnes de poissons, même quand il fait chaud comme aujourd'hui. Les gros saumons remontent sous le déversoir pour se nourrir. Vous allez voir.

Je rejoignis la BMW et Pete descendit sa vitre. Carl Junior mâchait une dernière barre chocolatée. Marathon Mike, allongé sur la banquette arrière, dormait à poings fermés, la tête appuyée sur un pull roulé en boule contre la portière.

— Nous y sommes, lui dis-je. Rangez-vous où vous voulez.

Pete jeta un coup d'œil alentour et s'assombrit.

— C'est une BMW flambant neuve à quarante mille dollars. Et vous voulez qu'elle reste *ici* ?

— C'est ce que j'ai dit.

Il n'y avait pas de raison de s'énerver ; j'allais devoir passer toute une journée avec ces types.

— Et surtout n'oubliez pas de laisser les clés sur le contact pour le groom.

Sur le siège du passager, Carl Junior donna un coup sur le tableau de bord et éclata de rire. J'éprouvai aussitôt pour lui une soudaine bouffée d'amour qui vint équilibrer mon aversion déjà aiguë pour ce pleurnichard de Pete – encore que, j'en étais tout à coup persuadé, Mrs. Pete eût dû le quitter en emportant tout, sauf la très onéreuse BMW.

— Et ça te fait marrer, espèce d'enfoiré, lui dit Pete avant de reporter son attention sur moi.

Quoi qu'il arrive, à mon avis, j'étais bon pour des excuses.

— Bon, on va dire que vous ne pensiez pas à mal, d'accord ?

— C'est exactement ça.

— Oh, par pitié, gare-toi, soupira Carl Junior. Personne ne va te piquer ta putain de bagnole.

Autant que je sache, ça n'a jamais dérangé Kate d'avoir pour père un criminel déclaré. Après tout, ce n'était pas comme si j'avais blessé quelqu'un, ou dévalisé une banque, ou même truqué ma déclaration d'impôts. (Mon passage bref et plutôt peinard dans le système judiciaire fédéral a suffi à faire de moi un citoyen modèle à vie. Jamais plus je ne me gare en double file, et ma déclaration d'impôts est si nette qu'on pourrait dîner dessus.) Bien que mon crime ait été indubitablement une désobéissance caractérisée à l'autorité établie, il est non moins exact que le regard rétrospectif actuel est plutôt favorable à ceux qui, pour quelque raison que ce soit, ont tourné le dos à leur devoir. D'aucuns nous ont même considérés comme des héros.

— Le Congrès n'a jamais formellement déclaré la guerre. Au Vietnam, je veux dire.

Kate me lança cela un jour de neige en plein hiver – un matin d'école, bien qu'avec des congères de trente centimètres personne n'allât nulle part. Nous étions assis à la table de la cuisine, à boire du chocolat après être sortis pour remplir la mangeoire des oiseaux et goûter la neige. La pièce était chaude et sentait les habits mouillés que nous avions étalés sur la porte ouverte de la cuisinière pour les faire sécher.

— Bon, dis-je, et je reposai mon bol. Pourquoi tu me parles de ça ?

— Il ne l'a *jamais* fait. C'est Mme Wister qui nous l'a dit. C'est au programme d'instruction civique. Elle nous a dit que beaucoup de gens avaient estimé qu'on avait tort d'aller au Vietnam.

Shellie Wister était l'institutrice de Kate au cours moyen. Une originale du coin qui élevait une colonie de lapins et autres petits animaux dans sa classe et traînassait en ville à bord d'une vieille Volkswagen commerciale jaune-citron avec un autocollant délavé du Mouvement de la Paix sur le pare-brise et des larmes de cristal se balançant sous le rétroviseur. Elle était venue s'installer dans une communauté dans les North Woods autour des années 68-69, à peu près à l'époque où je fuyais moi-même la vie urbaine. On raconte qu'elle avait été une femme du monde à Boston et qu'elle s'était réveillée un beau matin avec la conscience que son existence tout entière reposait sur le sanglant mensonge du capitalisme belliciste. Bien que la communauté ait très tôt disparu comme un obus qui éclate sur son pas de tir, elle continuait à vivre en pleine campagne dans une maison chauffée au bois, en élevant des chèvres et des poules et en rédigeant des lettres incendiaires destinées au courrier des lecteurs du journal local à propos de tout, depuis le désarmement nucléaire jusqu'à la défense morale des Contras du Nicaragua – des lettres qui, malgré la violence de leurs arguments, m'ont toujours semblé d'une politesse infaillible. Tous les deux ou trois ans, on l'arrêtait parce qu'elle s'était enchaînée à un arbre ou pour une bêtise de ce genre commise dans le seul but d'exaspérer les bûcherons, mais la direction de l'école l'autorisait à poursuivre son enseignement malgré ces crises de désobéissance civile thoreauiste[1] (qui d'ailleurs méritaient l'attention des antimilitaristes), les bons pédagogues étant presque aussi rares dans nos contrées que les chirurgiens esthétiques. Il était également de notoriété publique que Shellie était lesbienne, bien qu'à mon avis il ne s'agisse ici que de déclarer les raisins trop verts : Shellie était une jolie femme qui n'avait tout simplement pas besoin des

1. Henry David Thoreau (1817-1862), écrivain américain célèbre pour avoir écrit *Walden ou la vie dans les bois*.

hommes, comme devaient très vite le découvrir ceux qui s'y étaient frottés.

Bien qu'elle ne s'en soit jamais ouverte, je crois que Shellie pensait qu'un lien nous unissait en tant qu'objecteurs de conscience. Je n'ai pas eu le cœur de lui dire que ce n'était pas du tout le cas en ce qui me concernait, et que Thoreau m'aurait froidement traité de lâche. Mais, quoi qu'il en soit, Kate l'adorait absolument.

— Eh bien, c'est vrai, dis-je. Beaucoup de gens estimaient qu'on avait tort d'y aller.

— Comme ton père. Mon grand-père.

— Il en faisait partie, c'est vrai.

— Et toi ?

Je bus une gorgée de chocolat et réfléchis. J'attendais cette conversation depuis des années. Mais maintenant que le moment était enfin venu, je me retrouvais totalement pris de court, comme un gamin qui passe un examen après l'avoir trop révisé. J'avais soudain oublié tout ce que j'avais eu l'intention de dire.

— Ça ne me plaisait pas. Personne n'aime la guerre, en dehors, peut-être, des généraux. Mais dans l'ensemble, je dois répondre non, je ne pensais pas que nous avions tort. S'il n'y avait pas une bonne raison de nous battre, on n'aurait pas fait appel à moi. C'était ainsi que je voyais les choses.

— On n'a pas fait appel à toi. On t'a *incorporé*.

— C'est leur façon de faire appel à nous, Kats. Comme lorsque maman ou moi, on dit « Kats, range ta chambre s'il te plaît ». On t'en prie, mais en réalité c'est un ordre qu'on te donne. C'est un peu pareil.

— Les Quakers ont refusé d'y aller. Mme Wister nous a parlé d'eux. Elle nous a expliqué qu'ils étaient...

Son front se plissa sous son effort pour prononcer une expression nouvelle.

— ... des objecteurs conscients.

— On dit objecteurs *de conscience*. Et tu as raison. Mais si Mme Wister a parlé d'eux, elle a dû dire aussi que les Quakers sont des pacifistes. Tu connais ce mot, *pacifistes* ?

De l'autre côté de la table, elle hocha la tête.

— Ils ne croient pas que la guerre soit une solution.

— C'est ça. La guerre, quelle qu'elle soit. Ni le moindre affrontement. Je ne suis pas de leur avis, et si l'on m'avait posé la question, c'est ce que j'aurais répondu.

Elle se rembrunit, comme elle faisait depuis qu'elle était toute petite, ses pensées retournées vers l'intérieur tandis qu'elle arpentait les couloirs de ses arguments, à la recherche d'une porte ouverte.

— Tu aurais pu être tué.

— C'est vrai, j'aurais pu. Mais probablement pas. Et puis de toute façon ça ne change rien. Ce n'était pas simple, Kats. C'était une période folle. La vérité, c'était que je voulais aller au Vietnam. Enfin, je ne le voulais pas vraiment, je jugeais que c'était mon devoir d'y aller. Mais mon père m'a demandé de ne pas partir.

Ses yeux s'éclairèrent, comme ceux d'un chasseur qui aperçoit une proie.

— Il a « demandé-demandé » ou bien « range-ta-chambre-demandé » ?

— Tu sais, j'étais adulte, à l'époque, Kats. Mais oui, c'est à peu près de cette façon que ça s'est passé.

— Alors, le gouvernement te disait de faire une chose, et ton père te disait d'en faire une autre.

— Exactement.

— Et il a fallu que tu choisisses.

— Finaude. Tu as tout compris.

À nouveau, ce plissement du front. Elle regarda au

fond de son bol comme une voyante scrute sa boule de cristal.

— Alors tu en étais *un*, dit-elle enfin.

— Un quoi, Kats ?

— Un objecteur de... de conscience.

Kate avait neuf ans lorsqu'elle me dit cela. Neuf ans, et c'est exactement ce qu'elle m'a dit !

— Mme Wister m'a demandé quelque chose après la classe. De te transmettre un message.

Je m'attendais à un truc de ce genre.

— Vas-y, je t'écoute.

— Elle voulait savoir si tu avais l'intention de passer à l'école un de ces jours. Pour parler de la conscription. De ton expérience de refuge.

Le lapsus était si savoureux que je décidai de ne pas le corriger. Refuge : pourquoi est-ce que personne n'avait eu cette idée plus tôt ?

— Je n'ai pas grand-chose à dire sur le sujet, Kats. Tu aimerais que j'accepte ?

— Je ne sais pas.

— Quatre année à nettoyer du poisson loin de la maison. Ce n'est pas réellement une belle histoire. Ça sentait plutôt mauvais, à vrai dire.

— Et tu es rentré parce que j'allais naître.

J'opinai.

— Ouais. Ta mère me manquait, et ton grand-père était tombé malade et désirait que je prenne les choses en mains, ici, et puis cette affaire devenait ridicule. Mais c'est surtout pour toi.

— Raconte-moi encore quand tu dormais par terre.

C'était son moment préféré, dans mon aventure : celui où elle jouait le rôle principal.

— Bon, voyons. Tu étais née peu avant. Un mois, à peu près. Et après ta naissance, Maman était très faible et elle a dû garder le lit pendant un certain temps. Et donc je dormais par terre à côté de ton berceau pour veiller sur toi.

Elle quitta sa chaise pour venir s'asseoir sur mes genoux.

— J'étais petite comment ?

Elle connaissait déjà tout ça par cœur, évidemment, et l'avait entendu cent fois.

— Le plus petit être humain que j'avais jamais vu, Kats. Moins de trois kilos.

J'écartais les mains pour lui montrer.

— Mais pas trop petite non plus. Exactement la bonne taille pour une fille.

— Raconte-moi la neige.

— Qui t'a déjà parlé de la neige ?

— Papa !

— Bon, d'accord, la neige. Deux jours après ta naissance, il y a eu une terrible tempête de neige...

— Terrible comment ?

— Vraiment terrible, on va dire. Épouvantable, en fait. Un mètre ou un mètre cinquante au moins. De la neige comme tu n'en as jamais connu de ta vie. Et puis le froid est arrivé, un froid incroyable. Moins trente, moins quarante. Il faisait si froid que si on éternuait, de la glace vous pendait au bout du nez.

— Papa, tu exagères !

— J'essaie seulement de te faire comprendre combien c'était glacial. Et au milieu de toute cette neige et par ce froid, l'électricité est tombée en panne, et alors personne n'a plus pu bouger et nous sommes tous restés piégés sur place, ton grand-père et moi, et ta maman toujours alitée et toi toute minuscule.

— Et tu m'as réchauffée.

— C'est vrai. Lorsqu'il s'est mis à faire vraiment froid, la nuit, j'ai enroulé une couverture autour de nous deux et je t'ai serrée très fort le plus près possible du feu, voilà ce que j'ai fait. C'est à ce moment que j'ai su à quel point j'étais heureux d'être rentré. C'était un peu comme si tu m'avais dit : « Papa, maintenant tu es là, et c'est ton rôle de me tenir chaud. » Exactement comme aujourd'hui. Kats ?

— Quoi ?

— Tu voudrais que je la raconte devant ta classe, cette histoire ?

Elle réfléchit un moment puis secoua la tête contre ma poitrine.

— Je crois que non.

— C'est aussi ce que je pensais. Mais tu n'auras pas besoin de le dire à Mme Wister. Je le lui dirai moi-même.

Ce que je fis : je dis à Kate de ne pas prendre le bus pour rentrer après l'école, le lendemain, et que j'irais l'attendre. À côté de mon camion, sur le parking, je déclarai à Shellie Wister que Kats et moi avions eu une discussion et que nous avions décidé d'un commun accord que quarante-huit mois à vider des maquereaux dans le New Brunswick et deux mois supplémentaires à balayer et à faire bouillir des draps dans un hôpital psychiatrique de Virginie ne pouvaient pas réellement intéresser les enfants d'autrui. Et que donc notre histoire familiale resterait ce qu'elle était : une chose privée que le public n'avait pas à connaître.

— J'en suis navrée, Joe. Il y a quelque chose que je pourrais répondre et qui aurait une chance de vous faire changer d'avis ?

Nous nous tenions près de la portière ouverte du camion, et nos voix se mêlaient au ronflement de la circulation, aux cris des enfants et à l'habituel chahut des sorties d'école. Kate profitait de quelques minutes supplémentaires avec ses camarades dans l'allée ; bien qu'il fît encore froid, le soleil brillait comme une lampe à bronzer, cadeau rutilant après deux jours passés sous des averses de neige. Kate avait quitté sa parka et se l'était nouée autour de la taille, laissant les manches vides pendre de chaque côté. Comme la plupart de ses copines, elle était chargée d'un énorme sac à dos violet décoré du nom d'un groupe musical (Les Nouveaux Dissidents ou je ne sais quoi), un petit Noël que j'avais mis près de deux heures à trouver dans une boutique de Waterville. Qu'est-ce qu'elle pouvait bien fourrer dans ce truc ? Dès qu'elle regarda dans ma direction, je lui fis signe de se préparer à partir.

— Ce n'est pas que je n'apprécie pas votre proposition, Shellie. Il se trouve seulement que je n'ai rien d'intéressant à dire sur le chapitre. Ça vous ennuierait sûrement.

— Ne vous dévalorisez pas, Joe. Les gosses auraient certainement beaucoup à apprendre de votre bouche.

— Tout ce que je pourrais leur apprendre, c'est comment mettre le poisson en boîte. Je ne suis vraiment pas la meilleure personne pour traiter de ce sujet.

Elle me fixa encore un moment. Elle portait un pull de grosse laine grise, le genre tricoté-main, ce qui était sûrement le cas, connaissant Shellie. (On pouvait supposer qu'elle avait elle-même filé la laine, en plus.) Une écharpe d'un violet éclatant lui protégeait le cou ; une vague odeur de feu de bois émanait d'elle et, au-delà, presque imperceptible, un soupçon doux et vaporeux de lilas. Je savais très bien ce qu'elle essayait de faire avec ses yeux – c'était une enseignante et elle enseignait – et qu'elle soit bénie, songeais-je, par le Dieu tout-puissant que nous devons remercier pour toutes les Shellie Wister de la terre ; et en même temps je voulais de toutes mes forces arracher Kate à ses camarades et foutre le camp sans donner davantage d'explications. Shellie tenait un dossier contre sa poitrine et, debout en face de moi, elle resserra pensivement son regard sombre, laissant au silence le soin d'accomplir ce dont les mots étaient incapables, et je sentis que la conversation changeait de direction comme si on avait hissé une nouvelle voile.

— Nous sommes nombreux à estimer que votre père était un type bien, vous savez. Il a aidé beaucoup de gens.

Je ne pus m'empêcher d'éclater de rire.

— Il en a fait chier plus d'un, aussi.

— Effectivement. Mais quelle importance ? Le véritable courage, c'est d'accomplir la chose juste hors du jugement des autres. D'accomplir ce qui est impopulaire parce que c'est ce qu'on croit être juste, et tant pis pour les grincheux. C'est un message difficile à faire passer, surtout en ce moment, avec cet acteur à la Maison-Blanche. Tout à coup, c'est comme si le Vietnam n'avait jamais eu lieu, comme si on n'avait jamais rien appris. C'est pire qu'une honte. C'est un crime. C'est cela que j'essaie d'enseigner à ces gosses, Joe. Penser par eux-mêmes. C'est de cela que vous pourriez leur parler.

À un moment de sa diatribe, Shellie avait posé sa main sur ma manche – sans la presser vraiment, mais sans se contenter de l'effleurer non plus. Le geste était subtil, insuffisant pour que je me détourne, et cette sensation resterait périphérique tant que durerait le mystérieux contact de sa main et de ma manche. D'une certaine manière, je retrouvais les impressions que j'éprouvais en lisant l'une de ses lettres dans le journal : celles d'être confronté à une véritable *adulte*. La bicoque, les chèvres et les poules, les craquements des bûches dans sa cheminée : par le seul poids de sa main, je sentais l'existence tangible de ces choses-là, leur raison d'être et leur utilité, leur manière d'exprimer une vie solide bien plus réelle, à sa façon, que les contorsions ou les initiatives hasardeuses qui généralement passent pour de la maturité. Et elle était là, cette femme qui était peut-être la deuxième personne vraiment charismatique que j'aie jamais rencontrée (mon père étant la première) et elle suggérait qu'il se pouvait que j'aie quelque chose à transmettre à quelqu'un. Elle n'avait aucune idée de l'erreur qu'elle commettait sur mon compte, mais l'espace d'une seconde, seulement l'espace d'une petite seconde, je sus ce que j'aurais dit à sa classe. « Pour la plupart d'entre nous, pendant la majeure partie de notre vie, nous essayons d'apprendre ce que signifie le courage. Et notre espoir, c'est que le simple fait d'avoir essayé comptera pour quelque chose. »

— Bien, je ne voudrais pas abuser de votre temps, Joe. Je suis certaine que vous avez à faire.

Elle retira sa main, ce qui suffit pour rompre le charme.

— Donnez mon bonjour à Lucy, d'accord ? Et remerciez-la encore pour sa participation à la vente de pâtisseries. Ses beignets à la cannelle sont toujours notre plus gros succès.

Je ne pourrais pas dire combien de temps nous sommes restés là, plantés l'un en face de l'autre. Kate avait disparu. Puis la foule se dispersa et je l'aperçus près de l'arrêt de bus, en train de bavarder avec un garçon que je ne connaissais pas, un grand gamin à cheveux blonds en jean et chemise de flanelle, avec une crosse de hockey qu'il n'arrêtait pas d'agiter sur le trottoir, tous deux debout dans une attitude tendue et joyeuse qui ne pouvait signifier qu'une chose. *Seigneur*, pensai-je, et je sentis le mot tomber au fond de mon ventre comme une bombe. La veille, elle me grimpait encore sur les genoux pour que je lui raconte sa petite enfance. Elle aurait réellement pu sucer encore son pouce. Et il ne faudrait pas attendre longtemps avant de la voir cernée par les garçons.

— Joe ?

— Oh, excusez-moi.

Je secouai la tête et me retournai vers Shellie avec une soudaine gêne.

— Ils ont eu un beau succès, donc. Les beignets à la cannelle, je veux dire. Je dois remercier Lucy. C'est entendu.

— Ce n'est pas grave, Joe.

— Si, si, je lui dirai. En arrivant.

Elle releva le visage en affichant un sourire rassurant.

— Je voulais parler de Nicky Prior. Le garçon qui est avec Kate. Excusez-moi, mais j'ai vu votre expression. Vous devez connaître ses parents, Cash et Suzie.

Je les regardai à nouveau.

— Mon Dieu. C'est le gosse de Cash qui balance sa crosse de hockey, là ? Il a l'air tellement...

Elle s'autorisa un petit rire.

— « Mûr » est le mot que vous cherchez. Mais c'est un gentil garçon.

— J'allais dire dangereux.

— Il y a aussi un peu de ça.

Elle me fixa une nouvelle fois. Comme c'était dommage, me dis-je, que Shellie n'ait pas d'enfants à elle. Ce qui, bien sûr, était inexact. Elle les avait, eux, et Kate était l'un d'entre eux.

— Je sais que ça a l'air d'être un peu tôt, Joe. Mais croyez-moi, ce ne sont encore que des enfants. Pas en apparence, mais au fond. Il se peut qu'ils *essaient* d'être un peu plus. Et il est certain qu'ils aimeraient être un peu plus. Mais tout cela reste... Oh, je ne sais pas. Une sorte de jeu, rien d'autre. Comme lorsqu'ils étaient petits et qu'ils se déguisaient.

— Ce que vous tentez de me dire, c'est que j'ai encore du temps devant moi, avant de m'angoisser.

— Pas tellement, Joe.

Elle se remit à rire, cette fois de bon cœur.

— Je cherchais juste à vous remonter le moral.

En cuissardes de caoutchouc, en bottes et en veste à poches, une marche de trois kilomètres, même sur terrain pratiquement plat, peut paraître trois fois plus longue, et lorsque je parvins au barrage avec mes avocats, ils n'étaient pas beaux à voir, le souffle court comme des chevaux harassés et baignés d'une sueur fleurant la bière. En chemin, Bill s'était arrêté deux fois pour pisser (il ne se passait pas une demi-heure sans que le pauvre ne marmonne une excuse avant de s'enfoncer dans les fourrés), et même si les autres restaient discrets dans ces moments, attendant sur le bord du chemin dans ce qu'on pouvait lire comme un silence respectueux, cette générosité était moins motivée, d'après moi, par l'amitié ou la bienveillance que par l'inquiétude que déclenchait le problème chez eux. C'était la prostate, sans doute, mais je pensais aussi au diabète de type 2 qui s'était abattu sur mon père vers la fin. Je me dis que, dans les deux cas, Bill ne manquerait pas de m'informer des origines de sa gêne avant la fin de la journée. À notre arrivée devant la grille, le soleil traversait le feuillage des arbres et, tout en me battant avec le cadenas, je leur décrivis la configuration du terrain.

— Le barrage est à environ cent mètres plus bas. À peut-être deux cents mètres d'ici, il y a une passerelle, mais sans rampe, donc il faudra faire attention. Le Génie militaire possède un poste de garde à cet endroit, mais il est désaffecté depuis des années. Au-delà de la passerelle, un chemin descend en lacets vers l'ancienne turbine, au pied du barrage. L'eau est violente et dangereuse si on s'y aventure à pied, mais vous pourrez pêcher depuis les rochers, si vous en avez envie.

Bill approuva.

— Bien, je suis candidat. Violente comment ?

On l'entendait maintenant clairement, son bruit pouvant être confondu avec celui du vent dans les arbres, tandis que nous avancions le long du chemin, mais pas si proche que cela : la puissante pulsation produite par le surgissement de quatre mille litres d'eau glacée à la seconde au sortir du conduit privé de sa turbine. D'où nous nous trouvions, nous pouvions sentir l'odeur, en plus, de toute cette eau froide se mélangeant à l'air de la vallée comme cette respiration polaire qui s'échappe d'un congélateur dès qu'on l'ouvre.

— C'est moins périlleux que ça n'en a l'air. Si vous êtes prudents et que vous restez sur le bord, il n'y a rien à craindre.

Vers la fin du sentier, on débouchait sur une prairie, le sol et le ciel s'écartant comme des mâchoires pour nous livrer une vue dégagée sur deux lacs séparés par le barrage, muraille de ciment blanc qu'on ne pouvait fixer lorsque le soleil le frappait en plein. Il y avait une dénivellation de deux mètres cinquante ; en contrebas, l'eau bouillonnait d'écume glaciale puis se calmait en s'élargissant jusqu'à un déversoir qui l'entraînait, mille mètres en aval, dans la retenue inférieure. On pouvait pêcher partout, et par n'importe quel temps, mais au plus haut, là où l'eau était la plus dangereuse, c'était en général le meilleur coin ; l'eau froide et mouvante faisait remonter le menu fretin tant apprécié des belles pièces qui venaient à sa suite en surface. Le poste de garde, vide comme d'habitude, était de notre côté du barrage. Une deuxième barrière, sans cadenas, était censée interdire l'accès à la passerelle et une pancarte mettait en garde : PASSAGE INTERDIT. EAUX DANGEREUSES. BAIGNADE INTERDITE. NE PAS TRAVERSER LE BARRAGE.

Pete s'arrêta devant la barrière.

— Qu'est-ce qu'on doit en penser ? C'est risqué ? Ça n'a pas l'air légal. La pancarte dit qu'on ne doit pas passer.

Ils hésitèrent tous, hommes de loi songeant à la loi et également peut-être à un à-pic de vingt-cinq mètres, mais Bill finit par avancer et par ouvrir la barrière en grand.

— Il y a déjà eu des noyés, ici, Joe ?

Il y en avait eu, c'était certain, mais pas depuis plusieurs années. Je compris où il voulait en venir et je décidai de m'amuser moi aussi.

— Tous les jours, répondis-je.

— Parfait.

Il m'adressa un clin d'œil puis se tourna, moqueur, vers Pete.

— Tu vois ? On va faire de toi un vrai mec, mon petit gars.

Pete se croisa les bras.

— J'ai une idée : si tu allais te faire foutre ?

Bill ricana et franchit la barrière.

— Qu'est-ce qui te prend, jeunot ? Tu n'as pas à avoir la trouille, fiston.

Tout ça avait l'air d'une bonne plaisanterie, mais une fois arrivé de l'autre côté, j'eus l'impression que quelque chose clochait chez Pete. Il était blanc comme de la craie et il respirait à petits coups précipités. J'envoyai les trois autres en avant et l'attendis tandis qu'il s'asseyait sur une grosse pierre, sa canne en travers des cuisses.

— C'est l'à-pic. J'ai le vertige.

Il regarda en arrière, d'où nous venions, et grimaça comme s'il avait vu sa mort.

— Jésus. Il faudra repasser par là, au retour ?

— Je le crains, à moins de louer un hélicoptère.

Pete se prit la tête dans les mains, s'accordant le temps de respirer ; il tremblait, et pendant quelques secondes il me fit de la peine. Bill, Mike et Carl Junior avaient déjà atteint le pied du barrage et contemplaient l'eau. Dans tout groupe il y en a un, et c'était Pete.

— Sainte... Rita.

Il secoua vivement la tête et la releva, clignant des yeux dans la lumière.

— Vous étiez sérieux, pour les noyés ?

— Mais non, je rigolais.

— Eh bien, c'était sacrément marrant. C'était quoi, ce machin où l'eau s'engouffrait ? Seigneur, ça aspirait comme des chiottes.

Il faisait allusion au large conduit en béton qui émergeait du lac d'environ trois mètres, du côté amont. Une série de volets, comme d'épais barreaux d'échelle, permettait à l'eau de se déverser jusqu'au bas du barrage. Seul celui du haut était ouvert, mais avec le niveau de l'eau plus bas que la normale, il se retrouvait juste à la surface et créait un remous.

— C'est la tour d'admission. Avant elle alimentait les turbines. Mais on les a démontées, il y a plus de trente ans.

— Écoutez, dit Pete, il vaudrait peut-être mieux que je vous avoue que je n'y connais rien. La seule chose que je sais pêcher, c'est une boîte de thon dans un rayon de supermarché.

— Je m'en doutais plus ou moins.

— C'est encore pire. Je ne sais même pas nager.

— Pas du tout ?

Il secoua désespérément la tête.

— J'ai un problème de poids du corps. Je fais les mouvements correctement, mais je coule quand même comme une pierre.

Je hochai la tête en silence. Qu'est-ce que je pouvais dire ?

— Je vais vous raconter un truc, poursuivit Pete. À Harvard, il y avait ce contrôle idiot de natation obligatoire pour obtenir son diplôme. La famille qui a financé l'aménagement de la bibliothèque avait perdu un fils dans le naufrage du *Titanic*, c'est pourquoi tout le monde doit s'appuyer deux longueurs de piscine avant d'avoir son papier. Comme si savoir nager aurait pu aider ce pauvre connard en plein milieu de l'Atlantique Nord. Eh bien, vous savez ce que j'ai fait ?

Peu importait si cette petite histoire était un moyen de m'indiquer qu'il était allé à Harvard.

— Vous avez triché ?

— Faire les deux longueurs était hors de question. J'avais bien monté un plan pour qu'un de mes copains me remplace, mais le dernier jour possible pour le contrôle, il est venu me dire qu'il ne fallait pas compter sur lui. Il avait une opportunité pour obtenir un poste important à Wall Street et il ne voulait plus prendre de risque pour ma bonne mine. Je descendis à la piscine où il y avait une interminable file constituée en majorité de jeunes Asiatiques qui frissonnaient dans leurs maillots étriqués, et je n'ai pas la moindre idée de la raison pour laquelle ils avaient tous attendu, comme moi, le dernier jour. Lorsque ce fut mon tour, je sautai et me laissai couler. Je m'assis au fond de la piscine, attendant que quelqu'un vienne me sortir de là. Dieu seul sait combien de temps je suis resté là-dessous, mais ça m'a paru sacrément interminable. Enfin à un moment, le maître-nageur m'a attrapé. « Tu ne sais pas nager ? » m'a-t-il demandé. « Pas le moins du monde », j'ai dit. Le type m'a longuement considéré. Soixante mille dollars de frais d'études, et tout repose sur un seul bonhomme, tout dépend de ce qu'il va faire. « Bon, a-t-il dit. fiche-moi le camp. » Je n'arrivais pas à le croire.

— Coup de pot.

— Coup de pot ? J'aurais dû tuer ce type. Vous voulez que je vous dise ce que j'ai fait, après ?

En réalité, je me serais bien passé de la fin de l'histoire, mais rien ne pouvait l'arrêter.

— J'ai été directement à la fac de droit et je m'y suis inscrit. Sur un coup de tête, je venais de décider tout à trac de devenir avocat. Ma petite amie et moi, nous avions l'intention de nous enrôler dans le Peace Corps après le diplôme, à moins que nous ne choisissions au dernier moment d'aller enseigner en Afrique ou ailleurs. Je voulais écrire, aussi. J'avais déjà publié quelques nouvelles dans la feuille du campus.

Il eut un rire sinistre.

— Vous vous rendez compte ? Des putains de nouvelles !

Pete me semblait un peu jeune pour faire ainsi le deuil de son existence, et une partie de moi, la partie généreuse, aurait aimé chasser ces idées noires qui constituaient le pire exemple de terrier où s'enterrer par une journée si lourde de promesses, mais il n'y avait pas moyen. Les considérations désabusées sur la vie livrées au bord de l'eau faisaient partie du métier, et j'en avais entendu suffisamment pendant toutes ces années pour connaître mes limites. Il me parut aussi très probable que c'était la petite amie qu'il regrettait le plus d'avoir perdu. Il devait évidemment en avoir un souvenir totalement idéalisé ; elle symbolisait la muse de la vie plus satisfaisante qu'il n'avait pas vécue, et au sein du tableau nostalgique qu'il me peignait, elle représentait l'incarnation parfaite de la chance merveilleuse qu'on a laissé filer, aussi douloureusement magnifique que Monna Lisa en monokini.

— J'ai l'impression que vous vous en sortez plutôt bien, dis-je d'un ton encourageant pour faire avancer les choses. Il semble que vous ayez pris la bonne décision, pour le long terme.

Le mensonge était énorme et il réagit aussitôt par un froncement de sourcils.

— Sans vouloir vous vexer, *hombre*, vous êtes mal placé pour en parler.

Il fit un geste vers le bas, où les trois autres déballaient leurs cannes à pêche. Bill avait déjà les pieds dans l'eau et trébuchait sur les cailloux.

— Ce n'est pas vous qui travaillez avec ces trous du cul.

Je décidai de ne pas lui faire remarquer que, techniquement, du moins pour la journée, c'était bel et bien moi, et que c'était ce à quoi j'aurais dû m'employer, dans l'immédiat, au lieu d'essayer de remonter le moral d'un Pete persuadé d'avoir raté sa vie en n'allant pas en Afrique pour y baiser sa petite amie dans une case de terre et y écrire ses foutues nouvelles.

— Oh, et puis merde, soupira Pete au bout d'une seconde.

Il se tapa sur les genoux et se leva.

— Finissons-en.

# 8
# Jordan

Mais au matin, Harry Wainwright était incapable d'aller pêcher. Il ne parvint même pas à se lever.

Hal me rejoignit dans la salle à manger. Son père avait passé une mauvaise nuit, me dit-il, pratiquement sans dormir, Hal et Frances se relayant à ses côtés. Hal ne s'était pas couché du tout, faisant juste quelques microsiestes au fond d'un fauteuil. Il s'installa avec moi près de la grande baie donnant sur le lac et nous bûmes du café pendant que les clients se succédaient pour le petit déjeuner. Il était un peu moins de sept heures : je gardai déjà un œil ouvert pour les canoéistes amateurs d'élans, bien qu'il fût peu probable qu'ils se montrent avant au moins huit heures – bien trop tard pour avoir la plus minuscule chance d'apercevoir le moindre élan, mais ces canoéistes constituaient un groupe de joyeux vacanciers en goguette, bien décidés à prendre du bon temps, élans ou pas.

— C'est peut-être à cause du voyage, dit Hal en se beurrant une tartine. Ou alors de n'avoir rien mangé hier soir au dîner. Mais bon sang, c'est peut-être uniquement parce qu'il a un *cancer*, sapristi. Il refuse qu'on appelle un médecin, et il ne veut pas non plus repartir.

Il se tut pendant qu'il mangeait, en profitant pour prendre une autre tartine dans le panier et la rompre en deux.

— Ça ne doit pas arranger vos affaires, à vous, je suppose.

Je terminai mon café et lui répondis que non, qu'étant donné les circonstances, je serais heureux d'attendre toute la journée ; que lorsque Harry se sentirait prêt à partir, c'est moi qui l'accompagnerais. Mais notre pensée à tous deux était des plus claires : il se pouvait bien que Harry ait des projets secrets, qu'une mauvaise nuit suivie d'une journée encore pire était ce qu'il avait en tête depuis le départ. Mon esprit se fixa sur Hal. C'était un brave garçon, en tous points, aussi intelligent que son père, j'en étais certain, mais qui avait vécu la plus grande partie de sa vie d'adulte dans l'ombre, à faire plus ou moins ce qu'il faisait maintenant : protéger le père, et promettre aux gens ordinaires dans mon genre que l'éléphant installé dans la salle à manger n'avait pas l'intention de s'asseoir sur eux dans l'immédiat. J'aurais juré, ce matin-là, que Hal aurait volontiers troqué toute son argenterie contre un moment tranquillement passé à se demander ce que ça voulait dire d'être le fils adulte d'un père mourant.

Hal se laissa aller en arrière et regarda par-dessus mon épaule. Au-dessus du lac s'élevaient des écharpes de brume couleur de glace. Lucy sortit de sa cuisine en s'essuyant les mains sur son tablier rouge, et lorsque Hal la vit, il chercha à croiser son regard et lui sourit, en levant un seul doigt au-dessus du bord de sa tasse. D'une certaine manière, à cette minute, il paraissait encore plus las. Quand les gens meurent, on dit parfois que c'est une bénédiction, et je compris ce que cela voulait dire seulement en observant le visage de Hal. Lucy disparut derrière les portes battantes (écho soudain de bruits de cuisine, de casseroles, de poêles et de grésillement de graisse, le tout me donnant faim) et Hal reporta son attention sur moi. Il but la dernière goutte de son café et posa la tasse vide sur sa soucoupe.

— Bon. C'est l'heure de m'occuper de la petite. C'est incroyable, mais elle a dormi toute la nuit. Maintenant elle voudrait qu'on lui explique pourquoi elle ne peut pas regarder son dessin animé à la télévision. Je lui ai promis une virée en bateau à la place.

Il contempla longuement le lac une dernière fois puis il se leva pour partir.

— En tout cas, nous allons avoir une belle journée pour cette balade, dit-il.

Après le départ de Hal, je restai près de la baie encore un moment (la journée s'annonçait chaude) puis j'avalai une autre tasse de café et emportai un beignet dans l'humidité matinale pour tout mettre en train. Pendant que Hal et moi parlions, un des groupes de canoéistes était entré et s'était installé pour le petit déjeuner : un couple et leur fils adolescent (Lucy leur avait indiqué une table en leur disant, assez fort pour que je puisse entendre, de prendre leur temps, les crêpes étant particulièrement bonnes pour peu qu'on ait vraiment faim, et que leur guide serait à leur disposition lorsqu'ils auraient fini). Et en sortant de la maison, j'en vis deux autres qui se dirigeaient vers moi en revenant de l'embarcadère : un homme à peu près de mon âge accompagné d'une femme mince et blonde, assez jolie pour que je la remarque. Elle avait les cheveux encore mouillés de la douche et son visage reluisait comme celui d'une héroïne de publicité pour un savon. Ils étaient tous deux habillés sport très mode des pieds à la tête, comme s'ils sortaient d'un catalogue, et ils regardaient autour d'eux avec un large sourire, prêts à avaler un bon en-cas et à profiter d'une longue promenade sur le fleuve. Je les avais répertoriés comme jeunes mariés, en les reliant à la Toyota dernier modèle avec des plaques de Pennsylvanie garée devant la salle à manger. La vitre arrière et une des portières s'ornaient encore de messages de félicitations à moitié effacés et de plaisanteries de lune de miel aux couleurs fanées dont ils se seraient volontiers débarrassés si seulement ils avaient pu dénicher un lavage automatique.

— La salle à manger est juste là, dis-je en tendant le pouce vers la porte.

Ils avaient l'air d'avoir besoin d'un petit coup de main pour revenir sur terre, même si leur ébahissement devant le paysage m'allait droit au cœur. C'était exactement ce genre de clients qui reviendraient l'année suivante pour une semaine complète plein tarif avec tous les suppléments.

— Vous devez être là pour la sortie-élans.

Ils s'arrêtèrent sur le chemin.

— C'est exact. Nous avons appelé hier. Depuis le Lakeland Inn.

— Je sais.

Je n'en savais rien du tout puisque ce n'était pas moi qui avais répondu à l'appel. Je leur serrai la main.

— Je m'appelle Jordan. Lucy tient une table à votre disposition pour le petit déjeuner. Elle affirme que les crêpes sont excellentes.

— Désolés d'être tellement en retard, dit l'homme. On a eu du mal à émerger, ce matin.

— Les élans ne vont pas s'envoler.

Évidemment, puisque c'était déjà fait.

— Prenez votre temps. On vous emmènera en amont quand vous serez prêts.

— Nous sommes descendus en ville, me dit la femme, avec un brin de culpabilité et pour la deuxième fois.

Bon nombre de randonneurs éprouvaient le besoin d'agir de la sorte, comme si c'était une trahison de loger ailleurs.

— Nous avons bien essayé de réserver ici, mais tout était déjà loué.

— L'endroit est réputé, approuvai-je. Beaucoup de clients reviennent d'une année sur l'autre. En ce moment-même, nous en avons un qui revient depuis trente étés consécutifs.

— Trente étés, répéta l'homme. C'est noté.

Il rejeta la tête en arrière, fit une moue et lança un court sifflement admiratif. Puis il se tourna vers sa femme.

— Tu vois ce que je veux dire ?

— Je vois, je vois.

— L'année prochaine, nous téléphonerons *long-temps* à l'avance, dit-il.

Elle leva les yeux au ciel.

— Ça, il faudra que je le voie pour y croire, dit-elle en éclatant de rire.

— Je vous propose un truc.

Ces deux-là me plaisaient et ça ne m'aurait pas dérangé de leur servir personnellement de guide. En arrivant au bivouac, à huit kilomètres pas faciles en amont, nous aurions été de bons vieux amis, ils se seraient à peine souvenus de ce qu'ils étaient venus voir – en dehors du cas, peu probable, où un élan aurait effectivement traversé devant eux, ils se rappelleraient le paysage toute leur vie. Je remarquai avec satisfaction que l'homme avait un appareil photo au côté, puisque chacun sait que tous les élans sans exception sont stupides comme des moules et qu'ils adorent prendre la pose.

— Nous avons plusieurs groupes qui repartent cet après-midi, dis-je. Au retour, repassez au bureau et je vous ferai visiter quelques bungalows. Vous verrez s'ils vous conviennent. Vous pourrez même retenir dès aujourd'hui pour l'été prochain, si vous le souhaitez. Si ça se trouve, il y en aura peut-être un qui se libérera plus tard dans la semaine. Je peux vérifier, si ça vous dit.

— Je suis sûr qu'ils sont super. Directement sur le lac, comme ça ?

L'homme se passa la main dans les cheveux.

— Seigneur.

La femme se pencha un peu plus près de moi ; elle avait les joues pâles et j'eus le sentiment que si je l'effleurais de mes doigts, ce serait frais comme des draps de lit. Une seconde, j'eus envie de le faire avec en même temps, bizarrement, l'impression que personne n'en serait choqué.

— Nous sommes venus en voiture de Philadelphie, me dit-elle. Là-bas c'est ce qu'on peut appeler l'enfer pur et simple.

— Quelle horreur, dis-je. Sûr que vous deviez être heureux de partir. Mais peut-être qu'à votre retour, tout vous paraîtra différent.

Elle laissa son regard se perdre derrière moi. Au-delà de la maison, le lac scintillait et semblait solide comme la piste d'une salle de bal sous le beau soleil matinal. S'ils restaient dans les parages jusqu'au crépuscule, ils pourraient voir exactement le même tableau à l'envers : la surface du lac si immobile qu'ils auraient envie de marcher dessus, pour sentir sous leurs pieds le reflet exact des montagnes.

— C'est vraiment joli, non ? dis-je.

— Joli ? Ben merde.

L'homme gonfla les joues et secoua la tête.

— C'est sans le moindre doute le coin le plus beau de tout l'univers fabriqué par Dieu.

Je les regardai se diriger vers la salle à manger puis allai rejoindre Kate. Je la trouvai en bas, près de la réserve, en train de charger le plateau du camion avec des pagaies, des gilets de sauvetage et les vieilles bouteilles de Clorox que nous utilisions pour écoper.

— Je pense que nous serons dans les temps, dit-elle. Tu ne dois pas aller quelque part ?

— J'ai l'impression que je vais être coincé ici un moment. Le plan avec Harry ne va peut-être pas marcher, au bout du compte.

J'aidai Kate à hisser le premier canoë sur les rails installés sur le plateau du camion.

— D'après Hal, il est mourant. Ce n'est pas celui qui prend l'eau, dis-moi ?

— Ils prennent tous l'eau, Jordan. Ça fait partie du jeu.

Elle sauta du camion et tira ses cheveux en arrière, les coinçant derrière ses oreilles. Elle portait des sandales, un jean, un tee-shirt gris ; sur le pare-chocs du camion, je vis le pull qu'elle avait la veille au soir. Je me dis qu'aucun de nous ne s'était couché.

— Détends-toi, Jordan. Je vais emmener ces gens là-haut. Tout le monde passera une journée formidable.

— Il va y avoir deux groupes, sûrement. J'ai discuté avec un couple. Ils avaient l'air bien.

— Parfait, alors. Je vais m'occuper d'eux. On n'est pas en retard.

Elle inclina la tête et chercha mon regard.

— Jordan ?

— Oui, ça va. La discussion avec Hal a été pénible.

Je me surpris à piquer le bout du pied dans les gravillons et cessai aussitôt.

— Je crois qu'il m'a fait repenser à mon propre père, un peu.

— Eh bien, nous n'en avons jamais réellement parlé, dit Kate en hochant la tête. Et si nous commencions ?

— J'aimerais qu'il y ait quelque chose à dire. Le problème c'est qu'il n'y a rien.

Elle s'assit sur l'arrière ouvert du plateau, consulta rapidement sa montre, puis me fit un clin d'œil.

— Nous avons une minute. Dis-moi n'importe quoi. De quoi te souviens-tu ?

— Il jouait de la guitare. Il aimait me soulever au-dessus de sa tête. Ses cheveux étaient comme un balai, quand on les touchait.

Je m'interrompis. Je n'avais jamais dit ces choses-là à personne, avant. C'étaient des choses banales, et les seules que j'avais, mais je ne les avais jamais dites.

— J'avais trois ans.

— Quoi encore ?

Je fermai les yeux et réfléchis.

— Du vent.

— Du vent. Le bruit du vent ?

— Non, pas exactement.

J'ouvris les yeux.

— Je crois qu'il évoquait le vent.

— Eh bien, il était pilote, c'est peut-être pour ça. À moins que ça ne se soit produit qu'une seule fois et que ce soit cette fois-là que tu te rappelles. Peu importe d'ailleurs.

Pendant qu'elle parlait, ses yeux n'avaient pas quitté les miens. Son regard était comme une chambre chaude où je pouvais entrer. Elle se mit debout et me prit la main.

— Je suis contente que tu m'aies dit ça. Ah, autre chose, Jordan.

Elle se pencha jusqu'à moi. Et je ne pensai, pendant cette éternité, à rien d'autre qu'à elle ; comme si, pour la première fois de ma vie, j'avais une pensée singulière. Puis nous nous séparâmes et la présence de Kate se trouva soudain tissée avec toute chose, avec tout ce dont j'avais fait l'expérience jusqu'ici, l'odeur pure des sapins et du lac et la vision de mes longs hivers solitaires ; jusqu'au globe tournant sur lequel nous marchons. On raconte qu'au moment de la mort, toute votre vie défile devant vos yeux, mais je viens ici témoigner que ce n'est pas tellement différent lorsqu'on embrasse une femme comme Kate, quelle que puisse être votre Kate à vous.

— Donc, voilà un jour à marquer d'une pierre blanche à plus d'un titre.

Elle jeta un coup d'œil rapide par-dessus mon épaule gauche, puis par-dessus la droite, et souffla dans un murmure :

— Tu crois que quelqu'un nous a vus ?

— On ne va pas tarder à le savoir, j'imagine.

— Et tu t'en fiches ?

Elle scruta mon visage comme si elle devait y lire des lettres minuscules.

— Je ne t'ai pas demandé ton avis, ce qui était un peu violent.

— Non, non, mon Dieu.

J'aurais donné tout ce que je possédais, jusqu'au dernier cent, pour un autre baiser.

— Tu as bien fait.

Elle baissa les yeux. Ses cils, à ce que je vis, étaient lourds d'humidité. Depuis que je la connaissais, je n'avais pas le souvenir de lui avoir vu verser la moindre larme, et je me demandai pourquoi elle pleurait maintenant, ce que j'avais fait pour mériter cela. Puis elle posa la main sur ma poitrine et me repoussa doucement.

— Bon, dit-elle en s'essuyant vivement les paupières du dos de son poignet, le spectacle est terminé, m'sieurs-dames. Maintenant, va donc aider Harry à pêcher son poisson.

# 9
# Harry

Je ne l'ai jamais revue, mon infirmière à aiguilles à tricoter. J'avais dû la rêver, bien sûr, à moins que ce n'ait été la morphine ; je le savais sans qu'on me le dise, tout comme je savais qu'il ne fallait pas que je pose de questions à son sujet. Tout de même, je me disais qu'elle pourrait revenir me rendre visite, ou j'espérais sa venue, cette nuit-là, au bord du lac, alors que je dormais sans dormir, rêvais sans rêver, ne fermais pas l'œil et pourtant si. La défaite finale du temps, tout son ordre concret et familier délité, au point que même l'alternance du jour et de la nuit en perd toute signification et qu'on se retrouve simultanément à tous les moments de sa propre vie ; cette nuit entière pendant laquelle je me suis noyé dans le temps. Et lorsque l'aube apparut – lorsque la noirceur des ombres commença à pâlir et que le ciel entama la lente libération de sa lumière captive – je fus tellement surpris de découvrir que j'étais encore vivant que je me persuadai qu'en réalité je ne l'étais pas. J'étais mort, mais pas Meredith ni Sam ; durant mon sommeil et ma mort, la terre et le paradis s'étaient retournés comme un gâteau qu'on démoule, et c'étaient eux deux qui vivaient et à qui je manquais, moi.

— Papa ?

Le grincement de la porte d'entrée du bungalow, et derrière un rapide éclat de lumière. Le matin emplit la pièce ; dans le fauteuil près de mon lit, mon fils adulte, Hal. Je ressens tout cela sans le voir. Seulement entrouvrir les paupières semble requérir un effort impossible, comme soulever un piano ou réciter l'annuaire téléphonique par cœur.

— Papa, c'est Hal.

J'ai l'impression d'avoir répondu quelque chose. J'ai l'impression d'avoir répondu : *J'ai rêvé que j'étais mort, Hal. J'étais avec ta mère et ton frère. Elle lui donnait son biberon dans le fauteuil, près de la fenêtre, à l'ombre de l'érable. Les feuilles étaient vertes et grasses, et c'était il y a longtemps.*

— Comment te sens-tu, Papa ?

*Le bébé s'est mis à pleurer ; il avait mouillé sa couche. Elle l'a changé sur la commode en fredonnant doucement une chanson à travers les épingles qu'elle serrait entre ses dents. L'époque bénie des biberons et des couches, l'odeur du talc et de la vapeur qui s'échappait au-dessus de la cuisinière et de la maison tranquille, et des jours qui s'imbriquaient dans les jours. La saveur des épingles. C'était un joli rêve, Hal.*

— Tout va bien, Papa.

Sa main saisit mon poignet ; il me regarde respirer, je le sais. Je fais tout mon possible pour lui offrir de bonnes respirations. Mais on dirait que tout l'air que je possède s'est réfugié dans le haut de mes poumons, jusqu'à la plus infime once d'oxygène, comme une minuscule flaque peu profonde laissée là par une mer presque entièrement évaporée.

— Bon, repose-toi encore.

Il me tapote le bras pour me dire que c'est bien.

— D'accord ? Repose-toi. Je vais revenir bientôt.

Des bruits de pas, des voix, tout autour de moi la marée montante du jour. J'entends le camion de Joe sur le chemin, le clapotis des canoës dansant sur leur râtelier, le bourdonnement d'abeille d'un hors-bord qui vire au loin. Des bruits de départ, de tout qui s'en va. Franny fait son entrée, toute pleine de sa générosité et de sa certitude affichée qu'une courte sieste suffira à me remettre d'aplomb et qu'ensuite je pourrai courir le cent dix mètres-haies. Elle m'embrasse sur le front en me caressant les cheveux, me parle du temps qu'il fait de sa voix forte et voilée, me soulève la tête pour que je puisse boire quelques gorgées d'eau dans une tasse en plastique. « Harry, dit-elle, est-ce que tu te sens bien ? Fini les excentricités, tu dois te reposer. Le lac ne va pas s'envoler. » Lorsqu'elle est partie, Hal, mon fidèle lieutenant, revient avec January et tout un petit déjeuner de beignets et de jus de fruits que je parviens à humer sans me résoudre à ouvrir les yeux. Les lèvres de la petite fille glougloutent d'agréables morceaux sonores ressemblant à de la parole : « babou », « manumique », « déradéradéra. » Du charabia et cependant, depuis mon lit, ses pensées me paraissent aussi claires que le discours d'un orateur prestigieux debout sur une estrade : *Où est Maman ? Pourquoi est-ce que tout le monde se comporte ainsi, comme lorsque je ne peux pas dormir parce que j'ai mal aux oreilles et qu'on me conduit chez le docteur ?* Ses yeux détaillent ma forme inerte avec calme. *J'aime les canards. Les canards sont intéressants. Il y a des canards à New York, au jardin où l'on m'emmène le samedi et où Papa lit son journal, des canards et un manège et un zoo avec des ours blancs comme ceux de mon globe qui fait de la neige quand on le retourne. Les ours, c'est ce que je préfère. Si vous m'aviez posé la question, c'est ce que je vous aurais répondu. Grand-Papa, c'est pour toi qu'on est là, parce que tu es malade, et aussi pour voir les canards du Maine ?*

*C'est ça que ça veut dire être vieux ?*

La main de Meredith a guéri et bientôt on n'y a plus songé. Même le médecin qui l'examina le lendemain, et qui me félicita pour le pansement et pour le choix de la crème, n'avait pas l'air inquiet, dans l'ensemble. Nous étions à une soirée ? Combien de verres avait-elle bus ? Elle semblait fatiguée ; est-ce que le bébé la laissait dormir ? Il agita une petite torche électrique devant ses yeux humides, lui demanda de tendre les bras et de presser ses paumes contre les siennes, de se mettre sur un pied et de sauter. Cette dernière requête déclencha chez elle un rire gêné ; il fallait qu'elle saute, comme si elle marchait sur des échasses ! La médecine moderne n'avait rien trouvé de mieux ? Douze heures s'étaient écoulées depuis que l'odeur de la chair brûlée avait empli la cuisine et déjà elle plaisantait. Nous n'avions encore jamais vu ce docteur ; un homme mince à la peau mate qui dégageait un discret arôme d'orange. Les verres de ses lunettes étaient épais comme des presse-papiers. Lorsqu'il en eut terminé avec ses questions, il approcha un tabouret de la table d'auscultation et s'assit. Au sommet de son crâne, il y avait une sorte de disque de peau rose dont je ne parvins pas à détacher le regard pendant tout le temps où il refit le pansement en fumant, avec un clignement d'yeux permanent au-dessus de la cigarette qui pendait au coin de sa bouche. Il avait lu dernièrement quelque chose, remarqua-t-il, à propos des cigarettes et de leur effet délétère sur la circulation du sang aux extrémités. Il haussa une épaule en faisant la grimace. Il ne montrait pas le bon exemple, reconnut-il, en retirant un fragment de tabac sur sa langue, mais peut-être devrait-elle essayer d'arrêter de fumer.

— Il avait une haleine de goret, dit Meredith sur le chemin du retour.

Sa main, enveloppée dans un volumineux bandage, était posée sur ses genoux, paume en l'air ; pas en tant que partie de son corps mais comme objet autonome, tel un cadeau qu'elle allait offrir lors d'une fête.

— J'ai trouvé qu'il sentait l'orange. C'est bizarre, non ? C'est rare de sentir l'orange.

Le médecin lui avait donné un antidouleur quelconque, un gros comprimé blanc qui allait la rendre somnolente. Le chemin se poursuivit un moment en silence.

— Je vais peut-être réussir, dit-elle enfin.

— Réussir quoi ?

Elle se tourna vers moi. Sa main gauche flotta en l'air comme un nuage et elle eut un geste vague.

— À arrêter de fumer.

Ce qu'elle fit ; elle arrêta le jour même, parcourant toute la maison pour ramasser cigarettes et allumettes, et elle les fourra dans un sac qu'elle alla jeter dehors ; plus tard, lorsque le bandage s'allégea, ce qui avait eu lieu dans notre cuisine de Marvine Road s'effaça de nos mémoires : un petit incident étrange, mais finalement sans lendemain, c'est du moins ce que nous pensions, et certainement pas de quoi s'inquiéter. « D'où vient cette cicatrice ? aurait pu demander une amie en lui tendant un verre lors d'une soirée. Cette cicatrice, là, sur ta main ? » Et pendant un instant, Meredith considérerait sa main levée devant ses yeux et la ferait tourner dans la lumière comme une vieille lettre découverte au fond d'un tiroir. « Oh, ça ? dirait-elle, la voix toute vibrante de ce souvenir. Cette cicatrice ? Tu sais, c'était vraiment drôle, ce qui est arrivé, tout à fait hors du commun ; nous venions de rentrer de chez des amis – tu te souviens, Harry ? Le médecin à l'haleine chargée. Tu racontes toujours mieux que moi. »

Puis Sam tomba malade, et ce qui s'était produit dans la cuisine passa au second plan, avec le reste. Nous étions les parents d'un enfant malade, un enfant qui ne grandirait pas, qui portait encore, lors de son premier anniversaire, les mêmes vêtements que ceux que nous avions achetés pour sa naissance, les petites brassières et les couches. Cela fondit sur nous à toute vitesse, cette affreuse année-là, à commencer par un automne froid vecteur de bronchite, elle-même dispensatrice de pneumonie, et ainsi de suite – une période qui, au lieu d'être passagère, sembla s'étendre comme une tache d'encre pour former une seule interminable nuit d'horreur. Personne ne comprenait ce qui arrivait et même les médecins restaient sans explication, sans explication satisfaisante. Il avait une faiblesse pulmonaire ; son foie ne fonctionnait pas correctement ; son cœur, sans qu'on pût dire pourquoi, avait un raté tous les seize battements. Son corps était un aimant pour la moindre affection ou infection. Pendant un moment, il a été question de fibrose cystique. Mais les examens ont conclu que non. Tout au long de l'hiver et du printemps, son état empira : la varicelle, le mal de gorge, la rougeole avec fièvre et convulsions ; aucune maladie infantile ne l'épargna au cours de ces mois-là. Mais lorsque je me remets cette époque en mémoire, ce ne sont pas les départs affolés pour l'hôpital que je revois, ni même les longues nuits blanches d'attente, mais les moments sans intérêt où je me suis retrouvé seul. À déneiger la voiture dans l'allée après une soudaine tempête, pour le cas où Sam aurait besoin d'un docteur ; à attendre des nouvelles derrière les portes automatiques des urgences en observant la pluie de printemps scintiller dans le cône de lumière des réverbères de la rue ; à demeurer dans notre cuisine silencieuse un matin de juillet – un matin où notre enfant était avec nous et allait bien – avec cette soudaine pensée, pour la première fois, que Sam allait bel et bien mourir. Les autres enfants de son âge apprendraient à marcher, à prononcer leurs premiers mots, à manger leur bouillie avec une cuillère. Notre petit garçon, lui, apprenait à nous laisser tout seuls.

Il aurait quarante-cinq ans aujourd'hui, il serait adulte, s'il n'était pas mort cet automne-là. Son ultime pneumonie l'emporta très vite : une fièvre montant en flèche, les minuscules poumons s'emplissant comme des bouteilles, le coma, et la mort en quelques heures. Après tout ce qu'il avait dû traverser, cela nous sembla une bénédiction, mais ce n'était bien sûr qu'une illusion, quelque chose à dire pour combler le silence que laissait sa vie arrêtée : le vélo qu'il n'utiliserait jamais, les livres qu'il ne lirait pas, les amis qu'il n'aurait pas et les filles qu'il n'embrasserait jamais. Les mille chagrins et les mille joies de sa vie, rangés dans une tombe scellée par une mort prématurée, il n'y avait pas la moindre bénédiction dans la disparition de mon petit garçon. À sa mort, il ne pesait pas six kilos.

On raconte que nombreux sont les mariages qui ne survivent pas à la perte d'un enfant, qu'une telle douleur est une chambre où les parents pénètrent à deux, mais d'où ils ressortent seuls. Je n'ai pas d'argument contre cette hypothèse puisque c'est dans cette chambre que je me suis assis. Après cela, nous avons continué à nous aimer, Meredith et moi, mais nous nous sommes aimés avec le cœur brisé. Et lorsque, un matin pas très éloigné de l'enterrement de Sam, je suis entré dans la cuisine et que j'ai vu Meredith debout devant la fenêtre à se tenir le ventre d'une manière secrète que moi seul pouvais comprendre, j'ai senti que nous allions tenir.

Pourquoi Sam et pas Hal ? Personne ne le sait. Je pourrais pareillement demander : pourquoi Meredith et pas moi ? J'ai eu un chien, à une époque – et quel chien c'était ! Un retriever croisé d'autre chose, une race qui aimait le travail et la garde : un berger australien, peut-être, ou un colley. Je l'avais appelé Mauritz, mais Hal l'avait rebaptisé Ritzy et c'est le nom qui lui resta. Ritzy le chien. Un membre inamovible de l'équipe, aussi fiable qu'un métronome. Meredith disait en plaisantant qu'il se serait fait un devoir de porter les sacs des courses si seulement il avait eu des mains. Je l'aimais, aussi fort qu'on peut aimer un chien, mais je ne perdais pas de vue ce qu'il était. Derrière ses yeux, des châtaignes jumelles pleines de la plus tendre douceur, se tenait, dans son coffret d'os, un cerveau qui ignorait tout du chagrin et même de la vraie joie que peut engendrer le chagrin – mais qui ne connaissait que sa propre envie d'être aimé, qu'un amour douloureux et exigeant qui pouvait atteindre des sommets de satisfaction avec le cadeau le plus dérisoire : un gâteau rassis, une promenade autour du pâté de maisons pour qu'il fasse ses besoins, une caresse sur sa tête dorée. Sa propre existence, son origine et son destin, tout n'était pour lui que mystère ; peut-être se figurait-il qu'il était une personne, et que moi, j'étais un chien. Le jour où je l'ai conduit chez le vétérinaire pour le faire piquer (il avait treize ans et souffrait tellement de la hanche qu'il n'arrivait plus à se traîner jusqu'à son auge), je n'ai rien trouvé de mieux à dire que : « Tu as été un bon chien, et un grand compagnon, et je t'en remercie. » Il ne voulait pas en entendre davantage. Jamais je n'ai tant désiré être le chien qu'il croyait que j'étais.

Nous redoutions que Hal ne tombe malade comme son frère, et aujourd'hui encore je pense qu'à cause de cette peur, nous ne l'avons pas aimé de manière tout à fait satisfaisante : nous nous sommes efforcés de nous préparer à sa disparition avec la vague illusion qu'il n'était pas vraiment notre fils mais une sorte de visiteur, un neveu ou un réfugié, un enfant déplacé à la suite de circonstances malheureuses et confié temporairement à nos soins. Ni albums de photos, ni recueils de souvenirs, ni fêtes d'anniversaires (pas jusqu'à ses douze ans, âge auquel il insista pour qu'elles aient lieu ; mais je précise qu'à cette époque, nous avions déménagé pour Chappaqua et Hal tenait à ce que tous ses amis sachent qu'il vivait dans une maison avec piscine). Il ne reste aucun témoignage de toute sa petite enfance et, ensuite, sa mère est tombée malade et son combat a tout recouvert. Je gagnai de l'argent, développai mon entreprise, par tous les moyens. Deux magasins, puis quatre, puis huit, un simple coup de fil d'un concurrent qui, en difficulté, désirait vendre, et les vannes s'ouvraient. J'avais la main heureuse ; on disait partout que Harry Wainwright ne se trompait jamais. Et pourtant l'argent ne comptait pas, c'était une pure distraction pour étancher les heures ; la mort de Sam avait transformé le père en fournisseur, et je me suis consacré à cette tâche comme l'eau à désaltérer. Tout ça ne veut pas dire que Hal n'est pas un homme bien, mais seulement que je n'y suis pour rien.

Et, pour bien se moquer de nos craintes, Hal n'était pas seulement en bonne santé, il était robuste. Cela me frappa d'un coup, un soir, alors qu'il devait avoir quatorze ans. Je transportais les poubelles sur le trottoir, deux gros conteneurs sur roulettes, lorsque, pardessus mon épaule, je sentis sa présence. Nous avions le soleil dans le dos ; son ombre, projetée sur l'allée, se déployait sur trois mètres. Ce n'était qu'une illusion, un garçon de trois mètres avec des jambes de deux, tel un géant échappé d'un conte de fées, mais quand je me retournai, l'image mentale se confondit avec celle, réelle, qui se trouvait devant moi, et je ne vis pas un garçon mais un homme, ou presque : la large poitrine, la taille étroite, les cuisses et les bras musculeux, tout cela appartenait à un homme. Il portait un short de gymnastique, des chaussures de tennis montantes rouges et un simple tee-shirt malgré la fraîcheur automnale – on était en octobre, près d'Halloween – et il avait un ballon de basket sous le bras. Sa façon de le tenir, avec une telle aisance naturelle, semblait transformer complètement l'objet, lui donner une sorte de vie palpitante : ce n'était plus un jouet mais un outil, comme le marteau d'un charpentier ou le stylo d'un écrivain ; c'était devenu une extension de toute l'énergie amassée en lui.

— Qu'est-ce que tu regardes ?

— Rien. Je m'occupe juste des poubelles.

— Tu regardais un truc.

Je haussai les épaules, encore stupéfait par le tableau. Je me sentais un peu bête. Je desserrai ma cravate.

— Pourquoi tu es sorti ? Tu veux qu'on fasse quelques paniers ?

Il fronça les sourcils.

— Tu ne joues pas au basket.

— Je peux essayer. J'étais très fort quand j'étais jeune, tu sais.

Il ne répondit rien, mais lâcha le ballon et le fit rebondir sur le revêtement, avant de le rattraper très sûrement dans sa paume écartée.

— Retour à *Scranton.*

Je perçus la dérision dans sa voix. Scranton, mon paradis d'enfance. Je n'y étais pas allé depuis des années ; mon père était mort depuis longtemps et ma mère s'était retirée en Floride. Chaque trimestre, j'envoyais un chèque énorme à la maison de retraite, et trois ou quatre fois par an j'y faisais un saut en avion, seul la plupart du temps puisque Meredith ne pouvait plus voyager. Mais à Scranton : je n'y étais jamais retourné en dehors d'une visite éclair en 43 et du jour où mon père m'avait emmené au nord pour rejoindre la Marine.

— C'est ça.

— Je pense tenter d'intégrer l'équipe universitaire.

— Ouais. C'est épatant. Tu devrais.

Il dribbla à nouveau.

— C'était à moi de faire ça, dit-il froidement en regardant les poubelles.

— Pas de problème. J'ai fini.

Je poussai le dernier conteneur au bord du trottoir.

— L'équipe universitaire. C'est vraiment super, Hal. Qu'en dit ton entraîneur ?

J'essayai de me souvenir de son nom, mais n'y parvins pas. Un bonhomme massif avec un dos large comme une carapace de tortue, et un sifflet au bout d'une ficelle. Myers ?

— Les poubelles, c'est mon travail, Papa. C'est pour te dire ça que je suis sorti.

À cette époque (le jour où je vis l'ombre de mon fils sur le sol de l'allée et que je compris tout ce que j'avais raté), la main de Meredith n'était plus un mystère. Encore une ombre qui se mettait en travers de ces années de labeur et de soucis : au fur et à mesure que Hal grandissait, le soupçon que quelque chose de grave se passait du côté de Meredith s'épanouissait en même temps que lui, comme une fleur sombre dans un pot voisin. De petites blessures inexplicables, le genre d'incidents qui arrivent à tout le monde mais qui se multipliaient chez Meredith avec une insistance terrifiante. Pendant quelque temps, on s'en amusa : cette maladroite de Meredith, Calamity-Meredith, Meredith qui pouvait trébucher sans obstacle en terrain plat et en plein jour. Elle laissait échapper les objets, se cognait aux meubles, se coupait avec les couteaux et les ouvre-boîtes, percutait les autres voitures sur les parkings ; ses bras, ses jambes et ses mains accumulaient les cicatrices comme un général russe les médailles. Des maux de tête et une transpiration constante, et elle avait froid, elle avait froid en permanence. « Seigneur, se lamentait-elle, pourquoi est-ce qu'on gèle toujours ici ? On a oublié de payer la facture de gaz ou quoi ? Qu'est-ce qu'il a, ce thermostat ? À quoi sert de gagner enfin un peu d'argent si on est incapable de chauffer la maison ? » Peu lui importait qu'on soit en été, que les fenêtres soient grandes ouvertes, que les arbres soient tout verts et pleins d'oiseaux. Un jour, lors d'un voyage en Floride, par une journée où il faisait plus de 30° et que le temps était lourd et étouffant, elle se rendit sur la plage avec un pull de laine.

Ce fut lorsque sa parole devint atone et que l'articulation lui fit défaut – pas comme si elle avait bu, les mots se télescopant, mais plutôt comme une sorte d'étouffement, certaines syllabes se mélangeant inexplicablement : sauchures pour chaussures, fraîche pour fraise, fournée pour journée – qu'un diagnostic fut prononcé. Ici, la forme passive s'impose, car nous n'avons joué aucun rôle actif dans toute cette histoire, comme lorsqu'on dit : c'est mardi ou il pleut. Syringomyélie : nous n'en avions encore jamais entendu parler et l'espace d'un moment, installés dans le cabinet du médecin, sur la Cinquième Avenue, par cet agréable après-midi d'hiver après un trajet en train et un bon déjeuner en ville, la nouveauté du terme nous empêcha d'en apprécier la signification. Assis en face du bureau, nous avons seulement échangé un regard amusé. Nous avions un fils à l'école, une affaire à gérer, des projets : comme une maison dans le Maine ou en Floride, ou la vente de l'affaire et une retraite anticipée, ou encore un voyage à Londres, à Paris et à Rome. Puisque nous n'en avions jamais entendu parler, ce ne devait pas être bien grave. Même si, évidemment, le contraire était également vrai : nous n'en avions jamais entendu parler parce que c'était une maladie rare, d'une rareté totale, un de ces sujets qu'on ne veut même pas aborder si on n'y est pas forcé, comme une de ces guerres lointaines menées par des peuplades dont le nom lui-même est imprononçable.

Le médecin sortit un stylo à encre de la poche de sa chemise et, sur un bloc jaune professionnel, traça rapidement deux traits parallèles reliés par une suite de cercles écrasés. Une vue en coupe de la colonne vertébrale de Meredith, apparemment : en réalité elle aurait dû être un peu incurvée, dit-il, mais c'était suffisant pour qu'on se fasse une idée. Il désigna les cercles du bout de sa plume. Vous voyez ça ? C'étaient des kystes, expliqua-t-il, des espaces remplis de liquide là où il ne devrait rien y avoir ; Meredith était peut-être née avec, ou du moins étaient-ils là depuis de nombreuses années. C'était difficile à établir, mais dans ce cas, il pensait que la situation durait depuis un moment déjà. Il se pouvait qu'elle ait un seul kyste, ou plusieurs. Les mécanismes n'étaient pas connus avec beaucoup de précision, poursuivit-il, bien qu'on sache qu'avec le temps, de tels kystes finissaient par s'allonger, comprimant des tissus nerveux contre les vertèbres. Imaginez un ballon, dit-il, qui grossit lentement à l'intérieur d'un tube. Les malades ressentaient en général les premiers signes aux extrémités – elle dit qu'elle s'en était aperçue pour la première fois des années plus tôt, qu'elle avait eu un incident avec une cigarette, qu'elle s'était brûlée mais n'avait rien senti. Et, au fil du temps, d'autres choses, les ennuis qui lui étaient si familiers : la transpiration et la constante sensation de froid, les maux de tête et les faux-pas, les coupures et les écorchures, les problèmes d'articulations et le manque de sensibilité sexuelle. (Car nous avions fini par avouer cela, aussi, sous la pression, tout en ajoutant que, eh bien, n'était-ce pas un peu normal, est-ce que tous les couples ne constataient pas une baisse d'ardeur dans ce domaine, avec l'habitude ?) Et tout cela se produisant alors que les kystes se remplissaient, se développaient et causaient leurs dégâts.

Nous écoutions comme des écoliers, avec l'impression d'être plus ou moins punis ; j'avais l'idée stupide que nous étions en plein milieu d'un rêve où nous étions tous les deux en classe et qu'on nous avait retenus après les cours. La porte du cabinet du docteur était fermée ; derrière son bureau, accrochés au mur, il y avait des diplômes, des certificats, divers témoignages de ses compétences, le tout dans de lourds cadres dorés. Je ne parvins pas à les déchiffrer, me rendant compte juste à ce moment-là, et non sans une vague inquiétude, qu'ils étaient rédigés en latin. Le temps se ralentissait face à eux ; tout au long de notre vie, semblait-il, nous nous étions retrouvés assis dans des bureaux semblables. D'accord, dis-je, pour essayer de me secouer, revenons à ces kystes. Quand allaient-ils cesser de se développer ? Ou bien y avait-il un moyen de les enlever ? Une expression douloureuse et surprise s'épanouit sur le visage du docteur. Il était désolé, répondit-il, s'il n'avait pas été suffisamment clair. La vérité, c'était qu'ils n'allaient pas cesser de se développer. Et l'intérieur de la moelle épinière était hors d'atteinte. La chose serait sans doute possible un jour, mais ce ne serait pas avant plusieurs années. Les nerfs, à l'en croire, allaient être lentement comprimés. Il n'y avait rien à faire. Il était vraiment, vraiment désolé. Il savait que nous avions un fils, encore jeune. C'était une mauvaise nouvelle, il en avait bien conscience.

Comment aborde-t-on une période nouvelle de son existence ? Après l'avoir remercié, nous prîmes un taxi jusqu'à la gare. Le plus bizarre, c'est que la vie ordinaire continue : même les gens condamnés éprouvent le besoin de remplir les heures. Sous les cieux ternis de Central Park, nous avalâmes un sandwich à la buvette avant d'aller attraper notre train. Avant d'embarquer, Meredith acheta une revue et un sachet de noix de cajou grillées. Tandis que le train nous emportait vers le nord, je l'observai. Elle feuilletait les pages, s'arrêtant de temps en temps pour lire un article particulier, tout en mâchant ses noix de cajou qu'elle sortait une à une du sac en papier graisseux. Le magazine était de mauvaise qualité et je vis que ses doigts étaient tachés d'encre. Ni l'un ni l'autre n'avait dit un mot de commentaire sur le diagnostic ; nous étions entrés dans une sorte de transe, la bulle de la révélation. Sa maladie pouvait évoluer pendant dix ans, avait-il déclaré, et en regardant Meredith parcourir son magazine, je ressentis pour la première fois combien c'était court, dix ans. Dix ans, cent ans, mille – une fois écoulés, songeai-je, c'est pareil, c'est fichu.

Lorsque le train s'arrêta à Hartsdale, je remarquai, dans l'éclairage du quai, qu'il s'était mis à neiger. L'air semblait retenir son souffle, sans rien remuer, et la neige voltigeait en tourbillons mous et lents, suivant d'indécelables courants. Dans un silence d'église, j'avais l'impression de pouvoir entendre tomber les flocons. Je regardai un moment puis fermai les yeux en essayant de conserver le spectacle en mémoire, pour le faire durer, mais je sentis le sursaut du wagon lorsque la locomotive quitta la gare. Il y eut un courant d'air frais et le contrôleur traversa la voiture, poinçonnant les billets en annonçant les prochains arrêts : White Plains, Valhalla, Mont Pleasant, Hawthorne.

Meredith me prit la main.

— Ça va aller, murmura-t-elle.

J'aurais voulu lui dire que c'était aussi mon avis, mais je n'y parvins pas. Ça n'allait pas aller. Je contemplai sa main dans la mienne puis me tournai vers la vitre. L'obscurité de la nuit d'hiver ne permettait pas de distinguer quoi que ce fût.

— Tu verras, dit-elle.

Notre voiture nous attendait sur le parking, la neige recouvrant capot et pare-brise. Hal était toujours chez nos amis et nous allions avoir la maison pour nous seuls. En pénétrant dans l'entrée, je fus assailli par une soudaine bouffée d'angoisse. L'escalier, les portes étroites, les sanitaires et leur carrelage glissant : il allait falloir tout changer. Meredith aurait besoin d'une chambre au rez-de-chaussée ; il faudrait faire des transformations, ou déménager. Quelle entreprise, de prévoir tout cela, de se pencher sur des plans, dans la cuisine, pour expliquer au menuisier quel type de rampe ou de prise nous devions installer avant que cela ne devienne indispensable.

La maison était glaciale, même pour moi. Je laissai

Ritzy sortir dans la cour, montai le thermostat et me versai un whisky ; Meredith se déplaçait à travers les pièces, allumant les lumières et remettant de l'ordre par-ci par-là. Je l'entendis aussi composer un numéro sur le téléphone de la cuisine, puis parler d'une voix un peu lasse mais claire à la mère du garçon chez qui Hal avait passé la journée : oh oui, absolument, tout allait bien, c'était la période idéale pour se rendre en ville, surtout après la fin des vacances et toute cette folie des fêtes, et nous nous disions que ce serait parfait si Hal pouvait rester cette nuit chez vous ? Nous avons si peu de soirées seuls. L'un de nous le reprendrait demain matin pour l'emmener à l'école. Magnifique, dit-elle assez fort pour que j'entende. C'est vraiment gentil de votre part.

Elle vint vers le canapé où je m'étais installé un verre de whisky à la main, mais je n'y avais pas encore goûté.

— Tu en veux un ?

Je levai mon verre.

— Je pourrais faire du thé, aussi.

Elle secoua la tête : non. Après tous ces événements, après cette journée plus longue que la plus longue des journées, elle avait encore fière allure : le tailleur gris pas froissé, le maquillage qui avait tenu, les cheveux bruns encadrant son visage. Autour du cou, elle portait le rang de perles que je lui avais offert pour notre cinquième anniversaire ; entre la porte d'entrée et la cuisine, elle avait ôté ses chaussures.

— Je l'ai toujours su, Harry, dit-elle enfin. Pas avec exactitude, pas son nom, mais le genre de chose que c'était. D'une certaine manière cette confirmation m'a soulagée.

— Comment est-ce que tu... ?

Mais bien sûr, je comprenais comment. C'était son corps ; elle le sentait la quitter.

— Ça n'a pas d'importance. Et je n'ai pas envie d'en parler, dit-elle. Pas maintenant. Pas ce soir. Peut-être jamais.

Son regard était déterminé ; sa décision était prise.

— Je suis fatiguée, Harry. J'ai besoin que tu me réchauffes.

— Je vais monter le thermostat. Je peux faire du feu, aussi, si tu veux.

— Pas comme ça.

Elle me tendit la main. Sous sa peau, ses os étaient des morceaux de glace.

— Ce que je veux dire, c'est que tu es mon mari, et que j'aimerais que tu montes avec moi, tout de suite.

Elle m'entraîna à l'étage, lentement, en assurant prudemment chaque pas, comme elle avait appris à le faire. Une fois dans notre chambre, elle alluma la lampe de chevet qui produisit un éclairage dont nous ne voulions ni l'un ni l'autre, et elle l'éteignit bien vite. La maison n'avait jamais paru aussi silencieuse. C'était comme si le monde entier nous avait oubliés, comme si les lumières avaient baissé partout, d'un bout à l'autre de la planète. À New York et à Chicago, à Paris et à Bangkok, dans toutes les villes et dans tous les villages de la terre, l'humanité était tombée dans un sommeil dont nous étions exclus, y compris en rêve. Dans le noir, nous nous dévêtîmes avant de nous glisser dans le lit. Pendant des mois, et même pendant un an, nous n'avions pas fait l'amour, parce qu'elle en était tout bonnement incapable. Nous restâmes accrochés l'un à l'autre sans parler, pleurant un peu tous les deux ; je me dis que nous devrions désormais nous contenter de cela : nous tenir et pleurer, mais elle s'arracha à moi. Je sentis que je m'enfonçais dans sa chaleur et sa douceur, puis ce fut la pulsation familière qui semblait venir de partout en même temps : de ses mouvements, de l'atmosphère de la pièce et de plus loin encore, au-delà des murs de la maison, au-delà des fondations, et tout droit à travers des kilomètres de rocher jusqu'au centre du globe en rotation, et je fermai les yeux, m'abandonnant. Je compris ce qu'elle me disait : désormais, c'est ainsi que nous ferions l'amour. Elle m'aimerait avec son corps, malgré tout, jusqu'à ce que ça ne soit plus possible.

Si je veux raconter cette histoire sincèrement, il faut que j'avoue que j'aimais aussi une autre femme, et comment cela s'est produit : c'est l'histoire dans laquelle l'homme marié à la femme malade, avec un fils qu'il n'aime pas assez, ou pas assez *bien,* tout simplement parce qu'il a peur de l'aimer, s'accorde le seul petit cadeau auquel il n'a pas droit. L'histoire dans laquelle il n'est pas un héros, pas du tout.

Et pourtant, prétendre que j'étais amoureux de Lucy serait un mensonge, ou du moins une demi-vérité vaniteuse. Ces deux semaines d'été : je les ai prises comme un médicament, un baume contre ma vie, et contre la mort lente de Meredith. Pendant tout le reste de l'année, je n'y pensais pas du tout ; je m'occupais de mes affaires et conduisais Meredith chez le médecin et j'apprenais à l'habiller et à la laver, et j'engageais des infirmières susceptibles de m'aider à accomplir ces tâches ; j'appris, au fil du temps, de quoi elle avait besoin contre la douleur et contre l'infection, et comment maintenir sa peau saine et sèche, et même l'utilisation des cuvettes et autres quand on en arriva là. Lorsqu'elle ne put plus tenir un livre ou un magazine ou même un journal, je lui fis la lecture à voix haute, ou je venais m'asseoir sur notre lit à côté d'elle, en tournant les pages à sa demande. Je faisais tout cela, et puis, chaque mois de juillet, je chargeais la voiture, remettant Meredith entre les mains de l'infirmière, et je filais vers le nord, et là le domaine m'attendait, comme si je n'en étais jamais parti. Rien n'était jamais établi ni prémédité ; et pourtant Lucy se tenait presque toujours au comptoir, ayant programmé là une quelconque formalité à remplir pour m'y retrouver, ou bien elle laissait traîner un panier dans mon bungalow, toujours le 9, avec dedans un sandwich, des fruits et une cannette de bière bien fraîche tout droit sortie du réfrigérateur, ainsi qu'un petit billet de flirt sarcastique : « Alors, on ne résiste pas à l'attrait des tartes aux myrtilles ? » Ou bien : « Attention, ce panier s'autodétruira dans dix secondes, alors il faut le vider en vitesse. » Billets bien innocents, mais que je ne pouvais me résoudre ni à jeter ni à conserver.

Hal ne m'accompagna qu'une poignée de fois, à cette époque ; c'était lassant, décréta-t-il, voulant dire par là que c'était calme et toujours pareil, et que ses copains lui manquaient. C'était un garçon athlétique qui faisait du sport avec succès, privilégiant ceux où l'on se bouscule : du basket la plupart du temps, mais aussi du football à l'automne et du hockey dès qu'il fut assez vieux. Rester debout dans l'eau froide ou assis pendant des heures au fond d'un canoë sans même oser ouvrir la bouche de peur d'effrayer le poisson, c'était aussi peu compatible avec sa nature que les travaux d'aiguille. L'été de ses douze ans, il avait décidé que ça suffisait et ce n'est qu'après de nombreuses années, longtemps après la mort de sa mère, qu'il recommença à se joindre à moi ; entre-temps, je vins seul.

— Parlez-moi de Meredith.

C'est en été 1968, notre cinquième juillet, que Lucy

me demanda cela. Une année terrible : Elvis était mort, Bobby Kennedy était mort, il y avait des émeutes dans les quartiers défavorisés et dans les prisons. Ce grand menteur de Johnson était inaccessible, un roi dément enfermé dans sa tour ; à la télévision, on suivait soir après soir l'évolution d'une guerre qui semblait vouloir titiller, plutôt que le patriotisme, le goût de l'homme pour l'horreur. Au mois de mars, Meredith s'était cassé la hanche en tombant dans la salle de bains ; deux interventions chirurgicales, et on ne savait pas encore si elle pourrait remarcher. La pire des années qu'on pût imaginer. Et cependant j'étais là, à boire une bière sur le ponton après une journée si idyllique que je n'avais même pas voulu procéder au moindre lancer, de peur que cette infime manifestation de ma présence n'en altère la perfection. J'avais passé la matinée à me promener sur le sentier qui longe le fleuve, puis j'avais emprunté un canoë pour une petite sortie sans but sur le lac. Je n'avais pas prononcé un mot depuis le déjeuner, jusqu'au moment où Lucy, m'ayant aperçu sur l'appontement, était venue s'asseoir à côté de moi. Cet été-là, elle avait pris en cuisine la succession de Daphné Markham qui, disait-on, avait fait la connaissance d'un homme par l'intermédiaire d'un réseau de rencontres méthodiste et était partie avec lui en Équateur.

Nous étions assis côte à côte, à regarder le lac absorber la lumière du soir. C'était un tableau d'un calme surnaturel dont la perception semblait déformée, comme dans un rêve : à trois kilomètres de nous, les montagnes couvertes de sapins qui s'élevaient sur la rive opposée avaient le velouté des collines de l'Iowa dans les toiles de Grant Wood. On avait l'impression qu'il suffisait de tendre le bras pour en saisir une.

— D'accord. Qu'est-ce que vous voulez savoir ?

— Est-ce qu'elle est jolie ? Est-ce qu'elle a du

charme ? Est-ce qu'elle aime les chapeaux ? Quelle est sa couleur préférée ?

Lucy se mit à rire et croisa les jambes sous elle, avec la souplesse d'une gymnaste.

— Vous savez bien, Harry, ces petits *détails*.

J'avalai une gorgée de bière.

— Oui pour la première question, très, et je l'ai toujours pensé. Oui à la deuxième, mais pas de la même manière que vous. Absolument pas pour ce qui est des chapeaux. Et pour votre dernière question, je l'ignore. Je dirais le bleu. Elle portait souvent du bleu.

Elle ne releva pas le compliment, tant mieux.

— Portait ? Qu'est-il arrivé au bleu ?

Je pris le temps de réfléchir.

— Eh bien, maintenant que vous le dites, je me souviens qu'elle aime assez une de ses robes de chambre dans les bleus. À moi ?

— Pas si vite. Et en plus vous connaissez bien Joe, vous. Où l'avez-vous rencontrée ?

— Pourquoi voulez-vous le savoir ?

— Comment les gens se rencontrent...

Elle haussa les épaules.

— ... c'est toujours romanesque.

— Dans un restaurant, presque à la fin de la guerre. Et vous, où avez-vous rencontré Joe ?

— Au lycée. Il était un peu ringard, comme garçon. Le genre bouseux. Mais on est sortis ensemble bien plus tard. Quel restaurant ?

— J'ai oublié son nom. C'était sans doute la classe au-dessus du bistrot. Je me souviens qu'il avait une entrée réservée aux dames, mais il n'en existe plus de pareils de nos jours.

— Dieu merci. Elle était enceinte quand vous l'avez épousée ?

La question me prit tellement de court que j'éclatai de rire.

— Qu'est-ce qui vous fait croire ça ?

— Ne vous offusquez pas. Un restau, ça semble un peu... comment dire ? Un peu douteux, non ? Même s'il a, comment avez-vous appelé ça ?

Elle adopta un ton grave pour se moquer :

— Une *entrée pour dames*.

— Je ne m'offusque pas. Mais ce n'était pas ce genre d'endroit.

— D'accord, je vous crois.

J'aurais pu en rester là. Et pourtant je trouvai stupide de réagir de la sorte. Pourquoi ne pas répondre à la question ?

— Eh bien, techniquement...

Elle m'interrompit d'un éclat de rire.

— Techniquement, Harry ? Oh, tomber enceinte est une chose terriblement technique, d'après ce que je sais. C'est arrivé à une copine à l'école. Elle était on ne peut plus techniquement enceinte.

— Jeu, set et match.

Je n'étais pas du tout contrarié ; loin de là.

— J'ignore pourquoi je vous l'avoue, mais pour dire la vérité, oui, elle l'était. Comme ça, au bout de quelques semaines. Nous nous connaissions à peine. Moi, en tout cas. Nous avons seulement dit à tout le monde que Sam était un peu prématuré.

À ce nom, un silence descendit sur nous, plus profond que la simple absence de son. Elle était bien sûr au courant, pour Sam. Pourtant c'est un sujet que je n'abordais presque jamais, même avec Meredith.

— Oh, Seigneur, Harry, dit-elle au bout d'un moment. J'aurais mieux fait de me taire. Je suis désolée.

— Non, il n'y a pas de problème. Je lui souris pour confirmer mes paroles.

— Ce n'est pas désagréable de parler de lui. D'une certaine manière, c'est plus facile ici. Je ne m'en étais pas rendu compte, mais je n'ai pas cessé de penser à lui toute la journée.

— Qu'est-ce que vous vous disiez ?

Pendant quelques secondes, je laissai dériver mon esprit : où s'en étaient allées mes rêveries, durant toutes ces heures paisibles ?

— C'est difficile à expliquer. On ne se dit rien en particulier, du style « je parie qu'il aurait apprécié cette promenade dans les bois », ou bien « il serait grand comme ça s'il avait vécu ». C'est plutôt un état d'esprit, la sensation qu'il n'est pas loin.

Je haussai les épaules, un peu gêné.

— J'ai bien conscience que ça n'a pas beaucoup de sens.

— Je trouve que si. C'est peut-être pour ça que vous aimez tellement venir ici.

— Oui, peut-être.

Je marquai un temps de silence.

— Vous savez, Lucy, ce n'est pas la seule raison.

Nouveau silence, sans même le bruit de nos respirations. Le mystère du sentiment qui nous unissait, quel qu'il soit, se retrouvait tout à coup à découvert, tel un cerf soudain hors des sous-bois. Le moindre geste risquait de l'effaroucher.

— Harry...

— Il faut que vous partiez, bien sûr. Pour nourrir le bon peuple.

Je consultai ostensiblement ma montre.

— Il faut même que vous vous dépêchiez. Moi, je crois que je vais rester un moment ici, pour finir ma bière.

— Ce n'est pas ce que je voulais dire, mais vous avez raison.

Il y avait de la tristesse sur son visage, mais je sentis bien que je n'en étais pas la cause ; elle provenait d'autre chose, que j'ignorais. Cette tristesse semblait se déployer à partir d'elle, comme des cercles à la surface de l'eau après qu'on y a jeté une pierre.

— Harry ?

— Oui ?

Elle étendit les jambes et se leva, m'effleurant l'épaule au passage.

— Merci d'avoir dit que j'avais du charme.

L'été suivant, Joe n'était pas là. La rumeur publique racontait que son père l'avait conduit au Canada juste avant la date de son appel sous les drapeaux ; Joe senior connaissait un itinéraire pour s'y rendre, par de vieilles routes forestières ni fréquentées ni surveillées. Il avait prévu un emploi pour son fils au New Brunswick, comme il l'avait déjà fait pour beaucoup d'autres. Un mandat d'arrêt avait été lancé contre Joe pour désertion.

La tristesse que j'avais remarquée sur le visage de Lucy cet après-midi-là sur le ponton semblait s'être installée en elle comme une saison nouvelle ; ce fut le premier été où elle ne m'accueillit pas à la réception ni ne laissa de panier dans mon bungalow, et pour tout dire, je ne la vis pas du tout jusqu'au lendemain matin, lorsque j'entrai dans la salle à manger pour déjeuner. L'endroit était bondé ; je m'attardai près de l'entrée avec l'air de celui qui cherche une table. C'est alors que la porte de la cuisine s'ouvrit, diffusant une merveilleuse odeur de cannelle et de bacon frit, et qu'elle parut, s'essuyant les mains sur un torchon et s'adressant par-dessus son épaule à quelqu'un resté près des fourneaux ; en se retournant, elle croisa mon regard et me sourit. Elle paraissait fatiguée, un peu vieillie, comme s'il s'était écoulé beaucoup plus qu'une année. La peau de ses tempes était tendue par les soucis. Elle avait le front en sueur, les cheveux non coiffés et ramenés en arrière en un chignon bâclé. Elle me serra brièvement contre elle et me dit que j'avais bonne mine et aussi qu'elle était désolée de ne pas avoir pu me voir plus tôt.

— Je suppose que vous êtes au courant, fut son seul commentaire sur Joe.

Plus tard, cet après-midi-là, tout le monde se retrouva dans le bâtiment principal, où Joe senior avait branché un poste de télévision. La pièce était pleine de résidents, certains habitués, de vieux amis que je connaissais bien ; quelqu'un avait apporté du vin et faisait la distribution dans des gobelets en plastique. Un homme que je n'avais encore jamais rencontré dit qu'il avait un bien meilleur poste, un Trinitron couleur. Un murmure d'appréciation monta – eh bien, pourquoi pas, s'il était plus moderne ? Mais quelqu'un d'autre fit alors remarquer que la retransmission aurait lieu de toute manière en noir et blanc, les images provenant de près d'un demi-million de kilomètres, et l'enthousiasme retomba.

Lucy reparut et vint s'asseoir à côté de moi sur le canapé. Comme les autres femmes, elle s'était changée et un peu maquillée, comme pour aller à une réception.

— Je me demande si Joe regarde, dit-elle. Est-ce que ça les intéresse, au Canada ? Est-ce qu'ils ont au moins la télé ?

— Attention, dit une femme derrière nous. Il sort.

La porte qui s'ouvre, la lente descente sur l'échelle, le rebond, les pas de marionnette : autant d'images en même temps familières et totalement inédites, leur étrangeté magnifiée par leur quotidienneté même. Lorsque le pied d'Armstrong toucha la surface, un hourra retentit dans la pièce. J'eus soudain envie d'être à New York, en train de suivre l'événement auprès de Meredith et de Hal. Je décidai de téléphoner immédiatement après la retransmission. « Vous avez vu ça ! dirais-je. La Lune ! »

— J'ai entendu dire que c'était entièrement bidonné, lança quelqu'un.

C'était l'homme au récepteur couleur. Il promena sur l'assistance un sourire de citrouille.

— Ce serait entièrement tourné en studio, au Texas.

Comme personne ne riait, sa voisine, sa femme je suppose, lui tapa sur l'épaule avec un magazine.

— Comment tu peux le savoir ?

Elle s'adressa à la cantonade.

— Croyez-moi, il serait incapable de distinguer le vrai du faux, même si sa vie en dépendait.

Ce soir-là, après le dîner, tout le monde se retrouva sur le ponton et but du champagne, sous un croissant de lune grise qui nous paraissait soudain plus proche, comme si la terre s'était hissée pour aller à sa rencontre. Elle suivait une courbe descendante au-dessus du sommet des arbres et, juste après onze heures, elle disparut pour la nuit. Le champagne avait produit son effet : certains se baignaient malgré le froid. La nuit s'était ouverte comme un livre. Lorsque la séquence natation prit fin, des voix s'élevèrent pour exiger de la musique ; quelqu'un déroula une rallonge pour relier un poste de radio à l'installation de l'accueil. Il y eut des craquements puis les sons d'un orchestre emplirent la nuit. Basie ou Ellington, je n'aurais su dire aux premières mesures. Puis une voix reconnaissable entre toutes escalada la barricade des instruments, celle d'Ella Fitzgerald. Note après note, la chanson se précisa, comme un tableau : *How High the Moon*. La mélodie semblait parvenir jusqu'à nous après avoir traversé non pas l'espace mais un océan de temps.

— Holà, tout le monde, dit l'homme au poste de radio, j'ai l'impression qu'ils sont au courant, eux aussi !

Les couples se formèrent et on dansa sur le ponton. Lucy était partie lorsque les gens avaient commencé à se baigner ; assis tout seul, j'étais un peu soulagé qu'elle ne soit plus là. Si elle était restée, je l'aurais invitée à danser (c'était inévitable, c'était dans l'ordre des choses), mais je sentais que ça n'aurait pas été bien, pas seulement à cause de ce qui s'était passé entre nous l'été précédent, mais également parce que Joe était absent.

— Allez, venez, Harry.

C'était la femme du type à la télévision couleur qui me tirait le bras. Je vis qu'elle avait trop bu, mais c'était le cas de tout le monde. Nous avions fait les présentations plus tôt dans la soirée ; eux, c'étaient Ken et Leonie. Une femme svelte avec des cheveux rouges coupés court et des yeux humides ; jolie, mais avec cet air un peu angoissé des beautés qui vont basculer après quarante ans. Son mari, un Irlandais costaud, dansait déjà avec une autre femme de leur groupe.

— Je ne suis pas un grand danseur, avouai-je.

— Ça ira, parce que je suis bien trop ronde pour m'en faire. C'est la première chose vraiment *intéressante* qui se passe depuis notre arrivée.

Elle posa la tête sur mon épaule et m'attira contre elle. Son haleine avait une odeur d'alcool et de rouge à lèvres. Je pensai à Lucy, me demandant où elle s'était réfugiée.

— Hé, vous n'êtes pas si mauvais, me dit Leonie après quelques pas. Qu'est-ce que vous racontiez !

Elle rejeta la tête en arrière et lança joyeusement à son mari :

— C'est bon, chéri, danse autant que ça te chantera, moi je t'ai trouvé un remplaçant.

— Il vaudrait peut-être mieux que vous dansiez avec lui, proposai-je.

Sa main remonta le long de mon dos jusqu'à ce que je sente ses doigts remuer légèrement sur ma nuque. Le geste était impersonnel, il aurait pu s'agir de n'importe qui à ma place. Son corps, qui semblait s'être liquéfié, fondait contre le mien.

— Il s'en fiche, vous savez, dit-elle doucement. C'est ainsi que nous fonctionnons.

— Il va vraiment falloir que je m'en aille, après ce morceau.

— Écoutez-moi ça, miaula-t-elle pour protester. Ce que vous êtes boutonné.

Notre danse terminée, je pris la fuite. Je n'avais pas menti, il était réellement tard, près d'une heure du matin. Mais il était également vrai que je m'étais senti prêt à commettre une folie. La maladie de Meredith avait congelé cet aspect de ma vie et rendu vulgaire ce genre de besoins. Mais on ne pouvait en faire complètement abstraction. Je m'arrachai à la musique et à la danse un peu comme on se refuse un quatrième verre. Mais en regagnant mon bungalow, sur le sentier, je me trouvais bien seul et même vaguement ridicule. J'avais quarante-quatre ans ; j'aurais pu en avoir treize, ou cent.

Je me déshabillai et m'étendis dans le noir, incapable de dormir à cause du sucre dans le champagne. À travers les fenêtres j'entendais la musique de la radio qui flottait au-dessus du lac, avec de temps en temps un brusque éclat de rire. Encore des plongeons : ils se baignaient à nouveau. Leonie avait-elle convaincu un autre partenaire de jouer avec elle ?

Puis je fus violemment ramené au présent, et je me demandai où j'étais. Quelqu'un frappait à ma porte, à moins que je n'aie rêvé tout cela. Je pris ma montre sur la table de chevet et essayai de déchiffrer l'heure malgré l'obscurité : 3 h 20. J'avais dormi près de deux heures. Je me rallongeai et j'avais presque oublié les coups à ma porte quand ils se répétèrent : pas vigoureux, mais retenus, presque hésitants, comme une sorte de code convenu. Je me levai et allai ouvrir.

— Harry ?

C'était Joe. J'allumai la lampe du seuil et repoussai la porte-moustiquaire pour sortir. Il avait le visage noir de barbe et de crasse ; il portait un gros sac. Son expression indiquait la gêne, presque la peur. Il leva les mains pour se protéger de la soudaine clarté.

— Éteins, s'il te plaît.

— Qu'est-ce que tu fiches ici ?

Il inspecta avec inquiétude autour de lui.

— Éteins vite, je t'en prie. Je ne veux pas que quelqu'un me voie.

Je reculai dans le bungalow et tournai l'interrupteur. Il y eut un moment de complet malaise. Je me rendis compte qu'il ne m'avait pas regardé du tout.

— Putain, je suis navré, Harry. Tu ne m'as pas vu, d'accord ?

— Ton père sait que tu es là ?

— Non, et c'est mieux comme ça. Je ne plaisante pas.

Il frissonna et secoua la tête.

— Seigneur, quel bordel.

Une autre voix nous parvint de l'extérieur.

— Joe ? Joe, c'est toi ?

Joe sortit et Lucy apparut. Elle se jeta dans ses bras. Il la souleva en grognant de joie. Les mois passés au loin avaient libéré quelque chose en lui, une sorte de puissance animale. Il la reposa, la considéra, puis la reprit contre lui.

— Mon Dieu, tu pues, souffla-t-elle. Où as-tu traîné ?

— C'est une longue histoire. Il a fallu éviter d'avoir la frousse, c'est tout ce que je peux dire. Qu'est-ce qui se passe, Lucy ? Tu m'avais pourtant bien précisé bungalow 9, non ? J'ai l'impression que j'ai flanqué une trouille bleue à ce pauvre vieux Harry.

Elle releva la tête et me découvrit, debout sur le seuil ; je crois bien qu'elle avait oublié que j'étais là. Ce pauvre vieux Harry. Je compris qu'elle l'avait attendu dans un bungalow voisin, pendant des heures : sans doute depuis qu'elle avait quitté la fête.

— Pas de problème, dis-je.

Joe se dégagea et vint près de moi sur le seuil.

— Excuse-moi encore, Harry. Je ne voulais pas te faire peur.

Il me tendit la main et je la pris. Il avait les doigts plus rugueux que de la pierre ponce.

— Je suppose que tu sais que je suis recherché, alors si tu veux bien, pas un mot, d'accord ? Si mon père savait que je suis ici, il pourrait avoir des ennuis, lui aussi.

— Tu peux compter sur moi, je serai muet comme une tombe.

Il rejoignit Lucy sur le sentier. Pendant un moment, aucun de nous trois ne bougea. Une partie de moi était sincèrement heureuse pour eux, et pour moi-même qui étais témoin de la scène, mais je ressentais aussi une vague douleur. C'était comme s'il suffisait que j'avance d'un pas dans l'obscurité pour qu'elle me dévore, qu'elle me fasse disparaître sans laisser de trace, sans personne pour se souvenir de moi. Le simple fait de dépasser le seuil aurait suffi à déclencher ce processus.

— Ne te fais aucun souci pour moi, dis-je. Sincèrement. Vous devriez y aller, tous les deux.

— Harry ?

La voix de Lucy n'était qu'un murmure.

Je posai un doigt sur mes lèvres :

— Tout va bien, dis-je doucement. Filez.

Ils s'évanouirent parmi les ombres. Leur absence fut totale, comme si je ne les avais pas vus du tout. Je ne me rappelle plus combien de temps je suis resté là. Je pris la décision de faire mes valises dès le lendemain matin. Je partirais et ne reviendrais plus jamais. Je m'attardai encore un peu contre la balustrade, en agitant la main pour dire au revoir. Puis j'ouvris la porte-moustiquaire et rentrai me coucher.

## 10
## Lucy

Je savais que Joe n'allait plus penser à la radio.

C'est facile de dire ça maintenant, bien sûr, l'après-coup étant ce qu'il est, mais même en le voyant démarrer ce matin d'août, je l'ai *su.* Soit il avait oublié de la prendre dans la camionnette, soit il l'oublierait en arrivant à destination, à des kilomètres ; à moitié exprès et à moitié pas exprès. Comme il se plaisait à le déclarer, « par accident ».

Mettez cela sur le compte de la prémonition, ou du mariage, ou de ce que vous voudrez, mais je l'ai *su.*

Dans l'immédiat, cependant, j'avais d'autres chats à fouetter : achever la préparation du déjeuner et des repas à emporter pour les groupes devant sortir jusqu'au soir, puis la mise en place du reste ; le dîner, évidemment, qui n'était jamais très loin. Il y avait des sandwiches à composer, et des tartes à cuire, des pommes, des carottes et des gâteaux secs à emballer, des légumes à laver, couper en tranches et faire bouillir, il y avait aussi les côtes de bœuf à décongeler, ainsi que la réception, dehors, de trois douzaines de homards, huit douzaines de palourdes et une petite fortune en espadons de Gloucester sautillant vers moi à l'arrière d'un camion de livraison de Portland. On a beau se trouver à plus de deux cents kilomètres à l'intérieur des terres, aussi loin de la côte qu'Albany dans l'État de New York, on est dans le Maine et les gens tiennent à leurs homards.

Lorsque j'entrai en cuisine, le coup de feu du petit déjeuner n'était pas fini et j'en avais pour jusqu'à neuf heures du soir. Jordan et Kate étaient encore occupés ailleurs, à aligner les canoës de randonnée au point de rassemblement ; Joe était parti avec ses avocats ; pratiquement tout le monde était soit sur le lac soit sur le fleuve, avec une matinée bien chargée. Nos extras de cuisine pour l'été, Claire et Patty, terminaient la vaisselle du petit déjeuner et la mise en place pour midi. Elles étaient toutes deux étudiantes à la Faculté de Région, juste quelques années après Kate : Patty était une de ces filles du coin pour qui on ne peut que se faire du souci, la moitié du temps en retard et complètement obsédée par les garçons (son soupirant régulier, un individu renfrogné au regard vide qui venait la chercher tous les après-midi au volant d'une vieille Impala toute rouillée avant de dévaler l'allée en riant dans un nuage de poussière et de fumée de Marlboro, n'était rien de plus qu'un personnage de triste fait divers attendant de se distinguer), alors que Claire était totalement le contraire, presque trop angélique avec ses boucles dorées et sa voix haut perchée et vaporeuse, le genre de fille qui adore lire les gros romans russes pendant ses heures de repos, et ne cessait de chanter en lavant les assiettes.

Une accalmie dans le tourbillon matinal : j'en profitai pour m'asseoir pour la première fois de la journée, avaler une tasse de café et même manger quelque chose, sur un coin de table libre près d'une fenêtre. Le lac était calme sous le puissant soleil, sa surface seulement perturbée par le passage de rares bateaux.

De temps à autre, l'éclair d'une ligne qu'on lance trahissait une vague activité humaine. J'aurais aimé que l'une de ces cannes fût celle de Harry, mais après hier soir, je savais bien qu'il y avait peu de chances.

— Lucy, voilà le poissonnier.

— Merci, Claire.

Je me levai, déjà fatiguée ; la journée promettait d'être longue. La camionnette s'arrêta devant la porte de la cuisine. Je signai le bordereau et transportai le tout à l'intérieur, aidée par les filles. Huit sacs de homards, avec en plus les palourdes et les espadons, à entreposer dans la grande chambre froide.

Vers onze heures tout était en place et ronronnait (j'avais même trouvé le temps de mettre au four deux tartes, une aux pommes et l'autre aux myrtilles) et, laissant Patty et Claire dans la cuisine, je me rendis à l'accueil. L'espace d'un moment, j'eus envie d'appeler Joe sur la radio, pour me prouver que j'avais raison, mais j'y renonçai : qu'est-ce que je lui aurais dit ? Je n'avais de nouvelles ni de Hal ni de Harry, tout allait bien en cuisine, et personne ne le réclamait, à ma connaissance. Il y avait, évidemment, le simple désir d'entendre sa voix, un mouvement qui n'était jamais très loin de la surface. Mais rien de plus. Je jetai un ou deux coups d'œil à l'émetteur, comme s'il allait me donner un conseil, puis gagnai le bureau pour classer une pile de factures. Même lors des meilleures années, c'était toujours une torture de faire tourner l'argent comme un joker, d'un poste à l'autre, avec l'espoir de retomber sur ses pieds en fin de saison. Mais pas ce mois d'août-là. J'avais consacré ma vie entière aux riches : j'avais cuisiné pour eux, j'avais lavé leur linge, nettoyé leurs bungalows. Il y avait toujours eu entre nous un arrangement tacite : ils étaient d'un côté de la frontière, et moi de l'autre. Maintenant j'étais du même côté qu'eux.

La porte s'ouvrit brusquement comme je signais le dernier chèque. Kate avait les joues toutes rouges ; ses yeux s'élargirent de surprise, comme si elle n'avait pas prévu de me trouver là. Elle tenait à la main une orange fraîchement pelée. Elle s'assit sur le canapé et regarda autour d'elle.

— Ce n'est pas l'heure du déjeuner ? Je sens des tartes qui brûlent, non ?

— Ne plaisante pas avec ça.

Je rebouchai mon stylo.

— Alors ?

— Voyons.

Elle sépara l'orange en quartiers et s'en fourra un dans la bouche.

— Tous les canoës sont prêts à partir. Les gens du Connecticut passent la matinée en ville à faire provision de bombes insecticides et à se demander pourquoi ils n'ont pas été plutôt à Disneyland, cette année. Le bungalow numéro 2 a besoin de serviettes propres. Jordan est dans le coin, à rendre des services, j'en suis sûre. Patty pleure dans la cuisine.

— Seigneur, encore ? C'est quoi, cette fois ?

Elle haussa les épaules ; c'était pareil depuis le début de l'été.

— Ses problèmes habituels de petit ami, je suppose. Elle a les nerfs à vif, c'est un fait. J'étais comme ça, moi ?

— Jamais de la vie.

— Eh bien tant mieux.

Elle me fixa un moment puis me sourit malicieusement.

— Bon, alors qu'est-ce qui nous manque ? Tu

donnes ta langue au chat ? Tu ne m'as pas demandé des nouvelles de Harry.

Je me sentis mise sur le gril.

— D'accord. Comment va Harry ?

— Tu devrais y aller voir toi-même. Tu empruntes le sentier, tu tournes à droite après le quatrième bungalow. Tu ne peux pas te tromper.

— Je suis un peu coincée ici, chérie.

— J'ai une copine à l'école qui a une expression pour qualifier ce genre d'attitude.

Elle leva un doigt d'un air docte.

— Elle dit : Kate, c'est un discours d'évitement.

Je sentis que je souriais.

— Elle est douée, ta copine.

— Il faut préciser que ses parents sont tous deux psy, alors il convient de tenir compte du terrain. En plus, elle est complètement boulimique. Elle croit que personne ne le sait, mais évidemment tout le monde est au courant.

Kate termina son orange et s'essuya les doigts sur son jean.

— Seigneur, ce que j'ai faim. Il n'y a rien à manger, dans le secteur ?

— Il y a de quoi nourrir une armée. Tu peux te faire bouillir un homard, si tu veux.

Elle secoua la tête.

— C'est de la nourriture pour touristes, ça. Je pensais plus à une bricole du genre sandwich jambon-beurre.

— Tu connais le chemin de la cuisine.

Je pris un temps puis prononçai des mots que je n'avais pas programmés.

— Kate, est-ce que tu as... *une liaison* avec Jordan ?

Je vis que je l'avais mise mal à l'aise. Elle parcourut la pièce du regard avant de revenir sur moi.

— Ça, ce n'est pas du discours d'évitement !

Elle lâcha un petit rire.

— En fait, non, M'man, mais tu devrais être encore plus directe.

— Excuse-moi. C'est une journée bizarre. Les mères sentent de telles choses. Je vous ai vus tous les deux sur le ponton, hier soir.

— Je pardonne à l'espionne. Et qu'est-ce que tu crois avoir vu ?

— Juste... un truc. Un machin garçon-fille. Je n'espionnais pas vraiment. Je portais seulement un panier au bungalow de Harry. Tu peux m'en parler si tu veux. Il n'y aurait pas de mal à ça.

— C'est trop tôt pour en parler.

Elle avait le visage illuminé d'une sorte d'allégresse.

— Il embrasse bien, c'est tout ce que je peux dire. Il s'était réservé jusqu'ici.

C'était maintenant mon tour d'être gênée.

— J'aurais peut-être mieux fait de ne rien demander.

— Tu veux savoir ? D'accord, il y a quelque chose. Un minuscule quelque chose. Ça risque d'embêter Papa ?

— Seulement si ça t'embête, toi.

Elle fronça les sourcils.

— Ça n'a pas un petit côté... incestueux ?

— Seigneur, Kate, d'où sors-tu des idées pareilles ?

— Je ne fais que considérer la situation.

Elle traça des points d'interrogation dans l'air avec le doigt.

— Jordan-le-fils-qu'il-n'a-jamais-eu, ce genre de trucs.

— Non, je ne pense pas que ça se présente de cette façon.

— Bien. Parce que pour moi, c'est totalement différent.

Elle déplia ses longues jambes devant le canapé.

— Un dernier détail avant que j'aille me goinfrer. Est-ce que, par hasard, tu voudrais bien qu'on n'aborde plus ce sujet ? de fille à mère ? du moins dans l'immédiat ?

— Si c'est ce que tu désires.

— Tu comprends, j'essaie de ne pas m'emballer pour le cas où ça marche. Ou de ne pas vendre la peau de l'ours, au cas où ça ne marche pas. Parce que, pour être franche, je l'aime vraiment, vraiment beaucoup, si tu vois ce que je veux dire.

— Et moi aussi.

Je lui souris pour lui montrer que j'étais sincère.

— Il y a juste une chose, tu sais. Fais bien attention ! C'est ce que conseillent les mamans.

Elle se mit au garde-à-vous.

— La fille qui fait le plus attention au monde, au rapport, m'dame. Elle demande la permission de cesser de discuter de sa vie amoureuse et d'aller bouffer.

— Permission accordée.

Elle se précipita vers la porte, mais s'arrêta juste avant de l'ouvrir.

— J'ai parlé d'un dernier détail, mais il y en a un autre.

— Je t'écoute.

Elle vint se placer derrière moi et, se penchant pardessus mon épaule, m'embrassa brièvement sur la joue.

— Va voir Harry, M'man. D'accord ? Va donc le voir.

Si je devais recommencer ma vie, s'il était possible de revenir en arrière et de revivre un moment pour le changer, sans rien modifier d'autre et que tout le reste demeure identique, il y a une chose que j'aurais faite : je serais restée à la fête et j'aurais dansé avec Harry Wainwright.

Juste une danse, pas davantage ; une danse pour lui dire que ça me faisait plaisir. J'aurais dansé avec Harry Wainwright et nous aurions ri tous les deux en nous moquant des autres qui tournoyaient en ayant abusé du champagne, nos corps proches l'un de l'autre mais pas trop, pour que nous puissions bavarder. Une danse sur ce premier air que j'ai oublié (je l'entendais dans le bungalow numéro 6 où j'attendais Joe), lent et assez envoûtant, chanté par une femme, Ella ou Sarah, dont la voix virevoltait autour de la musique comme une abeille affairée ; le genre de chant auquel on s'accroche et qui met vos pieds en mouvement. Je danserais avec lui et je lui dirais merci à la fin du morceau ; je pourrais bâiller, la main devant ma bouche, et dire un truc du style : eh bien, il se fait tard. Merci Harry, mais il faut vraiment que je rentre. Et lui répondrait : vous avez raison, moi aussi, mais je crois que je vais encore traîner un moment ici. Il fait si bon dehors. Bien, bien, évidemment, on se verra demain, dirions-nous en même temps, et je partirais, en sentant son regard sur moi tandis que je remonterais vers la maison, puis j'entrerais dans l'ombre en songeant : eh bien, voilà, ma fille, tu as dansé avec Harry Wainwright.

Je n'ai jamais su pourquoi Joe avait choisi le bungalow numéro 9 ; une partie de moi continue de supposer que le chiffre s'était renversé dans son esprit. Il m'avait appelée en début de soirée depuis une cabine publique de Machias ; il avait déjà franchi la frontière.

Nombreux sont ceux qui se figurent que les réfractaires à la guerre du Vietnam ne sont jamais revenus chez eux, mais en vérité beaucoup sont revenus, et Joe était l'un d'eux. Soit il faisait la route dans le coffre de la voiture d'un ami, comme cette fois-là, soit il travaillait sur un chalutier pour payer son voyage jusqu'à Portland ou Grand Manan avant de terminer en auto-stop. Personne ne l'a jamais vu, évidemment, et après ce soir-là, lorsque Harry nous a surpris sur la terrasse, nous avons été d'accord pour penser qu'il ne devait plus s'aventurer aussi près ; nous nous donnions rendez-vous à Twining, à trente kilomètres, et nous passions trois ou quatre jours sans presque quitter la chambre, à manger de la nourriture à emporter achetée un peu plus loin et à jouer aux cartes en sous-vêtements, comme deux criminels.

Nous sommes même restés une semaine entière ensemble à Boston. C'était au mois de décembre, pas loin de Noël, toutes les vitrines étaient décorées, et pourtant il faisait doux et il pleuvait la plupart du temps. C'est ainsi que je me remémore cette semaine-là, de la pluie sans arrêt, et nous qui allions dans les restaurants ou au cinéma, comme des gens normaux. Nous habitions chez quelqu'un, à Central Square : je n'ai jamais bien compris chez qui. L'endroit appartenait à un ami d'un ami qui connaissait quelqu'un qui connaissait quelqu'un d'autre – enfin, quoi qu'il en soit, c'est là que nous étions. J'étais venue en car depuis Augusta et j'avais retrouvé Joe au terminus. C'était une pièce unique dans une vieille maison de bois bardée d'échelles d'incendie, avec de hautes piles de livres et un matelas à même le sol poussiéreux. Les livres me plaisaient ; je me disais qu'on pourrait se divertir en se faisant la lecture. Et puis, en leur prêtant plus d'attention, j'ai vu qu'ils étaient tous en allemand.

Le travail l'avait rendu fort ; c'est au cours de ces années qu'il est devenu vraiment un adulte, mon Joe. Je pouvais sentir la puissance qui était en lui seulement en lui tenant le bras lorsque nous nous promenions, serrés l'un contre l'autre sous un parapluie, ou à attendre le bus, ou à faire la queue pour acheter des billets sous la pluie incessante. Davantage que la fermeté des muscles et des os : la force qu'il recelait était d'une dureté plus profonde, presque géologique, comme de l'acier trempé. Sa barbe, non taillée, lançait des éclairs roux. Assis en manteaux au bord du lit, nous avions échangé des cadeaux de Noël. Je lui avais tricoté une écharpe, bleu foncé, avec des flocons blancs ; dans ses lettres, il se plaignait tout le temps du froid.

— Quand est-ce que tu as appris à tricoter ?

Sans plus l'examiner, il se la mit autour du cou.

— N'y regarde pas de trop près, il y a des tas de défauts.

— Je ne vais plus jamais la quitter.

Il m'embrassa brièvement et sortit une petite boîte en carton de son sac à dos.

— Excuse-moi, mais je n'ai pas eu le temps de faire un joli paquet.

C'était un bracelet fantaisie : des perles de verre multicolores reliées par un fil d'argent.

— Il te plaît ?

Je l'élevai devant la fenêtre pour que le verre puisse prendre la lumière. Des taches de couleur apparurent sur le sol, à nos pieds.

— C'est magnifique, Joe. Je n'ai jamais rien vu d'aussi beau.

Il eut l'air soulagé.

— Eh bien, je n'étais pas très sûr de moi. C'est

difficile de t'acheter quelque chose, Luce. C'est une femme, en ville, qui les fabrique.

J'ouvris le petit fermoir et passai le bijou à mon poignet. Est-ce que mon expression m'avait trahie ? L'espace d'une seconde, en le voyant sortir l'écrin de son sac, j'avais imaginé qu'il s'agissait d'une bague. Bien que ce fût impossible : nous étions d'accord pour ne rien faire avant que, d'une façon ou d'une autre, Joe puisse rentrer chez lui : fin de la guerre, ou amnistie quelconque. Nous étions en 1970 ; au cours de cet automne-là, le père de Joe avait comparu devant une délégation du Congrès pour son appartenance à un groupe intitulé les Vétérans de la Deuxième Guerre mondiale contre la Guerre. J'avais lu le compte rendu dans le *Portland Press Herald.* « Regardez mon visage, avait-il déclaré. Je sais ce que veut dire se sacrifier pour son pays. Messieurs, cette guerre-ci ne vaut pas un clou. » Un éditorial du journal local l'avait décrit comme « notre véritable monstre » et « un partisan bien connu des déserteurs, des hippies et de tous les indésirables, dont le propre fils est un criminel recherché ». Mais en ville, beaucoup de gens pensaient différemment. Personne ne croyait que les choses pouvaient rester très longtemps en l'état.

— Il est vraiment superbe, répétai-je.

Je secouai le poignet pour le sentir bouger sur ma peau.

— Merci.

Nous avions la chambre pour six nuits. Joe avait prévu son retour au New Brunswick sur un bateau de pêche qui devait quitter Portland la veille de Noël. Je l'accompagnerais et rentrerais en car à la maison. J'occupais un emploi de bureau à la scierie le jour et j'étais serveuse le soir au Pine Tree. Le moment fatal était suspendu au-dessus de nos têtes et le compte à rebours avait commencé. Tout ce que nous faisions, les repas, les promenades, les films que nous allions voir, et même l'amour, tout nous paraissait se retrancher d'une liste au fur et à mesure. Pour moi, l'effet était toujours le même : le malaise des retrouvailles se changeait au fil des heures en une sensation de confort qui, je le savais, était mensongère, et qui se transformait, jour après jour, en une attente mélancolique et désespérée ponctuée d'éclats de colère sans objet. Plus le départ de Joe approchait, plus nous nous querellions, mais la fin se répétait, immuable : je pleurai à chaque fois.

Pour notre dernière soirée, nous avons mangé dans un snack près de Harvard Square, une seule vaste pièce aussi brutalement éclairée qu'une gare routière, avec une plaque chauffante à vue et de la sciure sur le sol. Un ventilateur tournait au plafond, l'endroit était plein d'étudiants, tassés sur les sièges et épaule contre épaule au bar. Joe a commandé une côte de bœuf aussi épaisse qu'une bible ; il avait constamment faim. Je l'ai regardé dévorer et il me manquait déjà, mais il y avait autre chose en plus : j'avais l'impression de passer à côté de ma vie.

Il termina son repas et alluma une cigarette.

— Tu ne manges pas ?

J'avais à peine touché à mon cheeseburger. J'essayai de sourire.

— C'est cette chaleur. Et les oignons.

Tous les clients s'essuyaient les yeux, dans la pièce.

— Mon père venait souvent ici dans les années trente, dit Joe. À cette époque déjà, tout le monde se plaignait des oignons.

Nous étions assis dans un box, au fond du restaurant ; je tournais le dos au mur. Pendant un moment, je laissai flotter mon regard dans la pièce lumineuse et animée. Les étudiants de la fac ne rentraient donc pas chez eux pour Noël ? Mais je n'avais pas la moindre idée, en réalité, de la façon de vivre de ces gens-là. Autour d'une grande table ronde au milieu de la pièce, il y en avait six, cinq garçons et une fille, tous en gros pull et en jean, qui avaient entamé une discussion passionnée dont je pus saisir le sujet par des bribes de phrases perçant le brouhaha général : « capacité réduite », « éléments de négligence », quelque chose comme « la véritable cause tangible et les inévitables dégâts ». Je compris qu'ils s'exprimaient à tour de rôle ; dès que l'un se taisait, refermant son cahier, la conversation reprenait autour du suivant. Il y avait un pichet de bière au centre de la table ; lorsque ce fut à la fille de conduire les débats, le garçon assis à sa gauche lui proposa de remplir son verre, mais elle le couvrit de sa main et fit non de la tête. À la place, elle but une gorgée d'eau. Puis elle étala ses notes.

Joe jeta un coup d'œil par-dessus son épaule pour suivre mon regard, puis revint sur moi.

— Quelqu'un que tu connais ?

— Très drôle.

Je secouai la tête.

— Tu n'as jamais eu envie de... je ne sais pas, d'aller à Harvard ?

Joe lâcha un nuage de fumée dans un rire.

— Moi ? Je ne crois pas.

— À la fac, alors. Quelque part.

— Il n'en a jamais été question. Je te jure, Luce. Ne plaisante pas.

— Ton père y est bien allé. Pourquoi pas toi ?

— Pour mille raisons.

Il posa sur moi des yeux incrédules.

— Qu'est-ce qui te prend ?

À la table centrale, la fille continuait à développer

ses notes. Même si elle était assise, je voyais bien qu'elle était grande, et athlétique ; elle devait pratiquer un sport, songeai-je, ou elle avait au moins une activité annexe et même un violon d'Ingres tel que l'escrime ou le squash. Peut-être, avant de suivre son droit, avait-elle fait partie de l'équipe de huit-barré de son collège, et aimait-elle retrouver ses amis ici parce que le ventilateur du plafond lui rappelait de bons souvenirs. Elle avait un beau visage et des cheveux auburn tirés en une queue-de-cheval fournie ; pendant sa communication, elle levait de temps en temps une main ou l'autre et dessinait de petits cercles dans l'espace pour accompagner sa pensée.

— Tu aurais pu, dis-je.

Joe s'assombrit.

— *J'aurais pu* faire un tas de choses.

Il écrasa sa cigarette et appela la serveuse.

— Allons-y.

Nous avons payé et sommes partis. Dehors la pluie s'était transformée en neige ; il en était déjà tombé trois centimètres et elle s'accrochait sur tout, comme du glaçage sur un gâteau. Sur le pare-brise d'une Karmann-Ghia garée contre le trottoir, quelqu'un avait écrit, en lettres épaisses tracées par un doigt ganté : « Faites l'amour, pas les examens. » Au lieu de retourner à l'appartement, nous avons marché vers le sud, à la recherche du fleuve à travers un réseau de dortoirs et de salles de classe, avec des cours fermées par des portails métalliques ; puis s'ouvrit devant nous une rue animée à quatre voies, Memorial Drive, qui séparait le campus du Charles. Des voitures glissaient devant nous, leur capot et leurs pare-chocs balayés par l'averse, précédées par des cônes de lumière neigeuse ; de l'autre côté du fleuve, large ruban de ténèbres coupant la ville en deux, se dressait le Prudential Building, tel un imposant monolithe lumineux. J'avais les pieds trempés, la neige tombait dru. Un sentiment presque indicible : je fus soudain bousculée par une réalité vivante, comme si je voyais tout, jusqu'au monde lui-même, pour la première fois. Je n'avais rien à faire dans le Maine ; il était même inutile que je rentre. Par le seul fait de dire cela, j'allais pouvoir sortir de ma bulle d'attente et disparaître dans ces rues, me fondre dans cet univers brillant et palpitant de gens, de bâtiments et de voitures. Je pourrais trouver un emploi, louer un petit appartement. J'avais l'impression de me tenir sur la rive d'un grand cours d'eau, d'un courant de possibilités infinies quant à ce qui se proposait à moi. Il ne me restait plus qu'à me jeter dedans.

De retour à l'appartement, nous nous sommes déshabillés pour nous coucher. La pièce était glaciale ; au cours de la troisième nuit, il y avait eu un problème avec le chauffage, mais évidemment nous n'étions pas en position de protester. Qui aurions-nous pu appeler ? Comment seulement expliquer qui nous étions ? Nous étions anonymes, invisibles, nous n'existions même pas vraiment. Une chose aussi élémentaire qu'un radiateur en état de marche était pour nous hors de portée. Nous avons empilé nos manteaux sur les couvertures avant de nous glisser dans le lit. Dans le noir, je me suis tournée vers Joe.

— Je veux repartir avec toi.

— Sur un chalutier ? C'est l'hiver, Luce.

— Non, bien sûr. Je pourrais prendre un car comme n'importe qui.

Il soupira dans le froid.

— On en a déjà parlé. J'aimerais qu'on soit ensemble, mais il faut être patients. Tu ne t'y plairais pas, là-haut, Luce. Je suis fauché, j'habite dans un taudis sordide avec six autres types. On a des souris et ça pue à réveiller les morts : personne ne tire jamais cette putain de chasse d'eau. L'endroit ressemble à l'enfer. Je n'ai même pas d'emploi légal. C'est quoi, comme existence, ça ?

— Tu l'as dit toi-même. Il va y avoir une sorte d'amnistie, tôt ou tard.

— Très bien, c'est possible, mais s'il n'y en a pas ? Tu tiens à passer ta vie avec un fugitif ? Et si on m'envoie en déportation ? Qu'est-ce que tu deviendrais ?

— J'irais avec toi. C'est ça qui importe.

Mais je sentis qu'il m'échappait encore.

— Et si c'est en prison qu'ils me mettent ?

Nous avons pris un car pour Portland, le lendemain, et avons passé la nuit dans un motel au bord de l'eau ; à cinq heures du matin, je l'ai accompagné au port où son bateau l'attendait. Une forme en acier blanc, de trente mètres de long : avec son nom sur le flanc, le *Jenny-Smith*, et dégoulinant de rouille. Le dernier chargement avait été hissé à bord : des rouleaux de cordage, d'énormes fûts orange, des blocs de glace gros comme des cuisinières à charbon. Ils devaient longer le Jordan Basin pendant dix jours, traverser la Hague Line et débarquer Joe à Grand Manan, l'île la plus méridionale des Canadian Maritimes. De là, il pourrait emprunter un ferry jusqu'à Blacks Harbour et faire le reste du trajet en auto-stop jusqu'à LeMaitre.

Un homme en caban jaune vif se tenait près de la passerelle, un bloc à la main.

— C'est toi Crosby ?

Il parlait en gardant sa cigarette plantée au coin de la bouche.

— C'est ça.

Il émit une sorte de grognement.

— Me suis dit qu'on allait partir sans toi.

Il me jaugea de la tête aux pieds, comme s'il avait été dans un bar.

— Elle vient aussi ?

— Non.

Avec ses doigts épais et sales, il décolla sa cigarette de ses lèvres et en fit tomber la cendre.

— Dommage.

## 11
## Joe

Le premier fit son apparition à l'automne 1967 : un gamin pâle et décharné qui voyageait seul et n'avait pour tout bagage qu'un tapis de mousse et un sac à dos en grosse toile. Nous nous apprêtions à fermer pour l'année. Il arriva à pied, après avoir fait de l'auto-stop de nuit, et il dormit sur la terrasse. Je le découvris le matin dans la cuisine ; mon père était en train de lui confectionner un petit déjeuner.

— Je te présente David, déclara mon père. C'est ton cousin.

— J'ignorais que j'avais un cousin du nom de David.

— C'est nouveau.

Je lui adressai un signe de tête las qu'il me rendit. Il avait une drôle de petite moustache : une moustache de gosse. Mon père lui prépara ses œufs dans une poêle en fonte qu'il rinça ensuite dans l'évier, puis il s'essuya les mains avec un torchon.

— Te voilà dans le secret, me dit-il.

Ces paroles ne me surprirent pas. À cette époque, mon père était connu comme une véritable énigme, au moins dans notre ville : le héros de guerre devenu un activiste antiguerre, l'homme qui avait presque donné sa vie pour combattre Hitler mais qui refusait, selon ses propres termes, « de voir un seul Américain mourir pour remplir les poches des ploutocrates et grossir les revenus de la mafia ». La vague de la menace communiste, et la manière dont on l'avait gonflée pour justifier la guerre, le révulsait. « Les radoteurs. Je savais qui était mon ennemi, répétait-il. Et lui savait qui j'étais. Ici, ce sont des gamins en pyjama, qui parcourent leur jungle. Je n'ai rien contre eux, et toi non plus. Pour tuer quelqu'un, mieux vaut avoir une bonne raison de le haïr. Le fait qu'il ne boive pas de Coca-Cola ou qu'il ne conduise pas une Oldsmobile ne suffit pas. »

David resta une journée ; il semblait inquiet, parlait peu et passait le plus clair de son temps sur la terrasse, à lire un livre de poche écorné. Je lui demandai ce que c'était et il me le montra : *Sur la route*. Ce fut notre seul échange. Le lendemain matin, mon père s'en alla avec lui à bord du camion avant mon réveil, et revint six heures plus tard, l'avant constellé de taches de boue : un délai suffisamment long, me dis-je, pour franchir un bout de frontière clandestine par les chemins creux du Nord qu'on atteignait par l'autoroute. Je ne l'ai jamais revu, ni n'ai su ce qu'il était devenu, même quand, un peu plus d'un an plus tard, je suivis le même itinéraire.

Il y eut d'autres cousins David : des garçons et des jeunes gens voyageant seuls, sales avec les cheveux longs, quelques couples, et même une ou deux familles, regardant partir le fils comme s'ils l'envoyaient en colonie de vacances. Certains étaient des déserteurs, recherchés par la police ; d'autres avaient seulement deviné ce qui se profilait. Les chemins creux étaient sans risques. De l'autre côté les attendaient des emplois, un foyer, des amis.

Je les méprisais tous. Je ne soutenais pas la guerre ; je ne la comprenais pas. Par bien des côtés, elle était aussi loin de moi que celle de mon père, séparée de mon univers tranquille et ordonné non par le temps, mais par une telle distance que je ne pouvais même pas l'imaginer. Des gamins en pyjama combattant d'autres gamins qui auraient dû être, *eux aussi*, en pyjama.

C'est également vers cette époque que nous avons reçu la première visite de Darryl Tanner, le shérif. Il me semble qu'à aucun moment, avant de voir son 4 × 4 s'engager dans notre allée, il ne m'était venu à l'esprit que ce que faisait mon père pouvait être illégal. J'avais déjà eu affaire à Tanner : en deuxième année de lycée, notre bande s'était fait prendre un soir d'Halloween pour avoir glissé des minibâtons de dynamite dans des boîtes aux lettres. Nous avions aussi de la bière dans le coffre, pas beaucoup, parce que nous l'avions déjà presque toute bue, mais Tanner avait fait un vrai cinéma en nous arrêtant, avec relevé d'empreintes digitales et tout, et nous avait bouclés toute la nuit avant de nous remettre à nos parents. Il n'y avait pas eu de poursuites parce que nous étions tous largement mineurs, mais nous avions écopé d'une semaine de mise à pied, au lycée.

Je cassais du bois devant l'appentis lorsque le 4 × 4 de Tanner se présenta. Immédiatement, je fus inquiet, sans trop savoir pourquoi : c'était juste l'effet qu'il produisait sur moi. Il resta au volant quelques instants, à écrire sur un bloc. Puis il descendit enfin et s'adressa à moi.

— Ton père est dans le coin, Joey ?

— À l'intérieur, répondis-je.

— Il est seul ?

— Je suppose. Pourquoi il ne serait pas seul ?

— Pour rien.

Tanner remonta son pantalon. Il faisait une chaleur inespérée pour une mi-octobre et il transpirait.

— C'est seulement que je n'aimerais pas débarquer sans prévenir et tomber sur un truc que je ne dois pas voir. C'est surtout une visite amicale.

Je levai ma hache et tâchai d'avoir l'air occupé.

— Eh bien, comme je vous l'ai dit, il est à l'intérieur.

Mon père sortit sur le seuil et ils disparurent tous deux dans la maison. J'essayai de reprendre mon travail, mais j'en fus incapable ; je fis le tour par-derrière pour me placer sous la fenêtre du bureau. Comme prévu, ils étaient en pleine discussion.

— Mais je n'en sais rien, Darryl, disait mon père d'un ton sec. Tu n'as plus qu'à retourner d'où tu viens.

— Joe, Joe.

J'imaginai parfaitement Tanner en train de secouer la tête comme il en avait l'habitude pour montrer sa désapprobation en tripotant le bord de son chapeau.

— Ce que tu n'as pas l'air de saisir, c'est que je suis en train de te faire une fleur. Les gens causent, Joe. Ils se laissent aller à quelques jolies accusations, et insinuent que tu ne serais pas un Américain si loyal que ça. Évidemment, je leur réponds que ça ne tient pas debout, puisque tu es un vétéran et tout.

— Les gens peuvent raconter ce qui leur plaît, Darryl. Aux dernières nouvelles, il n'y a aucune loi qui m'interdit de dire ce que je pense.

— Et bien sûr, comme tu es avocat, tu connais les lois par cœur. Je leur ai dit ça aussi. Un avocat et un héros. Où c'était déjà, Joe ? Harvard ? Un Ivy League-héros de guerre, rien de moins. Le dernier qu'on pourrait soupçonner, par exemple, de cacher des déserteurs dans les bois. Le dernier, vraiment.

— Vas-y, vérifie par toi-même. Il n'y a personne, ici.

— C'est aussi ce que m'a répondu Joey, et je suis ravi de l'entendre. Je te le dis, Joe, je ne *veux pas* vérifier. Mais si tu continues, un jour viendra où je serai bien obligé de le faire, bon sang. Et pas seulement moi. Des vrais durs, des militaires, ceux de la garnison de Portland. Ces gens-là ne sont pas tes copains, Joe.

— Je comprends. Mais toi, tu es mon copain, non ?

— Pour le moment.

Je perçus le raclement de la chaise de Tanner lorsqu'il se leva pour partir.

— En tout cas, c'est pour te dire ça que j'ai conduit jusqu'ici. J'espère que je n'aurai pas à revenir. C'est à toi de décider. Moi, je ne m'en mêlerai pas.

Je rejoignis la remise à temps pour voir Tanner paraître sur le seuil. Je redressai une bûche pour la fendre en deux et pris mon temps pour brandir ma hache, puis je levai les yeux comme si je remarquais seulement sa présence.

— Vous l'avez trouvé ?

Tanner opina. Pendant quelques secondes nous restâmes là à nous observer. Je me demandai s'il se doutait que j'avais écouté.

— Il n'y a rien que tu aurais envie de me dire, hein, Joey ?

— À quel propos ?

Tanner soupira et secoua la tête. Je n'avais pas la moindre sympathie pour lui, mais d'un autre côté je me rendais compte que personne ne l'avait obligé à venir ici comme il l'avait fait. Il tenait mon père au courant des menaces qui pesaient sur lui.

— Seigneur, vous deux. On peut dire que vous sortez de l'ordinaire, tu sais, Joey ? Tu rendrais service à ton père si tu lui conseillais de m'écouter. Plus de visiteurs. *Comprende* ?

— Des gens arrivent, d'autres repartent, Darryl. Moi, ça ne me regarde pas.

Darryl ouvrit la portière du 4 × 4. Je crus que la conversation était terminée, mais il s'immobilisa, comme s'il se souvenait brusquement de quelque chose.

— Tu as déjà reçu ton avis d'appel sous les drapeaux, Joey ?

— Laisse-le en dehors de ça, Darryl.

Nous nous retournâmes tous deux vers mon père debout sur le seuil, les bras croisés sur la poitrine.

— Ça ne le concerne pas.

Il pointa le doigt vers le sentier.

— Tu devrais y aller, maintenant.

Tanner sourit en triturant le bord de son chapeau.

— De toute manière, j'avais fini. Je crois avoir fait ce que j'avais à faire.

Il ouvrit sa portière et se tourna une dernière fois vers moi.

— Eh Joey ?

— Quoi ?

Il me fit un clin d'œil.

— Joyeux Halloween.

Cet automne-là, ayant atteint vingt et un ans, je fus déclaré incorporable. Au mois de mai suivant, mon bureau de recrutement m'adressa l'ordre de me présenter à Bangor pour y passer les tests d'aptitude physique : une simple lettre, strictement impersonnelle, comme une déclaration fiscale. Je m'y rendis en secret, me contentant de dire à mon père que je m'absentais pour la journée. Depuis le Bureau fédéral d'Harlow Street, un car scolaire nous convoya (nous étions environ une trentaine) jusqu'à un camp militaire, un hangar glacial de la Garde nationale situé dans la zone de l'aéroport. Pendant six heures, nous avons erré dans le froid, en sous-vêtements, à nous tenir les couilles en files indiennes successives. Une avalanche de questions : Est-ce que je portais des lunettes ? (Non.) Est-ce que j'avais déjà été accusé ou condamné pour trahison ? (Pratiquement pas, les boîtes aux lettres mises à part.) Est-ce que j'avais été l'objet de soins psychiatriques ? (Toujours non, bien que, vivant aux côtés de mon père, ça ne m'aurait pas fait de mal.)

En dehors de toutes les menaces de Tanner, la simple vérité était la suivante : je voulais combattre. Je me fichais du qui ou du pourquoi. Si j'avais eu une jambe cassée, j'aurais dansé le fox-trot pour qu'ils m'acceptent quand même. Au fond de mon cœur, je le savais, je l'avais su dès la mort de ma mère, lorsque j'avais vu mon père dressé au-dessus de moi chez les Rawling : je n'étais rien, je n'avais pas une once de courage. Toute ma vie j'avais vécu sa guerre à lui, je voulais me frotter à une guerre qui ne serait qu'à moi.

Je reçus mon avis d'incorporation début octobre. Une lettre presque identique à la précédente : j'ai cru un moment qu'ils avaient fait une erreur et qu'on me convoquait une deuxième fois pour les tests, qu'il s'agissait d'une de ces embrouilles de l'armée qui réjouissaient mon père. Puis je lus avec plus d'attention. Je devais retourner à Bangor, deux jours après Noël. Muni de ma carte d'assurance maladie. Ayant réglé mes affaires. Avec, en bas, une phrase : « En cas d'absence au jour et à l'heure indiqués ci-dessus, des poursuites seront engagées. »

Je montrai la lettre à mon père le soir au dîner. Il la lut lentement, en louchant avec son bon œil. Son œil de verre n'avait rien d'inhabituel pour moi (je ne l'avais jamais connu autrement) mais tout de même il y avait des moments où ce regard de poupée semblait tomber directement sur moi.

Lorsqu'il eut terminé, il glissa la lettre de côté.

— Tu as passé les tests ?

— En mai dernier.

Il me considéra un instant, mais ne dit rien pour commenter cette trahison. Peut-être s'y attendait-il. Puis :

— Qu'est ce que tu as l'intention de faire ?

J'avais imaginé ce moment tant de fois que ma réponse était toute prête.

— J'ai l'intention de faire mon devoir.

— Soit. Et dis-moi quel est ce devoir. Tu m'as l'air tellement sûr de toi.

— Me battre. Comme tu t'es battu, toi.

— Je vois.

Il hocha la tête.

— Permets-moi de te poser une question. Supposons qu'on soit allemands et en 1939. Ton chef Hitler vient d'envahir la Pologne et te demande de t'amener pour participer à la fête. Tu voudrais toujours te battre, dans ce cas ?

— Nous ne sommes pas allemands. Ça n'a pas de rapport.

— C'est là où tu te trompes peut-être. Tu as intérêt à espérer que ça n'a pas de rapport.

— Je ne me trompe pas.

— Est-ce que Tanner est pour quelque chose dans ta décision ?

J'eus envie d'éclater de rire.

— Tanner est un imbécile.

— Et pour quoi est-ce que tu te battras ?

Je réfléchis un moment. Une seule réponse s'imposait.

— Pour moi-même.

Je me préparais à une âpre discussion : tous ces inconnus, qui transitaient par le domaine, engagés dans une sorte d'aventure clandestine dans laquelle mon père jouait un rôle. L'avertissement de Tanner était grave. À cette époque, tout le monde en ville savait ce que faisait mon père ou du moins avait des soupçons. Il y avait des gens qui n'auraient pas levé le petit doigt pour empêcher mon père de passer sous un camion, qui l'auraient vu avec plaisir s'étouffer ou se noyer. Il avait renoncé à tout, ou presque : sa réputation, son nom, la plupart de ses amis. Et cependant, lorsque je lui dis quelles étaient mes intentions, d'aller faire une guerre qui le révulsait, une guerre qui semblait saper la signification même de son sacrifice, il ne protesta pas. Pendant quelques minutes, nous restâmes assis en silence et on n'entendit plus dans la pièce que nos respirations synchronisées. Jamais je n'avais eu autant conscience de sa présence, de sa pure et irréfutable existence, de sa mystérieuse réalité. Nous vivions ensemble, juste nous deux, depuis treize ans. Je parlais très rarement de ma mère, et jamais avec lui. Une fois par an, en juin, pour l'anniversaire de sa mort, nous mettions nos habits du dimanche et nous rendions au cimetière en camion ; mais même ces jours-là, le silence nous séparait comme une lame glacée. Nous ne disions pas qu'elle nous manquait, ni que nous l'aimions ; jamais il ne m'a dit : « Ta mère serait fière de toi, je regrette qu'elle ne soit plus là pour te voir grandir. » Nous achetions toujours des fleurs – des iris, ses préférées. Après les avoir couchées près de sa stèle, nous restions là quelques instants, puis mon père posait la main sur mon épaule et me déclarait, de sa voix éraillée par la cigarette : « Bon. C'est très bien ici. Un bel endroit. Je suis content de constater qu'ils l'entretiennent bien. Allons-y. »

Maintenant je comprends que ce que je voulais surtout, c'était tout simplement le connaître et que, pour ça, il fallait que je sois comme lui. Mais à cette époque, non : j'étais certain de le haïr.

Il s'écarta enfin de la table et se mit debout.

— Excuse-moi, mais je n'ai plus faim.

Il porta son assiette jusqu'à l'évier et se retourna vers moi.

— Le moment venu, je t'emmènerai, dit-il. Laisse-moi au moins faire ça. Que tu n'y ailles pas tout seul.

Une énergie étrange s'empara de moi au cours de ces semaines-là, comme une accélération du sang. Jusqu'à cette date, tout m'avait été servi sur un plateau : le domaine, le petit monde dans lequel je vivais. Même Lucy, d'une certaine manière, que j'avais me semblait-il toujours connue. Et le pire aussi, comme la mort de ma mère, le trou que ce décès avait creusé dans les projets de bonheur de mon père et le genre d'homme qu'il était devenu à partir de là ; la solitude absolue de mon attachement à lui, si violent et si dédaigné, comme si je m'étais trouvé au milieu d'une vaste plaine sans arbres, battue par le vent et sans la moindre zone d'ombre, avec ce sentiment constant que j'étais plus ou moins sans valeur, indigne de l'honneur d'être son fils. J'irais au Vietnam et je ferais ce qu'on attendait de moi : je me tiendrais droit et je crierais « Oui, chef », je nettoierais mon arme et dormirais sans chapeau sous la pluie, autant de choses dont je me savais capable, ainsi que d'autres dont je ne me sentais pas capable. Comme de tirer sur autrui et qu'autrui me tire dessus. J'attacherais mon destin à quelque chose qui me dépassait, à la fraternité pressante de la guerre. Je deviendrais quelqu'un d'autre : un homme ayant mérité son existence.

Je ne me souviens pas quand j'ai dit à Lucy que je partais, seulement de le lui avoir dit. Parfois, il me semble que je le lui ai dit sur la terrasse ; et elle affirme que c'était dans le bureau, à la scierie. Dans les deux cas, l'effet a dû être le même. « Un an, ai-je sans doute promis, et je serai de retour. Ne crois pas à tout ce qu'on raconte. Je vais probablement me retrouver sous une tente de l'intendance, à distribuer des chaussettes et des conneries en écoutant la radio américaine.

— Toi ? s'est-elle exclamée. J'en doute. Tu te prends pour un gars de la ville qui a dormi toute sa vie dans des draps de soie et qui se déplace en taxi. Un homme comme toi pour distribuer des sous-vêtements ? Ils vont savoir exactement quoi faire de toi, Joe Crosby. »

Mon père se taisait ; mon projet de départ était un facteur aggravant du silence qui nous séparait. Il y avait des jours où je m'imaginais apercevoir en lui une sorte de respect, contre lequel il luttait, pour la voie que j'avais choisi de suivre. Nous étions encore en train de fermer pour l'hiver lorsque la première neige tomba, début novembre. Ce matin-là, en me réveillant, je vis par la fenêtre que là où la veille couraient encore des ruisseaux, il y avait de la glace solide et que le monde s'était figé dans une immobilité blanche. Je n'avais pas éprouvé le moindre plaisir à contempler une chute de neige depuis ma petite enfance. Pendant des mois mon père et moi allions être isolés, comme un couple de bagnards vivotant entre repas et corvées et se gelant le cul. Au lycée, notre professeur d'anglais nous avait emmenés à Orono assister à une représentation du *Roi Lear* – il venait d'arriver et n'avait pas encore appris que tout ce qui touchait de près ou de loin à la « culture » était du temps perdu face à un troupeau de ploucs qui n'avaient rien de plus en tête que de travailler à la poste ou débiter des arbres à la scierie – et au moment où le roi fou déclare combien il aimerait passer le reste de son existence en prison avec sa fille, j'ai été pris d'un tel fou rire que j'ai dû quitter la salle. Nous avons eu un devoir sur la pièce, et tout ce que j'ai trouvé à dire, c'est que Shakespeare était peut-être un grand écrivain, mais qu'il n'avait à l'évidence jamais passé un mois de janvier bien rude au bout d'une route déserte de plus de dix kilomètres avec mon père.

Je m'habillai et descendis. Avant même de pénétrer dans la cuisine, je pouvais sentir la cigarette de mon père. Il ne dormait jamais plus de quatre heures par nuit et s'était sans doute levé bien avant l'aube. Et il avait déneigé l'allée pour dégager le camion. Lorsque j'entrai dans la cuisine, il se détourna de la fenêtre.

Il me regarda, avec une expression indéchiffrable, comme s'il avait été une stèle mortuaire battue par les vents depuis des décennies. Il passa sa cigarette sous le robinet, puis jeta son mégot dans la poubelle, sous l'évier.

— Ça ne tombe plus pour le moment, mais il y en a encore à venir.

Il s'éclaircit la voix.

— Ce sera du sérieux. Dès ce soir. Ils ont annoncé trente centimètres, au moins.

Je pris une cigarette dans le paquet posé sur la table. Avant cet automne-là, je n'avais presque jamais fumé devant lui. Je l'allumai et m'assis. Il ne m'avait pas quitté des yeux.

— Tu devrais appeler Lucy, dit-il.

— Pourquoi est-ce que je devrais appeler Lucy ?

— Tiens, dit-il, et il glissa la soucoupe de sa tasse vide devant moi. Utilise au moins un cendrier.

Pendant un moment ce fut le silence. Je fumais.

— Tu devrais appeler Lucy, dit-il enfin, pour lui dire que tu vas être absent.

— Tu sais des trucs que j'ignore ?

— Nous allons partir en voyage.

— En voyage.

Je pris un temps de réflexion, essayant de comprendre. Pourquoi est-ce que je ne l'avais pas vu venir ? Puis je me rendis compte que je l'avais bel et bien vu, depuis le début.

— Comme mon cousin David.

Il s'installa en face de moi.

— Écoute, Joey, il y a des éléments qui t'échappent...

— Ça ne te regarde pas, Papa.

— Je le sais bien, bon sang, que ça ne me regarde pas !

Il frappa la table du poing et je sentis tressauter mes entrailles. Mais il y avait longtemps que je n'avais plus peur de lui. Sa colère semblait ne pas avoir de poids, comme un oiseau qui se cogne contre une vitre.

— Si ça me regardait, tu ne serais déjà plus ici, tu n'aurais même jamais passé les tests. On aurait pu faire appel, il y a des mois. Il y a mille choses qu'on aurait pu faire.

— Mais on ne les a pas faites. D'accord, Papa ?

Il eut un soupir exaspéré.

— Joey, je vais te dire quelque chose. Je vais te dire quelque chose et je veux que tu m'écoutes. La nuit où nous sommes arrivés ici, ta mère et moi, la première nuit...

— Tu m'as déjà raconté cette histoire.

Il secoua la tête.

— Pas en entier. Fais-moi plaisir et écoute-moi. Il y avait une femme, à la gare d'Augusta. Il neigeait et nous avons dû changer de train. Elle m'a montré une photo. Son fils.

Je devinai la suite.

— Il avait été tué à la guerre.

— Oui. En Italie, où j'étais aussi. Là où ce...

Il leva la main vers sa joue, mais arrêta son geste à mi-chemin.

— Tout près de l'endroit où ceci s'est passé. Pas loin, en tout cas. Il a été tué à Salerne. Encore une bavure de l'armée. Sa compagnie a sauté trop loin derrière les lignes. J'en avais entendu parler à l'époque, mais ce n'est que plus tard que j'en ai été certain. Ils ont été complètement exterminés. Les Allemands les ont descendus comme des pigeons.

— Il y a plus de vingt ans de ça, Papa.

— Vingt ans.

Il gardait la voix calme.

— Vingt ans, c'est rien, Joey. Le gars était mort, tu m'as entendu ? Il n'a probablement même pas eu le temps d'épauler son arme.

Il respira profondément pour se redresser.

— Mais tu vois, ce n'était pas injuste, le fait qu'il ait été tué. On peut appeler ça une tragédie, ou une bêtise idiote commise par un imbécile, ou simplement de la malchance. C'était facile de se faire tuer, pour toutes sortes de raisons. Mais ce n'était pas injuste. La femme de la gare, sa mère, le savait. Elle savait que son fils n'était pas mort sans raison. Et ça rendait cette mort supportable, pour elle. Lorsque j'ai compris cela, je me suis moins désolé de ce qui m'était arrivé, à moi. Mais je ne crois pas qu'il se passe un jour sans que je pense à elle. On est montés dans le train et on est venus ici, et c'était comme un cadeau, une récompense pour avoir enfin compris.

Est-ce que ma mémoire me joue des tours, ou bien est-ce qu'il s'est produit quelque chose en moi à cet instant-là ? Ce n'était, après tout, rien de plus qu'une histoire qu'il me racontait : une histoire de guerre. Je ne connaissais pas celle-ci, mais j'en connaissais des dizaines, et même des centaines. Et pourtant, en l'écoutant ce matin-là, il m'a semblé tout à coup que ma résolution glissait hors de moi, presque physiquement. La lumière plate de l'hiver dans la cuisine et le silence à des kilomètres à la ronde, l'odeur de nos cigarettes, le sentiment, indicible que nous avions atteint, ensemble, une sorte de point final, la conclusion d'une histoire qui avait commencé le jour de la mort de ma mère : le tout se combina en moi pour créer un simple désir de fils de venir en aide à son père. Je compris tout, d'un seul coup. J'étais le seul véritable cousin David. Les autres garçons ne comptaient pas. Tout ce que mon père avait fait, il l'avait fait pour moi, pour nous préparer au moment que nous étions en train de vivre.

— Ce que j'essaie de te dire, Joey, c'est que tu es tout ce qu'il me reste. J'en ai bien conscience, je n'ai pas été un père parfait. Il y a des choses que j'aurais dû t'expliquer, d'autres que j'aurais dû faire.

Il considéra ses mains crevassées.

— Tu y étais toi aussi, avec nous, dans cette gare, tu sais. Avec ta mère et moi. Tu n'étais qu'un bébé.

Il s'interrompit ; c'était comme s'il n'avait jamais dit ces mots-là à quiconque, même pas à lui-même.

— Il neigeait, comme aujourd'hui, et j'avais l'impression que je venais de découvrir une chose que tout le monde ignorait, une manière de saisir ma vie. Et puis ta mère est morte, et j'ai continué comme j'ai pu. Je lui ai promis que je veillerais sur toi. Ce sont les dernières paroles que je lui ai dites, et c'est ce que je te dis, à toi, maintenant. S'il t'arrivait quelque chose, je ne pourrais pas le supporter, Joey.

Il se leva et resta debout près de moi. Mon père : c'était comme si je ne l'avais pas regardé depuis des années. Sous sa chemise de flanelle et son jean, son corps était amaigri ; il avait le visage gris et ridé. Un chaume blanc lui couvrait les joues, sauf sur un carré de peau rose, là où sa mâchoire avait explosé, une zone nue comme une brûlure, où la barbe ne poussait plus. Évidemment, je ferais tout ce qu'il voulait ; depuis le début, j'attendais qu'il me le demande.

— Tu étais là, dans la gare, tu comprends, dans cette pièce, poursuivit-il doucement. C'est ça que je suis en train de te dire. Et c'est pour ça que je veux que tu viennes avec moi, tout de suite.

Il avait tout prévu ; nous roulerions vers le nord, face aux intempéries, et nous atteindrions la frontière en fin d'après-midi, où un certain Marcel nous attendrait pour m'accompagner jusqu'à ma destination. Mon père avait de l'argent pour moi, deux mille dollars en billets américains et encore mille en monnaie canadienne. À l'étage, dans ma chambre, je fourrai mes affaires dans un sac de sport : des vêtements chauds, quelques photos, mon almanach du lycée, de vieilles lettres que Lucy m'avait envoyées lors d'un voyage à Yosemite avec sa famille, et que je ne voulais pas laisser derrière moi, même si elles ne contenaient rien de choquant, ni même de vraiment intime. C'était peu de chose. Le sac devait peser moins de dix kilos à mon épaule. Qu'emporter lorsqu'on prend la fuite ? Sur mon bureau, il y avait, encadrée, une photo noir et blanc de ma mère : une jeune femme aux pommettes hautes et aux cheveux de jais, assise devant un grand piano verni, vêtue d'une robe sombre, et souriante. Elle avait été prise par un professionnel, sans doute pour un cliché publicitaire, lorsqu'elle était au conservatoire. Elle ne devait pas avoir dix-neuf ans. Un rang de perles brillait sur la peau blanche de son cou ; elle portait une énorme fleur épinglée à sa robe. Ses yeux, brillants et ravis, semblaient irradier l'espoir d'une longue vie prête à se mettre en marche. Mais, évidemment, c'était une illusion : elle n'avait aucune idée de ce qui l'attendait et du peu de temps qu'il lui restait à vivre. Je n'avais pas vraiment prêté attention à cette photo depuis des années, et en réalité, les souvenirs que j'avais de ma mère n'avaient que peu de ressemblance avec la fille qu'elle représentait. C'était même une femme totalement différente. Quand je repensais à elle, ce n'était pas une photographie que je voyais, mais davantage un sentiment autour duquel s'enroulait mon esprit : sa chaleur, le bruit de ses pas, son odeur, comme un oreiller familier ; l'atmosphère confinée de la chambre pendant sa si longue maladie ; sa voix douce et laiteuse. Mais même pas. Si je fermais les yeux, comme je le fis ce matin de novembre, et que je me concentrais sur elle, ce qui me venait d'abord, c'était cet air qu'elle jouait : *Children's Corner* de Debussy, une mélodie aérienne avec des notes qui voletaient comme des papillons au-dessus d'une pelouse, l'été, surgissant partout, mais jamais à l'endroit exact où vous regardiez. Je crois qu'elle le jouait pour moi quand j'étais petit et que je m'agitais : c'est du moins ainsi que je me le rappelle. Elle m'installait sur ses genoux et jouait, en me donnant ainsi une mélodie à écouter mais également ses mains à contempler : ses longs doigts blancs et les longues touches blanches du piano qui se mouvaient ensemble comme des danseurs dans un rêve, pour produire la musique qui allait m'apaiser. Son piano, un Steinway demi-queue que lui avaient offert ses parents pour son dix-huitième anniversaire, était toujours chez nous, dans une pièce que nous appelions la bibliothèque et où nous entreposions vieux livres et magazines à la disposition des clients. De temps en temps quelqu'un soulevait le couvercle et essayait de jouer, mais se rendait bien vite compte qu'il était totalement désaccordé. Les patins de feutre étaient mangés aux mites et l'une des pédales restait bloquée en position basse. De temps en temps, l'idée me prenait de le faire réviser, avec l'intention non formulée d'apprendre à en jouer. Mais il avait été si longtemps silencieux, avec sa musique captive de sa carapace en forme de cercueil, qu'il me paraissait impossible de seulement l'ouvrir.

Pour dire la vérité, ma mère n'avait pas vécu suffisamment pour devenir à mes yeux une véritable personne, avec sa réalité et son originalité ; tout petit, j'avais assimilé sa présence à une force naturelle et, le jour de sa mort, ce sentiment s'était solidifié en moi, comme un morceau de temps immuable. En examinant alors sa photo, j'eus l'impression qu'elle ne signifiait rien : ma mère se trouvait à l'intérieur de ce piano, et à l'intérieur de moi. Un instant, j'eus envie de laisser là cette photo, mais cette idée me sembla idiote et je songeai que je pourrais le regretter plus tard, aussi la retirai-je de son cadre pour la glisser entre les pages d'un dictionnaire français-anglais qui me restait du lycée et qui, pensai-je, me serait peut-être utile un jour, puis je fourrai le tout dans mon sac.

Dehors, mon père faisait chauffer le moteur du camion. L'atmosphère était humide et calme ; le ciel bas et gris semblait gorgé de neige, comme un fleuve qui va déborder. Je posai mon sac sur le plateau et le rejoignis à l'avant.

Il me toucha légèrement la manche. Le geste était tellement inhabituel que je le regardai, sa main toujours sur mon bras. Une image me frappa comme un coup de poing : il allait être seul tout l'hiver.

— Tu l'as appelée ?

La réponse était négative. Lucy devait être au bureau de la scierie, à cette heure ; ils tiendraient à renvoyer tout le monde chez soi très tôt, à cause de la neige. Comment pouvais-je expliquer une chose que je ne comprenais pas moi-même ? Incapable de dire pourquoi je partais, j'aurais seulement annoncé que je partais, et que j'en tirais de la honte mais aussi du soulagement, comme si quelque main invisible m'avait libéré d'un fardeau que je portais sans même en avoir conscience. Je me demandais si c'était là ce que ressentaient les lâches, ou les marins tombés à la mer qui cessent de lutter pour survivre et laissent les vagues les engloutir. En réalité, ce furent exactement ces mots-là que j'employai la semaine suivante, lorsque j'écrivis à Lucy pour lui raconter ce qui s'était passé, et comment le simple fait de partir m'avait immédiatement navré.

— C'est très bien, poursuivit-il en voyant que je ne répondais pas, et ces paroles m'ôtèrent un poids supplémentaire.

Il engagea la première.

— Il est peut-être préférable de ne pas l'appeler. Tu pourras téléphoner de là-bas. Tu ne vas pas sur la Lune, tout de même.

Lorsque nous atteignîmes la frontière, il était plus de trois heures et il neigeait dru. Marcel attendait sur le bas-côté, à bord d'une Jeep rouillée immatriculée au Québec avec toute une série d'antibrouillards fixés sur l'arceau de sécurité. Il était mince, avec une large poitrine, une barbe bien taillée et des lunettes demi-lunes qu'il enleva pour m'examiner ; il me fit aussitôt l'effet d'un Père Noël décharné. Mon père et lui se donnèrent une poignée de main pleine de gravité, ce qui, je le compris, était en rapport avec moi : mon père avait fait passer de nombreux garçons, mais là il s'agissait de son propre fils, de sa chair et de son sang.

Je transportai mon sac dans la Jeep. Puis, sous l'averse de neige, mon père me serra dans ses bras, très fort.

— Bonne chance, Joey.

Et avant que je puisse répondre, il s'arracha à moi et regagna le camion sans se retourner, monta à bord et s'en alla. Je le suivis du regard jusqu'à ce que les tourbillons blancs et le silence l'aient complètement dévoré. Un sentiment de solitude monta en moi comme de l'eau. J'ignorais quand nous nous reverrions et même si nous nous reverrions un jour. Tout s'était déroulé tellement vite que je n'avais même pas dit au revoir.

Je m'installai dans la Jeep. Sur le siège du passager, il y avait un journal de Montréal que Marcel avait feuilleté, ainsi que les restes de son déjeuner, un sandwich au bacon dans du papier sulfurisé et une Thermos de café.

— Vous pensez qu'il va rentrer sans problèmes ? demandai-je.

— Je ne me fais pas de souci pour lui, dit Marcel, mais lorsqu'il aperçut mon expression, il eut un sourire d'encouragement. Je connais ton père depuis la guerre. Nous étions ensemble en Italie. Il y a peu de gens qui seraient revenus de là où il est passé. Ce n'est pas un peu de neige qui risque de le ralentir.

Je me sentis soudain perplexe.

— Vous êtes Américain ?

— Moitié-moitié.

Marcel mit le contact et le moteur de la Jeep répondit aussitôt.

— Ma mère était québécoise. Ma femme aussi est canadienne. Elle est née à Toronto. Tu la verras demain, si cette neige ne s'aggrave pas trop.

Nous nous arrêtâmes pour la nuit à la sortie de Québec, avant de prendre la direction du nord le long de la voie maritime du Saint-Laurent par des routes étroites pleines de virages en suivant la côte nue et immense. La tempête avait cessé ; c'était une journée claire et lumineuse bien qu'à l'intérieur de la Jeep mal calfeutrée, le froid qui s'engouffrait évoquât davantage la vigueur d'une interminable nuit. De vastes champs déserts s'étendaient de chaque côté : des exploitations de tourbe, indiqua Marcel. Des cargos gros comme des blocs d'immeubles sillonnaient les eaux grises dont la rive était encombrée d'énormes plaques dérivantes gelées. Sur le chemin, il n'y avait aucune véritable ville, mais environ toutes les demi-heures, nous longions un groupe d'une dizaine de maisons avec un bazar ou deux, le tout surplombant sinistrement la mer et tellement battu par les vents que les murs paraissaient prêts à s'effondrer. Un horrible sentiment de vide s'ouvrit en moi, plus violent qu'une faim : chaque kilomètre semblait m'isoler un peu plus de tout ce que j'avais connu jusque-là.

— Haut les cœurs, dit Marcel, lorsque je fis une sombre remarque sur le paysage. Ce n'est pas si affreux que ça, tu sais. Tu t'y habitueras.

— Excusez-moi, je ne voulais pas vous choquer. C'est juste que tout a l'air tellement... abandonné.

Le crépuscule survint peu après trois heures ; nous

pénétrâmes dans LeMaitre de nuit et j'avais l'impression d'être parti depuis des semaines. Un vent coupant me traversa lorsque je descendis de voiture devant la maison de Marcel, les muscles raides et lourds comme des fers à repasser après tout ce temps dans cette Jeep cahotante. L'atmosphère charriait des effluves de poisson. LeMaitre était une ville plus importante que tout ce que nous avions rencontré depuis des heures, mais en réalité très petite : environ cinq cents habitants qui, tous, travaillaient d'une manière ou d'une autre pour Marcel, propriétaire d'une conserverie de poissons. En arrivant, je l'avais vue : un énorme bâtiment illuminé à l'embouchure du fleuve Foché.

— *Home, sweet home*, dit Marcel. Donne-toi la peine d'entrer.

Abby, la femme de Marcel, était dans la cuisine basse de plafond, en train de remuer le contenu d'une marmite gigantesque et toute noircie. La pièce faisait penser à un conte de fées, à l'une de ces maisons forestières sur lesquelles tombent par hasard les petits garçons perdus. Une grande cheminée de pierre occupait tout un mur et des bouquets d'herbes inconnues pendaient du plafond. Des vagues de chaleur s'échappaient de l'âtre, si puissantes après les heures passées dans la Jeep glaciale que j'avais de la peine à seulement respirer.

— Abby, je te présente le gars de Joe Crosby.

Elle fit un pas vers moi ; je lui tendis la main et elle la prit entre les siennes. Elle était, comme son mari, solidement bâtie, avec des yeux tendres couleur de mousse et des cheveux drus et gris qui s'écartaient de son visage comme si un vent invisible les soulevait. Elle portait un tablier et une jupe longue en jean ; je remarquai qu'elle avait un nez plutôt petit. Tous les mots que j'aurais pu dire semblaient s'être envolés de mon esprit comme une nuée d'oiseaux. Je restais figé sur place comme une pierre. Ses mains étaient aussi chaudes qu'une bouillotte tout juste sortie de la cuisinière.

— Je connais bien ton père, Joey, dit-elle doucement.

Et là, enfin, comme si j'avais attendu toute ma vie que ce moment vienne refermer sur moi son étreinte, je me mis à pleurer.

# 12
# Harry

Je ne suis pas retourné au domaine pendant trois ans, après cette nuit au cours de laquelle Joe était apparu sur la terrasse. Ce n'est pas la jalousie qui m'a tenu éloigné. Ce qui s'est produit lorsque Lucy a surgi de l'ombre pour se jeter dans les bras de Joe – des bras vraiment légitimes, tout le monde pouvait en témoigner – a sonné le glas d'une illusion où j'avais trouvé refuge, précisément parce que *c'était* une illusion : l'idée qu'un courant particulier passait entre Lucy et moi, parfait à sa manière, car il n'avait nul besoin d'être exprimé. Lucy, le domaine, mon désir d'ailleurs : rien n'appartenait à ma vie réelle. Avoir conscience de cela était supportable, mais je n'étais pas moins persuadé que si je revenais, ne serait-ce qu'une seule journée, je serais immédiatement privé moi aussi du réconfort que me procurait ce souvenir. Je fis mes bagages de bonne heure le lendemain matin, donnai une vague excuse à Joe senior, à propos d'une urgence, chez moi, et pris le chemin de la maison. Comme je débouchais sur la grand-route, une voiture se présenta en sens inverse : c'était Ken et Leonie dans une énorme Cadillac, de retour d'une virée en ville, pour acheter de l'aspirine, sans doute, ou quelques bouteilles supplémentaires. Je ralentis pour les croiser, eux aussi. Les nids de poules lancèrent néanmoins des éclaboussures. Leonie m'adressa un signe depuis le siège du passager, je le lui renvoyai en le soulignant même d'un léger coup de klaxon. J'émis un petit rire dont le son me parut amer. Je repensais à Lucy, appelant Joe du fond de l'ombre ; et à eux deux, un peu plus tard, lorsqu'ils étaient partis ensemble, en me laissant tout seul. Allons, me dis-je, tu es un peu trop vieux pour faire la tête à cause d'un béguin, Harry Wainwright. Tu avais besoin de te réveiller. Maintenant, tires-en les leçons et rentre *chez toi*.

Une année passa, puis une autre, et le domaine s'estompa dans mon esprit. Je songeais à Lucy de temps en temps, me demandant ce qu'elle devenait, mais ma curiosité était molle, car elle n'avait pas de but réel : j'aurais pu de la même façon m'interroger sur n'importe quel autre ami disparu dans l'agitation du monde. Chaque été, puis la semaine suivant le premier de l'an, nous allions avec Hal dans un nouvel endroit, rien que nous deux : le Grand Canyon en canoë, la pêche en eaux profondes dans la mer de Cortez, un safari dans les vastes réserves de l'Afrique de l'Est – comme cadeau de diplôme de fin de lycée – où, à l'ombre du mont Kenya couronné de neige, nous avons observé des éléphants en train de prendre un bain dans le fleuve Pangani, dans la lumière irisée de rosée d'une aube équatoriale. C'était à présent un beau jeune homme, robuste et réfléchi, bien organisé ; peut-être un peu mélancolique, mais il avait des excuses : sa mère était mourante, son père avait l'air de venir juste de le remarquer, comme un livre abandonné dans un coin de la cour, ou comme un trousseau de clés égaré depuis longtemps.

Hal rejoignit Williamstown à la rentrée 1971 ; à

cette époque, Meredith ne quittait pratiquement plus son lit. Elle ne sentait plus que vaguement ses mains et ses pieds ; les kystes avaient accompli leur œuvre. Il y avait la surprise cruelle de la douleur, une douleur surgissant de nulle part, une douleur à des endroits dont d'ordinaire on ne soupçonne même pas l'existence. Sa seule respiration lui demandait un effort. La maladie n'avait plus de terrain vierge à explorer.

Lorsque je me remémore cette année-là, marquée par le départ de Hal à une extrémité et par la mort de Meredith à l'autre, j'ai l'impression de regarder un film, mais un film muet. C'était comme si quelqu'un tournait un cadran, et que semaine après semaine la vie normale devenait de moins en moins nette, avant de disparaître complètement pour nous laisser seuls, tous les deux. Elle aurait pu passer ses derniers mois à l'hôpital, mais elle ne le voulait pas, et moi non plus, encore que je ne me rappelle pas que nous en ayons discuté. Ce dont je me souviens, c'est du calme de plus en plus intense des mois d'automne, suivi par la brève fièvre lorsque Hal revint de Williamstown pour Noël – nous avons ouvert nos cadeaux dans la bibliothèque que nous avions transformée en chambre à coucher pour Meredith, chacun de nous s'efforçant de faire bonne figure – et puis, dès qu'il fut reparti, l'avènement d'une immobilité plus profonde, définitive cette fois, comme un ralentissement du flux sanguin. C'était un hiver froid mais sans neige, une sorte d'automne glacial permanent, comme si le calendrier s'était arrêté à la seconde où le vent avait arraché la dernière feuille sur la derrière branche. Je quittais rarement la maison ; j'abandonnais à d'autres le soin de gérer mes affaires, à mes fidèles lieutenants et aux fidèles lieutenants de mes fidèles lieutenants, tout un système complexe de délégation de pouvoirs que j'avais mis sur pied en prévision de ce moment. Cela faisait penser à ce jeu dans lequel on empile des bâtonnets les uns sur les autres : le but de la manœuvre consiste à construire une haute tour et à répartir les forces de manière à réussir, au moment crucial, à ôter un bâton au bas de l'édifice sans qu'il s'écroule. J'y jouais lorsque j'étais enfant, et puis plus tard, avec Hal, quand il était encore petit, tous deux assis sur la moquette du salon, ou de part et d'autre de la table de la cuisine. Un jeu d'habileté, un truc marrant pour passer le temps, mais comme pour tous ces divertissements, il y avait une signification cachée : ne te fabrique pas une vie d'où tu ne pourras pas sortir.

Avril arriva, et avec lui une soudaine vague de chaleur accablante. Hal était allé en Floride pendant ses petites vacances, pour s'entraîner avec son équipe de lacrosse[1], et en ce début de printemps je pris la voiture et montai au Nord pour le voir disputer son premier vrai match universitaire, en laissant Meredith à la maison avec Élisabeth, son infirmière. Je dînai avec lui à Williamstown Inn pour fêter l'événement : même s'il n'avait joué que quelques minutes, il avait été bon, tirant deux fois et effectuant une bonne passe à la dernière minute, un coup décisif puissant comme un boulet de canon. Bien que je ne connaisse pratiquement rien à ce sport, je me rendais bien compte que Hal était un joueur astucieux et habile, agressif quand il le fallait, mais aussi loyal lorsqu'une passe s'imposait.

— L'entraîneur voudrait m'essayer dans les buts, m'expliqua-t-il.

1. La crosse (ou lacrosse) est un sport collectif pratiqué surtout au Canada ; il consiste à expédier dans le but adverse une balle de caoutchouc à l'aide d'une crosse.

Les cheveux encore mouillés après sa douche, il dévorait un énorme steak.

— Nous avons un tas d'attaquants qui montent, mais personne vraiment pour garder les filets, l'année prochaine.

— Goal ?

Je fronçais les sourcils, en repensant au match qu'il venait de disputer ; c'était la cible de toutes les agressions.

— Je ne sais pas, Hal. Est-ce que tu en as vraiment envie ?

Il rit de bon cœur.

— Au moins, on voit venir les coups. En attaque, la moitié du temps, tu ne comprends pas ce qui t'arrive. Comme dans les films : ça va bien et puis brusquement, tu vois trente-six chandelles.

Il traça un petit cercle en l'air du bout du doigt.

— J'ai d'excellents réflexes. C'est le poste le plus important, en fait.

— Le mieux est de ne rien dire à ta mère.

— Oh, là-dessus, tu peux me faire confiance.

— Je regrette qu'elle n'ait pas pu venir. Je suis sûr qu'elle aurait été contente de te voir.

Hal ne répondit rien. Au fil des ans, nous avions pris cette habitude, lui et moi, comme si la maladie de Meredith était plus bénigne qu'elle n'était en réalité : pas un mal incurable, mais une circonstance provisoire qui trouverait bientôt sa solution. C'était un vieux rite, bien intentionné mais davantage adapté à un jeune garçon qu'à l'adulte attablé en face de moi, et je craignis de l'avoir irrité avec ce faux-semblant. Mais il posa fourchette et couteau avec beaucoup de calme et me regarda, avec sur le visage une terrible tristesse, mais également une sorte de bon sourire. C'était, à mon avis, l'expression même du courage. Jamais je ne m'étais senti plus proche de lui, plus enrichi par sa présence.

— Je sais, dit-il. Raconte-lui, d'accord ? Dis-lui aussi que j'aurais aimé qu'elle soit là.

— Je lui dirai. Tu peux compter sur moi.

Je le déposai à son dortoir, passai la nuit à l'hôtel, et rentrai à Westchester le matin suivant. J'arrivai en fin d'après-midi. En m'engageant dans l'allée, je vis Élisabeth qui s'apprêtait à mettre un petit sac de voyage dans le coffre de sa voiture.

— Est-ce que tout va bien ?

Elle nouait autour de ses cheveux un foulard imprimé de marguerites. Le soleil du soir était fort et chaud et nous clignions tous deux des yeux.

— Mme Wainwright m'a donné mon week-end. Elle m'a dit d'attendre votre retour et qu'ensuite je pourrais partir. J'avais l'intention de faire une petite visite à ma sœur à New Haven. J'espère que vous êtes d'accord.

— Pourquoi ne le serais-je pas. Quelqu'un va venir vous remplacer ?

Une expression étrange s'afficha sur son visage.

— Eh bien, je... je l'ignore. Je suppose que c'est prévu. Mais personne ne s'est encore présenté. Elle m'a dit que je pourrais m'en aller dès que vous seriez là. Vous voudriez que je téléphone ?

Je réfléchis un moment puis secouai la tête.

— Non, ça ira.

Élisabeth était avec nous depuis deux ans ; je n'ai jamais su exactement son âge, mais je suppose qu'elle avait bien soixante ans. Elle n'avait pas d'enfant, mais au moins une dizaine de sœurs éparpillées entre Philadelphie et Boston qu'elle allait voir sans cesse. Je ne la connaissais pas si bien que ça, en réalité, mais son service la rendait si proche de Meredith qu'elles étaient devenues très intimes. Il m'arrivait, en entrant dans la bibliothèque, de la découvrir à côté du lit de Meredith, et de comprendre qu'elles s'étaient arrêtées de parler en entendant mon pas.

— Vous pouvez vous en aller, dis-je. Je m'occupe de tout.

Et pourtant, en montant vers la maison, je sentis son regard posé sur mon dos. Je me retournai et la vis, là, qui n'avait pas bougé, près de la portière ouverte de sa voiture, son petit sac de voyage à la main.

— Lizzy ? Est-ce qu'il y a autre chose ?

Elle sembla sur le point de parler, mais elle haussa les épaules et me fit un pâle sourire.

— Ce n'est rien. Comment s'est passé le match ?

— Ils ont gagné, mais de justesse. Hal était remplaçant.

Elle eut l'air contente, mais plus encore : elle parut presque soulagée.

— Très bien. Je suis sûre que Mme Wainwright sera ravie de l'apprendre.

La maison était étrangement silencieuse. J'allai dans le petit bureau du téléphone, près de l'entrée, pour écouter mes messages et trouvai une longue liste sur un bloc jaune. Je la parcourus, mais je ne me sentais pas le cœur à ça, et je reposai le bloc. Il était plus de quatre heures ; j'étais encore ankylosé par mon trajet en voiture, mais l'excitation de ma visite à Hal ne s'était pas totalement dissipée. Je me levai dans l'étroite pièce et tendit l'oreille. On n'entendait pas un bruit : on aurait dit que la maison elle-même avait cessé de respirer. Même après le départ de Hal, on avait toujours eu du monde, ici : Élisabeth, évidemment, mais aussi notre gouvernante, Mme Beryl, ou une des filles qu'elle engageait pour aider au ménage.

Il y avait toujours des jardiniers en train de tondre ou de désherber quelque part. Mes messages avaient été pris par Nancy, ma secrétaire, divorcée avec deux enfants en bas âge qu'elle amenait souvent avec elle, l'après-midi. Je les découvrais alors tous les deux, le garçon et la fille, en train de prendre du lait avec des gâteaux dans la cuisine, ou de regarder des dessins animés au salon. Le dernier message remontait à trois heures et demie. Mais même sans chercher, je savais que Nancy et ses enfants étaient absents, tout comme la cuisinière, le jardinier et tous les autres.

Je passai voir Meredith et la trouvai endormie. Un dîner froid m'attendait dans la cuisine, ainsi qu'une note de Mme Beryl, scotchée sur le réfrigérateur : « Mme Wainwright m'a donné ma soirée, j'espère que vous serez d'accord. » J'emportai mon plateau dans la bibliothèque et l'installai sur mes genoux, en gardant un œil sur Meredith endormie, comme si j'avais regardé la télévision ou feuilleté un journal en mangeant. Lorsque j'eus fini, j'allai laver et essuyer ma vaisselle dans la cuisine et à mon retour, Meredith avait les yeux ouverts.

— C'est moi, dis-je doucement. Je suis rentré.

Elle acquiesça presque imperceptiblement. Je pris un mouchoir et lui humectai les lèvres, puis je l'aidai à s'asseoir et lui donnai un verre d'eau avec une paille pour qu'elle puisse boire. Dans sa gorge, l'eau passa difficilement, comme si elle avalait une énorme gélule.

— Est-ce que tu as faim ?

Elle secoua doucement la tête et ses yeux se refermèrent, mais seulement une seconde ou deux. Le soir était venu. Dehors, le crépuscule printanier était tombé comme une étoffe soyeuse sur la pelouse et sur les branches des arbres en bourgeons. Je me penchai pour allumer sa lampe de chevet, mais elle secoua à nouveau la tête.

— Laisse... la, dit-elle.

Elle respirait longuement entre chaque mot.

— C'était... une belle... journée ?

J'approchai un siège de son lit.

— Hal était remplaçant. Il n'a joué qu'en deuxième mi-temps, mais il s'est très bien débrouillé. Il projette de s'essayer dans les buts. Son entraîneur dit que c'est le poste le plus important.

— Raconte... moi... tout.

C'est ce que je fis. Je lui détaillai tout : la belle image du terrain et des joueurs, le reste de neige à l'extérieur de la ville, et Hal en tenue avec le rembourrage dessous, ce qui n'empêchait pas de voir à quel point il était grand et fort, et le lien visible avec ses équipiers, tandis que la balle circulait entre eux alors qu'ils couvraient tout le terrain, débordant de vie, et notre dîner en tête à tête, ainsi que le long retour solitaire. Pendant que je parlais, l'obscurité avait envahi la pièce, mais elle ne me gênait pas ; c'était la chose la plus naturelle du monde d'être assis là, dans cette chambre sombre, et de raconter en détail mon voyage à ma femme.

— Qu'est-ce... qu'il a... mangé ? demanda-t-elle à la fin de mon récit.

— Quand ? À l'hôtel ?

— Tu as... oublié... de me le dire.

— Du steak.

Je lui montrai avec mes doigts.

— Une énorme entrecôte, bien épaisse. Avec de la sauce béarnaise. Est-ce que tu as faim, M. ?

— Non.

Sa voix était faible, presque un murmure.

— Nous sommes... seuls.

— Oui.

Puis je le dis.

— Tu as renvoyé tout le monde.

Elle leva imperceptiblement le bras : elle essayait de toucher mes larmes. Il me sembla qu'elle avait déjà réussi, que sa main était déjà sur ma joue.

— Ne sois pas... triste.

— Tu crois que nous devons le faire, M. ?

— Je ne peux pas..., dit-elle, mais elle ne poursuivit pas.

Je ne peux pas continuer, je ne peux pas le faire toute seule, je ne peux pas je ne peux pas je ne peux pas. Qu'est-ce que j'aurais voulu, à sa place ? Et en posant la question, j'avais la réponse, bien qu'elle ait été là, cette réponse, depuis de nombreux mois, depuis un an, en fait. Et mon esprit parut se réfugier dans un endroit où ce qui allait s'accomplir s'était déjà accompli, un endroit où il n'y avait que deux personnes, M. et moi, et cette dernière nuit qui ne finirait pas.

— Harry... aide-moi... à le faire.

Il y avait des médicaments partout ; sur sa table de chevet, dans la salle de bains, dans les tiroirs et dans les poches des manteaux pendus dans les placards. Mais je savais lequel elle voulait. Le docteur nous l'avait donné en l'accompagnant d'un avertissement, un avertissement que j'avais compris également comme une promesse : si on dépassait la dose prescrite, même légèrement, elle pouvait s'étouffer. J'étais tellement nerveux que j'eus du mal à écraser les comprimés entre deux cuillères que j'avais prises dans un tiroir de la cuisine. De l'eau aurait été plus facile à avaler pour elle, mais je choisis du lait pour masquer le goût. Dans la lumière aveuglante de la cuisine, je m'efforçai de concentrer ma pensée sur ces petits gestes mécaniques, tel un archer qui ne perd pas de vue sa cible. Je mélangeai le breuvage, rinçai les cuillères, mis le verre sur une soucoupe et, éteignant derrière moi, je quittai la cuisine pour la bibliothèque.

— Je t'ai préparé à boire.

Un sourire minuscule effleura ses lèvres, comme si je lui présentais un cadeau.

— C'est... ça.

— Oui.

Elle laissa passer quelques secondes.

— Pose le... pour... le moment. Harry... Est-ce que... tu ferais une... chose pour moi ?

Je déposai le verre et la soucoupe sur la table de nuit.

— Tout ce que tu voudras, M.

— Viens... te coucher.

— Me coucher avec toi, tu veux dire ?

— Oui. Comme... avant.

Debout près du lit, je me déshabillai : chaussures et chaussettes et pantalon et chemise. Je pliai le tout soigneusement, ajoutai mes chaussures au paquet que je mis sur une chaise.

— Que tu... es beau, dit-elle. Maintenant... viens... te coucher.

Je soulevai les couvertures et m'étendis à côté d'elle. Le matelas était étroit, et il y avait des barrières chromées sur les côtés ; sous le drap, je perçus la consistance désagréable de l'alaise en caoutchouc. Je pris Meredith dans mes bras, son torse contre le mien, et sa tête nichée dans le creux de mon cou.

— C'est bon... de penser... à Hal.

— J'aurais aimé que tu sois là, M.

— J'y étais... Harry. Tu... m'as bien raconté... et je... j'y étais... Ne pleure pas... Harry.

— Excuse-moi, M. Je vais essayer.

— Tu te souviens... ce soir-là ? Je t'ai dit... que tout irait... bien.

Elle aspira profondément.

— Et tout ira... bien.

— Je sais, M.

— Raconte-moi... encore... une histoire.

— Je crois que je ne pourrai pas.

— Si, tu... pourras.

Je la sentis qui hochait la tête, bien que ce fût, je le savais, un réflexe. Son souffle était doux et chaud sur mon cou.

— Je sais que tu... pourras, Harry.

Je pris une grande inspiration et entendis que je parlais. Ma voix était bizarre et lointaine, semblant en même temps venir du fond de moi et du dehors, de la pièce ténébreuse, tout autour de nous.

— Il était une fois un homme et une femme qui avaient deux garçons. Le premier était tout petit. Il était malade, et ils redoutèrent un moment qu'il meure, mais en fait tout se passa bien même s'il resta chétif à cause de sa maladie, et son père et sa mère l'aimaient énormément. Le deuxième garçon grandit et devint un homme, et ils l'aimaient, lui aussi, bien que différemment. C'est ce qu'ils apprirent au cours de leur vie commune : que le petit garçon, parce qu'il était chétif, bénéficierait toujours d'une qualité spéciale d'amour, mais que l'autre garçon, celui qui grandissait, serait celui qui prendrait soin d'eux, lorsqu'ils seraient vieux. Le premier type d'amour était plus tendre, et un peu triste, parce que l'homme et la femme se souvenaient. Mais l'autre était plus fort, parce qu'ils savaient qu'il durerait autant que leur propre vie. M. ?

— Oui... Harry ?

— Est-ce que cette histoire était ce que tu espérais ?

— Tout... a toujours été... ce que j'espérais.

Puis :

— Raconte... encore. Raconte... ce que tu voudras.

Et je le fis. Je lui racontai tout ; je parlai pendant des heures, c'est du moins l'impression que j'eus. Je lui racontai toutes les histoires que je connaissais. Sa respiration devint lente et lourde contre ma poitrine, comme de longues vagues sur une plage. Et lorsque j'eus terminé elle dit, tout bas :

— J'ai... soif.

— Je vais te chercher de l'eau.

— Non... Harry.

On aurait dit qu'elle secouait la tête.

— Le... L'autre. S'il te plaît.

— M. C'est impossible.

— Chut... ne pleure pas... Harry.

— C'est impossible, impossible.

— Je suis... ta femme, Harry. Je suis... ta femme... Et j'ai besoin... de toi.

Le verre était dans ma main. Il était tiède, après toutes ces heures, et les gélules écrasées avaient fait des grumeaux ; le mélange s'était un peu dissocié, laissant une couche plus sombre de médicament dans le fond, et je pris donc une cuillère sur la table de nuit pour le remuer, lentement, pour ne pas troubler le silence de la pièce avec le moindre choc du métal contre le verre. Je glissai mon bras derrière ses épaules pour la maintenir en position assise et approchai la paille de ses lèvres. Elle avait quarante-cinq ans.

— C'est bien... Harry.

Elle avalait par petites gorgées, comme boivent les oiseaux aux fontaines des jardins : délicatement mais sans hésitation. Elle but une dizaine de fois, avalant lait et poison en même temps. Le liquide amer coula aux commissures de ses lèvres et roula sur son menton et jusque dans son cou, et lorsqu'elle eut terminé, je l'essuyai avec un gant de toilette.

— Et maintenant... dormons... Harry.

— M...

— Tout... ira bien, dit-elle, et je la sentis qui se blottissait contre moi, puis elle ne bougea plus.

Sa voix était lointaine, comme si elle rêvait, et une pesanteur s'amassa en moi avant de m'emporter avec elle.

— Tout... ira bien. Dors... mon amour.

Et, que Dieu nous vienne en aide à tous, c'est ce que je fis.

# 13
# Lucy

Joe disait toujours que ça portait malheur d'attendre sur le quai pour le regarder partir. Ce jour-là de 1971, la veille de Noël, il m'a embrassée avant d'escalader la passerelle puis je suis rentrée au motel et j'ai dormi. Je fus réveillée par quelqu'un qui frappait à la porte, et par une voix puissante et haut perchée, baragouinant en espagnol : la femme de ménage. J'attrapai ma montre sur la table de nuit, il était juste un peu plus de midi. J'avais raté mon car depuis longtemps. Joe devait avoir parcouru au moins cinquante miles en mer.

Je criai quelques mots à la femme de chambre pour qu'elle revienne plus tard, ramenai les couvertures sur moi et lorsque je fis à nouveau surface, le soleil se couchait. Je pris une douche, m'habillai et sortis. Un vent vif soufflait du large. La nuit était complètement tombée, mais il y avait encore de la clarté au sommet de la montagne et je pouvais sentir la proximité de la ville. À la réception, je retrouvai l'employé qui nous avait enregistrés la veille ; il suivait un match de football à la télévision en se rongeant les ongles.

— Si c'est possible, j'aimerais rester une deuxième nuit.

Il jeta un coup d'œil à sa montre, puis leva les yeux sur moi.

— C'est déjà fait.

— Je vous demande pardon ?

— Il y a deux jours que vous êtes là.

Je demeurai immobile quelques secondes, pour digérer la nouvelle. Est-ce que j'avais vraiment dormi un jour et une nuit et en plus tout le jour suivant ? De vagues souvenirs me remontèrent en mémoire, des images incohérentes que j'avais prises pour des rêves : une deuxième tentative de la femme de ménage, plus insistante, et puis je m'étais levée en plein après-midi pour aller aux toilettes et j'avais entendu, dehors, la circulation sur Commercial Street.

— Écoutez, disait l'employé, ce que vous faites, ça vous regarde, ma petite dame, mais nous, on ne veut pas de drogués chez nous. Ici, c'est une pension de famille.

— Qu'est-ce que vous racontez ?

J'avais envie de rire.

— C'est un motel. Et j'étais fatiguée, c'est tout.

— C'est ce que je dis.

Il se racla la gorge.

— On ne veut pas de gens fatigués, ici. Vous me devez trente dollars, cette nuit incluse. Ensuite, fichez le camp.

Il était inutile de discuter. Je sortis les billets de mon portefeuille. Joe m'avait donné cinquante dollars supplémentaires pour rentrer. Tout compris, il me restait un peu plus de cent dollars, de l'argent que j'avais prévu de dépenser à Boston en cadeaux de Noël pour mes parents, mais que je n'avais pas encore eu l'occasion d'utiliser.

En quittant la réception, une pensée me frappa brusquement, comme une rafale de vent. Arrivée à la porte, je fis demi-tour ; l'employé était déjà replongé dans son match.

— Est-ce que je peux vous poser une question ? Quel jour sommes-nous ?

— Aujourd'hui ?

Il me regarda et éclata de rire.

— C'est Noël. Vous l'avez presque raté.

Je ne pourrais pas expliquer pourquoi j'ai agi comme j'ai agi, pas vraiment. C'était comme si une porte dérobée s'était ouverte sur un passage secret, dans un château fort. Joe, mes parents, tout ce fatras que j'appelais ma vie : tout ce que j'avais à faire, c'était passer cette porte et je pourrais tout laisser derrière moi. Je repensai à la fille que j'avais vue dans le restaurant à Cambridge, si sûre d'elle et si élégante, captivant comme un charme les hommes attablés près d'elle. Je savais que sa vie – une existence d'argent et de bonnes écoles assortie de tout ce qui va avec – ne serait jamais comparable à la mienne. Je ne serais jamais avocate, et je n'irais même pas à la fac. Mais je voulais connaître, ne serait ce qu'un moment, ce que ça faisait d'être une personne comme elle.

Je louai une chambre le lendemain à l'Auberge de jeunesse de Spring Street. Sept dollars la nuit, cinq de plus pour les repas, et il fallait en compter encore trois pour les faux frais : d'après ces prévisions, je devais trouver du travail dans les cinq jours. Il y avait quatorze restaurants dans le quartier, qui allaient de la gargote graisseuse au restaurant de fruits de mer avec de grands aquariums à homards pour touristes. C'était la morte saison, bien sûr, mais les gens continuaient à manger, et peu importait l'endroit, pourvu que j'aie du travail. Mes parents devaient se demander ce qui m'était arrivé (mon mensonge selon lequel j'étais allée rendre visite à des amis étudiants à Boston avait dû s'effondrer après quelques coups de téléphone), mais je ne voulais pas leur dire où j'étais avant d'avoir consolidé ma position. J'avais vingt-quatre ans, et de toute ma vie je n'avais encore rien fait d'aussi purement indépendant.

Vers le troisième jour, je commençai à m'affoler. Partout on me répondait la même chose : on n'embauche pas, essayez dans quelques semaines. Mais je ne pouvais pas attendre quelques semaines. Il me restait juste trente dollars, plus les onze que je devais garder pour le car si rien ne marchait et qu'il me faille revenir à la maison. J'avais bien un bas de laine qui dormait sur un compte à Sagonick – un peu plus de trois mille dollars que j'avais réussi à mettre de côté – mais il aurait fallu que je rentre pour y toucher, ou que je demande à mes parents de me virer l'argent. Je me fis le serment de ne pas y avoir recours, sauf si la situation devenait vraiment désespérée.

J'avais une cible sérieuse : un restaurant de poisson sur Commercial, à quelques centaines de mètres du quai où avait été amarré le *Jenny-Smith*. Je m'y étais présentée le premier jour, et le directeur m'avait dit qu'ils auraient peut-être besoin d'une serveuse ; l'une de ses employées était enceinte et ne tarderait plus à le quitter. Je cherchais un poste en cuisine, mais serveuse ou même aide-serveuse ferait l'affaire, plaidai-je. Repassez dans deux jours, répondit-il. Il en saurait peut-être plus à ce moment-là.

J'attendis midi, le quatrième jour, pour y retourner. Il faisait un temps maussade, désespérément gris, et un vent têtu agitait les eaux du port, entraînant mes pensées vers Joe, qui devait être loin en pleine mer. Ce n'est que là que je réalisai à quel point il me manquait. Je portais le bracelet qu'il m'avait offert (je ne l'avais pas enlevé depuis le premier soir passé avec lui) et, en sentant sa présence mouvante autour de mon poignet, je me souvenais de ses paroles : c'est une femme en ville qui les fabrique. Déjà en l'entendant, un petit frisson soupçonneux s'était faufilé en moi. Nous étions restés séparés pendant trois ans. Je n'avais jamais posé de questions sur d'éventuelles autres femmes, et lui n'y avait fait aucune allusion, sauf pour une certaine Abby qui, d'après ce que j'avais compris, était l'épouse de son patron et que son père connaissait depuis longtemps – une infirmière qui avait soigné Joe senior après sa blessure de guerre. En dehors de cela, les descriptions de Joe de la vie à LeMaitre semblaient sortir d'un roman sur le vieil Ouest, avec des gens crachant et pissant partout. Mais bien sûr, même dans de tels endroits, il y avait des femmes.

Avec une détermination soudaine, je piétinai la neige fondue devant la porte du restaurant et entrai. Il n'y avait que quelques personnes en train de manger – principalement des hommes en costume-cravate, sans doute la clientèle habituelle sortie des cabinets d'avocats et des bureaux officiels de l'État, penchés sur des assiettes de crustacés et des chopes de bière. Au bar, je demandai à parler au directeur, et une minute plus tard, je le vis surgir de la cuisine.

— Oh, c'est vous, dit-il.

C'était un homme plus très jeune, au moins cinquante-cinq ans, avec des lunettes carrées qui lui agrandissaient les yeux et des cheveux coiffés en arrière qui dansaient un peu à chaque pas.

— Désolé. Peut-être dans quelques semaines.

La nouvelle me fit l'effet d'un coup de poing.

— Je n'ai pas quelques semaines, dis-je, et j'entendis que ma voix charriait des larmes. Il me reste juste un jour.

— Vous avez essayé chez O'Neil ? Il leur arrive d'embaucher.

O'Neil était un autre restaurant de fruits de mer, plus bas dans Commercial.

— J'ai essayé partout.

Une grosse larme se mit à couler sur ma joue, et lorsque je voulus l'essuyer, je m'aperçus que j'avais gardé mes gants. Je les ôtai, attrapai une serviette en papier sur le bar et me mouchai.

— Excusez-moi. Je ne tiens pas spécialement à être serveuse. Prenez-moi pour le ménage ou n'importe quoi. Je vous en prie. J'entame mes trente derniers dollars.

Il me considéra à nouveau. On aurait dit que le silence était tombé sur tout le restaurant. Dehors, le ciel gris était saturé de froid et de neige au-dessus du port.

— Ah, bon sang, soupira-t-il en se grattant l'arrière du crâne. Je ne devrais vraiment pas faire ça. Pour être franc, j'étais fermement décidé à n'embaucher personne, avec les affaires qui tournent au ralenti. Mais on va peut-être pouvoir vous caser.

— Vrai ?

Il sembla sur le point d'éclater de rire.

— Vous voulez travailler, oui ou non ?

— Oui, absolument.

— Ce n'est pas ici que vous allez faire fortune. Je sais que vous le savez, mais c'est mon devoir de le préciser. On ne paie pas plus que le minimum, un dollar quarante de l'heure. Plus les pourboires, bien sûr. Et vous n'aurez pas le créneau horaire du dîner, au début.

— D'accord sur tout. Vous pouvez compter sur moi.

Il pêcha un bonbon à la menthe dans un panier posé au bout du bar et le fourra dans sa bouche. Puis il leva les yeux vers moi.

— Écoutez, dit-il doucement en suçant la friandise, je suis obligé de vous demander ça : il n'y a rien que je devrais savoir vous concernant, non ?

— Que voulez-vous dire ?

— Ne le prenez pas mal. Mais elles ne sont pas nombreuses, les filles qui débarquent ici en annonçant qu'elles entament leurs trente derniers dollars, ou des trucs de ce genre. Il n'y aurait pas... quelqu'un qui vous recherche, par hasard ? Comme, par exemple, un mari ou un petit ami, quelque chose comme ça ? Si c'est le cas, il faut me le dire.

— Non, monsieur. J'ai juste besoin d'un travail.

Il me fixa encore, ne sachant que penser, puis mit finalement un terme à la conversation par un hochement sec du menton.

— Alors, d'accord. Mais ne m'appelez pas monsieur, mon nom c'est Deck, compris ? Comme le pont d'un bateau.

— Deck. C'est entendu.

— Dix heures et demie précises, demain. Pantalon noir, si vous avez, sinon vous en trouverez des pas chers au magasin de surplus, en bas de la rue. Le chemisier blanc que vous portez sera parfait.

Je sentis que je souriais.

— Vous ne le regretterez pas.

— J'espère bien.

Il tourna les talons pour s'éloigner.

— Oh, pardon. Quel imbécile : j'ai oublié de vous demander votre nom.

— Alice.

Je le dis sans réfléchir. C'était le deuxième prénom de ma mère. Il était tellement gentil que j'eus un peu honte d'avoir menti. Mais j'aimais bien cette sonorité, ce goût nouveau sur ma langue : Alice. Qui était donc cette Alice ?

— C'est noté : Alice. À demain.

Pas plus difficile que ça. J'avais réussi, et je sortis de mon ancienne vie pour entrer dans la nouvelle. Je n'étais plus Lucy, mais Alice : Alice la serveuse de Portland. Je commençai à travailler le lendemain, comme prévu, à dix heures et demie tapantes avec un large sourire et un pantalon flambant neuf qui couinait à chaque pas ; une semaine plus tard, on m'accorda le poste du dîner et j'empochais trente bons dollars de pourboires par soir. L'Auberge de jeunesse était parfaite, bien que légèrement bruyante, mais je ne pouvais pas y rester plus d'un mois : l'une des autres serveuses m'apprit qu'un appartement se libérait dans son immeuble et j'allai le visiter un soir : une seule pièce, avec un W.-C. et une douche, mais pas de lavabo, en dehors de l'évier de la cuisine. Cependant, il y avait de grandes fenêtres – je me dis que par temps clair, on devait même apercevoir la mer – et il était loué meublé, avec un lit, une table et des étagères rudimentaires. Pour y accéder, on devait monter trois étages d'escalier de secours branlant à l'arrière de la bâtisse, en plein vent et couvert de glace. Le loyer était de 120 dollars, charges comprises ; je sautai sur l'occasion et retournai à l'Auberge prendre mes affaires (une seule valise de vêtements, un sac en plastique de magazines et de livres de poche que j'avais achetés pour passer mes soirées, et deux pantalons noirs du surplus) et je dormis dès cette nuit-là chez moi, ce qui me fit une impression aussi étrange et merveilleuse qu'un premier baiser.

Ce n'est que le lendemain que j'écrivis enfin une lettre à mes parents. Je ne voulais pas mentir, mais la vérité était trop difficile à exprimer – je n'avais pas les mots pour me la décrire à moi-même – aussi me contentai-je de leur dire que j'avais décidé qu'il m'était indispensable d'être un peu seule, que j'étais en sécurité et en bonne santé, et où on pouvait me joindre en cas de nécessité, et aussi qu'il ne fallait pas donner mon adresse à Joe s'il appelait. Je glissai un billet de vingt dollars dans l'enveloppe en expliquant que c'était la somme que j'avais prévu de dépenser en cadeaux de Noël et que j'espérais qu'ils s'achèteraient de jolies choses avec. *Papa*, écrivis-je, *je sais que tu as besoin de gants, comme toujours, et toi, Maman, je m'étais dit qu'un parfum te ferait plaisir, ou des boucles d'oreilles. Je suis désolée d'avoir agi comme je l'ai fait. Joe n'est pour rien là-dedans, en tout cas pas directement, aussi je vous demande de ne rien lui reprocher, ni à moi. Ne vous inquiétez pas, je vais réellement bien, mieux que depuis un bon moment, il me faut juste un peu de temps pour faire le point.* En larmes, je signai : *Je vous aime, Lucy*, voyant déjà une trahison dans l'utilisation de ce prénom.

Ma nouvelle vie me paraissait simple, nette, dépouillée, comme une maison de poupée ou les pages d'un livre sans signet. Je tenais le poste du soir entre dix-sept et vingt-trois heures, dormais toute la matinée, ne me levant jamais avant dix heures pour effectuer de modestes tâches (les courses ou la lessive : comme j'avais peu de vêtements, j'étais toujours en train de les nettoyer) et, le soir tombant, manger un repas léger avant de me rendre au restaurant. L'Auberge de jeunesse n'était qu'à quelques blocs de mon appartement, et certains après-midi, en allant travailler, je m'y arrêtais pour nager, une activité que je n'avais jamais vraiment exercée, en tout cas pas en piscine. Vingt-cinq cents, plus une pièce de cinq pour la serviette. Lorsque je repense à ces mois-là, ce sont ces séances à la piscine qui me reviennent à l'esprit avec le plus de clarté, chaque sensation gravée pour toujours dans ma mémoire :

le contact de la serviette dans ma main, encore chaude après son passage à la sécheuse et toute craquante de lessive ; le froid sur ma peau lorsque je me déshabillais rapidement dans la cabine ; le bien-être de l'immersion, le monde comme gommé au-dessus de ma tête, et la chaleur qui envahissait progressivement mes muscles dès qu'ils se mettaient en action selon un rythme qui rappelait une sorte de musique. Pieds-bras / pieds-bras / on tourne la tête et *on respire*, pieds-bras / pieds-bras / on tourne la tête et *on respire*. Je voyais les autres virer en culbute et je voulus faire comme eux ; la première fois, j'ai pris tellement d'eau dans le nez que le maître-nageur est descendu de sa chaise pour me demander si je pensais m'en sortir toute seule, mais j'y parvins très vite, et je nageais un kilomètre et demi par jour.

Si je dois reconnaître qu'il m'arrivait d'avoir le mal du pays – une douleur soudaine, presque physique, qui me saisissait toujours par surprise – c'est également vrai que j'étais heureuse, et que ce bonheur était encore augmenté par ma solitude. Le monde semblait m'avoir oubliée, avoir oublié *Lucy*, et lorsque je songeais aux gens et aux lieux de mon ancienne vie, l'amour qui me remuait était teinté de nostalgie, comme si le souvenir me revenait après de longues années. La sensation était si neuve pour moi que je me demandais si elle pouvait durer, jusqu'à ce que, une froide et noire nuit de la première semaine de mars, je me réveille en sursaut avec l'impression que quelqu'un me surveillait. Il était tard, trois heures passées. Pas quelqu'un, me dis-je : *quelque chose*. Je me levai en vitesse dans mon appartement glacial, et lorsque je regardai par la fenêtre, je fus si surprise par ce que je découvris que j'en oubliai jusqu'à la peur qui m'avait tirée de mon lit. L'apparition grandiose d'une lueur bleu-vert, comme l'eau d'une piscine, mais constellée de points dorés, déployée au-dessus de la ville endormie et formant des plis comme une draperie. Elle se mouvait d'avant en arrière, animée par quelque vent invisible – un vent de lumière et d'étoiles. Je savais ce que j'avais sous les yeux : j'avais déjà vu une aurore boréale, évidemment ; et pourtant sur le moment, debout à ma fenêtre, j'avais le sentiment d'être le témoin de quelque chose de plus : la lumière la plus pure des anges qui, dans leur paradis, se souviendraient de la terre.

Le lendemain, un samedi, je me levai tôt, fis une grosse lessive au sous-sol, allai nager mon kilomètre et demi habituel. Il n'était pas tout à fait cinq heures lorsque je poussai la porte du Lobster Tank. Il n'y avait que quelques clients attablés, providentiellement des gens âgés profitant du repas-heures creuses à quatre dollars. J'attrapai un tablier propre et un plateau sur la pile près de l'évier et me mis au travail. Vers six heures, c'était complet. Je venais de prendre une commande quand je vis, en me retournant, que Deck m'observait.

— Qu'est-ce que j'ai ? Quelque chose entre les dents ?

— J'en connais une qui est de bonne humeur.

La sonnette retentit derrière moi : ma commande. Je dressai les assiettes avec les petites coupes de sauces pour le tartare, une feuille de laitue, des rondelles de citron, puis je hissai le plateau sur mon épaule.

— Qui ça, Deck ?

— Vous. À sourire comme ça.

J'éclatai de rire, gênée. Mais il avait raison.

— D'accord. Je vais arrêter de sourire.

— Inutile. Je sais une chose, c'est que lorsqu'une femme sourit ainsi, elle est amoureuse. C'est en tout cas ce que m'a dit May.

May était la femme de Deck. Elle venait le chercher tous les soirs, attendant dans sa petite Pinto orange que nous ayons fini de préparer les tables pour le lendemain ; je l'avais rencontrée sur le parking dès ma première semaine dans la place. J'étais allée dîner deux fois chez eux, la première en compagnie d'autres filles du restaurant, et la deuxième, seule. May était secrétaire au lycée, enveloppée mais pas douce, et chaque fois qu'elle m'étreignait, comme elle le faisait à présent quand nous nous voyions, j'étouffais un peu. Leurs enfants étaient grands et n'habitaient plus avec eux : leur fille, Peg, qui avait environ mon âge, vivait à Nashua et était mariée avec un pompier ; leur fils, George, avait traversé de mauvaises passes, mais s'était finalement stabilisé, avait joué un temps dans une équipe de hockey en tant que semi-professionnel, et était maintenant prof d'éducation physique dans un lycée, quelque part dans le Sud, à Memphis ou à Mobile. Leur maison était située en pleine campagne, une sorte de ferme à colombages qui semblait grande vue de la route, mais qui se révélait douillette à l'intérieur. La deuxième fois que j'y avais dîné, comme il était très tard, j'y étais restée dormir dans l'ancienne chambre de Peg, avec un de ses tee-shirts en guise de chemise de nuit.

— Nous sourions pour des tas de raisons, Deck. Nous sommes une espèce mystérieuse.

— Bon, quel qu'en soit le motif, dit-il en hochant la tête, ça fait plaisir à voir.

Je croyais que la conversation était close, mais il enfonça la main dans la poche de son veston.

— Aussi, je ne voudrais pas gâcher votre belle humeur, mais je crois que ceci vous est destiné.

Je posai mon plateau sur le bar et pris la lettre qu'il me tendait. L'enveloppe était petite et ventrue du fait des feuilles de bloc qu'elle contenait. La lettre m'était adressée, aux bons soins de mes parents, avec une grosse croix en travers et, écrit à côté, « The Lobster Tank, Commercial Street Wharf, Portland, ME ». La deuxième écriture était celle de ma mère.

— Alors, c'est Lucy, hein ?

Il me fallut un moment pour me ressaisir. Je suppose que j'ai dû me sentir comme tous les menteurs, lorsqu'ils sont finalement confondus : coupable, mais un peu soulagée en même temps. Je me rendis compte aussi, la lettre de Joe à la main, que quoi qu'elle contienne, je serais moins touchée que je ne l'aurais été quelques semaines plus tôt.

— Je suis désolée, Deck. Je ne sais vraiment pas quoi dire.

Il plissa le front d'une manière que je trouvai rassurante, même si j'étais sûre de l'avoir choqué. J'avais mangé à sa table et dormi chez lui et je ne lui avais même pas dit qui j'étais réellement.

— Bon, allez, dit enfin Deck. Je n'ai pas envie de fourrer mon nez là-dedans.

— Est-ce qu'on pourrait garder ça pour nous ? Juste vous, May et moi.

— Si c'est ce que vous voulez, pourquoi pas ?

Il s'interrompit, la mine légèrement en émoi.

— Lucy. Alice. Écoutez, je sais que ce ne sont pas mes affaires. Mais si je peux vous aider en quoi que ce soit, pour n'importe quel problème...

Je le regardai dans les yeux.

— Ça ira, Deck. Juré, tout va bien.

— Bon, la proposition reste valable. Si d'aventure vous ne savez pas où aller, la chambre de Peg sera à vous sur simple demande. May est d'accord.

J'aurais pu l'embrasser sur-le-champ, le brave homme. De l'autre côté du bar, la sonnerie retentit à nouveau : j'avais deux commandes de retard et je vis, à travers le guichet qui séparait la cuisine de la salle à manger, que les clients arrivaient encore. Je mis mon premier plateau à l'épaule.

— Faites-moi confiance, dis-je. Je gère tout très bien.

J'avais l'intention d'ouvrir la lettre une fois rentrée chez moi, mais je ne pus tenir. Dès la fin du service, et quand tout fut installé pour le lendemain, je me versai un verre d'eau et m'assis sur un tabouret du bar.

*Lucy chérie*, écrivait Joe.

*Ne sachant pas où envoyer cette lettre, je l'adresse à tes parents. Sans nouvelles de toi, je leur ai téléphoné et ils m'ont dit que tu étais à Portland, mais ont refusé de me donner davantage de détails. Ça fait drôle de penser que tu es restée sur place, après notre séparation sur le quai. J'espère que tu vas bien.*

*Lucy, je suis désolé. Je te l'ai déjà dit et je te le répète. Je sais à quel point c'est dur pour toi, de m'imaginer coincé ici, et aussi que tu dois en avoir marre de moi, et de toute cette histoire. Je voudrais que ce soit différent, mais c'est comme ça. On parle de plus en plus d'amnistie, mais on en a déjà beaucoup entendu sur ce chapitre, et puis, de toute manière, je ne suis pas certain d'y avoir droit. D'après la rumeur, elle serait réservée aux chargés de famille. Personne ne sait rien avec certitude. Ce connard de Nixon va sans doute être réélu, ce qui enterrerait tous nos espoirs.*

*Lucy, je suis conscient que je n'ai rien à t'offrir. Ça a l'air un peu idiot, je m'en rends bien compte, un peu démodé, mais la vérité c'est que tu mérites une belle vie. Abby et Marcel sont gentils et ils veillent sur moi – sur nous tous, en fait – mais ils ne peuvent pas tout faire. Il m'a fallu du temps pour l'admettre, mais maintenant c'est clair. Ça m'est apparu le soir d'Harvard Square, pendant le dîner. Tu te figures que je n'ai pas remarqué que tu regardais cette fille, mais tu te trompes. Je crois que tu as pensé que tu aurais pu être elle. Je l'ai souhaité pour toi. C'est vrai, ce que je te dis, Lucy, jamais de ma vie je n'ai été plus triste. Ça paraît stupide, mais il est peut-être encore temps. J'ignore ce que tu fais pour le moment, mais j'espère que c'est ce que tu désires, et que tu pourras aller là où tu veux aller.*

*Tu sais le plus drôle ? Je regrette encore de ne pas avoir été au Vietnam. Je lis ce qu'on dit de la guerre et ça me fait horreur, mais je voudrais quand même que mon père n'ait pas réussi à me convaincre. Mais voilà que je lui fais des reproches alors que c'est moi seul le responsable, et personne d'autre. On est nombreux à penser comme ça, même les pacifistes purs et durs. C'est difficile de conserver des convictions politiques lorsqu'on se retrouve dans un trou entouré de quatre tonnes de poisson surgelé, qu'il fait si froid que tes doigts restent collés à la fourche, qu'une andouille te crie dessus pour que tu te grouilles sinon tout va être fichu et que ce que tu as en tête, c'est que c'est ta vie qui est fichue. Si j'étais parti, maintenant ça serait réglé, du moins en ce qui me concerne. Quoi qu'il ait pu m'arriver, ça me serait arrivé, à l'heure qu'il est.*

*La deuxième chose que je voulais te dire, c'est que mon père ne va pas bien. Quelques jours après Noël, il a eu une petite attaque. Je n'ai pas eu plus de détails, et comme d'habitude il prétend que ce n'est rien, mais la vérité c'est que c'est moche. Il déchargeait le camion quand ça l'a pris et je suppose qu'il est resté un bout de temps dehors dans la neige avant de réussir à rentrer dans la maison pour appeler de l'aide. Il avait quelques gelures plutôt sérieuses, en plus, aux mains et aux pieds, ce qui risque d'être plus grave chez lui que chez un autre, à cause du diabète. Maintenant, il est sorti de l'hôpital et passe l'hiver en ville chez les Rogue. Tu dois les connaître – Hank Rogue, des engins Rogue ? Ils ont une fille qui était un ou deux ans avant nous au lycée. Quoi qu'il en soit, Hank et mon père se sont toujours bien entendus, sans doute parce que ce sont les deux plus gros excentriques du nord-ouest du Maine.*

*Le résultat final, si on ajoute l'attaque à tout le reste, c'est qu'il me semble impossible qu'il puisse encore faire tourner le domaine. Je pense qu'il va essayer de boucler la saison qui vient, mais que si quelqu'un se présente avec l'argent pour acheter l'endroit, il se pourrait bien qu'il dise oui. Les deux dernières années ont été très dures pour lui, et d'après moi il est disposé à jeter l'éponge. Dès que j'ai appris pour l'attaque, je l'ai appelé et lui ai proposé de rentrer, de prendre le risque, mais il a vigoureusement refusé. En fait, il s'est mis carrément en colère et toute l'histoire s'est terminée dans les cris de part et d'autre. J'ai l'impression que me savoir ici est la seule chose qui lui permet de tenir le coup. Et c'est vrai que je ne lui serais pas d'un grand secours en prison.*

*C'est bizarre de se dire que le domaine peut disparaître comme ça. Je crois que j'en étais arrivé à haïr cet endroit. Peut-être que je suis venu ici surtout pour m'en éloigner, dans un premier temps. Maintenant, ça fait deux ans que je ne cesse de le regretter. Tu te souviens des discussions que nous avions sur le moment où nous prendrions la suite ? On dirait qu'il s'est passé des années depuis ces discussions, et peut-être qu'il s'est bel et bien passé des années.*

*Je sais que mon père t'a toujours placée sur un piédestal, Luce, et si j'en crois tes parents, j'ai peur qu'il ne te soit impossible d'y aller, mais si d'aventure tu pouvais lui rendre visite, même juste pour dire bonjour, je suis persuadé que ça ne serait pas inutile. Même s'il ne se plaint pas, il doit être sacrément seul. Il lui reste très peu d'amis en ville et de te voir, ça lui redonnerait de l'énergie. Je me dis que tu ne seras peut-être pas d'accord, et je comprendrais que tu ne le sois pas, mais je tenais à te le demander.*

*Où que tu sois, Lucy, j'espère que tu es heureuse, et s'il te plaît ne t'inquiète par trop pour moi, comme moi j'essaierai de ne pas trop m'inquiéter pour toi, même si je suis certain que je me ferai toujours du souci en pensant à toi, tous les jours, aussi longtemps que je vivrai. Je crois que cette lettre est une sorte d'adieu. C'est un mot que j'ai bien du mal à écrire. Je suis désolé, je suis désolé, je suis désolé.*

*Je t'aime,*

*Joe.*

Je terminai ma lecture et remis la lettre dans son enveloppe. Depuis le début, je m'étais dit que la rupture viendrait de moi et pas le contraire. Je pleurai un peu, bien que ce ne fût pas exactement de la tristesse, ce que j'éprouvais. Mais seulement ça : je me retrouvais toute seule. J'étais tombée à moitié amoureuse de ma solitude, et maintenant, je récoltais ce que j'avais semé, et ce n'était pas du tout ce que j'avais espéré.

Un verre à alcool fit son apparition devant moi, sur le bar.

— Tenez.

Deck s'empara d'une bouteille de tequila et me servit.

— Buvez-moi ça.

Le verre était lourd ; j'avalai une minuscule gorgée. Ma bouche s'enflamma sous la chaleur et la puissance du liquide, la brûlure flamba jusque dans mon estomac.

— Allez, cul sec. Obéissez.

— Je n'ai pas l'habitude de boire.

— Et demain, il fera jour. Je n'ai encore jamais rencontré de cœur brisé qui ne se sente pas un peu mieux après la bonne dose de tequila. Allez.

J'obtempérai et, rejetant la tête en arrière, j'engloutis tout le reste d'un seul coup. J'en eus les larmes aux yeux et la goutte au nez, et je m'essuyai du revers de la main.

— Oh, merde, Deck. Merde, et merde, et merde.

— Nous sommes nuls, vous pouvez me croire. Les hommes ne valent pas un clou. On est bien obligés de le reconnaître. Vous en voulez un autre ?

— Qu'irait penser May ?

— En fait, c'est une idée de May.

Il tendit le menton vers le parking, de l'autre côté de la vitrine, là où attendait la Pinto à l'arrière fumant.

— Vous n'avez qu'à lui demander.

C'était la deuxième semaine de mars 1972. Pour la première fois de ma vie, je n'avais aucune idée de ce que l'avenir me réservait. Deck sortit un deuxième verre du bar, le posa près du mien et les remplit tous les deux jusqu'au bord. Il leva le sien comme pour un petit toast.

— À votre santé, Alice.

## 14

## Jordan

On pourrait croire aujourd'hui qu'il n'y a pas eu d'*avant* – avant Kate, avant le domaine, avant Harry Wainwright et son dernier jour de pêche – mais naturellement il y en a eu un, et cet *avant* fait lui aussi partie de l'histoire. Il y a eu un gosse, évidemment, rien de bien intéressant (le fait que je n'avais pas de père me différenciait moins des autres enfants qu'on ne l'imaginerait) et après notre déménagement pour le Maine et le remariage de ma mère, il y a eu mes années de lycée, puis la fac : là aussi, tout ce qu'il y a de plus banal, jalonné de triomphes minuscules et de minuscules échecs, ainsi que de mauvaises expériences qui ne me conduisirent nulle part en particulier. J'aurais pu devenir n'importe qui, j'aurais pu choisir n'importe quel style de vie. À la sortie de l'université, j'ai traîné à Boston avec quelques amis, des rigolos qui avaient la tête encore plus vide que la mienne, mais savaient lever le coude, j'ai été serveur dans un restaurant végétarien de Back Bay tout en cherchant mieux, et j'ai fini, à la surprise générale, comme visiteur médical sur la Route 128 – boulot qui obligeait à sillonner la ville à bord d'une grosse Pontiac de location avec une valise d'échantillons bourrée de gélules et de comprimés pour arrêter le cœur ou le faire repartir, épaissir le sang ou le contraire, réparer le métronome corporel de cent manières différentes. C'était une époque de croissance, où tout le monde se remplissait encore les poches à toute vitesse, et moi aussi, je ne devins pas riche à proprement parler, mais je gagnais plus d'argent que je ne pouvais en dépenser, et sous le signe d'un tel succès, je me mis vraiment à me voir comme quelqu'un capable de grimper dans ce monde. Mon travail, après tout, semblait simple comme bonjour, et ne demandait guère plus que de savoir lire un plan et réciter des descriptifs appris par cœur à des généralistes épuisés disposés à tout essayer au moins une fois. (En vérité, je n'étais pas vraiment obligé de comprendre ce que je disais, même si mes connaissances en sylviculture m'étaient plus utiles qu'on ne pourrait le penser.) J'avais des amis, j'avais de l'argent, j'avais une armoire pleine de costumes. Ce n'était pas un remède miracle contre le cancer, pas même contre un vulgaire refroidissement, mais c'était *quelque chose*, et ça m'appartenait.

Et pourtant. Quand je parle aux gens de ces deux années de ma vie et qu'ils voient à quel point je suis différent maintenant, ils sont persuadés que ma décision de tout quitter n'était que ça : une capitulation. Et ils ont tout à fait raison. J'ai baissé les bras, c'est vrai. Mais ça n'avait pas de rapport avec l'argent (que j'aimais bien), ni avec les horaires surchargés (qu'est-ce que j'avais d'autre à faire ?), ni avec le sentiment de perdre mon temps en le consacrant à des trivialités (il n'y a rien de mal à prescrire des médicaments ; interrogez donc le type qui se tord de douleur sur le carrelage de sa cuisine). Je n'en avais pas marre, je n'étais pas en mal d'augmentation, je n'avais pas sombré dans l'alcool ni dans l'ennui, et je ne me lamentais pas sur le monde dépravé, ruineux et ingérable. (C'est exactement ce qui est arrivé à un gars que je connaissais, une histoire qui s'est mal terminée, même si tous les visiteurs de mon groupe étaient heureux comme des coqs en pâte à essayer d'exploser leurs quotas ou à se précipiter chez eux pour conduire leur fille au cours de danse et éplucher les petites annonces avec leur femme après dîner afin de trouver un paradis pour les vacances.) Non. Ce qui s'est passé, c'est que par un après-midi ensoleillé d'avril, à peine sorti d'une jolie vente et en route vers la suivante, avec pour projet un dîner entre amis dans un restaurant de poissons près de Faneuil Hall – c'est-à-dire le cœur en fête et ma vie aussi positive qu'un penalty tiré dans la lucarne – je quittai Storrow Drive pour Beacon Hill quand je fus ralenti, ralenti de plus en plus, jusqu'à être immobilisé au milieu de la circulation.

Il était exactement trois heures, trop tôt pour l'heure de pointe. Il y avait devant moi une file d'une dizaine de voitures, et je sortis la tête par la portière pour voir quel était le problème. Un automobiliste commença à klaxonner, puis un autre, et le vacarme se propagea comme une maladie contagieuse. J'étais trop loin pour distinguer quoi que ce soit ; je supposai qu'il s'agissait d'un accident bien qu'il n'y eût encore ni gyrophares ni sirènes ; et tandis que les minutes s'écoulaient, aggravant sans cesse mon retard, tout ça sans raison apparente, l'incident prit des proportions critiques. Ce que je veux dire, c'est qu'il n'y avait pas moyen de s'extraire de là, pas un seul *putain* de moyen, et je me surpris à frapper du poing le volant et le plafond de la Pontiac. À frapper et à frapper jusqu'à en avoir des douleurs dans les mains et des palpitations dans le cœur, tandis que les klaxons m'étourdissaient comme un sac en plastique enfoncé sur ma tête, et que j'allais disjoncter. Certains étaient déjà descendus de leur voiture, et j'y vis un signal ; j'ouvris la portière et me mis à remonter la file, en direction du carrefour où gisait – c'est le mot – le problème.

C'était un homme, un vieillard, et j'ai d'abord pensé qu'il était mort – qu'il s'était engagé sur la chaussée et qu'une voiture l'avait heurté. Je jouai des coudes dans la petite foule qui s'était agglutinée autour de lui. Il était étendu sur le dos au milieu de l'axe nord-sud, les bras allongés mollement le long du corps, et je remarquai qu'il était conscient. Il avait les yeux ouverts, presque *trop* ouverts, et il fixait sans ciller le ciel de ses prunelles bleues. Un policier était agenouillé près de lui et lui posait avec un fort accent du sud de Boston les questions qu'on pose dans ces cas-là : pouvait-il se mettre debout ? (rien de moins sûr), comment s'appelait-il ? (Fred quelque chose), savait-il où il se trouvait ? (à Boston ? près du Ritz ?) Il était proprement vêtu : pantalon kaki, chemise en madras, mocassins noirs brillants, l'uniforme d'un employé en retraite ou d'un cadre de banque en congés. Même si certains, dans la foule, prétendaient qu'il était saoul, ce n'était pas mon avis. Il était juste *là,* étendu sur la rue comme s'il se fichait pas mal de tout, apparemment en bonne forme et parfaitement indifférent à tout ce que le flic pouvait lui dire, à l'endroit où il était et aux problèmes que ça créait. Je renversai la tête pour voir ce qu'il contemplait ; le sommet des immeubles, les nuages vaporeux, le bleu du ciel d'avril. Rien, en réalité, qui vaille la peine d'être regardé. Un deuxième policier approcha, puis un troisième, aboyant dans sa radio accrochée à son épaulette ; une ambulance apparut, montant sur le trottoir dans une plainte de sirène. Deux des policiers aidèrent l'homme à se hisser à l'arrière du véhicule, et pendant que le SAMU l'examinait, lui braquant une torche électrique dans l'œil et lui prenant le pouls, le troisième policier nous cria de regagner nos voitures, qu'il n'y avait rien à voir, etc. Et il avait raison, je crois : il n'y avait rien à voir.

Un mois plus tard je démissionnais de mon travail, mais pas pour les motifs qui pourraient vous venir à l'esprit, ce qui est une raison supplémentaire pour que je raconte cette histoire aussi rarement. Ce n'était pas le corps de mon père que j'avais vu là, comme l'aurait sûrement affirmé le psy de ma fac, ni davantage, d'une façon théorique, le mien, même si le pauvre type aurait pu être visiteur médical comme tout un chacun. Je n'ai pas conclu non plus, comme n'importe qui face à un spectacle si désespérément mortel, que la vie est courte, qu'il faut faire ce qui nous passe par la tête, que chaque seconde doit compter – le truc classique que je connaissais déjà par cœur. Ce que j'ai vu, à la place, dans un flash suffocant, c'est que toute chose est absolument arbitraire. Avant de rejoindre ma voiture, je m'approchai du premier policier et lui demandai ce qui était arrivé exactement. Il était en train d'écrire dans un carnet et il leva les yeux sur moi avec un froncement de sourcils. « Ça me dépasse, répondit-il, et il lâcha un mauvais rire. Le type a dit qu'il était fatigué et qu'il avait eu envie de s'étendre ! »

Et, en l'entendant, j'ai pensé : bon, pourquoi pas ? Pourquoi ne pas se coucher au beau milieu de la rue ? En repartant au volant de ma voiture, soudain, je sentis que j'étais incapable de trouver une bonne raison, malgré tous mes efforts. La circulation serait arrêtée, la police surgirait, vous emmènerait quelque part pour des examens, peut-être pour un léger « traitement » (des remontants par poignées, de la nourriture immangeable sur des plateaux métalliques, des conversations inspirées avec un rigolo en blouse blanche armé d'un nerf de bœuf glissé dans la chaussette) et pendant tout ce temps-là, la Terre continuerait de tourner sans un seul raté. Bizarrement, ça paraissait vraiment sensé de se coucher, de cesser de se défendre et de laisser éclater la vérité. J'ai pensé : quelle importance ?

Ce qui, évidemment, ne constituait pas le moins du monde un mode de vie. L'histoire ne se résume pas à cela, mais avant que j'aie eu le temps de dire ouf, j'avais basculé vers le pire. Je retournai à Bangor chez ma mère où je passai l'été à « réfléchir à tout ça » et à « chercher une voie nouvelle », et en septembre je répondis à une offre d'emploi du *Maine Sunday Telegram* dont l'auteur n'était autre que Joe. Je me rendis en voiture à Sagonick pour visiter l'endroit – il semblait, à l'époque comme aujourd'hui, aussi loin de tout que possible – à défaut de sauter le pas pour la communauté de drogués en Orégon ou l'ashram en Inde (deux solutions que j'avais sérieusement envisagées pendant au moins dix minutes) ; lorsque Joe me mit les clés dans la main, je trouvai dans leur consistance et le bruit chantant qu'elles produisaient une réponse à mes problèmes, et je compris que j'étais guéri.

Fin de l'histoire ; ou son début, si on préfère.

Tout ça pour dire que je roulais toutes ces pensées dans ma tête, ce matin-là, et qu'elles faisaient partie de mon humeur du jour au même titre que le baiser de Kate, les avocats ivres de Joe, et Harry Wainwright. Pendant deux heures, je fis une sortie avec les occupants du bungalow 2 (deux gars qui avaient juste besoin qu'on leur montre un bon coin et qu'on leur fiche la paix), puis j'allai en ville acheter des vis et des trucs dont j'avais besoin pour réparer une volée de marches, sur le ponton. Lucy m'avait laissé clairement entendre que je ne devais pas m'éloigner du domaine, et me tenir prêt pour le cas où Harry voudrait sortir, mais je me dis qu'une petite course ne pouvait pas faire de mal puisque Harry, même s'il bénéficiait d'une guérison soudaine et miraculeuse, mettrait un certain temps pour se préparer. J'aurais bien proposé à Kate de m'accompagner, mais elle avait disparu, sans doute avec les canoës, et ne serait sûrement pas de retour avant midi, au moins.

Ce qui s'est passé ensuite, je ne peux pas l'expliquer. J'arrivais en ville, en me demandant quelle grosseur de vis il me fallait et en songeant que je ferais bien de prendre un bidon d'huile de machine pendant que j'y étais, lorsque je me mis à penser à mon père, et au jour où j'avais appris sa mort. Ce n'était pas banal, car jusqu'à cet instant, au volant de la Jeep, en montant la côte qui conduisait à la ville, le visage au vent et sous le soleil, j'aurais juré que je n'avais pas le moindre souvenir de ce jour-là. Sur le ponton, j'avais dit à Kate tout ce que je me rappelais à son propos, ou du moins tout ce que je croyais me rappeler : aussi, peut-être, le simple fait d'en parler avait-il dégagé dans mon esprit de la place pour d'autres images qui s'y étaient engouffrées. En tout cas, les choses qui me revinrent à ce moment-là me frappèrent si fort que je dus écraser le frein et arrêter la Jeep sur le bord de la route.

À cette époque, nous habitions sur une base militaire, tous les trois, dans une petite maison préfabriquée dans un matériau qui ne valait guère mieux que le carton. C'était l'été, et l'air de la mer était épais comme une soupe de poissons. Je ne crois pas que nous avions la climatisation, parce que la maison était toujours encombrée de ventilateurs rugissants – des ventilateurs de table, des ventilateurs de plafond, des ventilateurs juchés sur des gros pieds qui tournaient à gauche et à droite comme des têtes de robots – et c'est avec ça que ma mémoire se mit en route : avec sur le visage cette sensation de l'air brassé par les ventilateurs. J'étais dans la cuisine, qui n'était en réalité rien de plus qu'une sorte de réduit avec juste la place pour une table et des chaises. Le ventilateur, un vieux modèle avec des pales métalliques et un cordon recouvert d'un ruban, était posé sur une chaise de façon à agir sur la cuisinière sur laquelle, la seconde d'avant, ma mère préparait encore notre dîner. Elle m'avait laissé tout seul lorsqu'on avait sonné à la porte (je jouais par terre, à pousser une benne à ordures miniature) et, pendant son absence, le ventilateur avait exercé sur moi une sorte d'appel magnétique : j'abandonnai mon jeu et vins me planter devant, pour contempler l'image confuse créée par ses pales et pour exposer mon visage moite à la fraîcheur bienfaisante de son vent artificiel. Mon père pilotait des avions, des engins maintenus en l'air par des forces aussi invisibles à mes yeux que de la pure magie, mais il y avait beaucoup d'avions à hélice dans les alentours et il était impossible pour un petit garçon de grandir dans le secteur de la base aéronavale d'Océana sans avoir des notions élémentaires de propulsion aéronautique. Dans mon esprit, l'action des pales du ventilateur et le travail mystérieux et important de mon père se mêlaient (c'était un travail qui, je le savais, terrifiait à moitié ma mère qui me répétait sans arrêt que c'était un homme immense et courageux) et plus je restais seul dans la cuisine à attendre son retour, plus mon angoisse s'enflait : il y avait cette eau en train de bouillir sur la cuisinière et qui m'apparaissait aussi vaguement comme une menace, et une puissante attirance, presque mystique, pour cette vibration métallique qui palpitait devant moi. Là semblait résider un pouvoir étrange et très ancien – le pouvoir de mon père, des hommes et de leurs machines – et j'avais envie d'y toucher. C'était une envie aussi aiguë qu'une faim. On m'avait mis en garde contre cela des milliers de fois, tout comme on m'avait mis en garde contre la cuisinière, les prises électriques, les inconnus qui proposeraient de m'accompagner, et les voitures. La pression pour obéir à ces recommandations était forte, mais je trouvai une sorte d'autorisation dans la longueur de l'absence de ma mère. Pendant un grand moment, deux secondes ou dix, j'avançai la main devant le ventilateur pour sentir l'air plus intimement, en évaluant les options qui se présentaient à moi. Et là, depuis l'entrée, le son perçant sans peine les cloisons de carton, me sont parvenus les cris de ma mère.

Cela se produisit à l'instant exact où mes défenses venaient de céder et j'avançai un seul doigt, tendu, vers le ventilateur, à travers le grillage métallique qui l'enveloppait et à l'intérieur, là où tournaient les pales. Mon geste fut rapide, furtif – si rapide que pendant un instant je ne compris pas ce que j'avais fait, bien que la douleur fût, je l'imagine, instantanée. La lame métallique trancha le bout de mon doigt avec tant de netteté qu'il sembla tout bonnement disparaître, et presque immédiatement un jet de sang jaillit du tube de chair ouvert, éclaboussant tout (ma main et mon visage, mon bras et ma chemise, et jusqu'au mur et au parquet, en confettis d'un rouge vif et irréel) et ce fut cette irruption, autant que la douleur elle-même, qui fit que je me mis à crier, moi aussi.

*Jésus-Christ tout-puissant*, pensai-je, et dis-je probablement aussi, en me souvenant de tout cela dans la Jeep arrêtée sur le bord de la route. Un camion chargé d'arbres me dépassa en rugissant, avec cent tonnes de troncs empilés sur son plateau comme des cadavres dans une fosse commune, et en fracassant le silence autour de moi et ballottant la Jeep comme un jouet en plastique sur l'eau du bain. Dans le silence qui retomba après son passage, j'examinai mon index droit, avec son extrémité en chicot, l'ongle réduit à la forme et la taille d'un bouton de col – tableau familier, rien qui ait retenu mon attention, en tout cas pas depuis bien des années. Je m'étais toujours raconté que je m'étais blessé à bicyclette ; j'avais même élaboré un récit mental sur les circonstances de l'accident, selon lequel je chevauchais mon premier vélo sans petites roues à l'arrière et, sans raison, je glissais mon doigt dans le pignon des vitesses. Mais ça n'avait pas de sens. C'était peut-être une histoire que m'avait racontée ma mère, mais j'en étais très vite venu à renoncer à cette idée ; c'était, je le savais bien, un conte que mon esprit avait forgé à son profit.

Je repris la route de la ville. À la quincaillerie, encore un peu étourdi, je me dirigeai vers le rayon des vis, remplis un petit sac de celles dont j'avais besoin (par ici, on les paie au poids, comme les fruits), coinçai un bidon d'huile sous mon bras et allai présenter le tout à la caisse où Porter Dante, le propriétaire, mâchouillait un cigare éteint en feuilletant un magazine de chasse.

— Comment ça va, Porter ?

Il m'accorda un gentil mouvement du menton, l'équivalent d'une longue étreinte par chez nous.

— Jordan.

Il pesa les vis puis inscrivit le prix sur le sachet avec un crayon de charpentier. Au mur, au-dessus de sa tête, sur un panneau alvéolé, était accrochée une nouvelle panoplie d'outils électriques : pas la camelote qu'on trouve au supermarché, mais du matériel de professionnel, superpuissant, le tout sans fil et avec, nichées dans le manche, des piles aussi grosses qu'un poing fermé d'adulte.

— Je les ai reçus la semaine dernière, dit Porter, visiblement ravi de surprendre mon intérêt.

Il pointa son crayon vers le panneau par-dessus son épaule.

— J'ai pensé que certains apprécieraient la qualité et s'épargneraient le trajet jusqu'à Farmington.

Un assortiment de mèches et de tournevis de diverses tailles, une scie à mouvement alternatif, trois scies circulaires différentes avec récepteur de sciure et lames de rechange, des ponceuses à pied et à main, et même un truc effrayant qui devait être un super-cutter, sans que je puisse en être sûr : Porter avait dû engloutir une petite fortune dans cette panoplie, et sa présentation ainsi au-dessus de la caisse, là où l'on pouvait bien la voir alors qu'on avait déjà son porte-feuille en main, constituait un piège incontournable pour n'importe quel homme entre seize et cent ans, et sans doute aussi pour quelques femmes (à commencer par Kate). Je repensai aux heures entières que j'allais passer ce même jour, secoué comme un prunier par la vieille perceuse de Joe, et au casse-tête qui consistait à installer une rallonge interminable depuis l'accueil en faisant bien attention qu'elle n'entre pas en contact avec l'eau.

Je désignai le panneau du doigt.

— Dites, Porter, sans vouloir vous déranger, je peux jeter un coup d'œil à cette perceuse, ça ne vous ennuie pas ?

Une expression de pur plaisir envahit son visage.

— Laquelle, dites-moi ?

— La grosse, là, celle à dix-huit volts.

Il la décrocha et me la donna. Elle était aussi lourde

qu'un fusil, avec sa poignée en plastique lisse et un peu caoutchouteuse. Une petite étiquette m'apprit qu'elle valait 168,95 dollars – un prix faramineux pour une perceuse. J'avais l'impression de tenir une bombe atomique.

— Vous avez vu le poids qu'elle pèse, cette petite chérie, dit fièrement Porter sans lâcher son cigare. C'est de la transmission tout métal, double chargeur, trois vitesses, système giratoire universel.

Il frappa le comptoir de ses articulations.

— Ça, c'est de l'*outillage.*

Je m'efforçai d'avoir l'air indifférent. Mais il n'y a pas de doute, lorsqu'on avait en main un engin comme celui-là, on se faisait des souvenirs indestructibles.

— C'est quoi, un système giratoire universel ?

Porter haussa les épaules.

— Comment je le saurais ? Un truc génial, d'après le représentant. Quelque chose d'*indispensable.* Un type très sympa. Il devrait repasser mardi prochain, si vous voulez lui parler.

Je reposai la perceuse sur le comptoir, déchiré de regrets.

— Merci. Je vais y réfléchir.

— Vous êtes bien sûr ? Je peux vous faire une ristourne de cinq pour cent.

— Vous me tentez, Porter. Depuis quand vous vendez quoi que ce soit au rabais ?

Il fronça les sourcils.

— Depuis que je suis dans l'outillage.

Il se pencha par-dessus le comptoir et regarda par terre.

— C'est à vous, l'huile ?

Il enregistra ma note qu'il porta sur le compte du domaine, et me tendit mon sachet de vis.

— Il faut que je vous dise une chose que j'ai entendue. Vous connaissez ma belle-sœur, celle qui travaille au comté ? Elle a parlé d'un document plutôt intéressant qui est passé sur son bureau l'autre jour. *Très* intéressant. Je me demandais si vous étiez au courant.

— Moi, je ne suis que l'homme de peine, Porter. Personne ne me raconte rien.

— D'après elle, il paraîtrait que vous avez un nouveau patron. Vous devriez peut-être essayer de vous renseigner.

Je fis de mon mieux pour croiser son regard sans que ce soit désagréable tout en refusant de poursuivre cette conversation.

— Vous connaissez les patrons, Porter. Ils sont tous pareils.

— On ne peut pas dire ça dans le cas présent, d'après ma belle-sœur. Elle affirme que c'est Harry Wainwright qui a acheté le domaine. Le grand Harry Wainwright. Liza est si nulle qu'elle croit que les habitations des Indiens s'appellent des tapis, mais même *elle* savait qui c'était. Il y a mis un paquet de fric, en plus.

— Apparemment vous en savez plus que moi sur ce sujet.

Il me jeta un regard sceptique.

— Ne me faites pas dire ce que je n'ai pas dit, Jordan. J'aime beaucoup Harry, et son fils aussi. Ça fait des années qu'ils viennent ici. Jamais je n'aurais imaginé qu'il soit mordu à ce point. Mais tout de même, un type pareil. Ici. Les gens ont le droit de se demander ce qu'il a derrière la tête. Ce n'est pas un endroit à la mode, et tout le monde voudrait que ça reste comme c'est.

— Je vous le répète, Porter, personne ne me tient

au courant de rien. Mais croyez-moi ou non, je ne pense pas qu'il y ait de quoi s'inquiéter.

— Vous avez peut-être raison, ou pas.

Il ôta son cigare de sa bouche et plissa le front, s'interrompant pour contempler le chicot mouillé qu'il tenait entre le pouce et l'index.

— J'ai lu un article dans *Time* sur cette ville du Colorado... Comment elle s'appelle, déjà ? Aspen ? Un beau coin jusqu'au moment où des vedettes de cinéma l'ont découvert. Et maintenant les gens du cru habitent dans des caravanes et un marteau coûte vingt dollars.

Je plaquai un large sourire sur mon visage.

— Je suis certain que vous vous en sortiriez très bien, Porter.

— Je dis simplement que les gens des environs ont toutes les raisons de s'inquiéter.

Porter referma le tiroir de la caisse enregistreuse et un bruit de sonnette se fit entendre.

— Et donc, j'avais tout ça en tête, ce matin, et qu'est-ce que je vois ? Joe Crosby qui traverse la ville en compagnie de messieurs sérieux. Il se sont arrêtés au coin pour prendre un café, alors je les ai bien vus. Un homme plus soupçonneux que moi aurait juré que c'était un groupe de promoteurs.

Il me fallut un moment pour comprendre de quoi il parlait.

— Ça me fait de la peine de vous décevoir, Porter, mais ce sont des clients que vous avez vus. Joe les conduisait au vieux barrage.

Je n'aurais su dire s'il me crut ou non. Pendant quelques secondes nous restâmes silencieux. J'avais l'impression d'être un type qui tente de passer quelque chose en douce, à la douane.

— Promis, juré, Porter. C'était juste un groupe

d'avocats en vacances. Ils ont tellement bu hier au soir que Joe va sans doute devoir en sauver la moitié de la noyade. Vous n'aurez qu'à lui demander.

Porter réfléchit un moment.

— Ah, bon Dieu, Jordan, soupira-t-il enfin, et il parut au bord du sourire. Je n'ai pas l'intention de vous cuisiner.

Il se pencha au-dessus du comptoir et baissa la voix.

— Je vais vous dire un truc. Si vous gardez ça pour vous, je peux aller jusqu'à dix pour cent sur cette perceuse.

— Avec une pile de rechange ?

— Elle est livrée avec deux piles. C'est quoi, ce que vous voulez construire, l'Arche de Noé ?

— Qui sait ? Mais deux, ça ira. Topez là : vous venez de vendre une perceuse.

Je quittai le magasin, mis tous mes achats dans la Jeep, et pris le chemin du retour. Porter ne connaissait pas toute l'histoire, et même pas la moitié, mais de son point de vue il n'avait pas tort et je fus effleuré par une inquiétude toute neuve. Depuis huit ans, je vivais une existence aussi anonyme et dépourvue de retombées que possible, une existence où chaque chose suivait la précédente, avec un horizon qui semblait reculer à chaque mouvement, insouciant comme un hamster dans sa roue mobile. J'aimais réellement cette vie, ou du moins j'en avais l'impression. J'étais libre d'agir à mon gré, de penser comme je l'entendais. Et si, après m'avoir décrit une de mes journées en particulier (conditions météo, occupations, etc), on me demandait en quelle année je la situais, je n'aurais pas du tout su quoi répondre. C'était bien possible que cela ressemblât à la mort, car la mort, après tout, ne doit pas être si désagréable, ni si dépaysante. Et je sentis, sur la route du domaine, pour la première fois depuis très longtemps, peut-être depuis toujours, que je m'ouvrais véritablement à la vie. Et c'était bien là le problème : quand on est en vie, on a peur.

Juste à la sortie de la ville, j'arrêtai la Jeep devant la poste et notre seule cabine téléphonique publique, celle-là même que Hal avait utilisée la veille au soir pour nous prévenir de leur arrivée – et j'avais maintenant le sentiment qu'il y avait des siècles de cela. On était dimanche, un peu avant midi, il était une heure plus tôt à Houston. Je composai le numéro.

— M'man, c'est moi.

— Jordan ?

La voix de ma mère était claire et ravie ; nous n'avions pas bavardé depuis près d'un mois.

— Écoute, Estella est sur l'autre ligne. Je me débarrasse d'elle et je te reprends.

— Si je tombe mal, je peux rappeler plus tard.

— Non, non, je suis contente de t'avoir.

Elle marqua un temps.

— Tout va bien ?

— Comme sur des roulettes.

— C'est agréable à entendre. Il doit faire quarante degrés ici, en fait. Tu me donnes une minute, d'accord ?

Le silence s'établit sur la ligne pendant qu'elle me gardait en attente. Estella était l'agent littéraire de ma mère. Quatre ans plus tôt environ, juste à l'époque où mon beau-père et elle avaient déménagé à Houston pour que Vince puisse intégrer l'administration du Harris County Parks Department, ma mère, qui avait toujours lu, s'était mis en tête d'écrire des romans d'amour, travail dans lequel elle avait montré tant de qualités qu'elle se retrouvait maintenant avec un contrat triennal de six titres. Ma mère était la personne la plus pondérée du monde, vraiment, une fille du Sud pratiquante qui buvait son whisky sans eau et lisait un extrait de la Bible chaque soir en se couchant, et j'avais du mal à faire coïncider la femme qui m'avait élevé avec celle qui troussait maintenant des livres intitulés *Amour d'été* ou *La Reine du bal* à la cadence surhumaine de un tous les six mois. Elle était sans arrêt en déplacement pour des rencontres ou des fêtes du livre et recevait des lettres d'admirateurs par sacs postaux entiers ; au dos de ses ouvrages, il y avait une photo en couleur de l'auteur, sur laquelle elle portait à la surprise générale un double rang de perles et une étole de vison (les deux étant, m'avait-elle juré, aussi faux que la moustache d'un magicien).

Il y eut un déclic sur la ligne.

— Me revoici, mon poussin.

— Comment va Estella ?

— Très bien. Elle me fait gagner de l'argent, comme c'est son devoir. Elle a des ennuis avec ses chiens.

Je savais qu'Estella avait des tas de chiens.

— Comment vas-tu, toi ? dis-je. Et que devient Vince ?

— Oh, tu connais Vince. Il est parti au supermarché pour acheter une cocotte neuve. Sa dernière lubie, c'est d'apprendre à préparer les cannelonis.

Bien que né à Bangor et y ayant grandi, mon beau-père ne plaisantait pas avec ses origines italiennes, et il était toujours engagé dans quelque nouvelle aventure culinaire : faisant ses propres conserves de tomates pour la sauce, confectionnant lui-même saucisses ou raviolis, multipliant les voyages à Boston ou dans le Nord pour dénicher des curiosités telles que des pâtes à l'encre de calamar ou des cuissots de lapin écorché vif. Où dénichait-il maintenant ces ingrédients-là à Houston ? Je n'en avais aucune idée.

— C'est un vrai projet.

— C'est surtout une catastrophe. Il y a de la farine et de la graisse partout. La vieille friteuse a manqué exploser. Et je m'inquiète pour son cholestérol, en plus.

Elle s'interrompit.

— Mais je me dis que tu n'as peut-être pas appelé pour qu'on parle du cholestérol de Vince ?

— Qu'est-ce qui te fait croire ça ?

— Oh, ta voix, je pense. Une sonorité particulière. Jordan, je suis ta *mère*. Dis-moi ce qui te tracasse.

— Il n'y a rien, je t'assure.

Je regardai mon doigt, son extrémité bizarre ; son minuscule ongle sinistré.

— Je viens de m'acheter une nouvelle perceuse.

— Vous autres les hommes, avec vos jouets. Si Vince était là, je suis sûre qu'il aimerait en discuter avec toi. C'est vraiment pour discuter perceuse que tu appelles ?

Je réfléchis un moment.

— Il se pourrait aussi que je sois amoureux.

— Tu vois !

Sa voix était rayonnante.

— Il y avait bel et bien quelque chose. Voilà une jolie surprise. Ça me fait plaisir de l'apprendre. Est-ce qu'elle est gentille ? Est-ce qu'elle t'aime, de son côté, cette personne ?

— Je crois. J'espère. Je n'ai pas une grande expérience. C'est Kate.

— Kate. Excuse-moi. Je suis censée la connaître ?

— C'est la fille de Joe.

Le téléphone sembla tomber en panne pendant une seconde.

— Je te demande pardon, Jordan, mais est-ce qu'elle n'a pas dans les treize ans ? Veux-tu que je prenne tout de suite un avion pour venir te voir ?

— C'était il y a des années, M'man. Elle va à la fac de médecine. Elle va y entrer, je veux dire.

— Voyez-vous ça, entendis-je ma mère murmurer. La Kate avec les couettes ? Voilà que ça va être médecin. Elle a bien grandi !

Je hochai la tête.

— J'ai été le premier surpris.

— Eh oui, c'est comme ça, dit ma mère. Ça te tombe dessus sans prévenir.

— C'était aussi une surprise, avec Papa ?

— Papa.

Sa voix sembla remâcher ce mot étrange.

— Ton papa, tu veux dire ?

— On n'est pas obligés d'en parler, si ça t'embête.

— Eh bien, c'était il y a très longtemps, Jordan. Mais oui, c'était une surprise. Tu connais l'histoire. Tu veux que je te la raconte de nouveau ?

Combien d'années depuis la dernière fois où elle l'avait racontée. On aurait pu dire des siècles, ou une seconde à peine. Je dis :

— C'était à un bal.

— C'est vrai. Mais pas vraiment au bal lui-même. Après le bal. C'était en été, à la fin du lycée, et donc j'avais, je crois, dans les dix-huit ans, et rien dans la tête. Certaines d'entre nous étaient venues là sans cavalier. Je pense qu'on peut appeler ça un bal, mais c'était davantage une surprise-partie. Et après, ma copine, celle qui avait une voiture, est partie avec un garçon, et ton père m'a raccompagnée chez moi. Je ne savais pas du tout qui c'était, sauf qu'il était aviateur à la base. Nous avons bavardé dans la voiture et, là, j'ai su. Nous avons su tous les deux. Je suppose que tu as... que tu as pensé à lui ?

— Oui, je crois, un peu.

— Eh bien, tu as le droit. C'est même très bien que tu aies pensé à lui.

— Dis-moi...

Je me tus, étouffé par la gêne. Mais surtout par la peur.

Sa voix restait calme.

— Que je te dise quoi, Jordan ?

— Parle-moi de... du jour où il est mort.

Silence, et je me sentis désolé, tellement désolé d'avoir demandé ça. Et pourtant, il fallait que je sache.

— M'man...

— Non, non, répondit-elle d'un ton ferme. J'ai dit que tu avais le droit, non ? C'était juste un de ces accidents, Jordan. L'enquête a conclu à un ennui mécanique. Une hélice défaillante, je crois me rappeler.

C'est aussi ce que j'avais entendu dire, ou ce dont je me souvenais. Une hélice défaillante, quelque chose qui tournait bien rond et qui, pour une raison inconnue, s'était arrêté, envoyant mon père au fond de l'océan.

— Comment peuvent-ils affirmer que c'était une hélice puisqu'ils n'ont jamais retrouvé l'épave ?

— Eh bien, en fait, ils l'ont retrouvée, Jordan. Je croyais que tu le savais. C'était un engin militaire très cher.

— Mais Papa, non.

— Non, mon cœur. Pas ton papa.

Le silence revint sur la ligne, et j'entendis ma mère qui prenait une longue inspiration mélancolique. Je l'imaginai dans sa chambre-bureau, dans la ville lointaine où l'avait conduite sa vie, regardant la pelouse par la fenêtre en songeant à ces vieux chagrins.

— M'man ?

— Excuse-moi, chéri. Tout ça me rend juste un peu triste. Moi aussi, en fait, j'étais une enfant. Quand c'est arrivé, j'avais à peine vingt-deux ans.

Je me souvins d'un autre détail.

— Tout le monde l'appelait Hero, non ? C'était le diminutif de Heronimus.

— Exactement. C'est comme ça qu'on l'appelait.

Le silence retomba une nouvelle fois. Je considérai à nouveau mon doigt, le frottant avec mon pouce.

— Le jour où tu as appris la mort de Papa, est-ce qu'il s'est passé autre chose ?

— Autre chose, mon cœur ?

Je secouai la tête.

— Je ne sais même pas moi-même à quoi je pense.

— Je crois qu'il n'y a rien eu d'autre, Jordan. C'était déjà pas mal.

Je changeai le récepteur de côté. Des voitures filaient dans la rue, des touristes, des gens que je connaissais. Dans la chaleur de la minuscule cabine fermée, je m'étais mis à transpirer.

— Tu lui ressembles beaucoup, tu sais, dit tranquillement ma mère. Ça m'a toujours frappée.

— À Papa.

— Jordan, dit-elle (et j'entendis que son rythme respiratoire s'accélérait), tu me rends de nouveau triste. Ce n'est pas de ta faute. Mais je vais être obligée de raccrocher.

Avant que je puisse répondre, il y eut un bruit sourd sur la ligne. J'attendis, le récepteur collé à l'oreille, en écoutant le son feutré qu'elle faisait en pleurant, à trois mille kilomètres de là. *Ne pleure pas, M'man, je t'en prie*, pensai-je. *Ne pleure pas, s'il te plaît*. Une minute passa.

— Là, dit-elle. Ça va mieux.

— Excuse-moi, M'man. J'aurais dû me taire.

— Mais non, Jordan. Tu m'as juste un petit peu prise de court. C'est bizarre de repartir en arrière, comme ça.

— C'est la belle vie, là-bas, dis-je. Tu es heureuse ?

— Ce serait plutôt à moi de te poser la question, non ?

— Non, toi d'abord.

— Oh, ce n'est pas un enfer, Jordan. Malgré les arbres qui ont tout faux. C'est drôle, mais les arbres, c'est ce qui me manque le plus. Et puis toi, bien sûr, parfois. Tout le temps. Mais oui. Dans l'ensemble, oui, c'est une belle vie. Vince est l'homme le plus gentil de la terre. J'écris mes livres, les hivers sont d'une absolue douceur.

Elle s'interrompit.

— *Ton doigt*, Jordan.

Elle avait un ton stupéfait.

— Tu l'avais mis dans le ventilateur. Je m'en souviens maintenant. C'était à ça que tu pensais, n'est-ce pas ?

— Je crois que oui.

— Ton père me répétait tout le temps de le poser sur la table, dans un endroit élevé et hors de portée, mais il faisait tellement chaud, ce jour-là, j'ai dû oublier. Je préparais le dîner, et tu jouais sur le parquet, et c'est là que le colonel Graffam est venu me le dire, et ensuite il y a eu cet horrible aumônier, je ne me rappelle plus son nom, tout le monde le détestait. Je suppose que je t'ai laissé tout seul et c'est là que, pour une raison ou pour une autre, tu as planté ton doigt dans le ventilateur.

— Je crois que je l'ai fait exprès, M'man, c'est du moins ce dont je me souviens.

— Pourquoi aurais-tu fait une chose pareille ? Non, c'était ma faute, chéri, c'était parce que j'avais laissé ce ventilateur à portée de main. Seigneur, quel désastre, du sang partout, et toi qui criais comme une bête. C'était une telle folie. Je venais d'apprendre la mort de ton père, et j'étais là, à te conduire aux urgences, sans même une seconde pour penser à ce qui était arrivé. Le colonel a proposé de t'emmener, mais j'ai refusé, je t'ai juste enveloppé la main dans une serviette et nous avons foncé à l'infirmerie. Comment est-ce que j'ai pu oublier une chose pareille ?

— Tu m'as l'air de t'en souvenir parfaitement.

— Mais je ne m'en suis pas souvenue, c'est un fait. Pas tout de suite. Pas avant que tu me questionnes. Comment c'est possible ?

Elle se tut un moment, perdue dans cette interrogation. Puis :

— Tout va bien, n'est-ce pas ? Ça ne t'a pas laissé de séquelles, au moins ?

— C'est parfait, dis-je en faisant une grimace, comme si elle avait pu me voir. Comme toujours, depuis, j'ai encore un petit handicap pour jouer du violon, mais à part ça, pas de souci.

Je fus soulagé de l'entendre rire.

— Bon, je respire, dit-elle. Tu m'as fait peur. J'ai pensé que tu avais un problème avec ça. Dis-donc, Jordan ?

— Oui, M'man.

— C'est à mon tour de poser les questions. Est-ce que tu es heureux, toi ? Est-ce que tu vis une belle vie ?

— Je crois, oui, dis-je, en hochant la tête comme si elle avait été à côté de moi. On peut dire que oui.

— Et tu aimes Kate, et elle t'aime.

J'écoutai le bruit de ma respiration dans l'appareil, le son suivant le fil du Maine au Texas et retour.

— Il se peut bien que quelqu'un me demande de faire une chose, aujourd'hui. Une chose que je n'ai pas envie de faire.

— Quel genre de chose, Jordan ?

J'essayai de m'éclaircir l'esprit et la pensée. Mais la réalité de ce que je ressentais semblait hors d'atteinte, comme un patineur qui m'aurait dépassé à toute vitesse, sur la glace.

— Je ne sais pas, dis-je enfin. C'est juste un sentiment que j'ai.

— Un sentiment.

Elle sembla réfléchir à ce mot.

— Bon, quoi que ce puisse être, je suis sûre que tu sauras quoi faire le moment venu, Jordan. J'ai confiance.

— J'espère que je saurai.

— Non, chéri. Je sais que tu sauras. Ton père était ce genre d'homme. Je l'aurais gardé plus longtemps si j'avais pu, mais même comme ça, il ne m'a jamais déçue. Il faut que tu t'en souviennes.

Et soudain, tout simplement, je n'eus plus peur. Un état d'esprit nouveau s'insinua en moi, fort et positif, et avec lui, une conscience brusque de ce qui m'entourait, dans l'espace et dans le temps. Il était un peu plus de midi ; le soleil était au plus haut. Je crois que c'est le moment de ma vie où j'ai le plus aimé ma mère.

— Compte sur moi, M'man, dis-je, et je m'aperçus que c'était ma deuxième promesse de la journée. Compte sur moi.

# Presque rien

## 15
## Harry

Mai, et le flou somnolent du printemps : Hal et moi, nous avons enterré Meredith. Les funérailles ont été célébrées à St Thomas, sur la Cinquième Avenue – gigantesques et légèrement frénétiques, comme un énorme carnaval de chagrin, même si, pour la plupart de nos amis, Meredith n'était déjà plus qu'un souvenir, et qu'elle était morte depuis des années. Lorsque tout fut terminé, nous avons fait le trajet pour Philadelphie, lui et moi, car nous avions décidé qu'elle reposerait aux côtés de notre petit Sam.

Nous sommes arrivés juste après midi. Je n'étais pas revenu au cimetière depuis plusieurs années, depuis que le pire de la maladie de Meredith m'avait dévoré. Lorsque la limousine s'arrêta, j'aperçus le directeur des pompes funèbres qui nous attendait près du lieu d'inhumation. À côté de la petite stèle de Sam, le cercueil de Meredith était installé sur un dispositif métallique équipé de courroies pour la descente, devant un monticule de terre fraîchement retournée couleur café. C'était une expérience bizarre et déstabilisante de voir ces choses-là, un sentiment pour lequel je n'étais pas préparé – ce lieu consacré depuis si longtemps à une personne, maintenant réaménagé pour deux, comme pour révéler une secrète symétrie.

Mais il y avait autre chose de différent, autre chose qui clochait. Un ciel trop intense, et une impression d'ostentation ; l'atmosphère elle-même semblait modifiée, alourdie de poussière et de chaleur brute. En sortant de la limousine, j'en fus frappé comme par un coup de poing. À moins de cent mètres, là où s'alignaient auparavant des tombes, il n'y avait plus qu'un espace nu. Une armée de bulldozers, extracteurs géants munis de bennes en forme de carapace de hanneton et de larges lames scintillantes, avaient déjà aplani la moitié du cimetière.

— C'est quoi ce bordel ? dit Hal.

Il portait des lunettes de soleil, et avait un torse et des épaules de garde du corps dans son costume sombre ; sa colère paraissait violente, comme une force noire qui se déployait à l'intérieur de lui. Des jours et des jours passés sous le signe de la mort – les jours entiers à attendre l'horrible appel téléphonique, puis le sinistre voyage depuis Williamstown, et bien sûr les funérailles elles-mêmes – et maintenant ça. J'avais sérieusement peur qu'il frappe quelqu'un, ou qu'il s'en prenne à la voiture. Mais il finit par hausser les épaules et par aller s'appuyer contre la limousine, et je vis que sa puissance était entièrement fausse ; qu'il n'y avait rien derrière l'impression qu'il donnait. Le plus léger courant d'air aurait pu le faire tomber à genoux.

— Mon Dieu.

Il secoua la tête d'un air abattu.

— C'est quoi ce bordel ?

— Je comprends.

Je posai une main sur son épaule.

— Attends-moi ici.

Je le laissai près de la voiture pour aller vers le directeur des pompes funèbres, un homme à longs favoris gris, un peu trop à l'étroit dans un costume bleu marine, costume qu'il devait posséder en une dizaine d'exemplaires. Sous le soleil accablant, son front brillait de sueur. Sans prendre le temps de lui serrer la main, je lui montrai le chantier.

— Vous pouvez me dire à quoi ça rime ?

Il pivota, tendant vivement le cou pour suivre mon geste.

— Je suis désolé, dit-il nerveusement. Je pensais que vous étiez au courant.

— Au courant de quoi ?

La couleur s'était retirée de son visage.

— La nouvelle autoroute, monsieur Wainwright. La Route Bleue. Elle reliera Conshohocken à Chester. Les travaux ont commencé à l'automne dernier.

L'air était tellement chargé de sable que j'en sentais la saveur et qu'il crissait sous mes dents.

— Non, je n'en savais fichtrement rien.

Hal s'était éloigné de la voiture pour se rapprocher de nous, dans l'ombre imparfaite d'une ciguë maigrichonne – qui n'était encore qu'une petite pousse lors de l'enterrement de Sam et qui atteignait aujourd'hui dix mètres de haut. Il était prévu que nous lirions un poème : d'Emily Dickinson, une courte pièce sans titre, à peine une dizaine de vers, qui évoquait la mort s'avançant dans un attelage. C'était tout : ni prêtre, ni public, pas de cortège de voitures dans la poussière, seulement nous deux et le vent chaud du printemps et ces quelques mots d'adieu. Maintenant nous allions devoir faire notre lecture dans le rugissement des machines et des hommes casqués qui s'échangeaient en hurlant les scores du championnat de base-ball.

— Comment c'est possible ? C'est un cimetière, bon sang.

— Domaine prioritaire, monsieur Wainwright. Je crains que l'État n'ait tous les droits.

Je fus pris d'un accès de colère.

— Je sais ce qu'est un domaine prioritaire, nom de Dieu. À qui croyez-vous que vous êtes en train de parler ?

Il se redressa et avala sa salive. Sans aucun doute avait-il envie de me dire d'aller me faire voir, et il n'aurait pas eu tort. Mais il reprit d'un ton calme et professionnel :

— Je suis sincèrement désolé, monsieur Wainwright. Si vous le désirez, je suis certain que nous pouvons trouver un autre emplacement.

— Notre fils est enterré ici. Il est là depuis vingt ans.

Il hocha la tête.

— Soyez sûr que je compatis. Vous n'êtes pas le premier à vous plaindre. Mais l'État a promis de construire un mur pour protéger les lieux du bruit et de la pollution. Si vous revenez dans un an, tout sera alors différent. C'est seulement une question de temps.

*De temps*, pensai-je. Doux Jésus. Mais ce fut Hal qui intervint.

— Qu'est-ce qui peut les empêcher de creuser dans ce secteur du cimetière ?

— Eh bien, rien, techniquement.

Le directeur sortit de sa poche revolver un mouchoir avec lequel il s'épongea le front.

— Mais à ma connaissance, l'État n'a pas de projets concernant d'autres parcelles. Ce secteur-ci devrait rester intact.

— Seigneur, dis-je. Ils ont intérêt.

Je me sentais complètement impuissant. Comment une telle chose avait-elle pu m'échapper ? Qu'avais-je laissé passer d'autre ? Qu'aurait dit Meredith, si elle avait su que nous allions l'enterrer à moins de cent mètres de la superautoroute de Pennsylvanie ? Une bâche était déployée par terre autour de son cercueil, disparaissant sous les fleurs en bouquets empilés très haut les uns sur les autres, et il y en avait aussi sur le cercueil lui-même – tous leurs pétales recouverts d'un film de poussière grise.

— Monsieur Wainwright ? Pouvons-nous commencer la cérémonie ?

Je tournai mon regard vers Hal. Il ignorait tout de ce qui s'était passé la dernière nuit dans la bibliothèque. Personne n'en savait rien, à part Élisabeth, qui avait sans doute deviné, et peut-être également Mme Beryl, qui avait dû se demander pourquoi Meredith lui avait donné quartier libre précisément ce soir-là. Mais j'étais certain que ni l'une ni l'autre ne dirait mot. Aucune personne autorisée n'avait pris la peine d'examiner la situation de plus près ; officiellement, Meredith était morte dans son sommeil.

— P'pa ?

Je parvins à hocher la tête. Hal pivota sur ses talons pour faire face au directeur.

— Très bien, donc, dit-il. Allons-y.

Nous avons décidé de passer la nuit à Philadelphie. Je ne me souviens plus lequel de nous a eu cette idée le premier, mais je crois que nous avons tous les deux pensé, instinctivement, que c'était bien. Le long trajet du retour, le silence surnaturel dans la maison à notre arrivée, la chambre spectrale et non encore démantelée de Meredith ; nous deux en train de tourner à droite à gauche, à essayer de trouver une occupation, à nous demander si nous avions faim et si oui, comment nous faire à manger, à nous résoudre ou non à allumer la télévision, à choisir ou non d'aller au lit. C'était une perspective que je redoutais presque physiquement ; sans doute Hal avait-il eu les mêmes craintes, et la solution de rester une nuit dans un bon hôtel et de déjeuner ensemble dans cette ville où nous ne vivions plus depuis des années semblait la meilleure.

Nous avons pris une suite au Rittenhouse et avons renvoyé la voiture ; ce serait plus simple de rentrer en train à New York, le lendemain matin. Nous n'avions pas de bagages, mais cet inconvénient même n'en était pas un. À la réception, je remis au concierge une liste de ce dont nous aurions besoin – objets de toilette, chemises neuves et linge de rechange –, après quoi l'ascenseur nous emmena vers notre suite à deux chambres, à la décoration si neutre qu'on aurait pu se croire n'importe où : à San Francisco, à Paris ou pourquoi pas à Bangkok. J'allai aux fenêtres et ouvris les rideaux. On était au milieu de l'après-midi, ce vendredi de printemps. Notre suite donnait sur Rittenhouse Square, une partie de la ville qui me rappelait à chaque fois certains quartiers de Londres : patinée et vieillotte, avec ses constructions et ses églises aux formes arrondies disposées le long de rues calmes et verdoyantes qui partaient en étoile d'un jardin central parcouru d'allées courant entre les pelouses ; avec, en son centre, un bassin décoré d'un cadran solaire et surmonté d'une statue de lion. Depuis mon poste d'observation, au onzième étage, un voile doux de fleurs roses et blanches de cornouillers paraissait flotter au-dessus du jardin, ponctué par des éclats d'azalées rouge sang. Une scène d'action muette, comme le premier plan d'un film : hommes en manches de chemises, courant en tous sens ; habituels amoureux étendus sur la pelouse ; femmes en châle ou en veste de printemps, quelques-unes avec des poussettes ou avec des enfants en bas âge, taches de couleurs se mêlant ou se séparant selon d'obscures lois physiques ; deux étudiants chevelus jouant au Frisbee et, penchés sur des tables en ciment, un groupe de joueurs d'échecs habillés de noir. Sur tout cela, le soleil se répandait comme un liquide doré. Après une telle journée, c'était un spectacle réconfortant – une vision de la vie humaine qui semblait douée d'éternité – mais cela ne dura pas : entre les immeubles et au-dessus d'eux, apparut une mer de nuages noirs d'orage. Ce furent d'abord de vagues boursouflures, charriées par l'air trop chaud ; puis, très vite, la proue ténébreuse éteignant tout sur son passage, comme un immense bateau venant s'amarrer sur la ville. Un orage de printemps, évidemment. La chaleur avait fait son lit depuis le matin. Sous mes yeux, une ombre verdâtre descendit sur le jardin, et des centaines de visages se tournèrent vers le ciel, puis le vent se leva. Il s'en prit aux cornouillers à grands coups de griffes, dispersant leurs pétales, tandis que le Frisbee, détourné de sa course, s'envolait vers Walnut Street. Je quittai la fenêtre alors que de grosses gouttes de pluie de la taille d'un penny s'écrasaient sur les vitres.

— Hal ?

Un moment de panique incompréhensible : mon cœur se serra sous l'effet d'une terreur aussi biologique que la respiration, comme s'il était redevenu un petit enfant, et que je l'avais perdu dans une foule. Mais en cherchant dans la deuxième chambre, je le vis, étendu sur l'un des larges lits jumeaux. Il avait quitté son veston qui pendait d'un coin de chaise, mais il avait gardé sa cravate. Un de ses pieds était nu, l'autre encore dans la chaussette qu'il n'avait pas eu la force d'enlever avant d'être emporté par le sommeil. Je le regardai dormir une minute. Dehors, le grésillement d'un éclair ; et un peu plus tard, comme un remords, le fracas du tonnerre. Égoïstement, je souhaitai que le bruit le réveille pour que nous puissions contempler l'orage ensemble, mais il se contenta de se retourner sur le côté. Je finis par refermer les rideaux et par déployer une couverture sur lui, après quoi je tirai la porte derrière moi.

Je dormis deux heures sur le canapé, rêvant de la pluie, et je me réveillai à la nuit tombée avec la conscience que l'orage avait pris fin. Derrière les fenêtres, le ciel du soir avait la couleur d'une peau tuméfiée ; une étoile solitaire scintillait au firmament. Des voix me parvinrent de l'autre pièce, puis la musique vulgaire d'une publicité. Je jetai un coup d'œil à ma montre : il était presque huit heures et demie.

Hal était assis sur son lit, le regard braqué sur la télévision. Il leva les yeux sur moi lorsque j'entrai dans la pièce.

— Les informations. Tu ronfles, P'pa.

Je vins m'asseoir sur le lit à côté de lui. Le temps semblait avoir perdu tous ses repères ; on aurait dit que des jours entiers s'étaient écoulés depuis notre visite au cimetière. Mon corps bénéficiait d'un bien-être physique inespéré, comme si on m'avait administré une piqûre de fer. Je donnai une pichenette à Hal sur le genou.

— Tu as faim ?

Ses yeux étaient à nouveau fixés sur le téléviseur : *Star Trek*. Il hocha vaguement la tête, l'esprit encore captivé par l'émission.

— Seigneur, regarde-moi ce mec.

Il fit un geste de rejet vers l'écran où l'acteur Léonard Nimoy, affublé d'une toge grecque et d'une couronne de laurier, chantonnait en s'accompagnant d'une lyre.

— Oh, dit Hal, comme si une pensée lui revenait brusquement en tête, le concierge a déposé nos affaires, tout à l'heure.

— C'est vrai ? Je n'ai rien entendu.

— Eh bien nous, on t'a tous entendu, comme je te le disais.

Il tapota joyeusement le mur derrière sa tête.

— Les voisins sont venus me demander si quelqu'un étranglait un morse.

— Très drôle.

Je me mis debout et m'étirai. Sur le bureau, je trouvai un sac commercial de chez Brooks Brothers (les chemises et le linge que nous avions demandés), ainsi qu'une série d'objets de toilette sur un plateau de verre : dentifrice, brosses à dents, rasoirs jetables, crème à raser dans une boîte démodée. Mon envie de quitter cette chambre d'hôtel devint soudain pressante ; une seule minute de plus risquait de nous priver de notre énergie vitale. Les chemises étaient prévues pour le lendemain, mais j'ouvris le sac et en prélevai une qui semblait être à ma taille (une bleu clair avec des sortes de reflets blancs) et me changeai à toute vitesse. La pièce était maintenant toute sombre, mise à part la lueur d'aquarium diffusée par la télévision.

— Qu'est-ce que tu en dis, Hal ?

Je frappai dans mes mains.

— Si tu éteignais ce machin et si on allait dîner.

Il détourna enfin les yeux du récepteur. Un mince sourire étira ses lèvres.

— D'accord, dit-il. Tu me connais. J'ai toujours faim.

Nous nous sommes retrouvés dans des rues lessivées par la pluie comme si elles sortaient d'une blanchisserie. L'air s'était rafraîchi et charriait une odeur de ciment humide. Nous avons remonté un pâté de maisons jusqu'à une brasserie que nous avait indiquée le concierge, le genre d'établissement qu'on conseille à deux hommes mais certainement pas à un homme et une femme : c'était résolument masculin, avec un grand bar d'acajou et seulement quelques tables alignées contre le mur. Le menu était écrit à la craie sur un tableau noir fixé à une chaise pliante qu'une serveuse en tablier blanc présentait de table en table, en attendant d'un air las qu'on ait lu. Nous avons rapidement commandé et bu une bière avant d'être servis : des huîtres suivies d'une côte de veau accompagnée d'une purée enrichie d'un jus noir comme de la fumée. Nous avions faim et parlions peu, juste assez pour empêcher le silence de s'installer, mais en vérité, ce n'était pas une soirée à bavardages ; la seule présence de Hal me suffisait. Toute la journée, depuis le cimetière, j'avais eu l'impression que je me retirais du monde et que c'était à Hal maintenant de prendre le relais. Je ne connaissais pas cette sensation et je n'aurais pas pu la définir. Mais là, assis dans le restaurant, je regardais Hal manger, chaque morceau bien calibré trouvant le chemin de l'assiette à la fourchette, et de la fourchette à la bouche, et son existence physique était un fait aussi inséparable de mon être que ma propre chair, que mon sang et que mes os. Nous allions rester peu de temps tous les deux. Après-demain, il retournerait à Williamstown, pour passer ses derniers examens et terminer son semestre. J'avais appelé son doyen, pour demander s'il était possible de le dispenser, et bien qu'on m'ait assuré que, étant donné les circonstances, il y aurait sans doute moyen de lui faire rattraper plus tard le temps perdu, Hal avait refusé. La dernière chose qu'il souhaitait, avait-il dit, c'était d'avoir un bouquet d'épreuves suspendu au-dessus de sa tête. Il avait prévu de passer l'été à Martha's Vineyard, où un groupe de ses amis de l'équipe de lacrosse avait loué une maison avec le projet de décrocher des petits boulots : maçon, barman, tout ce qui se présenterait. Ça n'avait pas d'importance, pourvu qu'ils soient ensemble, je le savais bien. Aussi y avait-il ça, en plus : le manque, bizarrement agréable, qu'allait créer son absence.

Lorsque la serveuse vint débarrasser, Hal se rejeta en arrière et laissa échapper un petit grognement satisfait.

— Tu prendras un dessert ?

Il avait toujours adoré les sucreries, et il pouvait en engloutir comme un débardeur.

— Je ne crois pas, non.

Je levai le visage vers la serveuse.

— Juste deux cafés, alors.

La serveuse s'éloigna vivement, pour revenir un peu plus tard avec des tasses et des soucoupes, ainsi qu'un petit pichet de crème.

Hal secoua la tête avec un rire amer.

— Saloperie d'autoroute.

— Oui.

— M'man détestait les autoroutes. Elle détestait *les bagnoles*.

— Qu'est-ce qu'on pouvait faire ?

Il haussa les épaules. La réponse était dans la question, bien que sa déception pointât : j'étais son père, j'aurais dû faire quelque chose, déplacer cette autoroute tout entière à mains nues si nécessaire. Il but une gorgée de café et reposa la tasse sur la table. Une ombre lui tomba sur le visage.

— Tu sais, peut-être que je ne devrais pas dire ça, mais en arrivant au cimetière, je me suis rendu compte que je ne me souvenais plus de rien, à propos de Sam.

Enfin, je savais bien qu'il était là. Mais d'une certaine manière, je n'avais pas encore intégré que nous enterrions M'man au même endroit.

— C'est tout à fait compréhensible. Pour être franc, j'ai ressenti la même chose.

— Oui, bon. Même. C'était mon frère.

Il plissa le front, désemparé.

— Rien que le mot. *Frère*. Le seul fait de le prononcer.

Il était près de onze heures ; l'endroit était presque désert. Au fond du restaurant, autour d'une longue table, des extras fumaient en préparant serviettes propres et argenterie pour le lendemain.

— Ça va te paraître, je ne sais pas, un peu tordu, dit Hal, mais tu n'as jamais pensé que j'étais lui ?

— Qu'est-ce que tu veux dire ?

— Non que je croie à la réincarnation, ou ce genre de trucs. C'est sans doute la plus grande stupidité que j'ai jamais entendue, qu'on puisse revenir en hanneton ou ce que tu voudras. Mais tout de même, ça a dû sembler bizarre, cet enchaînement. Il meurt, et je nais juste après.

Il s'interrompit et secoua la tête.

— Je ne sais même pas où je veux en venir.

En réalité, son idée n'avait rien de surprenant. Une fois ou deux, Meredith et moi n'avions pas dit autre chose, sans vraiment y croire, mais avec l'espoir d'y puiser un peu de réconfort. Avec le temps, malgré tout, comme il était de moins en moins question de Sam, la notion avait fini par se dissoudre.

— Jamais, dis-je en faisant de mon mieux pour sourire. Pas une seule fois.

— Pas du tout ?

— Je te jure. Sam, c'était Sam ; et toi, tu es toi. Il n'y a pas à chercher ailleurs.

Le silence retomba.

— Tu sais, dit Hal, parfois M'man... elle... elle me regardait. Elle me regardait, simplement. Et moi, j'avais l'impression que c'était un autre qu'elle voyait.

— Sam, tu veux dire.

Il haussa les épaules avec une légère nervosité et baissa les yeux vers la table.

— Ou moi, peut-être, mais pas moi tout aussi bien. Je me souviens d'une fois où ça s'est passé, je faisais mes devoirs dans la cuisine, il y a longtemps, c'était avant sa maladie. J'ai levé la tête et elle me regardait, tu sais, avec ce regard intense qu'elle pouvait avoir parfois. Et j'ai pensé : « Je suis Sam. Je ne suis pas Hal. Je suis Sam, là, tout de suite. » Comme si j'en étais sûr. Je le lui ai presque dit.

Il se redressa sur sa chaise.

— C'est dingue, non ?

Dans le quart de seconde où nos regards se croisèrent, je vis à quel point ce souvenir lui était pénible. Il remontait d'un endroit intérieur que je ne connaissais pas.

— Je ne trouve pas ça dingue du tout. Tu aurais dû m'en parler.

Il éclata de rire et détourna les yeux.

— Alors là, ç'aurait été une sacrée conversation.

Après avoir réglé l'addition, nous sommes partis. Les rues étaient vides, comme si la ville avait été abandonnée. Un vent frais me fit remonter mon col, dernier vestige du froid se faufilant dans l'espace déserté par la chaleur du jour. En arrivant devant l'hôtel, Hal s'arrêta et me prit le coude.

— Écoute, dit-il en jetant un coup d'œil à sa montre. J'aurais sans doute dû te prévenir plus tôt. Mais si ça ne t'ennuie pas, j'ai quelqu'un à voir.

Je fus surpris.

— Qu'est-ce que tu racontes ? Tu ne connais personne à Philadelphie.

— Tu te souviens de mes copains Dave Rosen et Josh Miner ? Ils sont tous les deux en fac ici, maintenant. Je les ai appelés pendant que tu dormais. Juste pour dire bonjour. Ils avaient l'intention de sortir, plus tard. Ils m'ont proposé de passer.

— Et où ils iraient ? Il est près de minuit.

Il haussa une épaule, s'efforçant de me montrer que cette invitation n'avait aucune importance pour lui.

— C'est dans South Street. Je ne pense pas que ce soit loin. Je peux attraper un taxi. Je crois que Josh a une voiture, il me ramènera à l'hôtel.

Immobiles comme nous l'étions, le vent vif me fit frissonner. Je me sentais un peu ridicule – d'être tellement déçu, mais surtout qu'il ait pu s'en apercevoir. Je secouai la tête pour chasser cet état.

— Ne t'inquiète pas. Vas-y, bien sûr. Ça te fera sans doute du bien.

— Tu sais, tu pourrais venir aussi, P'pa. Je suis certain qu'ils seraient ravis de te voir.

Ravis. Le mot s'attarda dans mon esprit tandis que je songeais à ses amis. Des vociférations dans la cuisine et des claquements de portières de voitures dans l'allée, des manteaux et des piles de livres dans l'entrée, l'odeur animale lorsqu'on pénétrait dans une pièce qu'ils venaient de quitter et le sentiment que l'atmosphère était encore chargée de l'électricité que diffusaient leurs corps. Pendant des années, ils s'étaient agités en lisière de ma vie comme un tout, des jeunes gens si pleins de vie que rester en leur présence équivalait à se tenir à proximité de quelque puissante manifestation de la nature, un geyser jaillissant de la terre ou un essaim d'abeilles bourdonnant. Josh était un garçon de haute taille, mince avec des cheveux couleur d'une allumette enflammée, comme ceux de son père, un avocat dont j'avais une ou deux fois croisé la route en ville ; Josh avait joué au basket avec Hal, tout en coudes et en jambes. Je ne me souvenais pas de l'autre garçon, mais c'était inutile puisqu'il appartenait au troupeau. Évidemment, l'invitation n'avait pas été lancée pour être acceptée. Tout de même, un autre soir, j'aurais pu prendre Hal au mot et partir avec lui.

— Je crois que c'est un peu trop tard pour moi. Ne passe pas la nuit dehors. Une dure journée nous attend, demain.

Il eut l'air soulagé.

— Ça ne t'ennuie vraiment pas ?

— Arrête, Hal, dis-je et je lui désignai la station de taxis. Tout va bien. Vas-y avant que je change d'avis.

Il monta en voiture et disparut. Le hall de l'hôtel était vide, à part le concierge et un porteur désœuvré, un Noir en uniforme, somnolant sur un tabouret près de l'ascenseur. Même le bar était sombre, fermé pour la nuit. Dans la chambre, je me déshabillai et me mis au lit, l'esprit brouillé d'insomnies. Je n'avais rien à lire, pas même un journal. La télévision me lorgnait depuis l'autre bout de la pièce, mais la simple idée de l'allumer, quelle que soit mon envie, me donnait une sorte de nausée. Pour finir, ne sachant que faire, j'éteignis la lampe.

Lorsque je me réveillai, il était plus de trois heures. J'avais négligé de fermer les rideaux et les lumières de la ville battaient contre le plafond. Le lit voisin du mien était vide. Je restai immobile un moment, pour retrouver mes esprits. Là, je me rendis compte que c'était la voix de Hal, dans l'autre pièce, qui m'avait réveillé. À qui donc parlait-il ?

Je me levai et ouvris la porte. La lumière était

éteinte, et pendant quelques secondes je restai là, pas très sûr de voir ce que je voyais. Hal était sur le canapé. Il y avait quelqu'un avec lui : une fille. Ils étaient eux aussi baignés par la lueur fantomatique du dehors. Le tableau et les sons que je percevais brusquement s'organisèrent dans mon cerveau. Je crus tomber, comme si j'avais posé le pied sur une marche d'escalier soudain manquante.

— Hal ?

— Seigneur !

Une prompte agitation sur le canapé et la vision d'une peau glacée de lumière ; je me détournai vivement et refermai la porte derrière moi. Je m'assis sur le lit, mon cœur tambourinant dans ma poitrine.

— P'pa ?

Hal était dans l'embrasure de la porte. Il avait sa chemise, mais elle était déboutonnée ; et sa ceinture pendait devant lui, dégrafée. S'il y avait eu assez de clarté pour que je puisse voir son visage, je l'aurais trouvé congestionné par le désir, la gêne, et mille autres causes.

— Fais chier, Hal.

— Je suis désolé, P'pa. J'ai cru que tu dormais.

— Je dormais. À quoi tu penses ? Amener une fille ici ? Qu'est-ce que... à trois heures du matin ? C'est qui, d'abord ?

Je secouai la tête.

— Ne réponds rien, je ne veux même pas le savoir.

— On s'est rencontrés dans la boîte. C'est une copine de Josh.

Il resta là encore un moment. Une partie de lui évaluait son droit d'être autant en colère que moi, avant d'éclater.

— Écoute, je suis désolé, je te le répète. Je ne

voulais pas te choquer. Je ne sais pas quoi dire d'autre. Elle est en voiture, elle peut s'en aller si tu veux.

— Bien sûr que je veux. Seigneur, Hal. Qu'est-ce que tu as dans le crâne, bon sang ? Une fille de ce genre.

— Elle est très bien, P'pa. Je t'assure. Ce n'est pas ce que tu imagines. C'est une excellente étudiante en art.

— Ça m'est égal. Elle pourrait être présidente des États-Unis. Qu'elle fiche le camp.

Il tourna les talons et quitta la pièce. Je les entendis échanger quelques mots, pas assez forts pour que je puisse les comprendre, puis ils s'en allèrent. Je me recouchai, ignorant si je le reverrais de la nuit, ou même le lendemain matin. Pourtant, à peine une minute plus tard, Hal était de retour. En silence, il se déshabilla et se mit au lit.

— P'pa ? Je suis désolé. D'accord ? Je n'ai pas réfléchi, j'en conviens.

J'inspirai profondément et retins l'air dans ma poitrine. Je ne savais que répondre. L'accès de colère était retombé, et j'avais conscience d'avoir mal géré la situation : pour dire la vérité, à la place de Hal, j'aurais agi exactement comme lui. Un sentiment de tristesse me parcourut, mais autre chose aussi. Ce morceau de peau, les doux murmures que mon corps connaissait mais n'avait pas vécus depuis des années : je me rendis compte que tout cela m'avait troublé.

— Ça va, dis-je. Ne... n'en parlons plus.

Je fixai le plafond, les lueurs mouvantes. Le temps semblait avoir cédé sous le poids des événements de la soirée, si bien que ce qui s'était passé le matin se retrouvait à la fois à des heures et à des minutes du présent. Je fermai les yeux pour chasser les images qui stagnaient en moi, notre journée au cimetière, le goût de terre dans la bouche – tout. Même ce que je ne pouvais pas nommer : la coulure de lait granuleux sur son menton, la sensation de l'alaise de caoutchouc sous moi, la lente respiration de Meredith contre ma poitrine, par longues vagues, de plus en plus faibles.

— P'pa ?

Mes yeux s'ouvrirent prestement ; étonnamment, je m'étais endormi.

— P'pa, tu dors ?

Par-dessus le gouffre qui séparait nos lits me parvenait le bruit d'une respiration douce et humide. Il me fallut encore du temps pour comprendre que Hal pleurait.

— Je suis désolé, désolé.

— Tout va bien, fils.

Je me mis sur un coude. Il me tournait le dos.

— Je t'assure, on n'en reparlera plus.

— Il ne s'agit pas de la fille.

Il secoua la tête sur l'oreiller.

— C'est au sujet d'avant, de ce que j'ai dit au restaurant.

J'étais complètement perdu.

— Comment ça ?

— Je n'ai jamais pensé ça, à propos de Sam.

Je l'entendis renifler puis s'essuyer le visage sur le drap.

— Je ne sais pas pourquoi je t'ai dit le contraire. Parfois, j'aurais voulu que ce soit vrai. Mais ça ne l'était pas, jamais.

Mon cœur fut traversé par une tristesse que je n'avais encore jamais éprouvée. Ainsi, il y avait eu constamment un voile sur sa vie. J'avais cru qu'il s'agissait de la maladie de sa mère. Mais c'était Sam.

— Qu'est-ce qu'elle a dit ? demanda doucement Hal. M'man ? À la fin ?

Je pris le temps de réfléchir.

— Elle a dit qu'elle t'aimait. Elle a dit qu'elle regrettait de ne pas avoir pu aller te voir jouer.

— Est-ce qu'elle a dit qu'elle aimait Sam ?

— Oui, elle l'a dit. Elle vous aimait tous les deux.

Le réveil indiquait quatre heures du matin ; la nuit semblait interminable, pas seulement dans le temps mais aussi dans l'espace, comme un vaste océan recouvrant le monde.

— C'est bien, dit finalement Hal. Je suis heureux qu'elle l'ait dit aussi. P'pa ?

— Oui, Hal ?

Il se releva sur les coudes et tourna le visage vers moi ; ses joues étaient zébrées de larmes.

— C'est très bien, à propos de M'man. Je ne veux pas en parler, mais je voulais te dire ça.

*Je ne veux pas en parler*. L'air resta dans mes poumons ; je fermai les yeux. J'avais l'impression que les mots tournoyaient au fond de moi, libérant un très vieux souvenir : Meredith et ce premier soir, à notre retour de la visite à son médecin de New York. *Je ne veux pas en parler. Pas maintenant. Pas cette nuit. Jamais peut-être.*

J'ouvris les yeux : Hal.

— Comment est-ce que...

Il secoua la tête pour me faire taire.

— Elle me l'a dit, c'est tout. Il y a des mois. Elle savait ce qui allait se passer, et elle me l'a dit. Je lui ai promis de me taire.

Voilà de la douleur, pensai-je, voilà enfin de la douleur : grandeur nature et avec tout son poids, forme et fond. Je me vis y pénétrer comme si je plongeais le pied dans les eaux les plus calmes et les plus sombres d'un bassin, et que je m'enfonçais jusqu'aux genoux, jusqu'à la taille, jusqu'à la pointe du menton

– c'était un sentiment semblable à du bonheur, tout le reste dérivant au loin, la densité de mon corps et mes organes se dissolvant dans la grande mer du temps et des chagrins du monde. Je respirai profondément. Comme c'était bizarre, de seulement respirer ! Le bout de mon nez, mes cheveux et leur racine, mon cœur solitaire et palpitant, le moindre détail de ma réalité physique était en même temps en moi et hors de moi, aussi vif qu'un bijou posé sur du feutre, et ailleurs tout aussi bien. Je m'étais mis à sangloter, les larmes sortant enfin de moi, mais même cela – le bruit de mes pleurs et la déchirure violente qu'opérait à travers ma poitrine chaque respiration – semblait être le fait d'un autre homme. Mon visage était enfoui dans mes mains.

— P'pa ? P'pa, qu'est-ce qu'il y a ?

Je voulus répondre, mais n'y parvins pas, et la seconde d'après Hal était à mes côtés. J'avais besoin de lui, comme j'avais besoin de tous, et lorsqu'il me prit dans ses bras, tout ce à quoi je pus penser fut : comme c'est étrange qu'il ne sache pas. Qu'il ne sache pas que je suis mort.

Après cette nuit, il me fallut tout un mois pour démanteler ce qui subsistait de ma vie. Hal retourna à ses études, se présenta à ses examens, fit un saut à la maison pour y déposer ses affaires avant d'aller retrouver des amis en ville pour une semaine. Nous avons parlé une fois ou deux au téléphone, toujours avec des formules nettes et laconiques, et il n'était question que d'emploi du temps et de qui pouvait être joint et où. Nous n'avions tout simplement plus de mots pour évoquer ce qui s'était passé, rien à ajouter à l'entente que nous avions tacitement établie. Il revint à la maison pour le week-end du Memorial Day puis, le mardi, il fit ses valises et repartit, tassé à l'arrière de la Volkswagen d'un copain qui annonçait son arrivée comme son départ par un unique coup de klaxon. Je restai dans l'allée à le regarder s'éloigner, puis je regagnai mon bureau, à l'intérieur, d'où j'appelai une agence immobilière pour mettre la maison en vente. Quel prix en voulais-je ? me demanda l'employée sur un ton tout excité. Et quels étaient mes projets ? où souhaitais-je m'installer ? J'avais déjà oublié son nom, bien que j'aie prétendu qu'elle m'avait été recommandée par des amis, alors qu'en réalité je l'avais trouvée dans les pages jaunes, cette vente ayant pour moi moins d'importance que la recherche d'un plombier. Eh bien, répondis-je, je ne savais pas encore précisément. Je déclarai que je m'en allais et lui donnai le numéro de téléphone de mon avocat ; faites-moi parvenir tout de suite les contrats et je les signerai, lui dis-je. Après quoi il se chargera du reste.

Lorsque ce fut réglé, j'écrivis des lettres à la gouvernante, à la cuisinière et à ma secrétaire, pour leur rendre leur liberté ; je joignis à chacune un chèque de cinq mille dollars, mis le tout sous enveloppes libellées à leur nom que je laissai bien en vue sur la table de la cuisine. Je terminais lorsqu'on sonna à la porte : l'agence immobilière. Quand j'ouvris, je fus immédiatement séduit ; devant moi se tenait une femme d'une cinquantaine d'années, le visage aussi ingrat que celui d'une institutrice bien qu'elle ait fait tout son possible pour être présentable, rouge à lèvres et talons hauts ; elle n'avait rien de ce qu'on attend de quelqu'un chargé de vendre des maisons haut de gamme. Sa voiture était dans l'allée, une Volvo ancien modèle avec de la rouille sur les côtés, là où le sel des routes avait rongé la peinture ; et il manquait un enjoliveur. De près, elle sentait un peu l'alcool, sans doute quelque remontant sorti d'une bouteille en forme de sirène. Elle avait dû avoir l'impression de gagner à la loterie, en ferrant un client comme moi. Elle marqua sa surprise lorsqu'elle comprit que je ne l'inviterais pas à entrer pour faire le tour du propriétaire – j'entendais déjà ce qu'elle dirait en revenant au bureau : « Harry Wainwright ! Cette immense demeure sur Seminole ! Et il ne m'a même pas fait entrer ! » – mais elle retrouva sa bonne humeur quand je pris le contrat qu'elle sortait de la chemise en cuir coincée sous son bras et que je le signai sur-le-champ, lui accordant une exclusivité de six mois. Nous nous sommes serré la main – la sienne était un peu moite à cause de la chaleur, à moins que ça n'ait été la mienne – et je lui dis au revoir.

De retour dans mon bureau, je rédigeai une note à l'intention de mon avocat, lui exposant mes désirs pour la vente de la maison, et une autre à mon comptable, au contenu à peu près identique ; j'adressai aussi un chèque à Williamstown, pour régler la scolarité de Hal pour l'année à venir, et un autre à l'entretien des pelouses, pour le prolonger jusqu'à l'automne. Lorsque j'eus fini, le soir était tombé ; je me confectionnai un sandwich, me versai un verre de bière et rapportai le tout dans mon bureau pour y poursuivre mon travail. Je payai mes impôts, fis comme promis une donation à l'établissement privé de Hal, démissionnai du Country Club et du conseil d'administration de l'hôpital local, et renvoyai le jardinier qui avait volé de l'outillage. Lorsque tout cela fut terminé, je lavai une grande quantité de linge, en lisant un magazine pendant que mes vêtements tournoyaient dans l'eau chaude, puis je descendis à la cave pour fermer les compteurs de gaz et d'électricité. J'envisageai une minute de purger les tuyaux, pensant que cela se fait, mais comment m'y prendre était un mystère pour moi, une chose que je n'avais jamais apprise ; et de toute manière, mon successeur entrerait certainement dans les lieux avant l'hiver. Je mis la pompe de la fosse d'aisances en marche, ouvris la boîte à fusibles – sans savoir avec certitude ce que je cherchais, mais tout me parut correct – et je vérifiai la porte d'entrée.

Au rez-de-chaussée, j'emplis des sacs plastique avec le contenu du réfrigérateur et les transportai jusqu'au garage ; je sortis les poubelles là où les éboueurs ne manqueraient pas de les voir et scellai leur couvercle pour que les bêtes ne s'y introduisent pas. Je repliai les chaises de jardin et recouvris l'ensemble d'une bâche. À l'arrière, je remarquai que le gros chêne avait perdu une branche ; elle était trop lourde pour que je puisse la déplacer, aussi allai-je chercher une hache dans la cabane du jardinier et la découpai-je en tronçons que je traînai au-delà du pourtour ensoleillé de la maison, là où la pelouse laissait la place à la forêt, et je les jetai parmi les ronces.

Ce travail m'avait fait transpirer et je projetai de prendre une douche avant de me souvenir qu'il n'y avait plus d'eau chaude. Aucune importance, la maison était fraîche et sèche. Je changeai de chemise et me servis un scotch avant de monter au grenier prendre une valise que je rapportai dans la chambre pour la garnir en vitesse. Il était un peu plus de neuf heures, plus tard que prévu, mais il semblait mal venu de m'arrêter trop longuement sur de telles contingences ; un seul moment de doute suffirait à anéantir mon courage. Je redescendis avec mon bagage jusqu'au garage où était garée ma voiture, une Jaguar ; je revins dans la maison, pêchai un veston et des chaussures dans le placard de l'entrée, puis je parcourus les pièces une ultime fois, de haut en bas et d'avant en arrière, en vérifiant partout que les lumières étaient bien éteintes. Lorsque je me retrouvai devant la porte séparant la maison du garage, j'ôtai ma clé de mon trousseau, la laissai sur la table contre le mur et enclenchai le verrou ; ayant tiré le battant derrière moi, j'entendis le petit clic que produisait le dispositif en se mettant en place – bruit irrévocable, point de non-retour. Je déposai veston et chaussures sur le siège arrière, à côté de la valise. Puis je m'installai au volant et mis le contact.

Ce qui se passa ensuite ne dura qu'une minute. Assis là, le moteur frémissant sous mes pieds, je levai les yeux vers le rétroviseur et vis, avec une surprise molle, que je n'avais pas pensé à ouvrir la porte du garage. *Ah*, dit mon cerveau, *la porte est fermée ; j'ai oublié d'ouvrir la porte.* Mon pied droit enfonça la pédale des gaz, l'enfonça deux fois. La voiture était capricieuse comme un pur-sang ; la moitié du temps cette saleté refusait de démarrer, ou bien le starter se coinçait et le carburateur était noyé. Mais pas ce soir-là. Le moteur ronronna tranquillement, propulsant une fumée grise dans le local hermétique. J'enfonçai une nouvelle fois la pédale, un œil sur le tachymètre. Un calme merveilleux m'empêchait d'évaluer la situation et flottait en moi comme une bulle. Les vitres de la voiture étaient baissées ; je sentis un picotement dans le nez, accompagné d'un curieux éveil des sens et j'entendis la phrase : *Mon nez me picote*. Dans le rétroviseur, l'image de la porte close dansa comme un mirage tandis que le garage se remplissait de fumée.

Dix secondes, vingt, trente. Il est difficile de dire combien de temps je suis resté assis. Plutôt longtemps, et puis tout à coup, je ne fus plus assis : j'étais hors de la voiture, dans le garage enfumé, à ouvrir la porte en grand sur l'air du soir. Deux fois je toussai, mais deux fois seulement, et avant même que la fumée ne se soit dissipée – plus vite que tout, plus vite que la mort – j'avais retrouvé ma place au volant. Je passai la marche arrière, la vitesse s'engagea avec douceur comme quelque chose qui se serait remis d'aplomb à l'intérieur de moi, et je reculai ; la tête encore embrumée, je braquai à fond et dévalai l'allée, levant une dernière fois les yeux pour voir la porte du garage – comme un message à quiconque voudrait se donner la peine de la regarder – grande ouverte derrière moi.

# 16
# Lucy

Je n'y suis pas allée, pas tout de suite ; il m'a fallu trois mois supplémentaires, après avoir reçu la lettre de Joe, pour en avoir le courage. Et même alors, j'ai assuré mes arrières. Je ne voulais pas abandonner mon appartement, pas définitivement, aussi mis-je une annonce dans le bulletin de l'Auberge de jeunesse, et deux jours plus tard je le sous-louai à deux Irlandaises qui cherchaient un endroit où passer l'été en travaillant comme serveuses sur les quais. Début avril, j'avais écrit à mes parents en leur demandant de vendre ma voiture et de m'envoyer la somme qu'ils en tireraient ; un mois plus tard, une enveloppe épaisse arriva au restaurant, avec une bande de papier blanc entourant quinze billets de vingt dollars. C'était plus que je n'en espérais (en réalité ma voiture avait d'abord appartenu à mes parents, c'était un break Rambler avec près de deux cent mille kilomètres au compteur), aussi décidai-je de retirer cent dollars et d'utiliser les deux cents autres pour me payer une vieille coccinelle Volkswagen dont un cuisinier avait essayé de se débarrasser tout l'hiver. La voiture avait une couleur prune pourrie et sentait la fumée froide et les chaussettes sales, mais elle roulait ; avec les cent dollars restants j'achetai une paire de pneus rechapés pour l'avant, des essuie-glaces neufs et un petit désodorisant fraîcheur des pins à suspendre au rétroviseur, puis je garai la voiture dans la rue, en bas de chez moi, pour qu'elle m'y attende comme un avion sur sa piste d'envol.

Le matin de mon départ, un lundi de la deuxième semaine de juin, Deck et May vinrent me dire au-revoir. Ce n'était pas encore tout à fait un temps d'été, mais un vent vif et salé soufflait de la mer, et des mouettes tournoyaient au-dessus de la maison. J'étais debout dans l'allée gravillonnée à côté de ma voiture et j'étreignis Deck et May, avec l'intime conviction, sous-location ou pas, que je ne les reverrais jamais. Les deux Irlandaises ne semblaient pas du genre à consacrer tous leurs soins à mon asparagus, mais il aurait été stupide de l'emporter, aussi le descendis-je en même temps que ma valise pour le donner à May et Deck.

— Je suis désolée, je n'ai pas eu de meilleure idée, comme cadeau.

— On considérera que c'est juste un prêt.

Deck me serra contre lui, très fort. Depuis le soir au Lobster Tank, où il avait fait tout son possible pour me réconforter (j'avais pris pension chez eux et je m'étais réveillée le lendemain matin dans la chambre de Peg avec, déposés par May au pied de mon lit, mes vêtements lavés et pliés), ils m'avaient tous deux tenu lieu de famille. Je dînais chez eux au moins une fois par semaine, et il était arrivé que j'y reste des week-ends entiers. Chose cocasse : ils ne m'ont jamais appelée Lucy. Pour eux, j'étais Alice.

C'étaient les personnes les plus gentilles que j'aie jamais rencontrées, et cela paraissait soudain absurde de les quitter. Mais à ce moment-là, Deck cilla et regarda ailleurs, se passant le pouce sur l'œil.

— Il faut y aller, maintenant, dit-il.

Je montai en voiture et m'éloignai. Je n'avais pratiquement pas mis le moteur en marche depuis près de quatre semaines, et une fumée à l'odeur d'essence monta du pot d'échappement en une volute bleue qui s'attarda derrière moi. Heureusement au bout de quelques kilomètres, la situation se normalisa et tout fonctionna sans problème. Je pleurai un peu, mais en sortant de la ville je compris qu'une page était tournée. *Regarde-toi, ma pauvre Lucy*, pensai-je en me dirigeant vers le nord, la mer dans mon dos, si bien que les saisons se succédaient à l'envers ; là où j'allais, on était encore au printemps. *Regarde-toi, tu rentres chez toi, là où personne ne sait que tu as été Alice.*

J'ignorais ce que je cherchais, seulement que je le trouverais, ou pas, en arrivant à destination. Mes parents étaient en Caroline du Nord, chez la sœur de mon père, jusqu'en juillet. C'était la seule partie stratégique de mon voyage : je ne les verrais pas avant deux mois, et d'ici là je saurais quoi faire.

Ma destination immédiate était la maison des Rogue, où Joe avait dit que son père séjournait. Même selon les critères de ma ville, Hank Rogue était une tête de lard ; je me souvenais de lui des années plus tôt, en train de manœuvrer son excavatrice dans les parterres de fleurs de ma mère derrière chez nous, puis descendre de sa cabine en jurant, une cigarette au coin des lèvres, cracher par terre et lever la tête vers moi, l'air de dire : « Ça te dérange ? » Sa femme était un être tout effacé avec une éternelle expression triste sur le visage qui tenait un emploi de bureau ; on racontait qu'en réalité ils étaient divorcés, mais que Hank avait refusé de déménager, et que donc ils restaient dans cette situation depuis des années. La seule image mentale que j'avais de leur fille datait d'un bal lors de ma première année de lycée : une grande perche en poncho de macramé, assise sur un mur de pierre devant le gymnase d'où s'échappait une musique (*Smoke on the Water* ou *Brown Sugar* ou *Takin'Care of Business*, les tubes habituels et seuls morceaux que savaient jouer les musiciens du coin) et buvant au goulot d'une bouteille cachée dans un sac en papier que venait de lui tendre une de ses copines, avant d'éclater d'un rire qui m'avait fait penser à un oiseau qui heurte une vitre en volant – un truc qui s'interrompait en plein milieu. Ce n'était pas encourageant, comme tableau, le genre qui ne présageait rien de bon, dans notre ville, mais par la suite, cette fille, qui s'appelait Suzanne, avait étonné tout le monde en se retrouvant première de l'État dans un concours d'orthographe et en gagnant une bourse pour une université du Texas dont personne n'avait entendu parler. À ma connaissance, elle n'était jamais revenue.

Les Rogue habitaient une petite maison entourée de plaques vertes d'amiante à côté de la caserne des pompiers. On ne pouvait pas la rater à cause de l'excavatrice de Hank garée devant, semblable à une épave de vaisseau spatial. Cinq heures après avoir quitté Portland, je m'arrêtais derrière elle et lâchais enfin le volant ; je l'avais serré si fort que j'en avais des crampes. Un vent froid soufflait et quelques arbres bourgeonnaient tout juste. Je me sentais vulnérable et j'avais l'impression que, d'une seconde à l'autre, tous ceux que j'avais connus allaient surgir des buissons, curieux de savoir ce que j'avais pu faire pendant tout ce temps.

Lorsque Hank Rogue vint ouvrir, je compris tout de suite qu'il ne voyait pas du tout qui j'étais. Il portait une vieille salopette en jean, la même que le jour où il avait craché par terre, chez mes parents, et ses mains étaient teintes par la suie et par l'essence. La peau de son visage évoquait la texture de la pâte à crêpe. Une odeur âcre de cigarette et de corps malpropre sortait par la porte ouverte.

— Je suis Lucy, expliquai-je, en remarquant la nervosité que charriait ma voix. Lucy Hansen. La fille de Phil et de Maris.

Il hocha la tête lentement et d'une manière indéchiffrable, puis tendit le cou pour regarder par-dessus mon épaule, comme si mes parents se tenaient derrière moi.

— Ils ont des problèmes de fosse ?

— Non, rien de tel. En fait, ils sont en Caroline du Nord.

Je me sentis ridicule. Pourquoi est-ce que je lui racontais ça ?

— Je voudrais voir Joe Crosby. Quelqu'un m'a dit qu'il habitait ici.

— Il est là, c'est vrai, répondit-il froidement, et il croisa les bras sur sa corpulente poitrine. Il dort.

— Son fils m'a demandé de passer le voir. Ça ne vous dérangerait pas si j'entrais ?

Ses sourcils se soulevèrent en signe d'avertissement.

— Je vous ai dit qu'il dormait, non ? Ça devrait suffire.

C'était une éventualité que je n'avais pas envisagée : que je puisse arriver jusqu'à la porte et qu'on me chasse sans commentaire.

— Je vous en prie, monsieur Rogue, j'ai fait une longue route.

— Je croyais que vous m'aviez dit que vous étiez la fille de Phil Hansen.

— C'est vrai, monsieur Rogue. J'étais... loin. À

Portland. J'ai fait la route cet après-midi. J'ai été cuisinière pour Joe, au domaine.

— Il vous doit du fric, alors ?

— Non, bien sûr que non. Je suis juste une de ses amies.

Il grogna.

— Vous devez être au courant ? Il n'en a pas, d'amis, Joe Crosby.

— Eh bien si, il en a. Et j'en fais partie.

Il me considéra encore une minute. Son regard glissa sur moi, des pieds à la tête, comme celui d'un boucher sur une carcasse.

— Vous ne lâchez pas facilement le morceau, vous, dit-il enfin, et il recula d'un pas. Je pense que vous pouvez entrer, aussi bien. Mais il va détester qu'on le réveille. Vous verrez par vous-même.

Il me conduisit à la cuisine. Des assiettes sales étaient empilées comme des jetons de poker sous un torchon dégoulinant, et il y avait partout des boîtes de conserve ouvertes : du chili, du corned-beef, des soupes Campbell, avec le couvercle au garde-à-vous. Une grosse bouteille de bourbon, presque vide, trônait au milieu de la table. La pièce empestait le chien mouillé, bien qu'il n'y eût pas d'animal en vue. Au fond, il y avait une autre porte.

— Par là, dit Hank en tendant le doigt.

La pièce était sombre, son unique fenêtre étant équipée d'un store jauni ; toute clarté semblait condamnée à être absorbée par les panneaux de bois gondolé qui servaient de cloison. Il me fallut un moment pour que mes yeux s'habituent. L'espace était minuscule et il s'agissait à l'évidence d'un rajout à la maison fabriqué tant bien que mal, le genre de pièce supplémentaire où l'on range les outils, ou les skis, ou encore les bottes boueuses. On avait poussé un matelas contre le mur du fond et à côté un cageot d'oranges retourné couvert de tubes de comprimés. Le père de Joe était assis au-dessous de la fenêtre dans un fauteuil délabré, la tête en arrière, la bouche mal close et les mains croisées sur sa ceinture. Son œil de verre était entrouvert ; l'autre était fermé. Une béquille chromée avec un embout en caoutchouc était appuyée au mur, à sa portée.

— Joe ?

Je me mis à genoux près de lui sur le sol en contreplaqué. Son corps semblait plus petit que dans mon souvenir, à moitié dévoré par l'immense fauteuil. Il avait besoin d'aller chez le coiffeur et ses ongles étaient aussi longs que ceux d'une femme ; une odeur se dégageait de lui, puissante et vaguement doucereuse, comme celle des fruits trop mûrs. Je pris une de ses mains et la secouai doucement.

— Joe, c'est Lucy Hansen.

Il ouvrit les yeux. Il redressa la tête et me regarda une minute sans me reconnaître.

— C'est Lucy Hansen, répétai-je.

— Lucy.

Il s'anima légèrement ; il se passa la langue sur les lèvres et avala sa salive. Sa bouche paraissait engourdie, comme s'il revenait juste de chez le dentiste et que la novocaïne agissait encore un peu. C'était difficile à évaluer, évidemment, le visage de Joe étant ce qu'il était, mais entre ça et la béquille, je me demandai s'il n'avait pas été victime d'une deuxième attaque, ou si la première n'avait pas été plus sérieuse qu'il ne l'avait dit. Hank Rogue, la cuisine dégoûtante, ce réduit sinistre avec son matelas défoncé ; personne ne méritait cela. Je reçus cette image comme une punition bien terrible pour ma désertion. C'est tout ce dont je fus capable pour ne pas éclater en sanglots.

Lorsqu'il parla, sa voix semblait retenue au fond de sa gorge.

— Lucy, qu'est-ce que tu fais ici ?

Je lui serrai la main.

— C'est Joey qui m'envoie. Je suis venue pour vous ramener chez vous.

Je retournai le cageot d'oranges et y jetai rapidement ses comprimés et les quelques vêtements en pile au pied du lit. De mon autre main, je l'aidai à se lever, étonnée de sa légèreté, et lui mis sa béquille entre les doigts. Il était essoufflé et j'entendis une sorte de râle dans sa poitrine qui m'inquiéta. C'est alors que je vis Hank Rogue s'inscrire dans l'ouverture de la porte.

— Qu'est-ce que vous avez l'intention de faire, bon Dieu ?

— À votre avis ? On s'en va.

— Vous croyez ça ? Mon œil, oui.

J'allai me planter en face de lui, avec le cageot entre nous deux. Je n'avais plus envie de pleurer, mais ressentais à la place une vraie colère, comme un ouragan qui montait en moi.

— Laissez-moi passer, dis-je.

Il baissa une main vers son entrejambe et frotta. Une lueur égrillarde s'alluma dans ses yeux et il essaya de soutenir mon regard.

— Ma belle petite.

Je fis deux pas en avant et enfonçai, aussi violemment que je le pus, le cageot dans les côtes de Hank Rogue. Je n'avais pas la moindre idée de ce qui allait suivre, mais ça marcha ; j'avais l'effet de surprise de mon côté, et puis toutes ces séances de natation m'avaient rendue forte. Le cageot le prit au gras de l'estomac, lui coupant le souffle et l'envoyant vaciller au milieu de la cuisine. Il alla cogner contre la table qui se déroba sous le choc. Il essaya de s'y agripper, mais entraîna le meuble dans sa chute. Comme il était corpulent, la maison tout entière sembla frissonner sous le fracas.

— Salope !

Je fis alors la seule chose qui me traversa l'esprit, c'est-à-dire que je me saisis de la bouteille de whisky. Le verre en était aussi épais que celui d'un pare-brise. Je la lançai sans viser, comme au volley, vaguement dans la direction de Hank Rogue. Un tir impeccable : il réussit à le dévier de la main, mais il reçut quand même un coin de l'objet en plein dans l'œil, ce qui le fit retomber. Après quoi la bouteille, miraculeusement intacte, alla frapper le mur derrière lui. Un filet de sang apparut sur son front.

Il n'était pas pour autant assommé, mais je sentis que j'avais maintenant le temps nécessaire devant moi. Je me retournai vers le père de Joe, debout dans l'encadrement de la porte, appuyé sur sa béquille. Il me fallut un moment pour réaliser que son expression de pur émerveillement me concernait.

— Je veux bien être... damné.

— Allez, on fonce, Joe.

Il se laissa emmener dans la cuisine. Hank était assis par terre, la main posée sur son crâne en sang. Il était bien possible que je l'aie blessé gravement, mais je ne perdis pas une seconde à m'apitoyer sur son sort. Tout ce que je voulais, c'était ficher le camp. À l'extérieur, j'aidai Joe à descendre les marches du perron, à traverser la cour et à s'asseoir dans la VW, après quoi, je mis le cageot dans le coffre, en renversant les comprimés partout. Assise derrière le volant, je cherchai la bonne clé (elles étaient très nombreuses et semblaient encore se multiplier telles des écharpes sortant de la manche d'un magicien), puis ce fut la panique : j'entendis un hurlement et, en levant les yeux, je vis Hank jaillir hors de la maison en brandissant une batte de base-ball. L'espace d'une seconde, j'eus la vision de Suzanne, assise sur le mur du gymnase, en train d'éclater de son rire haut perché et terrifié. Quoi qu'il ait pu lui arriver, je compris ce qu'elle avait fait : elle s'était enfuie pour avoir la vie sauve.

— Espèce de petite garce !

Joe, installé à la place du passager, se tourna vers moi.

— Lucy...

— Je l'ai !

La clé alluma le contact ; le moteur démarra et tint bon, et je fis une marche arrière avant de foncer, juste comme Hank, se rendant compte qu'il ne réussirait pas à nous arrêter, lançait sa batte contre nous. Je n'eus pas le temps d'avoir peur : je la vis venir, fermai les yeux et baissai la tête. Le dur et lourd objet heurta le capot qui, après un clang retentissant, le renvoya en l'air comme le bâton d'une majorette. Une seconde plus tard, il roulait sur la chaussée derrière nous en rebondissant plusieurs fois : rien de plus qu'un jouet d'enfant lâché dans une rue. Une joie sauvage s'empara de moi tandis que, ayant tourné au carrefour, je m'éloignais.

C'est alors que Joe parla enfin :

— Où tu as appris à faire tout ça ?

— Pur instinct. Vous *habitiez* avec ce type ? Dites-moi au moins que vous ne lui donniez pas d'argent, Joe.

À mes côtés, Joe ne répondit rien.

— Seigneur, Joe. Qu'est-il arrivé à sa femme ?

— Elle est partie. L'hiver dernier.

Il regarda ses mains.

— Ça n'était pas si terrible. Pas plus de vingt-cinq par semaine. Plus une contribution pour l'épicerie.

Je pensai que ce devait être bien pire que ça, mais

je n'insistai pas. En traversant la ville, je m'aperçus que j'allais très vite et m'imposai de descendre à cinquante kilomètres à l'heure. Les rues étaient désertes, juste quelques voitures et quelques camions garés çà et là, les pare-chocs tout éclaboussés de la boue du printemps. La majorité des structures d'accueil des touristes n'étaient pas encore ouvertes pour la saison. En passant devant le poste de police, un accès de peur me pinça la poitrine : quel que soit le contexte, lancer une bouteille de bourbon à la tête de Hank Rogue était sans doute un délit. Il lui suffirait de se présenter pour porter plainte, et je deviendrais une personne recherchée. Mais cette crainte ne tarda pas à s'évaporer. Qui croirait que la petite Lucy Hansen avait pu avoir raison d'un type comme Hank Rogue ?

— Eh bien, vous auriez dû me faire prévenir, dis-je. Faire prévenir *quelqu'un*. Jamais je ne vous aurais laissé dans un endroit pareil.

Nous avons atteint les faubourgs et l'embranchement de l'autoroute 9. À gauche, à quarante-cinq minutes de là, à trente en se dépêchant, il y avait l'hôpital de Farmington. À droite, ça nous conduisait au domaine. Il était pile six heures, encore tôt en cette période de l'année, mais au cours de la demi-heure qui s'était écoulée depuis mon entrée en ville, d'épais nuages pâteux venus du nord s'étaient amassés au-dessus de nous, absorbant toute luminosité. On se serait davantage cru en plein automne que par un soir de juin. Je considérai les deux options, puis une troisième : le ramener à Portland.

— Joe, il faut qu'un médecin vous examine.

Il secoua la tête. « Pas d'hôpital. »

— Ne faites pas l'enfant. Vous êtes malade. En plus de tout le reste, il se pourrait bien que vous ayez une pneumonie.

Mais à son expression je compris que ce genre d'arguments ne me mènerait nulle part. Je l'avais sorti des griffes de Hank Rogue ; dans l'immédiat, il faudrait que je m'en contente. Je m'entendis pousser un soupir.

— Seigneur, je ne devrais absolument pas céder. Mais promettez-moi que vous m'autoriserez à appeler quelqu'un. Laissez au moins Paul Kagan vous examiner.

Il hocha la tête dans un grognement.

— D'accord.

Le dégel de printemps avait fait ses ravages. La route qui conduisait au domaine, pleine de mauvaises surprises même dans les meilleures conditions, était minée de nids de poules assez profonds pour que je redoute de toucher le sol avec mon réservoir ; près du vieux pont de pierre, là où le Forest Creek se déversait dans la rivière, une section était tellement saccagée que je dus m'arrêter et laisser Joe me guider pour la franchir, la VW penchant si dangereusement que j'étais persuadée que j'allais basculer. Il nous fallut presque une heure pour parcourir les douze derniers kilomètres, et lorsque nous avons finalement atteint le domaine, le râle dans la poitrine de Joe s'était épanoui en une mauvaise toux.

Je lui pris ses clés.

— Vous allez entrer.

La maison était plongée dans le noir, à cause des volets fermés. Le seul bruit venait du vent qui soufflait dans les arbres. Le tableau était tellement désolé qu'il me semblait ne pas l'avoir vu depuis des années. Une pluie fine tombait sur le lac, si légère qu'on ne l'aurait même pas remarquée sans les traces qu'elle dessinait à la surface dans la lumière incertaine. M'étant chargée des comprimés et des vêtements, je parvins à ouvrir la porte, à faire entrer Joe et à trouver un interrupteur. Dans la pièce principale, je l'aidai à s'asseoir sur le canapé, puis allai jeter un coup d'œil dans la cuisine. Il y avait sur la table un récipient plein d'une substance durcie avec, à côté, une tasse tachée de brun par du café évaporé – le petit déjeuner de Joe, le matin de son attaque. Le grand réfrigérateur ne contenait qu'un quart de lait tourné depuis longtemps, un paquet de fromage américain, quelques plaques de beurre et un pack de six Budweiser. Le fromage était sans doute encore bon (ça tenait plus d'un an, ce genre de trucs) et la bière semblait là pour nous souhaiter la bienvenue, mais tout le reste était perdu. Je jetai lait et beurre à la poubelle et tournai le robinet de l'évier. Il y eut plusieurs hoquets d'air, un grondement émanant de quelque part sous mes pieds, puis un filet d'eau jaunâtre jaillit. Je dégustai une bière pendant que l'eau s'éclaircissait sur la vaisselle de Joe vieille de six mois, puis je remplis une casserole que je posai sur la cuisinière pour faire du thé. Je découvris des gâteaux secs pas trop secs et les passai au gril avec le fromage, puis j'emportai le tout dans la pièce principale.

Joe dormait à la place où je l'avais laissé, face à la cheminée froide. Il avait le visage rouge de fièvre ; je demeurai là à le regarder, à suivre le raclement mouillé de sa respiration et à revenir sur ma décision de ne pas le conduire à l'hôpital de Farmington. Mais il était déjà tard et la route trop mauvaise pour qu'on s'y hasarde de nuit, et je me dis que c'était un combat à remettre au lendemain matin.

— Joe ?

Je lui désignai le plateau.

— Je vous ai préparé quelque chose à manger.

Il sortit de sa torpeur et fit son possible pour grignoter les gâteaux, sa bouche tordue crachant des miettes à chaque quinte de toux, puis il but le thé avec précaution. La pièce était froide et humide comme un bateau en haute mer ; j'allais devoir me lancer dans l'allumage du fourneau, aussi, ou au moins faire du feu dans la cheminée. Lorsqu'il eut terminé, je le débarrassai du plateau.

— Et maintenant, au lit.

À l'étage, je changeai ses draps, puis attendis dans le couloir qu'il se soit déshabillé. Je lui avais monté tous ses médicaments et lorsqu'il fut prêt, je les lui présentai et l'aidai à les prendre : il y en avait sept différents dont je ne pouvais que supposer les bienfaits. Après quoi il se laissa aller sur l'oreiller, et je remontai une épaisse couverture jusqu'à son menton.

— Qu'est-ce qui t'es arrivé, Lucy ?

Je m'assis au bord du lit. Toute la journée, c'était l'adrénaline qui m'avait tenue debout, et la simple sensation du matelas sous moi me rendit tout à coup consciente de mon épuisement. Si j'avais posé ma tête sur le drap, je me serais endormie instantanément.

— C'est une longue histoire.

— Est-ce que tu étais avec Joey ? Ça ne me dérangerait pas. Je sais qu'il revient te voir.

Je hochai la tête.

— Pendant un temps, pour Noël. Je racontais à mes parents que j'allais voir une copine à Boston, mais c'était Joe. Ensuite, je suis allée à Portland.

— Il avait l'air de quoi ?

En près de quatre ans, nous n'avions jamais abordé ce sujet. Je trouvai d'abord sa question bizarre, puis non. Le Joe dont il se souvenait était un enfant, ou presque. Maintenant son fils était une personne totalement différente.

— Plus fort. Légèrement triste. C'est dur pour lui, là-haut. Je pense qu'il a envie de rentrer.

— Tes parents se sont fait du souci, Lucy.

Je sentis l'habituel frisson de culpabilité me parcourir, celui-là même qui ne me lâchait pas depuis des mois.

— Je sais bien. J'en suis désolée. Mais il n'y avait pas d'autre moyen.

— Qu'est-ce que tu as fait à Portland ?

La pluie tambourinait sur le toit métallique devant la fenêtre ; je laissai mon esprit s'envoler vers mes souvenirs, tout en écoutant le bruit des gouttes.

— Rien de bien intéressant, même si je me suis imaginé que ça l'était, sur le coup. J'ai été serveuse de restaurant sur Commercial. J'ai aussi beaucoup nagé. J'avais un petit appartement.

Je haussai les épaules et me forçai à sourire ; je ne voulais pas avoir l'air nostalgique.

— Ça n'a aucune importance. Occupons-nous seulement de vous remettre d'aplomb.

Pendant que je parlais, il s'était beaucoup apaisé. Sa respiration était maintenant calme et régulière, et je crus un moment qu'il s'était endormi. Je me levai et resserrai la couverture autour de sa poitrine. J'allais éteindre lorsqu'il parla à nouveau, les mots semblant remonter du fond de lui.

— Je ne savais plus comment m'en sortir, ici, sans toi, Lucy.

Je me penchai, lui lissai les cheveux de la main et l'embrassai sur le front, chose que je n'avais encore jamais faite. La chaleur de sa fièvre se communiqua à mes lèvres et à mes doigts, comme une petite décharge électrique ; la nuit menaçait d'être longue.

— Bon, maintenant je suis là, dis-je doucement, et

j'éteignis la lumière. Ne vous inquiétez pas. Je ne repars plus nulle part.

Je passai la plus grande partie de la nuit dans un fauteuil à côté de son lit et ne redescendis sur le canapé qu'un peu avant l'aube. Vers huit heures, j'appelai le médecin. Paul Kagan était le seul praticien de la ville, d'aussi loin que je me souvenais, le genre qui vous suit du berceau au tombeau et qui n'existe, croit-on, que dans les films : un homme bourru, sage et adoré qui, tous les jours que Dieu fait, pouvait visiter un nourrisson avec une simple otite ou un nonagénaire avec suffisamment de problèmes pour couler un navire de guerre. Il avait installé son cabinet à l'arrière de sa maisonnette en bois et l'objet que je préférais lorsque j'étais petite, c'était l'énorme aquarium de poissons tropicaux qui trônait dans sa salle d'attente.

Je lui racontai ce que j'avais vu chez les Rogue, la toux et la fièvre, et mes soupçons concernant une possible pneumonie.

— Si c'est ce que tu dis, tu devrais l'emmener à Farmington.

— Je ne pense pas qu'il acceptera.

J'entendis Paul soupirer. Étant donné la rusticité de sa clientèle, dont la moitié vivait en caravanes ou dans des cabanes forestières à des kilomètres de ce qu'on peut considérer comme une route véritable, c'était le type de discours qu'il devait entendre cinq fois par jour.

— Eh bien, je vois Sarah Rawling cet après-midi. Elle est plus ou moins dans votre secteur. Je pourrai passer, en sortant. Elle a une angine de poitrine, et elle ne veut pas non plus aller à ce fichu hôpital.

— Vous êtes un ange.

Il pouffa.

— C'est faux, mais fais courir le bruit. Où étais-tu partie, Lucy ? D'après ta mère, tu avais trouvé un magnifique emploi quelque part. On s'était dit qu'on ne te reverrait jamais.

— J'ai seulement eu besoin de m'éloigner un peu.

— Comme tout le monde. Évidemment, ça ne m'arrivera jamais. Tu devrais venir voir mes poissons. J'en ai reçu de nouveaux le mois dernier, de vraies beautés.

— C'est promis.

— Disons que je passe vers trois heures, et même un peu plus tôt. Si son état s'aggrave, pas d'imprudence : emmène-le à Farmington, ne m'attends pas. Il est moins solide qu'il ne se le figure.

Je remontai dans la chambre de Joe. Il reposait tranquillement (le pire de la toux s'était calmé pour le moment) et je décidai de ne pas le réveiller. Je portais toujours le jean et le chemisier que j'avais mis la veille à Portland, et j'aurais bien aimé prendre une douche, mais même cela ressemblait à du travail. Je somnolai quelques instants dans le fauteuil. Durant la nuit, la pluie était entrée dans la maison ; un soleil faible, las, un soleil de maladie, s'épuisait contre les rideaux. Pour le déjeuner, j'accommodai le restant de fromage et de gâteaux secs, mais Joe n'avala que quelques bouchées et je finis l'assiette. Comment aller en ville faire des courses ? Je me le demandais ; qu'allions-nous devenir, laissés pour compte ici ? Et puis cette idée noire que je n'arrivais pas à chasser, malgré tous mes efforts : que ferais-je s'il venait à mourir ?

J'étais dans la cuisine, à vérifier dans le garde-manger ce qu'il nous restait comme provisions – pas grand-chose, quelques conserves de soupe, et des vieux spaghettis, mais je pensais pouvoir en tirer quelque chose pour notre dîner – lorsque le téléphone sonna. J'avais espéré que ce serait Paul, mais la voix à l'autre bout du fil était celle d'une femme.

— Je sais bien que c'est probablement trop tard, mais serait-il possible de réserver pour la dernière semaine de juillet ?

L'espace d'une seconde, je me sentis dépassée.

— Je suis désolée. Le domaine est fermé.

— Oh.

On aurait dit que la femme refusait de me croire.

— Vraiment ? Nous étions là l'an dernier, et mon mari a *adoré*.

— Comme je vous l'ai dit, nous sommes fermés. Vous devriez essayer au Lakeland Inn.

Je lui donnai le numéro et raccrochai. Moins de cinq minutes plus tard, le téléphone sonna à nouveau. Cette fois, c'était une voix d'homme.

— Je suis bien chez Crosby ?

Avant que je puisse répondre, il se lança.

— J'essaie de vous joindre depuis des jours. Alors écoutez-moi, Joe m'a dit qu'il nous réservait la même semaine d'août, pour quatre personnes, au nom de Gaudio. Je me demandais si on pouvait avancer d'une semaine. Nous allons chercher notre fils à la fac, et je ne me souvenais plus qu'il devait rentrer avant la Fête du Travail.

— Je suis désolée, monsieur Gaudio. Le domaine est fermé. Nous ne prévoyons pas d'ouvrir cette année.

— Fermé.

Comme la précédente correspondante, il marqua un temps, pour digérer l'information.

— Fermé, vous voulez dire : *définitivement* ?

Sincèrement, je ne savais quoi répondre. La question me prenait au dépourvu.

— Et si vous me donniez votre numéro ?

— Pour quoi faire ?

Il souffla impatiemment.

— Non mais dites donc, ma petite dame. Nous avions un accord. Est-ce que vous êtes du genre à tenir vos engagements, oui ou non ?

— Non, dis-je, et je raccrochai.

Mais ça continua. En deux heures de temps je dus répondre encore à trois appels, toujours selon le même schéma : ils avaient réservé et je leur annonçais que le domaine était fermé, le tout suivi de leur incrédulité, diverses formes de marchandage (un homme alla jusqu'à me demander si nous avions l'intention de vendre notre mobilier), d'excuses, de colère, de déception, etc, jusqu'à ce qu'un des deux raccroche. Tout cela était bien compréhensible – qui apprécie qu'on lui retire sous les pieds le tapis représentant sa seule semaine de détente ? – comment n'y avais-je pas pensé plus tôt ? D'habitude, le domaine ouvrait ses portes quinze jours après le Memorial Day. Qu'allait-il se passer lorsque les gens qui avaient payé d'avance l'année précédente arriveraient sur place ?

Je ruminais tout cela lorsque j'entendis une voiture approcher, puis, en contrebas, les pas lourds de Paul Kagan dans la grande pièce.

— Lucy ?

J'avançais sur le palier et lançai :

— En haut !

Il me rejoignit. Paul Kagan était probablement proche de la retraite, mais comme pour beaucoup d'institutions dans les petites villes, on ne semblait pas pouvoir lui donner d'âge, comme s'il s'était arrêté de vieillir à cinquante-cinq ans. Il parut un peu gêné en me voyant, hésitant à m'embrasser pour me dire bonjour, et nous nous mîmes d'accord sur une étreinte maladroite.

— Comment va notre malade ?

Il portait une mallette professionnelle, en cuir tellement usé qu'on aurait dit qu'on l'avait mâché.

— Il a de la fièvre. Et il refuse toute nourriture. En revanche, la toux s'est un peu calmée.

Nous sommes entrés ensemble dans la pièce. Joe était assis dans le lit, adossé à une pile d'oreillers, le teint blanc comme du papier. J'eus pour la première fois conscience qu'il avait peur, mais j'ignorais si sa maladie en était la seule cause, et s'il n'y avait pas aussi la perspective d'être ausculté par un médecin.

— Comment allons-nous, Joe ? dit Paul d'une voix forte.

Il s'assit sur le lit et posa sa sacoche à ses pieds avant de l'ouvrir. Il en sortit un thermomètre, qu'il secoua.

Joe réprima une quinte de toux.

— Ça a été mieux.

— Oh, je ne vous trouve pas trop mauvaise mine. Je ne sais pas pourquoi Lucy s'inquiète à ce point. Voyons cette température.

Il planta agilement le thermomètre dans la bouche de Joe, puis lui saisit le poignet pour prendre son pouls. Paul avait des mains anormalement grandes avec des doigts très longs et il entretenait leur douceur, je le savais, avec une crème hydratante en permanence dans son bureau.

— Vous avez pris vos comprimés ?

— Hm-mm-mm.

— Pas la peine de parler, faites juste oui de la tête.

Joe obéit. Paul lâcha son poignet et se pencha pour pêcher dans son sac son stéthoscope et l'appareil pour mesurer la tension. Il appliqua la tête de celui-là au creux du coude de Joe et écouta en pressant la poire, le regard perdu au plafond. Quand il relâcha la pression, le brassard laissa échapper un petit soupir. Il retira le thermomètre de la bouche de Joe et y jeta un bref coup d'œil mécontent.

— Très bien, parfait. Enlevez la chemise, qu'on écoute ces poumons.

Avec des doigts gourds, Joe déboutonna la veste de son pyjama et se pencha en avant pour que Paul ait accès à son dos.

— Alors, comme ça, Lucy m'a raconté que vous habitiez avec Hank Rogue.

— Provisoirement.

Paul se tut pour se concentrer, puis déplaça à nouveau le stéthoscope.

— C'est rigolo. Vous allez parler de coïncidence, mais devinez qui a débarqué hier après-midi avec une vilaine blessure à la tête ?

Mon corps tout entier se crispa d'angoisse.

— Seigneur. C'était grave ?

La bouche de Paul fit une grimace.

— Une légère commotion. Quelques agrafes ont été nécessaires, mais rien d'irrémédiable.

Il retira le stéthoscope de ses oreilles et posa sur moi un regard sombre et averti.

— Tout à fait entre nous, ça ne pouvait pas mieux tomber. Avec un boulot comme le mien, on en apprend des choses sur les gens.

Je repensai à la main de Hank descendant vers son ventre, à son regard trouble, et à sa fille, partie au Texas sans laisser de trace. *Ma belle petite*. Un frisson glacé de dégoût me parcourut.

— Très bien, c'est fini. Vous pouvez vous rajuster, Joe.

Paul tapota la jambe de Joe, se leva et me désigna la porte.

— Lucy ?

Nous sommes sortis dans le couloir bas de plafond,

tandis que Joe s'endormait dans sa chambre dont nous avons refermé la porte.

— Bon, je pense que vous avez raison, dit Paul tout bas. J'entends quelque chose, surtout à gauche. La température est inquiétante, elle aussi. Il nous faudrait des images.

— Des images ?

— Excuse-moi.

Il fit un geste d'enveloppement autour de sa poitrine.

— Des radios, pour voir comment ça se présente là-dedans.

Il haussa les épaules.

— Quant au reste, c'est difficile à dire. Il y a des signes de malnutrition. On voit cela après les attaques. C'est difficile de manger, alors certains y renoncent.

— Je crois sincèrement qu'il refusera d'y aller.

Paul hocha gravement la tête.

— J'imagine. Bon, on va lui prescrire une cure d'antibiotiques, pour plus de sécurité. Tout dépend des progrès qu'il peut faire au cours des prochaines vingt-quatre heures. Il peut passer un cap, ou tout va au contraire basculer vers le pire. Garde-le bien au chaud, qu'il boive beaucoup, et surveille sa température. Au moindre signe d'aggravation, *au moindre signe,* je veux que tu l'emmènes à Farmington.

En bas, il rédigea une ordonnance pour de la pénicilline et il m'en donna un échantillon qu'il tira de sa mallette pour que Joe commence tout de suite son traitement.

— Comme je le disais, il faut être très vigilant sur la température. Et essaie de le forcer à manger quelque chose. Je sais que ça risque d'être difficile, mais fais de ton mieux.

Il se racla la gorge.

— Son fils est toujours au loin ?

Je pris l'ordonnance qu'il me tendait et hochai la tête.

— Ça va aller pour toi, toute seule ici ?

— Il faudra bien.

Il eut une expression soucieuse et me regarda au fond des yeux.

— Bon, tu as mon numéro. N'hésite pas à appeler.

Je le raccompagnai jusqu'à la porte. Je n'avais pas quitté la maison de toute la journée, et en sortant sur le seuil, la chaleur et la densité de l'atmosphère m'assaillirent, me picotant la peau. Pendant que Joe et moi étions restés coupés du monde, le temps avait tourné, comme une horloge, d'un printemps étriqué à un été épanoui.

Paul descendit les marches baignées de soleil et ouvrit la portière de sa voiture.

— Encore une chose, Lucy.

Je considérai l'ordonnance, dans ma main. Comment j'irais chercher les médicaments en ville, je n'en avais pas la moindre idée, mais je gardai cette inquiétude pour moi. Nous n'avions pratiquement plus rien à manger. Je me forçai à sourire.

— Laquelle ?

— La prochaine fois, oublie la bouteille de whisky et frappe ce salopard à coups de marteau.

Il se pencha à l'intérieur de sa voiture pour y déposer sa mallette mais s'arrêta, l'attention soudain attirée vers le lac. Il mit sa main en visière devant ses yeux.

— Je croyais que tu m'avais dit que le domaine était fermé.

— Il est fermé. Tout était cadenassé jusqu'à hier au soir.

Paul tendit le doigt.

— Alors, c'est qui, là-bas ?

Intriguée, j'avançai pour vérifier, avec le même geste de la main que Paul. La surface du lac luisait dans la chaleur comme de l'étain poli, d'un éclat aveuglant. Quelqu'un, un inconnu, était debout sur le ponton, les mains dans les poches de son pantalon, et contemplait le large.

— Ça, alors, qui...

L'inconnu se retourna et je vis qui c'était. Ses yeux bleus me clouèrent sur place comme des projecteurs. Dans ce mouvement, son visage, sa silhouette et tout ce qu'il était s'ouvrirent à moi, comme les pages d'un livre, un livre que j'aurais lu quelques années plus tôt et que j'aurais oublié. Quelqu'un était enfin venu, au bout du compte. Quelqu'un était déjà là.

— Lucy ?

— Tout va bien, Paul, criai-je par-dessus mon épaule, car j'avais déjà commencé à dévaler la pente vers la rive. Tout va bien. Je le connais.

C'était Harry Wainwright.

## 17

## Joe

Ces foutus avocats : si j'avais reçu une pièce d'or toutes les fois où j'en ai vu un s'enfoncer dans un trou d'eau, la canne à pêche miaulant entre les branches des arbres, au-dessus de lui, j'aurais tout de suite vendu le domaine, à Harry Wainwright ou à n'importe qui d'autre. J'aurais laissé l'endroit pourrir sous les sapins et je me serais retiré en Floride sur mon Chris-Craft de gangster comme l'homme riche que je serais devenu, et si quelqu'un me demandait ce que je voudrais qu'on inscrive sur ma tombe, à l'heure dite, je lui dirais de graver : « Ci-gît un homme qui a bien gagné son existence, jusqu'au dernier sou. »

Aucun d'eux, et pas seulement Pete le Pleurnichard (je n'y pouvais rien : le nom s'était accroché à mon esprit comme du Velcro) n'était vraiment pêcheur ; il y avait des saumons partout, regroupés sous les aqueducs, mais un vent vif s'était levé un peu après midi, et même Bill, qui semblait en savoir plus qu'il n'en laissait paraître, avait du mal à les atteindre.

— Du nerf ! criai-je depuis le bord.

Debout, je mimais le mouvement.

— Ne laissez pas mollir votre lancer. Sortez-moi ce salopard !

— Putain, quel vent.

Il ramena sa ligne et lança à nouveau. Le vent cessa un moment, et il réussit un bon lancer, tout droit, sans bavure. À la seconde où son leurre toucha l'eau, sa canne plia comme un roseau et j'entendis le sifflement de la ligne qui filait.

— Sainte mère !

Je compris qu'il allait s'affoler.

— Assurez la prise tout de suite, lui criai-je, en arpentant la rive. Un coup sec en l'air.

Mais il était trop excité : il donna une secousse trop violente et son leurre sauta en l'air, volant au-dessus de sa tête.

— Merde ! Putain de Dieu !

Il progressa vers moi, dans un bouquet d'éclaboussures.

— Bien, dites-moi ce qui s'est passé.

Je lui demandai de me montrer sa canne. Comme je le soupçonnais, le moulinet était coincé. Je le libérai d'un tour et le lui désignai.

— Vous voyez ça ? Ne vous occupez pas du moulinet, du moins tant que vous n'êtes pas certain d'avoir une touche. Utilisez seulement un doigt pour tendre la ligne et assurer la prise. Une petite secousse, mais pas plus haut que votre épaule.

Je lui fis une deuxième démonstration, puis la lui rendis.

— Ce sont là des poissons lourds, ils cassent vraiment facilement le matériel.

Il passa un doigt sous la ligne comme j'avais fait, puis leva l'extrémité de la canne comme moi.

— C'est ça.

— Je ferais mieux de m'en tenir au golf ? J'ai l'air idiot, là.

— C'est plus difficile à faire qu'à dire.

Je haussai les épaules.

— Ça exige de la pratique, c'est tout.

— Ces poissons, ils sont comme des putains de vedettes de cinéma. Ils refusent de sortir de leur caravane.

Légèrement en aval, Carl Junior et Marathon Mike semblaient avoir un peu plus de chance ; pendant que je les observais, ils attrapèrent chacun un poisson, d'abord Carl puis Mike, si bien que, l'espace d'une seconde magique, ils eurent tous deux quelque chose au bout de leur ligne. Un petit couple de truites arc-en-ciel, mais celle de Mike était un beau spécimen, plus de vingt centimètres, et il la maintint en l'air avec un large sourire pour que je la voie avant de la replonger dans l'eau. Un coup de queue vif dans une gerbe et elle disparut, sans plus de dommages.

Je regardais ce tableau lorsque Pete vint à ma hauteur. Il s'était éclipsé depuis environ une heure, après avoir déclaré qu'il voulait essayer les trous d'eau plus bas, là où le trop-plein se déversait dans le lac. Mais c'était évidemment un mensonge ; il désirait juste aller quelque part à l'écart pour y pêcher tranquillement et qu'on lui fiche la paix pendant qu'il pensait à sa vie difficile bâtie sur les grandes écoles.

— Ça mord ?

— Un peu.

Il resta vague. Une légère odeur de whisky émanait de lui ; dans l'une des poches gonflées de cette veste, supposai-je, il y avait une flasque, maintenant pratiquement vide. L'atmosphère était tout imprégnée de l'eau froide qui rugissait en débouchant de l'aqueduc en remous vaporeux ; même en plein soleil, il était impossible de ne pas ressentir ce froid.

— Et les autres ? demanda-t-il, parfaitement indifférent.

— Pas tellement mieux. Deux truites arc-en-ciel. Pour la plupart, les saumons font la fine bouche.

— Comment s'en sort Bill ?

— *Nada* jusqu'ici.

Ma réponse sembla le satisfaire. Il s'éloigna de trois mètres en arrière et prit une bière dans la glacière.

— Vous en voulez une ?

— Pas pendant le travail.

Je lui fis mon sourire mais-allez-y-sans-moi-je-vous-en-prie.

— Plus tard, peut-être.

— Allez, Joe.

Pete tapota le rocher à côté de lui.

— Prenez donc une bière, bon sang.

Il n'y avait pas de mal à ça, au fond, mais je savais que si je m'asseyais pour boire avec lui, j'en aurais très vite plein les oreilles : le fin mot de son divorce, l'inventaire détaillé du partage. Je l'entendais d'ici : les chamailleries et une dispute amère de dernière minute à propos du chien qu'ils ne voulaient garder ni l'un ni l'autre, le bruit des valises qu'on jette avec colère dans un coffre de voiture et la gerbe de gravillons dans l'allée. Très peu pour moi, mais d'un autre côté, vu la journée qui s'annonçait, je finirais certainement par y avoir droit tôt ou tard, et puis quatre heures debout au soleil m'avaient donné soif.

Je pris une canette et allai m'asseoir à côté de lui. C'était de la bonne bière, une marque belge que je ne connaissais pas et que je n'aurais pas cru disponible en cannettes.

— Ça faisait un moment que j'avais envie de venir ici, dit Pete.

— Vous y êtes.

Il passa une main dans ses cheveux mouillés. Autour de ses mâchoires et de son cou, la chair avait une sorte de mollesse qui me fit penser qu'il avait dû être gros dans son enfance, pas vraiment gras mais suffisamment enveloppé pour que certaines choses n'aient pas été faciles, et cela pouvait expliquer une bonne part de sa personnalité.

— Mais je ne savais pas trop pourquoi. Expliquez-moi, où est vraiment le plaisir, là-dedans ?

— Difficile à dire. Les gens adorent, apparemment.

— En fait, pour vous, c'est juste une journée de bureau, rien de plus.

— Je n'ai jamais travaillé dans un bureau. Pas au sens où vous l'entendez.

Pete eut un soupir résigné et leva les yeux au ciel.

— Difficile à dire, Seigneur.

Il but une gorgée et me regarda.

— Vous êtes un putain de laconique, si je puis me permettre.

— Ah bon ?

Il éclata de rire, comprenant le gag avant moi.

— Bien joué.

Pendant une minute, nous nous sommes contentés de déguster nos bières. Bill, en essayant de lancer malgré le vent sous l'aqueduc, avait encore avancé de dix pas dans l'eau qui lui arrivait à la poitrine. Je voulus le faire reculer un peu, puis je me dis que ça n'était pas bien grave. C'étaient ses vacances, après tout. Tout ce qu'il risquait, c'était d'être trempé pour retourner au camion.

— À propos, reprit Pete, j'ai baisé la femme de Bill. Je vous l'ai déjà dit, non ?

C'était bien sûr exactement le genre de choses auquel je m'attendais, sans les détails.

— Je ne crois pas, Pete. Je m'en souviendrais.

Il se frotta les yeux et fit la grimace vers l'eau.

— Ne vous inquiétez pas, il ne sait rien.

Il eut un petit mouvement de la tête.

— Seigneur, vous la verriez. Beverly, je veux dire. C'est sa deuxième femme. La première...

Il tendit sa cannette vers le large, pour signifier « partie depuis longtemps ».

— Et donc, Carol et moi venions juste de nous séparer, à cause de divers trucs merdiques : vous voyez, des problèmes idiots qui s'accumulent au point qu'on ne pouvait plus se voir en peinture, et je suis tombé sur Bev à l'occasion, je vous le donne en mille, du Noël du bureau, et là elle porte cette chose, là, qui montre tout, enjôleuse en diable, vous connaissez.

Inutile de dire que je ne connaissais pas le moins du monde, ce qui n'avait d'ailleurs aucune importance.

— Le bruit circulait qu'elle n'était pas farouche. On parle, et presque tout de suite je lui téléphone et nous voilà tous les deux à Boston en train de faire des galipettes au Copley Plaza.

À cette seconde exacte, la canne de Bill fléchit brutalement ; il tourna aussitôt la tête vers moi, comme un gamin qui veut que son père soit témoin, en criant :

— Wouh-houh !

— Vous voyez ? me dit Pete, en levant sa cannette en direction de l'eau. Ce débile n'a pas le plus petit soupçon.

— Excusez ma curiosité, mais où était Bill pendant ce temps ?

Pete termina sa bière et écrasa la cannette dans son poing.

— Oh, quelque part dans l'Est, à faire une tournée d'études. Il aime réellement ça.

Mais il se rembrunit tout à coup et me jeta un coup d'œil inquiet.

— Pourquoi me demandez-vous ça ? Il vous a dit quelque chose ?

Question idiote ; bien sûr que non. Le fait que Pete puisse la poser prouvait assez à quel point toute cette histoire était minable.

— C'est juste pour savoir.

— Donc, il n'a *rien* dit.

— Non, mais je m'interrogeais. Vous passez toutes vos vacances ensemble ?

Pete rumina un moment.

— Je vois où vous voulez en venir. Mais je vous le dis tout de suite, vous faites fausse route. S'il était au courant, j'en aurais entendu parler. Vous pouvez me croire.

Nous sommes restés à nouveau assis en silence, à regarder Bill se battre avec ce qui avait l'air d'être une prise de bonne taille. J'espérais seulement qu'il renoncerait avant d'être entraîné dans le bouillon et que ses cuissardes se remplissent d'une eau glacée comme la banquise. Je songeai alors que Bill ne se contentait pas d'avoir des soupçons, mais qu'il savait absolument tout, jusqu'aux heures exactes du forfait. Cette petite sortie était sa façon de dire : « Va te faire foutre, mon bonhomme, et regarde-moi bien. Je t'ai à l'œil. »

— Elle est beaucoup plus jeune que lui, continuait Pete.

— Je m'en doutais.

— Devinez quel âge elle a.

Je m'entendis lâcher un soupir exaspéré : on jouait aux devinettes, comme à l'école primaire.

— Aucune idée, trente ans ?

— Pas loin, Joe, pas loin du tout. Vingt-huit. Vingt-huit, putain.

Pete se gratta la joue et lança un caillou au loin.

— Il y a de grandes chances pour que je ne sois pas le seul, je le reconnais. Si on en croit ce que tout le monde raconte. Mais ce que je veux dire... Seigneur, si seulement vous saviez.

La journée était devenue bizarre, sous le signe de ces confidences ; l'atmosphère semblait s'être chargée d'énergie négative, comme un orage, quelque chose qui ne demandait qu'à éclater. Il était amoureux d'elle, bien sûr, ou du moins se l'imaginait-il. Ce fait était évident comme le jour, tout comme il était évident que Beverly Noël s'en fichait pas mal de Pete le Pleurnichard. Quoi que ce puisse être, ce qui l'avait poussée au Copley pour un week-end de galipettes avait moins à voir avec l'amour, ou même avec Pete lui-même, qu'avec le prix des petits pois au Paraguay.

— Seigneur, gémit Pete en secouant à nouveau la tête.

J'aurais pu être à des kilomètres, il aurait dit la même chose.

— Je suis en pleine purée. Elle ne décroche même plus quand je l'appelle.

— C'est peut-être mieux comme ça, vous savez.

— Oui, c'est possible.

Il s'assombrit, soudain en colère.

— Et il se peut qu'on me fiche à la porte, pour couronner le tout. Vous vous rendez compte ?

Je me retins de répondre, mais c'était évidemment un service à lui rendre, de le virer, il le méritait largement. Un sale moment à passer, et une possibilité, une fois dehors, de se refaire une virginité. Dans l'immédiat : du sang et des larmes, de la pure souffrance, mais au-delà le calme, les espaces dégagés que propose l'esprit lorsque le pire est derrière soi et que le corps avance à nouveau dans la lumière du soleil.

Pete se leva et mit ses mains dans le creux de son dos pour s'étirer.

— Allez, regardez-le, ce gros tas. Il prend le pied de sa vie, je parie.

À ce moment, Bill avait effectivement réussi à retrouver l'avantage sur son poisson et il pataugeait dans son trou d'eau, la canne brandie d'une main haut au-dessus de la tête pour garder le fil tendu pendant que, de l'autre, il faisait de vains moulinets avec son épuisette. Lorsqu'elle est bien exécutée, cette opération représente l'un des plus jolis et des plus satisfaisants moments de ce sport, mais dans le cas de Bill, on aurait dit un homme hélant un taxi tout en essayant de rattraper au long d'une rue un sac-poubelle poussé par le vent. Qui allait se lasser le premier, de l'homme ou du poisson, tout le monde se posait la question. Pendant une seconde, je crus qu'il avait gagné, mais c'est alors que sa proie fonça en cercles autour des jambes du pauvre Bill, le ligotant avec la ligne. Il jura et me fit signe.

— Joe ? Un petit coup de main ?

Je me mis debout et marchai jusqu'à lui, laissant l'eau glacée pénétrer dans mes chaussures. Je n'avais pas besoin de l'épuisette, parce que personne n'en a réellement besoin ; me cassant en deux, je saisis le poisson de Bill et le retournai sur le dos, le calmant aussi vite que si je lui avais administré un coup de maillet sur la tête. De ma main libre, je dégageai les pinces accrochées à ma ceinture et m'en servis pour ôter l'hameçon de la mâchoire du saumon. J'attendis encore quelques secondes en berçant doucement l'animal d'arrière en avant pour que l'eau lui baigne bien les ouies, puis je le remis sur le ventre, pris sa queue entre mon pouce et mon index, et le sortis de l'eau pour le présenter à Bill. Facilement quatre livres, bien qu'on ait toujours l'impression qu'ils sont plus lourds : c'était un poisson robuste, épais comme un avant-bras d'homme, au ventre d'un blanc translucide, comme un muscle tendu.

— Nom de Dieu !

Des spasmes d'épuisement agitaient la poitrine de Bill ; de l'intérieur de ses cuissardes s'échappait une forte odeur de transpiration. Il se tourna vers la rive et brandit triomphalement le poisson.

— Hé, Pete, vise-moi un peu ça !

Pete, debout à l'endroit où je l'avais quitté, avait ouvert une nouvelle bière. Il leva la cannette en signe de toast las.

— Joli poisson.

— Qu'est-ce que tu racontes ? ricana gaiement Bill. C'est un *superbe* poisson. C'est Moby Dick, putain ! C'est ça que je t'ai appris, junior ?

— Qu'est-ce que tu veux que je te dise ? Je crois bien que j'ai vu le même au supermarché.

Bill secoua la tête et murmura :

— Seigneur, ce mec.

Mais il était visible qu'avec ce poisson en main, rien ne pouvait entamer sa joie.

— Qu'est-ce que vous en pensez ? me demanda-t-il, en remuant les sourcils d'un air de conspirateur. Et si on le gardait, celui-ci ?

— C'est votre licence. L'État dit que vous avez le droit d'en garder trois par jour.

Il eut une mimique incrédule.

— Qu'est-ce que c'est que ce boniment, Joe ? On s'en fiche, de ce que dit l'État. On n'a qu'à manger ce salopard jusqu'aux arêtes, vous et moi.

— Je n'adore pas le saumon, pour être franc. Mais si vous désirez que je vous le vide, je le ferai avec plaisir. Lucy pourra le cuisiner pour le dîner, si vous voulez.

Juste à ce moment, alors que nous le regardions, la chair sous sa queue s'ouvrit comme une trappe et un flot de liquide laiteux jaillit, aspergeant les mains de Bill et le devant de sa veste. Il sursauta de tout son corps, comme s'il avait reçu une décharge électrique et éloigna le poisson, le tenant à bout de bras.

— Jésus ! C'est quoi, ça, bon Dieu ?

Il me fallut un moment pour comprendre ce à quoi nous venions d'assister.

— Lui, c'est elle, expliquai-je. Ce sont ses œufs.

— Pas question, bordel. C'est dégoûtant.

— Dis donc, Bill ! cria Pete depuis la rive.

J'entendais la bière et le whisky bouillonner dans sa voix.

— Tu lui plais, on dirait !

— Tu vas la fermer ?

Le visage de Bill avait viré au vert pâle. Toujours brandissant le poisson comme une branche morte, il contempla avec horreur le devant de sa veste. Le liquide avait laissé des giclées rosâtres qui s'agrippaient au tissu comme de la colle.

— Bon Dieu, je suis couvert de cette merde.

— Ce n'est pas si grave, dis-je. Ça arrive parfois.

Il s'essuya la joue avec son épaule :

— Seigneur.

La gueule du poisson claquait dans le vide en petites bouffées frénétiques, découvrant une rangée de minuscules dents brillantes comme des diamants. Encore quelques secondes et la question de sa survie serait caduque. Privé de force pour remonter le courant, il serait réduit en miettes contre les rochers, ou il flotterait tout simplement vers l'aval et finirait par couler.

— Ah, qu'elle aille se faire foutre, dit enfin Bill.

Il leva le poisson de telle façon qu'ils se retrouvèrent nez à nez.

— D'accord, ma jolie, on dirait qu'aujourd'hui, c'est ton jour de chance.

Là-dessus, il avança de quelques pas dans le courant, trébuchant sur les cailloux ; le poisson prit la fuite dans une gerbe d'eau.

Je regardai Bill tandis qu'il le suivait des yeux. Il était un peu plus de quatre heures, une heure trompeuse : le soleil était passé dans notre dos, plongeant l'eau dans l'ombre, pendant qu'au-dessus de nous les hauteurs semblaient se prélasser dans la lumière. La brume sortant des échappements nous parvenait par à-coups, dans une atmosphère tour à tour chauffée par le soleil et complètement glacée, comme dans une maison pleine de courants d'air en hiver. Toute cette eau, et tout ce roc. Autour de nous, près de deux mille kilomètres carrés de forêt déserte, tout un monde oublié et suffisamment de silence pour que vous puissiez entendre la planète tourner, ou pour vous rendre fou, si vous vous avisiez de trop y penser. Je sentis la main qui avait été en contact avec le poisson : une odeur propre, et un peu salée, comme du sang. Puis je vis que je saignais effectivement. L'hameçon, ou peut-être une petite morsure de l'animal dont je n'avais pas eu conscience : je serrai le poing et une goutte rouge gonfla entre pouce et index, une boule parfaite qui me rappela la fois, lointaine, où quelqu'un avait apporté un télescope au domaine et m'avait montré la planète Mars.

Bill était revenu près de moi, au bord du courant.

— Vous vous êtes coupé, Joe ?

Je haussai les épaules et léchait la blessure. Ce n'était qu'une goutte, mais elle envahit ma bouche et tous mes sens se mobilisèrent autour du goût métallique de mon sang.

— Ce n'est rien, dis-je. Une égratignure.

*Joe chéri*, avait écrit Lucy.

*J'espère que tu vas bien, et que tu ne vois pas d'inconvénient à avoir de mes nouvelles de cette manière. Je voulais juste te dire que ton père se porte bien. C'est une longue histoire et j'espère qu'un jour j'aurai l'occasion de te la raconter en détail. Sa situation chez les Rogue était plutôt mauvaise et je suis contente que tu m'aies écrit pour me dire où il se trouvait. Je regrette seulement de ne pas y être allée plus tôt. Mais maintenant il est rentré chez lui et est enfin en voie de guérison, après une attaque de pneumonie et ce qui s'est révélé être une infection des reins, ce qui nous a tous bien effrayés. Ne t'inquiète pas, je t'en prie, puisque je veille sur lui, et que Paul Kagan vient une fois par semaine pour lui rappeler qu'il doit suivre mes conseils, prendre ses médicaments et faire un effort pour manger.*

*J'ai décidé de passer l'été au domaine, et voici la grande nouvelle : on a bel et bien réussi à ouvrir ! Après tout ce qu'on a traversé, ça ressemble presque à un miracle. J'aimerais que ce soit grâce à moi, mais ce n'est pas le cas. Quelques jours après notre arrivée, des gens ont commencé à se présenter – je me suis aperçue que ton père n'avait jamais annulé les réservations déjà effectuées – et soit on ouvrait pour la saison, soit on les renvoyait. Pour dire la vérité, j'étais bien décidée à boucler la porte et à penser à autre chose, mais c'est là qu'intervient la deuxième surprise : le premier à se montrer fut Harry Wainwright en personne ! (Je me souviens encore de cette fameuse nuit, sur la terrasse du bungalow 9 – le choc qu'on lui a fait ! J'étais sûre de t'avoir dit bungalow 6. Comme tout cela paraît loin aujourd'hui.) C'est Harry qui a tenu à ouvrir, et maintenant nous gérons plus ou moins les lieux à nous deux, ou du moins nous essayons. Ça fait un peu bizarre, un homme comme Harry en train de courir à droite et à gauche avec des serviettes propres, de distribuer des paniers de pique-nique ou de remettre de l'ordre en cuisine, mais il répète que ça ne le dérange pas, au contraire, et il m'a même appris certains trucs pour la mise à jour des registres. On est salement dans le rouge, à ce propos. D'après Harry, ton père a surtout géré ses finances avec une boîte en fer, et il n'a pas payé un cent d'impôts au comté depuis ton départ. Harry a passé des soirées entières, au cours des deux dernières semaines, à éplucher tout ça afin qu'on y voie plus clair. En gros, il paraît qu'avec un peu plus de réservations, on pourrait équilibrer le budget à la fin de la saison, à condition de se contenter de deux guides à temps partiel et d'une fille pour aider en cuisine. Harry a aussi un plan pour piquer quelques touristes au Lakeland Inn avec un système de sorties d'une journée entière à la recherche des élans. Moi, je ne vois pas l'intérêt, mais il affirme que ça pourrait faire rentrer un peu d'argent supplémentaire.*

*D'une certaine manière, Harry y trouve son compte, lui aussi. Je suis certaine que tu te souviens que sa femme était très malade, eh bien elle est morte au printemps dernier. Harry ne m'en a pas parlé tout de suite, mais j'ai compris qu'il était arrivé quelque chose – et j'ai plus ou moins deviné de quoi il s'agissait – et quand il a fini par le dire, un tas d'éléments se sont mis en place dans mon esprit. Il semble très soulagé d'avoir à faire et dans l'immédiat le domaine nous occupe tous les deux à plein temps.*

*Bien, Joe. Est-ce que je peux dire que tu me manques ? Je le dis : tu me manques peut-être plus que jamais. C'est très bizarre d'être ici sans toi ; c'est comme si j'étais privée d'une partie de mon corps. Je pensais m'y habituer, mais je crois bien que je n'ai pas réussi. Je regrette toute cette histoire, et surtout d'avoir disparu comme je l'ai fait. Mais il me semble que c'était la meilleure solution pour nous deux. Mes parents sont encore furieux, ils ne veulent plus m'adresser la parole, mais lorsque je vois ma mère, elle me serre fort contre elle, ce qui m'anéantit.*

*Nous sommes tous collés à la télévision pour suivre les élections, et nous nous demandons ce que signifiera le résultat pour toi. J'ignore si tu es au courant, mais la toute dernière nouvelle, ici, c'est qu'on peut voter à partir de dix-huit ans. Je ne me rappelle pas très bien mes dix-huit ans. Mais je sais que j'aurais voté contre ce trou-du-cul de Nixon (excuse mon vocabulaire !), alors il y a peut-être un espoir. Ton père affirme que McGovern est un saint homme, et les saints n'ont jamais eu la moindre chance. Oh, mon Dieu ! Tout ce qu'il veut dire, c'est qu'on aimerait tous que tu rentres. Et moi aussi.*

*Fais bien attention à toi, Joe.*

*Tout mon amour,*

*Lucy.*

Il y avait une femme, bien sûr, comme Lucy l'avait supposé – pas celle qui fabriquait les bracelets, une veuve qui tenait une petite boutique à côté d'un des trois bars mal famés de la ville, mais Michelle, sa fille aînée : une femme divorcée d'une quarantaine d'années avec des cheveux couleur tabac, une gamine de sept ans et un sourire triste mais chaleureux. En dehors de la conserverie, les emplois étaient rares, mais Michelle en avait trouvé un bon, au journal de LeMaitre, aux petites annonces qui, dans une ville où tout était théoriquement à vendre, couvraient quatre-vingt-dix pour cent de sa surface. Pendant une période, presque une année, nous nous sommes occupés l'un de l'autre en faisant mille bricoles et en échangeant toutes sortes de réconforts, et si je ne lui ai jamais dit que je l'aimais, cela n'avait pas beaucoup d'importance, à l'époque. Pendant toute la période où je l'ai fréquentée, Michelle n'a pas prononcé un mot sur son ex-mari, le père de Naomi.

Quand j'ai reçu la lettre de Lucy, la journée avait débuté à cinq heures du matin. Sur le quai, en bottes et ciré, dans le froid de la nuit finissante, avec une demi-douzaine d'autres paumés, j'attendais que les employés du port se montrent en fumant mes premières cigarettes ; une fois le travail commencé, aucun de nous ne pourrait plus fumer pendant trois heures. Le *High Chaparral* était à quai, quinze mètres de rouille et de puanteur, enfoncé dans l'eau huileuse, le ventre rempli de poissons.

Lorsque retentit le sifflet du port, Marcel s'approcha de l'endroit où nous battions la semelle.

— Tarifs habituels, les gars, annonça-t-il en allumant sa clope. Trois dollars la livre. Moins un dollar pour le grutier. Joe et Lewis dans la cale, et Larry à la grue. Allez, on se dépêche, il faut avoir fini à midi.

Nous sommes montés à bord et avons soulevé l'écoutille avant d'emprunter l'instable échelle d'aluminium conduisant à la cale, étouffant boyau courant tout au long du bateau, avec quatre cages de chaque côté et une plus grande à l'arrière, le tout éclairé par la lueur blafarde de deux ampoules nues protégées par des grilles métalliques. Dans les cages, derrière des plaques de contreplaqué maintenues en place par des clous, il y avait des tonnes de morues, de plies rouges et de lieus noirs, conservés dans la glace.

Lorsque la grue fut en place, Larry cria par l'écoutille, désignant les morues :

— D'abord les plats !

Nous avons progressé vers la cage la plus à la proue, utilisé un pic à glace pour dégager en force les planches, et poisson et glace ont dégringolé. J'ai rempli mon panier et l'ai transporté jusqu'à la grue, puis j'ai poussé mon cri.

— Prêt !

Et il s'est élevé avant de sortir de la cale par l'écoutille, et la grue de Larry a été le déposer dans le wagon qu'on roulerait vers les longs plans de travail de la conserverie, où le poisson serait vidé et débité en filets reconditionnés dans la glace avant d'être chargés sur des camions à destination de Boston, de New York ou de Montréal. L'astuce consistait à ne pas laisser de temps mort entre les paniers, de façon à ce que, lorsque la grue de Larry revenait, un nouveau panier attende déjà.

Pendant un an, j'avais travaillé à l'équarrissage, pour un salaire fixe, ou encore comme docker sur le port. Le boulot en cale était plus pénible, mais on gagnait davantage : à trois dollars la livre, divisés par deux, moins un dollar pour Larry, on repartait à midi avec cent cinq dollars en poche.

— Prêt !

Lewis était canadien, sous le coup d'une condamnation à vie, et il avait le visage rouge comme un steak cru. Compagnons de labeur depuis un an, nous avions pris le rythme : l'un entrait dans la cage avec son pic pour sortir la marchandise, pendant que l'autre remplissait le panier, en permutant régulièrement.

— Prêt !

À neuf heures, pause cigarette. Cinq cages étaient déjà vides, y compris la grande de l'arrière. Nous n'avions plus que nos cirés et nos gants sur le corps, et la sueur faisait comme une vapeur autour de nous dans le réduit sombre, notre odeur de viande se mêlant à celle, plus métallique, du poisson et de la glace. Lewis me poussa du coude.

— Une rincette ?

Il me passa sa fiasque. J'essuyai le goulot et bus une gorgée, puis je la lui rendis. Nous savions tous les deux que nous devions reprendre le travail avant d'allumer une autre cigarette. Nous en avions abattu plus de la moitié, mais la deuxième partie était toujours la plus dure.

— Tu pars sur le *Bodine* ? me demanda-t-il au bout d'un moment.

Le *Chase Bodine* était arrivé une semaine plus tôt ; le capitaine engageait un équipage pour une campagne aux Grand Banks et il m'avait proposé un poste.

— Possible. Je n'ai rien décidé.

— C'est un bon plan.

Lewis tira longuement sur sa cigarette et rejeta la fumée, puis de la pointe de son pic il ôta un brin de tabac collé sur sa langue. Il l'examina longtemps, comme s'il s'agissait de quelque chose dont il risquait d'avoir besoin, puis il le lança au loin.

— Tout le monde le dit. À cette époque de l'année, c'est au moins du trois mille dollars. C'est une jolie somme.

— Alors pourquoi tu n'y vas pas, toi ?

Il rit en exhalant sa fumée.

— Trente jours, à mille miles d'ici ? J'en tremble

rien que d'y penser. Et en plus, on ne me l'a pas proposé.

Il écrasa son mégot sous son talon.

— On y retourne, Joey.

Nous avons envoyé le dernier poisson à la conserverie juste un peu après midi, ramassé la glace restante et l'avons flanquée par-dessus bord avant de passer le jet dans toute la cale. Il était une heure lorsque je suis monté au bureau. Marcel dirigeait son entreprise avec une méticulosité de mécanicien, mais son bureau donnait l'impression d'avoir été balayé par un ouragan : des piles de papiers partout, des classeurs bourrés à craquer, des factures, des commandes et des cartes de pointage d'employés partis depuis longtemps entassées dans le moindre endroit libre. Une fois, j'avais remarqué, entre deux montagnes de papiers, une tasse à café à moitié pleine, coincée selon un angle de trente degrés et en suspension miraculeuse à au moins quinze centimètres au-dessus du bureau. Pas une seule goutte n'avait été renversée.

Marcel prit une enveloppe contenant des billets dans le tiroir du haut et me la tendit : cent cinq, et dix de plus. Je lui montrai le billet supplémentaire.

— C'est pour quoi, ça ?

Il sourit, apparemment satisfait.

— Un petit bonus. Pour avoir fini à midi.

— Mais non, Marcel. On a terminé il y a cinq minutes à peine.

— J'en ai ajouté dix aussi à la part de Lewis. Il n'a pas eu l'air de se plaindre.

Je glissai l'enveloppe dans la poche de côté de mon gilet.

— C'est parce que Lewis ne sait pas compter jusqu'à dix. Vous savez, ce n'est pas une bonne méthode, pour un patron.

— Possible, mais je fais ce qui me plaît.

Il se laissa aller en arrière.

— Écoute, Joe, on m'a raconté qu'on t'a proposé un boulot sur le *Bodine*. Tu vas accepter ?

Pour être franc, je n'y avais pas encore sérieusement réfléchi.

— Pourquoi pas. C'est bien payé. Et tout le monde dit que c'est un bon plan.

Marcel hocha la tête d'un air réservé.

— C'est vrai. J'ai gagné pas mal d'argent avec eux, je dois le reconnaître. Mais les Banks, c'est un magot, Joe. Et il se fait tard dans la saison. Vois-tu, si ça ne tenait qu'à moi, je te dirais : qu'est-ce qu'on en a à foutre, vas-y. Mais il y a Abby, et l'idée ne l'emballe pas.

Il s'interrompit et regarda par la fenêtre par-dessus son bureau. C'était une journée sans soleil, le large et le ciel au-delà, tous deux d'un gris d'ardoise. Plus loin au nord, deux tankers traçaient leur route sur l'horizon. Vingt mille tonnes d'acier étanche chacun, même si à cette distance ils avaient l'air de jouets se déplaçant au fond des baraques de tir à la foire.

— Bon, reprit Marcel en caressant son bureau, je voulais juste t'en parler. Si ça peut t'aider à choisir, dis-toi qu'il se pourrait que j'aie besoin d'un contremaître d'ici deux semaines. Avec toi, les formalités sont toujours un peu compliquées, bien sûr, mais je pense qu'on s'en sortirait. Et c'est certain qu'il y aura toujours du boulot pour toi, ici.

Je suis sûr que je n'ai pas réussi à cacher ma surprise.

— Merci.

— Garde ça dans un coin de ta tête. Et celle que tu devras remercier, c'est Abby, parce que c'est elle qui a eu l'idée.

Il fouilla dans une des piles et finit par en extraire une lettre.

— Avant que j'oublie, c'est arrivé ce matin.

Il me la tendait par-dessus le bureau et je compris aussitôt qu'elle était de Lucy. Avec n'importe qui, j'aurais attendu avant de la lire, mais pas avec Marcel. Abby et lui s'étaient bien occupés de moi, et si mon exil avait un peu de lumière, c'était à eux que je le devais. J'approchai une chaise de son bureau, derrière ses hautes tours de papier, et je lus.

— Tout va bien ? m'interrogea Marcel lorsque j'eus terminé.

Je repliai la lettre et la fourrai dans mon blouson avec l'enveloppe aux dollars.

— Bien sûr. Pourquoi ça n'irait pas bien ?

— Pour rien. C'est juste qu'on reçoit un tas de courrier de chez soi qui apporte des mauvaises nouvelles.

Nous nous sommes tus un moment tous les deux.

— Bon, tu réfléchis à ma proposition, d'accord ?

— Promis, dis-je en me levant pour partir. Merci, Marcel. Je vais sérieusement étudier la question.

Je rencontrai Ford Conklin, le capitaine du *Chase Bodine*, le soir même au Breakaway. Michelle m'accompagnait ; elle avait laissé sa fille Naomi à sa mère, comme toujours les soirs où l'un de nous avait touché sa paie. Comme tous les bars de la ville, le Breakaway n'était guère plus qu'un hangar malpropre où l'on pouvait boire, et il avait été le théâtre de plus d'une bagarre d'une brutalité telle que les propriétaires avaient renoncé depuis longtemps à remplacer les vitres brisées et qu'ils avaient fermé la vitrine avec des planches. Nous avons décidé de nous offrir de vraies boissons, du bon scotch dans des verres au lieu de l'habituelle bière à cinquante cents. Nous en étions à la deuxième tournée quand j'ai vu entrer Ford.

Dans une ville comme LeMaitre, un patron de pêche, surtout s'il gagne de l'argent, a un statut spécial. Tandis que Ford progressait dans la salle, la foule s'ouvrait sur son passage, tous les yeux braqués sur lui comme il se dirigeait vers notre table.

— Joe.

Il ôta sa casquette et passa ses doigts dans ses cheveux poivre et sel ; autour de nous les conversations reprirent.

— Chelle.

— Vous vous asseyez, Ford ?

Ses yeux balayèrent la table.

— Pas tout de suite, merci. Il paraît que le *High Chap* a ramené soixante-dix tonnes.

Je fis tourner les glaçons dans mon verre.

— Moi, j'aurais dit plus.

Il hocha la tête sans broncher.

— Bien parlé. Tout le monde y gagne. Je n'aime pas insister, Joe, mais j'ai un équipage à constituer. Tu as eu le temps de réfléchir à mon offre ?

Dans la matinée, en discutant avec Lewis, je m'étais surpris à avoir la ferme intention d'y aller ; mais maintenant je n'en étais plus aussi sûr. Ce n'était pas la lettre de Lucy, ni même la promotion que m'avait fait miroiter Marcel qui avaient ébranlé ma détermination, mais c'était autre chose qu'avait dit Marcel : qu'Abby ne voulait pas que j'y aille. Ça ressemblait à un augure et j'avais traîné assez longtemps sur les quais pour contracter davantage qu'un vernis de superstition. Ça n'avait pas de sens, mais c'était un fait. D'un autre côté, trois mille, c'était trois mille.

— Une participation de quatre pour cent, Joe. Je ne peux pas te garder la place plus longtemps.

— Il y a qui d'autre sur le coup ?

— Des tas de mecs. À commencer par Lewis O'Day.

— Lewis ?

— Il est venu me voir cet après-midi. Il a dit que tu étais prioritaire, mais que si tu refusais, il signerait bien, lui. Je préférerais que ce soit toi.

Michelle ricana en écrasant son mégot dans le cendrier déjà à moitié plein.

— Ce vieux poivrot ? Sûr qu'il passe par-dessus bord avant que vous quittiez le port.

Ford se frotta le menton, songeur, et son regard se durcit.

— Il picole, tout le monde le sait. Mais il a fait beaucoup de campagnes, dans le temps. Je pense qu'on devrait pouvoir compter sur lui. Et il a envie d'y aller, pas de doute là-dessus.

Je vidai mon verre et le reposai sur la table. Le scotch que je venais de boire, ou l'idée que Lewis risquait de me piquer la place : quelle qu'en soit la raison, je trouvais soudain stupide de refuser la proposition de Ford sans aucune raison valable. Abby se ferait du souci, mais c'était Abby. Rien ne me retenait ici. Un mois de mer ; qu'est-ce que j'avais à perdre ?

— D'accord, dis-je, et j'adjugeais en cognant mon verre sur la table. Je suis votre homme.

Michelle se redressa brusquement.

— Joe...

Je ne la laissai pas poursuivre. Je regardai de nouveau Ford.

— On part quand ?

— Mardi prochain. Retour fin septembre.

— Très bien. J'y serai, Ford.

Il nous quitta pour aller téléphoner, et je me retournai vers Michelle. Elle était comme figée, le dos plaqué au dossier de la banquette.

— Quoi ?

— Pourquoi tu as fait ça ?

— Où est le problème, Chelle ? C'est pas mal de fric, tu le sais bien.

Elle eut un rire amer et tourna la tête.

— Comment est-ce que j'ai pu être idiote à ce point ?

— De quoi tu parles ?

Lorsque ses yeux prirent la lumière, je vis luire les larmes. Mais son visage restait fermé, et ses mâchoires serrées.

— Tu crois que j'ignore ce que tu es en train de faire ? Je suis passée par là, moi aussi.

— Où, par là, Chelle ? Tu as bien entendu ? C'est seulement pour un mois.

— Contremaître, Joe. Ça, c'était un *vrai travail.* Tu ne m'as même pas demandé mon avis.

Je tendis la main au-dessus de la table pour lui toucher le bras, mais elle recula.

— Ah non, dit-elle en se redressant, les paumes levées, une expression presque affolée sur le visage. Je t'en prie... arrête, Joe. Tu veux bien ? Je t'en supplie. Fais-moi cette faveur : arrête.

Elle baissa les yeux et secoua à nouveau la tête.

— Qu'est-ce qui ne tourne pas rond, chez moi, bon sang ? Pourquoi suis-je une telle conne ?

— Je ne vois vraiment pas où est le problème, Chelle. On va aux Banks, c'est tout.

— Aux Banks ! Génial. Amuse-toi bien. Et passe donc nous voir, à ton retour, d'accord ?

Il y eut un moment de silence. Elle alluma une nouvelle cigarette.

— Chelle...

— Inutile, Joe.

Elle se mit debout, sans m'accorder un regard, et éteignit la cigarette qu'elle venait juste d'allumer en l'écrasant trois fois très fort au fond du cendrier.

— Connard, dit-elle et, avant que j'aie pu répondre, alors que le dernier mot prononcé par Michelle résonnait encore à mon oreille, je me retrouvai assis à ma table, tout seul devant mon verre vide.

Nous sommes rentrés en octobre, par beau temps, accostant par une journée d'automne si ensoleillée que la surface de la mer semblait tout éclatée. En partant, je n'avais dit au revoir à personne – ni à Michelle, ni à Lewis, ni même à Abby et Marcel – et personne ne vint m'attendre à l'arrivée. Ça me convenait ainsi. Michelle avait bien saisi la situation avant moi. Après cette soirée au bar, j'avais compris le genre d'homme qu'avaient fait de moi ces quatre années : un homme sans amour, et pour qui tout amour était vain. Une fois la cale vidée et son contenu répertorié, je passai au bureau avec mon sac, touchai mon dû, et quittai les quais par l'arrière de la conserverie. Un seul camion frigorifique était garé là, et son chauffeur était assis derrière son volant, en train de lire un gros livre de poche.

Je soulevai mon sac pour qu'il le voie.

— Vous accepteriez un passager ?

Il releva son large visage en clignant des yeux pour regarder derrière moi. Je ne m'étais ni rasé ni douché et j'avais tant maigri que mon pantalon était retenu par un hauban. Dans ma poche, la liasse de billets donnée par Ford, trois mille dollars et des poussières, était plus épaisse qu'un pain de savon.

Il n'avait pas la moindre expression.

— Ça ne vous intéresse pas de savoir où je vais ?

— Si, ça m'intéresse. Où est-ce que vous allez ?

Il corna une page avant de refermer son livre. Je jetai un coup d'œil sur son titre : *Le Parrain.*

— Toronto.

Ça semblait très proche.

— Et ensuite ?

— L'Iowa.

— L'Iowa ? Qu'est-ce qu'il y a, dans l'Iowa ?

— Il y a trois voyelles.

Il se claqua les genoux et rugit de rire comme s'il avait attendu toute sa vie l'occasion de sortir sa plaisanterie.

— Du diable si je peux en dire plus sur le sujet.

J'eus une pensée pour la frontière, et pour ce qui pouvait m'arriver, une fois là. Mais j'avais déjà décidé que je m'en fichais.

— Ça me va, dis-je, et je hissai mon sac dans la cabine ; il me parut si léger ! j'avais tout emporté avec moi, et ça ne pesait toujours pratiquement rien.

# 18
# Lucy

Kate avait raison : il fallait que j'aille voir Harry.

Malgré tout, je savais bien que ce n'était pas pour moi qu'il était venu ; plus maintenant. Tout cela était révolu. Pendant des années et des années, depuis l'été qui avait suivi le quatrième anniversaire de Kate, il avait fait son voyage annuel, pêché un peu, pris ses repas dans la salle à manger, et même fumé un cigare ou deux en compagnie de Joe sur le ponton au fil des ans. « Harry, ça fait plaisir de vous voir », disions-nous tous lorsqu'il coupait son moteur dans l'allée, et il serrait la main de Joe et m'embrassait rapidement sur la joue, et posait des questions sur l'eau ou sur le temps, et bien que pendant une semaine l'endroit se trouvât transformé à mes yeux, uniquement par la présence de Harry, c'était un équilibre auquel nous nous étions habitués. C'était plus qu'une habitude. Je peux dire honnêtement que la situation me rendait heureuse.

Harry m'avait rendue heureuse.

Je le vis à une autre occasion, pour l'enterrement du père de Joe. Ce fut, en fait, la seule fois de ma vie où je vis Harry Wainwright en dehors de l'été. Au plus froid de janvier : Kate était encore assez petite pour que je la garde sur mes genoux, et suffisamment grande et agitée pour que ça mobilise toutes mes forces. La cérémonie eut lieu dans une jolie chapelle en bois fermée l'hiver, encadrée comme un tableau par de hauts sapins avec d'un côté une trouée sur un ruisseau et Long Ridge en fond. Et quand quelqu'un mourait hors saison dans la région, il était convenu de la rouvrir.

Les deux dernières années du père de Joe n'avaient pas été faciles. Il s'était remis de son attaque, mais un mauvais coup de froid l'hiver suivant avait à nouveau dégénéré en pneumonie qui, cette fois, avait nécessité son hospitalisation sous oxygène, et pendant son séjour, les médecins lui découvrirent un lymphome galopant qui avait déjà métastasé à l'estomac. Il n'en avait théoriquement que pour six mois, mais il résista en réalité trois fois plus longtemps et même si la Faculté attribua ce sursis à sa robuste constitution de gars du Nord – l'expression consacrée était « même la mort n'en veut pas » – moi, je savais bien ce qui le faisait tenir. En octobre 1975, Joe acheva de purger sa peine à la prison fédérale de Fort Devens, prit le car pour rentrer au domaine, et il était au chevet de son père lorsque vint la fin, deux mois plus tard.

C'est un petit groupe qui se rassembla ce matin-là, peut-être une trentaine de personnes, mais comme l'endroit était exigu, il avait l'air bondé. Il n'y avait pas de chauffage central, mais l'un des bénévoles de la chapelle était venu tôt allumer le poêle à bois qui maintenant dégageait une chaleur sonore et ouatée, suffisante pour qu'on déboutonne les manteaux, sans toutefois les ôter. Mes parents étaient présents, ainsi que les quelques amis que le père de Joe avait réussi à conserver, et une surprise : Hank Rogue. Je n'avais pas posé les yeux sur lui depuis le jour où je l'avais assommé d'un coup de bouteille de bourbon et, honnêtement, je n'aurais pas affirmé qu'il sût seulement qui j'étais. Ma première impression, en le voyant, fut de la pure stupéfaction : il faisait partie de ces gens qui avaient complètement disparu de ma vie, à tel point que j'aurais juré qu'il était mort. Il s'installa à l'avant de l'autre travée, sa casquette sur les genoux sans adresser la parole à personne, et lorsque je le regardai, avec l'espoir d'accrocher son œil – un mouvement pervers, je le reconnais, car je voulais y lire une sorte de reconnaissance pour ma victoire de ce jour de juin – je fus étonnée d'apercevoir ses joues grêlées baignées de larmes.

Le père de Joe n'avait pas demandé de service religieux ; il n'avait pas mis les pieds dans une seule église au cours des vingt dernières années. Mais il semblait sinistre de ne rien faire, et je parvins finalement à convaincre Joe de laisser le père Molyneaux, le curé catholique de Twining, prononcer quelques mots. Il avançait vers le pupitre lorsque je sentis un voile d'air froid passer sur ma nuque et, en me retournant, je découvris Harry debout à l'entrée de la chapelle, tapant des pieds et frottant ses manches pour se débarrasser de la neige. Il croisa mon regard et m'adressa un petit signe de la main.

— Comment a-t-il su ? murmurai-je à l'oreille de Joe.

Durant sa détention à Fort Devens, Joe avait perdu du poids, mais je n'avais pas remarqué à quel point jusqu'à ce moment-là, lorsque je vis son col bâiller loin de son cou. Comme tous les hommes de l'assistance, il portait une cravate sous sa parka. Il répondit sans tourner la tête :

— Je lui ai téléphoné.

— Tu as fait ça ?

Il avait un ton bourru, il n'était pas d'humeur loquace.

— Mon père souhaitait qu'il soit là.

Le père Molyneaux prononça les prières habituelles, toute l'assemblée chanta un cantique (très mal, car nous n'avions pas d'instrument pour nous donner la note) puis Joe alla se poster en face de nous.

— Bon, commença-t-il, et il se racla nerveusement la gorge.

Il me sembla qu'il regardait au fond de la chapelle à la recherche de Harry.

— Merci à tous d'être venus. Au moins, il fait beau, non ?

Un petit rire étouffé flotta sous les voûtes ; sur mes genoux, Kate s'agita et observa autour d'elle, se demandant ce qu'il pouvait y avoir de drôle.

— Je ne suis pas très bon dans ce genre d'exercices, poursuivit Joe, et il fait froid. Tout ce que je voudrais dire, c'est que mon père aurait apprécié votre présence, à chacun d'entre vous. Je suis resté parti longtemps, mais au cours des deux derniers mois il m'a beaucoup parlé de cet endroit, et de l'importance qu'il y attachait. Il a aussi beaucoup parlé de la guerre. Nous sommes réunis ici pour nous souvenir de lui, et je pense que le meilleur moyen de résumer mon père, c'est de dire que c'était un soldat. On pourrait trouver cette idée bizarre, mais je crois que tous ceux qui sont ici conviendront qu'au fond c'est la vérité. Le matin où il a été blessé, il en était à son 342$^{e}$ jour de service en tant que chef de section combattante, et il avait horreur de ça. Mais il aimait ses hommes, et lorsque la guerre a été terminée, il a adoré cet endroit. Il n'a pas toujours été très heureux ni très agréable à fréquenter, et je suppose que certains d'entre vous en savent quelque chose...

Joe s'interrompit pendant qu'une deuxième vague de rire feutré passait sur l'assemblée.

— ...mais il était aussi l'être le plus courageux que j'aie connu. Il m'a fallu pas mal de temps, peut-être même jusqu'à la semaine dernière, pour vraiment en avoir conscience.

Joe marqua une nouvelle pause, ouvrit la bouche comme s'il allait encore ajouter une remarque, puis sembla changer d'avis.

— Voilà, c'est tout. Comme je vous le disais, il fait froid. Merci, à vous tous, d'être venus.

Quelques autres personnes prirent la parole, la plupart pour raconter une anecdote ou témoigner que Joe senior leur avait rendu service, puis le père Molyneaux nous guida dans une prière finale. Après cela, Joe revint en face de nous et pria les porteurs d'avancer. Six hommes : Joe lui-même, bien sûr, mon père, Paul Kagan, Porter Dante, un certain Marcel Lebeau que Joe m'avait présenté et, arrivant à grands pas du fond de la chapelle, toujours avec son pardessus doublé gris fumée et son écharpe de cachemire, Harry. Tous se placèrent autour du cercueil, trois de chaque côté, Joe et mon père devant, et le hissèrent sur leur épaule. Il y eut une seconde horrible pendant laquelle je pensai qu'ils redoutaient de le laisser tomber (un cercueil est toujours lourd, quel que soit le poids de son occupant), mais aucun ne donna de signe de tension et sans un mot ils traversèrent l'église pour rejoindre le corbillard qui attendait à l'extérieur. Il n'y aurait pas de mise en terre avant le printemps : la dépouille serait déposée à la maison funéraire jusqu'à la fonte des neiges.

— Il y a quoi dans la boîte ? demanda Kate, trop fort, à leur passage.

Je serrai ses mains gantées pour la faire taire.

— Ton grand-père, murmurai-je.

Dehors, le soleil brillait, aveuglant, et rendait l'atmosphère encore plus froide, et je mis ma main en visière pour parcourir le parking du regard, avec Kate arrimée à mon côté. Mais je ne vis Harry nulle part, et je connaissais toutes les voitures et pouvais associer chacune d'elles à quelqu'un : je savais que la limousine toute rouillée appartenait à Paul, il y avait le lourd camion Ford de Porter, la vieille Lincoln de mon père, et même la poubelle puante de Hank Rogue, comme une grosse tache de graisse sur la neige. Nulle part on ne voyait la Jaguar de Harry. Joe était penché sur la portière avant du corbillard et parlait au conducteur ; un peu plus tard, il frappa sur le toit et le véhicule s'éloigna. Quelqu'un me demanda si un café était prévu, voulant parler du Pine Tree Cafe, le seul établissement ouvert en cette saison, et je lui répondis que je supposais que oui.

Ce n'est qu'une fois au lit pour la nuit que j'ai interrogé Joe à propos de Harry. Au cours des moments d'agitation, d'abord au restaurant et ensuite, de retour au domaine, en préparant le dîner puis en donnant son bain à Kate et en la couchant, j'en étais venue à douter de l'avoir vraiment vu ; n'avais-je pas, d'une manière ou d'une autre, simplement imaginé tout cela ? Il s'était écoulé un peu plus de trois ans depuis que nous nous étions dit adieu pour la dernière fois, et cette réapparition soudaine à l'entrée d'une église, sans prévenir, et sa disparition tout aussi brutale dans l'éclat du soleil et de la neige, tout se mélangeait dans mon esprit pour donner à l'événement les couleurs de la fiction.

— Alors, c'était vraiment Harry, dis-je.

Nous étions allongés l'un près de l'autre, mais nous ne nous touchions pas, nos corps conscients du fait que nous n'avions pas encore une grande habitude d'être à nouveau ensemble. Et d'une certaine façon, c'était notre première vraie nuit sous le même toit en tant que mari et femme. Je l'avais vu au cours des deux ans d'emprisonnement à Fort Devens, mais ces visites étaient inconfortables et tristes. Nous étions assis de chaque côté d'une table de cafétéria, sous une grosse horloge qui nous signalait la mort de chaque minute que nous pouvions passer ensemble, pendant que deux gardes las faisaient de leur mieux pour avoir l'air de ne pas entendre nos paroles. Lorsque Joe était enfin rentré, son père avait été là avec nous, Joe et moi le veillant à tour de rôle, et nous n'avions pratiquement pas dormi en même temps dans le même lit.

Joe hocha la tête dans l'oreiller.

— Oui, c'était bien Harry.

Je me blottis contre lui et plaçai mon visage contre le sien.

— C'était gentil de ta part, Joe. De lui téléphoner.

— Ce n'était pas une idée à moi, répondit-il froidement. Comme je te l'ai dit, mon père me l'a demandé.

— Même. Je suis sûre que ça lui a fait plaisir.

Je l'entendis soupirer.

— Ce qui est fait est fait.

À cet instant, j'entendis le doux piétinement de Kate. Je relevai la tête et la découvris debout au bord de notre lit, serrant son doudou dans sa main. Elle n'était pas encore accoutumée à voir quelqu'un à côté de moi, et semblait considérer Joe comme un intrus qui posait problème – depuis son emprisonnement, elle avait passé presque toutes ses nuits, en partie ou en entier, sous les couvertures avec moi, juste nous deux. Ma mère m'avait critiquée à ce propos, en déclarant que c'était une mauvaise habitude dont elle ne pourrait plus se débarrasser, mais j'avais continué à céder, aussi bien pour moi que pour elle.

— Qu'est-ce qu'il y a, ma puce ? Tu voudrais aller faire pipi ?

Elle se frotta les yeux et écarta les mâchoires dans un bâillement rêveur et mou qui me fit penser qu'elle dormait encore plus ou moins.

— Monter, murmura-t-elle.

J'ouvris les couvertures et tendis une main pour l'aider à se hisser dans le lit. Sans un mot, elle roula de tout son poids sur ma poitrine et alla se caler entre Joe et moi, plaquant son doudou sur sa joue et enfonçant son pouce dans sa bouche. Presque aussitôt, s'éleva le doux bruit de succion, selon un rythme si bien accordé à mes propres battements de cœur qu'on aurait pu croire qu'il sortait de moi. Avant même sa naissance, je l'avais sentie comme une présence physique puissante, chaque hoquet, chaque coup de pied comme partie d'un code privé signifiant : je suis là. Une fois, au cours de mon troisième trimestre, une nuit où je ne pouvais pas dormir, j'aurais juré que je l'avais entendue chanter.

La voix de Joe résonna dans l'ombre.

— Luce ?

— Mm-mm ?

Le visage de Kate était tout près du mien, noyant mes sens dans l'humide senteur de pain de sa peau et de ses cheveux.

— Tout va bien, dit Joe, si doucement que je l'entendis à peine.

Il passa par-dessus Kate pour me toucher ; ses doigts se posèrent sur l'os de mon coude et y restèrent.

— Tout va bien, répéta-t-il. C'est fini, maintenant, tout ça. Dormons.

Août 1972. Le domaine était à nouveau opérationnel depuis six semaines. Un véritable tourbillon : je supervisais la cuisine, nettoyais les bungalows et même faisais office de guide lorsque personne d'autre n'était disponible ; je ne m'y connaissais pas le moins du monde en matière de pêche, mais j'emmenais mes groupes où Harry me disait d'aller et je leur désignais l'eau. En plus des clients normaux, nous avions des couples résidant au Lakeland Inn qui venaient pratiquement chaque matin s'inscrire à la descente du fleuve en canoë – l'idée de Harry s'était révélée bonne et d'un bon rapport – et le petit déjeuner terminé, je chargeais le camion et conduisais un groupe au point de rencontre, pour revenir aussitôt afin de préparer le déjeuner, laver une cargaison de serviettes en machine, appeler l'organisateur de soirées de Portland pour commander les films que nous passions le samedi soir à l'accueil sur notre vieux projecteur. Je m'étais installée dans une des chambres du haut – bien que j'aie rapporté quelques effets de la maison de mes parents, je tournais surtout avec la valise que j'avais emportée à Boston, tant de mois plus tôt. Le soir, je tombais au fond de mon lit avec un tel épuisement que j'étais persuadée que seule une explosion atomique serait capable de me réveiller ; mais dès que les aiguilles approchaient de cinq heures, je me retrouvais les yeux ouverts, à compter les crevasses du plafond, le corps dispos comme à seize ans. J'étais debout avant le soleil, enfilais mon maillot de bain dans le froid de la nuit finissante et consacrais les trente premières minutes de la matinée à des allers et retours le long de la rive à la nage, à six mètres du bord, et à chaque prise d'air, quand je levais la tête, le ciel était un peu plus clair.

Et tout en nageant, les matins, je pensais : Lucy, tu es heureuse. Lucy, tu es vivante, tu vis effectivement ta vie. Mais je pensais alors à Joe, et je savais que c'était faux. Je vivais *notre* vie, celle que nous nous étions promise et que nous souhaitions ; mais je la vivais sans lui.

Et ensuite je songeais à Harry.

Dire que ce qui était apparent, c'était un simple jeu de rôles – moi à la place de Meredith, Harry à celle de Joe – ne serait pas réellement mentir, et après coup je suppose que telle est l'explication que toutes les parties prenantes ont trouvé plus facile de privilégier, même si personne n'en a sérieusement parlé. Mais il n'est pas moins vrai que ce qui s'est passé cet été-là – à commencer par la minute où j'ai découvert Harry sur le ponton et où je me suis jetée à son cou, avec des larmes de soulagement, l'étreinte et mes pleurs nous mettant tous deux si gravement mal à l'aise qu'il allait nous falloir un mois entier avant de pouvoir à nouveau nous toucher, ou même seulement nous effleurer par hasard en nous croisant – existait en tant que fait, tout comme les heures et les marées sont des faits. Je ne suis pas tombée amoureuse de Harry, ni lui de moi, mais une chose s'est produite et ce qui est resté, c'étaient nous deux dans un moment sans passé ni futur où le temps tournait autour de nous comme l'eau d'un fleuve tourne autour d'un rocher. Un moment qui devait demeurer à jamais secret, une vie cachée que nous avions vécue ensemble lui et moi.

Et donc je nageais et je faisais la cuisine et je dormais et je me réveillais chaque matin pour tout recommencer, et simultanément je sentais mon espoir galoper vers quelque chose sans que, sur l'instant, je puisse dire vers quoi : il y avait du plaisir à me demander ce que ça pouvait être, et je ne voulais pas l'examiner de trop près de peur de l'effrayer et que ça ne disparaisse.

Le père de Joe était encore faible – l'infection des reins l'avait finalement envoyé cinq jours à Farmington, après qu'il avait avoué pisser le sang – et Paul Kagan nous avait donné l'ordre de ne pas trop lui en laisser faire. Il prenait ses repas dans la cuisine, utilisait l'escalier de service pour vaquer dans la maison à partir de sa chambre et restait invisible sauf cet après-midi où je l'ai accompagné au ponton pour qu'il y lise son journal en fumant, ou lorsque Harry l'a conduit au cabinet de Paul, en ville, pour un check-up. Certains jours, en plein travail, on en venait à oublier sa présence. Je croyais qu'il prierait Harry de l'aider pour les comptes, mais même cette idée semblait ne pas l'intéresser : si je ne l'avais pas connu comme je le connaissais, j'aurais pu croire qu'il avait tout simplement baissé les bras. Mais au fond de mon cœur je savais que cela n'était pas possible, pas avant le retour de Joe.

J'étais consciente que l'état de nos finances n'était pas brillant, mais j'ignorais dans quelles proportions, jusqu'à un vendredi soir d'août où Harry m'exposa la situation. Il était un peu plus de dix heures, tout était prêt pour la nuit, et nous nous sommes retrouvés tous les deux au bureau à boire une bière tout en feuilletant quelques factures et en rentrant dans l'ordinateur les salaires de la semaine. La fin de la saison approchait – les bouleaux avaient pris une mine terne, épuisée, et le matin j'avais remarqué que les sentiers conduisant aux bungalows étaient jonchés de feuilles mortes – et je pense que nous étions tous deux sensibles à cette échéance. Ce qu'elle cachait, c'était un mystère, pour lui comme pour moi. La maison de Harry à New York avait été vendue ; les acquéreurs avaient demandé s'il désirait vendre aussi les meubles, et il avait dit oui. Il avait encore son entreprise, mais il en était rarement question, et il me semblait qu'il préférait presque ne pas en parler. Il ruminait quelques projets, y compris la marine marchande et le retour à la mer ; un soir il me raconta qu'il avait rencontré un homme pendant la guerre, un vieux marin qui jouait de la guitare sur le pont, le soir, et comment il avait pu entendre dans les sons qui sortaient de ses cordes l'histoire complète de sa vie, douce tristesse qui, depuis, ne l'avait jamais quitté, et comment il avait toujours voulu retourner en mer, pour découvrir ce qu'il y avait réellement dans cette musique. Quant à moi, j'avais décidé de rester ici au moins l'hiver pour veiller sur le père de Joe. Après, je ne savais pas.

Nous en avons fini avec la paperasse et Harry est retourné dans la cuisine nous chercher une autre bière – ce qui n'était sans doute pas une très bonne idée, étant donné l'heure, mais ce fut bizarrement facile d'accepter. De plus en plus, je retardais le moment d'aller me coucher, quel que soit mon degré de fatigue, surtout lorsque Harry était encore debout et semblait disposé à bavarder. À son retour, nous avons étudié un moment les comptes de la semaine, puis je l'ai interrogé sur les impôts.

Harry s'est rembruni.

— Eh bien, c'est plutôt moche.

— Combien est-ce qu'il doit ?

— Tu es prête ? Un peu plus de quarante mille dollars. Quarante et un et des poussières.

Le chiffre me coupa les jambes ; jamais je n'aurais imaginé.

— Seigneur, Harry.

— Oui, c'est une somme. La bonne nouvelle, c'est que les administrations locales sont en général lentes à propos de ces choses-là, surtout dans des régions comme ici. Leurs relevés sont embrouillés, et des tas de gens ne sont pas en règle. Parfois il faut attendre un décès pour que les autorités se réveillent. Alors les héritiers sont sommés de payer, sinon le comté saisit la propriété.

— Est-ce qu'il a une possibilité d'emprunt ?

— Oui. Mais il ne voudra jamais. Et là, je simplifie. Il se peut que le comté ait déjà engagé une procédure. Dans ce cas, il ne pourra pas hypothéquer son bien, puisque c'est la seule garantie qu'il a. L'affaire commerciale a une valeur pratiquement nulle. Il pourrait éventuellement vendre un terrain pour repousser l'échéance, à condition de trouver un acheteur, mais le hic, c'est qu'il ne résisterait pas à une recherche de propriété. Là aussi, toute l'affaire lui exploserait en pleine figure.

— Et les droits sur les terrains d'en face ?

Harry avala une gorgée de bière.

— J'y ai pensé, moi aussi, mais ça ne marchera pas non plus. Techniquement, Joe n'a qu'un accord tacite. La façon dont les contrats sont rédigés l'obligerait à payer pour dénoncer cet accord. C'est en tout cas ce qu'affirment mes avocats. D'où, encore de l'argent. Et Joe n'en a pas.

Je réfléchis. J'avais bien mes économies, mais elles n'excédaient pas quelques milliers de dollars. Ma voiture, mes vêtements, tout ce que je possédais : l'ensemble n'ajoutait que deux ou trois cents. Quarante mille : ça n'était même pas concevable.

— Est-ce qu'il y a moyen de négocier avec le comté ?

— Peut-être. Mais je ne le conseille pas. Ils commenceront sans doute par refuser, et ensuite la balle sera dans leur camp. Une fois que le comté vous a dans le collimateur, il ne vous lâche plus, et il pourrait saisir la propriété sous trente jours.

— Alors, la seule solution, c'est de se taire et de payer.

Harry hocha sinistrement la tête.

— Fondamentalement, c'est ça.

Il était tard ; je réprimai un bâillement dans ma main. Une longue journée nous attendait. Un important groupe devait arriver – trois bungalows, y compris le numéro 9, auquel Harry avait accepté de renoncer pour la semaine. Joe lui avait proposé une des chambres du haut, mais Harry avait refusé, le canapé du bureau ferait parfaitement l'affaire. Il se levait toujours si tôt, dit-il, que l'endroit où il dormait ne comptait pas vraiment.

— Ça va aller, ici ? lui demandai-je.

De temps en temps, au cours de cet été-là, à certains moments où il croyait que personne ne le voyait, une sorte de voile passait sur son visage ; une ombre mouvante, comme un oiseau derrière un rideau. Dans ces occasions, il paraissait soudain beaucoup plus vieux, comme si les pensées qu'il gardait à l'intérieur devenaient trop lourdes à porter, trop lourdes pour un homme, quel qu'il soit. Je le vis, là, ce voile. Mais presque aussitôt il me fit lentement un sourire délibéré qui chassa l'ombre.

— C'est comme ça.

Il me regarda dans les yeux.

— Tu sais, tu devrais essayer de ne pas trop t'inquiéter, Luce. Il y a toujours une solution.

— Ça me semble tellement impossible que cet endroit disparaisse.

— Il sera à toi.

Il hocha la tête.

— Je te le promets. À toi et à Joe.

Je crus un moment qu'il parlait de Joe senior. Mais bien sûr je me trompais : il parlait de Joe, de mon Joe.

— Harry...

Il m'interrompit, soudain gêné.

— Ça va, dit-il. Je sais que...

Il se tut.

— Je sais, c'est tout.

La pièce était devenue extrêmement silencieuse. Nous étions seuls, et en même temps pas seuls : Joe était là, mon Joe, et aussi Meredith, l'ombre derrière le front de Harry, et ceux que nous avions été : la Lucy de dix-sept ans, et le Harry que j'avais vu pour la première fois il y avait si longtemps, près de la porte de la salle à manger qu'il avait oublié de refermer. Tous ces gens-là, et pas seulement le souvenir que nous en avions : ils se balançaient sous nos yeux comme des fantômes, comme des présences vivantes entre nous. Je regardai Harry, me demandant s'il avait éprouvé la même chose, mais il ne trahit pas ses pensées.

Finalement, il se racla la gorge.

— Bon... commença-t-il.

— C'est vrai. Il est tard.

Je me levai et Harry fit de même.

— Merci pour la bière.

— Il n'y a pas de quoi.

Qu'est-ce que je voulais lui dire ? Que Joe ne reviendrait jamais, que je l'avais mis dans un coin de mon cœur, que tout ce qui se passerait désormais dans ma vie se passerait sans lui ? Mais je savais aussi que ce n'était pas vrai, que ça ne le serait jamais. C'était pour Joe que j'étais rentrée, pour lui que j'avais cessé d'être Alice. Et pourtant nous étions là, Harry et moi, à faire ce que j'avais toujours imaginé faire avec Joe : la bière et la conversation, la chaleur complice du bureau, la sensation, que je ressentais dans mes os, que les jours chassaient les jours. Il avait pénétré dans l'espace que j'avais ménagé pour Joe, et soudain j'avais envie de l'embrasser, de sceller cet accord, un désir si aigu qu'il en était douloureux. J'y pensai si fort et d'une manière si vive que l'espace d'une seconde il me sembla que je l'avais effectivement fait.

— Bon, alors bonne nuit, Lucy.

Et tout ce que j'ai pu répondre, ça a été bonne nuit.

Le dernier samedi d'août : une journée qui commença par un coup de tonnerre et des trombes d'eau, bien que la température montât jusqu'à vingt-sept degrés et plus même pendant que la pluie tombait, si bien qu'il faisait à la fois trop chaud et trop humide pour faire quoi que ce fût d'autre que rester couché n'importe où comme des bûches en se lamentant sur l'état du ciel. Le samedi était le jour des départs : environ la moitié des bungalows étaient libérés vers midi. Encore deux semaines et nous fermerions pour la saison, bien qu'on eût l'impression que tout était déjà terminé. Avec plus personne sur l'eau et la moitié des sorties en canoë annulées, Harry conduisit le père de Joe en ville, chez Porter, pour les provisions, en me laissant le soin de veiller sur les clients restants occupés dans le grand salon à jouer aux échecs ou aux dames en mangeant de la tarte aux pommes et en buvant du café.

Un peu avant le coucher du soleil, la pluie s'épuisa, abandonnant dans sa traîne une coupole d'air sec qui sembla se mettre en place avec un craquement sonore. Lorsque le dîner tira à sa fin et que les résidents commencèrent à passer sur la terrasse avant de rejoindre leurs bungalows, je sortis de la cuisine pour aller prendre le frais près de l'eau. Après toutes ces heures enfermée dans la maison, j'avais la bougeotte, et je posai sur le lac un regard gourmand, en regrettant de ne pas avoir le temps de nager.

J'entendis claquer une porte dans mon dos et, en me retournant, je vis Harry qui descendait la pelouse dans ma direction. L'été l'avait bronzé comme jamais ; il portait un pantalon de travail et une chemise couleur beurre frais, toute fripée et aux manches retroussées. L'espace d'un moment, lorsqu'il vint s'immobiliser près de moi, en secouant ses clés dans sa poche, je fixai rêveusement les poils dorés de son avant-bras noueux.

— Grâce à Dieu, ça s'est calmé, dit-il. Je crois que nous aurions eu une mutinerie si la pluie avait continué.

Il se caressa la nuque et tendit le menton vers l'eau.

— Et si nous projetions le film dehors, ici ? Ce serait une jolie revanche sur la journée, non ?

— Sur le ponton, vous voulez dire ?

— Oui, pourquoi pas ? Avec cette brise, les moustiques ne devraient pas être trop gênants.

L'idée me plaisait bien, et pendant que Harry s'occupait des chaises et de l'installation de l'écran, je retournai au bureau pour voir le titre du film que nous avait envoyé cette fois la maison de location. En général, j'étais encore en cuisine lorsqu'on les livrait par la poste le vendredi matin (trois boîtes métalliques contenant deux dessins animés et un long métrage), mais pas cette semaine, et le paquet était resté deux jours à l'accueil sans que je trouve une seconde à lui consacrer. La plupart du temps, il s'agissait de films en noir et blanc qu'on pouvait tout aussi bien regarder à la télévision à trois heures du matin, des histoires romanesques à l'eau de rose ou des policiers bien simplistes. Mais les résidents en raffolaient ; dès la fin des dessins animés, les enfants allaient se coucher et il ne fallait pas plus de cinq minutes aux adultes pour passer aux choses sérieuses, tout le monde s'immergeant totalement en hurlant à s'en faire exploser le cerveau les dialogues qu'on savait par cœur.

Nous avions de la chance : deux « Tom et Jerry », qui ravissaient toujours les foules, suivis de *Casablanca*. Je l'avais déjà vu une dizaine de fois, bien sûr, mais c'était la première que je gardais en mémoire, à mâchonner du pop-corn dans le sous-sol aménagé d'une copine dont les parents dormaient à l'étage et, plus tard, dans sa chambre, à fumer des cigarettes que nous nous efforcions de tenir comme Bogey en soufflant la fumée par la fenêtre ouverte. J'attrapai un pull et portai les bobines sur le ponton vers lequel les résidents convergeaient déjà. Des hommes rapportaient des chaises de la salle à manger ; Harry s'affairait sur le projecteur, braquant le faisceau lumineux sur l'écran et tâchant de trouver l'angle idéal. Une rumeur d'impatience : la journée maudite avait été sauvée. Au-dessus de nous, les étoiles commençaient à éclore.

Harry leva les yeux, un large sourire aux lèvres.

— Qu'est-ce qu'on a au programme ?

— Vous verrez, dis-je en lui tendant la première bobine.

J'en avais bien conscience : cette soirée était une sorte de cadeau merveilleux qui ne demandait qu'à être déballé.

— C'est génial. Les gens vont connaître tous les dialogues par cœur.

Après les dessins animés, il y eut trente minutes d'entracte pour permettre d'aller mettre les petits au lit puis, dès que Harry reprit les commandes, bouteilles et gobelets firent leur apparition. Le ronronnement du projecteur et la voix de fumeur de Bogey marmonnant ses chagrins ; les grands yeux d'Ingrid Bergman, comme des plages de lumière ondulant sur l'eau ; le tintement du piano de Sam et le départ incertain ; et pour finir, la course folle vers l'aéroport et l'envol du dernier avion, toutes dettes d'amour et d'honneur payées : « Peut-être pas aujourd'hui, peut-être pas demain, mais bientôt, et pour notre vie entière... » Lorsque Rick et Louis s'éloignèrent sur le tarmac noyé de brouillard, tout le monde cria la dernière réplique et éclata en applaudissements.

Ensuite, on se dispersa, mais personne n'avait envie de dormir. Des îlots de conversation dérivèrent sur les pelouses et autour des bungalows, ponctués d'éclats de rire alcoolisés. Cela se passait toujours une ou deux fois par été : sortie de nulle part une fête spontanée s'emparait des lieux comme une fièvre, et personne n'allait plus se coucher jusqu'à des trois ou quatre heures du matin. J'avais bu moi-même quelques verres, du scotch avec dedans quelque chose de doux que quelqu'un m'avait tendu dans un gobelet de carton. Une fois chaises et projecteur rangés dans la remise, je montai à l'étage et enfilai mon maillot de bain avec l'idée de m'éclaircir les idées par la nage. Fête ou pas, il fallait que je sois debout à six heures pour préparer le petit déjeuner, même si personne ne se présentait.

La pluie avait rafraîchi l'eau, mais je pus nager sans problème, le cerveau encore embrumé d'alcool. À la fin, je me mis sur le dos, me contentant de flotter, le visage offert à un rideau d'étoiles si serrées que j'avais l'impression que j'aurais pu les effacer d'un revers de main. Il était presque fini, mon été si bizarre, et si heureux, et j'aurais voulu rester là sans bouger pour toujours, à flotter et à contempler le ciel, pour que ce que je ressentais se solidifie. C'est alors que j'entendis un bruit de course suivi d'un éclaboussement.

— Seigneur, elle est gelée !

Harry plongea sous la surface et reparut à quelques dizaines de centimètres de moi, en recrachant de l'eau.

— Rappelle-moi pourquoi tu fais ça.

Je me remis à la verticale et m'approchai de lui.

— On a pied, ici, vous savez.

Il sauta sur la pointe des pieds.

— Ah oui, c'est ce que je vois.

Sa main se posa sur ma joue et il m'embrassa, ou bien je l'embrassai ; qui embrassa qui je ne puis le dire. Nous nous sommes embrassés, et le goût de ce baiser s'est mêlé à la saveur métallique du lac, et à la douceur du scotch que j'avais bu, et aussi à tout le temps qui s'était écoulé sans que nous nous soyons embrassés. Lorsque nous nous sommes arrêtés, j'ai dit :

— Qu'est-ce que nous faisons ?

Puis :

— J'ai froid.

— Où vas-tu aller, Lucy ?

— Je ne sais pas, dis-je, Je ne sais pas, je ne sais pas.

— Tu peux venir avec moi. Nous pourrions aller n'importe où.

— N'importe où, ce n'est pas une bonne idée, Harry, dis-je. Si je suis sûre d'une chose, c'est que je ne suis pas le genre de fille à aller n'importe où.

— Tu frissonnes.

Mon menton s'était mis à trembler, puis mon corps tout entier. J'avais envie qu'il m'embrasse à nouveau.

— Je voulais vous dire, Harry. Vos yeux. Ils ont quelque chose, ils sont si bleus. Tellement, tellement bleus.

— C'est bien, alors.

— Oui ! dis-je, et je sentis que ça m'enveloppait :

le sentiment d'un secret, comme du temps enfermé dans une bouteille. C'est bien. C'est bien, Harry.

— On nous a oubliés, disait Harry. Nous sommes comme cet endroit. Personne ne le connaît, en dehors de nous.

Nous nous sommes embrassés à nouveau, nous avons continué à nous embrasser.

— Mais nous ne l'oublierons pas. C'est le principal, non ? Nous ne l'oublierons pas.

— C'est vrai, dit-il. Nous ne l'oublierons jamais.

Puis il me prit la main et dit :

— Viens.

Et c'est ainsi que ça s'est passé.

Deux semaines plus tard, Harry était parti. Il m'avait laissé trois souvenirs. Je trouvai les deux premiers dans son bungalow, et ils m'étaient adressés. Un chèque d'un montant de quarante et un mille dollars, à l'ordre du comté. Et les comprimés qu'il avait eu l'intention d'avaler pour se suicider, les mêmes que ceux qu'il avait utilisés pour aider Meredith à mourir.

Pendant les deux semaines où Harry et moi avions été amants, il m'avait parlé de Meredith, et pas seulement de ce qui s'était passé à la fin. Il m'avait raconté comment ils s'étaient rencontrés, comment ils étaient tombés amoureux, il m'avait parlé de la robe qu'elle portait pour leur mariage, du jour de la naissance de Sam, et de ce soir d'automne où il avait retrouvé Hal, dans l'allée, avec son ballon de basket : tout. Il avait pris son temps, en laissant les heures de la nuit défiler en même temps que ses mots, nous deux blottis l'un contre l'autre comme des chats sur le lit bruyant de son bungalow ; lorsqu'il eut fini, le soleil se levait, et nous avons nagé ensemble dans le lac qui maintenant semblait n'être là que pour nous, puis nous avons été à la cuisine pour nous réchauffer avec du café et nous avons attendu que des sons viennent de la salle à manger, des pas ou des raclements de gorge, ce qui signifierait qu'il faudrait attendre douze heures avant d'être seuls à nouveau. Sur les comprimés et sur ses intentions les concernant, il se tut ; mais lorsque je nettoyai son bungalow, cet après-midi-là, après avoir découvert que sa Jaguar n'était plus sous les arbres où il la garait d'habitude, c'est dans l'armoire à pharmacie que je les trouvai. *Tu m'as sauvé*, semblaient-ils me dire, et mentalement, je répondis : *Non, Harry, c'est toi qui m'as sauvée. Je crois que nous nous sommes sauvés l'un l'autre*. J'ouvris le tube et les comptai dans ma paume : il y en avait treize, comme des œuf minuscules. Treize moyens de dormir et de rêver à en perdre la vie. J'étais près de la cuvette des W.-C. ; j'écartai les doigts et les regardai tomber un à un dans l'eau, en sachant qu'ils représentaient un secret de plus que je devrais garder, et que je garderais.

Deux autres semaines s'écoulèrent. Par un superbe après-midi de septembre, je pris mon dernier bain de l'année. Les feuilles tombaient, l'eau était glaciale sous le maigre soleil d'automne. Autour du lac, la forêt flambait de mille nuances de rouge et d'orange. Je faisais mes mouvements rapidement, la tête vide, et lorsque j'eus fini, j'étendis une serviette sur le ponton pour donner un dernier goût d'été à ma peau.

J'avais dû m'endormir, et rêver, à moins que mes pensées ne se soient égarées, emportées par les courants de chaleur qui glissaient le long de mon corps. Je songeai à ma première nuit dans mon appartement de Portland et à l'aurore boréale que j'avais observée depuis ma fenêtre au mois de mars, voile de lumière mouvant et angélique ; je revoyais Joe, disparaissant en haut de la passerelle du *Jenny-Smith*, ses pas résonnant sur le métal froid, et le soleil d'hiver derrière les rideaux du motel où je m'étais réveillée deux jours plus tard ; et Harry se mettant debout dans l'eau pour m'embrasser. Cent images de ma vie, suivies de cent autres, s'enchaînant comme dans un film projeté par notre ronflant appareil, et dont le son s'enfla de plus en plus, jusqu'à ce que je comprenne qu'il s'agissait de mon cœur, cliquetant à l'intérieur de ma poitrine ; et au-delà le sentiment, presque indicible, que quelque chose de nouveau bougeait à l'intérieur de moi : quelque chose se passait, quelque chose se rapprochait. *Mais quoi ?*

Je me redressai, trop vite. Ma tête me parut privée de densité, emplie d'air. Une vague noire se leva en moi, jusqu'à ma gorge et la seconde d'après le monde entier bascula et je n'eus que le temps de me pencher au bord du ponton pour vomir ; et c'était ça, le troisième souvenir.

# 19

## Joe

J'ai parcouru toute la route jusqu'en Californie avant de faire demi-tour. Un deuxième océan, sur une deuxième côte ; les constructions, la lumière, la mer elle-même, tout était bizarre et semblait faux, blanchi par le jour d'une manière qu'on aurait dite malpropre. J'étais arrivé à Los Angeles la veille au soir à bord d'un car qui venait de Nogales ; comme il était trop tard pour trouver un endroit où descendre, j'avais dormi sur un banc de bois dans la gare puis, au matin, j'avais rejoint, par plusieurs cars successifs, la jetée de Santa Monica. J'avais perdu dix kilos et mon jean et mon tee-shirt étaient raides de crasse ; ma barbe, mi-rousse, mi-grise, me dévorait les joues. J'avais troqué mon sac de voyage contre un sac à dos à New Mexico, où j'avais brièvement travaillé au chargement d'artichauts, un légume auquel je n'avais jamais goûté. Sur la promenade de béton qui longe la côte, des adultes, hommes et femmes, faisaient du patin à roulettes, une activité que j'avais crue réservée aux enfants. Les autres marchaient, et c'est ce que je fis aussi, jusqu'au rivage de Venice. Je dépassai les stands de musculation et les boutiques de fringues, continuai encore jusqu'à un coin de plage désert, en contrebas des pistes de l'aéroport. Je dormis cette nuit-là sous un poste de secours, au milieu du grondement des avions qui volaient si bas que je pouvais sentir leur souffle à leur passage ; le matin venu, je repartis vers le nord et fis halte dans un petit café où je mangeai des tartines beurrées et me lavai dans les toilettes des hommes. J'eus du mal à me reconnaître dans le miroir ébréché. Un sentiment d'irrémédiable m'étreignit ; j'étais allé aussi loin que possible et ça n'était toujours pas ça. « Rentre chez toi, dis-je à mon reflet. C'est fini. Rentre, Joe. »

Je retournai dans la salle de restaurant et demandai au barman où se trouvait la plus proche bretelle d'autoroute ; il me répondit, avec un geste impatient de la main, que j'étais pratiquement dessus.

— Sortez par derrière, remontez deux pâtés de maisons et vous serez sur la 10. Elle va jusqu'en Floride.

J'arrivai en ville le 1er avril, dans le camion d'un transporteur de bois qui m'avait pris à Portland. Le conducteur m'arrêta sur Main Street, près du Lakeland Inn, avant de remettre les gaz. Après avoir relevé le col de mon blouson de jean élimé pour me protéger du vent, je gagnai à grands pas la cabine publique pour appeler le domaine.

J'avais été absent un peu plus de quatre ans (quatre ans, cinq mois et quelques jours) et je savais que j'aurais dû éprouver quelque chose, de la joie, de la tristesse ou peut-être seulement du soulagement. Mais pour dire la vérité, tout ce que je ressentais, c'était de la fatigue. Je n'avais nulle part ailleurs où aller, pas un seul coin de terre qui me fût destiné, hormis celui que j'avais finalement rejoint, même si on ne tarderait pas à m'en priver. Je me demandais combien de temps s'écoulerait avant qu'on vienne m'arrêter, qui serait le premier à me remarquer et à me dénoncer. Mais même cette question ne dépassa pas le stade de la simple curiosité, comme s'il s'agissait de quelqu'un d'autre, d'un pauvre type malchanceux dont la télévision avait parlé à Albuquerque ou dont il avait été question devant une chope de bière dans un bar d'Omaha. Dans la cabine, alors que j'écoutais la sonnerie retentir à l'accueil du domaine pour la vingtième fois sans que personne ne décroche, tout en soufflant sur mes mains pour les réchauffer, une fourgonnette Volkswagen roula près de moi. La conductrice, une très jeune femme que je ne connaissais pas – c'était Shellie Wister, mais je l'ignorais – tourna la tête et me regarda longuement avec intérêt. Pendant une seconde, mon estomac se noua de peur, puis je me dis que c'était idiot. Vu de l'intérieur d'une voiture, je n'étais qu'un vagabond qui tentait de téléphoner.

La seule chose qu'il me restait à faire, c'était de marcher. Je sortis de la cabine et jetai un coup d'œil vers le ciel qui brassait de la grisaille. Le sol était sec, mais ça ne voulait rien dire ; j'étais parti sous la neige et, sauf erreur de ma part, c'est sous la neige que je m'apprêtais à rentrer.

J'atteignis le domaine à la nuit tombée, à moitié gelé. Pendant les derniers kilomètres, j'avais marché avec les doigts dans la bouche. Une seule lumière brillait dans le salon. Le temps avait tenu, mais on sentait l'odeur de la neige dans l'air. J'essayai d'ouvrir la porte de devant, mais elle était fermée à clé, aussi fis-je le tour par la cuisine où nous avions toujours une clé de secours, pendue à un clou, et j'entrai.

J'aurais dû avoir faim, mais le froid avait congelé mon appétit ; tout ce que je souhaitais, c'était m'étendre sur le canapé devant le feu, enroulé dans une couverture. Je m'endormis presque aussitôt, et me réveillai lorsque le plafond reçut brusquement la lumière du hall. J'entendis la porte principale tourner sur ses gonds, et des voix qui murmuraient dans le vestibule : l'une d'elles était celle de mon père, l'autre ne m'était pas inconnue mais je n'arrivais pas à la situer. Depuis le canapé, je vis pénétrer les deux hommes dans la pièce plongée dans l'ombre, à la recherche de l'interrupteur.

— Joey, Jésus-Christ !

Mon père, à contre-jour, se dressait devant moi. Ma première impression fut qu'il avait vieilli. C'était un vieil homme. Son visage avait jauni comme du papier journal ; il était presque chauve. Il se tenait bizarrement, penché d'un côté, s'aidant d'une canne à pommeau d'argent qui lui échappa presque aussitôt et tomba avec fracas sur le parquet. Ses dernières forces semblèrent l'avoir abandonné.

— Joey, Joey, mon Dieu.

Je me levai et le pris dans mes bras.

— Tout va bien, P'pa. Je suis de retour.

— Joey, Joey.

— J'ai essayé d'appeler. Je n'ai pas eu de réponse.

— On était à l'hôpital.

La voix était celle de l'autre homme ; j'avais presque oublié qu'il était là. Son image retrouva sa place dans mon album : Paul Kagan.

— À l'hôpital.

Je me tournai vers Paul :

— Qu'est-ce qui se passe ? Il a quelque chose ?

Mon père secoua la tête.

— Ce n'est pas moi. C'est Lucy.

— Lucy ? Qu'est-ce qu'elle a ?

— Tu es rentré depuis quand ? demanda mon père. Tu aurais dû me le dire, Joey.

— De quoi tu parles, P'pa ? Qu'est-ce qui se passe à l'hôpital ?

— Ta fille, Joey.

Il me regarda droit dans les yeux.

— Lucy ne m'a rien dit, mais moi je savais. Ta fille est née hier soir.

Et c'est ainsi que débuta une légende familiale : j'étais revenu l'été dernier, incognito, protégé par l'obscurité, pour rejoindre Lucy ; et, huit mois plus tard, comme l'enfant que nous avions conçu allait naître, j'étais rentré pour le reconnaître, et assumer mon bonheur. Une légende dans laquelle j'étais d'un certain point de vue un héros, et d'un autre pas du tout ; mais c'était seulement une fiction, improvisée de bout en bout lorsque mon père m'avait déclaré, ses yeux dans les miens, que Kate était ma fille, et que je n'avais rien objecté, mon silence acquiesçant à ma place. Je n'ai jamais su s'il avait deviné la vérité, et même dans les dernières semaines de sa vie, je n'ai pas eu le courage de l'interroger à ce sujet. Mais je crois au fond qu'il l'a toujours ignorée ; mon père était incapable de mentir. Sa vie aurait sans doute été plus facile s'il avait su, mais il ne savait pas, voilà tout.

Nous avons ramené Lucy et Kate à la maison deux jours plus tard. Le travail avait commencé tôt le matin du premier jour de sa trente cinquième semaine de grossesse, et comme mon père ne réussissait pas à joindre Paul Kagan au téléphone, il l'avait lui-même conduite tant bien que mal à Farmington. À l'arrivée, le travail s'était interrompu, mais on l'accepta quand même, et lorsque les contractions reprirent, le lendemain soir, mon père était présent. C'était il y a longtemps, à une époque où la présence d'un homme lors d'une naissance (à part le médecin – *toujours* un homme) était aussi rare qu'une comète traversant un ciel de juin. Aussi quand je dis que mon père était présent, je devrais dire qu'il était sur place, assis dans la pièce à côté, probablement à supplier pour avoir une cigarette que personne ne voulait lui donner. Un Joe Crosby en remplaçait un autre : il m'a dit qu'il avait été content de le faire parce qu'il savait que j'aurais été là si j'avais pu.

Lucy était très faible, et le jour où nous l'avons ramenée, la neige, qui s'était retenue jusque-là, se déchaîna : une belle tempête de printemps, avec des flocons gros comme des pièces de monnaie se déversant d'un ciel que n'agitait pas un soupçon de vent, si bien que le seul bruit qu'on entendait, c'était le son de la neige qui tombait. L'électricité flancha le lendemain soir : une chute magnifique et brutale qui sembla vouloir figer les heures, emportant chaudière et téléphone avec elle, puis le froid arriva sur les talons de la neige ; une dégringolade à vous couper le souffle qui établit un record pour un mois d'avril lorsque, le deuxième jour, la température descendit jusqu'à moins trente. Les contractions prématurées de Lucy avaient été causées par une tension excessive et les médicaments qu'elle dut prendre la laissèrent malade et épuisée, presque incapable de parler. Je fixai des couvertures sur les fenêtres et mis du bois dans la cheminée, et lorsque Lucy ne donnait pas le sein, j'emmenais Kate avec moi dans la grande pièce près de l'âtre, où je l'installais sur des piles de vieilles couvertures. Je n'y connaissais rien en bébé, mais il apparut que ça n'avait aucune importance. Voici comment je vécus cela : c'était la fille d'un autre, et en même temps c'était la mienne. Je tenais ma petite Kate de deux kilos et demi contre ma peau, le moindre de mes sens tendu vers les légères exhalaisons d'air qui sortaient de sa poitrine quand elle respirait ou quand elle dormait, et tandis que les jours s'écoulaient, emportant avec eux toute ma solitude, elle devint ce qu'elle était au fond : ma Kate.

Mon histoire pourrait se terminer ici, et dans un sens, c'est ce qui se passe : étendu sur le canapé, j'ai accepté qu'à partir de là elle fasse partie de ma vie, qu'elle soit ma fille. J'ai épousé Lucy, comme j'en avais toujours eu l'intention ; à la mort de mon père, le domaine nous est revenu, à Lucy, à Kate et à moi, et j'ai été heureux de vivre cette vie-là. Mais entre cette époque de froidure et Kate et tout le reste, il y avait encore une chose à faire.

À la fin du quatrième jour, l'électricité fut rétablie, et le lendemain matin, j'entendis un bruit de pneus à chaînes devant la maison. C'était Porter Dante qui déblayait la route. Je mis mon manteau et mes bottes et allai dans la remise chercher une pelle ; j'avais de la neige jusqu'à la taille. Il gelait toujours, aussi le temps était-il sec. Mais il me fallut toute la matinée pour dégager le camion et ménager un couloir jusqu'à la maison. Après tout ce temps passé à l'intérieur, mon corps apprécia ce travail et vers la fin, je me retrouvai en tee-shirt et même je transpirais comme un champion. Mon père avait toujours un paquet de Lark's dans la boîte à gants de son camion ; j'en pris une, la première depuis des mois et je m'assis sur le seuil pour regarder le voyage de la fumée depuis mes poumons jusqu'aux branches des arbres couvertes de neige. Ensuite, j'en fumai une autre, puis je regagnai la maison.

Lucy et Kate dormaient. Mon père était assis dans la cuisine, un bol de thé entre les mains.

— Nous sommes sortis d'affaire, dis-je. Les routes

sont sans doute dégagées maintenant. J'avais l'intention d'aller en ville.

— Tu sens le tabac. Je croyais que tu avais arrêté.

Je haussai les épaules.

— Non, pas vraiment. Je t'en ai piqué deux, je dois dire.

Il soupira en se levant pour aller rincer son bol. Sur une étagère, au-dessus de l'évier, il y avait un vieux pot de mayonnaise où il conservait un peu d'argent liquide ; appuyé sur sa canne, il le descendit et me tendit un billet de vingt.

— Fais bien attention, dit-il.

Le supermarché était ouvert mais ses rayons pratiquement vides à la suite de la ruée qui avait précédé la tempête. Je pris ce que je pus – du lait, des œufs, du café soluble, du bacon, un gros sac de cookies, quelques boîtes de haricots et autres légumes et un paquet de couches mini – et je chargeai le tout dans le camion. Le soleil avait enfin réussi à percer les nuages ; c'était agréable à voir, et les rues étaient déjà à moitié envahies par des coulées de boue. Malgré l'avertissement de mon père, je ne craignais pas d'être repéré, pas vraiment ; la tempête semblait avoir tout balayé, tous les autres problèmes.

J'étais à deux kilomètres de la route du comté lorsque la voiture de police de Darryl Tanner apparut au sommet de la côte suivante. Trop tard : il n'y avait pas moyen de virer, ni de me cacher pour qu'il passe sans me remarquer. Je ralentis au maximum, à soixante, et priai pour que ma barbe le trompe, mais il n'y avait bien sûr aucune chance pour qu'il ne reconnaisse pas le camion, un Ford 58 vert pomme avec le nom du domaine peint sur les portes. Tanner saurait parfaitement à qui appartenait le camion et se demanderait qui diable était au volant, barbe ou pas. Mon seul espoir, c'était que la chaussée fût suffisamment glissante pour que Tanner soit trop concentré sur sa conduite pour me regarder avec assez d'attention. Lors du croisement, il me salua d'un signe de la main ; je fis de même, la respiration coupée. Je levai un œil vers le rétroviseur et comptai jusqu'à trois, chaque seconde éloignant un peu plus Tanner de moi.

— Tu ne m'as même pas reconnu ! criai-je en tapant de joie sur le volant. C'est moi, pauvre tache !

Et là je les vis : les feux des freins de Tanner, dans mon rétroviseur, comme deux gros yeux rouges de fureur. Le geste était purement réflexe, juste un mouvement du pied ; tout ça ne dura qu'un quart de seconde. Mais je compris aussitôt que son corps avait enregistré le message que lui avait dicté son cerveau ; qu'il savait très bien qui il venait de croiser.

Ils se présentèrent le lendemain matin. Le 4 × 4 de Tanner, suivi d'une Jeep de l'armée. Je les ai vus de la fenêtre de la chambre de Lucy où elle donnait le sein à Kate. Tanner et deux militaires descendirent et discutèrent un moment. À en juger par ses gestes, il leur indiquait les différentes sorties, pour le cas où je tenterais de m'enfuir. L'un des deux fit le tour de la maison.

Mon père apparut à la porte de la chambre.

— Joey...

Je quittai la fenêtre comme Tanner et le deuxième MP disparaissaient sous le porche surmonté de neige, au-dessous de moi.

— C'est bon, P'pa. Je vais leur parler.

Lucy plaça Kate sur son épaule, pour le rot, et elle nous regarda.

— Tu vas parler à qui ? Qu'est-ce qui se passe ?

Je posai les lèvres sur le crâne de Kate. En bas, on frappa trois fois très énergiquement à la porte.

— Ne t'inquiète pas. Je reviens tout de suite.

J'ouvris juste comme Tanner levait le poing pour taper de nouveau.

— Il n'y a aucune raison de faire un raffut pareil, Darryl. On n'est pas sourds.

Il jeta un coup d'œil derrière moi.

— Ton père est là, Joey ?

— Non, je suis seul avec Lucy.

Le MP se tenait près de lui, la main sur son holster. Il avait l'air d'un vieil étudiant.

— Dites à votre collègue que ce n'est pas la peine de patauger dans la neige de l'autre côté. Je suis là. Et je vous en prie, arrêtez de jouer les durs avec ce pistolet. Il y a un bébé dans la maison.

Tanner plissa le front.

— Ils font leur devoir, c'est tout, Joey.

Le deuxième MP apparut au bas des marches, tout empêtré de neige jusqu'à la taille. Il était un peu essoufflé.

— C'est notre type ?

— C'est lui, en chair et en os, dis-je en reculant à l'intérieur. Inutile de laisser entrer le froid. Faites seulement attention avec vos chaussures.

Je les précédai jusqu'à la grande pièce, où mon père attendait en compagnie de Lucy et, blottie sous son menton, Kate.

— Eh bien, regardez qui est là.

Darryl avait beau être le shérif, bien décidé à me conduire en prison, il était également grand-père. Avec un large sourire, il ôta son chapeau et avança vers Lucy.

— Je peux ?

Elle lui présenta Kate à bout de bras, et Darryl

baissa la tête pour la contempler. Il produisit un petit sifflement admiratif.

— Elle s'appelle comment ?

— Kate.

— Alors, bonjour mademoiselle Kate.

Il lui caressa l'oreille et me lança un coup d'œil en coin.

— Tu y es pour quelque chose, Joey ?

— Il y a de ça.

— Eh bien, bravo. Mais vu les circonstances, j'ai peur que ça ne change rien.

Darryl regarda alors mon père.

— Joey m'a dit que tu n'étais pas là. Tant mieux, parce que si tu avais été présent, j'aurais dû t'inculper pour recel de malfaiteur.

Mon père se croisa les bras sur la poitrine.

— Arrête tes conneries, Darryl. Si tu as envie de m'arrêter, moi aussi, ne te gêne pas.

— Joe, si j'avais voulu t'arrêter, je l'aurais fait depuis longtemps. Pour Joey, c'est différent. Je suppose que tu sais pourquoi ces messieurs sont ici.

— Tu te figures que vous me faites peur, tous les trois ?

Darryl soupira, exaspéré.

— Je vais vous dire à tous les deux, là, et excusez-moi, Lucy, surtout avec le bébé et tout, mais il n'y a rien à faire. Ce n'est pas une visite de politesse, et il ne s'agit pas de quelques boîtes aux lettres, cette fois, Joey. J'ai un mandat d'arrêt officiel à ton nom pour désertion, et c'est mon devoir de t'arrêter et de te confier à ces charmants garçons, et c'est exactement ce que je vais faire. Est-ce que c'est clair pour tout le monde ?

— Très beau discours, Darryl, dis-je, puis m'adressant aux deux MP : Et vous, les gars, vous voulez un café ?

Le plus grand, qui d'après moi était le chef, consulta sa montre. Il avait un peu d'acné sur le visage.

— On a le temps, oui.

Darryl plissa le front.

— Tu ne vas pas résoudre ton problème avec un petit café, Joey.

— Ce n'est pas mon intention. J'essaie juste d'être un peu accueillant.

Je me tournai vers Lucy.

— Tu crois que mon père pourrait s'occuper de la petite un moment ?

Lucy passa Kate à mon père. Tanner se racla la gorge et me lança un regard méfiant.

— Pas d'entourloupe, d'accord, Joey ? Je n'apprécierais pas si tu essayais de fuir.

J'eus envie de rire.

— Seigneur, Darryl, et où est-ce que j'irais ?

Je montrai le chemin de la cuisine aux MP.

— Le café, c'est là, les gars, le lait est dans le frigo et le sucre sur l'étagère au-dessus de la cuisinière. Prenez aussi des cookies. On est de retour dans une minute.

Lucy me suivit dans sa chambre, à l'étage, et ferma la porte derrière nous.

— Joe, ils vont t'arrêter.

— Oui.

Nous nous sommes assis tous les deux au bord du lit.

— Je vais te dire un truc. Je veux qu'ils m'arrêtent. Pour la simple raison que je veux que tout ça finisse. Je vais prendre sans doute deux ans. On m'a raconté qu'il y en a qui ont eu moins.

Elle se mit à pleurer.

— Je regrette, je regrette.

Je lui saisis les mains et la forçai à me regarder. Jamais de ma vie, je n'avais eu les idées aussi claires.

— Ne regrette rien, parce que moi, je ne regrette rien. Plus maintenant. J'en ai assez de me cacher, Lucy. J'ai besoin de rentrer à la maison.

— Moi aussi, je veux que tu rentres. Je crois que c'est ce que j'ai toujours voulu.

— Parfait. Voici la deuxième chose. J'aurais préféré aller moins vite, mais je ne peux pas faire autrement. J'élèverai Kate, je serai son père. Tu peux le dire à Harry, mais pas tout de suite. En tout cas, pas avant de savoir ce qui m'attend. Tout ce que je souhaite, c'est qu'on soit tous ensemble, qu'on forme une famille. Tu veux bien ?

J'avais l'intention d'en dire plus, mais je n'eus pas à le faire. Elle m'entoura de ses bras, répondant violemment oui de la tête.

Lorsque nous sommes redescendus, cinq minutes plus tard, tout le monde attendait dans la cuisine. L'un des MP tenait Kate sur ses genoux pendant que l'autre lui faisait des chatouillis. Lorsqu'ils nous virent, celui qui la tenait se leva rapidement, l'air gêné, et la rendit à Lucy.

— Excusez, m'dame. Votre père était d'accord. Elle est mignonne. J'ai une nièce pas tellement plus grande.

Lucy ignora l'erreur.

— Je crois que j'ai mal entendu votre nom, soldat.

— Samuels, m'dame. Caporal Samuels.

Il pointa le menton vers son compagnon.

— Et lui, c'est Hickock.

— Eh bien, vous vous en êtes très bien occupé, caporal Samuels. Si un jour vous cherchez du travail comme baby-sitter, passez nous voir, d'accord ?

Il hocha la tête, mal à l'aise, le visage rose comme un jambon.

— Oui, m'dame.

Nous nous sommes assis à la table, Lucy et moi, et nous avons exposé nos intentions à Darryl Tanner. Il nous a écoutés en pêchant des gâteaux secs dans le sac ouvert sur la table.

— C'est nouveau, pour moi, dit-il, à la fin, en se grattant le crâne. Le problème, c'est que l'État du Maine prévoit trois jours d'attente pour la licence. Mais je peux faire jouer un ou deux pistons, si ces messieurs sont d'accord. Qu'en dites-vous, messieurs ? Un petit détour ?

Ils échangèrent un regard et haussèrent les épaules.

— Du moment que c'est sur le chemin, dit Hickock. Un jour, on a arrêté un gars chez sa mère et on l'a aidé à déplacer un canapé.

Tanner alla dans le bureau pour téléphoner. Il revint quelques minutes plus tard en se frottant les mains.

— Bon, eh bien vous avez de la chance. La femme qui a répondu au siège du comté connaît très bien ma sœur. C'est une catholique française, aussi c'est tout à fait dans ses cordes. Elle dit qu'elle peut antidater la licence, à condition que chacun reste discret. Le problème de la cérémonie est plus difficile. Le responsable est en voyage en Floride, cloué sur place par la tempête. Mais elle va voir si elle peut mettre la main sur quelqu'un d'autre.

Lucy, Kate et moi, nous nous sommes installés à l'arrière du 4 × 4 de Tanner, mon père et les MP nous suivant dans la Jeep. Quand nous sommes arrivés à Farmington, il était un peu plus de deux heures. Nous nous sommes arrêtés dans un snack proche du tribunal pour acheter des hamburgers et du coca pendant que Lucy changeait la couche de Kate et que les MP téléphonaient pour prévenir qu'ils seraient en retard, puis nous n'avons eu qu'à traverser la rue. La femme que Tanner avait eue au téléphone nous attendait dans le bureau du responsable, une cinquantaine d'années, ronde comme un ballon de plage et les cheveux ruinés par de trop fréquentes visites chez le coiffeur. Elle accusa le coup en découvrant les MP.

— Des amis de la famille, dis-je.

Lucy et moi avons rempli les formulaires, chacun de nous tenant Kate pendant que l'autre signait. Puis tout le monde a suivi la femme jusqu'à une salle d'audience.

— Asseyez-vous tous, dit-elle. Il va arriver.

— Qui va arriver ? demanda Lucy en berçant Kate.

— Carl Hinkle, le type qui tient le magasin de chaussures, au coin de la rue.

Un peu plus tard, la porte s'ouvrit et un homme mince fit son entrée, une parka par-dessus son complet brun, et des mocassins flambant neufs.

— Alors, voici mes heureux promis ?

Puis ses yeux se posèrent sur les MP, puis sur Kate, assise sur les genoux de Lucy.

— Bon, je vois. Le mieux serait peut-être de faire vite.

— Est-ce légal ? s'inquiéta Lucy.

Il nous présenta son certificat de juge de paix, une feuille de papier qu'il tira de son portefeuille. Kate commença à s'agiter, aussi fallut-il patienter pendant que Lucy lui donnait le sein, à l'intérieur de son épais manteau.

— Voulez-vous que je prononce quelques phrases ? me demanda Carl à mi-voix.

L'un des MP avait sorti un jeu de cartes et faisait des réussites avec son collègue et Tanner.

— Peut-être, étant donné votre situation, préférez-vous que nous allions au plus rapide.

— Prenez votre temps, dis-je.

Après la cérémonie, nous avons encore signé des papiers puis tout le monde a fait le tour du pâté de maisons jusqu'au magasin de chaussures où Carl nous a invités, Lucy et moi, à nous servir. Lucy a choisi une paire de petites bottines noires à lacets roses pour Kate et moi, j'ai d'abord essayé des mocassins comme ceux de Carl, mais ça n'allait pas avec l'endroit où je me rendais et je me rabattis sur de robustes chaussures de marche. Quand nous avons voulu payer, Carl a refusé.

— C'est compris dans la noce, expliqua-t-il. Je vis de la chaussure, mais ma véritable vocation, c'est les mariages.

Il embrassa Lucy sur la joue, me serra la main ainsi que celle de mon père. De retour à la Jeep, Darryl Tanner me remit officiellement entre les mains des MP et Hickock prit une paire de menottes dans l'un des compartiments de sa ceinture.

— Je suis vraiment navré, Joe, mais c'est la règle.

— C'est bon. C'est possible, devant ?

Il secoua la tête.

— Non. Mais je ne suis pas obligé de les serrer.

Il cliqua les bracelets, puis baissa les yeux vers mes pieds.

— Belles godasses, apprécia-t-il.

C'était la fin du jour. Je regardai les trottoirs encombrés de neige où attendaient mon père et Darryl.

— Assure-toi que ma famille rentre sans problème, Darryl. Et toi, P'pa, prends bien soin de mes filles, je compte sur toi.

Il hocha gravement la tête.

— Je te donne ma parole, Joey.

J'embrassai Lucy, puis Kate, en me pressant contre elles. Nous pleurions tous un peu. Je fus le premier à m'écarter, parce qu'il fallait bien qu'il y en ait un. Puis les MP m'aidèrent à monter à l'arrière de la Jeep et ils m'emmenèrent.

## 20

## Jordan

Vers deux heures, je n'avais vu ni Harry ni Hal (j'avais brièvement parlé avec Frances qui était venue à la cuisine chercher sandwiches et sodas ; aucun changement, c'était ce qu'on pouvait retenir de ce qu'elle avait dit) ; les canoës étaient encore quelque part en amont, à flotter vers nous ; Joe était toujours avec ses avocats au vieux barrage ; et moi je n'avais strictement rien à faire, sinon attendre. Je tuai deux petites heures à réparer les contremarches du bungalow 3, et lorsque j'eus terminé, j'en consacrai deux autres à graisser et à nettoyer les hors-bord, juste en-dessous du bungalow de Harry. De temps en temps, j'apercevais Hal qui prenait l'air avec January, ou Frances qui sortait s'étirer, ou allait à la cuisine ou téléphoner. Un peu après quatre heures, Lucy me rejoignit avec une Thermos de café et un sandwich au jambon, et pendant que je mangeais, elle s'assit près de moi sur le ponton, comme elle l'avait fait déjà mille fois, en énumérant les petits détails de la semaine à venir, les réparations à prévoir, qui arrivait et pour combien de jours, et quel bungalow avait besoin d'être rangé ou remeublé. Lorsque j'eus fini mon sandwich et que je l'eus remerciée, elle se leva, coinça la

Thermos sous son bras et regarda le bungalow où Harry et sa famille attendaient la fin de l'après-midi.

— Ça me fait de la peine de le voir dans cet état, dit-elle. Tu sais, étant donné ce qu'il est devenu, c'est facile d'oublier qu'il n'est qu'un être humain, terrorisé à l'idée de la mort, comme nous tous.

— Vous croyez qu'il s'efforce de ne pas y penser ?

— J'en suis sûre.

Elle écarta sa frange de son front trempé de sueur à cause de la chaleur.

— Il est fier. Tu ne l'as pas connu quand il était jeune, moi si. C'était ce qu'il était avant tout : fier.

La façon dont elle s'exprima, avec un terrible chagrin dans la voix, me fit penser qu'elle en avait dit davantage qu'elle ne l'aurait voulu.

— Luce...

Elle leva une main.

— C'est tout, Jordan. Je suis heureuse que ce soit toi qu'il ait choisi. Il aurait pu choisir n'importe qui, tu sais.

— Je n'en suis pas encore revenu que ce soit tombé sur moi.

— Ne le prends pas mal. Mais je ne crois pas que ce soit à cause d'une chose en particulier que tu aurais faite. Je crois que ça a probablement plus à voir avec qui tu fréquentes.

— C'est ce qu'a dit Kate.

— Vraiment ? Eh bien, elle a sûrement raison, Jordan. Ce qu'il faut que tu comprennes, c'est qu'il s'agit d'un cadeau qu'il fait à tout le monde, pas seulement à toi. Bien des choses sont arrivées, ici. Et c'est pour cette raison qu'on ne peut pas le refuser.

Elle se tut, son regard quitta mon visage pour le bungalow, puis elle se retourna pour m'offrir un sourire éclatant et lointain, un sourire qui venait tout droit du passé.

— Bon, J'ai déjà trop parlé. Mais si tu me permets de me mêler un peu de ce qui ne me concerne pas, tu dois savoir qu'à mon avis, ma fille éprouve quelques sentiments très forts pour toi. Et je trouve ça très bien.

— Merci, Lucy. C'est très important.

— Et Joe aussi. Je suppose qu'il est inutile de te demander ce que tu ressens, toi ?

Pendant un très, très long moment nous nous sommes regardés. Puis – et je jure que c'est vrai – j'ai su. Bizarrement, j'ai su. Lucy avait aimé Harry, naguère. Ça n'avait pas de sens, mais évidemment, en même temps, ça en avait ; ça expliquait absolument tout. Lucy l'avait aimé naguère, et peut-être l'aimait-elle encore.

Derrière nous, la porte du bungalow de Harry s'ouvrit en grinçant sur ses gonds : nous avons vu sortir Hal, clignant des yeux dans le soleil. Il descendit la pelouse jusqu'au ponton et s'approcha de Lucy en chaloupant sur ses vieilles bottes luxueuses.

— Bonsoir.

Il lissa sa queue-de-cheval et mit la main en visière sur son front pour se protéger de l'éclat du lac.

— La journée tire à sa fin.

— Il y a encore de la marge, dis-je.

— Je le regrette presque. Parce qu'aux dernières nouvelles, il veut y aller.

Je regardai Lucy, dont le visage n'exprimait rien (où était-elle partie, je me posai la question, au fond de quel souvenir ?), puis je revins très vite sur Hal.

— Qu'est-ce que vous en pensez ?

— Ce que j'en pense ?

Il eut un rire las.

— Bon Dieu, Jordan, si ça ne tenait qu'à moi, nous

serions déjà à Portland. Ou même de retour à New York. Seigneur, nous aurions commencé par rester là-bas.

Il secoua la tête et tourna les talons.

— Prépare tout, Jordan. Mon père va sortir.

Il était plus de cinq heures lorsqu'il fut enfin prêt. Après l'annonce de Hal, j'allai chercher le matériel que j'avais entreposé dans le bureau : une canne à lancer de secours (Harry aurait déjà la sienne), mon blouson, un sac d'outils et de gadgets divers. Plus tôt dans la journée, Lucy avait préparé un pique-nique qu'elle avait laissé dans le grand réfrigérateur de la cuisine ; j'ignorais si Harry avait mangé et combien de temps durerait notre sortie, aussi l'emportai-je, le fourrant dans la brouette avec les gilets de sauvetage que j'avais pris dans la remise pour faire une sorte de lit à Harry au fond du bateau. Et puis une couverture, deux pulls bien chauds, une torche grosse comme une massue que je pourrais utiliser pour assommer un poisson si Harry me le demandait. Je mis le tout dans la brouette, puis j'eus une idée de dernière minute et retournai au bureau. Là, j'ouvris le tiroir où Joe gardait son scotch. J'examinai la bouteille et lui donnai une secousse. Il n'en restait que quatre doigts, j'en versai la moitié dans une Thermos, mélangeant l'alcool avec un peu du café réchauffé du déjeuner et y ajoutai deux cuillerées de sucre en poudre, couronnant le breuvage d'une bonne rasade de crème. Il risquait de faire froid, je le savais, après le coucher du soleil.

L'attente m'avait permis d'élaborer un plan de bataille et mon projet concernant Harry était plutôt simple. Il était incapable de se tenir debout, ce qui signifiait que nous allions devoir opérer du bateau ; comme il avait décidé de pêcher en surface, le meilleur endroit serait le secteur des hauts-fonds près de l'autre rive, là où la rivière se jetait dans le lac. Nous pouvions espérer prendre quelque chose, mais ce n'était pas certain. Toutes les éclosions de gros insectes étaient terminées, et n'importe quel pêcheur à la mouche vous dira que lancer au jugé sur des eaux calmes peut constituer une bonne façon de dépenser une heure ou deux, mais que vous avez à peu près toutes les chances de perdre complètement votre temps. Et du temps, c'était évidemment ce qui manquait le plus à Harry.

Je transbahutai mes provisions jusqu'au ponton, où tout le monde attendait déjà : Hal qui portait January sur sa hanche, Lucy, et Kate qui s'élança dans le chemin pour participer. Joe restait invisible ; j'entendis Hal demander à Lucy si elle avait des nouvelles, et elle répondit que non, qu'elle avait essayé de le joindre par radio toute la journée. Il était probable qu'il avait laissé le poste quelque part, loin de lui, ou qu'il avait tout simplement oublié de l'allumer.

Kate revenait juste de la ville avec un stock de papier-toilette et autres articles et elle attendait mes jeunes mariés pour leur faire visiter des bungalows.

— Tes premiers clients, dit-elle en me donnant un coup de coude tandis que nous déchargions la brouette. Je parie qu'ils vont louer pour au moins une semaine.

— Ils avaient l'air d'aimer cet endroit.

— Ils ont voulu rester neutres. Mais c'est *toi* qu'ils aimaient, si tu veux mon avis.

Et c'est alors que la porte s'ouvrit, et que Harry sortit. Hal passa sa fille à Lucy et se précipita vers le seuil ; Frances et lui le soutinrent pour traverser la pelouse. Avec l'aide de Kate, je tirai l'embarcation sur l'herbe. Je pris les gilets gonflables dans la brouette et les disposai entre le banc arrière et celui du milieu, puis étendis la couverture sur les arêtes pour que Harry puisse s'y appuyer sans trop d'inconfort. Cela me laissait bien peu de place, mais je l'avais prévu : je m'assoirais sur le banc arrière, les genoux écartés, les épaules de Harry calées entre. Ainsi, je pourrais l'aider à lancer sa ligne tout en manœuvrant le bateau.

Harry n'utilisait pas le déambulateur, ce qui était bon signe, et il me sembla qu'il avait légèrement meilleure mine que la veille au soir. Il marchait lentement mais sans hésitation, levant ses pieds et les plantant avec calme et précision sur le trajet qui le menait à nous, comme un patineur sur une surface qu'il ne connaît pas. Sans y regarder de trop près, dans son vieux jean, son pull et sa veste de pêcheur aux poches gonflées de boîtes de mouches, il aurait pu être un de ces vieillards qui vont tuer une truite ou deux par un beau soir d'été – en faisant abstraction de cette lenteur artificielle qu'avaient aussi adoptée Frances et Hal, chacun lui tenant un coude, et de la boîte qui se balançait à son épaule : un cube luisant grand comme la moitié d'une batterie de voiture, de la forme et de la blancheur des appareils médicaux hors de prix. Un tube le reliait à la nuque de Harry avant de reparaître sous son nez tel un collier. Tandis qu'il approchait, il me sembla qu'un petit cliquetis s'en échappait, avec derrière le souffle de l'oxygène, comme une brise passant à travers une fenêtre mal fermée. À son autre épaule pendait un panier de pêcheur en osier, une vieille relique charmante avec œillets en cuivre et courroies de cuir souple couleur café au lait. Il traversait la pelouse centimètre par centimètre. Un nuage de barbe blanche givrait son menton et ses joues. Lorsqu'il atteignit le bateau, il l'examina soigneusement.

— Je vois que tout est prêt, dit-il.

— Oui, monsieur. Les gilets devraient être confortables et vous isoler du fond pour que vous soyez au sec.

Il m'adressa un bref hochement de tête d'homme d'affaires et considéra à nouveau le bateau.

— Maintenant, comment je vais monter là-dedans, je n'en ai pas la moindre idée.

— J'avais pensé que Hal et moi pourrions vous soulever. Si vous n'y voyez pas d'inconvénient.

— Bien vu, dit Harry.

Il se racla la gorge avec une toux brève et grasse.

— Je pèse moins lourd qu'avant, et de beaucoup.

Frances le débarrassa du respirateur et je me mis en place d'un côté, légèrement derrière lui ; il fléchit les genoux, laissa échapper un soupir et l'instant d'après j'eus Harry Wainwright tout entier dans les bras ; je fus une nouvelle fois stupéfait de sa légèreté. Il avait raison ; il ne restait pas grand-chose. Avec Hal et Kate, à la réception au fond du bateau, nous l'avons descendu sur les coussins.

Depuis sa nouvelle position, il jeta un joyeux coup d'œil circulaire.

— Comme dans les gondoles de Venise. Tu y es allé, Jordan ?

— Non, monsieur, je crains que non.

J'étais content de l'entendre parler sur ce ton ; de l'entendre parler, tout simplement.

— Vous savez combien j'ai à faire ici. Mais je suppose que c'est magnifique, quand même.

— Il faudrait que tu y ailles, dit-il. Quand tout ça sera fini, offre-toi ce plaisir et vas-y. Le Rialto, la Piazza San Marco, *il Canal Grande*.

Il prononça cette dernière référence avec une inflexion de voix particulièrement élégante, puis fronça les sourcils en voyant ma réaction.

— Ne prends pas cet air ahuri, Jordan.

Je ne pus m'empêcher de sourire.

— Ça veut dire « gros canal », non ?

Il dressa un doigt professoral.

— *Grand* Canal, Jordan.

Hal revint du bungalow avec la canne à lancer de Harry et la déposa à côté de lui. Le respirateur, toujours cliquetant, fut coincé à ses pieds après que Hal l'eut enveloppé dans un sac-poubelle.

— P'pa, tu te souviendras, il faut que ce machin reste sec. Jordan ? C'est important.

Frances se pencha vers Harry dont elle rectifia la coiffure avec les doigts.

— Fais ce que te demande Jordan, dit-elle.

— Voilà ce qui se passe quand on est vieux et qu'on va mourir, dit Harry. Tout le monde vous traite comme un bébé. C'est le bon côté de la chose.

Hal m'attira à l'écart et me murmura :

— Ramène-le à la tombée de la nuit, d'accord ? Même s'il résiste.

Par-dessus mon épaule, il regarda son père qui se balançait sur l'eau.

— Il va beaucoup moins bien qu'il n'y paraît. Nous avons chargé la voiture et nous sommes prêts à partir.

— D'accord, Hal. Je vais bien prendre soin de lui. Promis.

— Je voulais que tu saches, Jordan, à quel point nous te sommes reconnaissants. Je ne crois pas te l'avoir encore dit. Harry te considère vraiment comme quelqu'un de la famille. Tu le sais déjà, mais je tenais à te le dire personnellement.

— Ça me fait très plaisir.

Je ne savais quoi ajouter, aussi ai-je tendu une main qu'il a serrée.

— Je suis heureux de le faire.

J'allai patauger au bord du lac, là où Kate et Lucy

retenaient le bateau dans cinquante centimètres d'eau, et je me hissai sur le banc arrière, en prenant bien garde de ne pas éclabousser le respirateur. Avec Harry entre les genoux, c'était un peu juste, mais je me dis que nous nous en sortirions, pour peu qu'il arrive à se pencher en avant pour attraper sa canne. Je me retournais pour mettre le moteur en marche (une véritable performance dans si peu d'espace) lorsque Harry m'arrêta.

— J'espérais qu'on irait à la rame.

J'ignore pourquoi je fus surpris ; c'était évidemment ce qu'il désirait.

— Il va nous falloir au moins une heure pour atteindre la crique.

— Et alors ? dit Harry.

Je jetai un coup d'œil à Hal qui haussa les épaules. Je redescendis du bateau et y remontai au milieu, m'installant sur le deuxième banc. Kate courut à la remise chercher deux rames et me les tendit. Maintenant, Harry et moi, nous nous faisions face.

— Tu vois ? dit Harry. C'est mieux comme ça. Au moins, on peut parler.

Kate tenait à nouveau le rebord du bateau, et il lui prit la main, entremêlant leurs doigts. Pendant un moment, il n'y eut plus que le bruit de l'eau qui clapotait contre le bois et le tic-tac mécanique du respirateur. Sa voix nous parvint, mouillée, douce et lointaine.

— C'est idiot, ce caprice, non ?

— Pas du tout.

Kate lui sourit franchement.

— Moi, je trouve ça épatant. Il faut faire ce que vous avez envie de faire, Harry.

Elle se pencha vers le bateau et lui embrassa le front.

— Bonne chance, dit-elle.

— Merci.

Harry tourna le visage vers le rivage où Lucy portait January : Lucy avec une petite fille dans les bras.

— Merci à tous.

Et c'est ainsi – sous les yeux de chacun, alors que le soleil de l'après-midi déclinait et que le soir venait – que nous sommes partis.

## 21

## Joe

Hickock avait raison : c'étaient de bonnes chaussures. Je les ai portées pendant les deux ans, six mois, trois semaines et six jours que j'ai passés aux bons soins du Bureau fédéral des prisons des États-Unis, les huit premiers mois et quatre jours à l'Institut fédéral correctionnel d'Allenwood, dans les montagnes du centre de la Pennsylvanie, et le restant à la prison dépendant de l'hôpital psychiatrique de l'armée de Fort Devens, juste à la sortie de Boston. On m'avait affecté à la blanchisserie et au bout de quelques mois, comme j'avais prouvé que j'étais un prisonnier modèle – silencieux, discret, uniquement soucieux de bien faire mon travail du jour en attendant le lendemain – je me vis confier un poste de responsabilité, à pousser un chariot de plateaux-repas de cellule en cellule, à récurer des casseroles et à désamorcer les conflits autour des programmes de télévision ou des parties de ping-pong. C'était du temps facile ; c'était tout le temps du monde, avec un monde de néant à l'intérieur.

J'avais été condamné à trente-six mois. En soi, cela constituait un choc, mais mon avocat m'assura qu'il y avait peu de chances pour que je purge la totalité de la peine, du moment que je me tenais à carreau. Les réfractaires étaient devenus une patate chaude pour les politiques ; il était presque certain qu'une sorte d'amnistie n'allait pas tarder à être décrétée, maintenant que toutes les troupes avaient quitté l'Asie du Sud-Est, et le fait que je m'étais rendu (ce qui n'était pas totalement exact, mais c'était la version officielle que nous avions élaborée, avec un petit coup de pouce de Darryl Tanner) jouerait en ma faveur. Quand éclata l'affaire du Watergate, il plaisanta en disant qu'on allait avoir besoin de ma cellule pour y fourrer la moitié du Comité national républicain, la presque totalité de la CIA, et jusqu'au dernier connard de la Maison-Blanche de Nixon, sans compter leurs épouses. Vingt mois maximum, m'assura-t-il. Et probablement un peu moins.

Évidemment, ça ne s'est pas passé comme ça, en tout cas pas assez tôt pour que je puisse en bénéficier. Les lettres pressantes de mon avocat qui parvenaient au bureau de censure et évoquaient mon père mourant (« un héros décoré de la Deuxième Guerre mondiale »), la petite fille que j'avais à peine eu le temps de serrer dans mes bras, ma conduite irréprochable en tant que pensionnaire du Bureau fédéral des prisons, se heurtaient toutes à un silence glacial. En entamant ma deuxième année et en envisageant le long tunnel qu'il me faudrait encore traverser, sans le moindre signe indiquant que j'arrivais en tête des libérables, je décidai d'oublier toute idée de retour à la maison, comme une tortue qui se réfugie sous sa carapace. Je me dis que j'étais là pour la totalité de la peine, amnistie ou pas. Aussi, alors qu'il me restait encore six mois à effacer, lorsque le responsable du bloc est venu m'annoncer que c'était officiel, les troupes rentreraient chez elles pour Noël, que je devais faire ma valise et me présenter au bureau du surveillant en chef, car l'heure de ma libération avait sonné, j'entendis le bruit des ficelles qu'on tire, et je sus quelles mains les avaient tirées.

Kate, le domaine, les jours passés avec mon père, à la fin, de bons jours au cours desquels nous avons enfin parlé de ma mère et avons retrouvé la paix – c'est Harry Wainwright qui a rendu tout cela possible. À plusieurs reprises, j'ai pensé que je le haïssais à cause de cela, comme le pourrait tout homme qui en sent un autre exercer un pouvoir sur sa propre existence. Et je me suis haï moi-même aussi fort que j'ai pu haïr Harry, qui n'avait rien fait de mal sinon aimer un endroit et les gens qui y vivaient, avec tant de force que c'était là qu'il désirerait mourir, et pas ailleurs. Aussi y avait-il cela, en plus : ma jalousie vis-à-vis de lui. Pas pour son argent, car l'argent ne m'a jamais préoccupé ; pas pour Kate non plus, car elle a peut-être été une part de Harry le jour où elle a été conçue, mais elle est devenue mienne lors de ces nuits de neige et de froid ; ni même pour Lucy qui croyait que je l'avais abandonnée. Pour aucune de ces raisons. J'étais jaloux de lui parce que le domaine lui avait toujours appartenu davantage à lui, qui l'aimait, qu'à moi qui aurait pu tout laisser tomber si cela avait été possible.

Cinq heures, la journée tirait à sa fin : là-bas, au domaine, je le savais, Harry avait exaucé son vœu, ou pas. J'avais l'intention de garder mes avocats au bord de l'eau jusqu'à environ six heures – suffisamment longtemps, d'après mes calculs, pour que tout s'accomplisse chez moi en mon absence et pour que tout le monde en ait pour son argent. Bill et Pete s'étaient cherchés toute la journée comme des chats de gouttière qui veulent en découdre, mais je ne pensais pas qu'ils avaient en tête quelque chose de grave : ils étaient avocats, après tout, des tigres de papier capables de vous asphyxier avec leurs diplômes, mais qui n'avaient pas dû envoyer un seul vrai coup de poing depuis l'école primaire, et ce n'étaient pas quelques heures dans les forêts du Maine qui allaient modifier cet état de choses. Quoi que Bill sache, ou croie savoir – et je mentirais en disant que je n'étais pas touché par ce pauvre imbécile qui, au-delà de l'esbroufe, semblait aussi paumé que l'ours Corduroy – ça ne manquerait pas de sortir, aucun doute. Mais l'événement aurait lieu autour d'une grande table avec des verres d'eau auxquels personne ne toucherait et une sténographe assermentée qui taperait tout ce qui se dirait, et moi je ne serais plus là depuis longtemps, on ne se souviendrait même pas de moi.

Les poissons, eux au moins, se montraient coopératifs. Après la violence matinale, le vent s'était réduit à une agréable brise, et même Pete semblait avoir pris le dessus, il ramenait saumons ou truites comme un professionnel. Je m'assis sur la rive sans rien d'autre à faire que regarder ; je m'autorisais même quelques lancers quand l'un ou l'autre me confiait sa canne pour s'octroyer une pause bière ou sandwich. Ce n'était pas une si mauvaise journée, étant donné les circonstances. Ce n'était pas une mauvaise journée du tout.

Tout ça pour dire qu'on ne devrait jamais tenter le diable, pas lorsqu'on se trouve à des kilomètres de la route la plus proche en compagnie de deux hommes qui couchent avec la même femme. Tout a commencé par un cri, à une centaine de mètres plus bas ; je me retournai dans le soleil et vis deux silhouettes, en ombres chinoises, en position de combat dans des postures maladroites, coudes relevés et mentons pointés, qui me renseignèrent aussitôt : deux hommes qui ne savaient pas se battre et qui se préparaient à se taper dessus.

Carl junior, assis à côté de moi, leva les yeux au ciel.

— Et voilà ! Ces deux-là, des vrais gamins.

Mais lorsque nous sommes arrivés près d'eux (Marathon Mike nous avait rejoints en pataugeant dans l'eau) il s'était écoulé assez de temps pour que le risque majeur soit écarté et tout indiquait que les mots allaient se substituer aux poings. Bill était plié en deux, à respirer profondément, les mains sur les hanches ; j'eus un moment l'impression qu'il allait vomir. Pete n'était guère plus brillant ; c'était lui qui avait bu le plus, pour commencer, il avait un méchant coup de soleil et n'avait rien mangé à midi, préférant vider sa fiasque. Il était debout dans quelques centimètres d'eau, sa canne posée sur le sable, là où son moulinet avait toutes les chances de s'enrayer, et il renversait la tête en arrière comme s'il était sur le point de pleurer.

— Qu'est-ce qui se passe, bon sang ? demandai-je.

— Vas-y, dit Bill, répète à tout le monde ce que tu m'as raconté. Je suis sûr qu'ils vont tous trouver ça aussi marrant que moi.

— Ferme-la. Mais ferme-la donc, pauvre bite.

— Oh, c'est moi la bite. Tu le reconnais.

— Dieu tout-puissant, grogna Carl. J'avais bien besoin de ça en vacances.

— Tu t'entends ? dit Bill à Pete. Tu entends comme tu es con ?

— Je l'aime.

Bill cracha sur le sable et eut un rire cruel.

— Bien sûr que tu l'aimes. Tu *l'aimes*. Seigneur. Tu te figures que je ne le sais pas ? C'est moi qui te l'ai envoyée, pauvre poire à lavements.

— Espèce de menteur.

— Tu paries ? Demande-lui. « Va baiser avec lui, je lui ai dit. Ça devrait te plaire. Et fais en sorte qu'il tombe amoureux de toi, pendant que tu y es. »

Pete semblait au bord de l'explosion.

— La ferme, la ferme, la ferme.

— Ah, tu peux croire qu'on a bien rigolé. Tu *l'aimes*. Mais je n'ai pas arrêté de l'enfiler, pendant toute ton histoire, mon petit ami. Qu'est-ce que tu dis de ça ?

Pete lui fonça dessus sans prévenir ; avec un grognement animal il se propulsa en avant, bras écartés, incapable d'ordonner efficacement son attaque. Je voulus l'attraper par la manche, mais je le ratai ; la seconde d'après il était sur Bill, et ils s'étreignaient comme des boxeurs acculés dans un coin du ring. Sauf qu'il n'y avait ni ring ni coin. L'impulsion venait de Pete : sous le choc, Bill bascula en arrière sur les rochers de la rivière, ses jambes se dérobant sous lui, et l'autre lui tomba dessus de tout son poids.

— Débarrassez-moi de ce connard !

Il fallut nous y mettre tous les trois pour décrocher Pete et le forcer à se redresser. Il agitait inutilement les bras et avait le visage baigné de larmes d'impuissance. Puis il parvint à se dégager et se jeta de nouveau sur Bill. Cette fois ce fut moi qui réussis à l'agripper par le col et à l'arracher à sa proie.

— Allez, sur la rive. Pas de discussion !

Il suffoqua.

— Il...

— Pas de discussion, nom de Dieu !

Bill s'était assis dans l'eau, et pendant que Mike et Carl entraînaient Pete sur le sable, je vins me mettre à genoux à côté de lui. Il avait un peu de sang dans les cheveux ; une petite coupure, de plusieurs centimètres, s'ouvrait superficiellement au-dessus de son oreille droite.

— Ça n'a pas l'air trop méchant. Comment vous sentez-vous ?

Il secoua la tête, cherchant encore son souffle.

— Ce petit salopard m'a sauté dessus.

— Vous avez tout fait pour.

Il toucha sa coupure et contempla ses doigts ensanglantés.

— Seigneur. Vous voyez ça ? Ma putain de caboche va me tuer.

— Il peut y avoir un traumatisme. Un médecin devrait vous examiner.

Les mains de Bill retombèrent dans l'eau, paumes en l'air.

— Tout ça, c'est de la merde, vous comprenez. Tout ce... Tout ça, quoi.

— C'est aussi mon avis, dis-je.

— Moi, j'étais plus ou moins au courant, mais en même temps, je l'ignorais plus ou moins.

Il regarda derrière moi, vers la rive où Pete était encore maintenu par les deux autres.

— Espèce d'obsédé ! Misérable petite merde ! Quand j'en aurai fini avec toi, tu ne trouveras pas un autre boulot de toute ta vie !

Il revint sur moi et baissa la voix.

— Ça devrait le calmer. C'est ça, le secret, faire croire à l'autre qu'on en sait plus qu'on ne sait en réalité. Ce qui, dans mon cas, est d'habitude que dalle.

— J'en doute.

— Vous avez tort.

Il se rembrunit, abattu.

— La vérité, c'est que c'est un meilleur avocat que moi. Et sans doute un meilleur coup, aussi.

Je pensai à Pete, au fond de la piscine de Harvard ;

à sa hutte de branchages et à sa petite amie, et à ses putains de nouvelles. Il n'y avait pas de camp à choisir dans cette affaire, ni même quelqu'un à aimer, et je me sentais surtout triste pour tous les deux.

— Je suis sûr qu'il en est persuadé, lui.

— Jésus. Il *l'aime.*

Il secoua à nouveau la tête, le regard dans le vide.

— Vous m'aidez à me relever ?

Je le tirai vers le haut. Il avait l'air instable, avec un côté meilleur que l'autre, et je lui tins le coude pour remonter sur la rive. Et il avait autre chose : sa paupière droite battait.

— Vous êtes un brave type, Joe. À essayer d'arranger ça.

— C'est mon boulot.

— Je sais que c'est faux, mais merci.

Nous étions sortis de l'eau à portée de voix de Pete et des deux autres. Bill s'écria :

— Tu entends ? Je présente tes excuses à notre hôte, espèce de trou du cul mal élevé.

— Laisse tomber, Bill, lança Carl. Pour l'amour de Dieu, ferme-la.

— Oh, et puis merde, soupira Bill.

Je lui lâchai le coude et l'observai. Clignements de l'œil : clic, clic, clic.

— Vous êtes sûr que ça va ?

— Un cachet d'aspirine suffira à me guérir.

Il m'accorda un sourire mécanique, comme quelqu'un qui prétend adorer un horrible cadeau ; je ne comprenais pas où il voulait en venir.

— Vous aimez les blagues d'avocats, Joe ?

Je haussai les épaules, jouant le jeu.

— Évidemment, pourquoi pas.

— Voici ma préférée : Pourquoi le divorce est-il si cher ? Langue au chat ?

J'acquiesçai.

— Parce qu'il le vaut bien !

Il éclata de rire et secoua la tête.

— Ça m'éclate. Vous m'excusez une seconde, d'ac ?

Il s'engagea sur le sentier, dans l'ombre du barrage. Je consultai ma montre. Il était un peu plus de six heures. Tout à coup, la seule chose qui m'aurait fait plaisir, c'était de rentrer à la maison, Harry ou pas Harry. J'aurais volontiers appelé Lucy pour le lui dire, si je n'avais pas oublié la radio dans le camion, à trois kilomètres.

— Qu'est-ce qu'il fiche ?

Carl était à ma hauteur, une main en visière devant les yeux. Je tendis le cou pour suivre son regard là-haut. Pendant une ou deux secondes, je ne vis rien d'autre que le mur du barrage, qui s'élevait orgueilleusement vers le ciel. Puis je le découvris : Bill traversait l'étroite passerelle, à trente mètres au-dessus de nous. Il ôta sa veste et la jeta à ses pieds, puis il baissa ses bretelles. Carl dit :

— Je crois qu'il.... qu'il va pisser.

Effectivement. Au bord de la passerelle, Bill descendait ses cuissardes sur ses genoux, ouvrait sa braguette, avant de libérer un jet sur le mur incurvé au-dessous de lui, faisant apparaître une petite tache en forme de cœur sur la pierre. Mike et Pete nous avaient rejoints et nous regardions tous les quatre vers le haut, comme des astronomes observant le parcours d'une comète. Lorsque Bill eut terminé, il se rajusta et contempla le ciel avec ce que je lus comme un air satisfait. Ensuite de quoi il recula et disparut à notre vue.

Je me tournai vers Pete.

— Ça, c'était pour vous, mon pote.

— Non, attendez un peu, dit Pete, les yeux toujours fixés sur le barrage. La passerelle fait, disons, un mètre vingt de large, non ?

— À peu près, oui.

— Donc, on devrait toujours le voir. Où est-ce qu'il est passé, bon Dieu ?

Je regardai plus attentivement. Pete avait raison : on ne voyait Bill nulle part. Je comptai cinq secondes, puis dix. Toujours rien.

*Seigneur*, pensai-je. *Seigneur, Seigneur Jésus*.

Et j'escaladai le sentier vers le sommet du barrage.

# À la dérive dans les cieux

## 22
## Harry

Mon infirmière aux aiguilles à tricoter : je l'ai attendue toute cette journée-là. Mais midi passa, puis il fut deux heures, puis trois heures de l'après-midi, et elle ne se montrait toujours pas. Elle n'était pas réelle, elle était une hallucination créée par les médicaments. Je le savais bien, et cependant je l'attendais impatiemment, comme on attend le soleil après des jours et des jours de pluie. Tout au long de ces heures, Franny allait et venait, ma chère Franny, et Hal, avec sa puissance presque pitoyable, car elle était quasiment impuissante – puisque tout le monde attendait, comme moi, la fin.

Est-ce que j'ai faim ? me demandent-ils. Est-ce que j'ai besoin qu'on m'aide pour me rendre aux toilettes ? La couverture est-elle trop chaude, trop serrée ? Comment va la respiration, Harry, veux-tu qu'on fasse un réglage, avec la jolie petite valve, là ?

Je réponds à toutes leurs questions, me plains de façon convaincante d'avoir mal, bien que je ne sente presque rien, donne raisonnablement mon accord sur tel ou tel sujet. Les heures commencent et se terminent. Puis :

*Harry ?*

Une joie toute pure m'envahit, se propage dans mon corps comme un rayon de lumière.

*C'est vous*, dis-je. *Vous êtes venue.*

Assise, elle se penche en avant ; d'un sac de toile posé à ses pieds, elle sort son ouvrage, ses aiguilles qui brillent comme des diamants. Elle installe le tricot sur ses larges cuisses : c'est tout blanc, en boule, comme les entrailles d'une balle de base-ball. Un rapide mouvement des mains et la voilà au travail, abaissant et relevant les doigts comme un pianiste devant son clavier, allongeant sans se lasser l'objet tricoté serré, blanc comme neige, encore plus blanc même – une blancheur d'une perfection absolue. Ce tableau est si beau que je voudrais pleurer.

*C'est une écharpe*, dit-elle.

*Une écharpe*. Le mot paraît trop pauvre pour décrire ce qu'elle fait.

*J'ai dit ça ?* Elle rit, douce musique. *J'ignore ce que c'est.*

Je ne vois pas son visage. C'est peut-être à cause des médicaments, ou de la façon dont tombe la lumière dans la chambre : une lumière de fin d'après-midi, froide et immobile comme du liquide. Ou bien mes yeux sont-ils fermés.

Je sens ma poitrine qui se soulève. *Comment va Sam ?*

*Sam ?*

*Vous m'avez dit que vous l'aviez vu.* J'ai la langue lourde dans la bouche. Je me demande même si je parle vraiment, ou si je ne fais que communiquer par ma seule pensée. *L'autre jour. À l'hôpital.*

*Il va bien, Harry. Tout le monde va bien. On attend tous de savoir ce que vous voulez faire.*

*Il me manque.*

*Sam.*

*C'est un bon petit. J'aimerais qu'il pleure davantage. Un bébé doit pleurer plus que ça, non ?*

Une humidité salée sur les lèvres. Je ne peux toujours pas ouvrir les yeux. J'ai l'impression de me trouver à moitié dans un rêve, un rêve agréable au cours duquel je ferme toutes les fenêtres d'une maison alors qu'il pleut dehors. Mais cette pluie c'est de la neige, et la neige une étoffe, une longue bande d'étoffe d'un blanc parfait, qui se déroule jusqu'au sol. Un linceul, songeai-je. Un linceul pour en couvrir mon petit garçon, qui n'a jamais beaucoup pleuré.

*Vous croyez que vous allez le voir, Harry ?*

Je hoche la tête, plein de certitude. Comment ai-je pu en douter ? *Oui, oui je le crois. Lucy ?*

Un silence. Sa main a trouvé la mienne qui était posée sur le drap.

*Je vais mourir, Lucy.*

*Je sais, Harry.*

*Je regrette.*

*Qu'est-ce que tu regrettes ?*

*De... t'avoir laissée.*

*Tu n'as rien à te reprocher, Harry. Tu ne savais pas.*

*Mais je crois que si, je savais. C'est bizarre, non ? Je crois bien que je savais.*

*Ce n'est pas bizarre. Je suis contente que ça soit arrivé, Harry.*

*Moi aussi, je suis content.* J'essaie de penser à autre chose que je pourrais dire, mais il n'y a que ça : cette joie. Puis :

*Tu te souviens, Lucy, cette nuit sur la terrasse ? Cette nuit étonnante où Joe est venu te rejoindre. Il y avait une femme qui avait voulu danser avec moi.*

*Une femme ?*

*Une femme quelconque. Personne, en fait. Et puis*

*je me suis réveillé et Joe était là, et tu as surgi des buissons et tu l'as serré contre toi. Il avait dû se tromper de bungalow.*

*C'était une nuit inoubliable, Harry.*

*Je regrette d'être parti tout de suite après. C'était une réaction infantile.*

*Mais tu es revenu, non ? Tu es revenu et tout a été bien. Il n'y aurait plus rien, ici, si tu n'étais pas revenu.*

Le silence s'installe un moment, et du temps vaporeux nous enveloppe en tourbillonnant.

*J'ai voulu me suicider ici, Lucy.*

Un silence. *C'était quand, Harry ?*

*Avec les comprimés de Meredith. Tu les as trouvés ? Je les ai laissés pour que tu les trouves.*

*Je crois que oui, Harry. Un tube de comprimés.*

*J'avais déjà essayé une fois, tu sais. Avec la voiture.* Après tout ce temps, comme c'est merveilleux de pouvoir dire ces choses. C'est comme si j'avais transporté une lourde valise pendant des années, et que je m'aperçoive qu'il suffit de la poser. *C'était la veille du jour où je t'ai retrouvée sur le ponton.*

*C'était quand, Harry ? Tu as voulu avoir un accident de voiture ?*

J'ai envie de rire. Un accident avec la Jag ! C'est si absurde, tellement impossible, je comprends à quel point ma tentative était minuscule, dérisoire.

*Harry ? Ça va ?*

*Excuse-moi. C'est juste... C'est tellement étrange. C'est très curieux, ce qui s'est passé. Presque un accident. J'ai laissé tourner le moteur dans le garage. Je suis resté assis un temps fou. Une histoire démente. Lucy ?*

À nouveau ce silence. Est-ce bien Lucy qui est près

de moi ? Mais oui, évidemment, c'est elle ; c'est ma Lucy, enfin là.

*Oui, Harry ?*

*Je suis désolé, pour Joe. Ça a dû être dur pour lui, toutes ces années. J'aurais dû le lui dire.*

Mais maintenant, c'est elle qui rit, d'un rire qui semble venir de partout à la fois, de tout autour, et aussi des tréfonds de ma mémoire ; ma mère, encore jeune, un jour où nous étions tous allés pique-niquer et que le chien était entré dans le panier où elle avait mis la tarte, un chien de chasse avec la truffe noire dont j'ai oublié le nom ; Meredith, dans le restaurant le soir de notre rencontre, riant à une repartie de son amie, puis levant les yeux pour rencontrer les miens ; une jeune fille coinçant une mèche de cheveux mouillés derrière une oreille tout en me parlant de beignets, et des framboises de la ferme voisine. Tout cela et plus encore.

*Oh, Harry, tu ne sais donc pas ? C'est toi qui l'as le plus aidé.*

*Comment ça ?*

Elle serre ma main, et aussitôt je comprends : la connaissance me traverse comme un courant électrique, et le cercle se referme enfin.

*Près de moi, Harry,* dit-elle dans un soupir, plus vraiment là ; et sa voix m'entraîne dans le sommeil. *C'est le cadeau que tu nous as offert à tous. Tu l'as fait revenir près de moi.*

Il est tard : je m'éveille dans le noir, seul. Un sentiment de conscience très vive me parcourt. Je peux à peine bouger – mon corps est toujours le même, plus bois que chair – et cependant mon esprit est soudain furieusement vivace à l'intérieur de moi. De la pièce voisine, des voix me parviennent, telles des odeurs dérivantes : ce sont Hal et Franny qui parlent tout bas, inquiets de l'hospitalisation, de la distance qui nous sépare des médecins et des machines susceptibles de me garder en vie, et plus loin, Lucy et Jordan qui discutent sur le ponton. Je perçois chaque mot qu'ils prononcent bien que leurs paroles se chevauchent, et tandis que j'écoute, mon esprit s'enfle vers un horizon sonore plus large, de telle manière que non seulement les voix, mais tous les bruits à des kilomètres à la ronde se valent : une fille qui chantonne en cuisine en récurant une casserole, le soupir du lac qui s'affale sur le rivage, chaque vague répondant aux à-coups du moteur d'un lointain hors-bord. C'est sublime : les atomes de mon corps semblent vibrer avec les sons.

— Hal.

Silence, puis le bruit de ses chaussures sur le plancher et un flamboiement du soleil de l'après-midi qui entre par la porte ouverte : le jour n'est pas autant avancé que je l'avais cru.

— Mais, ma parole, il est réveillé.

Il pose sur moi un œil critique et approche une chaise du lit étroit. Je me redresse sur mon oreiller et il me tend une tasse d'eau pour que je boive.

— Je me demandais quand tu allais te manifester. Comment te sens-tu ?

L'eau est tellement tiède que j'ai du mal à sentir sa présence dans ma bouche ; un mince filet coule sur mon menton, ce qui me gêne ; je ne voudrais pas que Hal s'aperçoive que j'ai renoncé à mon corps, que ma force est tout entière de la volonté.

— Mieux, à mon avis. Beaucoup mieux, en fait.

Il fait un geste autour de sa poitrine.

— Comment va la respiration ?

Docile, j'inspire à fond pour lui montrer. L'envie

de tousser est intense, vive comme une allumette enflammée, mais je réussis tout de même à la réprimer.

— Tu as vu ça ?

Je me racle la gorge, des larmes plein les yeux.

— Je suis en pleine forme. Dis à Jordan de se préparer.

Ses yeux s'assombrissent, sceptiques.

— P'pa, on en parlait justement, Franny et moi. Après la soirée d'hier, on se disait que ça suffisait. Qu'est-ce que tu en penserais si on te conduisait à Farmington ?

— Je sais ce que vous avez dit. J'ai tout entendu.

Je m'éclaircis l'esprit pour laisser les sons me parvenir.

— Écoute, Hal. Tu entends ?

— J'entends quoi ?

Il fronce les sourcils, en pleine confusion.

— Je ne comprends pas de quoi tu parles, P'pa.

— Écoute donc.

Je ferme les yeux et les sons s'engouffrent en moi. Un torrent de bruits indifférenciés, puis c'est lui à nouveau : pas un murmure, mais un chant. La voix monte et descend suivant les notes, et couvre le chuintement de l'eau qui coule du robinet.

— Il y a une fille qui chante dans la cuisine. C'est vieux, cette chanson. Elle ne devrait pas la connaître, mais elle la connaît.

Je rouvre les yeux. Hal me considère, avec dans le regard une inquiétude nouvelle. Je ne veux pas créer de problèmes, et pourtant il faut que ce soit clair. Il est hors de question que je meure à l'hôpital.

— C'est *St Louis Blues* ? Non, c'est *Voyage sentimental*.

— Je ne discuterai pas avec toi, P'pa. Laisse-nous te conduire chez le docteur, d'accord ?

— Non.

Un moment passe au cours duquel il ne baisse pas les yeux. Je suis faible, mourant, il n'y a rien que je puisse accomplir sans son ultime autorisation. On en revient toujours là, à la fin, à cette démission devant son destin, obéissant comme un chien. *Je t'ai aimé, Hal,* me dis-je. *Tu es mon petit chéri. Laisse-moi faire ce que je veux.*

Il se met enfin debout.

— Seigneur, Franny va m'assassiner. D'accord, P'pa. C'est toi qui commandes. Je vais dire à Jordan de se préparer.

Et là, le soir arrive vraiment. Le temps se précipite, s'arrête et repart – bien que presque imperceptiblement, comme si j'étais une barque d'osier dérivant sur une immense vague céleste. Mon esprit accède à une sensation d'immobilité parfaite avec, au-dessus de moi, un ciel où naissent des étoiles. Cette chose sonore a disparu, je n'entends plus que la lente succion des rames, une musique en soi qui s'accorde à la respiration de mon batelier alors qu'il nous fait quitter le rivage. C'est ce garçon que j'ai choisi : il est robuste, honnête, et il a la terre dans le sang. Son visage est plongé dans l'ombre, comme s'il était coiffé d'une cagoule. Je peux compter sur lui.

Il n'est plus temps, pensé-je. Puis : il est encore temps. De la neige, à l'extérieur du train, et les derniers soupirs, et le sommeil. Les aiguilles à tricoter qui n'arrêtent pas. Tout temps est du temps enfui, c'est une histoire d'adieux.

Je n'ai plus qu'un seul désir, le seul désir que j'aie jamais vraiment éprouvé : m'enfoncer dans cette eau.

# 23
# Joe

Nous flottions contre la paroi depuis deux heures, Bill et moi, lorsque l'idée me frappa ; aujourd'hui, c'était le jour de ma mort.

Bill était tombé du barrage en arrière : la chute représentait moins de sept mètres jusqu'au plan d'eau supérieur, mais le courant s'était immédiatement emparé de lui : alourdi par ses cuissardes gorgées d'eau, il avait été attiré dans le remous à l'entrée béante de l'admission. Il aurait été emporté, mais avait réussi à la dernière seconde à empoigner le rebord et à libérer son corps du plus fort du courant, en se plaquant contre la paroi de béton.

C'est là que je le découvris en arrivant en haut du barrage, avec Pete, Mike et Carl junior à bout de souffle derrière moi. Pete courut jusqu'au vieux poste militaire pour voir s'il y avait un rouleau de corde, mais il n'y en avait pas, bien sûr, puisque personne ne surveillait plus la construction depuis qu'on avait démonté les turbines, trente ans plus tôt ; et l'instant d'après, comme nous étions tous les quatre sur le barrage à crier des encouragements vains du genre « Tiens bon, vieux, on arrive », je me rendis compte, avec un coup au ventre, que faire ce à quoi je pensais, si idiot que ça puisse paraître, valait encore mieux que regarder ce pauvre garçon se noyer.

Je décrochai les clés de ma ceinture et les tendis à Mike.

— Il y a une radio sous le siège du passager. Vous en avez déjà utilisé une ?

— Pas depuis le service militaire.

— Vous saurez trouver le canal d'urgence ?

— Le canal 9 ?

— Bien joué. Gardez votre calme. Vous allez prendre l'autoroute qui ramène en ville. Le bureau du shérif est à trois pâtés de maisons sur la gauche, à côté de la poste. Vous saurez retourner au camion ?

Toute expression quitta son visage.

— Je crois.

— Vous croyez. Bon, emmenez Carl avec vous, alors.

Mike regarda Carl dont le gros ventre pendait pardessus sa boucle de pantalon.

— J'irai plus vite tout seul, Joe.

Carl se raidit.

— Ça veut dire quoi, ça, bordel ?

— Ne le prends pas mal, vieux, mais on ne peut pas dire que tu sois profilé pour la vitesse.

— Je ne le prends pas mal, salaud. Moi, je fais attention où je mets les pieds, au moins.

— *Ça suffit*, aboyai-je pour couper court.

Y avait-il un moyen de faire cohabiter ces gars-là ?

— Vous y allez tous les deux parce que je l'ai dit. C'est compris ?

Ils hochèrent la tête, matés comme des écoliers ; ils n'avaient pas l'habitude, l'un comme l'autre, à mon avis, de recevoir des ordres.

— Bien. Maintenant, vous passez sur l'autre rive, et vous ne vous écartez pas du sentier. Il y a des embranchements, mais si vous suivez les repères orange, ça ira. Si vous marchez plus de trente minutes, ça signifie que vous vous êtes trompés, alors revenez en arrière jusqu'au prochain repère orange. Vous, Pete, vous restez ici, je risque d'avoir besoin de vous. Maintenant, vous deux, allez-y.

Et ils ont gravi la côte, Mike s'élançant d'un pas rapide, et Carl sur ses talons, remontant d'une main son pantalon qui glissait par-derrière. Je les ai regardés s'éloigner, puis j'ai ôté mes chaussures et ma veste, j'ai sorti mon portefeuille de ma poche revolver et l'ai tendu à Pete, puis j'ai avancé jusqu'au bord du barrage, j'ai jeté un dernier coup d'œil pour évaluer la hauteur, et j'ai sauté.

Le contact a été rude, mais je suis entré dans l'eau nettement, genoux serrés et orteils tendus comme ceux d'une ballerine. Le courant était violent, ce fut un saisissement glacé qui se referma sur moi comme un poing et m'attira vers le fond ; je sombrai encore et encore, dans l'espoir de sentir l'étreinte se desserrer, au milieu du spectacle des bulles tout autour de mon visage, et juste comme je me disais que j'avais dû mal calculer mon coup et que j'allais me retrouver au fond, j'éprouvai une libération, et j'entamai ma remontée vers la surface. En trois tractions vigoureuses, j'émergeai à l'air libre, mais alors le courant s'en prit à nouveau à moi. Dans un flash, je vis Pete, debout sur le barrage au-dessus de moi, puis Bill, se cramponnant de toutes ses forces au rebord de la bouche, les remous jouant avec moi comme avec une toupie, aussi tout ce que je pus faire, ce fut conserver la tête hors de l'eau, en espérant que, comme Bill, j'aurais la veine de trouver quelque chose à empoigner avant d'être avalé. Propulsé tête la première vers le conduit, j'agrippai le rebord à deux mains ; un objet dur s'inscrivit dans ma paume, sans doute une vieille ferraille, rouillée et pointue comme un tire-bouchon – et ce fut la chance de ma vie. Accroché à cette barre métallique, je parvins à stabiliser mon corps malgré la force de l'eau, à me dégager de l'appel du conduit, et à manœuvrer contre la paroi en direction de Bill.

— Je ne voudrais pas avoir l'air ingrat, dit-il en essayant de couvrir le bruit du bouillonnement, mais qu'est-ce que vous foutez là, bon Dieu ?

— Je suis venu vous porter secours.

Il éclata de rire, s'étouffant avec l'eau qui nous fouettait le visage.

— Super. Et maintenant, on est cuits tous les deux.

Pete nous faisait des signes depuis le haut du barrage.

— Ça va aller ?

Je sortis un bras de l'eau pour dresser le pouce.

— Oh, qu'il aille *se faire foutre*, dit Bill.

— Comment vous vous sentez ?

— Pas trop chaud.

Il était d'une pâleur de cadavre, et je remarquai que ses yeux avaient perdu leur parallélisme. Il avait sans doute aussi la voix altérée : c'était difficile à évaluer à cause du bruit. Je me dis qu'il avait dû faire une petite attaque, mais ça pouvait être mille autres choses.

— Je ne sais pas ce qui s'est passé. J'ai eu un blanc et je me suis retrouvé là.

— À mon avis, vous devriez lever le pied sur la cigarette.

— Quelle drôle d'idée, j'en fumerais bien une, là.

Il réussit à sourire.

— Bon, collègue, qu'est-ce qu'on fait, maintenant ?

Avant de sauter, je m'étais dit qu'en unissant nos forces, nous parviendrions à atteindre une zone où le courant était moins sauvage, et à nager ensuite jusqu'à la rive. Mais je comprenais maintenant la réalité de notre situation. Le tourbillon était trop puissant, la paroi du barrage était lisse comme un miroir, polie par des années et des années de clapotis, et puis, de toute manière, Bill était bien incapable de quoi que ce soit. Il arrivait à peine à se maintenir là où il était, et d'après la couleur de sa peau, on pouvait sérieusement se demander combien de temps il allait rester conscient. Le froid aiderait dans un premier temps, mais pas dans un second. Treize degrés maximum : les statistiques nous accordaient deux heures, à condition de faire des mouvements, ce qui nous était impossible : nous étions épinglés à ce mur comme deux trophées de chasse, les os rincés par de l'eau glacée. Je la sentais déjà s'attaquer à mes extrémités. Alors, disons une heure, et peut-être moins : si Bill perdait connaissance, ou si je lâchais ce bout de ferraille ne serait-ce qu'une seconde, c'était la fin des haricots.

— Maintenant, on se tient tranquille et on admire le paysage. J'ai envoyé Mike et Carl chercher la cavalerie.

— Carl ? Mike, je comprends ; mais pourquoi vous avez envoyé ce gros plein de soupe ?

Je pris le temps de recracher de l'eau.

— Ils vont faire une bonne équipe. Nous n'avons plus qu'à attendre. Et si vous vous débarrassiez de vos cuissardes ?

Facile à dire : Bill ne pouvait pas en même temps se tenir et enlever le moindre vêtement. Il essaya plusieurs fois de donner des coups de pieds dans l'eau, puis de coincer ses talons contre la paroi, mais il manquait de la force nécessaire. Et il était encore beaucoup trop loin de moi.

— C'est parfait. On va me trouver comme ça : avec le pantalon aux genoux.

Je voyais combien il était épuisé.

— J'ai une idée, dis-je. Je pourrais les arracher si je réussissais à passer derrière vous.

La manœuvre consistait à l'entourer de mon bras et à attraper la barre de l'autre côté. Mais au moment où je lâchai, le courant me balaya vers l'ouverture. Le phénomène se reproduisit une dizaine de fois, quelle que soit la technique employée.

— Putain.

J'étais épuisé, à bout de souffle, et je claquais des dents comme une machine de télégraphie sans fil.

— Ça ne va pas marcher.

— Si, ça va marcher, dit Bill. Je vais laisser le courant m'emmener vers vous, et là vous pourrez me ceinturer en utilisant mon poids comme bras de levier.

C'était hasardeux, mais je voyais comment m'y prendre. Une chose était certaine : il fallait se débarrasser de ces cuissardes. Tôt ou tard, les secours arriveraient et avec ce paquet autour des chevilles, Bill ne pourrait rien faire, même pas attraper une corde.

— Il faut se synchroniser. À trois. Un...

Il fit un bref hochement de tête.

— Deux...

— Trois...

Bill lâcha la barre, et je gardai libre ma main gauche ; comme je m'écartais du mur, pivotant sur ma main droite, Bill vint me percuter, le dos vers moi, et l'espace d'une seconde, secoués tous les deux comme nous l'étions, je crus que j'allais lâcher prise et nous propulser dans le conduit pour de bon. Puis je sentis que son poids nous entraînait, et je me dis : bingo. Un sursaut suffit pour que ma main gauche retrouve la barre et je nous plaquai tous les deux dos au mur, Bill coincé dans le petit espace entre moi et la paroi.

Je m'accordai une bouffée d'air.

— Ça devrait aller, à mon avis. Tenez bon.

Je plaquai mes pieds au bas de ses cuissardes. Deux ou trois poussées et elles filèrent, remontant à la surface au bout d'une seconde, paire de jambes sans corps tournoyant dans le bouillonnement. Je les regardai disparaître dans le conduit.

— Ça va mieux ?

Je ne voyais plus son visage, mais je sentis son hochement de tête. Il n'avait plus aucune énergie. Cela faisait au moins vingt minutes que nous étions dans l'eau, et même un peu plus pour Bill ; je ne pouvais pas consulter ma montre, mais d'après la lumière, j'étais certain qu'il était plus de sept heures. Mes mains étaient en lambeaux, pourtant la douleur restait floue, et j'étais heureux que le froid m'ait au moins épargné cela. Je plongeai ma figure dans l'eau au goût métallique pour en prendre une gorgée revigorante.

— Bon, dis-je, et je sentis sur ma nuque une ombre qui signifiait que le soleil s'était enfoncé derrière la montagne. Maintenant, il nous suffit d'attendre.

Mais une demi-heure s'étira jusqu'à une heure, puis cette heure s'allongea jusqu'à une heure et demie. Je compris que Mike et Carl s'étaient perdus, soit sur le sentier, soit sur le chemin de la ville. En dehors d'un appel de temps en temps provenant de Pete, suivi de ma réponse laconique, il n'y avait pas un seul bruit humain. Dans mes bras, Bill avait l'air de somnoler, et pendant quelques minutes, je fis comme lui, les mains toujours miraculeusement agrippées à la ferraille ; en ouvrant les yeux, je vis apparaître les premières étoiles, petits repaires de lumière dans un ciel par ailleurs immense et insondable, et tout à coup, cela me sembla étrange, étrange d'une façon que je ne peux pas expliquer, la simple existence des étoiles ; je savais bien que j'avais froid, que ma température corporelle avait commencé à chuter, mais d'une certaine manière, cette nouvelle ne m'intéressait pas, elle n'avait aucune réalité pour moi. J'avais tellement froid que c'était presque comme avoir chaud.

— Joe ?

— Je suis là.

— Personne ne viendra plus, non ?

Ce qu'il fallait répondre, c'était « Bien sûr que si, accrochez-vous encore un tout petit moment ». Mais le froid avait engourdi ma détermination, et puis je ne voyais aucune raison de mentir.

— Ils ont dû avoir un problème. Ils devraient être de retour.

— Joe, je ne crois pas que je vais pouvoir tenir encore longtemps. Je suis complètement usé.

— Nous sommes deux. Je ne sens plus mes mains.

— Ce n'est pas ce que je veux dire.

La voix de Bill avait un son creux, comme s'il manquait quelque chose à l'intérieur. Il laissa passer un moment.

— Si ça ne vous ennuie pas, dit-il alors, je vais lâcher prise.

— C'est une très mauvaise idée. Il m'est impossible de tenir sans votre aide.

— Écoutez-moi, Joe. Vous n'y êtes pour rien. Je n'aurais pas dû faire l'acrobate sur le barrage comme ça. Je suis un poids mort, mais je vous connais, vous seriez capable de vous river à ce truc toute la nuit s'il le fallait. Laissez-moi filer.

Je refermai les doigts sur la barre avant de décréter :

— Pas question.

— Mais si, mon pote, mais si. Vous, vous devez penser à votre famille. Comment s'appelle votre fille ? Kate ? Faites un truc intelligent, Joe. Pensez à Kate et laissez-moi filer.

Le froid ou l'heure tardive ou le gâchis sans issue dans lequel je nous avais mis ; « Pensez à Kate », avait-il dit, et c'est ce que je fis. *Kats*, dis-je mentalement, *où que tu sois, ton vieux est dans une sacrée purée. Toi, tu es une merveille. Tu es ma Kats. Qu'est-ce que je dois faire, dis ?*

C'était une sorte de prière, je suppose, cette façon d'envoyer un message muet, et ce qui me vint en retour, ce fut le souvenir de notre voyage en Californie, au printemps (nous avions fini par louer une voiture, pour aller de Los Angeles à San Francisco par l'autoroute du bord de mer) et d'un moment de pur bonheur : nous nous étions arrêtés sur une aire de repos près de San Clemente pour nous dégourdir les jambes et contempler le panorama. Il y avait un petit espace pique-nique, avec des tables de bois délavé et des cannettes rouillées, le tout battu par le vent, sans un arbre en vue, seulement des rochers arrondis par la mer et des plaques de glace qui descendaient vers l'eau comme un escalier ; nous nous sommes installés à une table et avons bu de l'eau minérale en nous repassant un sachet de cacahouètes glacées au yaourt que Kate avait acheté le matin dans une boutique bio de Santa Barbara. Tout : l'endroit lui-même, si beau et si nu ; la douleur dans les reins et dans les yeux après ces heures de conduite ; l'odeur de la mer et le goût des cacahouètes, la douceur de l'enrobage se mariant à la saveur salée des graines ; et puis ce sentiment d'être là, assis tous les deux, sans rien dire, sans avoir besoin de parler. C'était comme si quelque chose s'ouvrait en moi, une sorte d'amour sans limite.

Je n'étais pas retourné en Californie depuis vingt ans, depuis le jour où j'étais sorti de ce petit café de Santa Monica et que j'avais entrepris le voyage de retour chez moi. Et j'avais songé tout à coup qu'elle avait le droit de savoir, qu'il n'y avait jamais eu de problème ; que l'heure était venue enfin de lui raconter la véritable histoire, à propos de cette année-là.

— C'est vraiment joli, par ici, dit-elle en regardant au large.

— C'est justement la réflexion que je me faisais.

— Un peu loin, tout de même.

Une brise s'était levée, l'ébouriffant.

— Je sais que ça t'a causé un tas de soucis pour m'amener ici. Mais je me disais qu'il vaudrait peut-être mieux que je m'installe plus près de chez nous.

— C'est ta vie, Kats. Tu ne dois pas t'inquiéter à propos de ta mère ou à propos de moi. En plus, on s'en va tout l'hiver.

À l'époque, je n'avais pas encore vendu le domaine, pas officiellement (toute la paperasse et les diverses confirmations suivaient leur cours bureaucratique), aussi n'abordai-je pas le sujet.

— Oui, eh bien...

Elle haussa les épaules.

— Ce n'est pas vraiment à M'man que je pense.

— C'est à un garçon ?

— Seigneur, P'pa.

Elle eut un rire ennuyé.

— Non, ce n'est pas à un garçon. C'est juste... Tu vois, à tout. À M'man, à toi, à un ensemble. À toute ma stupide vie.

— Je veux seulement que tu sois heureuse, Kats.

Elle soupira profondément.

— J'en suis sûre. Mais ça veut dire quoi, P'pa ? Parfois j'ai envie d'être comme, je ne sais pas, tous les autres enfants, Mary Prossert ou Susan Jude. J'imagine que Mary est, quoi, coiffeuse maintenant ? Et que Susan est probablement encore avec son affreux petit ami qui passait sa vie dans les bois à bord de son 4 × 4. Elles, au moins, n'ont pas à s'en faire pour leur partiel d'anatomie, ni pour la fac de médecine, ni pour la Californie, ni pour rien.

— Tu es brillante, ma petite. C'est de naissance. Tu t'en rendras compte.

Elle eut une moue triste, les yeux baissés vers la table.

— Il y a des jours où je ne me sens pas vraiment brillante.

— Eh bien, tu t'en sors toujours mieux que moi. Je ne me sens *jamais* brillant.

Elle eut un petit rire, et je fus content de l'avoir tirée de sa morosité.

— Mais tu es heureux.

— La plupart du temps, acquiesçai-je. Pas toujours. On surestime parfois le bonheur, Kats. Ce que je sais, c'est que je suis heureux d'être ton père.

Elle redressa la tête pour me regarder.

— Eh bien, c'est mon problème.

— Comment ça, ton problème ?

Mais en disant cela, je compris, et mon cœur se fendit comme un œuf.

Pas un garçon : moi. Elle ne voulait pas s'éloigner de *moi*.

— Allons-y, dis-je en décroisant les jambes pour me mettre debout.

Tout semblait flotter tout à coup. Je me raclai la gorge et lui tendis les clés de la voiture de location.

— Tu as envie de conduire ?

Elle prit les clés et les examina bizarrement.

— Ils se sont perdus, dit-elle d'une voix lointaine. Ils sont comme des enfants perdus dans les bois.

— Kats ? Qui s'est perdu ?

— Il te reste peu de temps, P'pa.

Je sentis que je montais, que je m'élevais.

— Tu as froid. Tu devrais traverser le barrage.

*Traverser le barrage.*

Ma tête bascula en arrière et mes yeux s'ouvrirent ; je contemplai le ciel nocturne et les étoiles, et je me rappelai où j'étais. Un souvenir s'était transformé en rêve, ou en quelque chose d'autre : une réponse.

*Traverser le barrage.*

— Joe, écoutez-moi...

— On va s'en sortir ensemble, dis-je rapidement. C'est toi qui vas m'écouter, je suis sûr que ça marchera. On peut atteindre l'autre face du barrage en utilisant le conduit.

— Mais c'est stupide, Joe. On va se noyer, putain. Moi, je suis complètement incapable de nager.

— Nous n'aurons pas besoin de nager.

Tout s'éclaircissait. À vingt mètres en dessous, il y avait le fond, et environ encore trente mètres de passage débarrassé de ses turbines. La pression risquait d'être forte et il devait y avoir un coude assez accentué quelque part, mais le courant nous propulserait. Si nous ne restions pas piégés quelque part ou écrasés contre les parois du conduit, nous déboucherions de l'autre côté comme des balles de fusil, directement dans le déversoir, au pied du barrage.

— Je vais te tenir. Il n'y a que cinquante mètres, en tout. Je sais de quoi je parle ; fais-moi confiance.

Je tournai le cou à la recherche de Pete, assis sur le rebord de la construction.

— Pete, va nous attendre en bas ! On va essayer de traverser.

Il mit sa main autour de son oreille.

— Comment ?

— Le déversoir !

Je fis de mon mieux pour lui indiquer la direction par gestes, avec l'espoir qu'il me voyait malgré la nuit.

— Vas-y ! C'est là-bas qu'on va sortir !

Pete se mit debout, puis courut sur la passerelle jusqu'à la piste. J'appliquai les plantes de mes pieds contre la paroi pour imprimer l'impulsion nécessaire. Notre meilleure chance de négocier le virage, en bas, c'était de nous engager franchement dans l'ouverture et de foncer.

— C'est du suicide, Joe.

— Peut-être, mais c'est ma meilleure idée.

Il réussit à rire.

— Tu es une tête de nœud sacrément gonflée, tu le sais ?

J'aurais bien ri, moi aussi. J'aurais ri, si je n'avais pas eu si peur. Une perspective folle s'ouvrait en moi, moitié faite de désir sauvage, moitié de pure terreur. Cette impression m'animait d'un sentiment bizarre de vitalité. J'assurai ma position contre le barrage et bandai mes muscles, prêt à la détente.

— Je te raconterai un truc, à ce propos ; mais plus tard, si tu veux bien. Prêt ?

Je n'attendis pas sa réponse. Je lâchai la barre, lui saisis fermement la taille, et donnai une poussée maximale. Nous n'avions pas fait un mètre que le tourbillon s'emparait déjà de nous, comme mille mains actives ; j'eus juste le temps de remplir mes poumons d'air et de me dire que tout ça était idiot, vraiment, vraiment idiot, et que nous allions nous noyer, pas de doute là-dessus, lorsque nous nous sommes retrouvés à l'entrée du conduit et que nous avons plongé dans les ténèbres, tête la première.

## 24
## Lucy

Une soirée d'attente. Après le départ de Harry avec Jordan, je retournai à la maison ; il fallait encore penser au dîner et aux clients à nourrir. Je trouvai Patty dans la cuisine, en larmes comme d'habitude, et je me surpris à lui parler sur un ton cassant ; après quoi, adoucie par la culpabilité, je la pris maternellement contre moi avant de lui donner quartier libre. Mais ce n'était pas ce petit chagrin d'amour d'adolescente qui me tenait en souci ; je n'avais aucune nouvelle de Joe. D'habitude, il rentrait vers six heures, ce qui lui faisait, lorsque nous avons lancé le dessert (les tartes aux pommes que j'avais préparées le matin), au moins deux heures de retard.

Les dernières assiettes à dessert vides revenaient en cuisine lorsque Hal fit son entrée. Je savais qu'il n'avait pas mangé et je lui avais gardé un plat d'espadon au chaud.

— Des nouvelles ? demandai-je.

Il avait la mine encore plus tendue que d'habitude. Il s'assit devant la table et secoua la tête.

— Pas la moindre. Et il commence à faire horriblement nuit.

Je posai l'assiette devant lui. Il mangea poliment,

mais on voyait bien qu'il n'avait pas faim. Je chassai Claire de la pièce, me séchai les mains avec un torchon et vins m'asseoir en face de lui.

— Il faut manger.

Hal reposa sa fourchette.

— Oui.

Je mis ma main sur la sienne.

— Ça va bien se passer, Hal. Jordan sait ce qu'il fait. Ils ont probablement trouvé du poisson. Je parie qu'ils s'offrent du bon temps, là-bas, exactement comme le voulait ton père.

Hal ne répondit rien. Nous avions tous deux conscience qu'il était très tard. Par cette nuit sans lune, le lac devait être sombre comme un encrier.

— Joe n'est pas rentré ?

— Non, et pour te dire la vérité, je m'inquiète vraiment pour lui, aussi. Ce n'est pas son genre de s'attarder ainsi.

— Alors, ça pourrait aller mieux.

Je hochai la tête.

— Ça pourrait aller mieux.

Je débarrassai son assiette et le laissai pour aller écouter la radio. Ça n'avait pas de sens, je m'en rendais bien compte ; j'avais depuis longtemps renoncé à le joindre, mais je ne pouvais pas rester sans rien faire. Je m'assis devant le guéridon et allumai.

— Poste tango-yankee-juillet-deux-zéro-un-sept, ici le domaine Crosby, pour Joe Crosby. Terminé.

Je relâchai le bouton et attendis. Le temps était dégagé et la réception devait être bonne. Pendant un moment, je n'entendis rien hormis le léger souffle du canal vide. Puis :

— Lucy, c'est vous ?

Je sursautai sur ma chaise. Mais ce n'était pas la voix de Joe. J'en aurais pleuré de déception.

— Bonjour Porter. Je cherchais à joindre Joe. Il est parti pour le Zisko ce matin et je n'ai pas réussi à l'avoir, depuis. Il est très en retard. Terminé.

Pendant plusieurs secondes, la ligne fut brouillée par des crachotements. Je modifiai la fréquence et récupérai la voix de Porter au milieu de sa phrase.

— ... véhicule, il y a environ une heure. Terminé.

Un véhicule, pensai-je avec espoir : il parlait sans doute du camion de Joe.

— Répétez, Porter. Terminé.

— Je disais qu'un véhicule de secours était parti d'ici en urgence, il y a une heure. Il a emprunté l'autoroute 9, peut-être en direction du barrage. Terminé.

Tout ce qui se passa ensuite sembla se produire en même temps : je laissai tomber le micro, courus vers la voiture, m'arrêtai, eut l'idée de revenir en arrière pour essayer d'appeler Darryl Tanner, puis d'aller plutôt trouver Kate. Un véhicule de secours, en direction du barrage. Ça pouvait être n'importe quoi, me dis-je, et ça n'avait peut-être rien à voir avec Joe, ou bien si, ça avait à voir avec lui, mais ce n'était peut-être pas pour lui personnellement, mais pour quelqu'un d'autre de son groupe, l'un des avocats aux gros cigares et aux bouteilles de whisky.

C'était possible, mais ce n'était pas le cas. C'était Joe. Toute la journée, je n'avais eu que Harry en tête, et c'était Joe.

Kate surgit de l'ombre.

— M'man ?

Elle regardait les clés de voiture dans ma main. J'étais tellement troublée que j'avais oublié où j'avais eu l'intention d'aller. Au barrage ? À l'hôpital ?

— Chérie, ton père...

— Je sais. Où est-il passé, bon sang ? Parce que je crois qu'il faut vraiment mettre sur pied une sorte d'expédition de recherche pour Harry et Jordan. Hal est au ponton et prépare un bateau. J'avais pensé en prendre un moi aussi, pour couvrir une plus large surface.

Je ne savais quoi dire, comment expliquer. Tout ce que j'avais, c'était une phrase décousue de Porter, à la radio.

— Kate, ton père... à la radio...

— M'man, ça va bien ? Parce qu'en fait, j'ai autre chose à te dire. Elle avança d'un pas dans la lumière de la terrasse.

— Ne te mets pas en colère, mais j'ai été voir Harry pour lui parler, cet après-midi. Je me doutais que toi, tu n'irais pas, à cause de Papa. Et j'ai... eh bien j'ai fait comme si j'étais toi.

J'étais perdue, totalement dépassée.

— Tu as fait quoi ?

— Je t'ai demandé de ne pas te mettre en colère. Ce n'était pas prémédité. Ce sont plutôt les choses qui se sont enchaînées comme ça.

Elle me toucha le coude.

— Il t'aime vraiment, M'man. C'est ce qu'il m'a dit. J'ai pensé qu'il fallait que tu le saches.

— Oh, Kate, qu'est-ce que tu as fait ?

Puis les arbres se sont éclairés, en clignotements blancs et rouges, avec tant de violence que, stupéfaites, nous avons levé toutes deux les yeux. J'ai entendu un bruit de moteur et regardé au fond de l'allée juste comme surgissait le 4 × 4 de police de Darryl Tanner dont les phares nous clouèrent sur place.

— Qu'est-ce qu'il vient faire ici ? souffla Kate.

Le 4 × 4 s'arrêta devant nous. Je restai paralysée, à écouter le ronronnement de son moteur. Je me répétais : *Joe est mort, noyé dans la rivière. Darryl est venu m'annoncer que mon mari est mort.*

Puis la portière du passager s'ouvrit et Joe descendit de voiture. La respiration que je retenais jusque-là jaillit en trombe de ma poitrine. Il était pieds nus, et lorsqu'il avança je vis qu'il était vêtu d'un uniforme de shérif pas à sa taille. Il avait une serviette-éponge autour du cou.

— Joe, mon Dieu, que s'est-il passé ?

Il me prit dans ses bras et me serra contre lui, très fort. Ses cheveux étaient mouillés et frais sous mes doigts. Derrière nous, Darryl sortit du 4 × 4 et resta là, son chapeau à la main.

— Joe, qu'est-ce qu'il y a ?

— Je vais bien, dit-il. Je vais bien, je vais bien.

Mais il ne bougeait pas. Personne ne faisait un geste ni ne disait un mot. Lorsqu'il s'écarta enfin, je remarquai que ses yeux avaient changé, qu'ils étaient pleins de quelque chose – pas de peur, ni de chagrin, ni même de soulagement, mais de Joe lui-même. Ils étaient tout simplement pleins de Joe.

— Raconte, murmurai-je.

Il regarda par-dessus mon épaule vers Kate qui se tenait derrière nous, puis il revint sur moi.

— Où est Harry ? dit-il.

## 25

## Jordan

D'abord, je me contentai de ramer. Harry ne me demanda pas où nous allions : j'avais mentionné l'embouchure de la rivière et c'était suffisant, et de toute manière c'était l'endroit idéal, tant aux yeux de Harry qu'aux miens. Sans un mot, je tirais sur les avirons ; le vent était tombé et le lac était lisse comme une vitre, mais le bateau était lourd, pas prévu pour être propulsé à la rame, aussi était-ce un travail dur et contraignant de conduire Harry là où il voulait aller. Je pensai à Kate, que j'aimais, et à Joe et Lucy que j'aimais aussi, et à mon père, dont l'esprit planait parmi les étoiles, là-haut, et dont le corps gisait au fond de la mer ; je pensai aux bruits que font les arbres en décembre, lorsqu'il n'y a personne à des kilomètres alentour, et à la voix de ma mère au téléphone lorsqu'elle m'avait parlé de cette triste journée, quand elle était jeune ; je pensai au temps qui passe et à l'amour qui n'est qu'un synonyme du temps. Je pensai à toutes ces choses et je ramais, ramais, ramais, sentant la sueur fraîchir sur mes épaules et sur mon front alors que le domaine disparaissait au moment où nous virâmes ; et bientôt la vieille tête de Harry, silencieux depuis le départ, bascula en avant. Il dormait.

Le crépuscule était là quand nous sommes arrivés sur place. Je remontai les rames, laissant le bateau dériver, et je regardai au fond de l'eau pour voir où se trouvait exactement le dénivelé. En amont, au nord, la rivière se jetait dans le lac, créant une sorte de delta où le courant se divisait comme les doigts écartés d'une main ; à environ trente mètres du bord, le fond, formant une marche, descendait d'un mètre cinquante à plus de six mètres. De près, l'eau avait la couleur du thé à peine infusé, et sa limpidité ; et en atteignant l'endroit, je saurais. Les truites pouvaient se grouper soit d'un côté soit de l'autre, et nous aurions nos meilleures chances à la tombée de la nuit ou juste après, au moment où l'atmosphère se refroidit et où certains poissons remontent en surface pour manger.

Je positionnai le bateau sur les hauts-fonds juste à l'aplomb du dénivelé. Harry dormait toujours, le menton sur la poitrine. Une mèche de cheveux blancs pendait sur son front ; son corps était relâché et paisible. Comme nous pénétrions dans le courant, je jetai l'ancre. À l'ouest, l'ombre de la montagne avançait très loin sur le lac, et absorbait le peu de luminosité qui restait.

Harry leva la tête et battit des paupières.

— Nous y sommes ?

— Oui, monsieur.

Il se recala un peu sur les gilets de sauvetage, essuya une goutte de salive sur son menton et jeta un coup d'œil furtif alentour.

— Merveilleux, dit-il.

— C'est l'heure idéale, non ?

Harry glissa une main dans sa veste et sortit une enveloppe. Je devinai qu'elle contenait le titre de propriété du domaine, ou une lettre expliquant plus ou moins la chose. Il me la tendit.

— C'est pour toi, Jordan.

Je pris l'enveloppe et l'examinai. C'était lourd et doux comme de la crème. En haut à gauche, il y avait le nom d'un bureau juridique de New York (je supposai qu'il s'agissait de celui de Sally) en relief dans une écriture rappelant celle des vieux manuscrits. J'imaginai le vaste bureau d'où elle venait : l'épaisse moquette, les beaux meubles de bois rare, l'odeur de cigare imprégnant les locaux longtemps après le départ de tout le monde jusqu'au lendemain. Ce n'était que du papier, mais on avait l'impression que la lettre émanait du centre du monde. Je décidai de ne pas l'ouvrir et la déposai dans le panier de pique-nique que Lucy nous avait préparé, à côté des sandwiches enveloppés, de la Thermos de café corsé et du sachet de gâteaux secs aux cacahouètes et au beurre.

Harry fronça les sourcils.

— Tu n'ouvres pas ?

— Inutile, dis-je. Vous avez toujours été très généreux. Vous n'êtes pas obligé de me donner quoi que ce soit, vraiment. C'est un plaisir d'être là par une si belle soirée.

— Hal t'a mis au courant.

Je hochai la tête.

— On a parlé. Et oui, on peut dire ça : il m'a mis au courant.

— Eh bien, j'étais sûr qu'il le ferait.

Harry respira deux fois profondément, en soufflant par la bouche. Il avait les lèvres sèches et craquelées, et il passa lentement une langue lourde dessus.

— Oh, c'est très bien comme ça. Je ne crois pas que Hal ait gâché quoi que ce soit. Est-ce que tu acceptes ?

— Le domaine ? Oui. Bien sûr.

Je marquai un temps.

— C'est chez moi, ici.

Harry sourit faiblement.

— C'est tout ce que j'avais besoin d'entendre. Inutile de s'étendre davantage. Je suis heureux de savoir que tu seras là, à veiller à ce que tout aille bien. Je suis très sentimental en ce qui concerne cet endroit, Jordan.

Un frisson le parcourut des pieds à la tête comme un courant électrique. Je pris la couverture au fond du bateau et presque sans me lever je l'étalai sur lui, la coinçant sous ses bras.

— Mon père m'a emmené dans un lieu comme celui-ci quand j'avais neuf ans, poursuivit Harry. Je répugne à te dire combien de temps ça fait. C'était un homme extraordinaire. Dur, à sa manière, mais il y avait aussi de la tendresse chez lui. Chaque fois que je reviens ici, je pense à lui.

Il s'interrompit et fut secoué d'un bref accès de toux sèche.

— Le problème, ce n'est pas vraiment de mourir. C'est d'être malade avant. Je peux à peine bouger, putain, Jordan. C'est injuste.

Il faisait presque nuit ; l'obscurité serait totale dans peut-être trente minutes, mais le soleil était déjà descendu derrière la montagne dont les contours escarpés se dessinaient devant le ciel de plus en plus sombre. Autour de nous, l'eau avait une immobilité fantastique.

— J'ai un petit dîner, ici, lui dis-je. On ne sait pas quand il se pourrait que ça morde. Vous devriez vous maintenir en forme.

Harry jeta un regard vers le panier puis secoua la tête.

— Tu vois ce qui me ferait vraiment plaisir, Jordan...

Un sourire effleura son visage.

— C'est une cigarette. Je meurs d'un cancer du poumon, et ce que je voudrais, c'est une cigarette. Il y a trente ans que je ne fume plus, depuis mon opération.

— Ça ne vous ferait pas de mal, maintenant, je suppose. Mais je n'en ai pas.

— Tant mieux. Franny sentirait l'odeur. Franny la sentirait, et elle me le ferait payer très cher.

— J'ai un peu de whisky, si vous voulez. Je l'ai mis dans le café.

Je sortis la Thermos du panier, et remplis deux tasses en aluminium. J'en tendis une à Harry et l'aidai à glisser le doigt dans l'anse. Le café était amer et vieux, mais avec le scotch, le lait et le sucre, il était au moins buvable, et sa chaleur se diffusa dans ma poitrine. Je me demandai combien de temps allait se passer avant que quelqu'un ne parte à notre recherche.

— C'est bon, dit Harry.

Il aspira une autre gorgée, qu'il avala difficilement.

— Mais je crois que je ne peux plus rien boire. Vas-y, toi.

— J'ai apporté quelques nymphes et quelques leurres. Ça vaudrait peut-être le coup d'en laisser dériver un ou deux.

— Pas tout de suite, dit Harry. Ils peuvent encore monter en surface.

Il me fit un clin d'œil.

— On peut encore avoir de la chance.

— Il y a toujours de l'espoir.

— J'espère que c'est vrai. Je *crois* que c'est vrai. Combien de fois on a pêché ensemble, Jordan ?

J'essayai de compter en buvant mon café.

— Des tas de fois. Trente ou quarante, au moins.

— C'est ton père qui t'a appris ?

— Mon père est mort quand j'étais tout petit.

— Bien sûr. Excuse-moi, Jordan. Je le savais. Il était pilote, c'est ça ?

Je hochai la tête.

— Mais j'avais un beau-père. Il m'a enseigné beaucoup de choses. Et Joe aussi.

— Lui, c'est le meilleur. Tu sais, j'ai bien l'impression que je vais être incapable de pêcher, Jordan. J'étais persuadé que j'en aurais la force, mais je me trompais.

Un épuisement plus profond marqua soudain son visage ; que je n'avais pas encore remarqué, ou que j'avais refusé de remarquer. Il inspira intensément, retenant l'air dans sa poitrine comme s'il voulait qu'il y reste le plus longtemps possible ; comme s'il ne s'agissait pas seulement d'oxygène mais de quelque chose de merveilleux : un magnifique souvenir d'air. Il ferma les yeux et laissa aller sa tête en avant. Je me dis qu'il allait s'endormir, mais il se ressaisit, promenant son regard sur le lac avant de revenir sur moi.

— Jordan, j'ai une requête à t'adresser. Est-ce que tu accepterais de m'aider à descendre dans le lac ?

— Vous voudriez pêcher depuis la rive, c'est ça ?

Nous nous sommes regardés, et là j'ai compris.

— C'est douloureux de mourir, Jordan, mais ce n'est pas la raison. La douleur ne compte pas, je te le jure. Seulement j'ai peur de ne pas mourir ici. Ils vont me ramener et ça, c'est insupportable.

Je réfléchis un moment. Je ne doutais pas qu'il pensât sincèrement ce qu'il disait, mais au bout de cette réflexion, je savais exactement quoi répondre.

— Je suis désolé, monsieur Wainwright. Je ne peux vraiment pas. J'ai plus ou moins promis à Hal que je ne le ferais pas, en plus.

Harry hocha la tête, songeur.

— Bon. Tu en as parfaitement le droit. J'espère que tu me pardonneras de te l'avoir demandé.

— Ce n'est pas une question de pardon. Je le ferais si je pouvais. C'est juste que j'en suis incapable. Je suis vraiment désolé.

Et c'était vrai, j'en étais incapable.

— Hal compte sur moi pour vous ramener. Et Franny aussi.

— Je pourrais passer tout seul par-dessus bord, dit-il. Ce ne serait pas facile, mais j'y arriverais, d'une manière ou d'une autre.

Je hochai la tête.

— Vous pourriez.

— Qu'est-ce que tu ferais, dans ce cas-là ?

Je jetai le reste de mon café dans le lac.

— Je dois vous dire que je plongerais certainement derrière vous, monsieur Wainwright. Ensuite, nous serions tous les deux mouillés et nous aurions froid, et les poissons seraient effarouchés. Ce serait idiot de gâcher une si belle soirée.

Alors il sourit, et moi aussi, et je compris que ce que j'avais redouté était maintenant derrière moi. Le lac avait pris des tons bleu-noir profonds, la même teinte que le ciel, et partout, autour de nous et au-dessus de nos têtes, avaient éclos des étoiles dans le crépuscule, leurs points lumineux se doublant à la surface immobile de l'eau. Harry s'était remis à frissonner, mais je ne crois pas que la chute de la température en était la cause. Je me versai une autre tasse de café que je bus lentement. Les bras et le cou de Harry se relâchèrent et je l'observai un moment, pendant que sa poitrine maigre se soulevait et s'abaissait sous la couverture. Lorsque j'eus fini mon café, je me levai, me déplaçai prudemment dans l'embarcation, et m'installai derrière lui. Après l'avoir enjambé, je me rassis et l'attirai contre moi. Il faisait froid et je frissonnais moi aussi ; je regrettai de ne pas avoir enfilé mon pull avant de bouger, mais c'était trop tard. Je l'enveloppai de mes bras. Nous dérivons dans les cieux, pensai-je.

Un peu plus tard, Harry se réveilla.

— Franny ?

— C'est Jordan, dis-je. Je suis passé derrière vous, pour vous tenir chaud.

— Oh. Vous n'êtes pas Franny ?

— Non, monsieur. Elle est sur la rive, et elle vous attend.

— Lucy ?

— Elle aussi. Tout le monde.

À nouveau, il dormit. La nuit tomba, de plus en plus dense. Il était temps de rentrer, me dis-je. La tête de Harry reposait contre ma poitrine, halo blanc fantomatique, et je me demandai, en touchant ses cheveux, quels pouvaient être ses rêves. Quels pouvaient être les derniers rêves d'un vivant sur la terre ?

Puis cela se produisit : tout autour de nous, brusquement, un immense grouillement, comme si les étoiles s'étaient soudain libérées de la gravité et jaillissaient de l'eau. Une éclosion. Et partout, brisant le silence, le fracas des truites qui sautaient, l'éclaboussure brillante de leur queue tandis qu'elles cinglaient la surface du lac pour s'y nourrir des insectes qui la frôlaient. Nos cannes gisaient au fond du bateau, devant nous, hors d'atteinte, abandonnées. Ça n'avait aucune importance. Nous flottions au milieu des poissons. Je fermai les yeux pour mieux entendre, jusqu'à ce que s'éteignent les bruits, avec dans le cœur la joie très pure d'avoir été le témoin de ce moment magique.

Puis, un peu plus tard, je vis la lumière et j'entendis le moteur qui ronflait derrière elle. Il y eut un clignotement et les arbres s'illuminèrent. Le projecteur tourna encore puis se fixa sur nous, me forçant à me protéger les yeux. C'étaient Hal et Franny. Le faisceau se divisa en deux (un second bateau, me dis-je, avec Joe et Lucy à bord) puis se refondit en un seul : Kate. Ils voguaient tous vers nous à travers l'obscurité.

— Jordan ? dit Harry en bougeant à peine. Jordan, on devrait les rejoindre, non ?

Je regardais les lumières approcher.

— Dès que vous vous sentirez prêt, Harry.

# Kate

À vrai dire, je savais, je savais tout.

J'avais treize ans, l'été où j'ai appris que Harry était mon père. C'était le premier été de Jordan au domaine, et même si c'était une pure coïncidence, ces deux événements restent liés dans mon esprit : m'apercevant, d'abord petit à petit, puis tout d'un coup, que je n'étais pas celle que je croyais être, et sentant en même temps que la moindre cellule de mon corps prenait vie au plus petit regard de cet homme à tout faire charmant qui m'avait appelée « mademoiselle » pendant tout un mois avant d'oser utiliser mon prénom.

Weld-Face-de-Rat et la classe de bio de troisième, ainsi que l'été auquel je penserai toute ma vie comme à l'Été des Petits Pois : c'était la première fois aussi que nous passions l'hiver en ville, laissant le domaine à la garde de Jordan, avant d'y revenir au mois de juin, époque à laquelle je me consacrai entièrement à un projet qui ne pouvait intéresser qu'une fille de treize ans préoccupée d'un mélange de science et de sexe. Au printemps, nous avions étudié la génétique à l'école, et à la fin du semestre, M. Weld nous avait donné des conseils pour la reproduction – en soulignant le mot d'un clin d'œil – de la célèbre expérience de Gregor Mendel sur les petits pois de jardin. Le surnom de Phil Weld était de la pure cruauté adolescente ; professeur doué, c'était le genre d'adulte exaspérant capable de vous donner l'envie de faire quelque chose dont vous ne doutiez pas que ça allait vous assommer, qui tenait son mètre quatre-vingts bien droit sous ses cheveux bouclés poivre et sel, et qui n'avait absolument rien d'une face de rat. Je ne saurais dire si ce fut ma fibre scientifique naissante ou la puissance de persuasion du clin d'œil souriant et égrillard de M. Weld, toujours est-il que lorsqu'il me tendit la feuille de recommandations, encore tiède et sentant l'encre de photocopieuse, accompagnée de quatre petits sachets de graines à croissance rapide, l'idée de mettre mes pas dans ceux d'un moine tchécoslovaque du XIXe siècle me parut très séduisante. La température descendait encore près du zéro la nuit, aussi fis-je mes plantations sur une planche posée sur des tréteaux sur la terrasse de derrière, à côté d'un réchaud à alcool : une dizaine de rangées de petits pois germant dans des emballages d'œufs sur lesquels je veillais comme sur des animaux de compagnie, en attendant le jour où je pourrais en extraire les racines, les replanter, et voir ce qui en résulterait.

En juillet, mes plantations envahissaient la terrasse, et mon père m'aida à créer un massif sous la fenêtre de la cuisine. À cette époque, la présence de Jordan était naturelle pour tout le monde et n'avait rien de pesant : il disait juste des choses du genre « Passez-moi le beurre », mais parfois, l'après-midi, s'il y avait un trou dans l'emploi du temps, il partait à la pêche avec mon père, pour revenir à la nuit dans des odeurs de truite et de fumée de cigare. Cela déclencha en moi une flambée de jalousie toute neuve, un sentiment de rivalité parentale qui ne fit qu'augmenter mon déchirant béguin, et au fil de l'été, je m'ingéniai à gêner ces sorties : en inventant d'urgentes courses que je devais faire en ville, ou encore en me pavanant de l'aube au crépuscule en soutien-gorge de bikini et en short parcimonieux dans l'espoir que Jordan me remarquerait – ce qui était ridicule puisque je n'avais rien à montrer et que Jordan était trop bien élevé pour seulement regarder dans ma direction.

Quarante-cinq jours après la germination, je replantai les racines. Avec un peu de chance, lorsque l'école reprendrait et que je rentrerais en ville avec mes parents, en ayant laissé à Jordan le soin de fermer pour la saison, j'aurais plein d'éléments à présenter au séduisant, et à coup sûr épaté, M. Weld : combien de racines ratatinées et combien de lisses, combien de gousses pleines et combien de desséchées, combien de fleurs violettes et combien de blanches, toutes mes observations consignées dans un cahier à lignes bleues avec des illustrations dessinées à la main. J'étais totalement immergée : mes rêves eux-mêmes étaient peuplés de petits pois, que je faisais pousser, que je cueillais, que je mangeais. Une nuit, et je jure que c'est vrai, j'ai même rêvé d'un mariage où les invités ne lançaient pas du riz sur les mariés, mais des petits pois.

Début septembre, ma deuxième récolte était prête, et je passai tout mon dimanche après-midi enfermée dans ma chambre à terminer mon compte rendu. Mes résultats confirmaient en grande partie ceux de Mendel, mais je découvris tout de même un problème. Un trop grand nombre de mes petits pois de deuxième génération avaient un gène récessif : des tiges courtes. L'explication était évidente : une pollinisation avait eu lieu derrière mon dos. Mais j'avais consacré tant de temps à mon expérience – tout mon été – que l'idée d'un échec était inenvisageable. Assise à mon bureau, au bord des larmes, je pris une décision : j'allais truquer mon compte rendu. Je refis mes calculs, récrivit ma première page avec les nouveaux chiffres, et bouclai mon dossier.

Dans la cuisine, je trouvai ma mère devant l'évier. Elle pelait des pommes rouges qu'elle prenait dans un grand panier posé sur la table. La peau sortait de son couteau comme des figures de patinage artistique. Je choisis un fruit dans le panier et l'essuyai sur ma manche. Pendant un moment, assise, je l'observai.

— Alors, comment ça s'est passé ? me demanda-t-elle enfin.

Je ne répondis rien. Je regardais ses oreilles, et je me souvenais d'une chose que j'avais apprise en classe. À propos des gènes récessifs et dominants : si les deux parents avaient des caractères récessifs, par exemple de longs doigts ou les cheveux raides, ça signifiait qu'un gène dominant ne pouvait pas jouer et que leur enfant serait comme eux. « Examinez les oreilles de vos parents, avait dit M. Weld en attirant notre attention sur une photographie dans notre manuel (une femme de profil, avec le lobe d'oreille libre sous le point d'attache à la mâchoire). Si le lobe de votre oreille est détaché, comme ici, cela signifie que vous avez un gène dominant. Il faut que l'un de vos parents l'ait aussi.
– Toujours ? » avait demandé un élève.

Je me retournai et vis qu'il s'agissait de Bobby Devry. Dans notre école où personne n'avait beaucoup d'argent, certains élèves étaient réputés pour être carrément pauvres, et Bobby était l'un d'eux. Il avait l'air sans arrêt malade, au moins avec la goutte au nez, et il affichait le teint blême et les yeux exorbités que provoque une malnutrition chronique. Il vivait avec sa famille dans une caravane plantée dans les bois du Nord-Est ; le bruit courait que ses parents étaient cousins germains. « À cent pour cent, répondit tranquillement M. Weld. C'est une loi de la nature. – Tu devrais peut-être jeter un coup d'œil aux oreilles de tes oncles, Bobby », ricana quelqu'un qui reçut un gros rire collectif bien méchant en retour.

L'après-midi du même jour mon père vint me chercher à la sortie des cours, et dans la cabine de son camion, en me souvenant de ce qu'avait dit M. Weld, je regardai le lobe de son oreille : attaché. Une continuité de peau entre l'oreille et la mâchoire. Les miennes étaient détachées : je le savais sans même avoir besoin de vérifier parce que, pour Noël, comme cadeau, ma mère m'avait emmenée à la galerie marchande de Farmington et me les avait fait percer. Assise dans le camion, je remontai la main vers mon oreille droite, sentis la douce protubérance et le petit clou d'or qui avait jailli du pistolet du bijoutier. Donc, l'un de mes parents devait avoir des oreilles comme les miennes, mais ce n'était pas mon père, alors il fallait que ce soit ma mère. J'avais noté le détail, songeant que c'était bien que nous deux, les filles, soyons semblables, et puis je n'y avais plus pensé, jusqu'à ce que, installée dans la cuisine, par cet après-midi de septembre, j'observe les oreilles de ma mère.

Elles étaient attachées, elles aussi.

— Kate, tu es dans la lune.

Je ne dis rien. J'accumulai des éléments. Sa ligne de cheveux bien droite (contrairement à mon implantation en pointe), son teint clair (alors que j'ai tant de taches de rousseur qu'il m'arrive de me frotter la peau avec du jus de citron), ses yeux marron si différents des miens, d'un bleu éclatant.

— Excuse-moi, parvins-je à dire. Comment s'est passé quoi ?

Elle posa son couteau sur le plan de travail et leva les yeux au ciel, exaspérée.

— Ton compte rendu ! Tes petits pois ! Pardonne-moi si j'ai manqué un épisode, mais il me semble que c'est ce qu'il y a de plus important dans ta vie, ces temps-ci, non ?

Je fus assaillie par la honte. Il y avait à peine cinq minutes, tout paraissait si facile, si évident. Il m'avait suffi de changer les chiffres ; personne n'allait vérifier. Mais je me trompais : quelqu'un allait vérifier, quelqu'un allait découvrir la vérité. *Une loi de la nature*.

— Pas mal, je suppose.

— Seulement pas mal ?

Elle avait la mine incrédule.

— Tu as travaillé là-dessus tout l'été.

Nous nous sommes regardées encore un moment, puis la culpabilité et le trouble ont explosé à l'intérieur de moi et j'ai éclaté en sanglots. Je n'étais pas du genre à pleurer pour un oui, pour un non, et ma mère me considéra avec inquiétude.

— Kate, qu'est-ce qu'il y a ?

Elle vint s'agenouiller devant moi.

— Dis-moi, chérie.

— Vous m'avez adoptée.

Elle me lissa les cheveux de la main.

— Bien sûr que non, on ne t'a pas adoptée. Qu'est-ce qui te prend ?

Ses yeux s'assombrirent tandis qu'elle m'observait.

— Est-ce que quelqu'un t'a dit quelque chose ?

J'essayai de lui expliquer, mais n'y parvins pas. Les oreilles, les petits pois, l'implantation des cheveux, mon amour sans espoir pour Jordan et la honte d'avoir triché : c'était un véritable charabia, tout emmêlé, comme une ligne dans les arbres, et à moitié noyé dans les larmes. Tout au long de l'été, j'avais essayé de prouver quelque chose, quelque chose à mon sujet, et tout ce que j'avais à présenter comme conclusion, c'était la certitude que je n'étais pas du tout ce que je pensais être. J'étais une menteuse, une fille adoptée, une fille adoptée par des parents qui eux aussi étaient des menteurs, puisqu'ils me l'avaient toujours caché.

Ma mère réussit enfin à me calmer et me conduisit à l'étage. Il n'était que cinq heures de l'après-midi, mais je m'endormis au milieu de mes larmes, et lorsque je me réveillai, la chambre était baignée par le clair de lune. Ma mère était assise sur le bord de mon lit, vêtue d'une chemise de nuit légère soulevée au gré de la brise qui agitait aussi les rideaux des fenêtres ouvertes.

— M'man ?

Je me relevai sur les coudes.

— Quelle heure est-il ?

— Il est tard, dit-elle doucement.

Son regard n'était pas sur moi mais dans le vague, au-dessus du lac où la lune avait posé son reflet doré et frémissant.

— Je vais te révéler une chose, chérie. Je vais te révéler un secret et toi, tu vas me promettre de ne jamais dire à ton papa que tu sais.

— À mon papa ?

Elle eut un pâle sourire, un sourire, je le comprends maintenant, de pur soulagement, et même de joie, à la perspective de se confier enfin à quelqu'un, et pas seulement à n'importe qui, mais à moi.

— Oui, chérie. À ton *papa*.

Dix ans se sont écoulés depuis cette soirée où Harry, malgré ses efforts, n'est pas mort sur le lac. Il était encore conscient lorsque nous l'avons rejoint, mais à peine, et j'espérais pour lui que la lucidité ne lui reviendrait pas sur le chemin du retour au domaine, puisque c'était clairement ce qu'il désirait. Hal était d'avis de transférer son père dans son bateau, mais Jordan insista pour qu'on le laisse là où il était : c'était lui le guide, et ce serait lui qui ramènerait Harry, comme promis, mais il ne voulait pas se servir du moteur et accepta d'être remorqué par un câble. Ce devait être un tableau bizarre : Hal qui tirait Jordan, mes parents suivant à tribord, moi à bâbord, les quatre bateaux en formation serrée comme un vol d'oiseaux glissant dans l'obscurité. Darryl Tanner attendait sur le ponton et lorsqu'on eut transporté Harry dans la limousine avec Frances et la petite January endormie, Darryl les précéda jusqu'à l'hôpital, dans les mêmes lumières rouges clignotantes qui avaient reconduit mon père à la maison. Harry ne se réveilla jamais complètement, ni ne dit un seul mot à quiconque, à ma connaissance, et j'en fus contente. Les ultimes heures de son voyage ont dû lui sembler étranges et tristes – ce dernier départ précipité de l'endroit qu'il aimait le plus au monde – et lorsqu'il arriva à l'hôpital, à ce qu'on m'a raconté, il était entré dans un coma irréversible.

De son côté, Bill n'était pas mort non plus, alors que tout était réuni pour qu'il ne survive pas. Mon père avait raison : il ne lui restait pas beaucoup de temps. En plus de l'hypothermie, la chute dans les rochers qui avait déclenché toute l'aventure avait entraîné une hémorragie méningée (la cavité située derrière son œil droit se remplissait lentement de sang) et lors de sa traversée du barrage, soit dans le conduit soit au moment de sa sortie, avec mon père, dans le lit caillouteux de la rivière en contrebas, il se fit une fracture ouverte au tibia, un déboîtement de l'épaule et un éclatement de la rate pendant qu'un grand choc au visage lui cassait toutes les dents de devant. Pete et mon père réussirent à le sortir de l'eau, juste comme Mike et Carl, qui s'étaient trompés de chemin et s'étaient retrouvés sur la route secondaire à trois kilomètres du camion de mon père, réussissaient à arrêter un routier et à lui demander de donner par radio l'alerte qui devait envoyer Darryl Tanner et les autres à leur secours. Un hélicoptère transporta directement Bill à l'hôpital de Farmington où il passa la nuit en salle d'opération avant d'être transféré aux soins intensifs, à quelques mètres seulement – ajoutant encore à la symétrie des événements de la journée – de la chambre où Harry se mourait. Mes parents descendirent dans un motel proche de l'hôpital, ma mère veillant au chevet de Harry et mon père faisant la navette entre les deux chambres, et lorsque Harry mourut deux jours plus tard, mon père resta sur place encore une semaine, jusqu'à ce que Bill soit hors de danger.

Pendant quelques mois, l'équipée de mon père à travers le barrage le rendit célèbre. Un article parut dans le *Portland Press Herald* du lendemain matin et le premier appel téléphonique de la télévision arriva le jour suivant pendant le petit déjeuner. L'interlocutrice se présenta comme une des productrices de l'émission *Today* – elle me demanda si j'étais bien la fille de l'homme que tout le monde baptisait le Héros du Barrage. Je lui dis que je pensais que oui et lui expliquai comment joindre mon père à l'hôpital ; et j'étais à ses côtés sur le parking, le lendemain, alors qu'il tenait la petite oreillette contre sa joue et répondait maladroitement à des questions que je n'entendais pas. Après cela, CBS et ABC prirent toutes deux le train en marche ; dès que Bill sortit de l'hôpital, il partit en avion en compagnie de mon père pour New York où ils enregistrèrent pour diverses émissions matinales, et vers la fin de la semaine ils avaient fait des photos pour toutes sortes de magazines, depuis *People* jusqu'à *Sports Illustrated* et signé des contrats pour un numéro de *48 Hours* et pour une minisérie de télévision avec Richard Dean Anderson en vedette. Le film ne fut jamais réalisé, évidemment, au grand soulagement de mon père ; tout ce remue-ménage le mettait mal à l'aise et il répétait sans arrêt qu'en réalité il n'avait rien fait du tout. Ce qui n'empêcha pas qu'au cours de l'été suivant, et même longtemps après, les bruits envahirent la région à propos des décors, des plans de travail du tournage et de l'éventuel engagement des gens du cru comme figurants ; et encore aujourd'hui certains jurent avoir aperçu Richard Dean Anderson – au même titre que le Yéti, le monstre du Loch Ness, ou les petits hommes verts venus de Mars – et tout le manège repart pour un tour.

Mon père était-il un héros ? Absolument. Mais dans mon esprit, ce n'était pas son aventure au barrage qui lui conférait ce titre, quoi qu'aient pu en dire les médias. Ce qu'il avait accompli était courageux, et totalement dément, et pour ceux qui ne le connaissaient pas, c'était une énorme surprise. Mais il avait fait des choses autrement courageuses dans sa vie – *tout au long* de sa vie – la plus mince n'étant pas d'avoir réchauffé l'enfant d'un autre contre sa peau alors que dehors la neige tombait, et d'aimer cette enfant au point qu'elle était devenue sa fille à lui. *Ton papa.* Je n'ai jamais pensé autre chose, pas une seconde, et dans un monde obscurci par le secret, lorsqu'une seule lumière réussit encore à me guider pour retrouver mon chemin, c'est la sienne.

Quand le tohu-bohu se calma et que mes parents furent repartis à Big Pine, j'espérai que les choses reviendraient à la normale, et c'est ce qui se produisit, dans un premier temps. Mon père acheta le Chris-Craft de Frank DeMizio, exactement comme il l'avait souhaité, et au printemps mes parents s'installèrent dans une maison neuve de deux étages voisine de celle qu'ils habitaient jusque-là. Ils louèrent leur ancien logement à Bill, qui avait quitté son travail à Worcester et attendait que son divorce soit réglé ; lorsqu'il se résolut à devenir résident permanent, mon père le prit comme associé. Un an plus tard, il reçut un appel de Frank DeMizio, le gangster en personne, qui sortait tout juste de dix-huit mois passés dans les geôles fédérales pour fraude fiscale, et tous trois, un avocat et deux anciens détenus, décidèrent de s'associer pour travailler à la remise en état et à la vente de vieilles embarcations en bois, avec Hal comme gestionnaire officieux. Comme mon père me l'avait toujours dit, Frank était un type gentil derrière sa brusquerie ; il se révéla aussi un génie de la restauration. Donc, pendant que Frank dirigeait le magasin de Big Pine, Bill et mon père sillonnaient la campagne et restaient tous deux partis des semaines entières à la recherche de trésors oubliés au fond des granges ou dans les chantiers de construction, depuis le petit patrouilleur d'eau douce jusqu'au quinze mètres de haute mer qu'ils rapatriaient vers le sud sur le plateau de leur semi-remorque.

J'étais à l'école de médecine, à cette époque – à Dartmouth Hitchcock, finalement –, dormant quatre heures par nuit ou moins, et mon père m'appelait parfois à des heures impossibles, pour me parler d'un bateau que Bill et lui avaient déniché dans un endroit improbable, un garage de Goose Bay ou un champ de blé de Kalamazoo. « Tu verrais cet engin, Kats », me disait-il, sa voix fragilisée par la distance, avec toujours de drôles de bruits en arrière-plan, le ronflement de la circulation sur une autoroute ou la musique d'un juke-box de bistrot. « Seigneur, Kats, c'était comme découvrir *La Joconde* dans un vide-grenier, on n'avait qu'une hâte, c'était de sortir le chéquier. » Assise dans la cuisine de mon minuscule appartement du troisième étage, une cafetière de café noir au chaud sur le fourneau et *L'Atlas d'anatomie humaine* de Netter ouvert sur la table devant moi, ou bien couchée dans ma chambre plongée dans l'ombre, le récepteur à l'oreille, j'écoutais sa voix et le fond sonore, en essayant de le rejoindre en esprit le long des kilomètres de fil. « Tu étudies dur ? me demandait-il toujours. Ça ne t'ennuie pas, au moins, que je t'appelle si tard, Kats ? » Pas du tout, disais-je, tu le sais bien, et je souriais, pensant combien c'était bizarre, et combien c'était beau aussi, qu'au bout du compte ce soit mon père, et pas moi, qui ait déserté le nid. Nous parlions un peu du bateau qu'il avait trouvé, et de l'école, et de ma mère, et du moment où je descendrais en Floride ; quand il était temps de nous séparer, il se raclait la gorge et soupirait : « Bon. Il faut que j'y aille. Tu me manques, Kats. » Je sais bien, P'pa, répondais-je à chaque fois, et je lui disais qu'il me manquait aussi, et après un silence, nous raccrochions tous les deux ensemble, en ne prononçant jamais l'expression « au revoir ».

Pendant l'été 1998, un mois après le début de mon stage de médecine interne à Brigham et au Women's Hospital de Boston, mon père prit l'avion avec Bill pour Salt Lake City pour voir un bateau décrit dans une annonce du magazine *WoodenBoat*, et ils décidèrent à la dernière minute de pousser jusqu'à Lake Tahoe. Ils auraient pu s'y rendre en avion, mais préférèrent la voiture. Huit heures à travers les montagnes désertes et les boules de ronces du Nevada du Nord par l'autoroute fédérale 80. Ils se trouvaient à cinquante kilomètres de la ville d'Elko lorsque mon père, assis à la place du passager, pria Bill de s'arrêter.

— Ici, tu veux dire ? demanda Bill. Pour quoi faire ?

— Arrête-toi, s'il te plaît.

Bill se rangea sur le bas-côté, et sans un mot de plus, mon père sortit de la voiture. Ce que Bill crut alors, il me le dit plus tard, c'était que mon père voulait juste « pisser un coup », mais qu'il était trop bien élevé pour le formuler. Il s'éloigna de l'auto, enjamba la glissière métallique, et descendit le talus de sable. En dehors de l'autoroute, il n'y avait rien à des lieues à la ronde, pas un nuage dans le ciel, et il faisait sans doute pas loin de quarante degrés. Au nord, une chaîne de montagnes se dessinait dans la brume de chaleur. Perplexe, Bill sortit à son tour et suivit mon père du regard depuis le bord de l'autoroute. À environ trente mètres, mon père s'arrêta net, posa les mains sur ses hanches et leva le visage vers le ciel vide et blanc de soleil. Bill m'a raconté qu'il semblait presque pétrifié, comme une statue. Mon père resta ainsi dix secondes : dix minuscules secondes pour quitter la vie. *Kats*, pensa-t-il, et à trois mille kilomètres, je l'entendis ; et je l'entends encore, dans les choses les plus infimes, dans une saute de vent, dans un frémissement de feuilles, et dans le bruit que fait la neige en tombant. *Kats, il se passe quelque chose. Kats, tu es ma petite chérie, ne l'oublie pas.* Puis il s'effondra, sans doute déjà mort, sur le sol du désert.

Je vis ici aujourd'hui, là où j'ai toujours vécu et où je vivrai toujours, près du lac, des bois et des montagnes immuables qui font partie de moi au même titre que mes empreintes digitales.

J'ai épousé Jordan, bien sûr. La nuit de son retour, après la dernière sortie de Harry sur le lac, et après que tout le monde eut pris le chemin de l'hôpital, nous nous sommes retrouvés tout seuls, et c'était parfait comme ça. Nous n'avons pas dormi de la nuit, à discuter dans son bungalow – à discuter et à nous embrasser – tous deux trop énervés, trop soulagés, trop heureux pour dormir, et quand l'aube est arrivée, j'y étais encore. Deux semaines plus tard, je rentrai à l'école de médecine et ce fut Jordan qui me conduisit dans le camion. Ils n'ont pas été simples, les mois qui ont suivi. Du fait des navettes, bien sûr, mais aussi à cause des regards bizarres que jetaient mes amis sur cet homme qui était, à tous points de vue, radicalement différent d'eux. Et pourtant, nous avons réussi à rester l'un avec l'autre, tout au long de cette année-là, et ensuite jusqu'à la fin de ma scolarité. Lorsque je déménageai à Boston pour mon stage, Jordan ferma le domaine et vint avec moi ; je dois reconnaître que j'ai été surprise par la facilité avec laquelle il s'est acclimaté à la vie urbaine, à manger au restaurant, à aller au cinéma et à prendre le bus T pour se rendre à son travail qui consistait à tenir une succursale Orvis, les magasins d'équipement de pêche, à Back Bay. Pendant un moment, j'ai même pensé que nous pourrions demeurer là après mon stage, acheter un appartement à Brookline ou une petite maison à Needham, faire les courses, choisir des meubles, prévoir l'inscription à la crèche, le moment venu ; et plus généralement nous immerger dans le courant de la vie classique. C'était tentant, et il était facile de se laisser emporter, mais au fond de mon cœur, je savais que ce n'était pas pour nous, et que ma place n'était pas là. Au début de ma troisième et dernière année, nous sommes retournés dans le Maine, nous avons ouvert le domaine pendant une semaine et nous nous sommes mariés sur le ponton. C'est Paul Kagan qui me conduisit à l'autel, et après la cérémonie il me demanda si j'accepterais de reprendre son cabinet. Il essayait de partir en retraite depuis vingt ans, mais personne ne voulait du poste ; si j'acceptais, il ferait en sorte que l'État du Maine m'aide à m'installer. Lui-même céderait sa clientèle pour un dollar, dit-il, à condition que je jure sur l'honneur de nourrir ses poissons. J'ai sauté sur l'occasion.

Et ma mère ? Après le décès de mon père, elle est restée quelque temps à Big Pine, presque trois ans. Finalement elle est revenue dans le Maine, a loué un appartement à Portland, et y a acheté près du port un petit café qu'elle a rebaptisé Chez Alice. Deck était mort dix ans plus tôt, mais May habitait encore en ville, toujours au même endroit – c'était une femme de plus de quatre-vingts ans, encore dynamique comme seules les vieilles femmes des régions septentrionales peuvent l'être, bien qu'elle utilisât une canne pour se déplacer et qu'elle fût à moitié aveugle à cause d'un glaucome. Ma mère commença par passer chez elle une fois par semaine pour lui lire le journal du dimanche, et elles nouèrent rapidement une vraie amitié ; elles ont même fait ensemble un voyage d'agrément en Europe, la visite en car de douze villes en quatorze jours, et l'hiver suivant, ce fut une croisière en Amérique du Sud. L'an dernier, lorsque May est devenue totalement aveugle, ma mère a laissé son appartement pour s'installer avec elle dans la maison. J'ai cru que c'en était fini des voyages, mais je me trompais : aux dernières nouvelles, elles hésiteraient entre une deuxième croisière, en Alaska, cette fois, et un tour en Australie. Elles doivent faire un étrange couple : cette très vieille dame avec une canne et une visière de plastique au-dessus de lunettes épaisses comme des bouchons de carafe, et ma mère, qui a un air encore vraiment juvénile, et qui l'est. J'attends qu'elle m'invite à les suivre dans l'un de leurs périples, mais jusqu'ici elle ne me l'a pas proposé, et je crois savoir pourquoi : pour l'instant, et pour encore pas mal de temps, elle tient à ce que ce soit elle, la fille.

J'avais mis au monde plus d'une centaine d'enfants, et donc lorsque je suis tombée enceinte à l'automne 2003, Jordan et moi avons décidé de ne rien changer à nos habitudes aussi longtemps que possible. Nous connaissions tous deux les risques : s'il se passait quoi que ce soit, il n'y aurait pas de médecin sur place, l'hôpital était à une heure de route, et j'avais un terrain familial favorable aux fausses couches, à l'éclampsie et au travail prématuré. Mais j'étais jeune et en bonne santé et, en prenant tout en considération tant du point de vue personnel que sur un plan professionnel, je ne voyais aucune contre-indication à ce que nous demeurions au domaine jusqu'à une semaine avant la date prévue pour l'accouchement. Je prenais ma tension tous les matins avant de recevoir mon premier patient et je m'étais ménagé une heure chaque après-midi pour me reposer. J'avais garni le réfrigérateur de mon cabinet et la boîte à gants de la voiture de friandises et de bouteilles d'eau, aussi pouvais-je aller travailler comme si de rien n'était. Et pendant toute une période, en gros jusqu'à la trente-huitième semaine, tout se déroula parfaitement.

Un soir de la fin avril, Jordan et moi regardions la télévision – nous nous étions fait installer le câble pour pouvoir suivre la saison des Sox – lorsque je commençai à ressentir des contractions. Rien de régulier ni de violent, juste une petite tension en travers de l'abdomen, et comme j'étais à huit mois de grossesse, je n'y accordai pas d'attention particulière ; une contraction de temps en temps, ça n'avait rien d'inquiétant, c'était le corps qui se préparait pour son entrée en scène. La semaine précédente, j'avais consulté mon gynécologue à Farmington et, autant que nous pouvions en être sûrs l'un et l'autre, le bébé n'était pas encore descendu. Ce n'était pas vraiment douloureux, rien de pire que ce que j'aurais pu éprouver si je m'étais couchée trop tard la veille. J'ai même dit à Jordan de poser sa main sur mon ventre pour qu'il puisse sentir les contractions, mais ça n'a pas marché : les sensations étaient à l'intérieur. Nous avons regardé le match jusqu'à la fin, nous maudissant d'avoir veillé autant pour voir perdre encore une fois les Sox, et nous sommes montés nous coucher.

Vers quatre heures du matin, je me réveillai en sursaut : il se passait quelque chose de pas normal. Je la ressentis presque aussitôt : une contraction si intense qu'on aurait dit qu'elle avait volé tout l'air de ma poitrine, et je cherchai Jordan à tâtons dans l'obscurité, incapable de seulement crier. Je m'imposai de compter les secondes, mais aux alentours de trente, j'abandonnai : la douleur était trop forte.

Jordan alluma et s'assit dans le lit.

— Kate, qu'est-ce qu'il y a ?

Je pris une grande inspiration pour me calmer. J'essayai de parler, mais lorsque j'ouvris la bouche une vague de nausée déferla sur moi ; je rabattis les draps et fonçai hors de la chambre. J'eus juste le temps d'atteindre les toilettes pour rendre le dîner et la crème glacée que j'avais mangés pendant le championnat.

Jordan était à genoux à mes côtés.

— Kate, dis-moi ce qui se passe.

— Je ne sais pas, je ne sais pas.

J'empoignais le rebord de la cuvette quand une nouvelle contraction me ceintura. Je sentis se rompre la poche des eaux, une humidité tiède baignant ma chemise de nuit et l'arrière de mes cuisses, et tout de suite après, et c'était un signe infaillible, l'envie de pousser.

— Oh, Seigneur, je crois que le bébé arrive.

— *Cette nuit ?* Tu n'es qu'à huit mois.

— Non seulement cette nuit...

J'eus un hoquet dont le bruit tournoya dans la cuvette de porcelaine. Bizarrement, ce fut ce hoquet qui me fit comprendre la situation avec certitude.

— Mais tout de suite.

Jordan se précipita au téléphone. Quelques secondes plus tard, il était de retour près de moi et m'aidait à me remettre debout.

— J'ai appelé une ambulance. Ils seront là dans une demi-heure.

— Trop long, parvins-je à articuler. C'est toi qui vas être obligé de le faire.

— De mettre au monde cet enfant ? Tu plaisantes.

— C'est *ton* enfant, Jordan. Qui y a-t-il d'autre, ici ? Oh, mon Dieu...

Je m'adossai au mur de la salle de bains ; les contractions étaient maintenant espacées de trente secondes, inégales, et violentes comme des piqûres de vive. La panique me donnait le vertige. Ce qui était supposé s'étirer sur douze heures ou plus se produisait en dix minutes. Avec mes antécédents familiaux, j'allais accoucher à une heure de l'hôpital le plus proche. Comment avions-nous pu être aussi stupides ?

— Aide-moi à me recoucher, dis-je.

Il me soutint dans le couloir. La chambre semblait différente. C'était à la fois la pièce dans laquelle je dormais depuis des années et un endroit parfaitement nouveau. Jordan était debout au pied du lit, en short et en tee-shirt, le visage blanc de terreur.

— Dis-moi ce que je dois faire, Kate. Je ne sais pas ce que je dois faire.

— Elle va être menue.

Je ne pouvais penser à rien d'autre.

— Va chercher des couvertures dans sa chambre.

— Seigneur. Et toi ?

— Ça va aller.

Je pris sa main dans la mienne. Je tremblais, et pourtant je n'avais pas froid.

— Et pour toi aussi, ça va aller. Mon corps sait ce qu'il faut faire. Occupe-toi seulement de notre bébé.

Je fermai les yeux, laissant la contraction suivante m'emporter ; mes genoux se levèrent à la rencontre de mes mains, comme pour refermer un cercle. *Elle arrive*, me dis-je, *elle est pratiquement là*. Nous allions l'appeler Josephine, notre petite Joe. Il y aurait du sang, beaucoup de sang. *Excuse-moi pour tout ce sang, Jordan*. Je poussai et le temps s'arrêta.

— Oh, mon Dieu, Kate. Je la vois.

Je lâchai mes genoux, et sentis le bébé qui essayait de remonter au fond de moi. La douleur était si démesurée qu'elle était devenue autre chose, une douleur trop grande pour une seule vie, pour une seule personne. Elle m'emplissait comme une sorte d'amour. J'eus à peine le temps de reprendre souffle avant la contraction suivante.

Des secondes s'écoulèrent, des minutes, des heures. Je poussai et poussai et poussai. *Comme pour l'amour,* me disais-je et c'est à cela que je pensais quand je les entendis : les sanglots de joie de Jordan et la musique aiguë du premier cri d'un enfant.

REMERCIEMENTS

De nombreuses personnes m'ont apporté leur savoir lors de la préparation et de la rédaction de ce livre. Merci à : Tom Barbash, James Sullivan, Paul Molyneaux, Annette O'Connor, Craig Pendelton, John Bakey, Anthony Kurtz, Tisha Bridge, Andrea McGeary, Anne Marie Risavy, Margo Lipschultz, et Skip Graffam.

La scène de guerre décrite dans le prologue est librement adaptée des expériences du grand-père de ma femme, Herbert William Mauritz (1916-2002), qui servit comme sergent dans la Baker Company du 612e Tank Destroyer Battalion et qui fut blessé par un tireur isolé pendant la bataille de Normandie. Son panégyrique, rédigé par mon beau-père, Gary Kurtzahn, m'a été très utile.

Pour son soutien financier pendant l'élaboration de ce manuscrit, je dois beaucoup au College of Arts and Sciences de l'Université de La Salle, à la Pew Foundation et à la Mrs. Giles Whiting Foundation.

Je remercie spécialement, maintenant et toujours, deux femmes héroïques dans ma vie d'écrivain : mon agent, Ellen Levine, avocate infatigable et véritable amie ; et mon éditrice chez The Dial Press, Susan Kamil, dont la compétence par rapport au texte n'a d'égales que sa chaleur et sa générosité d'esprit.

C'est une histoire d'amour, et c'est une histoire sur les pères et leurs filles. Un tel matériau ne s'invente pas et je suis l'homme le plus heureux du monde puisque je n'ai pas été obligé d'essayer de l'inventer. Du fond de mon cœur, je remercie ma femme, Leslie, pour toutes nos soirées de discussions, lorsque nous avons imaginé ensemble tout cela ; et Iris, pour m'avoir enseigné ce que cela signifie d'être le père d'une fille. Ce livre leur appartient.

# Table

*Du même auteur :*

HUIT SAISONS, Mercure de France, 2003.

Composition réalisée par PCA

Achevé d'imprimer en mai 2009 en Allemagne sur Presse Offset par
GGP Media GmbH, Pößneck
Dépôt légal 1re publication : juin 2009
Librairie Générale Française – 31, rue de Fleurus – 75278 Paris Cedex 06

31/2428/6